DUNGEONS & DRAGONS®

## Outros títulos de literatura da Jambô

Dungeons & Dragons

*A Lenda de Drizzt, Vol. 1 — Pátria*

*A Lenda de Drizzt, Vol. 2 — Exílio*

*A Lenda de Drizzt, Vol. 3 — Refúgio*

*A Lenda de Drizzt, Vol. 4 — O Fragmento de Cristal*

*A Lenda de Drizzt, Vol. 5 — Rios de Prata*

*A Lenda de Drizzt, Vol. 7 — Legado*

*A Lenda de Drizzt, Vol. 8 — Noite sem Estrelas*

*A Lenda de Drizzt, Vol. 9 — Cerco das Trevas*

*A Lenda de Drizzt, Vol. 10 — Passagem para o Alvorecer*

*Crônicas de Dragonlance, Vol. 1 — Dragões do Crepúsculo do Outono*

*Crônicas de Dragonlance, Vol. 2 — Dragões da Noite do Inverno*

*Crônicas de Dragonlance, Vol. 3 — Dragões do Alvorecer da Primavera*

*Lendas de Dragonlance, Vol. 1 — Tempo dos Gêmeos*

*Lendas de Dragonlance, Vol. 2 — Guerra dos Gêmeos*

*Lendas de Dragonlance, Vol. 3 — Teste dos Gêmeos*

Tormenta

*A Deusa no Labirinto*

*A Flecha de Fogo*

*A Joia da Alma*

*Trilogia da Tormenta, Vol. 1 — O Inimigo do Mundo*

*Trilogia da Tormenta, Vol. 2 — O Crânio e o Corvo*

*Trilogia da Tormenta, Vol. 3 — O Terceiro Deus*

*Crônicas da Tormenta, Vol. 1*

*Crônicas da Tormenta, Vol. 2*

*Crônicas da Tormenta, Vol. 3*

Outras séries

*Dragon Age: O Trono Usurpado*

*Dragon Age: O Chamado*

*Espada da Galáxia*

*Profecias de Urag, Vol. 1 — O Caçador de Apóstolos*

*Profecias de Urag, Vol. 2 — Deus Máquina*

HERANÇAS DE DRAGONLANCE
Volume Um

# A SEGUNDA GERAÇÃO

Margaret Weis & Tracy Hickman

Poesia original por Michael Williams
Ilustrações por Ned Dameron
Tradução por Gilvan Gouvêa

JAMBÔ

DUNGEONS & DRAGONS®

A todos que queriam mais

Heranças de Dragonlance Vol. 1 — A Segunda Geração



Título Original: The Second Generation
Tradução: Gilvan Gouvêa
Edição: Victória Cernicchiaro
Revisão: Vitória Vozniak e Emerson Xavier
Ilustrações: Ned Dameron
Diagramação: Cássia Bellmann e Victória Cernicchiaro
Editora-Chefe: Karen Soarele
Diretor-Geral: Guilherme Dei Svaldi

Equipe da Jambô: Guilherme Dei Svaldi, Rafael Dei Svaldi, Leonel Caldela, Ana Carolina Gonçalves, André Schwertz, Andrew Frank, Cássia Bellmann, Dan Ramos, Daniel Boff, Davide Di Benedetto, Elisa Guimarães, Gislaine Alves, Glauco Lessa, J. M. Trevisan, Julia Rosiello, Karen Soarele, Marcel Reis, Marcelo Cassaro, Marlon Vernes, Matheus Tietbohl, Maurício Feijó, Priscilla Souza, Tatiana Gomes, Thiago Rosa, Tiago Guimarães e Victória Cernicchiaro.

Rua Coronel Genuíno, 209 • Porto Alegre, RS • CEP 90010-350
contato@jamboeditora.com.br • www.jamboeditora.com.br



1ª edição: novembro de 2023 | ISBN: 978658863475-2

Dados Internacionais de Catalogação na Publicação

**W426s** Weis, Margaret
A segunda geração / Margaret Weis e Tracy Hickman; tradução de Gilvan Gouvêa. — Porto Alegre: Jambô, 2023.
432 p. il.

1. Literatura norte-americana. I. Tracy, Hickman. II. Gouvêa, Gilvan. III. Título.

**CDU 82-312.9**

# Sumário

# Prólogo

É sempre o mapa do acreditar,
a paisagem branca
e as fazendas encobertas.
É sempre a terra da lembrança,
da luz do sol fraturada
em gelo velho e imóvel.

E sempre o coração,
enclausurado e meridional,
desconfia do gelo, da deriva
por algo perplexo e eterno.

*Acabará assim,*
o coração lhe dirá,
*acabará com mamute e geleira,*
*com dez mil anos*
*de noite discreta,*
*e, um dia, os cientistas,*
*esquadrinhando lagos e morainas,*

*nos encontrarão em evidência,*
*nossas relíquias fora da história,*
*mas sua história, inteira e oca, terminará*
*na ponta evanescente da sua mão.*
**Assim diz o coração**
**em sua cela intrincada,**
**mapeando com espelhos**
**a terra inexplorada**
**de lembranças e rios e gelo.**

**Desta vez foi diferente:**
**a cidade se rendeu**
**à neve coberta,**
**as casas e tabernas**
encontravam-se inundadas na luz fragmentada,
e o lago estava marmoreado
com gelo instável,
enquanto eu caminhava pelas correntes
através de espíritos embaladores,
contente com a tonalidade do céu
e a perspectiva da primavera marcada.
*Acabará assim,*
o inverno proclamou,
*cedo ou tarde*
*no gelo escuro e inacessível,*
*e você é o próximo*
*a ouvir esta história,*
*inverno e inverno*
*fechando o coração,*
e lá em Wisconsin,
atolado pela neve
e pela fé decadente,
não parecia ruim
que o inverno estava levando
toda a luz embora,
que a escuridão parecia bem-vinda
e a última neve discreta.

Ele ficou no meio
dos automóveis congelados,
carros alinhados como cenotáfios.
Em um monte de casacos
e gorros e cachecóis de lã,
ele vasculhou o porta-malas
pelo Deus sabe o quê,
e eu sabia o nome dele
pelos óculos embaçados,
o chapéu cedido e ridículo
que ele estava usando,
E se a coragem
era primavera em sua memória,
era a luz do sol em promessa
ou sombra de uísque,
ou algo alinhado
além da neve e da busca,
estava comigo naquele momento
enquanto eu falava com ele lá;
em meus dias sou grato
ficou parado naquele momento
enquanto eu falava ao tecelão
amontado de acidentes,
o mago de todos os dias
em busca da primavera impossível.

*Tracy,* eu disse a ele, *a poesia mente*
*nas costuras da história,*
*em velhas lembranças e perspectivas*
*do que pode sempre e nunca ser*
(E essas foram as palavras
que eu não disse, mas a poesia mente
na perspectiva do que deveria ter sido:
você deve acreditar que eu disse essas palavras,
negação passada, história passada),
e lá no inverno
a primeira canção começou,

as luas se entrelaçaram e acenaram
nas fronteiras de Krynn,
o país da neve
separado pelas pastagens
mais brilhantes e plausíveis.
E a primeira canção continuou
através de perspectivas de verão,
onde a promessa volta
da semente desaparecida,
onde o cajado retorna
de desertos esquecidos,
e até as terras do norte
clamam ao espírito,
*este é o mapa*
*do acreditar realizado;*
*este é o mapa da crença.*

Cadê meu chapéu? Você o pegou! Eu te vi.
Não me diga que está na minha cabeça! Eu que sei! Eu...
Ah, aí está. Decidiu trazê-lo de volta, não é?
Não, eu não acredito em você. Nem por um minuto. Você sempre esteve de olho no meu chapéu, Hickman. Eu...
O quêêê? Você quer que eu escreva o quê?
Agora? Neste minuto?
Não posso fazer isso. Não tenho tempo.
Estou tentando lembrar as palavras de um feitiço.
Roda de fogo. Fogo no parquinho. Grandes bolas de fogo...
É quase isso...
Ah, muito bem. Vou escrever seu maldito prefácio.
Mas só desta vez, fique sabendo.
Aqui vai.

# Prefácio

Há muito tempo, um casal de malucos chamado Margaret Weis e Tracy Hickman decidiu deixar suas casas em Krynn e partir em uma aventura. Receio que haja um pouco de sangue kender naqueles dois. Simplesmente não resistiram a sair para visitar outros mundos novos e excitantes.

Mas Weis e Hickman são como os kender e moedas ruins... Continuam aparecendo. E aqui estão novamente, prontos para nos contar sobre as coisas maravilhosas que estão acontecendo em Krynn.

Algumas dessas histórias já ouvimos antes, mas eles também têm algumas novas, todas sobre os filhos daquele grupo pequeno de aventureiros que agora são conhecidos como os Heróis da Lança.

Muitos anos se passaram desde a guerra. Os filhos dos Heróis estão crescendo, partindo em suas próprias aventuras, indo para um mundo que, lamento dizer, ainda tem muitos perigos e problemas pela frente.

Agora, ao ler essas páginas, você notará que, às vezes, Weis e Hickman contradizem outras histórias que você já ouviu. Alguns podem ficar um pouco perplexos com seus relatos sobre as vidas passadas dos Heróis... Relatos que diferem de outros relatos.

Existe uma explicação perfeitamente simples.

Após a Guerra da Lança, Tanis, Caramon e Raistlin — e todo o resto dos Companheiros — deixaram de ser pessoas comuns e se tornaram Lendas. Gostamos tanto de ouvir sobre as aventuras dos Heróis que não queríamos que as histórias acabassem. Queríamos ouvir mais. Para preencher a demanda, bardos e criadores de lendas vieram de toda Krynn para contar histórias maravilhosas. Alguns deles conheciam bem os Heróis. Outros simplesmente repetiram as histórias que ouviram de um anão, que as obteve de um kender, que as pegou emprestadas de um cavaleiro, que tinha uma tia que conhecia os Heróis...

Você entendeu.

Algumas dessas histórias são total e positivamente verdadeiras. Outras provavelmente são quase total e positivamente verdadeiras, mas não exatamente. Outras ainda são o que chamamos na sociedade educada de "contos de kender", histórias que não são verdadeiras, mas com certeza são ótimas de se ouvir!

E aí você pergunta: Fizban, ó Grande e Poderoso Mago, quais são histórias?

E eu, Fizban, o Grande e Poderoso Mago, respondo: contanto que você tenha gostado das histórias, seu palerma, o que isso importa?

Muito bem. Ainda bem que resolvemos isso.

Agora, vá preparar suas bolsas. Guarde seus lenços. Pegue seu hoopak. Temos muitas aventuras pela frente. Vamos! Esqueça suas preocupações! Viaje com Weis e Hickman por Krynn mais uma vez, mesmo que apenas por um momento. Eles não vão ficar aqui por muito tempo, mas planejam voltar.

(Talvez, da próxima vez, eles devolvam meu chapéu!)

Qual era o meu nome mesmo?

Ah, sim.

Um abraço, atenciosamente,

Fizban, o Fabuloso.

# 1

No limite do mundo,
o malabarista vagueia,
sem visão e sem caminho,
confiando na largura
venerável das suas mãos de malabarista.
Ele vagueia pela borda
de uma história antiga,
equilibrando luas,
revistando as estrelas
anônimas e fixas em sua passagem.
Algo como instinto
e algo como ágata
dura e transparente
nas profundezas de seus reflexos
canaliza os objetos
à vida no ar:
estiletes e garrafas,
pinos de madeira e enfeites,
o visível e o invisível...
Todos se remontam
traduzidos em luz e destreza.

É esta versão da luz a qual nos guiamos:
constelações de memória
e de uma química nascida
no alambique de sangue,
onde motivo e metáfora
e o impulso da noite
são recozidos pela manhã
em nosso semblante,
nas espirais
dos nossos dedos à superfície.
Algo em cada um de nós
anseia por este equilíbrio,
pelas químicas desaparecidas
que temperam o aço.
O melhor de todos os malabarismos
encontra-se nas tréguas
que moldam nossa intenção
de facas, de filamento
de garrafas meio vazias,
e espelhos e químicas,
e do minério
esquecido da noite.

# O Filho de Kitiara

# 1

# O pedido estranho de uma ginete de dragão azul

Era outono em Ansalon, outono em Consolação. As folhas das copadeiras estavam mais bonitas do que nunca, assim dizia Caramon; os vermelhos brilhando mais do que o fogo, os dourados brilhando mais do que as moedas recém-cunhadas que estavam saindo de Palanthas. Tika, a esposa de Caramon, concordou. Nunca tais cores foram vistas antes em Consolação.

E, quando ele saiu da hospedaria e foi buscar outro barril de cerveja marrom, Tika balançou a cabeça e riu.

— Caramon diz a mesma coisa todos os anos. As folhas estão mais coloridas, mais bonitas do que no ano anterior. Nunca falha.

Os fregueses riam com ela e alguns caçoavam do grandalhão quando ele voltava para a hospedaria carregando o barril pesado de cerveja preta nas costas.

— As folhas parecem um pouco marrons este ano — comentou um, com tristeza.

— Secando — disse outro.

— Sim, estão caindo muito cedo, antes que tenham a chance de mudar completamente — comentou mais um.

Caramon parecia surpreso. Ele jurou firmemente que não era assim e até arrastou os descrentes para a varanda, enfiando seus rostos em um galho cheio de folhas para provar sua afirmação.

Os clientes, residentes de longa data de Consolação, admitiram que ele estava certo. Nunca as folhas pareceram tão lindas. Com isso, Caramon, tão satisfeito como se tivesse pintado as folhas pessoalmente, escoltou os clientes de volta para dentro e ofereceu uma cerveja de graça. Isso também acontecia todos os anos.

A Hospedaria do Lar Derradeiro esteve especialmente movimentada neste outono. Caramon gostaria de atribuir o aumento do comércio às folhas; houve muitos que fizeram a peregrinação à Consolação nestes dias de paz relativa para ver as maravilhosas copadeiras, que cresciam aqui e em nenhum outro lugar em Krynn (apesar de várias alegações contrárias, feitas por certas cidades ciumentas cujos nomes não serão mencionados).

Mas até mesmo Caramon era forçado a concordar com a prática Tika. O próximo Conclave dos Magos estava mais relacionado com o aumento do número de hóspedes do que com as folhas... Por mais lindas que fossem.

Um Conclave dos Magos era realizado com pouca frequência em Krynn. Ocorre apenas quando os usuários de magia de alto escalão em cada uma das três ordens — Branca, Vermelha e Negra — consideravam necessário que todos aqueles — de todos os níveis de magia, desde o mais novo aprendiz até o feiticeiro mais habilidoso — se reunissem para discutir assuntos arcanos.

Magos de toda Ansalon viajaram para a Torre de Veredas para participar do Conclave. Também foram convidados alguns indivíduos conhecidos, como as raças da Gema Cinza, cujo povo não usava magia, mas que estavam envolvidos na criação de vários itens e artefatos mágicos. Vários membros da raça anã foram convidados de honra. Um grupo de gnomos chegou, carregado de projetos, na esperança de persuadir os magos a deixá-los entrar. Vários kender apareceram, claro, porém foram afastados, nas fronteiras, de forma gentil, embora firme.

A Hospedaria do Lar Derradeiro era a última parada confortável antes de um viajante chegar à mágica Floresta das Veredas, onde ficava uma das Torres da Alta Magia, a sede ancestral da magia no continente. Muitos magos e seus convidados paravam na hospedaria a caminho da torre.

— Eles vieram admirar a cor das folhas — Caramon comentou com sua esposa. — A maioria desses magos poderia simplesmente ter se magicado para a torre sem se preocupar em parar em qualquer lugar no caminho.

Tika só conseguiu rir, dar de ombros e concordar com o marido que, sim, deviam ser as folhas. E assim Caramon passou o resto do dia excessivamente satisfeito consigo mesmo.

Nenhum dos dois mencionou o fato de que cada mago que veio para ficar na hospedaria trouxe consigo um item pequeno de estima e lembrança para o irmão gêmeo de Caramon, Raistlin. Um mago de grande poder e ambição muito maior, Raistlin se voltou para o mal e quase destruiu o mundo. Contudo, ele se redimiu no final com o sacrifício de sua própria vida, mais de vinte anos atrás. Uma sala pequena na hospedaria era considerada o Quarto de Raistlin e, agora, estava cheia de vários itens (alguns deles mágicos) deixados para comemorar a vida do mago.

(Nenhum kender jamais teve permissão de chegar perto desta sala!)

Faltavam apenas três dias para o Conclave dos Magos e, naquela noite, pela primeira vez em uma semana, a hospedaria estava vazia. Todos os magos haviam viajado pois a Floresta das Veredas é um lugar complicado. Você não encontra a floresta, ela encontra você. Todos os magos, mesmo os mais altos de sua categoria, sabiam que poderiam passar pelo menos um dia vagando, esperando que a floresta aparecesse.

E, assim, os magos se foram e nenhum dos clientes normais havia voltado. Os habitantes da cidade, tanto de Consolação como das comunidades vizinhas, que paravam na hospedaria todas as noites para beber cerveja ou comer as batatas temperadas de Tika, ou ambos, ficavam longe quando os magos chegavam. Os usuários de magia eram tolerados em Ansalon (ao contrário dos velhos tempos, quando eram perseguidos), mas não eram confiáveis, nem mesmo os magos vestidos de branco, que eram dedicados ao bem.

No primeiro ano em que o Conclave foi realizado, vários anos após a Guerra da Lança, Caramon abriu sua hospedaria para magos (muitas hospedarias se recusam a servi-los). Houve problemas. Os clientes regulares reclamaram muito, contrariados, e um deles estava bêbado o suficiente para tentar intimidar e atormentar um jovem mago de manto vermelho.

Essa foi uma das poucas vezes que alguém em Consolação conseguia se lembrar de ter visto Caramon zangado, algo ainda falado até hoje, embora não na presença dele. O bêbado foi carregado para fora da pousada pelos pés, depois seus amigos tiveram que tirar sua cabeça de uma árvore bifurcada crescida na hospedaria.

Depois disso, sempre que ocorria um Conclave, os frequentadores faziam seus negócios em outras tavernas e Caramon servia aos magos. Quando o Conclave terminava, os frequentadores voltavam e a vida continuava normalmente.

— Mas, esta noite — falou Caramon, fazendo uma pausa em seu trabalho para olhar com admiração para sua esposa — poderemos ir para a cama cedo.

Eles estavam casados há cerca de 22 anos e Caramon ainda estava firmemente convencido de que se casara com a mulher mais bela de Krynn. Eles tiveram cinco filhos: três meninos — Tanin, de vinte anos; Sturm, de dezenove anos; Palin, de dezesseis anos — e duas meninas pequenas — Laura e Dezra, de cinco e quatro anos. Os dois rapazes mais velhos desejavam ser cavaleiros e estavam sempre em busca de aventura, que é onde eles estavam esta noite. O mais novo, Palin, estava estudando magia. *É uma fantasia passageira*, disse Caramon, *O menino logo sairá dessa*. Quanto às meninas... Bem, a história delas é outra.

— Vai ser bom — Caramon repetiu — ir para a cama cedo para variar.

Varrendo o chão vigorosamente, Tika fechou a boca, para não se entregar ao riso, e respondeu, com um suspiro:

— Sim, louvados sejam os deuses. Estou tão cansada que provavelmente vou dormir antes que minha cabeça encoste no travesseiro.

Caramon parecia ansioso. Ele largou o pano que estava usando para secar as canecas recém-lavadas e contornou o balcão.

— Você não está tão cansada, está, minha querida? Palin está na escola, os dois mais velhos estão visitando Lua Dourada e Vendaval, as meninas estão na cama, estamos só nós dois e pensei que poderíamos... bem... ter um tempinho para... hã... conversar.

Tika virou-se para que ele não visse seu sorriso.

— Sim, sim, estou cansada — ela disse, soltando outro suspiro. — Tive que arrumar todas aquelas camas, além de supervisionar a nova cozinheira e acertar as contas...

Os ombros de Caramon caíram.

— Certo, está tudo bem — ele murmurou. — Por que você simplesmente não vai para a cama e eu termino...

Tika jogou a vassoura no chão. Rindo, ela lançou os braços ao redor do marido... O tanto quanto conseguia. A circunferência de Caramon aumentou acentuadamente ao longo dos anos.

— Seu grande paspalho — disse ela com carinho. — Eu só estava brincando. Claro, vamos para a cama "conversar", mas lembre-se de que "conversar" foi o que nos trouxe os meninos e as meninas em primeiro lugar!

Vamos — ela puxou o avental dele, de brincadeira. — Apague as luzes e tranque a porta. Vamos deixar o resto do trabalho para amanhã.

Sorrindo, Caramon fechou a porta. Ele estava prestes a deslizar a barra pesada de madeira sobre ela quando ouviu uma leve batida do lado de fora.

— Ah, droga! — Tika franziu a testa. — Quem poderia ser a esta hora da noite? — apressadamente, ela soprou a vela em sua mão. — Vamos fingir que não ouvimos. Talvez eles vão embora.

— Não sei — começou Caramon de coração mole. — Esta noite vai ser congelante...

— Ah, Caramon! — falou Tika, exasperada. — Há outras hospedarias...

A batida foi repetida, desta vez mais alta, e uma voz chamou:

— Estalajadeiro? Desculpe pelo tardar da hora, mas estou sozinha e com uma necessidade desesperada.

— É uma mulher — Caramon falou. Tika sabia que tinha perdido.

Seu marido poderia, apenas poderia, ser persuadido a permitir que um homem fosse em busca de outra hospedaria em uma noite fria. Mas uma mulher, especialmente uma viajando sozinha... Nunca.

De qualquer maneira, não custava discutir um pouco.

— E o que uma mulher sozinha está fazendo vagando a esta hora da noite? Nada de bom, aposto.

— Ah, vamos lá, Tika — começou Caramon, no tom bajulador que ela conhecia tão bem — não dá para dizer isso. Talvez ela esteja indo visitar um parente doente e a escuridão a pegou na estrada ou...

Tika acendeu a vela.

— Siga em frente. Abra.

— Estou indo — o grandalhão rugiu. Caminhando até a porta, fez uma pausa e olhou para sua esposa. — Você deveria colocar lenha no fogo da cozinha. Ela pode estar com fome.

— Então ela pode comer carne fria e queijo — Tika retrucou, batendo a vela na mesa.

Tika tinha cabelos ruivos e, embora sua cor tivesse ficado grisalha e suave com a idade, seu temperamento não. Caramon abandonou o assunto da comida quente.

— Ela provavelmente está muito cansada — disse, esperando acalmar a esposa. — Provavelmente irá direto para o quarto.

— Unf! — Tika desdenhou. — Vai abrir a porta ou deixar ela congelar lá fora? — Com as mãos nos quadris, olhou para o marido.

Corando e abaixando a cabeça, Caramon apressou-se em abrir a porta.

Uma mulher estava parada na passagem. Contudo, ela não era o que esperavam e até mesmo o Caramon de coração mole, ao vê-la, pareceu ter dúvidas sobre deixá-la entrar.

Ela usava um manto pesado, botas e ostentava o elmo e luvas de couro indicativas de um ginete de dragão. Isso em si não era incomum; muitos ginetes de dragões passavam por Consolação esses dias. Mas o elmo, a capa e as luvas eram de um azul profundo, com detalhes em preto. A luz captou um brilho de escamas azuis, que reluzia em suas calças de couro e botas pretas.

Uma ginete de dragão azul.

Tal pessoa não era vista em Consolação desde os dias da guerra e por um bom motivo. Se tivesse sido descoberta à luz do dia, ela teria sido apedrejada. Ou, no mínimo, feita de prisioneira. Mesmo hoje em dia, vinte e cinco anos após o fim da guerra, o povo de Consolação se lembrava claramente dos dragões azuis que queimaram e destruíram sua cidade, matando muitos de seus parentes. Havia veteranos que lutaram na Guerra da Lança, Caramon e Tika entre eles, que se lembravam com ódio dos dragões azuis e seus ginetes, servos da Rainha das Trevas.

Os olhos na sombra do elmo azul encontraram os de Caramon firmemente.

— Você tem um quarto para a noite, estalajadeiro? Já viajei bastante e estou muito cansada.

A voz que vinha de trás da máscara parecia melancólica, cansada... E nervosa. A mulher manteve-se nas sombras em torno da porta. Esperando a resposta de Caramon, ela olhou por cima do ombro duas vezes, não para o chão, mas para o céu.

Caramon voltou-se para a esposa. Tika era uma juíza perspicaz do caráter, uma habilidade fácil de adquirir, se você gostasse de pessoas como ela gostava. Tika anuiu de forma rápida e abrupta.

Caramon recuou e fez sinal para que a ginete do dragão entrasse. Ela deu uma última olhada por cima do ombro, então entrou apressadamente, mantendo-se fora da luz direta. O próprio Caramon deu uma olhada pela porta antes de fechá-la.

O céu estava bem iluminado; as luas vermelha e prateada estavam altas e próximas uma da outra, embora não tão próximas quanto estariam em alguns dias. A lua negra também estava lá fora, em algum lugar, a lua que só aqueles que adoravam a Rainha das Trevas podiam ver. Esses corpos celestes dominavam as três forças: o bem, o mal e o equilíbrio entre eles.

Caramon fechou a porta com força e colocou a barra pesada sobre ela. A mulher se encolheu com o som da barra batendo no lugar. Estava tentando abrir o fecho do alfinete que prendia sua capa, um broche grande forjado de madrepérola que emitia um brilho fraco e misterioso na penumbra da hospedaria iluminada por velas. Suas mãos tremiam e ela deixou cair o broche no chão. Caramon curvou-se e foi pegá-lo. A mulher se moveu rapidamente para impedi-lo em uma tentativa de esconder o broche.

Caramon interferiu, franzindo a testa.

— Um adorno estranho — disse, forçando a mão da mulher aberta para Tika ver o alfinete. Ele percebeu, agora que o estudou de perto, que estava relutante em tocá-lo.

Tika olhou para o broche. Os lábios dela se apertaram. Talvez ela estivesse pensando que seu julgamento infalível de caráter finalmente falhou.

— Um lírio negro.

Uma flor preta de cera com quatro pétalas pontiagudas e um centro vermelho-sangue. A lenda élfica considera que o lírio negro brota dos túmulos daqueles que encontraram a morte pela violência. Diz-se que o lírio negro cresce do coração da vítima assassinada e, se arrancado, o caule quebrado, sangrará.

A ginete do dragão retirou a mão e deslizou o broche de volta para o pelo preto que enfeitava sua capa.

— Onde você deixou seu dragão? — Caramon perguntou, sério.

— Escondido em um vale perto daqui. Não precisa se preocupar, estalajadeiro. Ela está sob meu controle e é completamente leal a mim. Não fará mal a ninguém. — A mulher retirou o capacete de couro azul que usava para proteger o rosto durante o voo. — Eu dou minha palavra.

Assim que o elmo foi removido, a ginete do dragão assustadora e formidável desapareceu. Em seu lugar, havia uma mulher possivelmente de meia-idade; era difícil dizer quantos anos ela tinha só de olhar. Seu rosto estava enrugado, mais de tristeza do que de anos. Seu cabelo trançado era grisalho, prematuramente, ao que parecia. Seus olhos não eram os cruéis, duros e impiedosos daqueles que servem à Takhisis, mas eram gentis, tristes e... assustados.

— E acreditamos em você, minha senhora — disse Tika, com um olhar desafiador para o silencioso Caramon... Um olhar que, para ser honesto, o grandalhão não merecia.

Caramon sempre demorava a reagir, não porque fosse estúpido (como até mesmo seus melhores amigos pensavam, em sua juventude), mas porque sempre considerava cada ocorrência nova ou incomum de todos os ângulos concebíveis. Tal ruminação rendia uma aparência de lentidão e, frequentemente, levava o pensamento rápido pelos seus camaradas (incluindo sua esposa) à distração. Caramon recusou-se a ser apressado e, muitas vezes, chegou a algumas conclusões surpreendentemente perspicazes em consequência disso.

— Você está tremendo, minha senhora — Tika acrescentou, enquanto seu marido permanecia imóvel, olhando para o nada. Resolveu deixá-lo em paz. Conhecia os sinais da mente de seu marido em funcionamento. Ela puxou a mulher para perto da fogueira.

Senta aqui. Vou atiçar o fogo. Gostaria de uma comida quente? Vou levar apenas um minuto para acender o fogo da cozinha...

— Não, obrigada. Não se preocupe com o fogo. Não é o frio que me faz tremer. — A mulher disse a última parte em voz baixa. Ela mais caiu do que se sentou no banco.

Tika largou o atiçador que estava usando.

— O que foi, minha senhora? Você fugiu de alguma prisão terrível, não foi? E agora está sendo perseguida.

A mulher ergueu a cabeça e olhou maravilhada para Tika, depois deu um sorriso pálido.

— Você está quase certa. Está tão óbvio pela minha cara? — Ela colocou uma mão trêmula em sua bochecha enrugada e desbotada.

— Marido. — Tika levantou-se rapidamente. — Onde está sua espada?

— Hein? — Sacudido de seus pensamentos, Caramon ergueu a cabeça. — O quê? Espada?

— Vamos acordar o xerife. Chamar a milícia da cidade. Não se preocupe, minha senhora. — Tika estava ocupada desamarrando o avental. — Eles não vão te levar de volta...

— Espere! Não! — A mulher parecia mais assustada com toda essa atividade em seu nome do que com qualquer perigo que a ameaçasse.

— Espere um minuto, Tika. — Caramon falou, repousando sua mão no ombro da sua esposa. Quando falava naquele tom, sua esposa teimosa sempre ouvia. — Calma.

Ele se virou para a ginete do dragão, que se levantou assustada.

— Não se preocupe, minha senhora. Não contaremos a ninguém que está aqui até que você queira.

Com um suspiro de alívio, a mulher voltou a se sentar no banco.

— Mas, querido... — Tika começou.

— Ela veio aqui de propósito, querida — Caramon interrompeu. — Não parou na hospedaria apenas para arrumar um quarto. Ela veio de propósito para encontrar alguém que mora em Consolação. E não acho que ela fugiu de algum lugar maligno. Eu acho que ela o deixou. — Sua voz ficou sombria. — E eu acho que, quando ela sair daqui, vai voltar... Por vontade própria.

A mulher estremeceu. Seus ombros curvados, sua cabeça inclinada.

— Você está certo. Eu vim encontrar alguém em Consolação. Você, estalajadeiro, deve saber onde posso localizar este homem. Preciso falar com ele esta noite. Não me atrevo a ficar muito. O tempo... — Seus dedos se recontorceram em suas luvas azuis. — O tempo está se esgotando.

Caramon pegou sua capa, que estava pendurada em um cabide atrás do balcão.

— Quem é? Diga o nome dele que eu vou buscá-lo. Conheço todos que moram em Consolação...

— Espera um pouco — a prudente Tika o deteve. — O que você quer com esse homem?

— Posso dizer o nome dele, mas não posso dizer por que quero vê-lo, mais por ele do que por mim.

Caramon fechou o semblante.

— Isso trará qualquer perigo que você esteja correndo para ele também?

— Não posso dizer! — A mulher evitou olhar para ele. — Talvez. Sinto muito por isso, mas...

Lentamente, Caramon balançou a cabeça.

— Não posso acordar um homem no meio da noite e levá-lo para o que pode ser sua perdição...

A mulher ergueu os olhos angustiados.

— Eu poderia ter mentido para você. Poderia ter dito que tudo ficará bem, mas não sei disso. Sei apenas que guardo um segredo terrível e devo compartilhá-lo com a única outra pessoa viva que tem o direito de conhecê-lo! — Ela estendeu a mão e segurou a de Caramon. — Uma vida está em jogo. Não, senhor, mais que uma vida! Uma alma!

— Não cabe a nós julgarmos, querida — disse Tika. — Este homem, quem quer que seja, deve decidir por si mesmo.

— Muito bem. Vou buscá-lo. — Caramon jogou a capa sobre os ombros. — Qual o nome?

— Majere — falou a mulher. — Caramon Majere.

— Caramon! — repetiu Caramon, atônito.

A mulher confundiu seu espanto com relutância.

— Sei que estou pedindo o impossível. Caramon Majere... Um Herói da Lança, um dos mais renomados guerreiros de Ansalon. O que ele poderia ter a ver com gente como eu? Mas, se ele não vier, diga... — Ela fez uma pausa, considerando o que poderia dizer. — Diga a ele que vim por causa da irmã dele.

— A irmã dele! — Caramon caiu contra a parede. O baque sacudiu a hospedaria.

— Paladine nos ajude! — Tika juntou as mãos com força. — Não... Kitiara?

# 2

## O filho de Kitiara

Caramon tirou a capa. Ele pretendia pendurá-lo no pino, mas errou. A capa deslizou até o chão. Não se incomodou em pegá-la. A mulher observava tudo isso com uma desconfiança crescente.

— Por que você não vai buscar esse homem?

— Porque você já o encontrou. Eu sou Caramon Majere.

A mulher ficou assustada, permanecendo desconfiada.

— Pode perguntar a qualquer um — Caramon falou simplesmente, acenando com a mão para indicar a hospedaria e além. — O que eu ganharia mentindo? — Ele corou, deu um tapinha na barriga larga e deu de ombros. — Sei que posso não parecer muito com um herói...

De repente, a mulher sorriu. O sorriso a fez parecer mais jovem.

— Eu estava esperando um grande lorde. Estou feliz que você não seja. Isso será... Mais fácil.

Ela o estudou com atenção.

— Agora que estou o vendo melhor, eu deveria tê-lo reconhecido. Ela descreveu você para mim como... "Um homem grande, mais músculo do que cérebro, sempre pensando de onde virá sua próxima refeição". Perdoe-me, senhor. Essas foram as palavras de Kitiara, não minhas.

A expressão de Caramon escureceu.

— Suponho que saiba, minha senhora, que minha irmã está morta. Minha meia-irmã, devo dizer. E você sabe que Kitiara era uma Senhora dos Dragões, em conluio com a Rainha das Trevas. Por que ela contaria algo sobre mim? Ela pode ter gostado de mim, uma vez, imagino, mas ela esqueceu isso rapidamente.

— Eu sei o que Kitiara era. Sei melhor do que muitos — disse a mulher, com um suspiro. — Ela morou comigo, sabe, por vários meses. Foi antes da guerra. Cerca de cinco anos antes. Vai ouvir minha história desde o início? Viajei muitas centenas de quilômetros para encontrá-lo, mesmo correndo grande perigo.

— Talvez seja melhor esperar até de manhã...

Ela balançou a cabeça.

— Não, não me atrevo. É mais seguro para mim viajar antes do amanhecer. Você vai ouvir minha história? Se você optar por não acreditar em mim... — Ela deu de ombros. — Então, vou te deixar em paz.

— Vou fazer um chá de tarba — disse Tika. Ela foi para a cozinha, primeiro colocando a mão no ombro maciço do marido, pedindo que escutasse silenciosamente.

Caramon sentou-se pesadamente.

— Muito bem. Qual é o seu nome, minha senhora? Se não se importa que eu pergunte.

— Sara Dunstan. Eu sou... ou era... uma residente de Solamnia. E é lá, numa pequena aldeia não muito distante de Palanthas, é onde começa a minha história.

"Eu tinha uns vinte anos na época. Morava sozinha, numa casinha que tinha pertencido aos meus pais. Ambos haviam morrido de peste, alguns anos antes. Eu peguei, mas fui uma das sortudas que sobreviveram. Ganhava a vida como tecelã, tendo aprendido o ofício com minha mãe. Eu era uma solteirona. Sim, tive chances de me casar, quando era jovem, mas recusei. Muito exigente, diziam os moradores da cidade, mas a verdade é que nunca encontrei ninguém que eu amasse e não poderia me contentar com menos. Não estava especialmente feliz. Poucos estavam naqueles tempos difíceis antes da guerra. Não sabíamos o que estava por vir ou teríamos nos considerado abençoados."

Ela parou de falar e aceitou um copo de chá quente. Tika sentou-se ao lado do marido e o entregou uma caneca de chá. Ele aceitou, a largou e prontamente a esqueceu. Seu rosto estava sério.

— Continue, minha senhora.

— Você não deveria me chamar de senhora. Não sou. Nunca fui. Como eu disse, eu era uma tecelã. Eu estava trabalhando no tear em minha casa, um dia, quando bateram na minha porta. Olhei para fora. A princípio, pensei que fosse um homem parado na minha varanda, mas de repente percebi que era uma jovem, vestida com uma armadura de couro. Ela usava uma espada e seu cabelo era preto e curto.

Tika olhou para Caramon para ver sua reação. A descrição se encaixava perfeitamente em Kitiara. Porém, o rosto de Caramon estava inexpressivo.

— Ela começou a me pedir alguma coisa... Água, eu acho... Mas antes que pudesse dizer qualquer coisa, ela desmaiou aos meus pés.

"Eu a carreguei para minha casa. Ela estava muito doente. Dava para perceber. Corri até a velha, uma druida, que era a curandeira da aldeia. Isso foi nos dias anteriores ao retorno dos clérigos de Mishakal, porém a druida era habilidosa à sua maneira e salvou muitas vidas. Talvez seja por isso que nunca nos apaixonamos por nenhum desses falsos clérigos e seus truques.

No momento em que a druida voltou, a mulher, Kitiara, disse que era esse seu nome, que havia recuperado a consciência. Tentava sair da cama, no entanto estava muito fraca. A velha a examinou, disse para se deitar e permanecer assim.

Kitiara recusou. 'É só febre', ela disse. 'Me dá alguma coisa para isso e eu vou embora'".

'Não é febre, como você bem sabe', a druida devolveu. 'Você está grávida e, se não se deitar e descansar, vai perder o bebê'".

O rosto de Caramon ficou branco, todo o sangue escoando rapidamente. Também pálida, Tika foi forçada a repousar a caneca de chá, com medo de derramar. Ela estendeu a mão e segurou a de Caramon. Seu aperto na dela era agradecido, esmagador.

— "Eu quero perder o pirralho!" Kitiara começou a praguejar, selvagemente. Nunca tinha ouvido uma mulher falar assim, dizer coisas tão horríveis. — Sara estremeceu. — Era terrível de ouvir, mas não incomodava a velha druida.

— "Sim, você vai perder o bebê, mas vai se perder ao mesmo tempo. Você vai morrer se não tomar cuidado".

"Kitiara murmurou algo sobre não acreditar em uma velha tola e desdentada, mas dava para dizer que ela estava com medo... Talvez porque estava tão fraca e doente. A druida queria que Kitiara fosse levada até sua casa, no entanto eu disse que não, que eu cuidaria dela. Talvez você ache isso estranho, mas eu estava sozinha e... Havia algo que eu admirava em sua irmã."

Caramon balançou a cabeça, seu rosto sério.

Sara sorriu e deu de ombros.

— Ela era forte e independente. Era o que eu teria sido se tivesse coragem suficiente. E, assim, ela ficou comigo. Kitiara estava muito doente. Com febre; o tipo que você pega dos pântanos. E preocupada com o bebê. Ela obviamente não o queria e sua raiva por estar grávida não a ajudava em nada. Eu cuidei dela durante a febre. Ficou doente por mais ou menos um mês. Por fim, ela melhorou e não perdeu o bebê. Mas a febre a deixou muito fraca, sabe como é. Ela mal conseguia levantar a cabeça do travesseiro.

Sara suspirou.

— A primeira coisa que pediu, quando estava bem, foi que a druida lhe desse algo para acabar com a gravidez. A velha disse a Kitiara que já era tarde demais. Ela se mataria. Kitiara não gostou disso, porém estava muito fraca para discutir, muito fraca para fazer qualquer coisa. E, a partir daquele instante, ela começou a contar os dias até o nascimento do bebê. "Vou me livrar do pequeno bastardo", ela dizia, "e posso seguir em frente".

Caramon fez um barulho de engolir, tossiu e pareceu severo. Tika apertou sua mão.

— A hora do parto chegou — continuou Sara. — Kitiara já havia recuperado suas forças, e foi bom que ela o tenha feito pois o parto foi longo e difícil. Após dois dias de trabalho duro, o bebê finalmente nasceu... Um menino. Forte e saudável. Porém, infelizmente, Kitiara não estava. A druida, que não gostava dela, disse à Kitiara, sem rodeios, que ela provavelmente iria morrer, e que deveria contar a alguém quem era o pai do bebê para que ele pudesse vir e reivindicar sua prole.

"Naquela noite, quando estava perto da morte, Kitiara me contou o nome do pai do bebê e todas as circunstâncias que envolveram a concepção da criança. Mas, por causa dessas circunstâncias e de quem era o pai, me obrigou a jurar não contar a ele.

Ela foi veemente sobre isso. Me fez jurar... Um juramento terrível... Pela memória de minha própria mãe. 'Leve o menino para meus irmãos. Seus nomes são Caramon e Raistlin Majere. Eles vão criar meu filho para ser um grande guerreiro. Caramon, especialmente. Ele é um bom guerreiro. Eu sei, eu o ensinei'.

Eu prometi a ela. Teria prometido qualquer coisa. Sentia muito por ela. Kitiara estava tão deprimida e fraca que eu tinha certeza de que morreria. 'Existe algo que eu possa levar para seus irmãos que os convençam de que a criança é sua? Caso contrário, por que eles acreditariam em mim?', perguntei a ela, 'Alguma joia que eles reconheceriam?'

'Não tenho joias. Tudo o que tenho é minha espada. Leve minha espada para Caramon. Ele saberá. E diga a ele... diga a ele...', Kitiara olhou fracamente ao redor da sala. Seu olhar foi para o bebê, que estava gritando vigorosamente em um berço perto do fogo.

'Meu irmãozinho costumava chorar assim', ela sussurrou. 'Ele sempre estava doente, Raistlin estava. E quando ele chorava, Caramon tentava distraí-lo. Fazia figuras de sombra, como esta.' Ela ergueu a mão... Coitadinha, fez tudo o que podia para levantá-la... E formou uma cabeça de coelho com os dedos. Assim.

'E Caramon dizia, 'Olha, Raist. Coelhinhos'."

Caramon soltou um gemido grande e baixou o rosto entre as mãos. Tika colocou o braço em volta dele e disse algo suavemente.

— Sinto muito — falou Sara, preocupada. — Esqueci como isso deve ser terrível para você. Não queria chateá-lo. Eu só queria provar...

— Está tudo bem, minha senhora. — Caramon ergueu a cabeça. Seu rosto estava pálido e abatido, mas ele estava composto. — As memórias são difíceis às vezes, especialmente vindo... assim. Mas agora acredito em você, Sara Dunstan. Desculpe por não ter feito isso antes. Apenas Kit ou... ou Raist... saberia essa história.

— Não é preciso se desculpar. — Sara tomou um gole do chá e envolveu a caneca com as mãos geladas para aquecê-las. — Claro, Kitiara não morreu. A velha druida não podia acreditar. Ela disse que Kitiara deve ter feito um pacto com Takhisis. Muitas vezes pensei nisso, mais tarde, quando soube que Kitiara era responsável pela morte de tantos. Ela prometeu almas à Rainha das Trevas em troca da dela? Foi por isso que Takhisis a deixou partir?

— Que ideia terrível! — Tika tremeu.

— Não é uma ideia — disse Sara, subjugada. — Já vi isso ser feito. — Ela ficou em silêncio por longos momentos. Caramon e Tika a olharam, horrorizados. Agora, eles a viam como quando entrou pela primeira vez, usando o elmo do mal, portando o lírio da morte como um ornamento.

— O bebê sobreviveu, você disse — Caramon declarou abruptamente, franzindo a testa. — Presumo que Kit o deixou para trás.

— Sim. — Sara retomou sua história. — Kitiara logo ficou forte o suficiente para viajar. Contudo, enquanto estava se recuperando, ela gostou do bebê. Ele era um bom menino, alerta e bem formado. "Não posso ficar com ele", ela me disse. "Coisas importantes estão prestes a acontecer. Exércitos estão se formando no norte. Pretendo ganhar minha sorte com minha espada. Encontre um bom lar para ele. Enviarei dinheiro para sua criação e, quando ele tiver idade suficiente para ir para a guerra comigo, voltarei para buscá-lo".

"'E os seus irmãos?', arrisquei sugerir.

Ela se virou para mim com raiva. 'Esqueça que eu disse que tinha parentes! Esqueça tudo o que eu disse. Principalmente, esqueça o que eu disse sobre o pai!'

Eu concordei. E então perguntei se eu poderia ficar com a criança."

Sara olhou para o fogo, com o rosto corado.

— Eu estava tão sozinha, sabe. E sempre quis um filho meu. Parecia que os deuses... Se é que havia deuses... Haviam respondido às minhas preces.

"Kitiara gostou da ideia. Ela passou a confiar em mim e acho que até gostava um pouco de mim, tanto quanto ela poderia gostar de qualquer outra mulher. Prometeu me enviar dinheiro, sempre que tivesse. Eu disse que não me importava com isso. Poderia sustentar a mim e a uma criança. E prometi a ela que escreveria cartas, contando sobre o menino. Kitiara beijou a criança, quando saiu, e depois a colocou em meus braços.

'Como você vai chamá-lo?', perguntei.

'Seu nome será Aço', disse ela. E riu quando disse... Uma espécie de piada, considerando o sobrenome do bebê."

— Que seria "Meio-Elfo" — Caramon murmurou de lado para Tika. — Não vejo muita piada nisso, exceto para o pobre Tanis. Todos esses anos. — Ele fez um movimento sombrio de cabeça. — Sem saber.

— Silêncio! — Tika sussurrou. — Não dá para dizer isso com certeza.

— O quê? — Sara ouviu. — O que quer dizer?

— Desculpe, mas não entendi a piada — disse Caramon. — Sobre o nome do bebê. "Meio-Elfo", sabe.

— Meio-Elfo? — Sara ficou perplexa.

Corando, extremamente envergonhado, Caramon tossiu e disse:

— Olha, todos nós sabíamos sobre Tanis e Kit, então você não precisa mais esconder...

— Ah, você acha que o pai do bebê era Tanis Meio-Elfo — interrompeu Sara, compreendendo de repente. — Não, você está errado.

— Tem certeza? — Caramon ficou intrigado. — Claro, poderia ser outra pessoa...

— Qualquer homem de calças — Tika murmurou baixinho.

— Mas você disse que esse bebê nasceu quatro anos antes da guerra. Kit e Tanis eram amantes. E deve ter sido logo depois que ela deixou Consolação com... — A respiração de Caramon ficou presa na garganta. Ele olhou para Sara. — Não é possível! — Ele rosnou. — Kit estava mentindo. Eu não acredito.

— Como assim? — Tika exigiu. — Não estou entendendo! De quem você está falando?

— Você não se lembra daquela época...

— Caramon, eu era uma garotinha quando você, Raistlin e os outros deixaram Consolação. E vocês jamais falaram sobre o que aconteceu durante esses cinco anos.

— É verdade que nunca falamos dessas viagens — disse Caramon lentamente, formulando seus pensamentos. — Fomos em busca dos deuses verdadeiros, esse era o nosso objetivo. No entanto, olhando o passado, percebo agora que realmente fomos em busca de nós mesmos. Como um homem ou uma mulher pode descrever essa jornada? E assim, mantivemos silêncio, guardamos as histórias em nossos corações e deixamos que os criadores de lendas, que estão apenas atrás de uma peça de aço, inventem as histórias idiotas que escolherem.

Ele encarou Sara longa e seriamente, enquanto ela olhava para a caneca de chá esfriando em suas mãos.

— Admito que não tenho provas. Quero dizer — ela emendou —, eu tenho provas, mas nada que possa apresentar neste momento. — Ela ergueu a cabeça desafiadoramente. — Você acreditou em mim até agora.

— Não sei mais em que acreditar — Caramon disse, pesaroso. Ele se levantou e caminhou para ficar perto do fogo.

— Alguém poderia me dizer o que está acontecendo? Qual é o nome do bebê? — Tika exigiu, exasperada.

— Aço — Sara respondeu. — Aço Brightblade.

# 3

## Rosa Branca, Lírio Negro

— Que todos os deuses nos protejam! — Tika se engasgou. — Mas isso significaria... Que linhagem estranha! Sagrado Paladine! — Ela se levantou, olhando horrorizada para Caramon. — Ela o matou! Kitiara matou o pai do seu próprio filho!

— Não acredito nisso — Caramon mal falou. Com as mãos enfiadas nos bolsos da calça, ele chutou, mal-humorado, um tronco que ameaçava rolar para fora da grade, lançando uma chuva de faíscas pela chaminé. — Sturm Brightblade era um cavaleiro... Se não pelas regras da ordem, em sua alma. Ele nunca... — Caramon fez uma pausa, com o rosto corado. — Bem, ele não faria isso.

— Ele também era um homem. Um jovem — Sara disse gentilmente.

— Você não o conhecia! — Caramon virou-se para ela com raiva.

— Mas passei a conhecer, depois. Vai ouvir o resto da minha história?

Tika repousou a mão no ombro largo do marido.

— "Tampar os ouvidos não calará a boca da verdade" — disse ela, repetindo um provérbio élfico.

— Não, mas silencia a língua rápida da fofoca — Caramon murmurou. — Me diga. Esse bebê ainda está vivo?

— Sim, seu sobrinho está vivo — Sara respondeu com firmeza, sua expressão triste e preocupada. — Ele tem vinte e quatro anos. É em nome dele que eu vim.

Caramon soltou um grande suspiro da dor que sentiu em seu coração.

— Continue, então.

— Como você disse, Kitiara e o jovem cavaleiro deixaram Consolação, indo para o norte. Eles procuravam notícias de seus pais, que foram Cavaleiros de Solamnia, e parecia lógico que viajassem juntos. Embora, pelo que percebi, eles formassem um par incompatível.

"As coisas deram errado entre eles, desde o começo. A própria natureza das suas missões era diferente. A de Sturm era sagrada. Ele estava à procura de um pai que fora um modelo de cavalaria. A de Kit não era. Ela sabia, ou pelo menos suspeitava, que seu pai fora expulso da cavalaria em desgraça. Poderia até ter entrado em contato com ele. Certamente, algo a estava atraindo para os exércitos da Rainha das Trevas, que se formavam em segredo no norte.

Kit pensou que o jovem Brightblade, com sua dedicação séria e fervor religioso, era divertido a princípio. Mas isso não durou muito. Logo, ela ficou entediada com ele. E então, ele começou a irritá-la demais. Sturm se recusava a ficar em tavernas, alegando que eram lugares de maldade. Passava todas as noites fazendo suas orações rituais. Durante o dia, ele a repreendeu severamente sobre seus pecados. Isso ela poderia ter tolerado, mas então o jovem cavaleiro cometeu um erro terrível. Ele tentou tomar o controle, assumir o comando."

— Kitiara não poderia permitir isso. Você a conhecia. Ela tinha que estar no controle de qualquer situação. — Sara sorriu, triste. — Nesses poucos meses que ela passou na minha casa, fazíamos as coisas do jeito dela. Comíamos o que ela queria comer. Conversávamos quando ela queria falar.

"'Sturm era irritante', Kit me disse e seus olhos escuros brilharam quando ela falou dele, meses depois. 'Eu era a guerreira mais velha, mais experiente. Ajudei no seu treinamento! E ele teve a coragem de começar a me dar ordens!'

Outra pessoa teria simplesmente dito: 'Olha, meu amigo, não estamos nos dando bem. Isso não está funcionando. Vamos cada um seguir seus próprios caminhos separados'. Mas não Kitiara. Ela queria quebrar Sturm, dar uma lição, ensinar quem era mais forte. A princípio, pensou em provocá-lo para um duelo, derrotando-o em uma luta de armas. Então, decidiu que não era humilhante o suficiente. Ela planejou uma vingança adequada. Provaria ao jovem cavaleiro que sua armadura de falso moralismo cederia ao primeiro golpe. Ela o seduziria."

A mandíbula de Caramon estava travada, seu rosto rígido. Ele ajeitou seu corpo grande de forma desconfortável de um pé para o outro. Por mais que quisesse duvidar, era óbvio, conhecendo os dois como ele conhecia, podia ver a verdade do que acontecera com muita clareza.

— A sedução de Brightblade tornou-se um jogo para Kit, acrescentou um tempero ao que se tornara uma viagem chata e monótona. Você sabe como sua irmã podia ser charmosa quando queria. Ela parou de brigar com Sturm. Fingia levar a sério tudo o que ele dizia e fazia. Ela o admirava, o elogiava. Sturm era honrado, idealista, talvez um pouco pomposo, afinal, ele era jovem, e começou a pensar que havia domado aquela mulher selvagem, a conduzido aos caminhos do bem. E, não tenho dúvidas, estava se apaixonando um pouco por ela. Foi então que ela começou a tentá-lo.

"O pobre jovem cavaleiro deve ter lutado muito com suas paixões. Ele fizera votos de castidade até o casamento, mas era humano, com o sangue quente de um jovem. Nessa idade, o corpo às vezes parece agir por vontade própria, arrasta consigo o espírito relutante. Kitiara era experiente em tais assuntos. O jovem cavaleiro não mundano, não era. Duvido que soubesse o que estava acontecendo com ele até que fosse tarde demais, seu desejo maior do que ele poderia suportar."

Sara baixou a voz.

— Certa noite, ele estava cantando suas orações. Este foi o momento que Kitiara escolheu. Sua vingança estaria completa se pudesse seduzi-lo de seu deus. E ela o fez.

Sara ficou em silêncio. Os três ficaram em silêncio. Caramon olhou friamente para o fogo moribundo. Tika torceu o avental nas mãos.

— Na manhã seguinte — Sara continuou — o jovem cavaleiro se deu conta. Para ele, o que fizeram foi pecaminoso. Pretendia fazer o que fosse possível para reparar isso. Ele a pediu em casamento. Kitiara riu. Ela o ridicularizou, seus votos, sua fé. Disse a ele que tudo fora um jogo. Ela não o amava. Na verdade, ela o desprezava.

"Ela alcançou seu objetivo. Viu o cavaleiro esmagado, envergonhado, como esperava. Zombou dele, o atormentou. E, então, ela o deixou. Ela me contou como ele ficou 'Como se eu tivesse cravado uma lança em seu coração. Da próxima vez que ele ficar tão branco assim, vão enterrá-lo!'"

— Maldita Kit — Caramon praguejou suavemente. Ele bateu com o punho na parede de tijolos da lareira. — Maldita seja.

— Quieto, Caramon! — Tika disse rapidamente. — Ela está morta. Quem sabe que retribuição terrível ela enfrenta agora?

— Me pergunto se o sofrimento dela é suficiente — Sara disse, calmamente. — Eu também era jovem e idealista. Só conseguia imaginar como o pobre homem deve ter se sentido. Tentei dizer isso a Kitiara, mas ela ficou furiosa. "Ele mereceu", afirmou ela. E, afinal, ele se vingara dela. Era assim que Kitiara via sua gravidez... A vingança dele. E foi por isso que ela me fez prometer que não contaria a ninguém que ele era o pai.

Caramon se mexeu.

— Então, por que está me contando? O que importa agora? Se for verdade, é melhor esquecer. Sturm Brightblade era um bom homem. Ele viveu e morreu por seus ideais e os da cavalaria. Meu próprio filho leva o nome dele. Não permitirei que esse nome seja desonrado. — Sua face ficou sombria. — O que você está procurando? Dinheiro? Não temos muito, mas...

Sara se levantou. Seu rosto estava lívido; como se ele a tivesse golpeado.

— Não quero o seu dinheiro! Se fosse isso que eu quisesse, poderia ter procurado você anos atrás! Vim buscar sua ajuda, porque ouvi dizer que você era um bom homem. Obviamente, ouvi errado.

Ela se dirigiu para a porta.

— Caramon, seu idiota! — Tika correu atrás de Sara e a agarrou enquanto ela vestia a capa. — Por favor, perdoa ele, minha senhora. Ele não quis dizer isso. Está magoado e chateado, só isso. Isso é um choque para nós dois. Você... você viveu com esse conhecimento por anos, mas isso nos atingiu bem no meio dos olhos. Volte, sente.

Tika puxou Sara de volta para o banco.

O rosto de Caramon estava vermelho e quente como as brasas.

— Sinto muito, Sara Dunstan. Tika está certa. Me sinto como um boi derrubado por um machado. Não sei o que estou dizendo. Como podemos te ajudar?

— Vocês precisam ouvir o resto da minha história — falou Sara. Ela cambaleou ao tentar se sentar e teria caído se Tika não a segurasse. — Perdão. Estou tão cansada.

— Você não deveria descansar primeiro? — Tika sugeriu. — Certamente teremos tempo pela manhã...

— Não! — Sara se sentou ereta. — Tempo é o que nos falta. E esse cansaço não é do corpo, é do espírito.

"O filho de Kitiara tinha seis semanas quando ela o deixou. Nem ele, nem eu nunca mais a vimos. Não posso dizer que estava arrependida. Eu amava o bebê tanto quanto se fosse meu. Talvez mais, pois, como eu disse, ele parecia ter sido dado a mim como um presente dos deuses para curar minha solidão. Kitiara manteve sua promessa. Mandou dinheiro para mim e presentes para Aço. Eu consegui acompanhar o aumento da fortuna de Kitiara ao longo dos anos, porque as somas de dinheiro aumentavam e os presentes eram mais caros. Os presentes eram todos de natureza bélica: espadas e escudos pequenos, uma faca pequena com cabo de prata esculpida com um dragão para seu aniversário. Aço os adorava. Como ela previra, ele era um guerreiro nato.

Quando ele tinha quatro anos, a guerra começou. O dinheiro e os presentes pararam de chegar. Kitiara tinha assuntos mais importantes em mente. Eu ouvi histórias da Dama das Trevas. Ouvi como ela caiu nas graças do Senhor Ariakas, o general dos exércitos do mal. Lembrei-me do que ela me dissera... Como, quando o menino tivesse idade suficiente para cavalgar para a batalha, ela voltaria para buscá-lo. Olhei para Aço. Ele tinha apenas quatro anos, era mais forte, mais alto e mais inteligente do que a maioria das crianças da sua idade.

Se eu o perdesse de vista, com certeza o encontraria na taverna, ouvindo de boca aberta e olhos ansiosos as histórias da batalha. Os soldados eram mercenários... Um bando ruim. Eles zombavam dos Cavaleiros de Solamnia, os chamando de fracotes que se escondiam em suas armaduras. Não gostei do que Aço estava aprendendo. Nossa cidade era pequena e desprotegida, exceto por essa ralé, e temi que eles fossem aliados das forças da Rainha das Trevas. E, então, eu parti."

— Meu filho — Sara lançou ao Caramon um olhar feroz, desafiando-o a contradizê-la — e eu nos mudamos para Palanthas. Achei que estaríamos seguros lá e queria que o menino crescesse entre os Cavaleiros de Solamnia, para aprender a verdade sobre a honra, o Juramento e a Providência. Pensei que isso poderia... poderia...

Sara fez uma pausa e deu um suspiro trêmulo antes de continuar.

— Eu esperava que pudesse neutralizar a escuridão que vi nele.

— Em uma criança? — Tika estava incrédula.

— Mesmo como criança. Talvez você pense que é porque eu sabia da disparidade das duas linhagens que corriam nele, mas eu juro, pelos deuses do bem, cujos nomes não posso mais dizer na inocência, que podia literalmente ver a batalha sendo travada por sua alma. Toda boa qualidade nele estava contaminada pelo mal; toda má qualidade adornada com o bem. Vi no passado! Vejo mais ainda agora.

Ela abaixou a cabeça. Duas lágrimas deslizaram por suas bochechas pálidas. Tika passou o braço em volta dela. Caramon deixou seu lugar perto do fogo e ficou protetoramente por perto enquanto ela continuava sua história.

— Foi em Palanthas que ouvi pela primeira vez sobre Sturm Brightblade. Ouvi os outros cavaleiros falarem sobre ele... Não em tons particularmente aprovadores. Dizia-se que ele se associava a pessoas estranhas; uma donzela elfa, um kender e um anão. E ele estava desafiando a autoridade. Mas as pessoas comuns da cidade gostavam e confiavam em Sturm, enquanto não gostavam ou não confiavam em muitos dos outros cavaleiros. Falei sobre Sturm com Aço, aproveitei todas as oportunidades para conscientizar Aço sobre a nobreza e a honra de seu pai...

— Aço sabia a verdade? — Caramon interrompeu.

Sara balançou a cabeça.

— Como eu poderia contar? Isso o teria confundido. É estranho, mas ele nunca me perguntou quem eram seus pais. Nunca escondi o fato de que não era sua mãe verdadeira. Muitos na minha cidadezinha sabiam a verdade. Mas eu vivia... Ainda vivo... com medo da pergunta: quem são meus pais de verdade?

— Quer dizer — Caramon parecia surpreso — que ele não sabe? Até hoje?

— Ele agora sabe quem é sua mãe. Tiveram o cuidado de contar. Mas ele nunca perguntou o nome de seu pai. Talvez ele ache que eu não sei.

— Ou talvez não queira descobrir — sugeriu Tika.

— Eu ainda acho que ele deveria saber — Caramon argumentou.

— Mesmo? — Sara lançou um olhar amargo. — Pense nisto. Lembre-se da batalha pela Torre do Alto Clerista. Como você sabe, os cavaleiros venceram. A Senhora dos Dragões, Kitiara, foi derrotada, mas a um custo terrível. Como você disse, ela matou Sturm Brightblade, o matou enquanto ele estava sozinho nas ameias. Fiquei horrorizada quando soube dessa notícia. Consegue imaginar o que senti? Olhar para Aço e saber que sua mãe havia matado o homem que era seu pai. Como eu poderia explicar essas coisas a um menino quando eu mesmo não as entendia?

Caramon suspirou.

— Não sei — disse, mal-humorado. — Eu não sei.

Sara continuou.

— Estávamos morando em Palanthas quando a guerra acabou. E, então, fiquei realmente assustada, com medo de que Kitiara começasse a procurar por seu filho. Talvez ela tenha o feito. De qualquer forma, não nos encontrou. Algum tempo depois, ouvi dizer que ela se envolveu com o mago elfo negro, Dalamar, aprendiz de seu irmão, Raistlin, que agora era o Mestre da Torre da Alta Magia em Palanthas.

O rosto de Caramon suavizou, ficou sério e melancólico, como sempre, quando Raistlin era mencionado.

— Perdão, Caramon — Sara falou suavemente —, mas, quando eu ouvi as histórias sobre seu irmão Raistlin, tudo que eu conseguia pensar era... Mais sangue amaldiçoado correndo nas veias de meu filho. E me parecia que Aço mergulhava cada dia mais nas sombras. Ele não era como os outros meninos de sua idade. Todos os meninos brincam de guerra, mas, para Aço, a guerra não era uma brincadeira. Logo, as outras crianças se recusavam a brincar com ele. Ele os machucava, sabe.

Os olhos de Tika se arregalaram.

— Machucava?

— Ele não queria — Sara disse rapidamente. — Ele sempre se arrependia depois. Não sentia prazer em infligir dor, graças aos deuses. No entanto, como eu disse, não era uma brincadeira para ele. Ele lutava com um ardor feroz que brilhava em seus olhos. Os inimigos imaginários eram muito reais na sua visão. E, assim, as outras crianças o evitavam. Ele era solitário, eu sei, mas era orgulhoso e nunca admitiria isso.

"E, então, a guerra veio à Palanthas, quando Lorde Soth e Kitiara atacaram a cidade. Muitas pessoas perderam suas vidas. Nossa casa foi destruída pelos incêndios que assolaram a cidade, mas chorei de gratidão quando soube que Kitiara estava morta. Finalmente, pensei, Aço está seguro. Rezei para que a nuvem escura saísse de cima dele, para que começasse a crescer em direção à luz. Minhas esperanças foram frustradas.

Certa noite, quando Aço tinha doze anos, fui acordada por uma batida na porta. Olhei pela janela e vi três figuras, vestidas de preto, a cavalo. Todos os meus medos voltaram. Na verdade, eles me assustaram tanto que acordei Aço e disse a ele que devíamos fugir, escapar pela porta dos fundos. Ele se recusou a ir. Eu acho... Acho que alguma voz sombria o chamou. Ele me disse para fugir, se eu quisesse. Ele não iria. Não estava com medo."

— Os homens arrombaram a porta. Seu líder era... Lembra quando eu falei sobre Ariakas?

— Senhor do Exército Dracônico Vermelho. Ele morreu no templo, durante o assalto final. O que ele tem a ver com isso?

— Alguns dizem que ele era amante de Kit — Tika adicionou.

Sara deu de ombros.

— Ela não teria sido a primeira e, provavelmente, não seria a última. Mas, de acordo com o que ouvi, Zeboim, filha de Takhisis, enamorou-se por Ariakas, tornou-se sua amante e lhe deu um filho, chamado Ariakan. Ariakan lutou nas fileiras, sob o comando de seu pai, durante a Guerra da Lança. Ele é um guerreiro habilidoso que lutou com coragem na batalha. Quando foi capturado, mais morto do que vivo, pelos Cavaleiros de Solamnia, eles ficaram tão impressionados com sua coragem que, embora fosse seu prisioneiro, o trataram com todo o respeito.

"Ariakan foi prisioneiro deles por muitos anos, até que finalmente o libertaram, pensando erroneamente que, nesses tempos de paz, o homem não poderia fazer mal. Ariakan aprendera muito durante sua estadia forçada com os cavaleiros. Passou a admirá-los, mesmo quando os desprezava pelo que considerava suas fraquezas.

Pouco depois de sua libertação, Ariakan foi visitado por Takhisis, na forma da Guerreira das Trevas. Ela ordenou que ele iniciasse uma ordem de cavaleiros dedicada a ela, já que os Cavaleiros Solâmnicos são dedicados a Paladine. 'Aqueles que são crianças agora crescerão a meu serviço', ela falou. 'Você vai criá-los para me adorarem. Eu os terei, de corpo e alma. Quando forem homens, estarão preparados para dar suas vidas pela minha causa.'"

— Quase imediatamente, Ariakan começou a "recrutar" garotos para este exército profano.

A voz de Sara caiu.

— Ariakan era o homem na porta.

— Sagrado Paladine! — Tika murmurou, aflita.

— Ele tinha descoberto sobre o filho de Kit. — Sara balançou a cabeça. — Não tenho certeza como. Ariakan afirmava que Kit havia contado a seu pai sobre o menino. Não acredito nisso. Eu acho... acho que foi o mago Dalamar, o maligno Mestre da Torre da Alta Magia em Palanthas, que levou Ariakan até nós...

— Mas Dalamar teria me contado — Caramon protestou. — Ele e eu somos... Bem...

Sara o encarou com os olhos arregalados.

— Não amigos — Caramon disse, pensando no assunto —, mas temos um respeito mútuo um pelo outro. E o menino é meu sobrinho, afinal. Sim, Dalamar teria me contado...

— Improvável! — Tika bufou. — No fim das contas... Ele é um mago de mantos negros. Dalamar serve à Rainha das Trevas e a si mesmo, não necessariamente nessa ordem. Se visse que Aço poderia ser valioso... — Ela deu de ombros.

— Talvez Dalamar estivesse apenas cumprindo ordens — Sara sussurrou, olhando com medo pela janela, para a noite. — Takhisis quer Aço. Creio nisso de todo o meu coração. Ela fez tudo ao seu alcance para levá-lo... E está perto de conseguir!

— Como assim? — Caramon exigiu.

— É o motivo da minha presença aqui. Naquela noite, Ariakan fez uma oferta a Aço. Ariakan faria de Aço um paladino das trevas. — Sara pegou sua capa e ergueu o broche do lírio negro com a mão trêmula. — Um Cavaleiro de Takhisis.

Caramon ficou horrorizado.

— Tal ordem maligna não existe.

— Sim, — Sara disse em voz baixa — embora poucos saibam disso. Mas existirá. — Ela sentou-se em silêncio, tremendo e, por fim, envolveu-se com a capa.

— Continue — disse Caramon, severo. — Acho que vejo para onde isso vai levar.

— O filho de Kitiara estava entre os primeiros que Ariakan procurou. Devo admitir que ele é astuto, esse Ariakan. Sabia exatamente como lidar com Aço. Ariakan falou com o menino de homem para homem. Disse que o ensinaria a ser um guerreiro poderoso, um líder de legiões. Prometeu glória, riquezas, poder. Aço estava em transe. Ele concordou, naquela noite, em ir com Ariakan. Nada do que eu disse, ou fizesse, nem as lágrimas que derramei, comoveu Aço. Ganhei apenas uma concessão... Que eu poderia ir com ele. Ariakan só concordou com isso porque achou que eu poderia ser útil. Precisaria de alguém para cozinhar para os meninos, consertar suas roupas, limpar a sujeira deles. Isso... E ele gostou de mim — Sara terminou suavemente.

Sim — ela acrescentou, em parte envergonhada, em parte desafiante — Me tornei sua amante. Fui sua amante por muitos anos, até que fiquei velha demais para agradá-lo.

O rosto de Caramon ficou sombrio.

— Entendo — disse Tika, batendo de leve na mão da mulher. — Você se sacrificou por seu filho. Para ficar perto dele.

— Este foi o único motivo! Eu juro! — Sara gritou apaixonadamente. — Eu os odeio e o que eles representam! Odeio Ariakan. Vocês não sabem o que eu suportei! Muitas vezes, quis me matar. A morte teria sido muito mais fácil. Mas eu não podia deixar Aço. Ainda há bondade nele, embora tenham feito tudo o que podiam para apagar a centelha. Ele me ama e me respeita, por um lado. Ariakan teria se livrado de mim há muito tempo, se não fosse por Aço. Meu filho me protegeu e me defendeu... Em seu próprio detrimento, embora ele nunca fale sobre isso. Ele viu outros ascenderem ao título de cavaleiro antes dele. Ariakan impediu Aço, tudo por minha causa.

"Aço é leal. É honrado, como seu pai. Ambos em excesso, talvez, pois assim como ele é leal a mim, também é leal a eles. Sua vida está ligada a esta cavalaria maligna. E, finalmente, ele recebeu a chance de se tornar um deles. Em três noites, Aço Brightblade fará o juramento, seus votos e entregará sua alma à Rainha das Trevas. É por isso que vim até você, por isso arrisquei minha vida, pois, se Ariakan descobrir o que fiz, ele me matará. Nem mesmo meu filho será capaz de detê-lo."

— Fé, minha senhora — disse Caramon, perturbado. — O que quer que eu faça? Dar refúgio? Isso é fácil de conseguir...

— Não — interrompeu Sara. Timidamente, ela tocou a mão de Caramon. — Quero que você impeça meu filho... Seu sobrinho... De fazer os votos. Ele é a alma da honra, embora essa alma esteja sombria. Você deve convencê-lo de que está cometendo um erro terrível.

Caramon a encarou com espanto.

— Se você, sua mãe, uma mulher que ele ama, não conseguiu mudá-lo, todos esses anos, o que posso fazer? Um tio que nunca conheceu, um estranho. Ele não vai me ouvir.

— Não você — Sara concordou —, mas pode ouvir do pai dele.

O pai dele está morto, minha senhora

— Ouvi dizer que o corpo de Sturm Brightblade está guardado na Torre do Alto Clerista. Dizem que o corpo possui poderes sagrados milagrosos. Certamente, o pai estenderia a mão para ajudar seu filho!

— Bem... Talvez. — Caramon parecia duvidoso. — Já vi algumas coisas estranhas na minha vida, mas ainda não entendo. O que você quer que eu faça?

— Quero que você leve Aço até a Torre do Alto Clerista.

O queixo de Caramon caiu.

— Simples assim! E se ele não quiser ir?

— Ah, ele não vai querer — Sara disse, confiante. — Você terá que usar a força. Provavelmente levá-lo na ponta da espada. E isso não será fácil. Ele é um guerreiro forte e habilidoso, mas você consegue. Você é um Herói da Lança.

Perplexo, confuso, Caramon olhou para a mulher em um silêncio desconfortável.

— Você precisa fazer isso — Sara implorou, juntando as mãos em súplica. Lágrimas deslizaram despercebidas por suas bochechas; cansaço, medo e tristeza finalmente a dominaram. — Ou o filho de Sturm estará perdido!

# 4

## Caramon tenta lembrar onde colocou sua armadura

— Bem — Tika disse, levantando-se rapidamente —, se vocês dois vão sair antes do amanhecer, é melhor começar.

— O quê? — Caramon olhou fixamente para a esposa. — Você não pode estar falando sério.

— Com certeza, estou.

— Mas...

— O menino é seu sobrinho — Tika informou, com as mãos nos quadris.

— Sim, mas...

— E Sturm era seu amigo.

— Eu sei disso, mas...

— É seu dever. E pronto — concluiu Tika. — Agora, onde guardamos sua armadura? — Ela o olhou de forma séria. — O peitoral não vai caber, mas a cota de malha pode...

— Você espera que eu vá cavalgando uma dragoa azul para uma... uma... — Caramon olhou para Sara.

— Fortaleza — ela disse. — Em uma ilha, bem ao norte, no Mar de Sirrion.

— Uma ilha-fortaleza. Uma fortaleza secreta, repleta de legiões de paladinos das trevas dedicados ao serviço da Rainha das Trevas! E, uma vez nesta fortaleza, tenho que pegar um cavaleiro treinado no auge de sua vida e arrastá-lo para fazer uma visita à Torre do Alto Clerista. E, se eu chegar lá vivo, o que duvido que consiga, então você espera que os Cavaleiros de Solamnia simplesmente nos deixem entrar? Eu e um cavaleiro do mal?

Caramon foi forçado a gritar este último. Tika o abandonou e foi para a cozinha.

— Se um lado não me matar — ele berrou. — O outro mata!

— Silêncio, querido, você vai acordar as crianças. — Tika voltou trazendo uma sacola com cheiro de carne assada e um odre. — Você vai ficar com fome de manhã. Vou pegar uma camisa limpa. Você terá que cuidar da armadura. Eu me lembro... Está no baú grande debaixo da cama. E não se preocupe, querido — disse ela, parando para dar um beijo apressado. — Tenho certeza de que Sara inventou uma maneira de colocar você dentro da fortaleza. Quanto à Torre do Alto Clerista, Tanis terá um plano.

— Tanis! — Caramon a olhou inexpressivamente.

— Bem, claro, você vai pegar Tanis no caminho. Não pode ir sozinho. Não está na melhor forma. Além do mais... — Ela olhou para Sara, que havia vestido sua capa e estava impaciente perto da porta. Tika segurou a orelha do marido e puxou a cabeça dele até sua altura.

— Kitiara pode ter mentido — sussurrou. — Tanis pode ser o pai verdadeiro. Ele deveria ver o menino.

— Além disso — acrescentou ela em voz alta, enquanto Caramon esfregava a orelha —, Tanis é o único que pode levá-lo até a Torre do Alto Clerista. Os cavaleiros terão que deixá-lo entrar. Eles não ousariam ofendê-lo ou a Laurana.

Tika virou-se para Sara com uma explicação.

— Laurana é a esposa de Tanis. Foi uma das líderes dos Cavaleiros de Solamnia durante a Guerra da Lança. É altamente reverenciada entre eles. Agora, ela e Tanis estão servindo de ligação entre os cavaleiros e as nações élficas. Seu irmão, Porthios, é o Orador das nações élficas. Ofender Tanis ou Laurana seria equivalente a ofender os elfos. Os cavaleiros nunca fariam tal coisa. Ou fariam, Caramon?

— Pode ser. — Caramon parecia tonto. Os eventos estavam acontecendo rápido demais.

Tika sabia que era assim, sabia como lidar com o marido. Tinha que manter as coisas em movimento rápido. Se ele parasse e começasse a pensar sobre isso, nunca se moveria. Do jeito que estava, já podia vê-lo refletindo sobre isso.

— Talvez devêssemos esperar até que os meninos voltem das planícies — ele se esquivou.

— Não há tempo, querido — disse Tika, tendo previsto isso. — Você sabe que eles sempre passam um mês com Vendaval e Lua Dourada, saindo para caçar e aprender escultura em madeira e esse tipo de coisa. Além disso, assim que virem as filhas lindas de Lua Dourada, nossos meninos ficarão ainda menos ansiosos para partir. Agora, hora de partir. — Ela empurrou Caramon, piscando e coçando a cabeça, em direção à porta que dava para seus aposentos privados. — Lembra de como chegar ao castelo de Tanis?

— Sim, eu lembro! — Caramon retrucou, rápido.

Muito rápido. E, portanto, Tika sabia que ele não se lembrava; ele precisava pensar sobre isso, o que era bom, porque isso significava que ele estaria ocupado tentando descobrir como chegar à residência de Tanis pelo tempo que levaria para se preparar. O que significava que ele estaria a caminho antes que ocorresse considerar qualquer outra coisa.

Como o perigo.

Assim que ele sumiu de vista, a vivacidade de Tika evaporou. Ela encolheu os ombros.

Vigiando a janela, Sara virou-se com o súbito silêncio. Vendo o olhar sombrio e infeliz no rosto de Tika, Sara se aproximou.

— Obrigado pelo que fez. Eu sei que não deve ser fácil para você deixá-lo ir. Não direi que não há perigo. Isso seria mentir. Porém você está certa. Eu pensei em uma maneira de se esgueirar para dentro da fortaleza. E levar Tanis Meio-Elfo conosco é uma ideia excelente.

— Eu deveria estar acostumada com isso — disse Tika, segurando o saco de carne em suas mãos. — Mandei meus dois filhos embora ontem. São mais novos que seu filho. Querem ser cavaleiros. Eu sorrio quando me despeço deles. Digo para eles que os verei em uma semana, ou um mês, ou o que for. E não me permito pensar que, talvez, eu nunca mais os veja. Mas o conhecimento está lá, no meu coração.

— Eu entendo — falou Sara. — Eu mesma fiz isso. Mas, pelo menos, você sabe que seus meninos estão andando na luz do sol. Não estão envoltos pela escuridão... — Ela colocou a mão na boca e sufocou um choro.

Tika colocou o braço em volta dela.

— E se eu chegar tarde demais? — Sara chorou em voz baixa. — Eu deveria ter vindo antes, mas... Nunca acreditei que ele realmente passaria por isso. Sempre esperei que ele desistisse!

— Vai ficar tudo bem — Tika a acalmou. — Vai dar tudo certo.

Caramon saiu do quarto. Ele estava envolto em cota de malha que se ajustava bem sobre seus ombros, mas não cobria bem sua cintura. O grandalhão tinha uma expressão ressentida.

— Sabe, Tika — disse, solenemente, olhando para a cota barulhenta com uma carranca. — Não me lembro desse material ser tão pesado.

# 5

## Tanis Meio-Elfo tem uma surpresa desagradável

Caramon finalmente se lembrou de como chegar ao castelo de Tanis, localizado em Solanthus. Ele sabia o caminho apenas viajando por terra, não nas costas da dragoa. Contudo, Sara estava familiarizada com todo o continente de Ansalon, uma familiaridade que Caramon achava inquietante.

— Ariakan tem mapas excelentes — informou ela, um pouco confusa.

Caramon se perguntou por que os Cavaleiros de Takhisis tinham mapas excelentes do continente. Infelizmente, o motivo não era difícil de adivinhar.

A viagem quase não demorou. Muito pouco tempo, para Caramon, que estava sentado curvado na parte de trás da sela da dragoa, com frio e fome (ele havia comido a carne há muito tempo), todo o sono tirado dele. Ele estava tentando pensar em como explicaria essa história estranha para seu amigo Tanis.

E se Tanis fosse o pai? Caramon refletiu sobre o assunto. Estou fazendo um favor dando um filho para ele? O que Laurana vai dizer? Ela nunca gostou da Kit, com certeza. E quanto ao próprio filho de Tanis? Como ele vai se sentir?

Quanto mais pensava nisso, mais triste Caramon se sentia por ter decidido vir. Por fim, ele ordenou à Sara que voltasse, para devolvê-lo à sua hospedaria, mas ela não podia ouvi-lo por causa da rajada do vento em seus ouvidos... Ou o estava ignorando intencionalmente. Ele poderia pular da sela, porém, daquela altura, isso estava fora de questão.

Ocorreu a Caramon que ele estava armado e que poderia dominar Sara. Mas, depois de pensar seriamente, ele percebeu que, mesmo que conseguisse dominar Sara, jamais seria capaz de controlar sua dragoa azul, que o lançava olhares suspeitos. E quando Caramon chegou a essa conclusão, eles haviam pousado no topo de uma colina com vista para o castelo de Tanis.

Caramon desmontou da dragoa. Ainda não era alvorada, mas o nascer do sol não estava longe. Sara acalmou a dragoa, deu ordens para ficar parada (ou assim presumiu Caramon, já que não conseguia entender o que ela estava dizendo), então ela começou a caminhar em direção à residência palaciana. Percebendo que Caramon não a estava seguindo, ela se virou.

— O que foi? — perguntou ansiosamente.

— Não tenho certeza — Caramon disse, considerando.

Sara parecia assustada, como se fosse começar a chorar de novo.

Caramon suspirou.

— Sim — ele disse melancolicamente. — Estou indo.

— Caramon Majere! De todos os idiotas... Com sua licença, por favor, senhora? — Tanis disse educadamente para Sara.

Agarrando o braço de Caramon, o meio-elfo arrastou o homenzarrão para o outro lado do salão iluminado pelo fogo.

— Isso pode ser uma armadilha — sussurrou Tanis. — Já pensou nisso?

— Sim — disse Caramon.

— E? — Tanis exigiu.

— Acho que não é — respondeu Caramon, depois de pensar um pouco.

Tanis suspirou.

— Você obviamente não...

— Quero dizer — Caramon continuou. — Por que esses paladinos das trevas preparariam uma armadilha para mim, um estalajadeiro de meia-idade? Não faz muito sentido, não é?

— Não, mas... — Tanis parecia envergonhado. — Talvez a armadilha não fosse para você...

— Eu sei — Caramon falou, balançando a cabeça sabiamente. — Você é bem mais importante. Mas foi Tika quem sugeriu que eu viesse aqui, não Sara. E, — ele acrescentou gravemente, após outro momento de reflexão profunda — não acredito que Tika esteja armando uma armadilha, Tanis.

— Bem, é claro que ela não está — retrucou Tanis. — É apenas... Tudo bem, então talvez não seja uma armadilha. Talvez eu... Não queira... — Ele balançou a cabeça e recomeçou. — Eu me recordo daquele dia terrível em que Kitiara morreu. Ela tentou matar Dalamar, lembra? Ele a impediu...

Tanis fez uma pausa e engoliu em seco.

— Ela morreu em meus braços. E, então, o cavaleiro da morte apareceu para reivindicá-la. Eu podia ouvir a voz dela, implorando para que eu a salvasse daquele destino terrível. "Mesmo agora, na morte, ela está estendendo a mão para você..." Dalamar me disse então. Ela ainda está estendendo, Caramon.

— Não, ela não está, Tanis. Este é o filho dela...

— Se você acredita nessa mulher, Sara.

Caramon estava preocupado.

— Você não?

— Não sei em que acreditar. Mas você está certo. Temos que descobrir a verdade e fazer o que pudermos para ajudar esse jovem, não importa de quem seja filho. Além disso, me dará a chance de ver o que Ariakan está tramando. Já ouvimos relatos sobre esses paladinos das trevas antes, porém não tínhamos como saber se eram verdadeiros ou apenas rumores. Parece — ele olhou sério para Sara, uma figura assustadora em seu elmo azul e capa preta — que eles são verdadeiros.

— Mas agora — Tanis acrescentou com um sorriso irônico e um aceno de cabeça —, tenho que enfrentar a tarefa realmente difícil. Tenho que contar isso para minha esposa.

Tanis passou uma hora sozinho com Laurana. Andando de um lado para o outro no salão de entrada da mansão do meio-elfo, Caramon bem podia imaginar a natureza da conversa. A esposa élfica de Tanis, Laurana sabia tudo sobre o relacionamento entre Kitiara e seu marido. Laurana fora compreensiva, principalmente porque o caso acabara há muito tempo. Mas e agora... Quando havia a possibilidade de um filho? Uma possibilidade muito boa, no que dizia respeito ao Caramon. Ele simplesmente não conseguia acreditar que o pai era realmente Sturm.

*No entanto, por que Kit mentiria?,* ele se perguntou.

A resposta estava além de Caramon. Mas então, ele nunca foi capaz de conseguir explicar por que sua meia-irmã mais velha fez metade das coisas que fez.

Tanis saiu da sala, abraçado com a esposa. Laurana estava sorrindo e Caramon respirou mais fácil. Ela até fez uma pausa para dizer algumas palavras sussurradas para Sara, que estava encostada e exausta em um canto perto da lareira. Caramon notou então como Laurana parecia jovem, em comparação com o marido... A tragédia das relações élficas-humanas. Embora Tanis tivesse sangue élfico em suas veias, o sangue humano estava "ficando cinza", como dizia o ditado. Quando os dois se casaram, há mais de vinte anos, pareciam ter a mesma idade. Agora, eles poderiam se passar por pai e filha.

*Mas eles sabiam disso quando se casaram,* Caramon falou para si mesmo. *Estão aproveitando ao máximo o tempo que tem juntos. E é isso que importa.*

Tanis estava pronto para viajar quase imediatamente. Como embaixador oficial e ligação entre os Cavaleiros de Solamnia e as nações élficas, ele passava muito tempo na estrada, assim como sua esposa. Ele vestiu uma armadura de couro, preferida pelos elfos, e uma capa verde. Ao vê-lo assim, Caramon lembrou-se, de forma comovente, de seus velhos dias de aventuras.

Talvez Laurana estivesse pensando o mesmo pois ela bagunçou a barba que só um elfo meio-humano poderia deixar crescer, e fez algum comentário provocador em élfico que fez Tanis sorrir. Ele se despediu da esposa. Ela o beijou gentilmente e ele a abraçou com carinho.

Então, se despediu de seu filho, um jovem frágil e debilitado, adorado pelos pais, que o observavam com olhos ansiosos e amorosos. O jovem era completamente elfo, sem nenhum traço visível do seu pai. Sua pele era de um branco doentio de quem raramente saía de casa.

*Não surpreende que Tanis e Laurana o mantenham trancado em uma gaiola como um passarinho*, pensou Caramon, considerando quantas vezes quase o perderam. Se ele fosse todo elfo, ficaria contente em passar seu tempo com o nariz enfiado em um livro. Mas ele também é humano. *Olhe aqueles olhos, Tanis. Quando ele observa você partir para a aventura e ver paisagens maravilhosas sobre as quais apenas leu.*

— Algum dia, Tanis — Caramon disse baixinho —, você vai voltar para casa e encontrar a gaiola vazia.

Eles subiram a colina até onde a dragoa azul estava cochilando, suas asas dobradas em seus lados.

— Sobre o que você está murmurando? — Tanis perguntou a Caramon, mal-humorado.

O meio-elfo observava a dragoa azul com um rosto sombrio, vigiando-a de perto. A dragoa aparentemente não gostou do cheiro de elfo. Ela acordou instantaneamente, suas narinas dilatadas. Jogando a cabeça com desgosto, a besta serpenteou a cabeça para fora e mostrou suas presas.

Contudo, Sara Dunstan era uma ginete de dragão habilidosa. Com uma palavra afiada de repreensão, ela controlou sua montaria rapidamente, que permaneceu mal-humorada. Caramon subiu na sela primeiro, depois estendeu a mão do seu assento traseiro na sela de dragão para duas pessoas e içou seu amigo com um movimento fácil de um braço enorme.

— Estava pensando comigo mesmo que seu filho parece bem — mentiu Caramon.

Tanis se contorceu para ficar em uma posição meio confortável, praticamente uma impossibilidade. Ele seria forçado a se agarrar ao encosto do assento de Caramon... Ou a sentar no colo do grandalhão.

— Obrigado — disse Tanis, animado, seu olhar orgulhoso indo para seu filho, que estava no gramado, olhando para eles com olhos grandes e amendoados. — Achamos que ele está melhorando. Se ao menos soubéssemos o que há de errado com ele! Nem mesmo a Filha Reverenciada Crysania pode nos dizer.

— Talvez ele só precise passar algum tempo ao ar livre. Você deveria deixar ele nos visitar — Caramon sugeriu. — Meus meninos o levariam para cavalgar, caçar...

— Veremos — Tanis respondeu educadamente, em um tom de "não tão cedo". — Algum sinal de perseguição, senhora?

Caramon examinou os céus. Estava próximo do amanhecer quando chegaram. A manhã estava bem avançada agora, o sol do final do outono queimando o frio da noite. Não havia sinal de outro dragão que ele pudesse ver.

— Com sorte, eles não sentiram minha falta — Sara falou, embora parecesse preocupada. — Agora, sou uma treinadora de dragões. Estou fora com frequência, exercitando as montarias. Eu previ a necessidade disso.

Ela falou uma palavra para a dragoa. A azul saltou no ar, impulsionada por suas patas traseiras poderosas, asas fortes batendo para levantá-los. Eles circundaram o castelo uma vez, para que a dragoa se orientasse, então voaram para o norte.

— Chegaremos à fortaleza depois de escurecer — Sara contou a eles. — Lamento a perda deste dia, mas não há como evitar, e esperamos recuperar o tempo que perdemos. Haverá problemas com os Cavaleiros de Solamnia? — ela perguntou a Tanis, ansiosa.

— Sempre haverá problemas com os Cavaleiros de Solamnia — resmungou Tanis. Ele estava de mau humor e Caramon realmente não podia culpá-lo. Afinal, o meio-elfo poderia muito bem estar viajando para encontrar um filho que nunca soube que tinha. — Mas, com a ajuda de Paladine, vamos superar.

A dragoa azul olhou ferozmente para eles. Sara falou rispidamente e a fera virou a cabeça, emburrada.

— Eu não mencionaria o nome desse deus novamente — ela sugeriu calmamente.

Nenhum deles conseguiu pensar em nada para dizer depois disso. Falar era difícil de qualquer maneira; eles foram forçados a gritar sobre a rajada de ar criada pelas asas poderosas da dragoa. E assim viajaram em silêncio, voando muito além de Ansalon, muito além das terras civilizadas conhecidas, voando para a escuridão.

Faltavam dois dias.

Dois dias para salvar uma alma.

# 6

## A Cidadela do Forte da Tempestade

— Meu deus! — disse Tanis, sério, tomando cuidado para não mencionar qual deus estava chamando para testemunhar seu espanto. — É enorme!

— Como se chama a fortaleza? — Caramon perguntou a Sara.

— Forte da Tempestade — ela respondeu. As palavras dela foram sopradas de volta pelo vento violento e, para Caramon, parecia que era o vento que falava. — Ariakan deu o nome. Ele disse que, quando esses portões se abrirem, uma tempestade será desencadeada em Ansalon que destruirá tudo em seu caminho.

A fortaleza estava localizada bem ao norte do continente de Ansalon. Vasto e ameaçador, o Forte da Tempestade foi construído em uma grande ilha de rochas irregulares. As paredes negras reluzentes da fortaleza eram banhadas continuamente pelos respingos das ondas do Mar de Sirrion. As fogueiras de vigia queimavam nas torres altas com bordas dentadas. A luz servia para guiar o voo dos dragões, cujas asas eram silhuetas negras contra as estrelas enquanto as feras viravam e giravam no céu noturno.

— O que é toda essa comoção? — perguntou Caramon, nervoso. — Isso não é coisa sua, é?

Sara o tranquilizou.

— São apenas os soldados praticando ataques noturnos. Ariakan diz que foi um erro que os Senhores dos Dragões cometeram durante a última guerra... Lutar à luz do dia. Os ginetes e suas montarias estão sendo treinados para lutar no escuro, usar a escuridão a seu favor.

— Nenhum navio poderia chegar perto deste lugar — Tanis murmurou, olhando para a espuma branca das ondas quebrando contra a costa rochosa e íngreme.

— Os mares são muito agitados para a navegação. Nem mesmo os minotauros se arriscariam tão ao norte, uma das razões pelas quais Ariakan escolheu esta ilha. É acessível apenas por dragão e por magia.

— Pelo menos ninguém deve nos perceber com toda essa atividade — Caramon notou.

— Sim — concordou Sara. — Foi isso o que pensei.

Ninguém os observou ou, pelo menos, prestou muita atenção a eles. Um dragão vermelho gigantesco urrou para eles com irritação quando a azul menor mergulhou entre ele e a torre sob "ataque". Os dois dragões trocaram impropérios e rosnados em seu próprio idioma; o soldado no topo do vermelho acrescentou seus próprios insultos, que Sara respondeu na mesma moeda. Ela manteve seu curso, seu destino à vista, cortando rapidamente a batalha simulada.

Subjugado e estarrecido, Caramon olhou ao redor com horror, impressionado com a força dos números e a habilidade ousada dos paladinos de armadura negra, que derrotavam facilmente os "defensores" das torres. E os dragões nem mesmo estavam usando sua arma mais poderosa, seu sopro, que podia expelir ácido, fogo, relâmpago. O rosto de Tanis era sério e sombrio, observando e tentando gravar cada detalhe em sua mente.

Sara ordenou que a dragoa pousasse em uma área vazia, longe da parte principal da fortaleza. Esta seção do complexo estava relativamente silenciosa, em um contraste nítido com a comoção que acontecia no local da batalha.

— Estes são os estábulos — ela disse em voz baixa para Caramon e Tanis, enquanto eles desmontavam. — Fiquem quietos e me deixem falar.

Os dois assentiram, então encurvaram os ombros profundamente em capas azuis enfeitadas com preto que usavam sobre suas próprias armaduras. Sara trouxera uma com ela, pensando que só teria que disfarçar Caramon. Ela deu à Tanis sua própria capa, primeiro tomando cuidado para remover o broche de lírio negro.

— Você não deve tocá-lo — ela o advertiu. — Foi abençoado pelos clérigos das trevas. Pode fazer mal a você.

— Você toca nisso — ele a respondeu.

— Estou acostumada — ela retornou baixinho.

A dragoa azul pousou no pátio aberto amplo, um local enorme de pouso localizado fora dos muros da fortaleza. Mais além, uma longa fileira de estábulos ecoava com os relinchos frustrados e ansiosos dos cavalos. Animados com os sons da batalha, eles queriam sua vez.

— Os ginetes são ensinados a cavalgar e lutar a cavalo, assim como nas costas do dragão — Sara contou.

— Ariakan pensa em tudo, não é? Onde vocês mantêm os dragões? — Tanis perguntou. — Certamente, não aqui.

— Não, a ilha não é grande o suficiente. Os dragões têm seus próprios lares. Ninguém tem certeza de onde. Eles vêm quando convocados.

— Shhh! — Caramon puxou a manga de Sara. — Temos companhia.

Um hobgoblin estava correndo para encará-los.

— Quem está aí? — exigiu a criatura com desconfiança, erguendo uma tocha que crepitava na chuva. — Nenhum azul voando esta noite! O que... A mulher de Ariakan!

Sara tirou o elmo e sacudiu o cabelo.

— Lorde Ariakan para você, verme. E eu não sou a mulher de ninguém, exceto de mim mesma. Você se lembra do meu nome, não é, Globe? Ou a informação sumiu do seu cérebro de ervilha?

O hobgoblin desprezou.

— Por que você saiu esta noite, Sss-ara? — ele sibilou o nome, zombando. — E quem são esses dois? — Os olhos pequenos de porco avistaram Caramon e Tanis, embora os homens tomassem o cuidado de ficar bem longe da luz da tocha.

— Se eu fosse você, não faria muitas perguntas, Globe — Sara respondeu friamente. — Lorde Ariakan não gosta de subordinados que se intrometem em seus assuntos. Cuide para que minha dragoa tenha o que quiser. Vocês dois. — Ela não olhou para trás, mas fez um gesto para Caramon e Tanis. — Venham comigo.

Os dois passaram pelo hobgoblin, que parecia um tanto assustado com a menção dos assuntos de Ariakan, recuando. O hobgoblin semicerrou os olhos atentamente quando os dois, envoltos em suas capas, passaram por ele. E, naquele momento, por causa do azar, ou da vontade da Rainha das Trevas, uma rajada de vento varreu o pátio do estábulo e jogou para trás os longos cabelos grisalhos de Tanis, revelando uma orelha pontuda e bem moldada.

O hobgoblin deu uma respirada funda. Saltando sobre Tanis, ele agarrou seu braço e empurrou a tocha acesa perto do seu rosto, tanto que quase inflamou na barba do homem.

— Elfo! — O hobgoblin gritou, acrescentando um xingamento.

Caramon estava com a mão na espada, mas Sara se jogou entre o grandalhão e o hobgoblin.

— Globe, seu tolo! Agora você passou da conta! Ariakan vai arrancar seus ouvidos por isso!

Arrancando a tocha da mão do hobgoblin, Sara atirou-a na lama. A chama crepitou e se apagou.

— Como assim? — exigiu Globe. — Que eu fiz? Ele é elfo maldito! Um espião!

— Exato, ele é um espião — Sara resmungou. — Você acaba de desmascarar um dos agentes duplos do meu senhor! Pode ter comprometido toda a missão! Se Ariakan souber disso, ele cortará sua língua!

— Eu não fala — Globe respondeu, mal-humorado. — Lorde-homem sabe disso.

— Falaria rápido o suficiente se algum mago de manto branco se apoderasse de você — Sara previu, séria.

Caramon soltou sua espada, mas continuava grande e ameaçador. Tanis jogou a capa sobre o rosto e lançou um olhar maligno para o hobgoblin.

O rosto do hobgoblin se contorceu em uma carranca. E encarou Tanis com ódio.

— Não me importa que diz você. Eu vai relatar isso.

— É a sua língua — Sara disse, dando de ombros. — Lembre-se do que aconteceu com Bloche. E, se não lembrar, vá perguntar a ele. Mas não prenda a respiração, esperando que ele responda.

O hobgoblin se encolheu. A língua mencionada acima estalou nervosamente sobre seus dentes amarelos e podres. Então, com outro olhar para Tanis, ele saiu correndo.

— Por aqui — Sara indicou.

Caramon e Tanis marcharam atrás dela. Ambos lançaram olhares indiretos para o hobgoblin e viram a criatura abordar um homem alto de armadura negra. Falando com uma voz estridente, apontou para eles. Todos entenderam uma palavra: elfo.

— Continuem andando — Sara falou. — Finjam que não perceberam.

— Eu deveria ter torcido o pescoço da criatura — Caramon murmurou, com a mão no punho da espada.

— Nenhum lugar para esconder o corpo — Sara disse em um tom frio e prático. — Alguém teria encontrado o miserável e seria o Abismo sair dessa situação. Aqui, a disciplina é rígida.

— A prostituta de Ariakan... — A voz do hobgoblin era clara.

Os lábios de Sara se apertaram, no entanto ela conseguiu sorrir.

— Acho que não temos muito com o que nos preocupar. Ah, aí está, viram?

— Fale da Senhora Sara com respeito, seu sapo!

O ginete atingiu o hobgoblin no rosto, fazendo a criatura cair de costas na lama do estábulo. Então, o ginete falou sobre assuntos mais urgentes. Sara continuou andando.

— Esse negócio de sermos espiões. Isso foi um pensamento rápido — Tanis falou, ao lado dela. Olhando atentamente ao redor, Caramon fechava a retaguarda.

— Na verdade, não. — Sara deu de ombros. — Eu já havia planejado minha história, caso fôssemos vistos. Ariakan já trouxe seus agentes para cá, principalmente para impressioná-los, creio. Um hobgoblin cometeu o erro de tagarelar que reconheceu um. Ariakan mandou cortar a língua da criatura. Isso me deu a ideia.

— A dragoa vai dizer alguma coisa?

— Eu contei à dragoa a mesma história. De qualquer forma, Queima é leal a mim. Os azuis são. Não são como os vermelhos.

— Aquele cavaleiro parecia respeitá-la... — Tanis começou.

— Incomum... Para uma prostituta. — Sara terminou a frase por ele.

— Não foi isso que quis dizer.

— Não, mas é o que estava pensando. — Sara caminhou em silêncio amargo, os olhos piscando contra a chuva e os respingos que açoitavam seu rosto.

— Desculpe, Sara — disse Tanis, repousando a mão no braço dela. — De verdade.

Ela suspirou.

— Não, sou eu quem deve se desculpar. Você falou apenas a verdade. — Erguendo a cabeça com orgulho, ela se virou para encará-lo. — Eu sou o que sou. Não tenho vergonha. Eu faria isso de novo. O que você sacrificaria por seu próprio filho... Sua riqueza? Sua honra? Sua própria vida?

As nuvens deslizavam pelo céu noturno e, de repente, por um momento, Solinari, a lua prateada, estava livre delas. Sua luz brilhante iluminou o Forte da Tempestade e, por um instante estranho, Tanis viu o futuro iluminado para ele, como se as palavras de Sara tivessem aberto a porta de um quarto iluminado pela lua. Ele teve apenas um vislumbre rápido da ameaça e do perigo, girando em torno de seu filho frágil como a chuva torrencial, e então as nuvens cobriram Solinari novamente, escondendo-a de vista, bloqueando sua luz prateada. A porta se fechou, deixando Tanis perturbado e assustado.

— Ariakan não me maltratou. — Sara estava falando um tanto defensivamente, confundindo o silêncio abalado do meio-elfo com o de reprovação. — Sempre ficou entendido entre nós que ele me usaria para seu prazer, nada mais. Não vai se casar, não agora. Ele tem mais de quarenta anos, casado com a guerra.

"'Todos os cavaleiros verdadeiros devem ter apenas um amor verdadeiro', ele diz. 'E esse amor verdadeiro é a batalha'. Ele se considera um pai para os jovens paladinos. Ele os ensina disciplina e respeito por seus companheiros cavaleiros, respeito por seus inimigos. Ensina honra e autossacrifício. Ele considera que tais coisas são os segredos da vitória dos Cavaleiros Solâmnicos.

'Os cavaleiros não nos derrotaram', Ariakan diz aos jovens. 'Nós nos derrotamos, perseguindo egoisticamente nossas próprias ambições e conquistas mesquinhas em vez de nos unirmos para servir nossa grande rainha'".

— "O mal se volta contra si" — Tanis citou, tentando banir o terror que o assombrava, a imagem persistente e surpreendente de seu filho.

— Já foi assim — Sara complementou —, mas não é mais. Esses cavaleiros foram criados juntos desde a infância. São uma família muito unida. Todo jovem paladino aqui sacrificaria sua vida de bom grado para salvar seu irmão... Ou para promover as ambições da Rainha das Trevas.

Tanis balançou a cabeça.

— Acho difícil de acreditar, Sara. É da natureza do mal ser egoísta, cuidar de si mesmo em detrimento dos outros. Se não fosse assim... — Ele vacilou, ficou em silêncio.

— Sim. — Sara o incentivou a continuar. — E se não fosse assim?

— Se os homens maus agissem com base no que percebem ser uma causa e propósito nobre, se estivessem dispostos a se sacrificar por tais causas... — Tanis parecia sério. — Então, sim, acho que o mundo pode estar com problemas.

Ele puxou sua capa mais perto. O ar frio e úmido o fez estremecer.

— Mas não é assim que as coisas funcionam, graças aos deuses.

— Guarde seu julgamento e seus agradecimentos. — Sara falou em uma voz suave e trêmula. — Você ainda não conheceu o filho de Sturm.

# 7

## Por que você nunca perguntou?

A casa de Sara era uma residência de dois cômodos, um dos vários aninhados contra as paredes externas da fortaleza, como se a própria casa estivesse com medo das ondas quebrando nas rochas e procurasse a proteção de paredes sólidas. Tanis podia ouvir o estrondo das ondas arrebentando com regularidade monótona a mais ou menos um quilômetro de onde estavam. O borrifo de sal soprava contra suas bochechas, deixando salmoura em seus lábios.

— Depressa — Sara disse, destrancando a porta. — Aço estará de folga em breve.

Ela os empurrou para dentro. A casa era pequena, mas bem construída, quente e seca. Os móveis eram escassos. Uma panela de ferro estava pendurada em uma grande lareira de pedra. Uma mesa e duas cadeiras estavam perto do fogo. Atrás de uma cortina, em outro quarto, havia uma cama e um baú grande de madeira.

— Aço mora no quartel com os outros cavaleiros — Sara falou, apressada, jogando carne e alguns vegetais na panela enquanto Caramon atiçava o fogo. — Mas ele tem permissão para fazer suas refeições comigo.

Perdido em suas próprias reflexões sombrias, ainda assombrado por aquela visão de seu *suposto* filho, Tanis não disse nada.

Sara despejou água na panela. Caramon fez uma chama rugir abaixo dela.

— Vocês dois se escondam ali, atrás da cortina — Sara instruiu, empurrando-os em direção ao quarto. — Não preciso avisá-los para ficarem quietos. Felizmente, o vento e as ondas geralmente fazem tanto barulho que às vezes é difícil nos ouvir falar.

— Qual é o seu plano? — Tanis perguntou.

Em resposta, Sara tirou um pequeno frasco do bolso e ergueu-o para ele ver.

— Poção para dormir — ela sussurrou.

Tanis assentiu em entendimento. Ele estava prestes a dizer algo mais, porém Sara balançou a cabeça em advertência e fechou as cortinas de uma vez. Deixados na semiescuridão, os dois homens encostaram-se a uma parede e ficaram de frente um para o outro. Caso o jovem empurrasse a cortina para o lado, tudo o que veria à primeira vista seria uma sala vazia.

Caramon descobriu um rasgo no tecido, o que o permitia ver o que estava acontecendo. Tanis encontrou seu próprio olho espião. Ambos olhavam e ouviam em um silêncio cauteloso e tenso.

Sara estava perto da panela. Ela segurava o frasco, sem rolha, na mão.

Mas não o despejou. Seu rosto estava pálido. Ela mordeu o lábio. Sua mão tremia.

Tanis lançou um olhar de alerta para Caramon.

"Ela não vai continuar com isso!" os olhos do meio-elfo transmitiam a advertência.

A mão de Caramon fechou-se sobre o cabo de sua espada. Os dois se prepararam, embora nenhum deles tivesse uma ideia muito clara do que fariam se ela não o despejasse.

De repente, com um murmúrio que poderia ser uma oração, Sara derramou o conteúdo do frasco na panela.

Uma batida estrondosa ressoou na porta. Ela derramou o frasco no centro do fogo e enxugou os olhos com a mão apressadamente.

— Entre — ela chamou.

Agarrando uma vassoura, começou a varrer a água e a lama que haviam se espalhado pelo chão.

A porta se abriu. Um jovem entrou. Caramon quase caiu pela cortina na tentativa de enxergar. Tanis acenou para o grandalhão, incitando-o a recuar, mas o próprio meio-elfo estava com o olho grudado no furo.

O jovem estava de costas para eles. Tirando a capa molhada, ele desafivelou o cinturão da espada em volta da cintura. Ele encostou a espada, embainhada em sua bainha preta, decorada com um machado, uma caveira e o lírio negro, contra a parede. Tirou o peitoral e depois o elmo com um gesto rápido e impaciente que fez o coração de Tanis se contrair com lembranças dolorosas. Ele tinha visto Kitiara remover seu elmo da mesma maneira.

Inclinando-se sobre Sara, o jovem beijou sua bochecha e colocou a mão em seu ombro.

— Como você está, mãe? Não me parece bem. Andou doente?

Sara teve dificuldade para responder. Ela balançou a cabeça.

— Não, só ocupada. Vou te contar mais tarde. Você está molhado até os ossos, Aço. Vá se aquecer. Vai acabar morrendo.

Aço desamarrou uma tira de couro e sacudiu uma quantidade de cabelo escuro. Ambos os observadores ocultos reconheceram aqueles cachos. Kitiara usava o cabelo curto; seu filho o usava comprido, caindo sobre seus ombros largos. Quando ele se aproximou do fogo e estendeu as mãos, as chamas iluminaram seu rosto...

Seu rosto...

Caramon deu um suspiro grande, ofegante.

— Que barulho foi esse? — Aço olhou rapidamente ao redor.

Caramon levou a mão à boca e afastou-se da cortina. Mal ousando respirar, Tanis ficou perfeitamente imóvel.

— É o vento, sacudindo aquela janela quebrada — Sara respondeu.

— Eu consertei da última vez que estive aqui — Aço falou, franzindo a testa. Ele deu um passo em direção à cortina.

— Bem, o trinco está solto de novo — disse Sara. — Venha, coma seu jantar antes que esfrie. Você não pode fazer nada para consertar o trinco enquanto esta tempestade durar.

Aço lançou um último olhar para a sala cortinada, então se virou e caminhou de volta para a lareira. Mudando ligeiramente de posição, Tanis pôde continuar a ver o que estava acontecendo.

Aço pegou uma tigela e serviu caldo e carne. Um olhar perplexo cruzou seu rosto. Ele cheirou a tigela.

Tanis balançou a cabeça e apontou para a sala de estar, alertando Caramon para se preparar. Pegando o jovem desprevenido, os dois poderiam ter uma chance.

Levantando uma colher, Aço provou o caldo, fez uma careta e jogou o conteúdo da tigela de volta na panela.

Aflita, Sara olhou para ele.

— Qual... qual é o problema?

— "Coma antes que esfrie" — repetiu Aço. Ele estava brincando com carinho, imitando a voz dela. — Mãe, eu teria que colocar esse ensopado na tempestade para ficar mais frio. Ainda não está cozido!

— Eu... Desculpa, querido.

Sara amoleceu de alívio, assim como Tanis. Mas ele estava preocupado com ela. Sara estava tremendo, seu rosto pálido. Aço não podia deixar de notar.

— O que foi, mãe? — perguntou ele, sério mais uma vez. — O que aconteceu? Ouvi dizer que você saiu esta noite. O que estava fazendo?

— Eu... Eu estava transportando alguns espiões... Do continente...

— O continente! — As sobrancelhas escuras de Aço se uniram em uma carranca. — Espiões! Isso não é seguro, mãe. Você corre um risco muito grande. Vou falar com Lorde Ariakan...

— Está tudo bem, Aço — Sara interrompeu, recuperando a compostura. — Ele não me mandou. Eu mesma assumi a tarefa. Era isso ou deixar algum estranho cavalgar Queima. Eu não poderia permitir. Você sabe como ela pode ser temperamental.

Dando as costas ao jovem, Sara pegou o atiçador e mexeu no fogo.

Aço a observou, seu semblante sombrio e pensativo.

— Acho estranha esta conversa de transportar espiões, mãe. Não pensei que estivesse tão comprometida com a nossa causa.

Sara fez uma pausa em seu trabalho.

— Não é a causa, Aço — ela disse em voz baixa, com os olhos nas chamas. — Você sabe disso muito bem. Eu faço isso por você.

Os lábios de Aço se curvaram. De repente, sua expressão ficou dura e fria. Observando, Tanis conhecia aquele olhar. Caramon também. O grandalhão se preparou para pular.

— Você transporta espiões por mim, mãe? — O tom de Aço era zombeteiro, suspeito.

Jogando o atiçador nas pedras, Sara levantou-se e encarou o filho.

— Algum dia, Aço, você cavalgará para a guerra. Quer eu aprove ou não, farei minha parte para mantê-lo seguro. — Ela juntou as mãos. — Ah, meu filho! Reconsidere! Não faça esses votos! Não desista da sua alma...

O jovem ficou exasperado.

— Já falamos sobre isso antes, mãe...

Sara se lançou sobre ele e o agarrou.

— Você não quer fazer isso, Aço! Sei que não quer! Você não pode entregar sua alma à Sua Majestade Sombria...

— Eu não sei o que você quer dizer, mãe — Aço retrucou. Ele se soltou do aperto de sua mãe.

— Sim, você sabe. Você tem dúvidas. — Sua voz baixou e ela olhou um tanto nervosa pela janela, para o amanhecer castigado pela chuva. — Eu sei que tem. É por isso que você esperou tanto para fazer os votos. Não deixe Ariakan te pressionar...

— A decisão é minha, mãe! — A voz de Aço cortava como uma faca. — A guerra está chegando, como você diz. Acha que eu quero ir para a batalha a pé, liderando um grupo de hobgoblins, enquanto homens com metade da minha habilidade lutam contra dragões, obtendo honra e glória? Farei os votos e servirei à Rainha das Trevas da melhor forma possível. Quanto à minha alma, ela é minha. E vai ficar assim. Não pertence a nenhum homem, a nenhuma deusa.

— Ainda não — Sara falou.

Aço não respondeu. Empurrando-a para o lado, ele atravessou a sala e ficou olhando para a panela de ensopado.

— Já dá para comer isso? Estou morrendo de fome.

— Sim — Sara respondeu com um suspiro. — Está quente. Sente-se.

Com o tom triste dela, ele olhou em volta, relutantemente arrependido.

— Sente-se, mãe. Você parece exausta.

Respeitoso, atencioso, ele conduziu Sara até uma cadeira e a segurou para ela. Ela afundou na cadeira, então o encarou com olhos melancólicos. O jovem obviamente achou seu pedido silencioso perturbador. Ele se afastou abruptamente. Servindo duas tigelas de sopa, colocou uma na frente de cada.

Sara olhou para a dela.

Aço começou a comer a dele com um apetite saudável. Tanis soltou um suspiro aliviado e ouviu Caramon fazer o mesmo. Quanto tempo levaria para a poção agir?

— Você não está comendo — Aço observou.

Sara o vigiava. Debaixo da mesa, suas mãos estavam fechadas em punhos no colo.

— Aço — ela disse, com uma voz estranha — por que você nunca me perguntou sobre seu pai?

O jovem deu de ombros.

— Talvez porque duvidei que você conseguiria me dar uma resposta.

— Sua mãe me disse quem ele era.

Aço sorriu, um sorriso torto trazendo de volta memórias tão vívidas e dolorosas que Tanis foi forçado a fechar os olhos.

— Kitiara disse o que ela achava que você queria ouvir, mãe. Está tudo bem. Ariakan me contou tudo sobre Kitiara. Também me contou sobre meu pai — acrescentou Aço, despreocupado.

— Contou? — Sara ficou impressionada. As mãos em seu colo pararam de se mover.

— Bem, não o nome dele. — Aço comeu mais ensopado. — Mas todo o resto sobre ele.

*Caramba, esta é uma poção de ação lenta!,* pensou Tanis.

— Ariakan disse que meu pai foi um guerreiro valente — continuou Aço. — Um nobre que morreu corajosamente, deu sua vida pela causa em que acreditava. Mas Ariakan me avisou que eu nunca deveria tentar descobrir a identidade de meu pai. "Ele carrega consigo uma maldição, que cairá sobre você, se você souber a verdade". Uma coisa estranha de se dizer, mas você sabe como Ariakan é romântico...

A colher caiu dos dedos inertes de Aço.

— O que... — Piscando, ele colocou a mão na testa. — Eu me sinto tão estranho...

De repente, seus olhos focaram. Ele respirou fundo. Tentou se levantar, mas cambaleou.

— O que... você fez?... Traidora! Não, não vou deixar...

Cambaleando para a frente, ele estendeu a mão trêmula, então caiu sobre a mesa, fazendo as tigelas voarem. Ele fez um último e débil esforço para se levantar, então desabou ali, inconsciente.

— Aço! — Sara se inclinou sobre ele e afastou o cabelo escuro e encaracolado do rosto bonito e sério. — Ah, meu filho...

Tanis saiu apressado de trás da cortina, com Caramon logo atrás.

— Ele está inconsciente e ficará por algum tempo, pelo que parece. Bem, Caramon, o que você acha? — Tanis estudou as feições do jovem.

— Ele é filho de Kit, não há dúvida sobre isso.

— Sim, você está certo — Tanis disse baixinho. — O pai?

— Eu não sei. — O rosto de Caramon enrugou-se em concentração intensa. — Pode ser Sturm. Quando o vi pela primeira vez, quase pensei que fosse Sturm. Eu... Eu fiquei bastante surpreso! Mas, depois disso, tudo o que vi foi Kit. — O grandalhão balançou a cabeça. — Pelo menos não há sangue de elfo nele, Tanis.

Tanis, realmente, não suspeitara tanto. E então ficou surpreso ao se sentir aliviado... E um pouco desapontado.

— Não, ele não é meu filho, isso é certo — disse Tanis em voz alta para Caramon. — Não pensei que fosse provável, de qualquer maneira. Ariakan poderia ter levado o menino se ele tivesse sangue élfico, afinal, existem elfos negros, mas duvido. Você acha que Ariakan conhece a verdade? — Tanis olhou para Sara, questionador.

— É possível. Essa seria uma das razões pelas quais ele nunca disse ao Aço o nome de seu pai, o advertiu para não perguntar, acrescentou uma história da carochinha sobre a maldição.

— A carochinha geralmente sabe do que está falando — disse Tanis. — Maldições podem assumir muitas formas. O jovem vai sofrer um choque desagradável, no mínimo.

— E vai ficar furioso quando acordar — Caramon apontou. — Duvido que ele vá nos ouvir, muito menos acreditar em qualquer coisa que dissermos. Isso é inútil, Sara. Seu plano não vai funcionar...

— Pode. Deve! Eu não vou perdê-lo! — Ela olhou para eles ferozmente. — Vocês o viram. Vocês o ouviram! Ele não está totalmente entregue ao mal. Ele pode mudar de ideia. Por favor, me ajudem! Ajudem ele! Assim que o tirarmos daqui, longe desta influência sombria... Assim que ele vir a Torre do Alto Clerista e se lembrar...

— Muito bem. Vamos tentar — Tanis respondeu. — Afinal, já viemos até aqui. Eu vou pegar um braço...

— Este trabalho é meu, Tanis. — Caramon empurrou-o para o lado.

Acostumado a carregar barris de cerveja nas costas, Caramon ergueu o jovem e o puxou sem esforço sobre um ombro largo. A cabeça e os braços flácidos de Aço pendiam à frente, os cabelos longos praticamente roçando o chão. Grunhindo, Caramon arrumou o jovem com mais segurança e acenou com a cabeça.

— Vamos lá.

Sara jogou uma capa sobre Aço, pegou uma capa para ela e seu elmo de ginete do dragão. Abrindo uma fresta na porta, ela olhou para fora. A chuva cessara momentaneamente e as estrelas brilhavam. A constelação da Rainha das Trevas, muito próxima, emanava um brilho sinistro. Nuvens de tempestade se acumulavam novamente no horizonte.

Sara fez um gesto e eles saíram apressados. Não encontraram ninguém até se aproximarem dos estábulos, então quase se chocaram contra um cavaleiro de armadura negra.

Ele olhou para Aço e sorriu friamente.

— Outra vítima? Os jovens se dedicaram ao treinamento esta noite. Os clérigos ganharão seu sustento hoje. — Saudando, o cavaleiro foi cuidar da sua vida.

A fortaleza estava silenciosa, a maioria dos homens descansando após os esforços da noite ou, como o cavaleiro dissera, se recuperando de seus ferimentos. Vários dragões vigiavam, empoleirados no topo das torres altas. Os guardas caminhavam pelas ameias, provavelmente mais por uma questão de treinamento e disciplina do que porque realmente temiam um ataque. Ariakan não tinha nada a temer. Não agora. Não ainda. Poucos sabiam que ele estava aqui, ou o que ele planejava.

*Mas agora eu sei,* Tanis percebeu inquieto. *Posso levar o aviso, exceto que talvez já seja tarde demais. Traidora, Aço chamou Sara. Ela é? Realmente causou tanto dano à causa deles?* Ele pensou no que ela dissera naquela mesma noite. Seu objetivo principal era manter Aço seguro. Para isso, ela serviu ao mal em silêncio por mais de dez anos. Finalmente o quebrou, mas apenas por desespero, apenas para salvar o jovem do compromisso final e irrevogável.

Eles chegaram à área aberta. Sara levou a mão ao broche que trazia no peito. Uma dragoa azul apareceu no céu, voando na direção deles.

— Se você pode invocar dragões — Tanis comentou, seguindo seus pensamentos. — Você poderia ter escapado deste lugar há muito tempo.

— Você está certo. — Sara pairou perto de Aço, pendurado frouxamente nas mãos de Caramon. — Mas eu teria que ir sozinha. Ele teria se recusado a vir comigo. Eu não poderia deixá-lo aqui sozinho. Minha influência é tudo o que o manteve andando na luz.

— Mas você poderia ter avisado alguém. Os Cavaleiros de Solamnia poderiam ter conseguido deter Ariakan. — Tanis apontou para a fortaleza poderosa. — Agora, ele está muito forte.

— O que seus cavaleiros teriam feito? — Sara questionou. — Vindo com seus dragões? Suas lanças? E o que isso teria conseguido? Ariakan e os cavaleiros teriam lutado até a morte, todas as nossas mortes. Não, eu não podia arriscar. Naquela época, eu ainda tinha esperança. Algum dia, Aço poderia ver como eles são malignos. Ele poderia concordar em vir comigo... Mas agora... — Ela balançou a cabeça com tristeza.

A dragoa azul pousou no chão perto deles. Queima ficou agitada ao ver a forma aparentemente sem vida de Aço, mas Sara acalmou a dragoa com algumas palavras de explicação faladas em voz baixa. Queima ainda parecia ter dúvidas, mas a azul obviamente confiava em Sara e era extremamente solícita com Aço. A dragoa não tirava os olhos do jovem, enquanto Caramon o prendia na sela e depois se acomodava desconfortavelmente atrás.

Sara se aproximou da dragoa. Tanis pôs a mão sobre a dela, detendo-a.

— Faremos o que pede, Sara Dunstan, porém a decisão final caberá ao Aço. A menos que você planeje trancá-lo em um porão e jogar fora a chave — acrescentou secamente.

— Isso vai funcionar — ela insistiu.

Tanis segurou o pulso dela.

— Sara, se não funcionar, você o perdeu. Ele nunca vai te perdoar por este ato, por traí-lo, trair o título de cavaleiro. Você sabe disso, não é?

Ela olhou para a forma inconsciente de seu filho, seu rosto tão frio e desagradável quanto o broche de lírio negro. Tanis viu, então, a verdadeira força da mulher que viveu nesta prisão escura por tantos anos sombrios.

— Eu sei — ela disse e subiu na dragoa.

# 8

## A Torre do Alto Clerista

— O que você fez, mãe? — o jovem paladino exigiu, furioso.

Despertando nas montanhas, em um promontório varrido pelo vento com vista para a Torre do Alto Clerista, Aço estava grogue e desorientado, a princípio, mas a compreensão, e depois a raiva, logo queimaram as névoas induzidas pela poção.

— Quero te dar uma chance de reconsiderar o que está fazendo — Sara contou.

Ela não pediu ou implorou; não era uma figura patética. Era calma e digna e, quando os dois se encararam, Tanis viu uma semelhança que não nasceu no sangue, mas brotou de longos anos de respeito e carinho mútuos.

Seja qual for o barro que o pai e a mãe trouxeram para este mundo, foi Sara quem o formou e moldou.

Aço engoliu qualquer recriminação amarga ou palavras raivosas. Em vez disso, voltou seus olhos escuros para Tanis e Caramon.

— Quem são esses homens?

— São amigos do seu pai — Sara respondeu.

— Então é disso que se trata — disse Aço, lançando a Tanis e Caramon um olhar frio e altivo.

Magnífico em sua juventude e força, mantendo seu orgulho e compostura quando sua cabeça devia estar girando e sua mente tateando em uma confusão perplexa, Aço conquistou a admiração relutante de ambos os homens.

A dragoa azul cheirou o ar, balançou a cabeça e rosnou. Dragões de prata, preferidos pelos Cavaleiros de Solamnia, ocasionalmente patrulhavam os céus acima da torre. Nenhum podia ser visto no céu tão cedo, mas a azul obviamente cheirava algo que não gostava.

Sara acalmou Queima e a levou para uma grande abertura nas rochas, onde a dragoa estaria pelo menos parcialmente escondida... O motivo principal pelo qual ela escolhera este local de pouso em particular. Os três homens permaneceram de pé na saliência da rocha, olhando-se em um silêncio incômodo.

Aço parecia doente, estava de pé e instável, mas obviamente preferia morrer a admitir sua fraqueza, então nem Tanis nem Caramon fizeram qualquer oferta de ajuda ou conforto.

Caramon cutucou Tanis.

— Você se lembra do outono em que a guerra começou, logo depois que deixamos Consolação com Lua Dourada e Vendaval? Entramos em conflito com draconianos e Sturm foi ferido. O sangue cobria seu rosto. Ele mal conseguia ficar de pé, quanto mais andar, e, mesmo assim, nunca disse uma palavra de reclamação, recusou-se a parar...

— Sim — Tanis respondeu baixinho, olhando para o jovem. — Eu me lembro. A memória está muito vívida, agora.

Ciente de que estava sob escrutínio, senão em discussão, Aço afastou-se orgulhosamente.

Tanis olhou para a armadura negra do paladino das trevas, horrivelmente adornada com símbolos da morte, e imaginou melancolicamente como ele e os outros deveriam marchar para a Torre do Alto Clerista. E, como se isso não fosse problema suficiente, quando Sara saiu da caverna, Tanis percebeu de relance que havia mais.

— O que foi Sara? O que aconteceu?

Caramon lançou um olhar nervoso para o céu.

— Não é uma patrulha...

— Queima afirma que fomos seguidos — Sara disse em voz baixa, sem olhar para Aço. — Aquele cavaleiro... Deve ter suspeitado de algo.

— Ótimo, simplesmente ótimo! — Tanis murmurou. — Quantos?

Sara balançou a cabeça.

— Um azul com um único ginete. Ele não está aqui agora. Voltou para a fortaleza... Assim que descobriu para onde estávamos indo...

— Mas os Cavaleiros de Takhisis virão atrás de nós — disse Aço com um sorriso frio e triunfante. Ele se virou para Sara. — Podemos partir agora, mãe, antes que aconteça algum mal. Deixe esses dois velhos fósseis com suas memórias mofadas.

Suspirando, ele tocou a bochecha dela gentilmente.

— Eu sei o que você está tentando fazer, mãe, mas não vai funcionar. Nada vai me fazer mudar de ideia. Vamos voltar para casa. Farei com que Lorde Ariakan não a culpe. Direi a meu senhor que esse esquema maluco foi ideia minha. Um desafio, tomado por vinho e dados, para cuspir na Torre do Alto Clerista...

Caramon fez um som estrondoso, profundo em seu peito.

— Cuidado com o que você fala, garoto — ele rosnou. — O sangue de seu pai está vermelho nessas pedras. Seu corpo está lá dentro.

Aço obviamente ficou surpreso. Ele recuperou a compostura rapidamente, no entanto, e deu de ombros.

— Então meu pai morreu no ataque...

— Ele morreu defendendo a torre — disse Tanis, observando o jovem atentamente — e a cavalaria.

— Ele é honrado entre todos em Ansalon — acrescentou Caramon. — Seu nome, como o de Huma, é pronunciado com reverência.

— Esse nome é Sturm. Sturm Brightblade — disse Sara suavemente. — E esse é o nome que você carrega, Aço.

O jovem ficou branco. Olhou para todos eles com uma descrença que rapidamente se transformou em suspeita.

— Não acredito em vocês.

— Para falar a verdade — Tanis falou, pisando no pé de Caramon para avisá-lo para ficar calado —, nós também não. Esta mulher aqui — ele apontou para Sara — veio até nós com uma história maluca sobre uma ligação entre sua mãe e um homem que era nosso amigo, uma ligação da qual você foi o produto involuntário. Nos recusamos a acreditar nela, então dissemos a ela para trazê-lo aqui para provar isso.

— Por quê? — Aço exigiu, zombando. — O que isso vai provar?

— Boa pergunta, Tanis — Caramon disse baixinho. — O que isso vai provar?

Tanis olhou para Sara em busca da resposta.

"Levem meu filho para dentro da torre", seus olhos imploravam. "Deixe-o ver os cavaleiros. Ele se lembrará de como os honrou em sua infância. Eu sei que vai. Minhas histórias voltarão à sua memória".

— Desejo a Paladine ter sua fé, senhora — disse Tanis para si próprio. Ele coçou o queixo, tentando pensar em alguma desculpa. Todo esse esquema começava a fazer cada vez menos sentido, tornando-se mais e mais perigoso.

Em voz alta, ele disse a primeira coisa que veio à mente:

— Existe uma joia pendurada no pescoço do seu pai. Foi enterrado com ela. A joia estelar é mágica. Foi dado a ele por uma rainha élfica, Alhana Brisa Estelar. Esta joia vai...

— Vai o quê? — Aço zombou dele. — Dissolver quando eu entrar na câmara sagrada.

— Vai nos dizer a verdade — Tanis retrucou, irritado com esse jovem arrogante. — Acredite em mim, eu não gosto disso mais do que você. O quê? O que você disse, Caramon?

— A joia élfica é apenas um símbolo de amor. Não vai...

— Você está certo, meu amigo — Tanis o interrompeu em voz alta. — É uma joia maravilhosa. Muito mágica.

— Isso é um truque — Aço falou. Ele pôs a mão no cinturão da espada, esquecendo-se de que a tirara. Estava na casa de sua mãe. Corando, ele cerrou os punhos. — Vocês pretendem me fazer prisioneiro. Assim que chegarmos à torre, vocês me entregarão aos cavaleiros. Esse é o seu plano, não é, mãe?

— Não, Aço! — Sara gritou. — Eu nunca quis fazer isso, de verdade. Nem esses homens. Se você decidir, depois de tudo isso, voltar para o Forte da Tempestade, não faremos nada para impedi-lo. A decisão será sua, Aço.

— Eu garanto a você, por minha honra e minha vida, que isso não é um truque. Vou protegê-lo como se fosse meu próprio filho — Tanis disse calmamente.

— Eu também, sobrinho. — Caramon assentiu com a cabeça e pousou a mão no punho da espada. — Você é minha carne e sangue. Você tem minha palavra. Juro por meus próprios filhos... Seus primos.

Aço riu.

— Vocês lutarão em minha defesa. Obrigado, mas duvido que chegue o dia em que precisarei dos serviços de dois molengas de meia-idade... — Ele fez uma pausa, subitamente impressionado com o que ouvira. — Sobrinho. Primos. — Seus olhos escuros se estreitaram. — Quem são vocês?

— Seu tio, Caramon Majere — Caramon respondeu com dignidade. — E este é Tanis Meio-Elfo.

Aço olhou Caramon de forma especulativa, curiosa.

— O meio-irmão da minha mãe. — Os olhos escuros voltaram-se para Tanis. — E um de seus amantes, de acordo com Lorde Ariakan. — Os lábios do jovem se curvaram.

A pele de Tanis queimou. *Acabou, passou e se foi*, ele lembrou a si mesmo. *Kitiara está morta há muitos anos. Eu amo Laurana. Amo de todo coração e alma. Não pensei em Kit em todos esses anos e, agora, num piscar de olhos, numa virada de cabeça, seu sorriso torto, e tudo volta para mim. Minha vergonha, minha indiscrição. Nossa juventude... Nossa alegria...*

— Então vocês dois estão aqui para me salvar de mim mesmo — Aço dizia, com sarcasmo amargo.

— Só queremos dar a você outra opção — Tanis disse, ombros curvados contra o vento bruto e cortante, contra as memórias igualmente cortantes. — Como disse Sara, a decisão final será sua.

— É por isso que lutamos na guerra, sobrinho — acrescentou Caramon. — Para garantir que as pessoas tivessem escolhas.

— Sobrinho. — Aço sorriu e era para ser um sorriso desdenhoso e arrogante. Mas seus lábios tremeram antes que pudesse cerrá-los. Houve, pelo espaço de um batimento cardíaco hesitante, um vislumbre do rosto de uma criança infeliz e solitária.

Foi então, naquele momento, que Tanis realmente acreditou que aquele jovem era filho de Sturm. Naquela expressão de orgulho e angústia sombrios, Tanis viu novamente o jovem cavaleiro que cresceu durante uma época em que os próprios Cavaleiros de Solamnia eram odiados e insultados, quando ele fora desprezado e obrigado a se sentir envergonhado de seu direito de primogenitura.

Sturm sabia o que era ser diferente dos outros. Ele usara seu orgulho como escudo contra o ódio e o preconceito. Aquele escudo de orgulho fora pesado para carregar no começo, mas Sturm aprendeu a aliviar o peso do orgulho com tolerância e compaixão. Este paladino das trevas suportou o peso do escudo ansiosamente, de bom grado, o que deixou marcas cruéis.

Tanis abriu a boca, quase expressou seus pensamentos em voz alta, então reconsiderou. *Nenhuma pobre palavra minha penetrará aquele escudo, aquela armadura escura e cruel. Ele é filho de Sturm, sim, mas também filho de Kitiara, um filho da escuridão profana e da luz sagrada.*

— Você deve desculpas a esses dois senhores, Aço. — Sara estava repreendendo severamente o jovem. — Eles provaram sua coragem na batalha, algo que você ainda precisa fazer. Você não deve falar com eles com desrespeito.

O belo rosto de Aço corou com a repreensão de sua mãe, mas ele fora criado em uma escola rigorosa.

— Peço desculpas, senhores — ele falou rigidamente. — Ouvi falar das suas façanhas durante a guerra. Podem achar difícil de acreditar — ele acrescentou, com um sorriso sombrio — Mas nós que servimos à Rainha Takhisis fomos ensinados a honrá-los.

Tanis realmente achava difícil de acreditar, não gostava de considerar as implicações.

— Então, você foi ensinado a honrar os feitos de seu pai...

— Se Sturm Brightblade for meu pai — Aço retrucou. — Fui ensinado a admirar sua morte heroica... Alguém que lutou sozinho contra muitos inimigos. E, também, fui ensinado a honrar a memória de minha mãe, Kitiara, a Senhora dos Dragões que o matou.

Essa observação efetivamente silenciou a todos. Caramon arrastou seus pés grandes, tossiu e olhou para o chão. Tanis soltou um suspiro exasperado e passou a mão pelo cabelo. Uma maldição se Aço descobrisse quem era seu pai... Foi o que Ariakan disse ao jovem paladino. Tanis estava começando a acreditar. Ele não conseguia ver como algo de bom poderia sair dessa situação infeliz.

Aço virou as costas para todos. Caminhando até a beira do penhasco, ele olhou com interesse para a Torre do Alto Clerista.

— Sinto muito, Sara — Tanis disse em voz baixa. — Vou dizer isso pela última vez. Seu esquema não vai funcionar. Nada do que dissermos ou fizermos fará qualquer diferença para ele. Aço está certo. Vocês dois devem partir agora. Voltem para sua casa.

Os ombros da mulher caíram. Ela fechou os olhos e levou a mão trêmula aos lábios. Lágrimas escorreram pelo rosto preocupado. Ela não conseguia falar, mas acenou com a cabeça.

— Vamos, Caramon — disse Tanis. — Temos que sair desta montanha antes de escurecer...

— Espere um minuto — Aço interrompeu abruptamente. Ele se virou, então caminhou para ficar na frente de Sara. Colocando a mão no queixo dela, ele virou o rosto para a luz do sol. — Você está chorando — ele disse baixinho, com admiração em sua voz. — Todos esses anos, eu nunca vi você chorar.

Ele saberia se defender contra um batalhão de cavaleiros, mas as lágrimas de sua mãe o desarmaram completamente.

— Você realmente quer que eu continue com essa... loucura? — ele perguntou, frustrado, impotente, confuso.

O rosto de Sara se iluminou. Ansiosamente, ela se agarrou a ele.

— Ah, sim, Aço. Por favor! Faça isso por mim.

Tanis e Caramon ficaram em silêncio, esperando.

Aço olhou para ela, seu rosto era um campo de batalha, revelando a luta travada por dentro. Então, com um olhar sombrio, e de soslaio para os dois homens mais velhos, ele disse friamente:

— Eu os acompanharei, senhores... Em nome dela.

Girando nos calcanhares, ele caminhou até a beirada da saliência, saltou levemente para outra saliência rochosa abaixo dela e começou a descer a encosta da montanha, abrindo caminho entre o emaranhado de rochas com a destreza ágil e a força da juventude.

Pego de surpresa pelo movimento inesperado, Tanis correu atrás, no entanto suas botas elegantes e caras, destinadas a caminhar em sua propriedade, não a escalar montanhas, escorregaram em um trecho de cascalhos. Ele perdeu o equilíbrio e poderia ter caído do penhasco se uma mão forte não tivesse agarrado a gola de sua túnica e o puxado de volta.

— Vai devagar, meu amigo — Caramon falou. — Temos um caminho longo a percorrer e isso não será fácil nem para nossas botas, nem para nossos ossos. — Ele acenou com a cabeça para Aço, cujos cachos escuros mal podiam ser vistos entre as pedras. — Deixe nosso jovem amigo sozinho por enquanto. Ele precisa de tempo para pensar. Sua mente deve parecer aquele riacho ali.

Cheia de espuma branca e borbulhante, a água rodopiava e redemoinhava entre as rochas. Ocasionalmente, encontrava-se encalhada em poças escuras, depois libertava-se para mergulhar em uma corrida desenfreada até seu destino, o mar eterno.

— Ele estará mais calmo quando chegar ao fundo — Caramon terminou.

— Nós não estaremos — Tanis resmungou. O sol estava quente na face do penhasco. Ele já estava suando sob sua armadura de couro. Descansando a mão no braço de Caramon, ele sorriu para o guerreiro grandalhão. — Você é sábio, meu amigo.

Parecendo embaraçado, Caramon encolheu os ombros.

— Sei não. Eu tive três filhos, só isso.

Tanis ouviu as palavras não ditas.

— Vamos — ele disse abruptamente e olhou de volta para Sara.

— Vou esperar vocês aqui — ela pronunciou, parada na frente da caverna. — Queima está incomodada. Não seria bom deixá-la sozinha. Ela pode seguir Aço.

Tanis assentiu e começou a descer a encosta da montanha novamente, desta vez movendo-se mais devagar, tomando mais cuidado.

— Que os deuses os abençoem por isso — Sara gritou fervorosamente.

— Sim, bem, um dos deuses provavelmente vai nos abençoar — Tanis murmurou.

Ele não se importava em pensar qual.

# 9

## Lírio Negro, Rosa Branca

— A fortaleza, conhecida como a Torre do Alto Clerista, foi construída por Vinas Solamnus, fundador dos Cavaleiros de Solamnia, durante a Era do Poder. A fortaleza protege o Passo do Portão Oeste, levando para dentro e para fora de uma das principais cidades de Ansalon, a cidade de Palanthas.

"Depois do Cataclismo, que muitas pessoas erroneamente atribuíram aos Cavaleiros de Solamnia, a Torre do Alto Clerista ficou praticamente deserta, abandonada pelos cavaleiros, que estavam escondidos para salvar suas vidas. Durante a Guerra da Lança, a torre foi reocupada e foi crucial para a defesa de Palanthas e arredores. Astinus registrou os feitos heroicos daqueles que lutaram e protegeram a torre. Você pode encontrar o registro na grande Biblioteca de Palanthas, sob o título *Dragões da Noite de Inverno*.

Nesse livro, você lerá sobre Sturm Brightblade, que morreu enfrentando sozinho o terror dos dragões. Assim se segue:

"Sturm se virou para o leste. Meio cego pelo brilho do sol, viu o dragão como algo feito de escuridão. Viu a criatura afundar em seu voo, mergulhando abaixo do nível do muro, e percebeu que o azul subiria por baixo, dando à ginete o espaço necessário para atacar. Os outros dois ginetes dos dragões se contiveram, observando, esperando para ver se sua senhora precisava de ajuda para eliminar esse cavaleiro insolente.

Por um momento, o céu, banhado pelo sol, estava vazio, então o dragão surgiu na beira da parede, seu grito horrível partindo os tímpanos de Sturm, enchendo sua cabeça de dor. A respiração de sua boca aberta o fez engasgar. Ele cambaleou vertiginosamente, mas conseguiu se manter em pé enquanto golpeava com a espada. A lâmina antiga atingiu a narina esquerda do dragão. O sangue escuro jorrou no ar. O dragão rugiu em fúria'.

'Mas o golpe foi caro. Sturm não teve tempo de se recuperar'.

'A Senhora dos Dragões levantou sua lança, sua ponta flamejando ao sol. Inclinando, atacou profundamente, perfurando armadura, carne e ossos'".

Aço lançou um olhar presunçoso aos dois homens que o acompanhavam. Observou o efeito de sua recitação em cada um deles.

— Meu bom deus. — O queixo do seu tio caiu, o rosto redondo e um tanto estúpido do grandalhão (assim Aço pensava, com desdém) estava perplexo. O meio-elfo estava olhando o paladino das trevas seriamente.

— Você tem uma boa memória — Tanis comentou.

— É necessário, assim ensina meu senhor Ariakan, que um guerreiro conheça seu inimigo — Aço respondeu. Ele não mencionou que foi sua mãe, Sara, quem primeiro lhe contou a história, muito tempo atrás, quando ele era criança.

Os olhos de Tanis se voltaram para uma das muralhas altas perto da torre central.

— Naquela ameia, seu pai morreu. Se subir lá, ainda poderá ver o sangue dele nas pedras.

Aço olhou para cima, por curiosidade, nada mais. A muralha não estava vazia esses dias. Cavaleiros a percorriam, mantendo uma vigilância incessante, pois, embora a Guerra da Lança tivesse acabado, Solamnia não estava em paz. Contudo, enquanto Aço olhava, os cavaleiros desapareceram repentinamente, deixando apenas um, sozinho, sabendo que estava condenado a morrer, aceitando sua morte com resignação, acreditando que era necessário, esperando que servisse para reunir os cavaleiros desorganizados e desmoralizados para continuar a luta.

Aço viu chamas e o sol brilhante, viu sangue negro e vermelho fluindo sobre a armadura de prata. Seu coração batia mais rápido, com um orgulho secreto. Ele sempre amou essa história, uma das razões pelas quais ele podia recitá-la com tanta precisão. Seria porque continha algum significado mais profundo, algum significado que apenas sua alma reconhecia?

De repente, lembrou-se dos dois homens, parados silenciosamente ao seu lado.

*Claro que não. Não seja tolo,* Aço repreendeu a si mesmo. *Você está fazendo o jogo deles. É apenas uma história, nada mais.*

Ele deu de ombros.

— Eu vejo uma muralha. Vamos logo com isso.

Eles desceram das colinas do lado oeste da Torre do Alto Clerista. A uma curta distância de onde eles se agacharam, escondidos no mato, uma calçada larga levava à entrada da torre principal. Abaixo dessa entrada estava a Câmara de Paladine, onde Sturm Brightblade e os outros cavaleiros que caíram durante a defesa da torre estavam enterrados.

Todos os Cavaleiros e aspirantes a Cavaleiros de Takhisis passaram muitas horas estudando o arranjo da Torre do Alto Clerista, um arranjo fornecido a eles por Ariakan, que ficou preso aqui.

Mas uma coisa é olhar para um desenho e outra é olhar para a própria estrutura. Aço ficou impressionado. Ele não imaginara uma fortaleza tão grande, tão imponente. No entanto, ele se apressou em banir o sentimento de admiração e começou a contar o número de homens que caminhavam pelas ameias, quantos montavam guarda no portão principal. Tal informação seria útil para seu senhor.

A ponte estava sempre muito movimentada e esta manhã não foi diferente de nenhuma outra. Um cavaleiro, sua esposa e várias filhas bonitas passaram lentamente por eles. Vários comerciantes traziam carroças cheias de comidas e barris de cerveja e vinho. Um regimento de cavaleiros montados, acompanhados por seus escudeiros e pajens, saiu a galope do portão, a caminho da luta contra bandos de hobgoblins ou draconianos saqueadores, ou talvez apenas para desfilar pelas ruas de Palanthas em uma demonstração impressionante de força. Aço observou quais armas eles carregavam e o tamanho da sua carroça de bagagem.

Cidadãos comuns estavam saindo e chegando, alguns com negócios, alguns em busca de caridade, outros vindo para reclamar de dragões invadindo suas vilas. Um grupo de kender sorridentes, acorrentados juntos, nos pés e nas mãos, estava sendo levado para fora da torre por cavaleiros de rosto sério, que liberaram os "emprestadores" indignados de todas as suas posses antes de liberá-los de fora das muralhas da fortaleza.

— Você não está vendo o Tas, não é? — Caramon estava olhando atentamente para os kender, enquanto eles corriam, rindo, passando por ele.

— Que Paladine proíba! — disse Tanis fervorosamente. — Já temos problemas suficientes.

— Como vocês propõem que entremos? — Aço perguntou friamente. Ele observara, assim como os dois homens, os cavaleiros que guardavam a entrada principal parar e questionar cada pessoa que tentava entrar.

— Eles deixaram os kender entrarem — Caramon apontou.

— Não, não deixaram — Tanis respondeu. — Você conhece o velho ditado: "Se um rato pode entrar, um kender também pode". De qualquer maneira, você não passaria por um buraco de kender, Caramon.

— Isso é verdade — disse o grandalhão, imperturbado.

— Tive uma ideia — Tanis falou. Ele estendeu a capa azul para Aço. — Coloque isso sobre sua armadura. Fique atrás de Caramon. Vou conversar com os cavaleiros no portão e vocês dois passarão por mim...

— Não — Aço interrompeu.

— Como assim "Não"? — Tanis estava exasperado.

— Não vou me esconder ou a minha lealdade. Não vou entrar sorrateiramente como... Como um kender. — A voz de Aço estava cheia de desprezo. — Os cavaleiros me aceitarão como sou, sabendo quem e o que sou, ou não me aceitarão de forma alguma.

A expressão de Tanis endureceu. Ele estava prestes a discutir, quando Caramon o interrompeu com uma gargalhada.

— Não acho isso especialmente divertido — Tanis retrucou.

Caramon se engasgou, depois limpou a garganta.

— Desculpa, Tanis, mas, pelos deuses, Aço pareceu tanto com Sturm que não pude evitar. Você se lembra daquela vez na hospedaria, quando encontramos o cajado de cristal azul e todos aqueles goblins e guardas Seguidores estavam subindo as escadas, prontos para nos amarrar à estaca e nos queimar? Estávamos todos correndo para salvar nossas vidas, esperando escapar pela cozinha, exceto Sturm. Ele apenas se sentou à mesa, bebendo calmamente sua cerveja. "O quê?" ele falou, quando você disse para ele correr. "Fugir? Desta ralé?" A cara do meu sobrinho, quando ele disse isso sobre os cavaleiros deixá-lo entrar, me fez lembrar de Sturm naquela noite.

— O rosto do seu sobrinho me faz lembrar de um monte de coisas — Tanis disse seriamente —, como quando Sturm, sua teimosia e sua honra, quase nos mataram mais de uma vez.

— Nós o amávamos por isso — Caramon disse suavemente.

— Sim. — Tanis suspirou. — Sim, eu amava, embora houvesse momentos, como agora, quando eu poderia ter torcido seu pescoço de cavaleiro.

— Veja desta forma, Meio-Elfo — Aço disse em um tom de zombaria. — Você poderia tomar isso como um sinal de seu deus, o grande Paladine. Se Paladine quiser que eu entre, ele providenciará para que eu entre.

— Muito bem, jovem, aceito seu desafio. Vou confiar em Paladine. Talvez, como você diz, isso seja um sinal. Mas — Tanis ergueu um dedo em advertência —, não diga uma palavra, não importa o que eu fale. E não faça nada que cause problemas.

— Não farei — Aço disse, com dignidade e desdém. — Minha mãe está naquelas colinas com uma dragoa azul, lembra? Se alguma coisa acontecer comigo, Lorde Ariakan vai descarregar sua raiva nela.

Tanis observava o jovem atentamente.

— Sim, nós o amávamos por isso — ele disse, baixinho.

Aço fingiu que não ouviu. Virando o rosto para a Torre do Alto Clerista, ele saiu dos arbustos e pisou na calçada. Presumiu que seu tio e o meio-elfo o seguiriam.

Tanis e Caramon flanqueavam o paladino das trevas, um de cada lado, enquanto desciam a estrada larga que conduzia ao portão principal da torre. Caramon estava com a mão no punho da espada, uma expressão sombria e ameaçadora no rosto. Tanis vigiava de perto os que passavam por eles, esperando ansiosamente pela expressão de ódio e horror chocado, o clamor que traria até eles um pelotão de cavaleiros.

Aço caminhava alto e orgulhoso, seu rosto, frio e belo, impassível. Se ele estava nervoso, estava guardando para si mesmo.

Poucos, no entanto, dispensaram-lhes um olhar. A maioria dos que viajavam por essa estrada estava absorta em seus próprios anseios e preocupações particulares. E quem notaria três homens armados neste bastião de homens armados? As únicas que os notaram foram as belas jovens que acompanhavam seu pai cavaleiro até a torre. Elas sorriram com admiração para o belo e jovem cavaleiro, fizeram de tudo para não cair da carruagem e atrair a atenção de Aço.

Tanis ficou extremamente intrigado com isso. Os símbolos de terror e morte que o paladino das trevas usava claramente em sua pessoa não tinham mais efeito? Teriam os solâmnicos esquecido o poder terrível da Rainha das Trevas? Ou eram apenas negligentes e estupidamente complacentes?

Olhando para Aço, Tanis viu os lábios do jovem se curvarem em desdém. Ele estava achando isso divertido.

Tanis apressou o passo. Ainda era preciso passar pelo portão principal.

O meio-elfo pensou e depois descartou vários argumentos para permitir que um Cavaleiro de Takhisis entrasse na fortaleza de Paladine. Ele finalmente foi forçado a admitir para si mesmo que não poderia existir tal argumento lógico. Como último recurso, ele usaria sua posição de herói renomado e oficial respeitado do governo para forçar sua entrada.

Desejando estar vestido com seus trajes cerimoniais completos, em vez de suas roupas de viagem gastas, embora confortáveis, Tanis colocou sua máscara do tipo "faça o que eu disser e goste" e caminhou até os cavaleiros guardando o portão principal.

Caramon e Aço pararam cerca de um passo atrás. O rosto de Aço estava duro, seus olhos escuros opacos, a cabeça jogada para trás em desafio. Um dos cavaleiros de guarda deu um passo à frente para encontrá-los. Seu olhar os varreu com uma curiosidade suave e amigável.

— Seus nomes, gentis senhores — disse o cavaleiro de forma cortês. — E, por favor, declarem seus negócios.

— Eu sou Tanis Meio-Elfo. — Tanis estava tão contido que as palavras saíram em um latido explosivo, praticamente um grito. Esforçando-se para se acalmar, ele acrescentou em tons mais suaves — Este é Caramon Majere...

— Tanis Meio-Elfo e o famoso Caramon Majere!

O jovem cavaleiro ficou impressionado.

— Estou honrado em conhecê-los, senhores — em voz baixa, ele disse a um colega. — É o Tanis Meio-Elfo. Corra e chame Sir Wilhelm.

Provavelmente, o senhor cavaleiro encarregado do portão.

— Por favor, não há necessidade de comoção — Tanis pediu apressadamente, com o que esperava soar como modéstia. — Meus amigos e eu estamos aqui em peregrinação à Câmara de Paladine. Nós simplesmente queremos prestar nossos respeitos, nada mais.

O rosto do jovem cavaleiro assumiu imediatamente uma expressão de simpatia séria.

— Sim, claro, meu senhor. — Seu olhar se deslocou de Caramon, que estava furioso e parecia pronto para enfrentar a fortaleza sozinho, então o cavaleiro olhou para Aço.

Tanis ficou tenso. Já conseguia imaginar. O espanto do jovem guarda transformando-se em fúria, o toque da trombeta que soaria o alarme, desceria as grades, cercá-los-iam com espadas...

— Vejo que você é um Cavaleiro da Coroa, senhor, como eu — o jovem cavaleiro estava dizendo... e estava dizendo isso para Aço! O Cavaleiro Solâmnico tocou seu peitoral, no qual estava o símbolo do mais baixo dos escalões dos Cavaleiros de Solamnia. Ele deu a Aço a saudação de cavaleiro ao encontrar um camarada, erguendo a mão enluvada para o elmo. — Sou Sir Reginald. Você não parece familiar, Senhor Cavaleiro. Onde fez seu treinamento?

Tanis piscou, olhou fixamente. *Eles estavam deixando os míopes entrarem na cavalaria atualmente?* Ele olhou para Aço, viu uma armadura negra adornada com os emblemas da Rainha das Trevas: lírio, machado, caveira. No entanto, o Cavaleiro Solâmnico sorria e tratava Aço como se fossem companheiros de quartel.

Aço lançara algum tipo de magia no cavaleiro? Era possível? Tanis olhou para ele severamente, depois relaxou. Não, Aço estava obviamente tão confuso sobre o que estava acontecendo quanto Tanis. A oposição havia desaparecido do jovem. Ele parecia atordoado e um pouco tolo.

A boca de Caramon estava escancarada. Um pardal poderia ter voado e feito ninho ali e ele não teria notado.

— Onde fez seu treinamento, senhor? — o cavaleiro perguntou novamente, de forma amigável.

— K-kendermore — Tanis disse a primeira coisa que veio à cabeça.

O jovem cavaleiro foi imediatamente compreensivo.

— Ah, um serviço duro, ouvi dizer. Eu mesmo prefiro patrulhar Naufrágio. Esta é a sua primeira visita à torre? Eu tenho uma ideia. — O cavaleiro se virou para Tanis. — Depois de prestar seus respeitos na Câmara de Paladine, por que você não entrega seu amigo para mim? Estou de folga em meia hora. Vou levá-lo ao redor da torre, mostrar nossas defesas, fortificações...

— Não acredito que seria uma boa ideia! — Tanis arfou. Ele estava tremendo, suando sob a armadura de couro. — Nós... Somos esperados em Palanthas. Nossas esposas estão esperando por nós, não é, Caramon?

Caramon entendeu a dica. Sua boca se fechou. Ele conseguiu murmurar algo incoerente sobre Tika.

— Talvez outra hora — Tanis acrescentou com pesar. Ele lançou um olhar furtivo para Aço, pensando que o jovem devia estar rindo muito de tudo isso.

Aço estava abalado, pálido, os olhos arregalados. Parecia estar com dificuldade para respirar.

Bem, Tanis pensou, isso é o que acontece quando você tenta desafiar um deus.

Sir Wilhelm chegou e se encarregou deles imediatamente. Ele era, Tanis lamentou notar, um dos tipos de cavaleiros antigos, pomposos, montados na sela; o tipo que deixa o Juramento e a Providência pensarem por ele. Era o tipo de cavaleiro que Sturm Brightblade sempre detestou. Felizmente, havia muito menos do tipo de Sir Wilhelm hoje em dia do que no passado. Uma pena que algum deus, ou deusa, o tivesse colocado em seu caminho.

E, claro, Sir Wilhelm insistia em acompanhá-los pessoalmente ao túmulo.

— Obrigado, meu senhor. — Tanis tentou se livrar do homem. — Mas este é um momento muito comovente para nós, como pode imaginar. Preferimos ficar sozinhos...

*Impossível! (Umpf) Sir Wilhelm nunca permitiria isso. (Umpf) O famoso Tanis Meio-Elfo, o famoso Caramon Majere e seu jovem amigo, um Cavaleiro da Coroa, fazendo sua primeira visita à Câmara de Paladine. Não, não, (Umpf, Umpf) isso exigia uma escolta completa de cavaleiros!*

Sir Wilhelm reuniu sua escolta, seis cavaleiros, todos armados. Organizando-os em fileiras, ele próprio liderou o caminho para a Câmara de Paladine, marchando com passo lento e solene, como se conduzisse uma procissão fúnebre.

— Talvez ele esteja — Tanis falou para si próprio. — A nossa.

Ele olhou para Caramon. O grandalhão deu de ombros, infeliz. Não tinham escolha a não ser seguir decorosamente.

Os cavaleiros dirigiram-se para duas portas de ferro fechadas marcadas com o símbolo de Paladine. Além dessas portas, uma escadaria estreita levava ao sepulcro.

Aço avançou ao lado de Tanis.

— O que você fez lá atrás? — ele exigiu, falando em voz baixa, seu olhar desconfiado dividido entre o meio-elfo ao lado dele e os cavaleiros marchando à sua frente.

— Eu? Nada — Tanis respondeu.

Aço não acreditou nele.

— Você não é algum tipo de mago, é?

— Não, não sou — Tanis retrucou com irritação. Eles não haviam saído dessa ainda, nem de longe. — Não sei o que aconteceu, exceto que eu poderia supor que você conseguiu seu sinal!

Aço estava pálido. A admiração, e o medo, estavam claros em seu rosto. Tanis apiedou-se do jovem. Curiosamente, descobriu-se gostando dele.

— Sei como você se sente — Tanis disse a ele, falando baixinho. Os cavaleiros chegaram às portas de ferro e distribuíam tochas para iluminar o caminho pela escadaria escura. — Certa vez, confrontei Sua Majestade Sombria. Sabe o que eu queria fazer? Eu queria cair de joelhos e adorá-la.

Tanis estremeceu com a lembrança, embora tivesse acontecido anos atrás.

— Você entende o que eu estou dizendo? A Rainha Takhisis não é minha deusa, mas ela é uma divindade. Sou apenas um mortal pobre e insignificante. Como eu poderia deixar de reverenciá-la?

Aço não respondeu. Ele estava pensativo, sério, retraído para algum núcleo interior de si mesmo. Paladine dera ao jovem cavaleiro o sinal que ele exigira com zombaria. Que significado isso tinha para ele... Se é que tinha?

As portas de ferro se abriram. Marchando com passo solene, os cavaleiros começaram a descer as escadas.

## 10

## "Minha honra é minha vida"

A explicação do meio-elfo fazia sentido para Aço. Paladine era um deus, um deus fraco e chorão, comparado ao seu oposto, a Rainha das Trevas, mas ainda assim um deus. Era certo e apropriado que Aço se sentisse intimidado na presença de Paladine, se é que isso realmente aconteceu lá atrás no portão.

Aço até tentou rir do incidente... Era muito engraçado, esses cavaleiros pomposos levando seu inimigo mais temido pela mão.

A risada morreu em seus lábios.

Eles começaram a descer os degraus que levavam ao sepulcro, um lugar de majestade intensa, santa e sagrada. Aqui jaziam os corpos de muitos homens corajosos, entre eles Sturm Brightblade.

*Est Sularus oth Mithas.* Minha honra é minha vida.

Aço ouviu uma voz, profunda e ressonante, repetir essas palavras. Ele olhou rapidamente ao redor, para ver quem havia falado.

Ninguém as dissera. Todos desceram silenciosamente as escadas, as vozes abafadas em respeito e reverência.

Aço sabia quem falara. Sabia que estava na presença do deus e o jovem estava assustado. O desafio dele para Tanis foi feito de pura bravata, para reprimir o desejo súbito e doloroso que lhe queimava a alma, o desejo de conhecer a si mesmo. Parte de Aço queria desesperadamente acreditar que Sturm Brightblade, um cavaleiro nobre, heroico e trágico, era realmente seu pai. Outra parte estava horrorizada.

*Uma maldição se você descobrir*, Ariakan o avisara.

Sim, assim seria, mas... Saber a verdade!

E, portanto, Aço desafiou o deus, provocou Paladine a contar a ele.

Parecia que o deus aceitara a provocação do jovem.

Com seu coração subjugado, a alma de Aço se curvou em adoração.

A Câmara de Paladine era uma grande sala retangular forrada com caixões de pedra que continham os heróis do passado antigo e os mortos mais recentes da Guerra da Lança.

Após o sepultamento dos corpos de Sturm Brightblade e dos outros cavaleiros que caíram defendendo a torre, as portas de ferro da câmara foram fechadas e seladas. Se a torre caísse nas mãos do inimigo, os corpos dos mortos não seriam profanados.

Um ano após o fim da guerra, os cavaleiros quebraram os selos, abriram a câmara e fizeram dela um local de peregrinação, como fizeram com o Túmulo de Huma. A Câmara de Paladine fora dedicada novamente; Sturm Brightblade foi feito um herói nacional. Tanis estava presente naquele dia, assim como sua esposa, Laurana; Caramon e Tika; Porthios e Alhana, governantes de Silvanesti e Qualinesti, as nações élficas; e o kender, Tasslehoff Burrfoot. Raistlin Majere, Mestre da Torre da Alta Magia em Palanthas e já voltado para a escuridão, não veio, mas enviou uma mensagem de respeito para seu velho camarada e amigo.

Os corpos dos mortos foram colocados sem cerimônia no chão durante os dias sombrios da guerra. Nesta cerimônia, eles receberam um enterro adequado e decente. Um catafalco especial foi construído para conter o corpo de Sturm. Feito de mármore e esculpido com imagens das façanhas heroicas do cavaleiro, o catafalco ficava bem no centro da câmara. O corpo de Sturm jazia sobre ele, não sepultado.

Algum tipo de magia impediu que o corpo se decompusesse durante esses vinte e poucos anos. Ninguém tinha certeza, mas a maioria acreditava que a magia emanava da joia élfica, dada a ele por Alhana Brisa Estelar. A joia era um símbolo trocado entre amantes, não deveria ter nenhuma propriedade arcana tão poderosa. Mas, então, o amor fez sua própria mágica.

Tanis não visitara a câmara desde aquele dia. Aquela ocasião solene tinha sido muito dolorosa e abençoada para ele repetir. Agora ele retornara, mas não se sentia nem solene, nem abençoado. Olhando ao redor da sala, com seus caixões antigos cobertos de poeira, o catafalco no centro, Tanis se sentiu preso. Se algo desse errado, eles estariam muito longe das escadas, das portas de ferro e da fuga.

*Nada vai dar errado,* Tanis falou para si mesmo. *Aço olhará para o corpo de seu pai e ele será afetado por isso, ou não. Pessoalmente, não espero que tenha algum efeito sobre ele. Tanto quanto posso julgar, esse jovem está a caminho do Abismo. Contudo, o que eu sei? Nunca esperei que chegássemos tão longe.*

Parecendo tão triste como se estivesse enterrando seus próprios parentes, Sir Wilhelm abriu caminho até o catafalco. Os seis cavaleiros formaram fileiras ao redor dele, três de cada lado. Sir Wilhelm ficou em posição de sentido na cabeceira do caixão.

Tanis se aproximou do catafalco. Olhou para o rosto de seu amigo... O rosto que parecia com o mármore esculpido, mas continha a lembrança da vida, algo que a pedra fria jamais poderia emular. Tanis esqueceu Aço; ele sentiu a paz rodeá-lo. Não sofria mais por seu amigo; Sturm morreu como viveu: com honra e coragem.

Fez bem a Tanis ver o sono tranquilo do cavaleiro. As inquietações de Tanis sobre seu próprio filho, sobre as situações políticas agitadas, a ameaça de guerra, tudo desapareceu. A vida era boa, doce; mas havia um bem maior esperando.

Sturm Brightblade estava deitado em seu caixão de mármore, com as mãos cruzadas sobre o punho de uma espada antiga, a espada do seu pai. Ele estava vestido com a armadura de seu pai. A joia estelar, brilhando com a luz do amor, cintilava em seu peito. Uma lança do dragão estava ao lado dele. Ao lado dela, havia uma rosa de madeira, esculpida pelas mãos de um velho anão de luto, agora dormindo seu próprio sono reparador. Ao lado da rosa, encapsulada em cristal, havia uma pena branca, um presente final de um kender amoroso.

Tanis se ajoelhou ao lado do corpo. Com a cabeça nivelada com a do cavaleiro, Tanis falou com seu amigo baixinho, em élfico.

— Sturm, honrado, gentil, coração nobre. Sei que você perdoou Kitiara pelo que ela fez com você, por sua traição, seu engano... Mais doloroso para você do que a lança que ela finalmente usou para matá-lo. Este jovem é filho dela, muito filho dela, eu temo.

"Ainda assim, acho que há algo seu nele, meu amigo. Agora que estou aqui, acredito que você realmente é o pai dele. Vejo a semelhança em seus traços, mas, mais forte que a evidência física, vejo você no espírito deste jovem, em sua coragem destemida, em sua nobreza de caráter, na compaixão pelos outros que ele considera uma marca contra si mesmo.

Seu filho está em perigo, Sturm. A Rainha das Trevas o atrai, sussurrando suas palavras de sedução, prometendo uma glória que certamente terminará em derrota final. Ele precisa de sua ajuda, meu amigo, se você puder conceder tal ajuda. Lamento perturbar seu sono tranquilo, mas estou pedindo a você, Sturm, que faça o que puder para afastar seu filho do caminho sombrio que ele agora trilha."

Tanis se levantou. Passando a mão pelos olhos, ele olhou para Caramon. O grandalhão estava ajoelhado no lado oposto do catafalco.

— Eu daria minha vida por meus filhos — ele disse, em voz baixa — se eu achasse que isso os salvaria do perigo. Eu sei que você vai... Bem, você vai fazer o que é certo, Sturm. Você sempre o fez.

Com este pedido um tanto enigmático, Caramon levantou-se. Virando as costas, ele fungou alto, depois enxugou os olhos e o nariz na manga da camisa.

Tanis olhou para Aço. O jovem se contivera. Ficou sozinho, longe dos cavaleiros, longe do catafalco, embora encarasse o corpo com olhos escuros e ardentes. Ele continuou parado, imóvel. Seu rosto, pálido, frio e duro, era a cópia exata do rosto do cavaleiro adormecido. Ambos poderiam muito bem ter sido esculpidos em mármore.

*Tanto esforço para isso*, Tanis falou para si mesmo. *Pobre Sara. Ainda assim, ela tentou.*

Suspirando, ele deu um passo à frente. Era hora de partir.

De repente, Aço deu um salto convulsivo para o catafalco de mármore.

— Pai! — gritou entrecortado, e não foi a voz do homem que falou, mas a voz da criança, desolada, sozinha.

As mãos de Aço se fecharam sobre as mãos frias do cadáver.

Um clarão de luz branca, uma luz pura e radiante, fria e intensa, passou por todos os presentes, deixando-os paralisados e momentaneamente cegos.

Tanis esfregou os olhos, tentando eliminar a imagem residual vibrante, tentando freneticamente ver através de uma explosão de pontos vermelhos ardentes e amarelos vívidos. A visão élfica é aguçada e os olhos élficos se ajustam melhor à escuridão e à luz do que os olhos humanos. Ou talvez, neste caso, fossem os olhos do coração que enxergassem mais claramente do que os da cabeça.

Sturm Brightblade se levantou na câmara.

A visão era tão real, se é que era uma visão, que Tanis quase chamou o nome do amigo, quase estendeu a mão para mais uma vez apertar sua mão. Algo manteve o meio-elfo em silêncio. O olhar de Sturm estava fixo em seu filho e nele havia tristeza, compreensão, amor.

Sturm não disse nada. Ele levou a mão ao peito e colocou-a sobre a joia estelar. A luz branca deslumbrante diminuiu brevemente. Sturm estendeu a mão para seu filho. Aço olhou para o pai; o jovem estava mais lívido que o cadáver.

A mão de Sturm tocou Aço no peito. A luz da joia brilhou.

Aço levou a mão rapidamente ao peito, procurou algo ali e fechou a mão sobre ele. A luz branca pulsou brevemente nas mãos de Aço, brotou de seus dedos, então a luz era escuridão. Aço enfiou o que estava em sua mão dentro de sua armadura.

— Sacrilégio! — Sir Wilhelm soltou um grito rouco de ultraje e fúria, então sacou a espada da bainha.

Por fim, o halo flamejante desapareceu. Tanis podia ver claramente e a visão o deixou nervoso e horrorizado.

O corpo de Sturm Brightblade sumira. O cadáver desaparecera. Tudo o que restou foi o elmo, a armadura ancestral e brilhante e a espada antiga, que estava sobre o caixão.

— Fomos enganados! — Sir Wilhelm estava trovejando.

— Este homem não é um de nós! Não é um Cavaleiro de Solamnia. É um servo da Rainha das Trevas! Um lacaio do mal! Prendam-no! Matem-no!

— A joia mágica! — outro cavaleiro gritou. — Sumiu! Ele a roubou! A joia deve estar com ele!

— Peguem-no! Procurem nele! — Sir Wilhelm berrou. Brandindo sua espada, ele saltou rumo a Aço.

Sem armas, Aço alcançou instintivamente a lâmina mais próxima à mão. Ele agarrou a espada, a espada de seu pai, de cima do catafalco. Trazendo a lâmina para cima, ele bloqueou facilmente o golpe selvagem descendente de Sir Wilhelm. O jovem jogou o cavaleiro mais velho para trás, que caiu com um estrondo de armadura entre os caixões antigos cobertos de poeira.

Os outros cavaleiros se aproximaram. Por mais forte e habilidoso que fosse, Aço nunca poderia esperar lutar contra sete de uma vez.

Tanis sacou sua espada. Saltando sobre o catafalco, pulou ao lado de Aço.

— Caramon! Proteja a retaguarda! — Tanis gritou.

Caramon ficou boquiaberto.

— Tanis! Achei que tinha visto...

— Eu sei! Eu sei! — Tanis gritou. — Eu também vi! — Ele tinha que fazer algo para tirar o grandalhão do seu espanto atordoado. — Caramon, você fez um juramento! Jurou que protegeria Aço como seu próprio filho.

— Eu jurei — Caramon disse com seriedade digna. Pegando o cavaleiro mais próximo dele, que por acaso bloqueava seu caminho, o grandalhão jogou o cavaleiro para o lado. Desembainhando sua espada, Caramon deu as costas para Aço.

— Vocês não têm que fazer isso por mim — Aço se engasgou com os lábios exangues. — Não preciso de vocês para lutarem minhas batalhas!

— Não estou fazendo isso por você — Tanis respondeu. — Estou fazendo isso pelo seu pai.

Aço olhou para ele, desconfiado, incrédulo.

— Eu vi o que aconteceu — Tanis simplesmente disse. — Eu sei a verdade.

Ele apontou para o peitoral do paladino das trevas, a armadura decorada com a insígnia imunda da Rainha das Trevas. Brilhando por baixo dela, havia um vislumbre de luz branca.

O alívio inundou o rosto de Aço; o jovem devia estar se perguntando se o que ocorrera realmente aconteceu ou se ele estava ficando louco. Imediatamente se recompôs, seu rosto endureceu. Aço era, mais uma vez, um dos Cavaleiros de Takhisis. Ele se virou sério para enfrentar seus inimigos.

Os Cavaleiros Solâmnicos ficaram com as espadas desembainhadas, porém não prosseguiram imediatamente com o ataque. Tanis Meio-Elfo era uma força poderosa na terra e Caramon Majere um herói respeitado e popular. Os cavaleiros olharam inquietos para seu comandante em busca de ordens.

Sir Wilhelm estava lutando para se levantar. Para ele, a resposta era óbvia.

— Os outros dois foram subvertidos pelo mal! São todos os servos da Rainha das Trevas. Peguem todos os três!

Os cavaleiros partiram para o ataque. Aço lutou bem; ele era jovem, habilidoso e esperara por tal desafio durante toda a sua vida. Seus olhos brilharam e sua lâmina reluziu à luz da tocha. Mas os jovens Cavaleiros de Solamnia eram seus iguais. Agora que podiam ver o mal entre eles, seus olhos brilhavam com uma luz sagrada; estavam defendendo sua honra, vingando sacrilégios. Quatro deles cercaram Aço, com a intenção de capturá-lo vivo, determinados a feri-lo, não o matar.

As lâminas se chocaram. Corpos subiram e se empurravam. Logo, Aço estava sangrando com um corte na testa. Dois dos cavaleiros também estavam sangrando, mas lutavam com força e fervor renovados. Eles encurralaram Aço contra o catafalco.

Tanis fez o que pôde para ajudar, mas não empunhara uma espada com raiva há muitos anos. Caramon bufava, ofegava e grunhia, o suor rolando pela cabeça do homenzarrão. Ele estava acertando um golpe contra os seis de seu oponente, mas Caramon, com seu tamanho e força, sempre fazia tal golpe valer a pena. Sua espada soava como um martelo caindo em uma bigorna.

Todos os três estavam tentando abrir caminho até as escadas, contudo, os cavaleiros estavam igualmente empenhados em bloquear essa rota de fuga. Felizmente, Sir Wilhelm não pensara em enviar um dos cavaleiros para buscar reforços. Provavelmente, esperava a glória de capturar o paladino da Rainha das Trevas ele próprio. Ou isso ou ele não ousou arriscar reduzir o tamanho de sua pequena força.

— Se conseguirmos subir as escadas — Tanis disse a Caramon, enquanto os dois lutavam lado a lado — poderemos correr até o portão principal. Havia apenas dois guardas lá. E depois disso...

— Vamos apenas... chegar lá! — Caramon estava apoiado na lateral do catafalco, ainda lutando bravamente, embora o homenzarrão estivesse ofegante. — Maldita cota de malha... pesada!

Tanis não conseguia mais ver Aço; ele estava cercado por uma parede de armaduras de prata. Apesar disso, Tanis podia ouvir o tilintar da espada do jovem e dizer, pelos vários ferimentos recentes nos Cavaleiros de Solamnia, que Aço ainda estava lutando. Ele continuaria lutando até que o matassem. Jamais se deixaria levar vivo.

Ele não desgraçaria a memória de seu pai.

Cada músculo do corpo de Tanis doía. Felizmente, seu oponente, um cavaleiro jovem, estava tão apavorado com o grande herói que lutava sem entusiasmo. Sir Wilhelm parecia exasperado. Esta batalha já deveria ter acabado. Ele olhou para as escadas. Agora ele ia dar o alarme, gritar por reforços.

Se isso acontecesse, eles estavam condenados.

— Sturm Brightblade — Tanis disse baixinho —, você nos meteu nessa. O mínimo que você pode fazer é nos ajudar a sair!

As portas de ferro, decoradas com o símbolo de Paladine, estavam abertas no topo da escada. Pode ter sido uma brincadeira bizarra da natureza ou pode ter sido o sopro do deus. De repente, uma grande rajada de vento passou pela porta, apagou as tochas como se fossem velas e mergulhou a tumba na escuridão. Levantando a poeira dos séculos, o vento jogou terra nos rostos dos Cavaleiros Solâmnicos.

No ato de respirar fundo para pedir ajuda, Sir Wilhelm sugou uma grande nuvem de poeira. Ele começou a engasgar e tossir. Os cavaleiros cambaleavam cegamente, os olhos cheios de sujeira, as bocas cobertas.

Estranhamente, a poeira não afetou Tanis. Ele localizou Aço na escuridão pela luz branca fraca brilhando sob seu peitoral. Agarrando o jovem paladino, que estava levantando sua espada sobre seu inimigo subitamente em desvantagem, Tanis gritou no ouvido do jovem.

— Vamos sair daqui!

Ele pensou por um minuto que enfrentaria uma discussão, Sturm teria discutido, mas então Aço lançou um sorriso para Tanis... Um sorriso torto, o sorriso torto de Kitiara. Espada na mão, ele correu para as escadas. Tanis encontrou Caramon pelo som de uma respiração pesada.

Descansando a mão no ombro do grandalhão, Tanis disse:

— As escadas, nossa única chance. Você consegue?

Caramon assentiu, exausto demais para falar, e começou a se arrastar atrás de Aço. Ao passar pelo catafalco, Tanis pousou a mão, de forma leve e breve, na armadura ancestral.

— Obrigado, meu amigo — Tanis sussurrou.

Eles dispararam escada acima. Irrompendo pelas portas de ferro, Aço dirigiu-se ao portão principal. O fogo da batalha brilhava em seus olhos escuros. Tanis o agarrou e quase derrubou o jovem ansioso. Aço o encarou com fúria e lutou para se libertar.

Tanis segurou o jovem com força.

— Caramon, as portas!

Caramon agarrou as portas de ferro, fechou-as e olhou apressadamente em volta em busca de algo para mantê-las fechadas. Vários blocos de mármore pesados sendo usados em reparos estavam próximos. Arfando e grunhindo, Caramon empurrou um dos blocos contra as portas, quando passos podiam ser ouvidos subindo as escadas. Um golpe atingiu as portas de ferro, mas elas não se mexeram.

Golpes e gritos abafados vieram de dentro da Câmara de Paladine. Seria apenas uma questão de momentos antes que alguém ouvisse.

— Agora, vamos — Tanis disse ao jovem. — Tente fingir que nada aconteceu... Ah, esqueça.

Caramon estava com o rosto vermelho, bufando como um touro enfurecido. As mangas da camisa de Tanis pendiam em fitas ao redor de seu braço esquerdo; ele estava sangrando de um ferimento que nunca soube que sofrera. A cabeça de Aço estava ensanguentada, sua armadura amassada e arranhada.

*E*, Tanis pensou, *tenho a sensação de que ninguém jamais confundirá um Cavaleiro de Takhisis com um Cavaleiro de Solamnia.*

Ele estava certo. Os três mal chegaram ao portão principal quando ouviu um toque de trombeta atrás deles. Era o alarme, o chamado às armas. Os cavaleiros que guardavam o portão entraram em ação e imediatamente começaram a tomar medidas defensivas.

Em instantes, o portão estaria fechado, protegido.

— Corra! — Tanis ordenou. — E continue correndo — disse ao Aço.

Eles fizeram uma corrida selvagem e desesperada até os portões que se fechavam. Os cavaleiros de serviço deram uma olhada em Aço e, desembainhando suas espadas, correram para detê-lo.

Um sopro de relâmpago crepitou do lado de fora do portão. A ponta de uma asa azul gigantesca podia ser vista voando. Civis pegos do lado de fora gritavam sobre dragões. Em pânico, as pessoas assustadas invadiram a entrada, dificultando o ataque dos cavaleiros e sua capacidade de fechar o portão.

Tanis e Caramon juntaram-se à confusão. Foi preciso que ambos arrastassem Aço, que se virara para golpear um cavaleiro adversário.

Do lado de fora da torre, a dragoa azul, Queima, voava baixo sobre as cabeças da multidão aterrorizada, fazendo com que as pessoas caíssem nas valas. Ocasionalmente, o dragão aumentava o pânico abrindo buracos no chão e nas muralhas da fortaleza com seu sopro de relâmpago.

— Sara! — Tanis gritou, acenando com o braço.

Sara guiou a dragoa para o chão. Ela estendeu a mão e puxou Tanis para a sela. Ele, por sua vez, agarrou Aço ainda lutando e, com a ajuda de Caramon por trás, conseguiu erguer o jovem nas costas do dragão. Caramon saltou por último. Sara gritou um comando e Queima partiu para o céu.

Os cavaleiros saíram correndo da fortaleza, gritando e praguejando, em nome de Paladine, aqueles que cometeram o ato hediondo de profanar a tumba sagrada. Flechas voavam dos arqueiros postados nas muralhas. Tanis estava mais preocupado com os dragões de prata, que protegiam a fortaleza e que levantaram voo quando a trombeta soou.

Mas ou os dragões de prata não tinham desejo de lutar contra um azul e quebrar a trégua incômoda que existia entre os dragões nessa época ou os prateados também estavam sendo retidos por uma mão imortal. Eles olharam para Queima com raiva, mas a deixaram voar em segurança.

Empoleirado nas costas de uma dragoa azul, Tanis olhou para as flechas, agora assobiando inofensivamente abaixo deles.

— Como — ele se perguntou, melancólico — vou explicar tudo isso?

# 11

## A Espada de seu pai

Por sugestão de Tanis, Queima voou para o sopé das Montanhas Khalkist, ainda uma terra de ninguém, onde eles poderiam descansar em segurança e descobrir o que fazer a seguir.

Nenhum deles falou durante a viagem. Sara lançava frequentes olhares preocupados para Aço. Tanis explicara, em poucas palavras, parte, não tudo, do que ocorrera na câmara. Caberia ao Aço contar a ela completamente o que acontecera com ele.

Sara perguntou ao Aço sobre isso, várias vezes, mas o jovem não respondeu. Ele nem parecia ouvi-la. Ele se sentou olhando para o céu azul profundo, seu olhar abstraído, olhos escuros e insondáveis, seus pensamentos indecifráveis.

Por fim, ela desistiu e concentrou-se em voar. Escolheu um local de pouso adequado, uma clareira ampla cercada por uma floresta densa de pinheiros.

— Vamos acampar aqui esta noite — disse Tanis. — Todos precisamos de um descanso. Então, pela manhã, decidiremos o que fazer, para onde ir.

Sara concordou.

Aço não disse nada. Ele não havia falado uma palavra desde que eles deixaram a Torre do Alto Clerista. Imediatamente ao pousar, ele saltou levemente das costas do dragão e partiu para a floresta. Sara ia segui-lo, mas Caramon a deteve.

— Deixa ele ir — falou gentilmente. — Ele precisa de tempo para pensar. Muita coisa aconteceu com aquele jovem. A pessoa que entrou naquela câmara não é a mesma que saiu.

— Sim, suponho que esteja certo — Sara concordou com um suspiro. Ela ficou olhando para a floresta, com as mãos entrelaçadas, nervosa. — Ele vai... Acha que isso o fez mudar de ideia?

— Só ele sabe disso — Tanis falou.

Sara suspirou novamente, então olhou, ansiosa, para ele.

— Você tem alguma dúvida de que ele é filho de Sturm Brightblade?

— Nenhuma — Tanis respondeu com firmeza.

Sara sorriu. Parecendo mais esperançosa, ela foi acomodar a dragoa para a noite.

— O que exatamente aconteceu lá na câmara, Tanis? — Caramon perguntou em voz baixa, enquanto começavam a acender uma pequena fogueira para cozinhar. — Eu realmente vi o que pensei ter visto?

Tanis ponderou.

— Não tenho certeza, Caramon. Eu mesmo não tenho tanta certeza. Havia uma luz cegante e meus olhos estavam ofuscados, mas eu poderia jurar que vi Sturm parado ali. Ele estendeu a mão e, quando percebi, a joia élfica estava pendurada no pescoço de Aço.

— Sim, foi o que vi também. — Caramon ponderou. — Ainda assim, pode ter sido um truque. Talvez ele tenha a roubado...

— Acho que não. Eu vi o olhar em seu rosto. Aço era a pessoa mais assustada naquela câmara. Ele olhou para a joia com espanto, então a agarrou e a escondeu sob sua armadura. Confie no seu coração, Caramon. Sturm deu ao Aço a joia e sua espada. Ele deu os dois ao seu filho.

— O que ele fará com isso... Um símbolo de amor élfico e a espada de um Cavaleiro de Solamnia? Certamente, ele não vai voltar para aquele lugar horrível agora?

— Isso é com ele — Tanis disse calmamente.

— E se ele decidir ficar, o que faremos com ele? E a mãe dele? — perguntou Caramon. — Não posso levá-los para casa comigo. Terei sorte se o xerife e seus homens não estiverem me esperando na escada da hospedaria quando eu voltar. Sem mencionar o fato de que Ariakan procurará seu paladino perdido. Talvez você...

— Vou ter que falar muito para não ser preso — disse Tanis com um sorriso irônico. Ele coçou a barba e ficou pensando no assunto. — Poderíamos levar Aço e Sara para o Qualinesti — decidiu, por fim. — Ambos estariam seguros lá. Nem mesmo Lorde Ariakan ousaria segui-los no reino élfico. Alhana deixaria Aço entrar assim que visse a joia e ouvisse sua história.

Caramon balançou a cabeça.

— Não vai ser uma grande vida para aquele jovem, vai? Viver entre os elfos. Sem ofensa, Tanis, mas você e eu sabemos como eles vão tratá-lo. Suponho que os Cavaleiros Solâmnicos não o deixariam ingressar na cavalaria.

— Acho difícil — Tanis expressou secamente.

— Então, o que ele vai fazer? Virar um mercenário? Vender sua espada pelo lance mais alto? Um viajante sem rumo...

— O que nós éramos, meu amigo? — Tanis perguntou.

— Nós éramos andarilhos — Caramon disse, após um momento de profunda reflexão. — No entanto Sturm Brightblade não era.

Aço sumiu a tarde toda. Tanis dormiu. Caramon (sempre pensando de onde viria sua próxima refeição) foi pescar. Ele pegou algumas trutas num riacho próximo. Acrescentando pinhões e cebolas bravas que encontrou crescendo na mata, ele envolveu as trutas nas folhas molhadas e cozinhou o peixe nas pedras aquecidas pelo fogo.

Ao pôr do sol, Sara estava ficando extremamente ansiosa. Estava prestes a enviar Queima para procurar o jovem quando ele apareceu, saindo das sombras das árvores. Sem dizer nada, Aço agachou-se perto do fogo. Ele colocou a espada, embainhada em sua bainha ancestral, na grama ao seu lado. Então, ele se serviu do peixe.

Tanis esperou que Sara fizesse ao filho a pergunta que ela desejava fazer desde a fuga da torre. Mas, agora, ou ela estava com medo de ouvir a resposta ou estava esperando que ele tocasse no assunto porque ela se manteve em silêncio. No entanto, seu olhar carinhoso e amoroso nunca o deixou.

Ele se concentrou na comida, parecia estar evitando os olhos de sua mãe. Tanis teve a sensação de que a decisão do jovem havia sido tomada. Aço estava se perguntando, talvez, como contar a ela.

A refeição continuou em silêncio até que Caramon, olhando para o céu, tocou o braço de Tanis.

— Companhia — Caramon disse.

Tanis levantou-se rapidamente. Do oeste, na direção de Palanthas, quatro dragões viraram e giraram contra as listras vermelhas e laranjas do sol poente.

— Droga! E nós aqui sentados, todos aconchegados em frente a uma fogueira! É de se imaginar que estávamos em um piquenique! Eu estive longe desse tipo de coisa por muito tempo, meu amigo — Tanis disse tristemente.

— Apague isso — Caramon ordenou.

Aço já estava fazendo isso, jogando terra no fogo para evitar que fumegasse.

— Que tipo de dragões são esses? Consegue ver? — Caramon estava semicerrando os olhos. Ele tentava soar esperançoso. — Talvez Cavaleiros Solâmnicos, em patrulha.

— Cavaleiros, sim, mas não solâmnicos — disse Tanis seriamente.

— São dragões azuis — Sara concordou, com certeza. Sua própria dragoa azul estava inquieta, batendo os pés, chicoteando a cauda. Bem disciplinado, o animal mantinha-se calado, sem chamar os companheiros, como faria de outra forma. Mas era óbvio que a dragoa reconhecera seus amigos e não conseguia entender por que não tinha permissão para se juntar a eles.

Aço observou os dragões.

— Meio-Elfo, você conhece essas partes. Existe alguma cidade próxima, a uma curta distância?

Sara juntou as mãos, os olhos brilhando de alegria.

Tanis pensou.

— Há uma vila de anões da colina na base da montanha. Devo dizer que é cerca de um dia de viagem daqui. Os anões negociam com Palanthas. Caravanas vêm e vão o tempo todo.

— Excelente — Aço falou, mantendo o olhar no azul distante. — Não queria deixar vocês desamparados. Vou levar Queima comigo.

A alegria sumiu dos olhos de Sara; o sangue foi drenado do seu rosto.

— Eles estão procurando por mim, claro — o jovem continuou energicamente. — Vou voar para me juntar a eles. Vocês ficarão seguros aqui. Meu retorno deve satisfazer Lorde Ariakan. Ele cancelará a perseguição.

Sara soltou um choro baixo e angustiado.

Aço olhou para ela e empalideceu, mas a determinação firme em seu rosto não enfraqueceu. Ele desviou o olhar para os dois homens.

— Decidi ficar com a espada — Aço proclamou desafiadoramente, como se esperasse uma discussão. — É antiquada, admito, mas nunca vi uma espada tão bem construída.

Tanis assentiu e sorriu levemente.

— A lâmina é sua, por direito. Seu pai deu a você. Cuide bem da sua espada, Aço Brightblade. A lâmina está acostumada a ser tratada com respeito. Sua linhagem é longa e orgulhosa.

— De acordo com seu pai — Caramon disse —, a espada só se quebrará se aquele que a maneja quebrar primeiro.

— A lâmina nunca quebrou quando Sturm a carregou — Tanis acrescentou —, nem mesmo no fim.

Aço ficou obviamente emocionado. Os olhos escuros brilhavam com lágrimas não derramadas. Suas mãos gentilmente, e com reverência, apertaram o punho decorado com a rosa e a coroa.

— É uma boa arma — disse em voz baixa e rouca. — Darei a ela o cuidado e a honra que merece, podem ter certeza disso.

*Ele vai ficar com a espada*, pensou Tanis, *mas e a joia que ele usa no pescoço? Ainda está com ela? Ou ele se livrou dela na floresta? O que ele vai dizer sobre isso?*

Nada, aparentemente.

Aço continuou.

— Quero agradecer a você, Tanis Meio-Elfo, e a você, Caramon Majere, por lutarem ao meu lado. Sei que vocês se meteram em problemas sérios, talvez até em perigo, por minha causa. Não vou esquecer disso. — Ele desembainhou a espada, ergueu-a diante dele. — Com a lâmina de meu pai, presto minhas honras a vocês dois.

Ele deu a cada um deles a saudação do cavaleiro. Então, enfiando a espada cuidadosamente em sua bainha surrada, ele finalmente se virou para Sara.

Desesperada, ela estendeu os braços para ele.

— Aço...

Ele a segurou e a abraçou.

— Você prometeu que a decisão seria minha, mãe.

— Aço, não! Como pode? Depois do que você viu, depois do que aconteceu! — Sara começou a chorar.

Gentilmente, mas com firmeza, Aço se livrou de seu aperto amoroso.

— Cuide dela, sim, tio? — ele disse baixinho para Caramon. — Mantenha-a em segurança.

— Eu manterei, sobrinho. — Caramon agarrou Sara e puxou-a para longe.

Girando nos calcanhares, o jovem correu para a dragoa azul. Queima estava ansiosa, esperando. Aço saltou para as costas da dragoa. A criatura abriu suas asas.

Sara se soltou do aperto de Caramon e correu até seu filho.

— Você está fazendo isso por minha causa! Não, por favor, não!

Seu belo rosto era frio e duro, severo e implacável. Ele desviou o olhar dela, observando o sol poente.

— "Uma maldição", disse Lorde Ariakan. "Uma maldição se eu descobrisse a verdade".

Ele suspirou e, então, olhando para baixo, disse friamente:

— Afaste-se, mãe. Eu não gostaria que você se machucasse.

Caramon agarrou a chorosa Sara e puxou-a para fora do caminho das asas enormes da dragoa.

Aço disse uma palavra. Queima subiu no ar. A dragoa os circulou uma vez. Eles podiam ver o rosto do jovem, branco contra as asas azuis.

E talvez fosse a imaginação de Tanis ou um truque da luz do sol que sumia, mas ele pensou ter visto um brilho de prata, como de uma joia élfica, na mão do jovem.

A dragoa azul desapareceu no céu que escurecia, indo para o norte.

# 12

## Sangue de sua mãe

Os ventos sopravam ferozmente no Forte da Tempestade. As ondas açoitavam as rochas, quebrando-se em torrentes de borrifo e espuma. Relâmpagos brilharam nas nuvens escuras; o trovão retumbava, sacudindo os alicerces da fortaleza. Era meia-noite.

As notas claras de uma trombeta romperam a escuridão. Lorde Ariakan estava no centro do pátio do Forte da Tempestade, cercado por um círculo de cavaleiros. Tochas crepitavam e tremeluziam na chuva. A armadura negra dos cavaleiros reluzia. O lírio negro da morte violenta adornava cada peitoral negro, o caule cortado da flor entrelaçado em torno de um machado ensanguentado. Capas pretas, enfeitadas em azul, branco ou vermelho, dependendo da ordem do cavaleiro, chicoteavam seus corpos de armadura, mas pouco faziam para protegê-los da chuva torrencial.

Os Cavaleiros de Takhisis gostavam da chuva, gostavam da tempestade. Era uma marca do favor de sua deusa. Em breve, o jovem a receber o título de cavaleiro, se a suma sacerdotisa o considerasse digno, emergiria do templo, onde passara o dia em vigília e oração.

Em uníssono de voz profunda, os cavaleiros começaram a entoar louvores a Sua Majestade Sombria.

Dentro do templo, em silêncio mortal, Aço Brightblade jazia prostrado, em armadura completa, no chão diante do altar escuro. Ele passara o dia deitado na pedra fria e úmida, humilhando-se diante da sua deusa. O templo estava vazio, exceto por ele; ninguém tinha permissão para perturbar a vigília do cavaleiro.

Ao som do toque da trombeta, uma mulher emergiu das cortinas grossas e pretas atrás do altar de obsidiana. A mulher era velha e curvada. Seu cabelo era grisalho e comprido, caindo sobre os ombros tortos. Ela caminhou com passos lentos, arrastando os pés pelo chão de pedra. Seus olhos eram avermelhados, astutamente inteligentes. Ela usava os mantos negros e o colar de dragão de uma suma sacerdotisa de Takhisis.

Uma das favoritas da Rainha das Trevas, a sacerdotisa tinha um poder imenso. Sussurrava-se que, anos atrás, ela participara das cerimônias terríveis que produziram draconianos a partir dos ovos roubados dos dragões bondosos. Não havia um cavaleiro no Forte da Tempestade, Lorde Ariakan entre eles, que não tremesse com o olhar da velha, com seu toque.

Ela parou diante do jovem cavaleiro, que jazia com o rosto pressionado contra as pedras, seu cabelo escuro esvoaçando sobre ele, brilhando azul-escuro à luz das velas do altar. No altar, aguardando a bênção da Rainha das Trevas, estava seu elmo, moldado na forma de uma caveira hedionda e sorridente, e seu peitoral, com seu lírio e seu machado. Mas não sua espada, como era de costume.

— Levante-se — disse a sacerdotisa.

Fraco pelo jejum e por estar deitado, envolto em cota de malha, no chão frio, Aço ficou de joelhos, rígido e desajeitado. Sua cabeça permanecia inclinada. Não ousando erguer os olhos para a sacerdotisa sagrada, ele juntou as mãos diante de si.

Ela o observou de perto e, então, estendendo uma mão em forma de garra, colocou os dedos sob seu queixo. As unhas se cravaram em sua carne. Ele se encolheu com o toque dela, que era muito mais frio que as pedras. Ela ergueu o rosto dele para a luz, para seu escrutínio.

— Agora você sabe o nome do seu pai?

— Sim, Santidade — Aço disse firmemente. — Eu sei.

— Diga. Fale diante do altar de sua rainha.

Aço engoliu em seco, com a garganta apertada. Ele não pensara que isso seria tão difícil.

— Brightblade — ele sussurrou.

— De novo.

— Brightblade. — Sua voz soou desafiadoramente orgulhosa.

A sacerdotisa não estava descontente, ao que parecia.

— O nome da sua mãe.

— Kitiara Uth Matar. — Mais uma vez, desta vez ferozmente, com orgulho.

A sacerdotisa assentiu.

— Uma linhagem digna. Aço Uth Matar Brightblade, você dedica seu corpo, seu coração, sua alma a Sua Majestade Sombria, Takhisis, Rainha das Trevas, a Guerreira das Trevas, Rainha Dragoa, Aquela de Muitas Faces?

— Eu dedico — Aço respondeu calmamente.

A sacerdotisa deu um sorriso secreto e sombrio.

— Corpo, coração e alma, Aço Uth Matar Brightblade? — ela repetiu.

— Sim, claro — ele respondeu, preocupado. Isso não fazia parte do ritual, como fora ensinado. — Por que duvidaria de mim?

Em resposta, a sacerdotisa pegou uma fina corrente de aço que envolvia o pescoço do jovem. Ela puxou a corrente, tirou seu ornamento.

Uma joia élfica, esculpida em forma de estrela, pálida e brilhante, pendia da corrente de aço.

— O que é isso? — a sacerdotisa sibilou.

Aço deu de ombros e tentou rir.

— Roubei do cadáver de meu pai, ao mesmo tempo em que roubei sua espada. Os cavaleiros ficaram furiosos. Eu coloquei medo em seus corações!

Suas palavras eram ousadas, mas ecoavam muito alto, ocas e discordantes, no silêncio do templo.

A sacerdotisa colocou a ponta do dedo cuidadosamente sobre a joia.

Um clarão de luz branca, um som crepitante.

A sacerdotisa puxou a mão para trás com um grito estridente de dor.

— É um artefato do bem! — Ela cuspiu a palavra. — Não posso tocá-lo. Ninguém que seja um verdadeiro servo de Sua Majestade Sombria poderia tocar essa joia amaldiçoada. No entanto, você, Aço Brightblade, a utiliza impunemente.

Mortalmente pálido, Aço olhou para ela, consternado.

— Vou renunciar a ela! Vou tirá-la — ele gritou. Sua mão se fechou sobre a joia, envolvendo sua luz brilhante na escuridão. — É apenas uma bugiganga. Não significa nada para mim!

Ele se preparou para arrancar a joia de sua corrente de prata.

A sacerdotisa o deteve.

— Use a joia amaldiçoada. É desejo e prazer da Rainha das Trevas que você o faça. Que sirva para lembrá-lo deste aviso. Pense em minhas palavras toda vez que olhar para a joia, Aço Brightblade. Aquela de Muitas Faces tem vários olhos. Ela a tudo vê. Não há nada que possa esconder dela. Seu coração é dela, seu corpo é dela. Mas não sua alma. Não agora... Mas será. — A sacerdotisa pressionou seu rosto enrugado tão perto do jovem que ele sentiu seu hálito fétido e quente em sua bochecha. — E, enquanto isso, Aço Uth Matar Brightblade, você será de valor inestimável para sua rainha.

Os lábios secos e murchos beijaram Aço na testa.

Tremendo, suando, ele se forçou a ficar parado sob o toque terrível.

— Seu elmo e peitoral estão sobre o altar. Ambos foram abençoados pela Rainha das Trevas. Levante-se, senhor cavaleiro, e coloque-os.

Aço olhou para a sacerdotisa com espanto, depois com alegria. Com aquele sorriso secreto, a sacerdotisa virou-se e deixou-o. Abrindo as cortinas pretas, ela desapareceu nas regiões mais internas do templo.

Dois rapazes, em sua adolescência, entraram pelas portas da frente do templo. De agora em diante, o mais novo seria seu pajem, o mais velho seu escudeiro. Eles ficaram em silêncio, respeitosamente, esperando para ajudar o cavaleiro com sua armadura. Os dois rapazes olhavam para Aço com admiração e inveja, sem dúvida sonhando com sua futura investidura, vendo-a incorporada nele.

Tremendo, mal conseguindo ficar de pé, Aço se aproximou reverentemente do altar. Uma mão, a direita, repousava sobre o peitoral negro, adornado com o lírio da morte. A outra mão, a esquerda, foi até a joia em volta do pescoço. Seus olhos se fecharam. As lágrimas queimavam sob as pálpebras. Furioso, ele começou, mais uma vez, a arrancar a joia de seu pescoço.

Sua mão deslizou dela, caiu frouxamente sobre o altar.

O toque da trombeta soou mais duas vezes.

No pátio do Forte da Tempestade, Lorde Ariakan estava parado, esperando para condecorar o paladino das trevas com a espada de seu pai.

Aço Uth Matar Brightblade, Cavaleiro do Lírio, filho de Sturm Brightblade, Cavaleiro da Coroa, filho da Senhora dos Dragões Kitiara Uth Matar.

Erguendo o elmo, com seu sorriso de caveira, Aço o colocou na cabeça. Então, ajoelhado diante do altar, ele ofereceu uma oração de agradecimento à sua rainha, Takhisis.

Erguendo-se orgulhosamente, estendendo os braços, ele fez sinal para seu escudeiro colocar o cinto no peitoral preto e brilhante.

# 11

Sempre o filho,
na mais antiga das histórias,
ostentado do sangue
em seu movimento natural,
o encantado, menos provável
de se tornar heroico,
é que captura a coroa
e o graal e a princesa.
De repente, fora dos condados de ocultação,
o filho menos provável
persevera e surge
depois de velar seu coração
pela noite encoberta,
e sua glória desmascarada
do graal e das joias
apaga o momento
antes do início das histórias,
quando a batida galvânica do coração
lutava contra o gelo e a ilusão,
quando o mundo era um país
de espelhos e irmãos,
e a harmonia se rompeu
no longo apagamento dos dias.

São irmãos assim
a quem a poesia toca,
que são hábeis com visões
em vez de com espadas,
cuja luz pálida está escondida
na nuvem do seu conhecimento.
Mas para cada um que emerge
as feridas passadas e obscuridade,
para cada um que negocia
o arbusto, o dragão e o mago,
há outro para sempre esquecido,
agradecido e casado
a linguagem dos irmãos,
perdido na linhagem
de espada e dinheiro
no velho palíndromo do espírito.
São irmãos assim
que cantam os poetas,
por sua coragem confusa
e o consolo da água
para aquele ao pé de amora-preta
e na herança falhada,
e é por estes
que a tinta está secando,
e é por estes
que os anjos vêm.

# O Legado

# 1

Caramon estava em uma câmara vasta esculpida em obsidiana. Era tão larga que seu perímetro se perdia na sombra, tão alta que seu teto estava obscurecido pela escuridão. Nenhum pilar a sustentava. Nenhuma luz a iluminava. No entanto, havia luz, embora ninguém pudesse definir sua fonte. Era uma luz pálida, branca... Não amarela. Fria e triste, não dava calor.

Embora não pudesse ver ninguém na câmara, nem ouvir nenhum som perturbando o silêncio pesado que parecia ter séculos, Caramon sabia que não estava sozinho. Podia sentir os olhos observando-o como o haviam observado há muito tempo, então ele permaneceu impassível, esperando pacientemente até que eles julgassem que era hora de prosseguir.

Ele adivinhou o que eles estavam fazendo e sorriu, mas apenas por dentro. Para aqueles olhos atentos, o rosto do grandalhão permanecia suave, impassível. Não veriam nenhuma fraqueza nele, nenhuma tristeza, nenhum arrependimento amargo. Embora a memória o estivesse alcançando, sua mão era quente, seu toque gentil. Ele estava em paz consigo mesmo, e foi assim por vinte e cinco anos.

Como se lessem seus pensamentos, o que, Caramon supôs, eles poderiam muito bem ter lido, aqueles presentes na vasta câmara se revelaram de repente. Não foi a luz que ficou mais brilhante, ou uma névoa que se dissipou, ou a escuridão que se abriu, pois nada disso aconteceu. Caramon sentiu mais como se fosse ele quem tivesse entrado de repente, embora estivesse parado ali por mais de um quarto de hora. As duas figuras de mantos que apareceram diante dele faziam parte deste lugar, assim como a luz branca e mágica, o silêncio antigo. Ele não fazia... Era um estranho e seria um para sempre.

— Bem-vindo mais uma vez à nossa torre, Caramon Majere — disse uma voz.

Caramon curvou-se, sem dizer nada. Ele não conseguia, de jeito nenhum, lembrar o nome do homem.

— Justarius — o homem falou, sorrindo agradavelmente. — Sim, já se passaram muitos anos desde a última vez que nos encontramos e nosso último encontro foi durante um momento desesperado. Não é de admirar que você tenha me esquecido. Por favor, sente-se. — Uma cadeira pesada de carvalho esculpido materializou-se ao lado de Caramon. — Você viajou muito e talvez esteja cansado.

Caramon começou a afirmar que estava bem, que uma viagem como essa não era nada para um homem que já havia percorrido a maior parte do continente de Ansalon em sua juventude. Mas, ao ver a cadeira com suas almofadas macias e convidativas, Caramon percebeu que a jornada havia sido bastante longa... Mais longa do que se lembrava. Suas costas doíam, sua armadura parecia ter ficado mais pesada e parecia que suas pernas simplesmente não estavam mais se aguentando.

*Bem, o que você esperava*, Caramon se perguntou, dando de ombros. *Sou o proprietário de uma hospedaria agora. Tenho responsabilidades. Alguém tem que provar a comida...* Soltando um suspiro pesaroso, ele se sentou, mudando de posição até se acomodar confortavelmente.

— É a idade, eu acho — ele disse com um sorriso.

— Vem para todos nós — Justarius respondeu, balançando a cabeça. — Bem, a maioria de nós — ele emendou, com um olhar para a figura sentada ao lado dele. Seguindo seu olhar, Caramon viu a figura jogar para trás seu capuz coberto de runas para revelar um rosto familiar... Um rosto élfico.

— Saudações, Caramon Majere.

— Dalamar — Caramon respondeu firmemente com um aceno de cabeça, embora o aperto de memória aumentou um pouco ao ver o mago de mantos negros. Dalamar não parecia diferente de anos atrás, mais sábio, talvez, mais calmo e frio. Aos noventa anos de idade, ele era apenas um aprendiz de mago, considerado pouco mais que um jovem de sangue quente no que dizia respeito aos elfos. Vinte e cinco anos não importavam mais para os elfos longevos do que a passagem de um dia e uma noite. Agora, com mais de cem anos, seu rosto bonito e frio parecia não ser mais velho do que o de um humano de trinta anos.

— Os anos foram gentis com você, Caramon — Justarius continuou. — A Hospedaria do Lar Derradeiro, que você possui agora, é uma das mais prósperas de Krynn. Você é um herói... Você e sua esposa. Tika Majere está bem e, sem dúvida, tão bonita como sempre?

— Mais ainda — Caramon respondeu roucamente.

Justarius sorriu.

— Você teve cinco crianças, duas filhas e três filhos...

Uma estilha de medo perfurou o contentamento de Caramon. *Não*, disse para si mesmo, *eles não têm poder sobre mim agora*. Ele se acomodou mais solidamente em sua cadeira, como um soldado se preparando para a batalha.

— Os dois mais velhos, Tanin e Sturm, são soldados de renome — Justarius falou com voz branda, como se estivesse conversando com um vizinho por cima da cerca. Caramon não se deixou enganar, no entanto, e manteve os olhos fixos no mago — trabalhando muito para superar seu pai e mãe famosos em atos de bravura no campo. Mas o terceiro, o filho do meio, cujo nome é... — Justarius hesitou.

— Palin — Caramon disse, franzindo as sobrancelhas. Olhando para Dalamar, o grandalhão viu o elfo negro observando-o atentamente com olhos oblíquos e inescrutáveis.

— Palin, sim. — Justarius fez uma pausa e disse calmamente: — Parece que ele segue os passos do seu tio.

Pronto. Foi dito. Claro, é por isso que pediram sua presença aqui. Ele esperava por isso, ou algo parecido, há muito tempo. Malditos! Porque não podiam deixá-lo em paz! Ele nunca teria vindo se Palin não tivesse insistido. Respirando pesadamente, Caramon olhou para Justarius, tentando ler o rosto do homem. Ele poderia muito bem estar tentando ler um dos grimórios do seu filho.

Líder do Conclave dos Magos, Justarius era o mágico mais poderoso em Krynn. O mago de mantos vermelhos estava sentado na grande cadeira de pedra no centro do semicírculo de vinte e uma cadeiras. Um homem idoso, seus cabelos grisalhos e rosto enrugado eram os únicos sinais externos de envelhecimento. Os olhos eram tão perspicazes, o corpo parecia tão forte, exceto a perna esquerda aleijada, como quando Caramon conheceu o arquimago vinte e cinco anos atrás.

O olhar de Caramon foi para a perna esquerda do mago. Escondido sob os mantos vermelhos, o ferimento do homem era perceptível apenas para aqueles que o viram andar.

Ciente do escrutínio de Caramon, a mão de Justarius foi conscientemente esfregar sua perna, então ele parou com um sorriso irônico. Justarius pode estar aleijado, pensou Caramon, frio, mas apenas no corpo. Não em mente ou ambição. Vinte e cinco anos atrás, Justarius fora o porta-voz principal apenas de sua própria ordem, os Mantos Vermelhos, os magos em Krynn que viraram as costas tanto para o mal quanto para o bem para trilhar seu próprio caminho, o da neutralidade. Agora, ele supostamente governava todos os magos do mundo: os Mantos Brancos, os Vermelhos e os Negros. Uma vez que a magia é a força mais poderosa na vida de um mago, ele jura fidelidade ao Conclave, não importa quais sejam suas ambições ou desejos privados que nutra em seu próprio coração.

Isto é, a maioria dos magos. Claro, houvera Raistlin...

Vinte e cinco anos atrás.

Par-Salian dos Mantos Brancos era o líder do conclave na época. Caramon sentiu a mão da memória agarrá-lo com mais força ainda.

— Não vejo o que meu filho tem a ver com nada disso — disse em uma voz calma e firme. — Se você quiser conhecer meus garotos, eles estão naquela sala em que você nos colocou magicamente depois que chegamos. Tenho certeza de que você pode colocá-los aqui quando quiser. Então, agora que concluímos as amabilidades sociais... A propósito, onde está Par-Salian? — Caramon exigiu de repente, seu olhar percorrendo a câmara sombria, passando rapidamente pela cadeira vazia ao lado de Justarius.

— Ele se aposentou como líder do conclave há vinte e cinco anos — Justarius disse seriamente — após o... o incidente em que você esteve envolvido.

Caramon corou, mas não disse nada. Pensou ter detectado um leve sorriso nas feições élficas delicadas de Dalamar.

— Eu assumi como líder do conclave e Dalamar foi escolhido para suceder Ladonna como líder da Ordem dos Mantos Negros em troca de seu trabalho perigoso e valente durante...

— O incidente — Caramon resmungou. — Parabéns.

Os lábios de Dalamar se curvaram em um sorriso sardônico. Justarius assentiu, mas era óbvio que ele não deveria se distrair do tópico anterior da discussão.

— Eu ficaria honrado em conhecer seus filhos — Justarius disse friamente — Palin em particular. Eu entendo que o jovem deseja se tornar um mago algum dia.

— Ele está estudando magia, se é isso que quer dizer — Caramon retornou rispidamente. — Não sei até que ponto ele leva isso a sério ou se planeja fazer disso seu sustento, como você parece insinuar.

*Ele e eu nunca discutimos isso...*

Dalamar bufou zombeteiramente com isso, fazendo com que Justarius colocasse a mão no braço de manto negro do elfo negro.

— Talvez nos enganamos no que ouvimos sobre a ambição de seu filho, então?

— Talvez vocês tenham se enganado — Caramon respondeu friamente. — Palin e eu somos próximos — ele acrescentou em uma voz mais suave. — Tenho certeza de que ele teria me dito.

— É revigorante ver um homem hoje em dia que é honesto e aberto sobre seu amor por seus filhos, Caramon Majere — Justarius começou suavemente.

— Ora! — Dalamar interrompeu. — Você também pode dizer que é revigorante ver um homem com os olhos arrancados! — Arrancando o braço das mãos do velho mago, ele gesticulou para Caramon. — Você esteve cego para a ambição obscura de seu irmão por anos, até quase ser tarde demais. Agora, você volta os olhos cegos para o seu próprio filho...

— Meu filho é um bom menino, tão diferente de Raistlin quanto a lua prateada é da negra! Ele não tem essa ambição! O que você saberia dele de qualquer maneira, seu... Seu pária? — Caramon gritou, levantando-se com raiva. Embora tivesse mais de cinquenta anos, o grandalhão havia se mantido em condições relativamente boas por meio do trabalho árduo e do treinamento nas artes da batalha com seus filhos. Sua mão foi reflexivamente para sua espada, esquecendo enquanto o fazia, no entanto, que na Torre da Alta Magia ele estaria tão indefeso quanto um anão tolo enfrentando um dragão. — E por falar em ambição sombria, você serviu bem ao seu mestre, não foi, Dalamar? Raistlin ensinou muito a você, talvez mais do que sabemos...

— E ainda carrego a marca da sua mão em minha carne! — Dalamar gritou, levantando-se por sua vez. Rasgando seus mantos negros no pescoço, ele expôs seu peito. Cinco feridas, como as marcas de cinco dedos, estavam visíveis na pele lisa do elfo negro. Um fio fino de sangue escorria de cada um, brilhando na luz fria da Câmara dos Magos. — Por vinte e cinco anos, eu vivo com essa dor...

— E a minha dor? — Caramon perguntou em voz baixa, sentindo a mão da memória cravar unhas afiadas em sua alma. — Por que você me trouxe aqui? Para fazer com que minhas feridas se abram e sangrem tanto quanto as suas!

— Cavalheiros, por favor — Justarius falou suavemente. — Dalamar, controle-se. Caramon, por favor, sente-se. Lembrem-se, vocês dois devem suas vidas um ao outro. Isso estabelece um vínculo que deve ser respeitado.

A voz do velho penetrou nos gritos que ainda ecoavam na câmara vasta, sua autoridade fria silenciando Caramon e acalmando Dalamar. Apertando seus mantos rasgados com a mão, o elfo negro voltou a se sentar ao lado de Justarius.

Caramon também se sentou, envergonhado e desgostoso. Ele havia jurado que não deixaria isso acontecer, que aquela gente não teria poder para abalá-lo. E já havia perdido o controle. Tentando assumir uma expressão relaxada, ele se recostou na cadeira. Mas sua mão apertava o punho de sua espada.

— Perdoe Dalamar — Justarius disse, sua mão mais uma vez no braço do elfo negro. — Ele falou com pressa e raiva. Você está certo, Caramon. Seu filho, Palin, é um bom homem... Acho que devemos dizer *homem*, não *menino*. Afinal, ele tem vinte...

— Acabou de fazer vinte anos — Caramon murmurou, olhando Justarius com cautela.

O arquimago de mantos vermelhos acenou para o lado.

— E ele é, como você diz, diferente de Raistlin. Como não? Afinal, ele é sua própria pessoa, nascido de pais diferentes, em circunstâncias diferentes e mais felizes do que você e seu gêmeo. Pelo que ouvimos, Palin é bonito, simpático, forte e em forma. Ele não tem que carregar o fardo dos problemas de saúde, como Raistlin. Ele é dedicado à sua família, especialmente seus dois irmãos mais velhos. Eles, por sua vez, são devotados a ele. Tudo isso é verdade?

Caramon assentiu, incapaz de falar devido ao súbito nó na garganta.

Olhando para ele, o olhar suave de Justarius de repente tornou-se agudo e penetrante. Ele balançou a cabeça.

— Mas, de certa forma, você está cego, Caramon. Ah, não como Dalamar disse — o rosto de Caramon ficou vermelho de raiva — não do jeito que você estava cego para a maldade de seu irmão. Essa é a cegueira que aflige todos os pais, meu amigo. Eu sei. — Justarius sorriu e deu de ombros com pesar. — Eu tenho uma filha...

Olhando para Dalamar com o canto do olho, o arquimago suspirou. Os lábios do belo elfo se contraíram em uma sugestão de sorriso. No entanto, ele nada disse, simplesmente ficando sentado, olhando para as sombras.

— Sim, nós, pais, podemos ser cegos — Justarius murmurou —, mas isso pouco importa. — Inclinando-se para a frente, o arquimago juntou as mãos. — Vejo que está ficando impaciente, Caramon. Como você imaginou, nós o chamamos aqui com um propósito. E temo que tenha algo a ver com seu filho, Palin.

É isso, Caramon disse para si mesmo, carrancudo, sua mão suada abrindo e fechando nervosamente em torno do punho de sua espada.

— Não há uma maneira fácil de dizer isso, então serei franco e direto. — Justarius respirou fundo; seu rosto tornou-se sério e triste, tocado por uma sombra de medo. — Temos motivos para acreditar que o tio do jovem, seu irmão gêmeo, Raistlin, não está morto.

# 2

— Este lugar arrepia minha pele! — Tanin murmurou, com um olhar de soslaio para o irmão mais novo.

Sorvendo lentamente uma xícara de chá de tarba, Palin olhou para as chamas do fogo, fingindo não ter ouvido o comentário de Tanin, que sabia ser dirigido a ele.

— Ah, em nome do Abismo, senta logo! — Sturm disse, jogando pedaços de pão em seu irmão. — Você vai acabar atravessando o chão e só os deuses sabem o que está abaixo de nós.

Tanin apenas franziu a testa, balançou a cabeça e continuou andando.

— Pela barba de Reorx, irmão! — Sturm continuou quase incompreensivelmente, com a boca cheia de queijo. — Você acha que estamos em uma masmorra draconiana, em vez do que poderia passar por um quarto em uma das melhores hospedarias de Palanthas! Boa comida, ótima cerveja... — Ele deu um gole longo para engolir o queijo — e teria uma companhia agradável se você não estivesse agindo como um pateta!

— Bem, não estamos em uma das melhores hospedarias de Palanthas — Tanin respondeu sarcasticamente, parando em seu caminho para pegar um pedaço de pão jogado. Triturando-o em pedaços na mão, jogou-o no chão. — Estamos na Torre da Alta Magia em Wayreth. Fomos levados para esta sala. As malditas portas estão trancadas e não podemos sair. Não temos ideia do que esses magos fizeram com papai e tudo em que você consegue pensar é em queijo e cerveja!

— Não é só *nisso* que estou pensando — Sturm disse calmamente com um aceno de cabeça e um olhar preocupado para seu irmão mais novo, que ainda estava olhando para o fogo.

— Sim — Tanin retrucou melancolicamente, seu olhar seguindo o de Sturm. — Também estou pensando nele! Em primeiro lugar, é culpa dele estarmos aqui! — Chutando mal-humorado uma perna da mesa enquanto passava, Tanin retomou seu andar. Vendo seu irmão mais novo se encolher com as palavras do mais velho, Sturm suspirou e voltou ao seu esporte de tentar acertar Tanin entre as omoplatas com o pão.

Qualquer um que observasse os dois jovens mais velhos (como alguém estava neste exato momento) poderia considerá-los gêmeos, embora tivessem, na realidade, um ano de diferença de idade. Vinte e quatro e vinte e três anos, respectivamente, Tanin e Sturm (nomeados em homenagem ao melhor amigo de Caramon, Tanis Meio-Elfo, e ao heroico Cavaleiro de Solamnia, Sturm Brightblade) pareciam, agiam e até pensavam da mesma forma. Na verdade, muitas vezes eles faziam o papel de gêmeos e não havia nada que gostassem mais quanto quando as pessoas confundiam um com o outro.

Grandes e musculosos, cada jovem tinha o físico esplêndido de Caramon e seu rosto honesto e genial. Mas os cachos ruivos brilhantes e os olhos verdes dançantes que causavam tanto estrago entre as mulheres que os rapazes conheciam vinham diretamente de sua mãe, que partira sua cota de corações na juventude. Uma das belezas de Krynn, bem como uma guerreira renomada, Tika Waylan ficara um pouco mais rechonchuda desde os dias em que batia na cabeça dos draconianos com sua frigideira. Mas as cabeças ainda se voltavam quando Tika servia mesas com sua blusa branca fofa de gola baixa, e eram poucos os homens que deixavam a Hospedaria do Lar Derradeiro sem balançar a cabeça e jurar que Caramon era um sujeito de sorte.

Entretanto, os olhos verdes do jovem Sturm não estavam dançando agora. Em vez disso, eles brilharam travessamente quando, com uma piscadela para seu irmão mais novo, que não estava olhando, Sturm levantou-se silenciosamente e, posicionando-se atrás do preocupado Tanin, silenciosamente sacou sua espada. Assim que Tanin se virou, Sturm enfiou a lâmina da espada entre as pernas do irmão, fazendo-o tropeçar e cair no chão com um estrondo que pareceu abalar os próprios alicerces da torre.

— Maldito seja um anão tolo de cérebro lerdo! — Tanin rugiu. Levantando-se, ele saltou atrás de seu irmão, que estava lutando para sair do caminho. Tanin o alcançou e, agarrando o sorridente Sturm pela gola de sua túnica, jogou-o de costas na mesa, derrubando-a no chão. Tanin pulou em cima de seu irmão e os dois estavam envolvidos em suas travessuras habituais, que deixaram vários bares em Ansalon em ruínas, quando uma voz baixa interrompeu a briga.

— Parem com isso — Palin disse, tenso, levantando-se de sua cadeira perto do fogo. — Parem vocês dois! Lembrem-se de onde vocês estão!

— Eu me lembro onde estou — Tanin respondeu mal-humorado, encarando seu irmão mais novo.

Tão alto quanto os dois jovens mais velhos, Palin tinha boa constituição. No entanto, preferindo os estudos em vez da espada, ele não tinha a musculatura pesada dos dois guerreiros. Ele tinha o cabelo ruivo de sua mãe, mas não era vermelho ardente, sendo mais próximo de um ruivo escuro. Usava o cabelo comprido, caindo sobre os ombros em ondas suaves a partir de uma parte central da testa. Mas era o rosto do jovem, seu rosto e suas mãos, que às vezes assombrava os sonhos da sua mãe e do seu pai. De ossos finos, com olhos penetrantes e inteligentes que sempre pareciam estar vendo através de alguém, o rosto de Palin tinha a aparência de seu tio, se não suas feições. As mãos de Palin eram de Raistlin, entretanto. Esguio, delicado, de dedos rápidos e hábeis, o jovem manuseava os componentes frágeis de magia com tanta habilidade que seu pai muitas vezes ficava dividido entre assistir com orgulho e desviar o olhar com tristeza.

Agora mesmo, as mãos estavam cerradas enquanto Palin olhava severamente para seus dois irmãos mais velhos caídos no chão em meio a cerveja derramada, pedaços de pão, louça, um queijo comido pela metade e cacos de mesa quebrada.

— Então, tentem se comportar com alguma dignidade, pelo menos! — Palin retrucou.

— Eu me lembro onde estou — Tanin repetiu com raiva. Levantando-se, ele caminhou para ficar na frente de Palin, olhando para ele acusadoramente. — E me lembro de quem nos trouxe aqui! Cavalgar por aquela floresta amaldiçoada que quase nos matou...

— Nada na Floresta de Wayreth vai te machucar — Palin respondeu, olhando para a bagunça no chão com desgosto. — Como eu teria dito se você apenas me escutasse. Esta floresta é controlada pelos magos da torre. Eles a protegem de intrusos indesejados. Nós fomos convidados aqui. As árvores nos deixam passar sem perigo. As vozes que você ouviu sussurraram apenas os medos no seu próprio coração. É magia...

— Ouça, Palin — Tanin interrompeu com o que Sturm sempre chamava de sua voz de Irmão Mais Velho. — Por que você simplesmente não larga todo esse negócio de magia? Você está magoando papai e mamãe... Principalmente o papai. Você viu o rosto dele quando chegamos a este lugar! Os deuses sabem o que deve ter custado a ele voltar aqui.

Corando, Palin se virou, mordendo o lábio.

— Ah, deixa o garoto para lá, certo, Tanin? — Sturm disse, vendo a dor no rosto de seu irmão mais novo. Limpando a cerveja de suas calças, ele começou a tentar colocar a mesa de volta no lugar, um tanto envergonhado, uma tarefa impossível, considerando que a maior parte estava em lascas.

— Você já foi bom com a espada, irmãozinho — Tanin disse persuasivamente, ignorando Sturm e colocando a mão no ombro de Palin. — Vamos lá, garoto. Diga a quem estiver por aí — Tanin acenou com a mão um tanto vagamente — que você mudou de ideia. Podemos deixar este lugar amaldiçoado e, então, ir para casa...

— Não temos ideia do porquê eles nos pediram para vir aqui — Palin retrucou, tirando a mão do irmão. — Provavelmente não tem nada a ver comigo! Por que deveria? — ele perguntou amargamente. — Ainda sou um estudante. Levará anos até que eu esteja pronto para fazer meu Teste... Graças a papai e mamãe — ele murmurou baixinho. Tanin não ouviu, mas o observador invisível sim.

— É mesmo? E eu sou um meio-ogro — Tanin retorquiu com raiva. — Olhe para mim quando estou falando, Palin...

— Apenas me deixe em paz!

— Ei, vocês dois... — pacificador, Sturm começou a intervir quando os três jovens de repente perceberam que não estavam sozinhos na sala.

Todas as brigas esquecidas, os irmãos agiram instantaneamente. Sturm levantou-se com a rapidez de um gato. Com a mão no punho da espada, ele se juntou a Tanin, que já havia se movido para ficar de pé protetoramente na frente de Palin desarmado. Como todos os usuários de magia, o jovem não carregava nem espada, nem escudo, nem usava armadura. Mas sua mão foi para a adaga que usava escondida sob suas vestes, sua mente já formando as palavras das poucas magias defensivas que ele teve permissão de aprender.

— Quem é você? — Tanin perguntou de forma áspera, olhando para o homem parado no centro da sala trancada. — Como entrou aqui?

— Quanto a como entrei aqui — o homem deu um sorriso largo — não há paredes na Torre da Alta Magia para aqueles que andam com magia. Quanto a quem eu sou, meu nome é Dunbar Mastersmate, de Ergoth do Norte.

— O que você quer? — Sturm perguntou baixinho.

— Querer? Ora... Ter certeza de que vocês estão confortáveis, isso é tudo — respondeu Dunbar. — Sou seu anfitrião...

— Você? Um mágico? — Tanin ficou boquiaberto e até mesmo Palin pareceu ligeiramente assustado.

Em um mundo onde os magos são conhecidos por terem mais cérebro do que músculos, este homem era obviamente a exceção. Tão alto quanto Tanin, ele tinha um peito largo que Caramon poderia muito bem ter invejado. Músculos ondulavam sob a pele negra brilhante do seu peito nu. Parecia que seus braços poderiam ter pegado o robusto Sturm e carregado pela sala tão facilmente como se ele fosse uma criança. Ele não estava vestido com mantos, mas usava calças folgadas de cores vivas. A única sugestão de que ele poderia ser um mago veio das bolsas penduradas ao seu lado e uma faixa branca que cingia sua cintura larga.

Dunbar riu, uma gargalhada estrondosa que fez os pratos chacoalharem.

— Sim, eu sou um mago. — Com isso, ele falou uma palavra de comando e a mesa quebrada, saltando sobre suas pernas, se recompôs com uma velocidade incrível. A cerveja desapareceu do chão e o jarro rachado se consertou e flutuou até pousar sobre a mesa, onde logo estava espumando de novo. Um pernil de veado assado apareceu, assim como um pão perfumado, junto com várias outras iguarias que deixaram Sturm com água na boca e esfriaram até o ardor de Tanin, embora não tenham dissipado suas suspeitas.

— Sentem-se — Dunbar falou — e vamos comer. Não se preocupe com seu pai — acrescentou, quando Tanin estava prestes a falar. — Ele está em conferência sobre assuntos importantes com os líderes das outras duas ordens. Sentem-se! Sentem-se! — Ele sorriu, dentes brancos brilhando contra sua pele negra. — Ou devo fazer vocês se sentarem...?

Com isso, Tanin soltou o punho de sua espada e puxou uma cadeira, embora não fosse comer, mas sentou-se observando Dunbar com cautela. Por outro lado, Sturm se sentou com um bom apetite. Apenas Palin permaneceu de pé, com as mãos cruzadas nas mangas de seus mantos brancos.

— Por favor, Palin — Dunbar disse mais gentilmente, olhando para o jovem —, sente-se. Em breve, nos juntaremos a seu pai e você descobrirá o motivo de terem sido trazidos aqui. Enquanto isso, peço que divida o pão e a carne comigo.

— Obrigado, mestre — Palin falou, curvando-se respeitosamente.

— Dunbar, Dunbar...

O homem acenou com a mão.

— Vocês são meus convidados. Não vamos ficar como formalidades.

Palin sentou-se e começou a comer, contudo, era óbvio que o fazia apenas por cortesia. No entanto, Dunbar e Sturm mais do que o compensaram e, logo, até Tanin foi atraído de seu papel autoimposto de protetor pelos cheiros deliciosos e pela visão dos outros se divertindo.

— Você... Você disse que os líderes das outras ordens, mest... Dunbar — Palin arriscou. — Você é...

— Líder da Ordem dos Mantos Brancos. Sim. — Dunbar arrancou um pedaço de pão com seus dentes fortes e o engoliu com cerveja, que bebeu em um gole longo. — Eu assumi quando Par-Salian se aposentou.

— Líder da ordem? — Sturm olhou para o homem grande com admiração. — Mas... que tipo de mago você é? O que você faz?

— Aposto que é mais do que arrancar as asas dos morcegos — Tanin murmurou com a boca cheia de carne.

Palin pareceu chocado e franziu a testa para o irmão mais velho. Mas Dunbar apenas riu novamente.

— Você está certo! — ele disse de forma afirmativa. — Sou um mago do mar. Meu pai era capitão de um navio, assim como seu pai antes dele. Eu não gostava de capitanear navios. Minhas habilidades estavam na magia, mas meu coração estava no mar... E para lá voltei. Agora, eu navego pelas ondas e uso minha arte para invocar o vento ou acalmar a tempestade. Posso deixar o inimigo paralisado para que possamos ultrapassá-lo ou posso lançar chamas em seu convés, se atacarmos. E, quando necessário — Dunbar sorriu —, posso usar a bomba de porão na minha vez ou virar o cabrestante do melhor jeito. Isso me mantém em forma. — Ele bateu em seu peito largo. — Eu entendo vocês dois — ele olhou para Sturm e Tanin — que voltaram da luta contra os minotauros que estão invadindo a costa ao norte. Eu também estive envolvido na tentativa de deter esses piratas. Digam-me, vocês...

Os três logo estavam profundamente envolvidos na discussão. Até mesmo Tanin se entusiasmou com o assunto e logo descreveu em detalhes vívidos a emboscada que impediu os minotauros de destruir a cidade de Kalaman. Dunbar ouviu atentamente, fazendo perguntas inteligentes, dando comentários e parecendo se divertir muito.

Mas, embora o olhar astuto do mago estivesse concentrado nos irmãos guerreiros, sua atenção estava na verdade no mais novo.

Vendo os três conversando e ele mesmo aparentemente esquecido, Palin felizmente desistiu de fingir que estava comendo e voltou a olhar para o fogo, sem nunca perceber que Dunbar o observava.

O rosto do jovem estava pálido e pensativo, as mãos esguias entrelaçadas no colo. Ele estava tão perdido em seus pensamentos que seus lábios se moveram e, embora ele não falasse em voz alta, outra pessoa na sala ouviu as palavras.

— Por que me trouxeram aqui? Eles podem ler os segredos do meu coração? Eles vão contar ao meu pai?

E, finalmente:

— Como posso magoá-lo se ele já sofreu tanto?

Assentindo para si mesmo como se tivesse encontrado a resposta para alguma pergunta não feita, Dunbar suspirou e voltou toda a sua atenção para a luta contra os minotauros.

# 3

— Vocês estão errados — Caramon disse calmamente. — Meu irmão está morto.

Erguendo as sobrancelhas, Justarius olhou para Dalamar, que deu de ombros. De todas as reações para as quais estavam preparados, aparentemente essa refutação calma não era uma delas. Com uma expressão séria, parecendo incerto sobre o que dizer, Justarius olhou para Caramon.

— Você fala como se tivesse provas.

— Eu tenho — Caramon disse.

— Posso perguntar quais? — Dalamar perguntou sarcasticamente. — O Portal para o Abismo fechou, afinal... Fechou *com a ajuda de seu irmão*... Deixando-o preso do outro lado. — A voz do elfo negro caiu. — Sua Majestade Sombria não o mataria. Raistlin impediu sua entrada neste mundo. Sua raiva não conheceria limites. Ela teria prazer em atormentá-lo eternamente. A morte teria sido a salvação para Raistlin.

— E assim foi — Caramon falou suavemente.

— Bobagem sentimental... — Dalamar começou, impacientemente, mas Justarius mais uma vez pôs a mão no braço do elfo negro, e o mago de mantos negros caiu em um silêncio fervente.

— Ouço certeza em sua voz, Caramon — Justarius disse seriamente. — Obviamente, você tem um conhecimento que não temos. Compartilhe conosco. Sei que isso é doloroso para você, porém enfrentamos uma decisão de grande importância e isso pode influenciar nossas ações.

Caramon hesitou, franzindo a testa.

— Isso tem algo a ver com meu filho?

— Sim — Justarius respondeu.

O rosto de Caramon ficou sombrio. Seu olhar foi para sua espada, seus olhos se estreitaram pensativamente, sua mão tocando distraidamente o cabo.

— Então eu vou dizer — ele proferiu, falando com relutância, mas em voz baixa e firme — o que eu nunca disse a ninguém... Nem à minha esposa, nem a Tanis, nem a ninguém. Ele ficou em silêncio por mais um momento, organizando seus pensamentos. Então, engolindo em seco, passando a mão nos olhos e mantendo o olhar na espada, começou.

— Eu estava entorpecido depois... Depois do que aconteceu na torre em Palanthas. Não conseguia pensar. Não queria pensar. Era mais fácil passar o dia como um sonâmbulo. Eu me movia, falava, mas não sentia. Era fácil. — Ele deu de ombros. — Havia muito o que fazer para me manter ocupado. A cidade estava em ruínas. Dalamar — ele olhou brevemente para o elfo negro — estava quase morto, a Filha Reverenciada Crysania estava ferida gravemente. Então havia Tas... Roubando aquela cidadela flutuante. — Mesmo sem querer, Caramon sorriu, lembrando-se das travessuras do kender alegre. Mas o sorriso logo desapareceu. Balançando a cabeça, ele continuou.

— Eu sabia que, algum dia, teria que pensar em Raistlin. Teria que resolver isso em minha mente. — Erguendo a cabeça, Caramon olhou diretamente para Justarius. — Tive que me fazer entender o que Raistlin era, o que ele fizera. Enfrentei o fato de que ele era maligno, realmente maligno, que havia colocado em risco o mundo inteiro em sua ânsia de poder, que pessoas inocentes haviam sofrido e morrido por causa dele.

— E por isso, é claro, que ele recebeu a salvação! — Dalamar zombou.

— Espere! — Caramon ergueu a mão, corando. — Eu percebi outra coisa. Eu amava Raistlin. Ele era meu irmão, meu gêmeo. Éramos próximos... Ninguém sabe o quanto. — O grandalhão não conseguia continuar, mas olhou para a espada, franzindo a testa, até que, respirando trêmulo, ergueu a cabeça novamente. — Raistlin fez algum bem na sua vida. Sem ele, não poderíamos ter derrotado os exércitos dracônicos. Ele cuidava daqueles que... Que eram miseráveis, doentes... Como ele. Mas eu sei que nem mesmo isso teria o salvado no final.

Os lábios de Caramon se apertaram firmemente enquanto ele piscava para conter as lágrimas.

— Quando o encontrei no Abismo, ele estava perto da vitória, como vocês bem sabem. Ele só tinha que entrar novamente no portal, atrair a Rainha das Trevas através dele e, então, ele poderia derrotá-la e tomar seu lugar. Realizaria seu sonho de se tornar um deus. Mas, ao fazer isso, ele destruiria o mundo. Minha jornada para o futuro me mostrou isso... E eu mostrei o futuro para ele. Raistlin se tornaria um deus... Mas governaria um mundo morto. Então, ele soube que não poderia voltar. Que havia se condenado. Contudo, ele sabia dos riscos que enfrentava quando entrou no Abismo.

— Sim — Justarius disse calmamente. — E, em sua ambição, ele escolheu livremente correr esses riscos. O que está tentando dizer?

— Só isso — Caramon respondeu. — Raistlin cometeu um erro, um erro terrível e trágico. E fez o que poucos de nós podem fazer... Ele teve coragem suficiente para admitir isso e tentar fazer o possível para corrigi-lo, mesmo que isso significasse se sacrificar.

— Você cresceu em sabedoria ao longo dos anos, Caramon Majere. O que você diz é convincente. — Justarius olhou para Caramon com novo respeito, mesmo quando o arquimago balançou a cabeça tristemente. — Ainda assim, esta é uma questão para os filósofos discutirem. Não é uma prova. Perdoe-me por pressioná-lo, Caramon, mas...

— Passei um mês na casa de Tanis, antes de ir para casa — Caramon continuou, como se não tivesse ouvido a interrupção. — Foi em sua casa tranquila e pacífica que pensei em tudo isso. Foi lá que tive que lidar com o fato de que meu irmão, meu companheiro desde o nascimento, a pessoa que eu amava mais do que qualquer outra neste mundo, havia partido. Perdido. Pelo que eu sabia, preso em um tormento horrível. Eu... Eu pensei, mais de uma vez, em aliviar minha dor com destilados anões novamente. — Caramon fechou os olhos, estremecendo. — Um dia, quando pensei que não poderia mais viver sem enlouquecer, entrei no meu quarto e tranquei a porta. Tirando minha espada, olhei para ela, pensando em como seria fácil... Escapar. Deitei na minha cama, com a intenção de me matar. Em vez disso, caí em um sono exausto. Não sei quanto tempo dormi, mas quando acordei já era noite. Tudo estava quieto, a luz prateada de Solinari brilhava na janela e eu fui tomado por uma sensação de paz inexpressável. Eu me perguntei por que... E então eu o vi.

— Viu quem? — Justarius perguntou, trocando olhares rápidos com Dalamar. — Raistlin?

— Sim.

Os rostos dos dois magos ficaram sombrios.

— Eu o vi — Caramon disse gentilmente — deitado ao meu lado, dormindo, exatamente como quando... Quando éramos jovens. Ele tinha sonhos terríveis, às vezes. E acordava deles chorando. Eu o confortava e...e o fazia rir. Então ele suspirava, deitava a cabeça no meu braço e adormecia. Foi assim que eu o vi...

— Um sonho! — Dalamar zombou.

— Não. — Caramon balançou a cabeça, resoluto. — Foi real demais. Vi o rosto dele como vejo o seu. Vi o rosto dele como havia visto da última vez, no Abismo. Só que agora as terríveis linhas de dor, as marcas retorcidas de ganância e maldade se foram, ficando liso e... Em repouso, como disse Crysania. Era o rosto do meu irmão, meu gêmeo... Não o estranho que ele se tornou. — Caramon enxugou os olhos novamente. — No dia seguinte, pude ir para casa, sabendo que estava tudo bem... Pela primeira vez na vida, acreditei em Paladine. Eu sabia que ele compreendia Raistlin e o julgou com misericórdia, aceitando seu sacrifício.

— Agora ele o pegou, Justarius — trovejou uma voz das sombras. — O que você diz para uma fé assim?

Olhando em volta rapidamente, Caramon viu quatro figuras se materializarem das sombras da câmara vasta. Três ele reconheceu e, mesmo neste lugar sombrio, com seu depósito de memórias, seus olhos embaçaram novamente, só que eram lágrimas de orgulho por ter visto seus filhos. Os dois mais velhos, com armaduras barulhentas e espadas chacoalhando, pareciam um tanto desanimados, ele notou. Nada incomum, pensou severamente, considerando tudo o que eles ouviram sobre a torre, tanto na lenda quanto na história da família. Além disso, eles se sentiam sobre a magia da mesma forma que ele próprio se sentia... Tanto não gostavam quanto desconfiavam dela. Os dois permaneceram protetores, como de costume, um de cada lado do terceiro filho de Caramon, seu irmão mais novo

Foi para esse filho mais novo que Caramon olhou ansiosamente quando eles entraram. Vestido com seus mantos brancos, Palin se aproximou do líder do conclave com a cabeça baixa, os olhos no chão, como era apropriado para alguém de sua baixa posição. Tendo acabado de completar vinte anos, ele ainda nem era um aprendiz e provavelmente não o seria até os vinte e cinco, pelo menos. Essa é a idade em que os usuários de magia em Krynn podem fazer o Teste, o exame extenuante de suas habilidades e talentos na Arte, que todos devem passar antes que possam adquirir conhecimentos mais avançados e perigosos. Como os mágicos possuem um poder tão grande, o Teste é projetado para eliminar aqueles que não são qualificados ou que não levam sua arte a sério. E faz isso de forma muito eficaz... O fracasso significa a morte. Não há como voltar. Uma vez que um jovem ou uma jovem de qualquer raça, elfo, humano, ogro, decide entrar na Torre da Alta Magia com a intenção de fazer o Teste, ele ou ela se entrega de corpo e alma à magia.

Palin parecia extraordinariamente perturbado e sério, assim como na jornada para a torre... Quase como se ele próprio estivesse prestes a fazer o Teste. Mas isso é ridículo, Caramon lembrou a si mesmo. O garoto é muito jovem. Claro, Raistlin fez o Teste nesta idade, mas isso foi porque o conclave precisava dele. Raistlin era forte em sua magia, destacando-se na Arte e, mesmo assim, o Teste quase o matou. Caramon ainda podia ver seu gêmeo deitado no chão de pedra manchado de sangue da torre... Ele cerrou o punho. *Não! Palin é inteligente, habilidoso, mas não está pronto,* havia pensado. *Ele é muito jovem.*

— Além disso — Caramon murmurou baixinho — dê a ele mais alguns anos e ele pode decidir abandonar essa ideia...

Como se estivesse ciente do escrutínio preocupado de seu pai, Palin levantou a cabeça ligeiramente e deu um sorriso tranquilizador. Caramon sorriu de volta, sentindo-se melhor. Talvez esse lugar estranho tenha aberto os olhos de seu filho.

Enquanto os quatro se aproximavam do semicírculo de cadeiras onde Justarius e Dalamar estavam sentados, Caramon mantinha um olhar atento sobre eles. Vendo que seus meninos estavam bem e agindo como deveriam (seus dois mais velhos tendiam a ser um pouco impetuosos de vez em quando), o grandalhão finalmente relaxou e estudou a quarta figura, aquela que falara com Justarius sobre a fé.

Era uma visão incomum. Caramon não se lembrava de ter visto nada mais estranho, sendo que ele viajara a maior parte do continente de Ansalon. Este homem era de Ergoth do Norte, isso Caramon podia dizer pela pele negra... A marca daquela raça marítima. Ele também estava vestido como um marinheiro, exceto pelas bolsas em seu cinto e a faixa branca em volta da cintura. Sua voz era a de alguém acostumado a gritar ordens sobre o rebentar das ondas e o rugido do vento. Essa impressão foi tão forte que Caramon olhou em volta com um pouco de incerteza. Não teria ficado nem um pouco surpreso ao ver um navio a toda vela se materializar atrás dele.

— Caramon Majere, imagino — o homem disse, aproximando-se de Caramon, que se levantara desajeitadamente. Segurando a mão de Caramon com uma firmeza que fez o grandalhão arregalar os olhos, o homem sorriu e se apresentou. — Dunbar Mastersmate de Ergoth do Norte, líder da Ordem dos Mantos Brancos.

Caramon ficou boquiaberto.

— Um mago? — ele disse maravilhado, apertando as mãos.

Dunbar riu.

— Exatamente a reação dos seus filhos. Sim, tenho visitado seus rapazes em vez de cumprir meu dever aqui, infelizmente. Ótimos rapazes. Os dois mais velhos estiveram com os cavaleiros, pelo que sei, lutando contra minotauros perto de Kalaman. Chegamos perto de nos encontrar lá. Foi isso que me manteve longe por tanto tempo. — Ele olhou em desculpas para Justarius. — Meu navio estava em Palanthas para consertar os danos sofridos lutando contra esses mesmos piratas. Eu sou um mago do mar — Dunbar acrescentou como explicação, notando o olhar ligeiramente perplexo de Caramon. — Pelos deuses, mas seus meninos puxaram a você! — Ele riu e, estendendo a mão, apertou a mão de Caramon novamente.

Caramon sorriu de volta. Tudo ficaria bem, agora que esses magos entenderam sobre Raistlin. Ele poderia pegar seus filhos e ir para casa.

Caramon de repente percebeu que Dunbar o observava atentamente, quase como se pudesse ver os pensamentos em sua mente. O rosto do mago ficou sério. Balançando ligeiramente a cabeça, Dunbar virou-se e atravessou a câmara com passadas rápidas e ondulantes, como se estivesse no convés de seu navio, para se sentar à direita de Justarius.

— Bem — disse Caramon, atrapalhado com o punho de sua espada, sua confiança abalada pelo olhar no rosto do mago. Todos os três estavam o encarando agora, suas expressões solenes. O rosto de Caramon endureceu em resolução. — Acho que é isso. Você ouviu o que eu tinha a dizer sobre... Sobre Raistlin...

— Sim — Dunbar disse. — Todos nós ouvimos, alguns de nós, acredito, pela primeira vez. — O mago do mar olhou significativamente para Palin, que estava olhando para o chão.

Limpando a garganta nervosamente, Caramon continuou.

— Acho que já vamos então.

Os magos trocaram olhares. Justarius parecia desconfortável, Dalamar severo, Dunbar triste. Mas nenhum deles disse nada. Curvando-se, Caramon virou-se para sair e estava apenas gesticulando para seus filhos quando Dalamar, com um gesto irritado, levantou-se.

— Você não pode ir, Caramon — disse o elfo negro. — Ainda há muito o que discutir.

— Então diga o que você tem a dizer! — Caramon afirmou com raiva, virando-se para enfrentar os magos.

— Eu direi, já que esses dois — ele lançou um olhar mordaz para seus companheiros magos — tem escrúpulos quanto a desafiar a fé devotada que você proclamou. Talvez tenham esquecido o perigo grave que enfrentamos há vinte e cinco anos. Eu não esqueci. — Sua mão se desviou para as vestes rasgadas. — Nunca poderei. Meus medos não podem ser dissipados por uma "visão", não importa o quanto ela seja tocante. — Seu lábio se curvou com zombaria.

— Sente-se, Caramon. Sente-se e ouça a verdade que esses dois temem falar.

— Não tenho medo de falar, Dalamar — Justarius falou em tom de repreensão. — Eu estava pensando sobre a história que Caramon contou, sua relação com o assunto...

O elfo negro bufou, mas, a um olhar penetrante de seu superior, ele se sentou, envolvendo-se em seus mantos negros. Caramon permaneceu de pé, no entanto, franzindo a testa e olhando de um mago para o outro. Atrás dele, ele ouviu o tilintar da armadura enquanto seus dois filhos mais velhos se mexiam desconfortavelmente. Este lugar os deixava nervosos, assim como a ele. Queria dar meia-volta e sair, nunca mais voltando para a torre que fora palco de tanta dor e desgosto.

Pelos deuses, ele o faria! Deixe-os tentar detê-lo! Caramon agarrou o punho de sua espada e deu um passo para trás, olhando para seus filhos. Os dois mais velhos moveram-se para sair. Apenas Palin permaneceu parado, com uma expressão séria e pensativa no rosto que Caramon não conseguiu ler. No entanto, isso o lembrou de alguém. Caramon quase podia ouvir a voz sussurrante de Raistlin: "vá se quiser, meu querido irmão. Perca-se na mágica Floresta de Wayreth, o que certamente acontecerá sem mim. Eu pretendo ficar..."

Não. Ele não ouviria seu filho dizer tais palavras. Corando, com o coração apertando dolorosamente, Caramon sentou-se pesadamente na cadeira.

— Diga o que você tem a dizer — ele repetiu.

— Quase trinta anos atrás, Raistlin Majere veio a esta torre para fazer seu Teste — Justarius começou. — Uma vez dentro da torre, fazendo o Teste, ele foi contatado por...

— Sabemos disso — Caramon resmungou.

— Alguns de nós sim — Justarius respondeu. — Alguns de nós não. — Seu olhar foi para Palin. — Ou, pelo menos, não conhecem toda a história. O Teste foi difícil para Raistlin... É difícil para todos nós que o realizamos, não é?

Dalamar não falou, mas seu rosto pálido ficou ainda mais pálido e os olhos puxados ficaram opacos. Todos os vestígios de riso desapareceram do rosto de Dunbar. Seu olhar foi para Palin e ele balançou a cabeça quase imperceptivelmente.

— Sim — Justarius continuou suavemente, distraidamente esfregando a perna com a mão como se sentisse dor. — O Teste é difícil, mas não é impossível. Par-Salian e os líderes das ordens não teriam concedido permissão a Raistlin para realizá-lo, tão jovem quanto ele, se não considerassem provável que ele tivesse sucesso. E ele teria! Sim, Caramon! Não há dúvida em minha mente ou na mente de qualquer um que estivesse presente naquele dia e testemunhasse. Seu gêmeo tinha a força e a habilidade para ter sucesso por conta própria. Mas ele escolheu o caminho mais fácil, o caminho garantido... Ele aceitou a ajuda de um mago maligno, o maior de nossas ordens que já existiu, Fistandantilus.

— Fistandantilus — Justarius repetiu, com os olhos em Palin. — Sua magia deu errado, ele morreu na Montanha Casquete. Mas ele era poderoso o suficiente para derrotar a própria morte. Seu espírito sobreviveu em outro plano, esperando encontrar um corpo que pudesse habitar. E encontrou tal corpo...

Caramon sentou-se em silêncio, os olhos fixos em Justarius, o rosto vermelho, os músculos do maxilar rígidos. Ele sentiu uma mão em seu ombro e, olhando para cima, viu Palin, que se postara atrás dele. Inclinando-se, Palin sussurrou:

— Podemos ir, papai. Me desculpe. Eu estava errado em fazer você vir. Não temos que ouvir...

Justarius suspirou.

— Sim, jovem mago, temo que você tenha que ouvir. Você deve ouvir a verdade!

Palin se assustou, corando ao ouvir suas palavras repetidas. Estendendo a mão, Caramon segurou a mão de seu filho de forma tranquilizadora.

— Sabemos a verdade — ele rosnou. — Aquele mago maligno roubou a alma do meu irmão! E vocês, magos, deixaram!

— Não, Caramon! — O punho de Justarius se fechou e suas sobrancelhas grisalhas se juntaram. — Raistlin fez uma escolha deliberada de virar as costas para a luz e abraçar a escuridão. Fistandantilus deu a ele o poder de passar no Teste e, em troca, Raistlin deu a Fistandantilus parte de sua força vital para ajudar o espírito do lich a sobreviver. Foi isso que quebrou seu corpo... Não o Teste. O próprio Raistlin disse isso, Caramon! "Este é o sacrifício que fiz pela minha magia!" Quantas vezes você o ouviu dizer essas palavras!

— Chega! — Carrancudo, Caramon levantou-se. — A culpa foi de Par-Salian. Não importa o mal que meu irmão gêmeo fez depois disso, vocês, magos, o colocaram no caminho que ele finalmente percorreu. — Acenando para seus filhos, Caramon deu meia-volta e caminhou rapidamente para fora da câmara (neste lugar estranho), dirigindo-se para o que ele esperava ser a saída.

— Não! — Justarius levantou-se cambaleante, incapaz de colocar todo o peso sobre a perna esquerda aleijada. Sua voz era poderosa, trovejando pela câmara. — Ouça e entenda, Caramon Majere! Você precisa ou vai se arrepender amargamente!

Caramon parou. Lentamente, ele se virou, apenas pela metade.

— Isso é uma ameaça? — perguntou, olhando para Justarius por cima do ombro.

— Nenhuma ameaça, pelo menos nenhuma nossa — Justarius disse. — Pense, Caramon! Você não vê o perigo? Aconteceu uma vez. Pode acontecer de novo!

— Eu não entendo — Caramon disse teimosamente, com a mão na espada, ainda considerando.

Como uma cobra se preparando para atacar, Dalamar se inclinou para frente em sua cadeira.

— Sim, você entende! — Sua voz era suave e letal. — Você entende. Não nos peça para dar detalhes, pois não podemos. Mas saiba disso: por certos sinais que vimos e certos contatos que fizemos em reinos além deste, temos motivos para acreditar que Raistlin vive... Tanto quanto Fistandantilus. Ele procura um caminho de volta a este mundo. Precisa de um corpo para habitar. E você, seu amado gêmeo, cuidadosamente forneceu a ele um... jovem, forte e já treinado em magia.

As palavras de Dalamar penetraram na carne de Caramon como presas envenenadas.

— Seu filho...

# 4

Justarius retomou seu assento, acomodando-se cuidadosamente na grande cadeira de pedra. Alisando as dobras dos seus mantos vermelhos sobre si com mãos que pareciam notavelmente jovens para sua idade, ele falou com Caramon, embora seus olhos estivessem no jovem vestido de branco parado ao lado de seu pai.

— Como vê, Caramon Majere, não podemos deixar seu filho, sobrinho de Raistlin, continuar a estudar magia e fazer o Teste sem primeiro ter certeza de que seu tio não pode usar este jovem para voltar ao mundo.

— Especialmente — acrescentou Dunbar gravemente — porque a lealdade do jovem a uma ordem em particular ainda não foi estabelecida.

— Como assim? — Caramon fechou o semblante. — Fazer o Teste? Ele está muito longe de fazer o Teste. E quanto à sua lealdade, ele escolheu usar os mantos brancos...

— Você e mamãe escolheram que eu usasse os mantos brancos — Palin disse calmamente, seus olhos fixos à frente, evitando seu pai. Quando apenas o silêncio ferido o respondeu, Palin fez um gesto irritado. — Ah, vamos lá, papai. Você sabe tão bem quanto eu que não teria me deixado estudar magia sob quaisquer outras condições. Eu sabia que não devia nem perguntar!

— Mas o jovem deve declarar a lealdade que está em seu coração. Só então ele pode usar o poder verdadeiro da sua magia. E ele deve fazer isso durante o Teste — Dunbar disse gentilmente.

— Teste! Que conversa é essa de Teste! Estou dizendo, ele ainda nem decidiu se vai fazer ou não essa coisa maldita. E se eu puder dar minha opinião... — Caramon parou de falar abruptamente, seu olhar indo para o rosto de seu filho. Palin olhava para o chão, com as bochechas coradas, os lábios apertados.

— Bem, não importa — Caramon murmurou, respirando fundo. Atrás dele, podia ouvir seus outros dois filhos se arrastando nervosamente, o barulho da espada de Tanin, a tosse suave de Sturm. Ele também estava ciente dos magos que o observavam, especialmente do sorriso cínico de Dalamar. Se ao menos ele e Palin pudessem ficar sozinhos! Ele teria uma chance de explicar. Caramon suspirou. Era algo que eles deveriam ter conversado antes disso, ele supôs. Mas ele continuava com esperança...

Virando as costas para os magos, ele encarou seu filho.

— Que outra lealdade você escolheria, Palin? — ele perguntou tardiamente, tentando se corrigir. — Você é uma boa pessoa, filho! Gosta de ajudar as pessoas, de servir aos outros! Branco parece óbvio...

— Não sei se gosto de servir aos outros — Palin exclamou, impaciente, perdendo o controle. — Você me empurrou para este papel e veja onde isso me levou! Você mesmo admite que não sou tão forte ou habilidoso em magia quanto meu tio era na minha idade. Isso porque ele dedicou sua vida ao estudo! Ele não deixou nada interferir nisso. Para mim, parece que um homem deve colocar a magia em primeiro lugar, o mundo em segundo...

Fechando os olhos de dor, Caramon ouviu as palavras do filho, mas ouviu-as ditas por outra voz, uma voz suave e sussurrante, uma voz quebrada: um homem deve colocar a magia em primeiro lugar, o mundo em segundo. Ao fazer qualquer outra coisa, ele limita a si mesmo e seu potencial..."

Ele sentiu uma mão agarrar seu braço.

— Papai, me desculpa — Palin disse suavemente. — Eu teria discutido isso com você, mas sabia o quanto isso o machucaria. E tem também a mamãe. — O jovem suspirou. — Você conhece a mamãe...

— Sim — Caramon falou com a voz embargada, estendendo a mão e segurando o filho nos braços grandes — eu conheço sua mãe. — Limpando a garganta, ele tentou sorrir. — Ela pode ter jogado algo em você... Ela fez isso comigo uma vez... A maior parte da minha armadura, pelo que me lembro. No entanto, sua pontaria é terrível, principalmente quando se trata de alguém que ela ama.

Caramon não conseguiu continuar por um momento, mas ficou segurando seu filho. Olhando por cima do ombro para os magos, ele perguntou asperamente:

— Isso é necessário agora? Vamos para casa conversar sobre isso. Por que não podemos esperar...

— Porque esta noite há uma ocorrência rara — Justarius respondeu. — Todas as três luas, a prateada, a negra e a vermelha, estão no céu ao mesmo tempo. O poder da magia é mais forte esta noite do que em um século. Se Raistlin tiver a habilidade de invocar a magia e escapar do Abismo... Pode ser em uma noite como esta.

Caramon baixou a cabeça, a mão acariciando o cabelo ruivo do filho. Então, com o braço em volta do ombro de Palin, ele se virou para encarar os magos, seu rosto sombrio.

— Muito bem — ele disse com voz rouca —, o que quer que façamos?

— Vocês devem voltar comigo para a torre em Palanthas — Dalamar afirmou. — Lá, tentaremos entrar no portal.

— Vamos cavalgar até o Bosque Shoikan com você, papai — Tanin implorou.

— Sim! — Sturm acrescentou, ansioso. — Você vai precisar de nós, sabe que vai. A estrada entre aqui e Palanthas está aberta, os cavaleiros cuidam disso, porém recebemos relatos de Porthios sobre grupos draconianos em emboscadas...

— Lamento desapontá-los, guerreiros — Dalamar disse, com um leve sorriso nos lábios —, mas não usaremos as estradas entre aqui e Palanthas. Estradas convencionais, quero dizer — ele emendou.

Ambos os jovens pareciam confusos. Olhando cautelosamente para o elfo negro, Tanin franziu a testa como se suspeitasse de um truque.

Palin deu um tapinha no braço de Tanin.

— Ele quer dizer magia, meu irmão. Antes que você e Sturm cheguem à entrada da frente, papai e eu estaremos no gabinete de Dalamar na Torre da Alta Magia em Palanthas, a torre que meu tio reivindicou como sua — ele acrescentou suavemente. Palin não pretendia que ninguém ouvisse suas últimas palavras, mas, olhando ao redor, captou o olhar intenso e conhecedor de Dalamar. Corando em confusão, o jovem ficou em silêncio.

— Sim, é onde estaremos — Caramon murmurou, seu rosto escurecendo com o pensamento. — E vocês dois estarão a caminho de casa — acrescentou, olhando severamente para os filhos mais velhos. — Vocês têm que contar para sua mãe...

— Prefiro enfrentar ogros — Tanin falou tristemente.

— Eu também — Caramon continuou com um sorriso que terminou em um suspiro. Inclinando-se repentinamente para se certificar de que sua mochila estava bem apertada, ele manteve seu rosto cuidadosamente nas sombras. — Apenas certifique-se de que ela não esteja parada onde possa pegar a louça — ele disse, mantendo sua voz cuidadosamente leve.

— Ela me conhece. Está esperando por isso. Na verdade, acho que ela já sabia quando partimos — Palin falou, lembrando-se do abraço carinhoso e do sorriso alegre de sua mãe quando ela parou na porta da hospedaria, acenando para eles com uma toalha velha. Olhando para trás enquanto cavalgavam para fora da cidade, Palin lembrou-se de ter visto aquela toalha cobrindo o rosto de sua mãe, os braços de Dezra envolvendo-a confortavelmente.

— Além disso — Caramon disse, levantando-se para encarar seus dois filhos mais velhos, seu tom agora severo —, vocês dois prometeram ao Porthios que iriam para Qualinesti e ajudariam os elfos a lidar com aqueles grupos de ataque draconianos. Vocês sabem como Porthios é. Ele levou dez anos para falar conosco. Agora, está mostrando sinais de ser amistoso. Não quero que meus filhos voltem atrás em suas palavras, especialmente para aquele elfo teimoso. Sem ofensas — ele disse, olhando para Dalamar.

— Não me ofendeu — disse o elfo negro. — Eu conheço Porthios. E agora...

— Estamos prontos — Palin interrompeu, com uma expressão ansiosa no rosto ao se virar para Dalamar. — Eu li sobre esse feitiço que você vai lançar, é claro, mas nunca o vi ser feito. Quais componentes você usa? E você flexiona a primeira sílaba da primeira palavra ou a segunda? Meu mestre diz...

Dalamar tossiu suavemente.

— Você está revelando nossos segredos, jovem — ele disse em tom suave. — Venha, faça suas perguntas para mim em particular. — Colocando sua mão delicada sobre o braço de Palin, o elfo negro afastou o jovem do seu pai e irmãos.

— Segredos? — Palin disse, perplexo. — Como assim? Não importa se eles ouvirem...

— Foi uma desculpa — Dalamar disse friamente. De pé na frente do jovem, ele olhou para Palin atentamente, seus olhos escuros e sérios. — Palin, não faça isso. Volte para casa com seu pai e seus irmãos.

— Como assim? — Palin perguntou, olhando para Dalamar em confusão. — Não posso fazer isso. Você ouviu Justarius. Eles não vão me deixar fazer meu Teste ou mesmo continuar estudando até que tenhamos certeza de que Raistlin está... está...

— Não faça o Teste — Dalamar disse rapidamente. — Abandone seus estudos. Vá para casa. Contente-se com o que você é.

— Não! — Palin bradou com raiva. — O que acha que eu sou? Acha que eu ficaria feliz entretendo em feiras rurais, tirando coelhos de chapéus e moedas de ouro das orelhas de gordos? Eu quero mais do que isso!

— O preço de tal ambição é alto, como seu tio descobriu.

— E as recompensas também! — Palin retrucou. — Já me decidi...

— Jovem — Dalamar inclinou-se para perto do rapaz, colocando sua mão fria no braço de Palin. Sua voz caiu para um sussurro tão leve que Palin não tinha certeza de ter ouvido suas palavras ditas ou em sua mente — por que acha que eles estão enviando você, de verdade? — Seu olhar foi para Justarius e Dunbar, que estavam longe, conferenciando juntos. — Para de alguma forma entrar no portal e encontrar seu tio... Ou o que restou dele? Não — Dalamar balançou a cabeça —, isso é impossível. A sala está trancada. Um dos Guardiões fica de guarda constante com instruções para não deixar ninguém entrar, para matar qualquer um que tente. Eles sabem disso, assim como sabem que Raistlin vive! Estão mandando você para a torre... A torre dele... Por um motivo. Você se lembra da velha lenda sobre usar um cabrito para capturar um dragão?

Olhando para Dalamar em descrença, o rosto de Palin de repente perdeu toda a cor. Lambendo os lábios pálidos, ele tentou falar, porém sua boca estava muito seca, sua garganta apertada.

— Vejo que você entende — Dalamar disse friamente, cruzando as mãos nas mangas de seu manto negro. — O caçador amarra o cabrito na frente do covil do dragão. Enquanto o dragão devora a cabra, os caçadores se aproximam dele com suas redes e lanças. Eles pegam o dragão. Infelizmente, é um pouco tarde para a cabra... Ainda insiste em ir?

Palin teve uma visão repentina do seu tio como ouvira falar dele nas lendas: enfrentando o maligno Fistandantilus, sentindo o toque da hematita em seu peito enquanto procurava extrair sua alma, sugar sua vida. O jovem estremeceu, seu corpo encharcado de suor frio.

— Eu sou forte — disse com a voz embargada. — Posso lutar como ele lutou...

— Lutar com ele? O maior mago que já existiu? O arquimago que desafiou a própria Rainha das Trevas e quase venceu? — Dalamar riu sem graça. — Ora! Você está condenado, jovem. Não tem nem chance. E você sabe o que serei forçado a fazer se Raistlin for bem-sucedido! — A cabeça encapuzada de Dalamar ficou tão perto de Palin que o jovem podia sentir o toque de sua respiração em sua bochecha. — Devo destruí-lo... Vou destruí-lo. Eu não me importo em qual corpo ele habita. É por isso que estão entregando você para mim. Eles não têm estômago para isso.

Nervoso, Palin recuou um passo para longe do elfo negro. Então ele se conteve e ficou parado.

— Eu... Entendo — ele disse, sua voz ficando mais firme enquanto continuava. — Eu disse isso uma vez. Além disso, não acredito que meu tio me machucaria... Do jeito que você fala.

— Não acredita? — Dalamar parecia animado. Sua mão se moveu para o peito. — Gostaria de ver que mal seu tio é capaz de fazer?

— Não! — Palin desviou os olhos e então, corando, acrescentou sem jeito. — Eu sei disso. Ouvi a história. Você o traiu...

— E este foi o meu castigo. — O elfo negro deu de ombros. — Muito bem. Se você está decidido...

— Estou.

— Então sugiro que se despeça de seus irmãos... Um adeus final, se é que me entende. Pois considero improvável que vocês se encontrem novamente nesta vida.

O elfo negro era prático. Seus olhos não tinham piedade, nem remorso. As mãos de Palin se contraíram, suas unhas se cravaram em sua carne, mas ele conseguiu assentir com firmeza.

— Você deve ter cuidado com o que diz. — Dalamar olhou significativamente para Caramon, que caminhava até Justarius. — Seus irmãos não devem suspeitar. Ele não deve suspeitar. Se ele soubesse, impediria sua ida. Espere — Dalamar segurou o jovem. — Recomponha-se.

Engolindo em seco, tentando umedecer a garganta ressecada e dolorida, Palin beliscou as bochechas para trazer a cor de volta e enxugou o suor da testa com a manga do manto. Então, mordendo os lábios para mantê-los firmes, ele se virou de Dalamar e caminhou até seus irmãos.

Seus mantos brancos farfalharam em torno de seus tornozelos quando ele se aproximou.

— Bem, irmãos — ele começou, forçando-se a sorrir. — Estou sempre parado na varanda da hospedaria, acenando para vocês dois, indo lutar contra alguma coisa. Parece que agora é a minha vez.

Palin viu Tanin e Sturm trocarem olhares rápidos e alarmados e se engasgou. Os três eram próximos, eles se conheciam de corpo e alma. *Como posso enganá-los?* ele pensou amargamente. Vendo seus rostos, ele sabia que não poderia.

— Meus irmãos — Palin disse suavemente, estendendo as mãos. Segurando os dois, ele os puxou para perto. — Não digam nada — ele sussurrou. — Apenas me deixem ir! Papai não entenderia. Já vai ser difícil o suficiente para ele do jeito que está.

— Não tenho certeza se entendi — Tanin começou, sério.

— Ah, cala a boca! — Sturm resmungou. — Então nós não entendemos. Isso importa? Nosso irmãozinho chorou quando você partiu para sua primeira batalha? — Colocando seus grandes braços em torno de Palin, ele o abraçou com força. — Adeus, garoto — disse.

— Cuide-se e... e... não fique longe... por muito tempo... — Balançando a cabeça, Sturm se virou e se afastou apressadamente, enxugando os olhos e murmurando algo sobre "esses malditos componentes de magia me fazem espirrar!"

Mas Tanin, o mais velho, permaneceu ao lado de seu irmão, o encarando severamente. Palin olhou para ele suplicante, mas o rosto de Tanin tornou-se sombrio.

— Não, irmãozinho — disse. — Você vai ouvir.

Observando os dois de perto, Dalamar viu o jovem guerreiro colocar a mão no ombro de Palin. Ele podia imaginar o que estava sendo dito. O elfo negro viu Palin se afastar, balançando a cabeça teimosamente, as feições do jovem endurecendo em uma máscara impassível que Dalamar conhecia bem. A mão do mago foi para as feridas em seu peito. Como o jovem era parecido com Raistlin! Semelhante, mas diferente, como Caramon dissera, tão diferente quanto a lua branca e a negra... Os pensamentos do elfo negro foram interrompidos quando ele percebeu que Caramon observava a conversa entre seus dois filhos e estava dando um passo em direção a eles. Rapidamente, Dalamar intercedeu. Caminhando até Caramon, ele colocou sua mão esguia no braço do grandalhão.

— Você não contou a seus filhos a verdade sobre o tio deles — Dalamar disse enquanto Caramon o encarava.

— Eu contei a eles — Caramon retrucou, com o rosto corado — tanto quanto eu pensei que deveriam saber. Tentei fazê-los ver os dois lados dele...

— Você prestou um péssimo serviço a eles, particularmente a um deles — Dalamar respondeu friamente, seu olhar indo para Palin.

— O que eu poderia fazer? — Caramon perguntou com raiva. — Quando as lendas sobre ele começaram, se sacrificando pelo bem do mundo, ousando entrar no Abismo para resgatar a Dama Crysania das garras da Rainha das Trevas, o que eu poderia dizer? Eu disse a eles como foi. Contei a história verdadeira. Disse a eles que ele mentiu para Crysania, que a seduziu em espírito, senão em corpo, e a levou ao Abismo. E eu disse a eles que, no final, quando ela não servia mais, ele a abandonou para deixá-la morrer sozinha. Eu contei. Tanis contou a eles. Mas eles acreditam no que querem acreditar... Todos nós acreditamos, acho — Caramon acrescentou com um olhar acusador para Dalamar. — Percebo que vocês, magos, não se esforçam para refutar essas histórias!

— Elas nos fizeram bem — Dalamar disse, encolhendo os ombros esguios. — Por causa das lendas sobre Raistlin e seu "sacrifício", a magia não é mais temida, nós, magos, não somos mais insultados. Nossas escolas estão florescendo, assim como nossos serviços em demanda. De fato, a cidade de Kalaman nos convidou para construir uma nova Torre da Alta Magia lá. — O elfo negro sorriu amargamente. — Irônico, não é?

— O quê?

— Com seu fracasso, seu irmão conseguiu o que pretendia realizar — Dalamar comentou, com um sorriso torcido. — De certa forma, ele se tornou um deus...

— Palin, eu insisto em saber o que está acontecendo. — Tanin pôs a mão no ombro de Palin.

— Você os ouviu, Tanin — Palin se esquivou, acenando para Justarius, que estava conversando com seu pai. — Vamos viajar para a Torre da Alta Magia em Palanthas, onde o portal está localizado, e... e dar uma olhada... Só isso.

— E eu sou um anão tolo! — Tanin resmungou.

— Às vezes, você pensa como um — Palin retrucou, perdendo a paciência e afastando o braço do irmão. O rosto de Tanin ficou vermelho puro. Ao contrário do descontraído Sturm, Tanin herdou o temperamento de sua mãe junto com seus cachos. Ele também levava a sério seu papel de irmão mais velho, às vezes muito a sério, na opinião de Palin. *Mas é só porque ele me ama*, o jovem lembrou a si mesmo.

Respirando fundo, ele suspirou e, estendendo a mão, agarrou seu irmão pelos ombros.

— Tanin, vê se me escuta para variar. Sturm está certo. Eu não "chorei" quando você foi para a batalha pela primeira vez. Pelo menos, não enquanto você podia me ver. Mas chorei a noite toda, sozinho, na escuridão. Você não acha que eu sei que cada vez que você sai pode ser a última vez que nos vemos? Quantas vezes você foi ferido? Naquela última luta, aquela flecha do minotauro errou seu coração por apenas dois dedos.

Com o rosto sombrio, Tanin olhou para os pés.

— Isso é diferente — ele murmurou.

— Como diria o vovô Tas: "uma galinha com o pescoço torcido é diferente de uma galinha com a cabeça cortada, mas isso importa para a galinha?" — Palin sorriu.

Tanin deu de ombros e tentou sorrir.

— Acho que você está certo. — Ele colocou as mãos nos ombros de Palin, olhando atentamente para o rosto pálido de seu irmão. — Volte para casa, garoto! Desista disso! — ele sussurrou intensamente. — Não vale a pena! Se alguma coisa acontecesse com você, pense no que isso faria com a mamãe... e papai...

— Eu sei — Palin disse, com os olhos marejados, apesar de todos os seus esforços para evitar. — Já pensei nisso! Eu preciso fazer isso, Tanin. Tente entender. Diga a mamãe que eu... Eu a amo muito. E as menininhas... Diga a elas que eu vou... Vou levar um presente para elas, como você e Sturm sempre fazem...

— O que? Um lagarto morto? — Tanin resmungou. — A asa velha e mofada de algum morcego?

Enxugando os olhos, Palin sorriu.

— Sim, diga isso a elas. É melhor você ir. Papai está nos observando.

— Cuide de si, irmãozinho. E dele. — Tanin olhou para o pai. — Isso vai ser muito difícil para ele.

— Eu sei. — Palin suspirou. — Acredite em mim, eu sei.

Tanin hesitou. Palin viu mais uma discussão, mais uma tentativa de dissuadi-lo, nos olhos de seu irmão.

— Por favor, Tanin — ele disse suavemente. — Chega.

Piscando rapidamente e esfregando o nariz, Tanin assentiu. Acariciando seu irmãozinho na bochecha e despenteando o cabelo ruivo, Tanin atravessou a câmara escura para ficar perto da entrada, com Sturm. Palin o observou se afastar e, virando-se, foi na direção oposta, rumo à frente do grande salão, para apresentar seus respeitos de despedida aos dois magos.

— Então, Dalamar falou com você — Justarius disse quando o jovem veio para ficar diante dele.

— Sim — Palin respondeu severamente. — Ele me disse a verdade.

— Disse? — Dunbar perguntou de repente. — Lembre-se disso, jovem. Dalamar veste os Mantos Negros. Ele é ambicioso. O que quer que ele faça, ele faz porque acredita que acabará por beneficiá-lo.

— Vocês dois podem negar que o que ele me disse é verdade? Que vocês estão me usando como isca para prender o espírito do meu tio se ele ainda estiver vivo?

Justarius olhou para Dunbar, que balançou a cabeça.

— Às vezes, você tem que procurar a verdade aqui, Palin — Dunbar respondeu, estendendo a mão para tocar Palin suavemente no peito —, em seu coração.

Seus lábios se curvaram em escárnio, mas Palin sabia o respeito que deveria mostrar a dois magos de alto escalão, então ele simplesmente se curvou.

— Dalamar e meu pai estão esperando por mim. Eu me despeço de vocês. Se os deuses quiserem, voltarei em um ou dois anos para o Teste e espero ter a honra de ver vocês dois novamente.

Justarius não perdeu o sarcasmo, nem a expressão amarga e raivosa no rosto do jovem. Isso o fez lembrar de outro jovem amargo e raivoso, que veio a esta torre há quase trinta anos...

— Que Gilean o acompanhe, Palin — o arquimago disse suavemente, dobrando as mãos nas mangas de seus mantos.

— Que Paladine, o deus que leva seu nome, o guie, Palin — Dunbar falou. — E pense isso — ele acrescentou, um sorriso vincando seu rosto negro — caso você nunca mais veja o velho mago do mar. Você pode aprender que, ao servir ao mundo, você serve a si mesmo melhor do que a todos.

Palin não respondeu. Curvando-se novamente, ele se virou e os deixou. A câmara parecia ficar mais escura quando ele voltou a atravessá-la. Ele poderia estar sozinho; ele podia ver ninguém por um momento, nem seus irmãos, nem Dalamar ou seu pai... Mas, conforme a escuridão se aprofundava, o branco dos seus mantos brilhava mais intensamente, como a primeira estrela no céu noturno.

Por um instante, o medo tomou conta de Palin. Todos eles o deixaram? Ele estava sozinho nesta vasta escuridão? Então, ele viu um brilho de metal perto dele... A armadura de seu pai, e deu um suspiro de alívio. Seus passos se apressaram e, quando parou ao lado de seu pai, a câmara pareceu iluminar. Ele podia ver o elfo negro, parado ao lado de Caramon, o rosto pálido do elfo visível nas sombras dos seus mantos negros. Palin podia ver seus irmãos, podia vê-los erguer as mãos em despedida. Palin começou a erguer a dele, mas então Dalamar começou a cantar e parecia que uma nuvem escura cobria a luz dos mantos de Palin, da armadura brilhante de Caramon. A escuridão ficou mais espessa, girando em torno deles até ficar tão profunda como um buraco de escuridão cortado nas sombras da câmara. Então, não havia nada. A luz fria e sinistra voltou para a torre, preenchendo a lacuna.

Dalamar, Palin e Caramon se foram.

Os dois irmãos deixados para trás colocaram suas mochilas e começaram a longa e estranha jornada de volta pela mágica Floresta de Wayreth. Os pensamentos de dar esta notícia para sua mãe ruiva, temperamental e amorosa pairavam em seus corações com o peso da armadura anã.

Atrás deles, de pé ao lado das grandes cadeiras de pedra, Justarius e Dunbar observavam em silêncio sombrio. Então, cada um falando uma palavra de magia, eles também se foram e a Torre da Alta Magia em Wayreth foi deixada em suas sombras, apenas memórias percorrendo os corredores.

# 5

— Ele veio no meio de uma noite escura e silenciosa — Dalamar disse suavemente. — A única lua no céu era aquela que só seus olhos podiam ver. — O elfo negro olhou para Palin das profundezas do capuz negro que cobria a cabeça do elfo. — Assim diz a lenda sobre o retorno de seu tio a esta torre.

Palin nada disse, as palavras estavam em seu coração. Elas estiveram lá, secretamente, desde que ele tinha idade suficiente para sonhar. Admirado, ele olhou para os portões enormes que bloqueavam a entrada, tentando imaginar seu tio parado onde estava agora, comandando a abertura dos portões. E quando eles abriram... O olhar de Palin foi mais para cima, para a própria torre escura.

Era dia em Palanthas. Era o meio da manhã quando deixaram a Torre da Alta Magia em Wayreth, centenas de quilômetros ao sul. E ainda era o meio da manhã, e a jornada mágica deles não levara mais do que uma respiração. O sol estava no zênite, brilhando logo acima da torre. Dois dos minaretes vermelho-sangue amparavam, entre o topo de suas torres, uma esfera dourada como dedos manchados de sangue agarrando avidamente uma moeda. E o sol poderia muito bem ter sido nada mais do que uma moeda por todo o calor que derramou, pois nenhum sol jamais aqueceu este lugar do mal. A construção enorme de pedra negra, arrancado dos ossos do mundo por feitiços mágicos, ficava à sombra do enfeitiçado Bosque Shoikan, um grupo de carvalhos imensos que guardavam a torre com mais eficiência do que se cada árvore tivesse cem cavaleiros armados. Seu encantamento de medo era tão poderoso que ninguém poderia sequer chegar perto dele. A menos que protegido por um encantamento sombrio, ninguém poderia entrar e sair vivo.

Virando a cabeça, Palin olhou pelas dobras de seu capuz branco para as árvores altas do bosque. Elas ficavam imóveis, embora ele pudesse sentir o vento do mar soprando forte em seu rosto. Dizia-se que nem mesmo os terríveis furacões do Cataclismo fizeram uma folha tremular no Bosque Shoikan, embora nenhuma outra árvore na cidade tivesse permanecido de pé. Uma escuridão fria fluía entre os troncos dos carvalhos, estendendo-se com tentáculos serpenteantes de névoa gelada que deslizava ao longo do pátio pavimentado diante dos portões e se contorcia nos tornozelos daqueles que ali estavam.

Tremendo de frio e de um medo que não conseguia controlar, um medo alimentado pelas árvores, Palin olhou para o pai com um novo respeito. Impulsionado pelo amor por seu irmão gêmeo, Caramon ousou entrar no Bosque Shoikan e quase pagou por seu amor com a vida.

*Ele deve estar pensando nisso*, Palin imaginou, pois o rosto de seu pai estava pálido e sombrio. Gotas de suor brotavam da sua testa.

— Vamos sair daqui — Caramon disse asperamente, seus olhos evitando cuidadosamente a visão das árvores amaldiçoadas. — Vamos entrar ou algo assim...

— Muito bem — Dalamar respondeu. Embora seu rosto estivesse mais uma vez escondido pelas sombras de seu capuz, Palin teve a impressão de que o elfo negro estava sorrindo. — Embora não haja pressa. Devemos esperar até o anoitecer, quando as três luas estarão juntas no céu: a lua prateada, Solinari, amada de Paladine; a lua negra, Nuitari, favorecida pela Rainha das Trevas; e Lunitari, a lua vermelha de Gilean. Raistlin recorrerá à lua negra para obter seu poder. Outros... que possam precisar... podem recorrer a Solinari, se quiserem... — Ele não olhou para Palin enquanto falava, mas o jovem sentiu-se corar.

— O que significa "obter seu poder"? — Caramon exigiu com raiva, agarrando Dalamar. — Palin não é um mago, ainda não. Você disse que cuidaria de tudo...

— Estou ciente de minhas palavras — Dalamar interrompeu. Ele não se mexeu nem falou, mas, de repente, Caramon puxou a mão para trás com um gemido de dor. — E eu vou lidar com... o que deve ser lidado. Porém coisas estranhas e inesperadas podem acontecer esta noite. É bom estar preparado. — Dalamar observou Caramon friamente. — E não interfira comigo novamente. Venha, Palin. Você pode precisar da minha ajuda para entrar por esses portões.

Dalamar estendeu a mão. Olhando para o pai, Palin viu seus olhos fixos nele. Não entre aí, implorou seu olhar angustiado. Se fizer isso, eu vou te perder...

Baixando os próprios olhos, confuso, fingindo não ter lido a mensagem tão clara quanto as primeiras palavras que seu pai o ensinara, Palin virou-se e pousou a mão hesitante no braço do elfo negro. Os mantos negros eram macios e aveludados ao toque. Ele podia sentir os músculos rígidos e, abaixo, a estrutura óssea fina e delicada do elfo, quase frágil ao toque, porém forte, firme e solidária.

Uma mão invisível abriu os portões que outrora, há muito tempo, eram feitos de prata e ouro estriados, mas agora eram negros e retorcidos, guardados por seres sombrios. Levando Palin consigo, Dalamar passou por eles.

Uma dor lancinante perfurou o jovem. Com a mão no coração, Palin dobrou-se com um grito.

Dalamar parou o avanço de Caramon com um olhar.

— Você não pode ajudá-lo — disse o elfo negro. — Assim, a Rainha das Trevas pune aqueles que não são leais a ela que pisam neste solo sagrado. Segure-se em mim, Palin. Segure-se em mim com força e continue andando. Assim que estivermos lá dentro, isso vai diminuir.

Cerrando os dentes, Palin fez o que foi dito, avançando com passos hesitantes, ambas as mãos segurando o braço de Dalamar.

Ainda bem que o elfo negro o conduziu, pois, se deixado sozinho, Palin teria fugido deste lugar de escuridão. Através da névoa de dor, ele ouviu palavras suaves sussurrando: "por que entrar? Só a morte espera por você! Você está ansioso para ver seu rosto sorridente? Volte, tolo! Volte. Nada vale isso..." Palin gemeu. Como poderia ter sido tão cego? Dalamar estava certo... O preço era muito alto...

— Coragem, Palin! — A voz de Dalamar se misturou com as palavras sussurradas.

A torre estava esmagando Palin sob o peso de seu poder mágico e sombrio, pressionando a vida de seu corpo. Ainda assim, ele continuou andando, embora mal pudesse ver as pedras sob seus pés através de uma película vermelho-sangue embaçando seus olhos. Foi assim que ele se sentiu quando veio pela primeira vez? Palin perguntou a si mesmo em agonia. Mas não, claro que não. Raistlin usava os mantos negros quando entrou pela primeira vez na torre. Ele veio na plenitude de seu poder, Mestre do Passado e do Presente. *Para ele, as portas se abriram... Todas as coisas tenebrosas e sombrias se curvaram em deferência.* Assim dizia a lenda...

Para ele, as portas se abriram...

Com um soluço, Palin desabou na soleira da torre.

— Se sentindo melhor? — Dalamar perguntou, enquanto Palin se levantava vertiginosamente do sofá em que estava deitado. — Aqui, tome um gole de vinho. É élfico, uma boa safra. Pedi para que fosse "enviado" para mim de Silvanesti, sem que os elfos de lá soubessem, claro. Este foi o primeiro vinho feito após a destruição da minha terra natal. Tem um sabor escuro e levemente amargo... Como de lágrimas. Alguns do meu povo, segundo me disseram, não conseguem beber sem chorar. — Servindo um copo cheio, Dalamar estendeu o líquido de tom púrpura profundo para Palin. — De fato, acho que, mesmo quando o bebo, um sentimento de tristeza toma conta de mim.

— Saudades de casa — Caramon sugeriu, balançando a cabeça enquanto Dalamar oferecia um copo. Palin sabia pelo tom de voz de seu pai que ele estava chateado e infeliz, com medo por seu filho. Ele se sentou impassivelmente em sua cadeira, no entanto, tentando parecer despreocupado. Palin lançou um olhar agradecido enquanto bebia o vinho, sentindo a sua influência quente banir o frio estranho.

Curiosamente, o vinho o fazia pensar em sua casa. "Saudades de casa", Caramon dissera. Palin esperava que Dalamar zombasse ou risse dessa declaração. Afinal, elfos negros foram "expulsos da luz" da sociedade élfica, proibidos de entrar nas pátrias antigas. O pecado de Dalamar foi pegar os mantos negros, buscar o poder na magia sombria. Mãos e pés amarrados, olhos vendados, ele foi conduzido em uma carroça até as fronteiras de sua terra natal e ali jogado fora, para nunca mais ser admitido. Para os elfos, cujas vidas seculares estão vinculadas às suas florestas e jardins amados, ser expulso das terras ancestrais é pior do que a morte.

No entanto, Dalamar parecia tão frio e insensível sobre tudo que Palin ficou surpreso ao ver um olhar de desejo melancólico e tristeza rápida passar pelo rosto do elfo negro. Ele desapareceu tão rápido quanto uma ondulação em águas tranquilas, mas, mesmo assim, ele o vira. Ele sentiu menos assombro pelo elfo negro. Afinal, algo poderia tocá-lo.

Sorvendo o vinho e sentindo o amargor leve, o pensamento de Palin voltou-se para seu lar, a casa esplêndida que seu pai construíra com as próprias mãos, a hospedaria que era o orgulho e a alegria dos seus pais. Ele pensou na cidade de Consolação aninhada entre as folhas das grandes copadeiras, uma cidade que ele deixara apenas para frequentar a escola, assim como todos os jovens aspirantes a mágicos. Pensou em sua mãe e nas duas irmãzinhas que eram a ruína de sua existência... Roubando suas bolsas, tentando espiar sob seus mantos, escondendo seus grimórios... Como seria... nunca mais vê-las?

Nunca mais vê-las de novo...

A mão de Palin começou a tremer. Cuidadosamente, ele colocou o copo frágil sobre a mesa perto de sua cadeira, temendo que pudesse derrubá-lo ou derramar seu vinho. Olhou em volta apressadamente para ver se seu pai ou Dalamar notaram. Nenhum deles notou, ambos envolvidos em uma discussão silenciosa perto da janela com vista para a cidade de Palanthas.

— Você nunca mais voltou ao laboratório desde então? — Caramon estava perguntando, sua voz baixa.

Dalamar balançou a cabeça. Ele removera o capuz dos seus mantos e seu cabelo longo e sedoso roçava seus ombros.

— Voltei na semana em que você partiu — ele respondeu —, para ter certeza de que tudo estava em ordem. E, então, eu o fechei.

— Então, tudo ainda está lá — Caramon murmurou. Palin viu o olhar astuto de seu pai se voltar para o elfo negro, que estava olhando pela janela, seu rosto frio e inexpressivo. — Deve conter objetos que concederiam um poder imenso a um mago, ou assim acho. O que tem lá?

Quase prendendo a respiração, Palin levantou-se de sua cadeira e andou silenciosamente pelo tapete lindo e luxuoso para ouvir a resposta do elfo negro.

— Os grimórios de Fistandantilus, os grimórios do próprio Raistlin, suas anotações sobre o conhecimento das ervas e, claro, seu cajado...

— Seu cajado? — Palin perguntou de repente.

Ambos os homens se viraram para olhar para o jovem, o rosto de Caramon sério, o de Dalamar levemente sorridente.

— Você me disse que o cajado do meu tio estava perdido! — Palin acusou seu pai.

— E assim está, jovem — Dalamar respondeu. — O feitiço que coloquei naquela câmara é tal que nem mesmo os ratos chegam perto dela. Ninguém pode entrar, sob pena de morte. Se o famoso Cajado de Magius estivesse no fundo do Mar de Sangue não poderia ser mais efetivamente perdido para este mundo do que está agora.

— Há outra coisa naquele laboratório — Caramon disse lentamente, em uma compreensão repentina. — O portal para o Abismo. Se não podemos entrar no laboratório, como vamos olhar dentro do portal ou qualquer coisa idiota que vocês, magos, queiram que eu faça para provar que meu irmão gêmeo está morto?

Dalamar ficou em silêncio, girando pensativamente a taça de vinho de haste fina na mão, o olhar abstraído. Observando-o, o rosto de Caramon ficou vermelho de raiva.

— Isso foi um estratagema! Vocês nunca quiseram isso, nenhum de vocês! O que vocês querem, nos trazendo aqui? O que você quer de mim?

— De você, nada, Caramon — Dalamar respondeu friamente.

Caramon empalideceu.

— Não! — ele gritou com a voz embargada. — Não meu filho! Malditos sejam, magos! Eu não vou permitir! — Dando um passo à frente, ele agarrou Dalamar... E se engasgou de dor. Puxando a mão para trás, Caramon a flexionou, esfregando o braço, que parecia ter tocado em um relâmpago.

— Papai, por favor! Não interfira! — Palin murmurou, indo para o lado de seu pai. O jovem olhou com raiva para Dalamar. — Isso não era necessário!

— Eu o avisei — Dalamar disse, dando de ombros. — Sabe, Caramon, meu amigo, não podemos abrir a porta pelo lado de fora. — O olhar do elfo negro foi para Palin. — Mas há alguém aqui para quem a porta pode se abrir por dentro!

# 6

*Para mim, os portões se abrirão...*

Palin sussurrou as palavras para si mesmo enquanto subia as escadas escuras e sinuosas. A noite caíra sobre Palanthas, selando a cidade na escuridão, aprofundando a penumbra perpétua que pairava sobre a Torre da Alta Magia. Solinari, a lua prateada amada de Paladine, brilhava no céu, mas seus raios brancos não tocavam a torre. Os que estavam lá dentro olhavam para outra lua, uma lua escura, uma lua que apenas seus olhos podiam ver.

A escada de pedra estava escura como breu. Embora Caramon carregasse uma tocha, sua chama fraca e oscilante foi dominada pela escuridão. Ele poderia estar segurando um pedaço de palha em chamas pois era toda a luz que a tocha emitia. Subindo as escadas tateando, Palin tropeçou mais de uma vez. A cada vez, seu coração pulsava dolorosamente e ele se pressionava contra a parede fria e úmida, fechando os olhos. O centro da torre era um eixo oco. A escada subia em uma espiral vertiginosa, projetando-se da parede como os ossos de algum animal morto.

— Você está seguro, jovem — Dalamar disse, com a mão no braço de Palin. — Isso foi projetado para desencorajar intrusos indesejados. A magia nos protege. Não olhe para baixo. Será mais fácil.

— Por que tivemos que andar? — Palin perguntou, parando para recuperar o fôlego. Por mais jovem que fosse, a subida íngreme cobrava seu preço. Suas pernas doíam; seus pulmões queimavam. Ele só podia imaginar o que seu pai deveria estar sentindo. Até mesmo o elfo negro parecia sem fôlego, embora o rosto de Dalamar na penumbra estivesse frio e impassível como sempre. — Não poderíamos ter usado magia?

— Não vou desperdiçar minhas energias — Dalamar respondeu. — Não nesta noite, entre todas as noites.

Vendo os olhos puxados observando-o friamente, Palin não disse nada, porém começou a subir novamente, mantendo os olhos fixos em frente e para cima.

— Lá está o nosso destino. — Dalamar apontou. Olhando para o topo da escada, Palin viu uma porta pequena.

*Para mim, os portões se abrirão...*

Palavras de Raistlin. O medo de Palin começou a diminuir e a emoção passou em seu sangue. Começou a caminhar mais rápido. Atrás dele, ouviu os passos leves de Dalamar e a passada mais pesada de seu pai. Ele também podia ouvir a respiração ofegante de Caramon e sentiu uma pontada de remorso.

— Quer descansar, papai? — ele perguntou, parando e se virando.

— Não — Caramon resmungou. — Vamos acabar logo com essa tolice. Então, poderemos ir para casa.

Sua voz era áspera, mas Palin ouviu um tom estranho nela, um que nunca ouvira antes. Virando-se lentamente para encarar a porta, Palin sabia o que era... Medo. Seu pai estava com medo. Não foi apenas a subida terrível ou as vozes sussurrando sobre desgraça e desespero. Ele estava com medo de tudo dentro deste lugar. Então, Palin teve uma sensação secreta de alegria... Uma que seu tio deve ter conhecido. Seu pai, um Herói da Lança, o homem mais forte que ele conhecia, que podia, mesmo agora, derrubar o musculoso Tanin no chão e desarmar Sturm, o espadachim habilidoso, seu pai estava assustado, com medo da magia.

*Ele está com medo*, percebeu Palin, *e eu não estou!* Fechando os olhos, recostou-se na parede fria da torre e, pela primeira vez na vida, entregou-se à magia. Sentiu-a queimar em seu sangue, acariciar sua pele. As palavras que sussurrava não eram mais de condenação, mas de boas-vindas, de convite. Seu corpo tremeu com o êxtase da magia e, abrindo os olhos, Palin viu sua exultação refletida no olhar intenso e brilhante do elfo negro.

— Agora você provou o poder! — Dalamar sussurrou. — Siga em frente, Palin, siga em frente.

Sorrindo para si mesmo, envolto no calor de sua euforia, Palin subiu as escadas rapidamente, esquecendo todo o medo. Para ele, a porta se abriria. Ele não tinha dúvidas. Por que ou pela mão de quem, ele não especulava. Não importava. Finalmente, ele estaria dentro do laboratório antigo onde foram realizadas algumas das maiores magias sobre Krynn. Veria os grimórios do lendário Fistandantilus, os grimórios do seu tio. Veria o portal grande e terrível que levava deste mundo ao Abismo. E veria o famoso Cajado de Magius...

Palin há muito sonhava com o cajado do seu tio. De todos os tesouros misteriosos de Raistlin, esse era o que mais intrigava Palin, talvez porque o tivesse visto retratado tantas vezes em pinturas ou porque sempre figurava com destaque em lendas e canções. Palin até possuía uma dessas pinturas (ele a mantinha embrulhada em seda, escondida em seu quarto) de Raistlin em seus mantos negros, com o Cajado de Magius na mão, lutando contra a Rainha das Trevas.

*Se ele tivesse vivido para me ensinar, e eu fosse digno dele, talvez pudesse ter me dado o cajado,* Palin pensava melancolicamente toda vez que olhava para a pintura do cajado de madeira, com sua garra dourada de dragão segurando uma bola de cristal brilhante e facetada.

*Agora, vou pelo menos conseguir vê-lo, talvez até segurá-lo!* Palin estremeceu em uma antecipação deliciosa com o pensamento. *E o que mais encontraremos no laboratório?,* ele se perguntou. *O que veremos quando olharmos para o portal?*

— Tudo será como meu pai disse — Palin sussurrou, sentindo uma pontada momentânea. — Raistlin está em repouso. Tem que estar! Meu pai ficaria magoado, tão terrivelmente magoado, caso contrário.

Se o coração de Palin sussurrava outras palavras, o jovem as ignorou. Seu tio estava morto. Seu pai o dissera. Nada mais era possível; não havia mais nada a desejar...

— Pare! — Dalamar sibilou, fechando a mão no braço de Palin.

Assustado, Palin parou. Ele estava tão perdido em seus pensamentos que mal percebeu onde estava. Agora via que chegaram a um grande patamar, localizado logo abaixo da porta do laboratório. Olhando para o curto lance de escadas que levava a ele, Palin respirou fundo com um suspiro. Dois olhos frios e brancos os encaravam da escuridão... Olhos sem corpo, a menos que a própria escuridão fosse sua carne, sangue e osso.

Dando um passo para trás, Palin tropeçou em Dalamar.

— Firme, jovem — o elfo negro ordenou, apoiando Palin. — É o Guardião.

Atrás deles, a luz das tochas tremulava.

— Eu me lembro dele — Caramon disse com voz rouca. — Pode matar com um toque...

— Seres vivos — disse a voz oca do espectro. — Sinto o cheiro do seu sangue quente. Ouço seus corações batendo. Aproximem-se. Vocês despertam minha fome!

Empurrando Palin para o lado, Dalamar se colocou na frente dele. Os olhos brancos brilharam por um instante, depois baixaram em homenagem.

— Mestre da Torre. Não senti sua presença. Faz muito tempo que você não visita este lugar.

— Sua vigília permanece imperturbável? — perguntou Dalamar. — Ninguém tentou entrar?

— Você vê seus ossos neste chão? Pois certamente veria, se alguém ousasse desobedecer ao seu comando.

— Excelente — Dalamar disse. — Agora, dou um novo comando. Dê-me a chave da fechadura. Então, afaste-se e deixe-nos passar.

Os olhos brancos se abriram, uma luz pálida e ansiosa brilhando neles.

— Isso não pode ser feito, Mestre da Torre.

— Por que não? — Dalamar perguntou friamente. Com as mãos cruzadas nas mangas dos seus mantos negros, ele olhava para Caramon enquanto falava.

— Seu comando, mestre, foi "pegue esta chave e guarde-a por toda a eternidade. Não a entregue a ninguém", você disse, "nem mesmo a mim. E, a partir deste momento, seu papel é guardar esta porta. Ninguém deve entrar. Que a morte seja rápida para aqueles que tentarem". Assim foram suas palavras para mim, mestre, e, como vê, eu as obedeço.

Dalamar acenou com a cabeça encapuzada.

— Obedece? — ele murmurou, dando um passo à frente. Palin prendeu a respiração, vendo os olhos brancos brilharem ainda mais. — O que você fará se eu subir aí?

— Sua magia é poderosa, mestre — o espectro disse, os olhos desencarnados se aproximando de Dalamar — mas não pode ter efeito sobre mim. Havia apenas um que tinha esse poder...

— Sim — Dalamar falou irritado, hesitante, com o pé no primeiro degrau.

— Não se aproxime, mestre — advertiu o ser, embora Palin pudesse ver os olhos brilhando com uma luxúria que trouxe visões repentinas de lábios frios tocando sua carne encolhida, bebendo sua vida. Estremecendo, ele envolveu seus braços ao redor de seu corpo trêmulo e caiu contra a parede. A sensação de calor se foi, substituída pelo frio dessa criatura horrível, o frio da morte e da decepção. Ele não sentia nada por dentro agora, apenas o vazio e o frio. *Talvez eu desista*, pensou. *Não vale a pena*. A cabeça de Palin caiu. Então, a mão de seu pai estava em seu ombro, sua voz ecoando seus pensamentos.

— Venha, Palin — Caramon disse, cansado. — Isso tudo foi em vão. Vamos para casa...

— Espere! — Os olhos sem corpo passaram do elfo negro para as duas figuras que se amontoavam atrás dele.

— Quem são eles? Um eu reconheço...

— Sim — Caramon disse, sua voz baixa —, você já me viu antes.

— Irmão dele — murmurou o espectro. — Mas quem é este? O jovem? Ele eu não conheço...

— Vamos, Palin — Caramon ordenou rispidamente, lançando um olhar temeroso para os olhos. — Temos uma jornada longa...

O braço de Caramon envolveu os ombros de Palin. O jovem sentiu a gentil insistência de seu pai e tentou se virar, mas seu olhar estava fixo no espectro, que o encarava de maneira estranha.

— Espere! — o espectro comandou novamente, sua voz oca ecoando na escuridão. Mesmo os sussurros silenciaram ao seu comando. — Palin? — murmurou baixinho, falando interrogativamente, ao que parecia, para si mesmo... ou para outra pessoa.

Uma decisão foi tomada, aparentemente, porque a voz se tornou firme.

— Palin. Se aproxime.

— Não! — Caramon agarrou seu filho.

— Solte-o! — Dalamar ordenou, o encarando com um olhar furioso. — Eu disse que isso poderia acontecer! É a nossa chance! — Ele olhou friamente para Caramon. — Ou você tem medo do que pode encontrar?

— Não tenho! — Caramon retrucou com a voz embargada. — Raistlin está morto! Eu o vi em paz! Não confio em vocês, magos! Vocês não vão tirar meu filho de mim!

Palin podia sentir o corpo de seu pai tremendo perto dele. Podia ver a angústia nos olhos dele. Compaixão e piedade agitaram-se dentro do jovem. Houve um breve desejo de ficar seguro dentro dos braços fortes e protetores de seu pai, no entanto esses sentimentos foram queimados por uma raiva quente que surgiu de algum lugar dentro dele, uma raiva acesa pela magia.

— Você deu uma espada a Tanin e pediu que ele a quebrasse?

Palin exigiu, libertando-se do aperto de seu pai.

— Você deu um escudo a Sturm e disse para se esconder atrás dele? Ah, já sei! — Palin explodiu, vendo Caramon, com o rosto corado, prestes a falar. — Isso é diferente. Isso é algo que você entende. Você nunca me entendeu, não é, papai? Quantos anos se passaram antes de persuadi-lo a me deixar ir para a escola, para estudar com o mestre que ensinou meu tio? Quando finalmente cedeu, eu era o aluno iniciante mais velho lá! Durante anos, estive atrás dos outros, trabalhando para alcançá-los. E o tempo todo, eu podia sentir você e mamãe me observando ansiosamente. Podia ouvir você falando à noite, dizendo que talvez eu tivesse superado essa "fantasia". *Fantasia!* — A voz de Palin tornou-se agonizante. — Não consegue ver? A magia é a minha *vida*! Meu amor!

— Não, Palin, não diga isso! — Caramon gritou, com a voz embargada.

— Por que não? Por que pareço meu tio? Você também nunca o entendeu! Você não pretende me deixar fazer o Teste, não é, papai?

Caramon ficou imóvel, recusando-se a responder, olhando sombriamente para a escuridão.

— Não — Palin disse suavemente. — Não pretende. Vai fazer tudo ao seu alcance para me impedir. Talvez até isso! — O jovem virou-se para olhar Dalamar com desconfiança. — Talvez isso seja algum jogo nojento que você e seus amigos aqui prepararam para que eu desista! Dá a todos vocês a desculpa perfeita! Bem, não vai funcionar. — O olhar frio de Palin foi de Dalamar para seu pai. — Espero que vocês sufoquem com isso!

Passando pelo elfo negro, Palin colocou o pé no primeiro degrau, com os olhos no espectro, que flutuava acima dele.

— Venha, Palin. — Uma mão pálida apareceu do nada, acenando. — Chegue mais perto.

— *Não!* — Caramon gritou de raiva, saltando para a frente.

— Eu farei isso, papai! — Palin deu outro passo. Caramon estendeu a mão para agarrar seu filho. Houve uma palavra mágica falada e o grandalhão ficou congelado no chão de pedra.

— Você não deve interferir — Dalamar disse severamente.

Olhando para trás, Palin viu seu pai, lágrimas escorrendo pelo rosto, ainda lutando com fúria impotente para se libertar da magia que o prendia. Por um momento, o coração de Palin falhou. Seu pai o amava... Não. Os lábios de Palin se apertaram em resolução. *Mais uma razão para me deixar ir. Vou provar a ele que sou tão forte quanto Tanin e Sturm. Farei com que se orgulhe de mim, assim como se orgulha deles. Vou mostrar que não sou uma criança, precisando de sua proteção.*

Palin viu Dalamar começar a subir as escadas atrás dele. Mas, então, o próprio elfo negro parou quando mais dois pares de olhos desencarnados de repente se materializaram da escuridão e se colocaram ao seu redor.

— O que foi? — Dalamar exigiu, furioso. — Você se atreve a me impedir... O Mestre da Torre?

— Existe apenas um verdadeiro Mestre da Torre — o Guardião pronunciou suavemente. — Aquele que veio até nós há muito tempo. Para ele, as portas se abriram.

Enquanto o Guardião falava, ele estendia sua mão pálida. Uma chave prateada estava em sua palma esquelética.

— Palin! — Dalamar gritou, medo e raiva apertando sua voz. — Não entre sozinho! Você não conhece nada da Arte! Você não fez o Teste! Você não pode lutar contra ele! Você pode destruir todos nós!

— Palin! — Caramon implorou em agonia. — Palin, vamos para casa! Não consegue entender? Eu te amo muito, meu filho! Não posso perder você, não como perdi...

As vozes ressoavam em seus ouvidos, mas Palin não as ouvia. Ele ouvia outra voz, uma voz suave e quebrada sussurrando em seu coração. *Venha até mim, Palin! Preciso de você! Preciso da sua ajuda...*

Uma emoção formigou em seu sangue. Estendendo a mão, Palin pegou a chave do espectro e, tremendo de medo e excitação, finalmente conseguiu inserir a chave na fechadura de prata ornamentada.

Houve um clique agudo. Colocando as pontas de seus cinco dedos no painel de carvalho, Palin deu um leve empurrão.

Para ele, a porta se abriu.

# 7

Palin entrou no laboratório escuro, lentamente, exultante, seu corpo tremendo de excitação. Ele olhou para trás para ver se Dalamar estava atrás (para se vangloriar um pouco, para dizer a verdade), quando a porta se fechou. Houve um clique, um estalo. Então um medo repentino tomou conta de Palin, preso sozinho na escuridão. Freneticamente, ele procurou a maçaneta prateada da porta, seus dedos tentando desesperadamente encaixar a chave na fechadura... Uma chave que desapareceu em sua mão.

— Palin! — Do outro lado da porta, ele ouviu o grito frenético do pai, mas soava abafado e distante. Houve um som de luta do lado de fora da porta, palavras murmuradas de cânticos e, em seguida, um baque, como se algo pesado a tivesse atingido.

A porta grossa de carvalho estremeceu e uma luz brilhou por baixo dela.

— Dalamar lançou um feitiço — Palin disse para si mesmo, recuando. O baque provavelmente foi o ombro largo de seu pai. Nada aconteceu. De algum lugar atrás dele, Palin notou uma luz fraca começando a brilhar no laboratório. Seu medo diminuiu. Dando de ombros, o jovem se virou. Nada que eles fizessem poderia abrir aquela porta. Ele sabia disso, de alguma forma, e sorriu. Pela primeira vez na vida, ele estava fazendo algo sozinho, sem pai, irmãos ou mestre por perto para "ajudar". O pensamento era estimulante. Suspirando de prazer, Palin relaxou e olhou em volta, um arrepio de alegria percorrendo seu corpo.

Ele ouvira esta câmara ser descrita para ele apenas duas vezes: uma por Caramon, outra por Tanis Meio-Elfo. Caramon nunca falou sobre o que aconteceu naquele dia neste laboratório, o dia em que seu gêmeo morreu. Foi só depois de muita súplica da parte de Palin que seu pai contou a história... E apenas em palavras breves e hesitantes. O melhor amigo de Caramon, Tanis, fora mais elaborado, embora houvesse partes da história agridoce de ambição, amor e autossacrifício sobre as quais nem mesmo Tanis podia falar. No entanto, suas descrições foram precisas. O laboratório parecia exatamente como Palin o imaginara em seus sonhos.

Caminhando lentamente para dentro, examinando cada detalhe, Palin prendeu a respiração em admiração reverente.

Nada nem ninguém perturbara a grande câmara em vinte e cinco anos. Como Dalamar dissera, nenhum ser vivo ousara entrar ali. A poeira cinzenta estava espessa no chão, nenhum pé de rato rastejante mexera em sua superfície suja, tão lisa e sem rastros quanto a neve recém-caída. A poeira penetrava dos parapeitos das janelas, onde nenhuma aranha tecia sua teia, nenhum morcego batia suas asas de couro com raiva por ter sido acordado.

O tamanho da câmara era difícil de determinar. A princípio, Palin pensou que era pequeno, a lógica dizendo que não poderia ser muito grande, localizado no topo da torre. Mas, quanto mais ele ficava, maior a câmara parecia crescer.

— Ou sou eu que fico menor? — Palin sussurrou. *Eu nem sou mago. Não pertenço a este lugar*, disse sua mente. Mas seu coração respondeu: *Você nunca pertenceu a outro lugar...*

O ar estava pesado com os odores de mofo e poeira. Ainda pairava um cheiro leve e picante, familiar ao jovem. Palin viu a luz brilhar em fileiras de potes cheios de folhas secas, pétalas de rosa e outras ervas e especiarias alinhadas em uma das paredes: componentes para magias. Havia outro cheiro também, este não tão agradável... O cheiro de decomposição, de morte. Os esqueletos de criaturas estranhas e desconhecidas jaziam enrolados no fundo de vários potes grandes no chão ou na mesa de pedra enorme. Lembrando-se dos rumores sobre os experimentos de seu tio na criação de vida, Palin vislumbrou e desviou o olhar apressadamente.

Examinou a mesa de pedra, com suas runas e a superfície polida. Teria sido realmente arrastada do fundo do mar, como dizia a lenda? Palin se perguntou, passando os dedos carinhosamente sobre a superfície lisa, deixando para trás um rastro aranhoso na poeira. Sua mão tocou o banco alto ao lado da mesa. Ele podia imaginar seu tio sentado aqui, trabalhando, lendo...

O olhar de Palin foi para as fileiras de grimórios alinhados, prateleira após prateleira ao longo de todas as paredes da câmara. Seu coração batia mais rápido quando se aproximou deles, reconhecendo-os pela descrição de seu pai. Aqueles com encadernações azul-escuro e runas prateadas eram os livros do grande arquimago Fistandantilus. Um calafrio sussurrante emanava deles. Palin estremeceu e parou, com medo de se aproximar, embora suas mãos se contraíssem para tocá-los.

Contudo, ele não ousava. Apenas magos do mais alto escalão podiam abrir os livros e ler as magias neles registradas. Se ele tentasse, a encadernação queimaria sua pele, assim como as palavras queimariam sua mente, acabando por deixá-lo louco. Suspirando com arrependimento amargo, Palin voltou seu olhar para outra fileira de grimórios, estes pretos com runas prateadas... Do seu tio.

Ele estava se perguntando se deveria tentar ler, imaginando o que aconteceria se o fizesse, e estava começando a examiná-los mais de perto quando notou, pela primeira vez, a fonte da luz que iluminava o laboratório.

— Seu cajado... — ele sussurrou.

Estava em um canto, encostado na parede: o Cajado de Magius. *Seu cristal mágico queimava com uma luz fria e pálida, como a luz de Solinari*, pensou Palin. Lágrimas de saudade encheram seus olhos e correram, despercebidas, por suas bochechas. Piscando por elas para que pudesse ver, mal ousando respirar, com medo de que a luz se apagasse em um instante, ele se aproximou do cajado.

Dado a Raistlin pelo mago Par-Salian quando o jovem arcano completou com sucesso seu Teste, o cajado possuía um poder mágico incalculável. Poderia iluminar com uma palavra de comando, lembrou Palin. No entanto, segundo a lenda, nenhuma mão poderia tocar o cajado, exceto a de seu tio, ou a luz se apagaria.

— Mas meu pai o segurou — Palin disse suavemente. — Ele o usou, com a ajuda do meu tio moribundo, para fechar o portal e impedir que a Rainha das Trevas entrasse no mundo. Então, a luz se apagou e nada que alguém dissesse poderia fazê-la brilhar novamente.

Mas estava brilhando agora...

Com a garganta seca e dolorida, o coração batendo tanto que o deixava sem fôlego, Palin estendeu a mão trêmula em direção ao cajado. Se a luz falhasse, ele ficaria sozinho, preso na escuridão sufocante.

As pontas de seus dedos roçaram a madeira.

A luz brilhou intensamente.

Os dedos frios de Palin se fecharam ao redor do bastão, segurando-o com firmeza. O cristal queimou ainda mais brilhante, derramando sua radiância pura sobre ele; seus mantos brancos reluziam como prata derretida. Levantando o cajado do seu canto, Palin o observou em êxtase e viu, enquanto o movia, que seu feixe se concentrava, enviando um raio de luz para um canto distante do laboratório. Um canto que antes estava na escuridão mais profunda.

Aproximando-se, o jovem viu a luz iluminar uma cortina pesada de veludo roxo pendurada no teto. As lágrimas congelaram no rosto de Palin e um calafrio sacudiu seu corpo. Ele não precisava puxar o cordão de seda dourado que pendia ao lado do veludo, nem abrir aquelas cortinas para saber o que havia atrás.

O portal.

Criados há muito tempo por magos ávidos por conhecimento, os portais os levaram às suas próprias perdições... Aos reinos dos deuses. Sabendo das consequências terríveis que isso poderia ter para os incautos, os sábios entre as três ordens de magos se uniram e os fecharam da melhor maneira possível, decretando que apenas um arquimago poderoso dos mantos negros e um clérigo sagrado de Paladine agindo juntos poderiam fazer o portal se abrir. Em sua sabedoria, eles acreditavam que essa combinação improvável nunca poderia acontecer. Porém não contavam com o amor.

Então, Raistlin conseguiu persuadir Crysania, a Filha Reverenciada de Paladine, a agir com ele para abrir o portal. Ele entrou e desafiou a Rainha das Trevas, pensando em governar em seu lugar. As consequências de tal ambição em um ser humano teriam sido desastrosas... A destruição do mundo. Sabendo disso, seu irmão gêmeo, Caramon, arriscou tudo para entrar no Abismo e parar Raistlin. Ele conseguiu, mas apenas com a ajuda do seu gêmeo. Percebendo seu erro trágico, Raistlin se sacrificou pelo mundo, de acordo com a lenda. O arquimago fechou o portal, impedindo a entrada da rainha, mas a um custo terrível. Ele próprio ficou preso do outro lado dessa passagem terrível.

Palin aproximou-se cada vez mais da cortina, atraído até ela contra a sua vontade. Ou não? Era o medo que fazia seus passos vacilarem e seu corpo tremer... Ou a emoção?

E, então, ele ouviu aquela voz sussurrante novamente: *Palin... Socorro...*

Ela vinha além da cortina!

Palin fechou os olhos e apoiou-se fracamente no cajado. Não! Não podia ser! Seu pai tinha tanta certeza...

Através de suas pálpebras fechadas, o jovem viu outra luz começar a brilhar, vindo de sua frente. Com medo, ele abriu os olhos e viu a luz irradiando ao redor, acima e abaixo da cortina. Uma luz multicolorida brotava em um arco-íris terrível.

*Palin... Me ajude...*

A mão de Palin fechou-se por sua vontade própria sobre o cordão dourado. Ele não tinha nenhum pensamento consciente de mover os dedos, mas se viu segurando a corda. Hesitante, olhou para o cajado em sua mão, depois olhou para trás, para a porta que levava ao laboratório. O baque havia parado e nenhuma luz piscava. Talvez Dalamar e seu pai tivessem desistido. Ou talvez os Guardiões os tenham atacado...

Palin estremeceu. Ele deveria voltar, abandonar tudo isso. Era muito perigoso. Ele nem era um mago! Mas, quando o pensamento passou por sua cabeça, a luz do cristal no topo do cajado diminuiu... Ou assim pareceu a ele.

*Não*, ele pensou com resolução. *Eu preciso continuar. Preciso saber a verdade!*

Segurando o cordão com a palma da mão molhada de suor, puxou-o com força, observando, prendendo a respiração enquanto a cortina subia lentamente, erguendo-se em dobras brilhantes.

A luz ficou cada vez mais brilhante à medida que a cortina subia, ofuscando-o. Erguendo a mão, protegendo os olhos, Palin vislumbrou com admiração a visão magnífica e assustadora. O portal era um vazio escuro cercado por cinco cabeças de dragões metálicos. Esculpidas por magia à semelhança de Takhisis, Rainha das Trevas, suas bocas se abriram em um grito silencioso de triunfo, cada cabeça brilhando em verde, azul, vermelho, branco ou preto.

A luz cegou Palin. Ele piscou dolorosamente e esfregou os olhos ardentes. As cabeças dos dragões brilhavam ainda mais e, agora, ele podia ouvi-las começar a cantar.

A primeira, *de escuridão em escuridão, minha voz ecoa no vazio.*

A segunda, *deste mundo para o outro, minha voz clama com vida.*

A terceira, *de escuridão em escuridão, eu grito. Sob meus pés, tudo está firme.*

A quarta, *tempo que flui, mantenha-se em seu curso.*

E finalmente, a última cabeça, *porque pelo destino até os deuses são derrubados, chorem todos comigo.*

Uma magia, Palin percebeu. Sua visão ficou turva e as lágrimas escorriam por suas bochechas enquanto ele tentava ver através da luz ofuscante do portal. As luzes multicoloridas começaram a espiralar loucamente, girando ao redor do vazio grande, escancarado e tortuoso dentro do centro do portal.

Ficando tonto, Palin agarrou o cajado e manteve o olhar no vazio interior. A escuridão se moveu! Começou a espiralar, girando em torno de um olho de escuridão mais profunda em seu centro, como um turbilhão sem substância ou forma. Girando... e girando... e girando... Sugando o ar do laboratório pela boca, puxando a poeira e a luz do cajado...

— Não! — Palin gritou, percebendo horrorizado que aquilo o estava sugando também! Debatendo-se, ele lutou contra isso, mas a força era irresistível. Desamparado como um bebê tentando impedir seu próprio nascimento, Palin foi atraído para dentro da luz ofuscante, da escuridão contorcida. As cabeças dos dragões gritaram um hino à sua Rainha das Trevas. Seu peso esmagou o corpo de Palin, então suas garras o separaram, membro por membro. O fogo explodiu sobre ele, queimando sua carne de seus ossos. As águas giraram sobre ele; ele estava se afogando. Ele gritou sem som, embora pudesse ouvir sua voz. Estava morrendo e estava agradecido por estar morrendo pois a dor iria acabar.

Seu coração explodiu.

# 8

Tudo parou. A luz, a dor...

Tudo estava em silêncio.

Palin estava deitado de bruços, o Cajado de Magius ainda em sua mão. Abrindo os olhos, ele viu a luz do cajado brilhando prateada, cintilando fria e pura. Não sentia dor, sua respiração estava relaxada e normal, seu batimento cardíaco estável, seu corpo inteiro e ileso. Mas ele não estava deitado no chão do laboratório. Ele estava na areia! Ou assim parecia. Olhando ao redor, levantando-se lentamente, ele viu que estava em uma terra estranha — plana, como um deserto, sem características distintas de qualquer tipo. Estava completamente vazio, estéril. A paisagem se estendia infinitamente até onde ele podia ver. Intrigado, olhou em volta. Ele nunca estivera aqui antes, mas era familiar. O chão era de uma cor estranha, uma espécie de rosa suave, a mesma cor do céu. A voz de seu pai veio até ele: *como se fosse o pôr do sol ou em algum lugar distante, um fogo queimava...*

Palin fechou os olhos para apagar o horror da realidade, enquanto o medo o invadia numa onda sufocante, tirando seu fôlego ou mesmo sua capacidade de ficar de pé.

— O Abismo — ele murmurou, sua mão trêmula segurando o bastão para se apoiar.

— Palin... — A voz irrompeu em um grito abafado.

Os olhos de Palin se abriram, assustados ao ouvir seu nome, alarmados com o tom de desespero na voz.

Voltando-se, tropeçando na areia, o jovem olhou na direção daquele som terrível e viu, erguendo-se diante dele, um muro de pedra onde não havia muro alguns segundos antes. Duas figuras mortas-vivas caminharam em direção à parede, arrastando algo entre elas. O "algo" era humano, Palin podia ver, humano e vivo! Ele se debatia nas mãos de seus captores, como se tentasse escapar, porém a resistência era inútil contra aqueles cuja força vinha do além-túmulo.

Os três se apoximaram da parede, que era, aparentemente, seu destino, pois um apontou para ela e riu. O humano cessou sua luta por um momento. Erguendo a cabeça, olhou diretamente para Palin.

Pele dourada, olhos em forma de ampulhetas...

— Tio? — Palin suspirou, começando a dar um passo à frente.

A figura balançou a cabeça, fazendo um movimento quase imperceptível com uma de suas mãos esguias como se dissesse "Agora não!"

De repente, Palin percebeu que estava parado ao ar livre, sozinho no Abismo, sem nada para protegê-lo a não ser o Cajado de Magius, um cajado cuja magia ele não tinha ideia de como usar. Concentrados em seu cativo, os mortos-vivos ainda não o haviam notado, mas seria apenas uma questão de tempo. Assustado e frustrado, Palin procurou desesperadamente algum lugar para se esconder. Para sua surpresa, um arbusto espesso surgiu do nada, como se ele o tivesse criado.

Sem parar para pensar por que ou como estava ali, o jovem se escondeu rapidamente atrás do arbusto, cobrindo com a mão o cristal do cajado na tentativa de evitar que a luz o denunciasse. Então, ele olhou cautelosamente para a terra rosada e ardente.

Os mortos-vivos arrastaram seu cativo para a parede que ficava no meio da areia. Algemas apareceram na parede com uma palavra de comando falada. Erguendo seu cativo no ar com sua força incrível, o morto-vivo prendeu Raistlin na parede pelos seus pulsos. Então, com reverências zombeteiras, eles o deixaram lá, pendurado na parede, seus mantos negros balançando na brisa quente.

Levantando-se, Palin começou a avançar novamente quando uma sombra escura caiu sobre sua visão, cegando-o mais completamente do que a luz brilhante, enchendo sua mente, alma e corpo com tanto terror e medo de que ele não conseguia se mover. Embora a escuridão fosse espessa e abrangente,

Palin viu coisas dentro dela; ele viu uma mulher, mais bonita e desejável do que qualquer outra que ele já vira antes em sua vida. Ele a viu caminhar até seu tio, viu os punhos algemados do seu tio cerrarem. Viu tudo isso, mas, ao seu redor, havia uma escuridão que poderia ser encontrada no fundo do oceano mais profundo. Então, Palin entendeu. A escuridão estava em sua mente, pois estava olhando para Takhisis... A própria Rainha das Trevas.

Enquanto observava, paralisado pelo espanto e horror e tal reverência que o fez querer ajoelhar-se diante dela, Palin viu a mulher mudar de forma. Da escuridão, da areia da terra ardente, surgiu uma dragoa. Imensa, sua envergadura cobria a terra de sombras, suas cinco cabeças retorcidas e torcidas sobre cinco pescoços, suas cinco bocas abertas em gargalhadas ensurdecedoras e de prazer cruel.

Palin viu a cabeça de Raistlin virar-se involuntariamente, os olhos dourados fechados como se fossem incapazes de enfrentar a visão da criatura que espreitava por cima dele. Mesmo assim, o arquimago lutou, tentando se livrar das algemas, seus braços e pulsos dilacerados e sangrando pelo esforço inútil.

Devagar e delicadamente, a dragoa ergueu uma garra. Com um golpe rápido, ela abriu os mantos negros de Raistlin. Então, quase com o mesmo movimento delicado, abriu o corpo do arquimago.

Palin se engasgou e fechou os olhos para apagar a visão terrível, mas era tarde demais. Ele o vira, e sempre o veria em seus sonhos, assim como ouviria para sempre o grito agonizante de seu tio. A mente de Palin vacilou, seus joelhos ficaram moles. Afundando no chão, ele apertou o estômago, vomitando.

Então, através da névoa do enjoo e do terror, Palin percebeu a presença da rainha e soube que ela subitamente percebeu sua presença! Podia senti-la procurando por ele, ouvindo, cheirando... Ele não pensou em se esconder. Não havia um lugar que ele pudesse ir aonde ela não o encontrasse. Ele não podia lutar, nem mesmo olhar para ela. Não tinha forças. Só podia se agachar na areia, tremendo de medo, e esperar pelo fim.

Nada aconteceu. A sombra se dissipou, o medo de Palin diminuiu.

*Palin... Socorro...* Rouca de dor, a voz sussurrou na mente do jovem. E, horrivelmente, houve outro som, o som de líquido pingando, de sangue escorrendo...

— Não! — O jovem gemeu, balançando a cabeça e escavando a areia como se fosse se enterrar. Ouviu-se outro grito borbulhante e Palin vomitou de novo, soluçando de horror, pena e repulsa por si mesmo, por sua fraqueza. — O que posso fazer? Não sou nada. Não tenho poder para ajudá-lo! — ele murmurou, seu punho fechando sobre o cajado que ainda segurava. Puxando-o para perto dele, ele balançou para frente e para trás, incapaz de abrir os olhos, incapaz de olhar.

— Palin... — a voz ofegou, cada palavra causando uma dor óbvia. — Você precisa ser... Forte. Para o seu... Bem e também... Para o meu.

Palin não conseguia falar. Sua garganta estava em carne viva e dolorida; o gosto amargo da bile em sua boca o sufocava.

*Seja forte. Pelo bem dele...*

Lentamente, agarrando o bastão, Palin usou-o para se levantar. Então, preparando-se, sentindo o toque da madeira fresca e reconfortante sob sua mão, ele abriu os olhos.

O corpo de Raistlin pendia frouxamente da parede pelos pulsos, os mantos negros em farrapos, o cabelo longo e branco caindo em seu rosto enquanto sua cabeça pendia para a frente. Palin tentou manter os olhos fixos no rosto do tio, mas não conseguiu. Mesmo contra a vontade, seu olhar foi para o torso sangrento e mutilado. Do peito à virilha, a carne de Raistlin foi dilacerada, arrancada por garras afiadas, expondo órgãos vivos. O gotejamento que Palin ouviu foi o som do sangue do homem, caindo gota a gota em uma grande poça de pedra a seus pés.

O estômago do jovem revirou novamente, no entanto não havia mais nada para purgar. Cerrando os dentes, Palin continuou caminhando pela areia em direção à parede, o cajado ajudando seus passos vacilantes. Mas, quando Palin alcançou a poça horrível, suas pernas fracas não o sustentaram mais. Temendo desmaiar com o horror da visão terrível, ele caiu de joelhos, curvando a cabeça.

— Olhe para mim... — disse a voz. — Você... Me conhece... Palin?

O jovem levantou a cabeça com relutância. Olhos dourados o encaravam, suas pupilas de ampulheta dilatadas de agonia. Lábios manchados de sangue se abriram para falar, mas nenhuma palavra saiu. Um estremecimento sacudiu o corpo frágil.

— Eu conheço você... Tio... — Dobrando-se, Palin começou a soluçar, enquanto, em sua mente, as palavras gritavam. *Papai mentiu! Ele mentiu para mim! Mentiu para si mesmo!*

— Palin, seja forte! — Raistlin sussurrou. — Você... Pode me libertar. Mas você precisa... Ser rápido...

*Forte... Eu devo ser forte...*

— Sim. — Palin engoliu as lágrimas. Enxugando o rosto, levantou-se cambaleante, mantendo o olhar fixo nos olhos do tio.

— Eu-Eu sinto muito. O que devo fazer?

— Use... o cajado. Toque as travas ao redor dos... meus pulsos... Depressa! A... Rainha...

— Onde... onde está a Rainha das Trevas? — Palin gaguejou. Passando cuidadosamente pela poça de sangue, ele parou perto de seu tio e, estendendo a mão, tocou o cristal brilhante do cajado na primeira das algemas que prendiam Raistlin à parede.

Exausto, à beira da morte, seu tio não conseguia mais falar, mas suas palavras vieram à mente de Palin. *Sua vinda a obrigou a sair. Ela não estava preparada para enfrentar alguém como você. Mas isso não vai durar muito. Ela vai voltar. Nós dois... temos que partir...*

Palin tocou a outra algema e, livre de suas correntes, Raistlin foi para frente, seu corpo caindo nos braços do jovem. Segurando seu tio, seu horror perdido em sua piedade e compaixão, Palin gentilmente deitou o corpo dilacerado e ensanguentado no chão.

— Mas como você pode ir a qualquer lugar? — Palin murmurou. — Você está morrendo...

*Sim*, Raistlin respondeu sem palavras, seus lábios finos se torcendo em um sorriso sombrio. *Em alguns momentos, morrerei, como já morri inúmeras manhãs antes desta. Quando a noite cair, voltarei à vida e passarei a noite esperando o amanhecer, quando a rainha virá e rasgará minha carne, acabando com minha vida em dor torturante mais uma vez.*

— O que posso fazer? — Palin chorou, impotente. — Como posso ajudá-lo?

— Você já está ajudando — Raistlin disse em voz alta, sua fala ficando mais forte. Sua mão se moveu debilmente. — Veja...

Relutantemente, Palin olhou para o ferimento terrível do seu tio. Estava fechando! A carne estava se consertando! O jovem olhou espantado. Se fosse um clérigo de alto escalão de Paladine, não teria realizado milagre maior.

— O que está acontecendo? Como...? — ele perguntou inexpressivamente.

— Sua bondade, seu amor — Raistlin sussurrou. — Assim, meu irmão poderia ter me salvado se ele tivesse a coragem de entrar no Abismo ele mesmo. — Seu lábio se curvou em amargura. — Ajude-me a levantar.

Palin engoliu em seco, mas nada disse enquanto ajudava o arquimago a se erguer. O que ele poderia dizer? A vergonha encheu sua alma, vergonha por seu pai. Bem, ele compensaria isso.

— Dê-me seu braço, sobrinho. Eu consigo andar. Venha, devemos alcançar o portal antes que a rainha retorne.

— Tem certeza de que consegue? — Palin pôs o braço em volta do corpo de Raistlin, sentindo o calor estranho e antinatural que dele irradiava aquecer sua própria carne gelada.

— Eu preciso. Não tenho escolha. — Apoiando-se em Palin, o arquimago juntou seus mantos negros rasgados sobre si e os dois avançaram o mais rápido que puderam através da areia movediça em direção à onde o portal ficava, no centro da paisagem tingida de vermelho.

Mas, antes que ele tivesse ido muito longe, Raistlin parou, seu corpo frágil destruído pela tosse, até ele ofegar em busca de ar.

Parado ao lado dele, segurando-o, Palin olhou preocupado para o tio.

— Aqui — ele ofereceu. — Pegue seu cajado. Ele o ajudará em seus passos...

Os olhos de ampulheta de Raistlin foram para o cajado na mão do jovem. Estendendo sua mão esguia e de pele dourada, ele tocou a madeira lisa, acariciando-a com amor. Então, encarando Palin, ele sorriu e balançou a cabeça.

— Não, sobrinho — ele disse em sua voz suave e quebrada. — O cajado é seu, um presente do seu tio. Teria sido seu algum dia... — acrescentou, falando quase para si mesmo. — Eu mesmo teria o treinado, ido para assistir ao seu Teste. Teria ficado orgulhoso... Tão orgulhoso... — Então, ele encolheu os ombros, seu olhar indo para Palin. — O que estou dizendo? Estou orgulhoso de você, meu sobrinho. Tão jovem para fazer isso, entrar no Abismo...

Como se para lembrá-los de onde estavam e do perigo que corriam, uma sombra caiu sobre eles como se fossem asas negras, pairando acima.

Palin ergueu os olhos com medo. Então, seu olhar foi para o portal que parecia mais distante do que se lembrava. Ele se engasgou.

— Não podemos fugir dela!

— Espere! — Raistlin fez uma pausa para respirar, a cor voltando ao rosto. — Não precisamos correr. Olhe para o portal, Palin. Concentre-se nele. Pense nele como se estivesse bem na sua frente.

— Eu não entendo. — Palin olhou para Raistlin, confuso.

— Concentre-se! — o arquimago resmungou.

A sombra estava ficando cada vez mais escura. Olhando para o portal, Palin tentou fazer o que foi dito, mas continuou vendo o rosto de seu pai, o dragão rasgando a carne de seu tio... A sombra sobre eles ficou ainda mais escura, mais escura que a noite, tão escura quanto seu próprio medo.

— Não tenha medo. — A voz de seu tio veio até ele através da escuridão. — Concentre-se.

O treinamento disciplinado em magia veio ajudar Palin. Assim, ele foi forçado a se concentrar nas palavras de um feitiço. Fechando os olhos, o jovem excluiu tudo, seu medo, seu horror, sua tristeza, e visualizou o portal em sua mente, bem diante dele.

— Excelente, jovem — disse a voz suave de Raistlin.

Palin piscou, assustado. O portal estava exatamente onde ele imaginara, a apenas um ou dois passos de distância.

— Não hesite — Raistlin instruiu, lendo a mente do jovem. — O caminho de volta não é difícil, não é como entrar. Continue. Posso ficar em pé sozinho. Eu vou depois...

Palin entrou, sentindo uma sensação leve de tontura e uma cegueira momentânea, mas que passou rapidamente. Olhando ao redor, ele respirou fundo de alívio e gratidão. Estava de pé no laboratório mais uma vez. O portal estava atrás dele, embora não tivesse nenhuma lembrança clara de como atravessou e, ao lado do portal, ele viu seu tio. Contudo, Raistlin não estava olhando para ele. Seus olhos estavam no próprio portal, um sorriso estranho brincava em seus lábios finos.

— Você está certo! Temos que fechá-lo! — Palin disse de repente, pensando que conhecia a mente de seu tio. — A rainha voltará ao mundo...

Erguendo o bastão, o jovem deu um passo à frente. Uma mão esguia e de pele dourada se fechou sobre seu braço. Seu aperto doía; o toque o queimou. Recuperando o fôlego, mordendo o lábio de dor, Palin olhou confuso para o tio.

— Tudo a seu tempo, meu querido sobrinho — Raistlin sussurrou. — Tudo a seu tempo...

# 9

Raistlin puxou o jovem para mais perto, sorrindo levemente quando Palin se encolheu, notando a expressão de dor nos olhos verdes. Ainda assim, Raistlin o segurou, observando-o minuciosamente, estudando suas feições, sondando as profundezas de sua alma.

— Há muito de mim em você, jovem — Raistlin falou, estendendo a mão para afastar uma mecha de cabelo que caíra sobre o rosto pálido de Palin. — Mais de mim do que de seu pai. E ele o ama mais por isso, não é? Ah, ele tem orgulho dos seus irmãos — Raistlin deu de ombros, quando o jovem começou a protestar —, mas você ele ama, protege...

Corando, Palin se livrou do aperto de Raistlin. Mas ele poderia ter poupado sua energia. O arquimago o segurou com força... Com os olhos, não com as mãos.

— Ele vai sufocá-lo! — Raistlin sibilou. — Sufocá-lo, como fez comigo! Ele o impedirá de fazer o Teste. Você sabe disso, não é?

— Ele... Ele não entende — Palin gaguejou. — Só está tentando fazer o que pensa...

— Não minta para mim, Palin — Raistlin disse suavemente, colocando seus dedos finos nos lábios do jovem. — Não minta para si mesmo. Fale a verdade que está em sua alma. Eu a vejo em você tão claramente! O ódio, o ciúme! Use isso, Palin! Use para ficar forte... Como eu fiz!

A mão de pele dourada traçou os ossos do rosto de Palin... O queixo firme e forte, a mandíbula cerrada, as maçãs do rosto salientes e lisas. Palin tremeu com o toque, mas ainda mais com a expressão nos olhos de ampulheta ardentes.

— Você deveria ter sido meu! Meu filho! — Raistlin murmurou. — Eu teria te elevado ao poder! Que maravilhas eu teria mostrado a você, Palin. Sobre as asas da magia, teríamos voado o mundo... Aplaudido o vencedor das lutas pela sucessão entre os minotauros, nadado com os elfos marinhos, lutado contra gigantes, assistido ao nascimento de um dragão dourado... Tudo isso poderia ter sido seu, deveria ter sido seu, Palin, se ao menos eles...

Um acesso de tosse deteve o arquimago. Ofegando, Raistlin cambaleou, segurando seu peito. Agarrando-o em seus braços fortes, Palin conduziu seu tio a uma cadeira acolchoada e empoeirada que ficava perto do portal. Sob a poeira, ele podia discernir manchas escuras no tecido, como se estivesse manchado de sangue há muito tempo. Preocupado com o tio, Palin não se importou muito. Raistlin afundou na cadeira, sufocando, tossindo em um pano macio e branco que Palin tirou dos seus próprios mantos e entregou a ele. Então, encostando cuidadosamente o cajado na parede, o jovem ajoelhou-se ao lado do tio.

— Existe algo que eu possa fazer? Algo que eu possa conseguir para você? Aquela mistura de ervas que você bebia. — Seu olhar foi para os potes de ervas em uma prateleira. — Se você me disser como preparar...

Raistlin balançou a cabeça.

— No devido tempo... — ele sussurrou quando o espasmo diminuiu. — No devido tempo, Palin. — Ele sorriu, cansado, sua mão estendida para repousar na cabeça do jovem. — No devido tempo. Vou te ensinar isso... E muito mais! Como desperdiçaram seu talento! O que eles disseram, jovem? Por que trouxeram você aqui?

Palin baixou a cabeça. O toque daqueles dedos finos o animava, no entanto ele se pegou encolhendo-se, contorcendo-se sob a carícia ardente.

— Eu vim... Eles disseram... Que você tentaria... Tomar... — Ele engoliu em seco, incapaz de continuar.

— Ah, sim. Claro. Isso é o que aqueles idiotas pensariam. Eu tomaria seu corpo como Fistandantilus tentou tomar o meu. Que idiotas! Como se eu fosse privar o mundo dessa mente jovem, desse poder. Nós dois... Seremos dois, agora. Faço de você meu aprendiz, Palin. — Os dedos ardentes acariciaram os cabelos ruivos.

Palin ergueu o rosto.

— Mas — ele disse surpreso — eu sou de posição inferior. Não fiz o Teste...

— Você o fará, jovem — Raistlin murmurou, a exaustão estampada em seu rosto. — Você o fará. E, com a minha ajuda, você passará facilmente, assim como eu passei com a ajuda de outro... Silêncio. Não fale mais. Preciso descansar. — Tremendo, Raistlin agarrou seus mantos esfarrapados sobre seu corpo frágil. — Traga-me um pouco de vinho e uma muda de roupa ou vou congelar até a morte. Eu esqueci como este lugar era úmido. — Inclinando a cabeça para trás contra as almofadas, Raistlin fechou os olhos, sua respiração batendo em seus pulmões.

Palin levantou-se lentamente, lançando um olhar inquieto para trás.

As cinco cabeças do dragão ao redor do portal ainda brilhavam, porém suas cores estavam desbotadas, menos brilhantes. Suas bocas abertas, e nenhum som saía. Porém, parecia a Palin que eles estavam esperando, ganhando tempo. Seus dez olhos, brilhando com algum conhecimento secreto e interior, o observavam. Ele olhou dentro do portal. A paisagem tingida de vermelho se estendia na distância. Ao longe, quase imperceptível, ele podia ver a parede, a poça de sangue abaixo dela. E, acima dela, a sombra escura e alada...

— Tio — Palin disse. — O portal. Não deveríamos...?

— Palin — Raistlin falou suavemente —, eu te dei uma ordem. Você aprenderá a obedecer aos meus comandos, aprendiz. Faça o que eu pedir.

Enquanto Palin observava, a sombra ficou mais escura. Como uma nuvem cobrindo o sol, as asas lançaram um calafrio de medo em sua alma. Ele começou a falar novamente, mas, naquele momento olhou de volta para Raistlin.

Os olhos de seu tio pareciam estar fechados, entretanto Palin viu uma fenda de ouro brilhando sob as pálpebras, como os olhos de um lagarto. Mordendo o lábio inferior, o jovem virou-se apressadamente. Ele pegou o bastão, usou sua luz para procurar no laboratório o que seu tio solicitara.

Vestido mais uma vez com mantos suaves de veludo preto, Raistlin estava diante do portal, bebendo um copo de vinho élfico que Palin encontrara em um jarro em um canto do laboratório. A sombra sobre a terra agora estava tão escura que parecia que a noite caíra sobre o Abismo. Nenhuma estrela cintilava, nenhuma lua iluminava aquela escuridão terrível. A parede era o único objeto visível e brilhava com sua própria luz horrenda. Raistlin olhou para ela, seu rosto sombrio, seus olhos assombrados pela dor.

— Assim, ela me lembra o que acontecerá se ela me pegar, Palin — ele disse. — Mas, não, eu não vou voltar. — Olhando ao redor, o arquimago encarou o jovem. Os olhos de Raistlin brilharam nas profundezas de seu capuz preto.

— Tive vinte e cinco anos para considerar meus erros. Vinte e cinco anos de agonia insuportável, de um tormento sem fim... Minha única alegria, a única coisa que me dava forças para enfrentar a tortura de cada manhã era a sua sombra que eu via em minha mente. Sim, Palin. — Sorrindo, Raistlin estendeu a mão e puxou o jovem para mais perto. — Eu o observei todos esses anos. Fiz o que pude por você. Em você, existe uma força, uma força interior, que vem de mim! Um desejo ardente, um amor pela magia! Eu sabia que, um dia, você me procuraria para aprender a usá-lo. Sabia que eles tentariam impedi-lo, mas que não conseguiriam. Tudo o que fizeram para impedir sua vinda deve apenas aproximá-lo. Uma vez aqui, eu sabia que você ouviria minha voz. Você me libertaria. E assim fiz meus planos...

— Sinto-me honrado por ter se interessado em mim — Palin começou. Sua voz falhou e ele pigarreou nervosamente. — Mas você precisa saber a verdade. Eu... Eu não o procurei para... Para ganhar poder. Eu ouvi sua voz, implorando por ajuda, e e-eu vim porque...

— Você veio por pena e compaixão — Raistlin disse com um sorriso torcido. — Ainda há muito do seu pai em você. Essa é uma fraqueza que pode ser superada. Como eu disse, Palin. Fale a verdade... Para si mesmo. O que sentiu ao entrar neste lugar? O que sentiu quando tocou o cajado pela primeira vez?

Palin tentou desviar o olhar do tio. Embora o laboratório estivesse frio, ele suava sob os mantos. No entanto, Raistlin o segurou com força, forçando o jovem a fitar os olhos dourados e brilhantes. E ver lá um reflexo de si mesmo... O que ele disse era verdade? Palin olhou para a imagem nos olhos do arquimago. Ele viu um jovem, vestido com mantos cuja cor era indeterminada, ora branca, ora vermelha, ora escurecendo...

O braço que Raistlin segurava estremeceu espasmodicamente nas mãos do arquimago.

*Ele pode sentir meu medo*, percebeu Palin, tentando controlar os tremores que sacudiam seu corpo.

*É medo?* Os olhos dourados perguntaram. *É medo? Ou exultação?*

Palin viu o cajado que segurava refletido naqueles olhos. Estava parado dentro da poça de sua luz brilhante. Quanto mais segurava o cajado, mais podia sentir a magia dentro dele... E dentro de si mesmo. Os olhos dourados desviaram-se ligeiramente e Palin seguiu-os. Ele viu os grimórios encadernados em preto na prateleira. Sentiu novamente a emoção que sentira ao entrar no laboratório e lambeu os lábios secos e ressequidos como um homem que, há muito vagava por um vasto deserto, e finalmente encontrou a água fresca para aliviar sua sede ardente. Olhando de volta para Raistlin, ele se viu como em um espelho, parado diante do arquimago vestido com mantos negros.

— Quais... Quais são seus planos? — Palin perguntou com a voz rouca.

— Muito simples. Como disse, eu tive longos anos para considerar meu erro. Minha ambição era grande demais. Eu ousei me tornar um deus, algo que os mortais não devem fazer, como eu era lembrado dolorosamente todas as manhãs, quando as garras da Rainha das Trevas rasgavam minha carne.

Palin viu o lábio fino se curvar por um momento e os olhos dourados brilharem. A mão esguia comprimiu-se com raiva e lembrou-se da agonia, apertando dolorosamente o braço do jovem.

— Aprendi minha lição — Raistlin disse amargamente, puxando uma respiração áspera e trêmula. — Reduzi minha ambição. Não me esforçarei mais para ser um deus. Vou me contentar com o mundo. — Sorrindo ironicamente, ele deu um tapinha na mão de Palin. — Vamos nos contentar com o mundo, devo dizer.

— Eu... — As palavras ficaram presas na garganta de Palin. Ele estava atordoado com confusão, medo e uma onda selvagem de animação. Contudo, ao olhar para o portal, ele sentiu a sombra cobrir seu coração. — Mas, a rainha? Não deveríamos fechá-lo?

Raistlin balançou a cabeça.

— Não, aprendiz.

— Não? — Palin olhou para ele, alarmado.

— Não. Este será meu presente para ela, para provar minha lealdade... A entrada no mundo. E o mundo será o presente dela para mim. Aqui ela vai governar e eu... Eu servirei. — Raistlin mordeu as palavras com seus dentes afiados, seus lábios entreabertos em um sorriso apertado e sem alegria. Sentindo o ódio e a raiva surgindo no corpo frágil, Palin estremeceu.

Raistlin olhou para ele.

— Melindroso, sobrinho? — Ele zombou, soltando o braço de Palin. — Os melindrosos não chegam ao poder...

— Você me disse para falar a verdade — Palin disse, afastando-se de Raistlin, aliviado pelo toque ardente ter desaparecido, mas desejando, de alguma forma, recuperá-lo. — E eu vou. Estou com medo! Por nós dois! Sei que sou fraco... — Ele baixou a cabeça.

— Não, sobrinho — Raistlin falou suavemente. — Não fraco, apenas jovem. E você sempre terá medo. Vou ensiná-lo a dominar seu medo, a usar sua força. Para fazê-lo servir a você e não o contrário.

Olhando para cima, Palin viu gentileza no rosto do arquimago, uma gentileza que poucos no mundo já tinham visto. A imagem do jovem de mantos pretos desapareceu dos olhos dourados brilhantes, substituída por um desejo, uma fome de amor. Agora foi Palin quem estendeu a mão e segurou a de Raistlin.

— Feche o portal, tio! — o jovem implorou. — Venha para casa e viva conosco! O quarto que meu pai construiu para você ainda está lá, na hospedaria. Minha mãe guardou a placa com a marca do mago! Está escondido em um baú de jacarandá, eu o vi. Eu o segurei e sonhei com isso tantas vezes! Venha para casa! Ensine o que sabe! Eu o honraria, o reverenciaria! Poderíamos viajar, como você disse. Mostrar-me as maravilhas que seus olhos viram...

— Lar. — A palavra permaneceu nos lábios de Raistlin como se ele a estivesse provando. — Lar. Quantas vezes eu sonhei com isso. — Seus olhos dourados desviaram para a parede, brilhando com sua luz medonha. — Especialmente com a chegada do amanhecer...

Então, encarando Palin de dentro das sombras de seu capuz, Raistlin sorriu.

— Sim, sobrinho — ele disse suavemente. — Acredito que voltarei para casa com você. Preciso de um tempo para descansar, para recuperar minhas forças, para me livrar de... velhos sonhos. — Palin viu os olhos escurecerem com a lembrança da dor.

Tossindo, Raistlin fez sinal ao jovem para ajudá-lo. Cuidadosamente, Palin encostou o cajado na parede e ajudou Raistlin a sentar-se na cadeira. Descendo fracamente, Raistlin gesticulou para o jovem servir outro copo de vinho. O arquimago inclinou a cabeça para trás, cansado, nas almofadas.

— Preciso de tempo... — continuou, umedecendo os lábios com o vinho. — Hora de treinar você, meu aprendiz. Hora de treinar você... e treinar seus irmãos.

— Os meus irmãos? — Palin repetiu com espanto.

— Ora, sim, jovem. — O divertimento tingiu a voz de Raistlin enquanto ele olhava para o jovem de pé ao lado de sua cadeira. — Preciso de generais para minhas legiões. Seus irmãos serão ideais...

— Legiões! — gritou Palin. — Não, não foi isso que eu quis dizer! Você deve vir morar em casa conosco em paz. Você merece! Você se sacrificou pelo mundo...

— Eu? — Raistlin interrompeu. — Eu me sacrifiquei pelo mundo? — O arquimago começou a rir, uma gargalhada medonha que fez as sombras do laboratório dançarem de alegria como dervixes. — É isso que dizem de mim? — Raistlin riu até engasgar-se. Um acesso de tosse tomou conta dele, este pior que os outros.

Palin assistiu impotente enquanto seu tio se contorcia de dor. O jovem ainda podia ouvir aquela risada zombeteira ressoando em seus ouvidos. Quando o espasmo passou e ele conseguiu respirar, Raistlin ergueu a cabeça e, com um movimento fraco da mão, chamou Palin para perto.

Palin viu sangue no pano na mão de seu tio e nos lábios pálidos dele. Desgosto e horror tomaram conta do jovem, mas ele se aproximou de qualquer maneira, compelido por uma fascinação terrível a se ajoelhar ao lado de seu tio.

— Saiba disso, Palin! — Raistlin sussurrou, falando com esforço, suas palavras quase inaudíveis. — Eu me sacrifiquei... por... mim mesmo! — Afundando de volta em sua cadeira, ele se esforçou para respirar. Quando conseguiu se mexer, estendeu a mão trêmula e manchada de sangue e agarrou os mantos brancos de Palin. — Eu vi... o que devo... me tornar... se tiver sucesso. Nada! Isso... foi... tudo. Diminuir... até o... nada. O mundo... morto... dessa forma. — Sua mão gesticulou debilmente para a parede, a poça horrível abaixo dela; seus olhos brilhavam febrilmente. — Havia... ainda... uma chance... de eu... voltar...

— Não! — Palin gritou, lutando para se livrar do aperto de Raistlin. — Não acredito em você!

— Por que não? — Raistlin deu de ombros. Sua voz ficou mais forte. — Você mesmo disse a eles. Não se lembra, Palin? "Um homem deve colocar a magia em primeiro lugar, o mundo em segundo..." Foi isso que você disse a eles na torre. O mundo não importa para você mais do que importa para mim! Nada importa... Seus irmãos, seu pai! A magia! O poder! Isso é tudo o que significa para qualquer um de nós!

— Eu não sei! — Palin gritou entrecortado, suas mãos agarrando as de Raistlin. — Não consigo pensar! Deixe-me ir! Deixe-me ir... — Seus dedos caíram nervosamente dos pulsos de Raistlin, sua cabeça afundou em suas mãos. Lágrimas encheram seus olhos.

— Pobre jovem — Raistlin disse. Virando-se, ele estendeu a mão parada no colo e acariciou suavemente o cabelo castanho-avermelhado.

Soluços violentos rasgaram o corpo de Palin. Ele estava desolado, sozinho. Mentira, tudo mentira! Todos mentiram para ele... Seu pai, os magos, o mundo! O que importava, afinal? A magia. Isso era tudo o que ele tinha. Seu tio estava certo. O toque ardente daqueles dedos finos; o veludo preto macio, molhado com suas lágrimas, sob sua bochecha; o cheiro de pétalas de rosa e especiarias... Essa seria a vida dele... Isso e esse vazio interior amargo, um vazio que o mundo inteiro não poderia preencher...

— Chore, Palin — Raistlin disse suavemente. — Chore como eu chorei uma vez, muito, muito tempo atrás. Então você perceberá, como eu percebi, que não adianta. Ninguém ouve você, soluçando sozinho à noite.

Palin ergueu subitamente o rosto manchado de lágrimas, fitando os olhos de Raistlin.

— Finalmente você entendeu. — Raistlin sorriu. Sua mão afastou o cabelo molhado dos olhos de Palin. — Controle-se, jovem. É hora de partirmos, antes que a Rainha das Trevas chegue. Há muito a ser feito...

Palin olhou para Raistlin calmamente, embora o corpo do jovem ainda estremecesse de seus soluços e ele pudesse ver seu tio apenas através de um borrão de lágrimas.

— Sim — disse. — Finalmente eu entendo. Tarde demais, parece. Mas eu entendo. E você está errado, tio — ele murmurou, entrecortado. — Alguém ouviu você chorando durante a noite. Meu pai.

Levantando-se, Palin passou a mão nos olhos, mantendo o olhar fixo no tio.

— Vou fechar o portal.

— Não seja tolo! — Raistlin falou com um sorriso de escárnio. — Eu não vou deixar! Você sabe disso!

— Eu sei — Palin respondeu, respirando com tremor. — Você vai me impedir...

— Eu vou te matar!

— Você vai... me matar... — Palin continuou, sua voz vacilando apenas ligeiramente. Virando-se, ele estendeu a mão para o Cajado de Magius, encostado na escrivaninha ao lado da cadeira de Raistlin. A luz do cristal brilhou branca e fria quando sua mão se fechou sobre ele.

— Que desperdício! — Raistlin sibilou, girando para fora de sua cadeira. — Por que morrer em um gesto tão sem sentido? Pois não terá sentido, eu garanto, meu querido sobrinho. Farei tudo o que planejei. O mundo será meu! Você estará morto... e quem saberá ou se importará?

— Você vai — Palin disse em voz baixa.

Virando as costas para o tio, Palin caminhou com passos firmes e fortes para ficar diante do portal. A sombra era mais profunda e escura, fazendo com que a parede dentro do Abismo se destacasse por um contraste hediondo. Agora, Palin podia sentir o mal, senti-lo vazando pelo portal como água fluindo para um navio naufragado. Ele pensou na Rainha das Trevas, finalmente capaz de entrar no mundo. Mais uma vez, as chamas da guerra varreriam a terra enquanto as forças do bem se levantariam para detê-la. Ele viu seu pai e sua mãe morrerem nas mãos de seu tio, seus irmãos serem vítimas da magia de Raistlin. Ele os viu vestidos com armaduras de escamas de dragão, cavalgando dragões malignos para a batalha, liderando tropas de seres hediondos gerados pelas trevas.

Não! Com a ajuda dos deuses, ele impediria isso, se pudesse. Mas, levantando o bastão, Palin percebeu, impotente, que não tinha a mais vaga ideia de como fechar o portal. Podia sentir o poder do cajado, porém não conseguia controlá-lo. Raistlin estava certo... Que gesto estúpido e sem sentido.

Atrás dele, Palin ouviu o tio rir. Não foi uma risada zombeteira desta vez, no entanto. Foi confusa, quase zangada.

— Isso não faz sentido, Palin! Pare! Não me obrigue a fazer isso!

Respirando fundo, Palin tentou concentrar sua energia e seus pensamentos no cajado.

— Feche o portal — ele sussurrou, forçando-se a não pensar em mais nada, embora seu corpo tremesse de medo. Não era medo de morrer, ele podia dizer isso a si mesmo com um orgulho silencioso. Ele amava a vida, nunca tanto quanto agora, percebeu. Mas ele poderia deixá-la sem pesar, embora o pensamento da dor que sua morte causaria àqueles que o amavam o enchesse de tristeza. Entretanto, sua mãe e seu pai saberiam o que ele fizera. Eles entenderiam, não importa o que seu tio dissesse.

*E eles lutarão contra você*, Palin sabia. Lutarão contra você e sua Rainha das Trevas como lutaram antes. *Você não vai vencer*.

Palin agarrou o cajado, sua mão suando, seu corpo tremendo. Ele não tinha medo de morrer. Tinha medo da... da dor.

Doeria... muito... morrer?

Balançando a cabeça com raiva, o jovem se xingou de covarde e olhou fixamente para o portal. Ele tinha que se concentrar! Tirar a morte da sua mente. Ele deve fazer o medo servi-lo! Não dominá-lo. Afinal, havia uma chance de que ele pudesse fechar o portal antes de seu tio... antes...

— Paladine, me ajude — Palin proferiu, seu olhar indo para a luz prateada brilhando no topo do cajado com brilho constante e inabalável na escuridão sombria.

— Palin! — Raistlin gritou asperamente. — Eu estou avisando...

Um relâmpago estalou das pontas dos dedos de Raistlin. Mas Palin manteve os olhos no cajado. Sua luz ficou mais brilhante, reluzindo com um esplendor cuja beleza e clareza acalmaram os últimos temores de Palin.

— Paladine — ele murmurou.

O nome do deus misericordiosamente obliterou o som do canto mágico que Palin ouviu surgindo atrás.

A dor foi rápida, repentina... E logo passou.

# 10

Raistlin ficou sozinho no laboratório, apoiado no Cajado de Magius. A luz do cajado se apagara. O arquimago permanecia em uma escuridão tão densa quanto a poeira que jazia, imperturbável, sobre o chão de pedra, sobre os grimórios, sobre a cadeira, sobre a cortina pesada de veludo púrpura, fechada.

Quase tão profundo quanto a escuridão era o silêncio no lugar.

Raistlin acalmou sua respiração, percebendo o silêncio. O som de nenhum ser vivo o perturbava, nem um rato, nem um morcego, nem uma aranha, pois nenhum ser vivo ousava entrar no laboratório guardado por aqueles cuja vigilância duraria até o fim do mundo e além. Raistlin pensou que quase podia ouvir um som... O som da poeira caindo, o som do tempo passando...

Suspirando cansado, o arquimago ergueu a cabeça e olhou para a escuridão, quebrando o longo silêncio.

— Fiz o que você queria de mim — ele gritou. — Está satisfeito?

Não houve resposta, apenas a poeira que penetrava suavemente, caindo na noite perpétua.

— Não — Raistlin murmurou. — Você não consegue me escutar. E está bem assim. Mal você pensou, Dalamar, que, ao conjurar minha ilusão para esse fim, você me conjuraria! Ah, não, aprendiz. — Raistlin sorriu amargamente. — Não se orgulhe. Você é bom, mas não tão bom assim. Não foi a sua magia que me acordou do meu longo sono. Não, foi outra coisa... — Ele fez uma pausa tentando se lembrar. — O que eu disse ao jovem? "Uma sombra em minha mente"? Sim, foi isso mesmo.

— Ah, Dalamar, você tem sorte. — O arquimago balançou a cabeça encapuzada. Por um momento breve, a escuridão foi iluminada por um brilho feroz nos olhos dourados, cintilando com sua chama interior. — Se ele fosse o que eu era, você estaria em apuros, elfo negro. Através dele, eu poderia ter retornado. Mas, assim como sua compaixão e seu amor me libertaram da escuridão em que me lancei, ela ainda me prende lá. — A luz dos olhos dourados desapareceu quando a escuridão voltou.

Raistlin suspirou.

— Mas está tudo bem — ele sussurrou, apoiando a cabeça no cajado que o sustentava. — Estou cansado, muito cansado. Quero voltar a dormir. — Caminhando pelo chão de pedra, seus mantos negros farfalhando em torno dos seus tornozelos, seus passos suaves e inaudíveis não deixando rastro na poeira espessa, o arquimago parou diante da cortina de veludo. Colocando a mão sobre ela, ele parou e olhou ao redor do laboratório que não podia ver, exceto em suas memórias, em sua mente.

— Só quero que vocês saibam — Raistlin gritou — que eu não fiz isso por vocês, magos! Não fiz isso pelo conclave. Não fiz isso pelo meu irmão! Eu tinha mais uma dívida para pagar na minha vida. Agora, estou quite. Posso dormir em paz.

Na escuridão, Raistlin não conseguia ver o cajado em que se apoiava, mas ele não precisava. Conhecia cada curva da madeira, cada imperfeição pequena na textura. Ele o acariciou carinhosamente, seus dedos delicados tocando a garra dourada do dragão, percorrendo cada faceta do cristal escuro e frio que ele continha. Os olhos de Raistlin fitavam a escuridão, fitavam o futuro que ele podia vislumbrar à luz da lua negra.

— Ele será ótimo na Arte — ele disse com um orgulho silencioso. — O maior que já existiu. Trará honra e renome à nossa profissão. Por causa dele, a magia viverá e florescerá no mundo. — A voz do arquimago baixou. — Qualquer felicidade e alegria em minha vida, Palin, veio da magia.

— Para a magia, eu o entrego...

Raistlin segurou o cajado por mais um instante, pressionando a madeira lisa contra sua bochecha. Então, com uma palavra de comando, ele o enviou. Desapareceu, engolido pela noite sem fim. Com a cabeça baixa de cansaço, Raistlin pôs a mão sobre a cortina de veludo e mergulhou novamente no sono, tornando-se um com a escuridão, o silêncio e a poeira.

# 11

Palin recobrou lentamente a consciência. Sua primeira reação foi de terror. O impacto de fogo que queimou e explodiu seu corpo não o matou! Logo haveria outro. Raistlin não o deixaria viver. Gemendo, encolheu-se contra o chão frio de pedra, esperando com medo ouvir o som do canto mágico, ouvir o crepitar das faíscas daquelas pontas dos dedos finos, sentir mais uma vez a dor lancinante e explosiva...

Tudo estava quieto. Ouvindo atentamente, prendendo a respiração, seu corpo tremendo de medo, Palin não ouviu som algum.

Cautelosamente, ele abriu os olhos. Ele estava na escuridão, uma escuridão tão profunda que nada era visível, nem mesmo seu próprio corpo.

— Raistlin? — Palin sussurrou, levantando a cabeça cautelosamente do chão de pedra úmido. — Tio?

— Palin! — uma voz gritou.

O coração de Palin parou de medo. Ele não conseguia respirar.

— Palin! — a voz gritou novamente, uma voz cheia de amor e angústia.

Palin se engasgou de alívio e, caindo no chão de pedra, soluçou de alegria.

Ele ouviu passos de botas subindo as escadas. A luz das tochas iluminou a escuridão. Os passos pararam e a luz da tocha oscilou como se a mão que a segurava tremesse. Então os passos começaram a correr, a luz da tocha ardeu acima dele.

— Palin! Meu filho! — E Palin estava nos braços de seu pai. — O que fizeram com você? — Caramon gritou com a voz sufocada enquanto levantava o corpo de seu filho do chão e o embalava contra seu peito forte.

Palin não conseguia falar. Ele encostou a cabeça no peito do pai, ouvindo o coração bater acelerado pelo esforço de subir as escadas da torre, sentindo os cheiros familiares de couro e suor, deixando, por um último momento, os braços do pai abrigá-lo e protegê-lo. Então, com um suspiro leve, Palin ergueu a cabeça e olhou para o rosto pálido e angustiado de seu pai.

— Nada, pai — ele disse suavemente, se afastando devagar. — Eu estou bem. De verdade. — Sentando-se, ele olhou em volta, confuso. — Mas onde estamos?

Fora... fora daquele... daquele lugar — Caramon rosnou. Ele largou o filho, mas o observou com dúvida, ansioso.

— O laboratório — Palin murmurou, intrigado, seu olhar indo para a porta fechada e os dois olhos brancos e incorpóreos que pairavam diante dela.

O jovem começou a se levantar.

— Cuidado! — Caramon disse, colocando o braço em volta do filho novamente.

— Eu disse, pai. Estou bem — Palin falou com firmeza, dispensando a ajuda do pai para se levantar. — O que aconteceu? — Ele olhou para a porta lacrada do laboratório.

Os dois olhos do espectro o encararam sem piscar, sem se mover.

— Você entrou... lá — Caramon disse, franzindo a testa enquanto seu olhar também se voltava para a porta selada. — E... a porta se fechou! Tentei entrar... Dalamar lançou algum tipo de magia sobre ela, mas não abria. Então mais dessas... dessas coisas — ele gesticulou para os olhos com uma carranca — vieram e eu... eu não me lembro muito depois disso. Quando acordei, estava com Dalamar no escritório...

— Que é para onde vamos voltar agora — disse uma voz atrás deles —, se vocês me honrarem compartilhando meu café da manhã.

— O único lugar para onde estamos indo agora — Caramon proferiu em voz baixa e severa enquanto se virava para encarar o elfo negro, que havia se materializado atrás deles — é para casa. E chega de magia! — ele rosnou, encarando Dalamar. — Vamos caminhar, se for necessário. Nem meu filho nem eu vamos voltar a uma dessas torres amaldiçoadas de novo...

Sem olhar para Caramon, Dalamar passou pelo grandalhão até Palin, que estava parado silenciosamente ao lado de seu pai, as mãos cruzadas nas mangas de seus mantos brancos, os olhos baixos como era apropriado na presença do mago de alto escalão.

Dalamar estendeu as mãos e segurou o jovem pelos ombros.

— *Quithain, Magus* — o elfo negro disse com um sorriso, inclinando-se para beijar Palin na bochecha como era o costume élfico.

Palin olhou para ele confuso, com o rosto corado. As palavras que o elfo falara giravam em sua mente, fazendo pouco sentido. Ele falava um pouco de élfico, aprendido com o amigo de seu pai, Tanis. Mas, depois de tudo o que aconteceu, o idioma saiu da sua cabeça. Freneticamente, ele lutou para se lembrar, pois Dalamar estava parado na frente dele, olhando para ele, sorrindo.

— *Quithain...* — Palin repetiu para si mesmo. — Significa... Parabéns. Parabéns, *Magus...*

Ele se engasgou, olhando para Dalamar em descrença.

— O que isso significa? — Caramon exigiu, olhando para o elfo negro. — Eu não entendo...

— Ele é um de nós agora, Caramon — Dalamar explicou calmamente, segurando o braço de Palin e escoltando-o para além de seu pai. — Suas provações acabaram. Ele completou o Teste.

— Lamentamos ter feito você passar por isso novamente, Caramon — Dalamar disse ao grande guerreiro.

Sentado em frente à escrivaninha ricamente esculpida no luxuoso escritório do elfo negro, Caramon corou, sua testa ainda franzida com os sinais de sua preocupação, medo e raiva.

— Mas — Dalamar continuou — estava ficando claro para todos nós que você faria o possível para impedir que seu filho fizesse o Teste.

— E você me culparia? — Caramon perguntou asperamente. Levantando-se, ele caminhou até a grande janela e olhou para as sombras escuras do Bosque Shoikan abaixo.

— Não — Dalamar respondeu. — Não podemos culpá-lo. Por isso, criamos essa maneira de induzi-lo a isso.

Franzindo a testa com raiva, Caramon virou-se, apontando o dedo para Dalamar.

— Você não tinha o direito! Ele é muito jovem! Poderia ter morrido!

— É verdade — Dalamar concordou suavemente —, mas esse é um risco que todos enfrentamos. É um risco que você corre toda vez que envia seus filhos mais velhos para a batalha...

— Isso é diferente. — Caramon virou-se, o rosto sombrio.

O olhar de Dalamar foi para Palin, que estava sentado em uma cadeira, com uma taça de vinho não provado na mão. O jovem mago estava olhando atordoado ao redor como se ainda não pudesse acreditar no que acontecera.

— Por causa de Raistlin? — Dalamar sorriu. — Palin é realmente talentoso, Caramon, tão talentoso quanto seu tio. Para ele, como para Raistlin, só poderia haver uma escolha... Sua magia. Mas o amor de Palin por sua família é forte. Ele teria feito a escolha e isso teria partido seu coração.

Caramon baixou a cabeça, juntando as mãos atrás de si.

Ouvindo um engasgo abafado atrás dele, Palin colocou sua taça de vinho na mesa e, levantando-se, caminhou para ficar ao lado de seu pai.

Estendendo a mão, Caramon puxou seu filho para perto.

— Dalamar está certo — o grandalhão disse com a voz rouca. — Eu só queria o que era melhor para você e... e eu estava com medo... medo de perder você para a magia como eu o perdi... Eu... Me desculpe, Palin. Perdão.

A resposta de Palin foi abraçar o pai, que envolveu o mago vestido de branco com os dois grandes braços e o abraçou com força.

— Então você passou! Estou orgulhoso de você, filho! — Caramon sussurrou. — Tão orgulhoso...

— Obrigado, papai! — Palin disse, entrecortado. — Não há nada a perdoar. Eu finalmente entendo... — O resto das palavras do jovem mago foram espremidas dele pelo abraço de seu pai. Então, com um tapinha nas costas, Caramon soltou seu filho e voltou a olhar pela janela, franzindo a testa para o Bosque Shoikan.

Voltando-se para Dalamar, Palin olhou para o elfo negro, intrigado.

— O Teste — disse hesitante. — Isso... tudo parece tão real! No entanto, estou aqui... Raistlin não me matou...

— Raistlin! — Caramon olhou em volta alarmado, o rosto pálido.

— Fique tranquilo, meu amigo — Dalamar assegurou, erguendo a mão esguia. — O Teste varia para cada pessoa que o faz, Palin. Para alguns, é muito real e pode ter consequências reais e desastrosas. Seu tio, por exemplo, quase não sobreviveu a um encontro com alguém da minha espécie. O Teste de Justarius o deixou aleijado de uma perna. Mas, para outros, o Teste está apenas na mente. — O rosto de Dalamar ficou tenso, sua voz tremeu com a lembrança da dor. — Isso também pode ter seus efeitos, às vezes piores que os outros...

— Então... estava tudo na minha cabeça. Eu não fui para o Abismo? Meu tio não estava realmente lá?

— Não, Palin — Dalamar disse, recuperando a compostura. — Raistlin está morto. Não temos motivos para acreditar no contrário, apesar do que dissemos. Não sabemos ao certo, é claro, porém acreditamos que a visão que seu pai descreveu é verdadeira, dada a ele por Paladine para aliviar sua dor. Quando dissemos que tínhamos sinais de que Raistlin ainda estava vivo, tudo isso fazia parte do estratagema para trazê-lo aqui. Não havia tais sinais. Se Raistlin está vivo hoje, é apenas em nossas lendas...

— E em nossas memórias — Caramon murmurou da janela.

— Mas ele parecia tão real! — Palin protestou. Ele podia sentir o veludo preto macio sob a ponta dos dedos; o toque ardente das mãos de pele dourada; a madeira fria e lisa do Cajado de Magius. Ele podia ouvir a voz sussurrante, ver os olhos dourados de ampulheta, cheirar as pétalas de rosa, o tempero, o sangue...

Abaixando a cabeça, ele estremeceu.

— Eu sei — Dalamar falou com um leve suspiro. — Mas foi só ilusão. O Guardião está diante da porta, que ainda está lacrada. E assim estará, por toda a eternidade. Você nunca entrou no laboratório, muito menos no Abismo.

— Mas eu o vi entrar... — Caramon protestou.

— Tudo parte da ilusão. Eu sozinho vi através dela. De fato, eu ajudei a criá-la. Foi projetada para ser muito real para você, Palin. Você nunca esquecerá dela. O Teste destina-se não apenas a julgar sua habilidade como usuário de magia, mas, mais importante, a ensinar algo sobre você. Você tinha duas coisas a descobrir: a verdade sobre seu tio e a verdade sobre você.

*Conheça a verdade sobre você...* A voz de Raistlin ecoou.

Palin alisou o tecido dos seus mantos brancos com as mãos.

— Sei agora onde minha lealdade está — ele falou suavemente, lembrando aquele momento amargo diante do portal. — Como disse o mago do mar, servirei ao mundo e, ao fazê-lo, servirei a mim mesmo.

Sorrindo, Dalamar se levantou.

— E agora, eu sei que você está ansioso para voltar para sua casa e sua família, jovem mago. Eu não vou mais detê-lo. Eu quase lamento que você não tenha feito outra escolha, Palin — o elfo negro disse com um encolher de ombros. — Teria gostado de ter você como meu aprendiz. Mas você será um adversário digno. Sinto-me honrado por ter feito parte do seu sucesso. — Dalamar estendeu a mão.

— Obrigado — Palin respondeu, corando. Tomando a mão de Dalamar, ele a apertou com gratidão. — Obrigado... por tudo.

— Isso aí — Caramon murmurou, deixando a janela para ficar ao lado de seu filho. Ele também agarrou a mão de Dalamar na sua, os dedos finos do elfo completamente engolfados no aperto do grandalhão. — E-eu acho que vou deixar você usar... aquela sua magia... para nos mandar de volta para Consolação. Tika vai ficar doente de preocupação...

— Muito bem — Dalamar disse, trocando sorrisos com Palin. — Fiquem juntos. Adeus, Palin. Vejo você na Torre de Wayreth.

Houve uma batida suave na porta.

Dalamar franziu a testa.

— O que é? — perguntou irritado. — Eu dei instruções para que não fôssemos incomodados!

A porta se abriu sozinha, aparentemente. Dois olhos brancos brilharam na escuridão.

— Perdoe-me, mestre — disse o espectro —, mas fui instruído a dar ao jovem mago um presente de despedida.

— Instruído? Por quem? — Os olhos de Dalamar arderam. — Justarius? Ele ousou pisar na minha torre sem minha permissão...

— Não, mestre — disse o espectro, flutuando na sala. O olhar frio foi para Palin. Lentamente, o espectro se aproximou do jovem mago, sua mão sem carne estendida. Caramon moveu-se rapidamente para ficar na frente de seu filho.

— Não, papai — Palin falou com firmeza, pondo uma mão de contenção no braço da espada de seu pai. — Afaste-se. Ele não me fará mal. O que você tem para mim? — o jovem mago perguntou ao espectro, que parou a apenas alguns centímetros.

Em resposta, a mão sem carne traçou um símbolo misterioso no ar. O Cajado de Magius apareceu, preso nos dedos esqueléticos.

Caramon se engasgou e deu um passo para trás. Dalamar olhou o espectro friamente.

— Você falhou em seus deveres! — A voz do elfo negro aumentou com raiva. — Por nossa Rainha das Trevas, vou enviar você para o tormento eterno do Abismo por isso!

— Não falhei em meu dever — o Guardião respondeu, seu tom oco lembrando Palin temerosamente do reino que ele entrara... mesmo que apenas na ilusão. — A porta do laboratório permanece trancada e enfeitiçada. A chave está aqui, como pode ver. — O Guardião estendeu a outra mão, mostrando uma chave de prata na palma da mão ossuda. — Tudo está como antes, imperturbado. Nenhum ser vivo entrou.

— Então quem... — Dalamar começou, em fúria. De repente, sua voz baixou e seu rosto ficou pálido. — Nenhum ser vivo... — Abalado, o elfo negro afundou em seu assento, encarando o cajado com os olhos arregalados.

— Isto é seu, Palin, como foi prometido — disse o espectro, entregando o cajado ao jovem mago.

Estendendo a mão, Palin segurou o cajado, trêmulo. Ao seu toque, o cristal no topo emitiu uma luz, reluzindo com um brilho frio e claro, enchendo o quarto escuro com uma luz clara e prateada.

— Um presente do verdadeiro Mestre da Torre. Com ele... — acrescentou o espectro em seu tom frio — vai sua bênção.

Os olhos brancos baixaram em reverência, então sumiram.

Segurando o cajado na mão, Palin olhou maravilhado para o pai.

Piscando rapidamente, Caramon sorriu em meio às lágrimas.

— Vamos para casa — disse calmamente, colocando o braço em volta de seu filho.

# III.

Os mitologistas dizem
como a viagem acontece
em uma paisagem do espírito.
Mas também há uma estrada,
empoeirada e palpável,
e pontes desbotadas
que abrigam uma marinha de trolls,
hospedarias caríssimas cheias de pragas,
e letreiros meio torcidos
por vândalos e viajantes
procurando algo para fazer.

Esta é a estrada
de onde surge o mito
quando, de repente, as pontes
mais suspeitas e desorganizadas
vacilam e empenam com luz.
É então que você diz
que essa deve ser a resposta,
a encruzilhada é mais que uma encruzilhada,
a beira da estrada numinosa
repleta de símbolos.

Essa é a história
quando a ponte desaba,
quando seu tornozelo abstraído
se torce na estrada esburacada.
É o conto
que os trolls escolhem sempre,
pois o perigo do mito
está em muito significado.
Às vezes as estrelas
ou a nuvem campanária
é suficiente em gás ou vapor,
a estrada é poeira
levada pela crença
e os marcadores são pedra sobre pedra.

É então, no momento fundamental,
que sua viagem espera diante de você.
É a casa comunal
de toda a mitologia,
que eles não podem explicar
nem mesmo esclarecer.
É onde as viagens começam.

# "Quer apostar?"

## Avante

## (Ou posfácio, conforme o caso)

— Você é um ótimo mago — Tanin murmurou, parado no cais, observando o navio partir. — Deveria saber o tempo todo que havia algo estranho naquele anão!

— Eu? — Palin retrucou. — Foi você quem nos meteu na história toda, para começar! "Aventuras sempre começam em lugares assim" — o jovem mago disse, imitando a voz de seu irmão mais velho.

— Ei, pessoal — Sturm começou em tons apaziguadores.

— Ah, cala a boca! — Ambos os irmãos se viraram para encará-lo. — Foi você quem fez aquela aposta estúpida!

Os três irmãos ficaram olhando uns para os outros, a brisa salgada soprando os cabelos ruivos encaracolados dos dois mais velhos em seus olhos e chicoteando os mantos brancos do mais novo sobre suas pernas finas.

Um grito retumbante, soando sobre as águas dançantes, os interrompeu.

— Adeus, rapazes! Adeus! Foi uma boa tentativa. Talvez façamos de novo algum dia!

— Sobre o meu cadáver! — todos os três irmãos murmuraram fervorosamente, levantando as mãos e acenando sem entusiasmo, com sorrisos doentios em seus rostos.

— Essa é uma coisa em que todos concordamos — Sturm falou, começando a rir. — E eu conheço outra. — Os irmãos afastaram-se, agradecidos da visão do veleiro movendo-se pesadamente pelas águas.

— E é...?

— Que nunca contemos a outra alma viva sobre isso, enquanto vivermos! — A voz de Sturm era baixa. Os outros dois irmãos olharam para os espectadores parados nas docas. Estavam olhando para o navio, rindo. Vários, observando os irmãos, apontaram para eles com risadinhas abafadas.

Sorrindo tristemente, Tanin estendeu a mão direita à sua frente. Sturm colocou a mão direita sobre a do irmão e Palin colocou a mão direita sobre as outras duas.

— Concordo — cada um disse solenemente.

# 1

## Dougan Martelorrubro

— As aventuras sempre começam em lugares assim — disse Tanin, olhando para a hospedaria com ar satisfeito.

— Você não pode estar falando sério! — Palin disse, horrorizado. — Eu não colocaria meu cavalo neste lugar imundo, muito menos ficaria aqui!

— Na verdade — Sturm relatou, dobrando a esquina do prédio após uma visita de inspeção —, os estábulos são limpos em comparação com a hospedaria e cheiram muito melhor. Sugiro que durmamos lá e mandemos os cavalos para dentro.

Localizada nas docas da cidade litorânea de Sancrist, a hospedaria tinha uma aparência tão mesquinha e desfavorável quanto os poucos clientes que os jovens viam se acomodando nela. As janelas voltadas para as docas eram pequenas, como se olhar para o mar por muito tempo tivesse dado um estrabismo perpétuo. A luz lá dentro mal conseguia filtrar através da sujeira. O prédio em si era gasto, coberto de areia e espremido nas sombras no final do beco, como um ladrão esperando por sua próxima vítima. Até mesmo o nome, A Bujarrona Remendada, tinha um som ameaçador.

— Eu esperava que o irmãozinho reclamasse — Tanin comentou amargamente, desmontando e olhando para Sturm por cima do cabeçote da sua sela. — Ele sente falta dos seus lençóis de linho branco e de mamãe o aconchegando à noite. Mas eu esperava mais de você, Sturm Majere.

— Ah, eu não tenho nenhuma objeção — Sturm disse facilmente, escorregando do seu cavalo e começando a desamarrar sua mochila. — Só estava fazendo uma observação. De qualquer forma, não temos muita escolha — acrescentou, retirando uma bolsa pequena de couro e sacudindo-a. Onde deveria haver o tilintar de moedas de aço, havia apenas um baque sombrio. — Sem lençóis de linho esta noite, Palin — ele afirmou, sorrindo para o irmão mais novo, que permanecia sentado e desconsolado em seu cavalo. — Contudo, pense em amanhã à noite... Ficar no Castelo Uth Wistan, os hóspedes do Lorde Gunthar. Não apenas linho branco, mas provavelmente pétalas de rosa espalhadas pela cama também.

— Não espero linho branco — Palin respondeu, nervoso. — Na verdade, lençóis seriam uma mudança agradável! E eu preferiria dormir em uma cama onde o colchão não estivesse vivo! — Irritado, ele se coçou sob os mantos brancos.

— Um guerreiro deve se acostumar com essas coisas — Tanin expressou em sua voz mundana de irmão mais velho, que fez Palin desejar jogá-lo no cocho dos cavalos. — Se você for atacado por nada pior do que percevejos em sua primeira missão, pode se considerar um sortudo.

— Missão? — Palin murmurou amargamente, descendo do seu cavalo. — Acompanhar você e Sturm ao Castelo Uth Wistan para que vocês possam se juntar à cavalaria. Isso não é uma missão! Tem sido como um passeio de kender e você e papai sabiam que seria assim quando decidiram que eu poderia ir! Ora, o maior perigo que corremos desde que saímos de casa foi com aquela criada que tentou cortar as orelhas de Sturm com uma faca de açougueiro!

— Foi um erro que qualquer um poderia cometer — Sturm murmurou, corando. — Eu continuo dizendo! Eu pretendia pegar as canecas dela. Ela era o que você poderia chamar de uma garota viçosa e, quando se inclinou sobre mim segurando a bandeja, eu não estava exatamente prestando atenção no que estava fazendo...

— Ah, você estava prestando atenção, sim! — Palin disse severamente. — Mesmo quando ela veio até você com uma faca, tivemos que arrastá-lo para fora! E seus olhos estavam do tamanho do seu escudo.

— Bem, pelo menos eu estou interessado nessas coisas — Sturm disse, irritadiço. — Não como algumas pessoas que eu poderia mencionar, que parecem se achar boas demais...

— Eu tenho padrões elevados! — Palin retorquiu. — Não caio para cada loira "viçosa" que venha na minha direção...

— Parem vocês dois! — Tanin ordenou cansadamente. — Sturm, dê uma volta com os cavalos e certifique-se de que eles sejam escovados e alimentados. Palin, venha comigo.

Palin e Sturm pareciam rebeldes e o tom de Tanin tornou-se austero.

— Lembrem-se do que o papai disse.

Os irmãos se lembraram. Ainda resmungando, Sturm agarrou as rédeas dos cavalos e os conduziu até os estábulos. Palin engoliu um comentário mordaz e seguiu seu irmão.

Embora temperamental como sua mãe, Tanin parecia ter herdado algumas outras qualidades de seus pais. Em vez disso, ele tinha um temperamento mais parecido com o homem em cuja homenagem havia sido nomeado; o amigo mais querido de seus pais, Tanis Meio-Elfo. Tanin idolatrava seu pai de nome e fazia o possível para imitar seu herói. Consequentemente, o jovem de vinte e quatro anos levava muito a sério seu papel de líder e irmão mais velho. Estava tudo bem com um irmão mais novo. O divertido Sturm era quase a epítome de seu pai, tendo herdado a natureza jovial e descontraída de Caramon.

Não gostando de assumir a responsabilidade sozinho, Sturm geralmente obedecia a Tanin sem questionar. Mas Palin, com apenas vinte e um anos, possuía a mente aguçada e o intelecto de seu tio, o poderoso e trágico arquimago Raistlin. Palin amava seus irmãos, porém se irritava com o que considerava a liderança autoritária de Tanin e ficava extremamente irritado com a visão nada séria de Sturm sobre a vida.

Esta era, no entanto, a "primeira missão" de Palin... Como Tanin nunca deixava de lembrá-lo pelo menos uma vez por hora. Um mês se passou desde que o jovem mago fez o Teste cansativo na Torre da Alta Magia em Palanthas. Agora, ele era um membro aceito da ordem dos magos em Krynn. Mas, de alguma forma, isso não o satisfez. Ele se sentia decepcionado e deprimido. Durante anos, seu maior objetivo foi passar no Teste, objetivo que, uma vez alcançado, abriria inúmeras portas.

Não tinha aberto nenhuma. Ah, Palin era reconhecidamente um jovem mago. Tinha pouco poder ainda, sendo capaz de lançar apenas magias menores. De forma ideal, ele seria aprendiz de algum arquimago habilidoso, que assumiria sua tutela. No entanto, nenhum arquimago solicitara seus serviços e Palin era perspicaz o suficiente para saber por quê.

Seu tio, Raistlin, foi o maior mago que já existiu. Ele pegou os Mantos Negros do mal e desafiou a própria Rainha das Trevas, com a intenção de governar o mundo... Uma tentativa que terminou em sua morte. Embora Palin usasse os Mantos Brancos do bem, ele sabia que havia aqueles na ordem que não confiavam nele e que, talvez, nunca confiariam. Ele carregava o cajado de seu tio, o poderoso Cajado de Magius, dado a ele em circunstâncias misteriosas na Torre da Alta Magia em Palanthas. Rumores já circulavam entre o conclave sobre como Palin poderia ter adquirido o cajado. Afinal, ele fora trancado em uma sala selada com uma maldição poderosa. Não, o que quer que realizasse, Palin sabia, no fundo de si, que realizaria da forma que seu tio o fizera: estudando, trabalhando e lutando sozinho.

Mas isso estava no futuro. Por enquanto, ele supôs, deveria se contentar em viajar com seus irmãos. Seu pai, Caramon, com seu próprio irmão gêmeo, Raistlin, um herói na Guerra da Lança, fora inflexível nesse ponto. Palin nunca tinha saído no mundo. Ele estava abrigado em seus livros, imerso em seus estudos. Se quisesse ir nessa jornada para Sancrist, ele deveria se submeter à autoridade de Tanin, colocando-se sob a orientação e proteção dos seus irmãos.

Palin fez um juramento sagrado a seu pai de obedecer a seus irmãos, assim como Tanin e Sturm juraram protegê-lo. Na verdade, seu profundo amor e afeição uns pelos outros tornavam o juramento supérfluo, como Caramon sabia. Mas o grandalhão também era sábio o suficiente para saber que essa primeira jornada juntos prejudicaria o amor fraterno. O mais inteligente dos irmãos, Palin estava ansioso para provar a si mesmo... Ansioso ao ponto da imprudência.

— Palin precisa aprender o valor das outras pessoas, respeitá-las pelo que sabem, mesmo que não pensem tão rápido quanto ele — Caramon disse para Tika, lembrando-se com pesar do gêmeo que nunca aprendera essa lição.

— E Sturm e Tanin precisam aprender a respeitá-lo, perceber que não podem resolver todos os problemas com um golpe de espada. Acima de tudo, eles precisam aprender a depender uns dos outros! — O grandalhão balançou a cabeça. — Que os deuses os acompanhem.

Ele nunca saberia a ironia dessa oração.

No início da jornada, parecia que nenhuma dessas lições seria aprendida facilmente. Os dois mais velhos decidiram em particular (certamente sem mencionar isso ao pai) que esta viagem "faria de seu irmão erudito um homem".

Mas suas opiniões sobre o que constituía "masculinidade" não concordavam com as de Palin. Na verdade, até onde ele podia ver, "ser um homem" significava viver com pulgas, comida ruim, cerveja pior e mulheres de caráter duvidoso... Algo que Palin considerou apontar quando Tanin murmurou "Aja como um homem!" pelo canto da boca quando ele e Palin entraram na hospedaria.

Mas Palin manteve a boca fechada. Ele e seus irmãos estavam entrando em uma hospedaria estranha, localizada no que era supostamente uma parte difícil de Sancrist. O jovem mago aprendera o suficiente para saber que suas próprias vidas podiam depender de apresentar uma frente unificada para o mundo.

Apesar de suas diferenças, os irmãos conseguiram fazer isso com bastante sucesso. Tanto sucesso, de fato, que não encontraram nenhum problema na longa viagem para o norte de Consolação. Os dois mais velhos eram grandes e musculosos, tendo herdado a circunferência e a força de Caramon. Aventureiros experientes, eles carregavam suas cicatrizes de batalha com orgulho e usavam suas espadas com facilidade. O mais novo, Palin, era alto e bem constituído, mas tinha o corpo esguio de alguém acostumado a estudar em vez de manejar armas. No entanto, qualquer um que pudesse considerá-lo um alvo fácil poderia olhar para o rosto sério e bonito do jovem, notar o olhar intenso e penetrante dos olhos claros e pensar duas vezes antes de mexer com ele.

O Cajado de Magius que Palin carregava também poderia ter algo a ver com isso. Feito de madeira simples, adornado com um cristal facetado preso em uma garra de dragão feita de ouro, o cajado não dava nenhum sinal externo e visível de ser mágico. Porém havia uma aura escura e invisível ao seu redor, talvez associada ao seu falecido mestre, que os espectadores invariavelmente percebiam com uma sensação de desconforto.

Palin mantinha o cajado sempre à mão. Se ele não o estava segurando, o cajado ficava perto dele, e muitas vezes ele estendia a mão para tocá-lo de forma tranquilizadora.

Esta noite, como nas outras, a visão de Tanin e Palin entrando na hospedaria não impressionou particularmente os que estavam lá dentro, exceto por um grupo. Sentado em uma mesa suja em um canto, esse grupo imediatamente começou a tagarelar entre si, sussurrando e apontando. Os sussurros aumentaram, ficando ainda mais animados, quando Sturm entrou e se juntou a seus irmãos. Vários membros do grupo cutucaram uma pessoa que estava sentada perto da parede, com o rosto escondido nas sombras profundas.

— Sim, entendo, entendo! — o homem resmungou. — Vocês acham que eles vão servir, não é?

Os outros na mesa assentiram e conversaram entre si com entusiasmo. Menores que o homem nas sombras, eles também estavam escondidos. Encobertos até as sobrancelhas em túnicas marrons, suas feições e até mesmo suas mãos e pés eram indistinguíveis.

A pessoa no canto deu aos jovens um escrutínio perspicaz e avaliador. As criaturas de túnica marrom continuaram a tagarelar.

— Calem a boca, seus desgraçados — o homem rosnou irritado. — Vocês atrairão a atenção deles.

Os de túnica marrom imediatamente se calaram, entrando em um silêncio tão profundo que poderiam ter caído em um poço. Naturalmente, esse silêncio surpreendente fez com que todos na sala comunal da hospedaria se virassem e olhassem para eles, inclusive os três jovens.

— Agora vocês conseguiram! — reclamou o homem das sombras. Duas das criaturas de túnica marrom baixaram a cabeça, embora uma terceira parecesse inclinada a discutir. — Silêncio! Eu cuido disso!

Inclinando-se para a luz, ele deu aos três jovens um sorriso amável do fundo de uma barba preta cheia e brilhosa e, erguendo sua caneca, disse alegremente:

— Dougan Martelorrubro, ao seu serviço, jovens cavalheiros. Querem beber com um velho anão?

— Isso faremos, e com prazer — Tanin disse educadamente.

— Deixe-me sair — grunhiu o anão para as criaturas de túnica marrom, que estavam tão amontoadas na cabine que era impossível dizer quantas delas poderia haver. Com muitos gemidos e palavrões e "ai, esse é o meu pé, seu cérebro de parafuso" e "cuidado com a minha barba, cabeça de engrenagem", o anão emergiu, um tanto corado e ofegante, do fundo da cabine. Carregando sua caneca e pedindo ao estalajadeiro que trouxesse do "meu estoque particular", Dougan se aproximou da mesa onde os jovens se sentaram.

Os outros na hospedaria, marinheiros e residentes locais em sua maioria, voltaram para suas próprias conversas, cujos assuntos pareciam ser de natureza sinistra para Palin, a julgar pelas expressões sombrias e desfavorecidas em seus rostos. Não receberam bem os irmãos, nem pareciam interessados no anão ou em seus companheiros. Vários lançaram olhares carrancudos para

Dougan Martelorrubro. Isso não desconcertou o anão nem um pouco. Puxando um banquinho alto que compensava sua baixa estatura, Dougan, corpulento e vestido de maneira chamativa (pelo menos para um anão), sentou-se à mesa dos irmãos.

— O que querem, senhores? — perguntou o anão. — Os destilados do meu povo? Ah, vocês são homens de bom gosto! Não há nada melhor do que a bebida fermentada dos cogumelos de Thorbardin.

Dougan sorriu abertamente para os irmãos enquanto o estalajadeiro se dirigia à mesa, carregando três canecas na mão. Colocando-as na mesa, ele bateu uma grande garrafa de barro com uma rolha na frente do anão. Dougan puxou a rolha e inalou a fumaça com um forte suspiro de contentamento que fez a boca de Sturm salivar em antecipação.

— Sim, isso é excelente — o anão proferiu, com satisfação. — Entreguem suas canecas, cavalheiros. Não sejam tímidos. Há muito para todos e muito mais de onde veio isso. Mas não bebo com estranhos, então, me digam seus nomes.

— Tanin Majere, e estes são meus irmãos, Sturm e Palin — Tanin se apresentou, deslizando sua caneca de bom grado. A de Sturm já estava na mão do anão.

— Eu quero vinho, obrigado — disse Palin, rígido. Então, ele acrescentou em voz baixa — Você sabe como papai se sente sobre essas coisas. — Tanin respondeu com um olhar gelado e Sturm riu.

— Ah, relaxe, Palin! — disse Sturm. — Uma caneca ou duas de destilado anão nunca fez mal a ninguém.

— E você está certo, rapaz! — Dougan emendou sem rodeios. — É bom para o que te aflige, meu pai costumava dizer. Este elixir maravilhoso vai consertar a cabeça quebrada ou o coração partido. Experimente, jovem mago. Se seu pai é o Herói da Lança, Caramon Majere, então ele ergueu uma ou duas taças em sua época, se todas as histórias que ouvi sobre ele forem verdadeiras!

— Vou tomar vinho — repetiu Palin, ignorando friamente as cotoveladas e chutes de seus irmãos.

— Provavelmente o melhor para o jovem — Dougan disse, com uma piscadela para Tanin. — Estalajadeiro, vinho para o jovem aqui!

Palin corou de vergonha, porém havia pouco que pudesse dizer, percebendo que já falara mais do que o suficiente. Envergonhado, ele pegou seu copo e se curvou em seus mantos brancos, incapaz de olhar em volta. Tinha a sensação de que todos na hospedaria estavam rindo dele.

— Então, você já ouviu falar do nosso pai? — Tanin perguntou abruptamente, mudando de assunto.

— Quem nunca ouviu falar de Caramon Majere, Herói da Lança? — Dougan destacou. — Um brinde à saúde dele! — Erguendo sua caneca, o anão tomou um longo gole da bebida, assim como Tanin e Sturm. Quando os três colocaram as canecas no chão, não houve nenhum som no momento, exceto leves suspiros em busca de ar. Isso foi seguido por três arrotos satisfeitos.

— Muito bom! — Sturm falou com a voz rouca, enxugando os olhos lacrimejantes.

— Nunca bebi melhor! — Tanin exclamou, respirando fundo.

— Beba, rapaz! — disse o anão a Palin. — Você certamente fará um brinde ao seu próprio pai, não é?

— Claro que sim, não é, Palin? — Tanin falou, sua voz perigosamente agradável.

Palin obedientemente tomou um gole de seu vinho, bebendo pela saúde de seu pai. Depois disso, os outros rapidamente o ignoraram, ficando absortos em conversas sobre as partes do mundo em que cada um esteve recentemente e o que estava acontecendo. Incapaz de participar da conversa, Palin começou a estudar o anão. Dougan era mais alto do que a maioria dos anões que o jovem conhecera e, embora se considerasse "velho", não devia ter muito mais de cem anos, uma idade considerada madura para um anão. Sua barba era obviamente seu orgulho e alegria; ele a acariciava com frequência, nunca deixando de chamar a atenção para ela quando possível. Brilhando em preto, ela era grossa e luxuriante, caindo sobre seu peito e abaixo de seu cinto. Seu cabelo também era tão preto e encaracolado quanto sua barba e ele o usava quase tão longo. Como a maioria dos anões, ele era rotundo e provavelmente não via seus pés abaixo de sua barriga redonda há anos. No entanto, ao contrário da maioria dos anões, Dougan estava vestido em um estilo extravagante que cairia bem ao senhor de Palanthas.

Vestindo uma jaqueta e calças de veludo vermelho, meias pretas, sapatos pretos com saltos vermelhos e uma camisa de seda com mangas bufantes — que poderia ter sido branca, mas agora estava manchada de sujeira, álcool e o que pode ter sido almoço —, Dougan era uma visão surpreendente. Ele era notável, também, de outras maneiras. A maioria dos anões é um tanto grosseira e retraída em relação a membros de outras raças, mas Dougan era jovial e falante e, no geral, o estranho mais cativante que os irmãos encontraram em suas viagens. Por sua vez, ele parecia gostar da companhia atual.

— Por Reorx — disse o anão com admiração, observando Tanin e Sturm esvaziarem suas canecas —, mas vocês, rapazes, querem conquistar o meu coração. É um prazer beber com homens de verdade.

Sturm sorriu.

— Não há muitos que podem nos acompanhar — gabou-se, fazendo sinal para o anão colocar mais álcool. — Então é melhor tomar cuidado, Dougan, e ir devagar.

— Devagar! Olha quem está falando! — O anão rugiu tão alto que todos os olhares na sala comunal se voltaram para ele, inclusive os olhos das criaturas pequenas de túnica marrom. — Ora, não há um humano vivo que possa beber mais do que um anão com sua própria bebida!

Olhando para Sturm, Tanin piscou, embora mantivesse o rosto solene.

— Você acabou de conhecer dois deles, Dougan Martelorrubro — ele disse, recostando-se na cadeira até ela ranger sob seu peso. — Bebemos mais do que um anão robusto e ainda estávamos sóbrios o suficiente, Sturm e eu, para guiá-lo até sua cama.

— E eu — retorquiu Dougan, cerrando o punho, o rosto ficando vermelho como fogo sob a barba negra — bebi mais do que dez humanos robustos e não apenas os levei para suas camas, como coloquei as roupas de dormir neles e arrumei seus quartos antes de sair!

— Você não vai fazer isso conosco! — Tanin jurou.

— Quer apostar? — resmungou o anão, com um leve insulto.

— Uma aposta, então? — gritou Sturm.

— Uma aposta! — gritou Dougan.

— Defina as regras e as apostas! — Tanin disse, sentando-se para a frente.

Dougan coçou a barba, pensativo.

— Vou beber igual a vocês, rapazes, um a um, bebida por bebida...

— Rá! — Sturm começou a rir.

— ...Bebida por bebida — continuou o anão, imperturbável — até que seus queixos imberbes caiam no chão.

— Será a sua barba e não o nosso queixo que vai bater no chão, anão, — Sturm disse. — Qual a aposta?

Dougan Martelorrubro ponderou.

— O vencedor terá a imensa satisfação de ajudar os perdedores a irem para a cama — respondeu, após uma pausa, enrolando um bigode longo no dedo.

— E o perdedor pagará as contas de todos — acrescentou Tanin.

— Feito — disse o anão, com um sorriso, estendendo a mão.

— Feito — disseram Tanin e Sturm juntos. Cada um apertou a mão de Dougan, então o anão se virou para Palin, com a mão estendida.

— Não quero fazer parte disso! — Palin disse enfaticamente, olhando para seus irmãos. — Tanin — ele disse em voz baixa —, pense em nossos fundos. Se vocês perderem, nós...

— Irmãozinho — Tanin interrompeu, corando de raiva —, na próxima jornada, lembre-me de deixá-lo em casa e trazer um clérigo de Paladine! Teríamos menos pregações e provavelmente nos divertiríamos mais.

— Você não tem o direito de falar comigo desse jeito! — Palin retrucou.

— Ah, devem ser vocês três — Dougan interrompeu, balançando a cabeça — ou a aposta está cancelada. Não há desafio em um anão beber mais que dois humanos. E devem ser destilados anões. Ora, o rapaz pode muito bem estar bebendo o leite de sua mãe do que aquela água de elfo!

(*Água de elfo*: um nome que os anões usam para vinho, que não toleram.)

— Não vou beber isso… — Palin começou.

— Palin — a voz de Tanin era severa e fria —, você está nos envergonhando! Se não pode se divertir, vá para o seu quarto!

Com raiva, Palin começou a se levantar, mas Sturm segurou a manga dos seus mantos.

— Ah, vamos lá, Palin — seu irmão falou alegremente. — Relaxa! — Pela barba de Reorx! Papai não vai entrar por aquela porta! — Ele puxou a manga de Palin até que seu irmão lentamente retomasse seu assento. — Você tem estudado demais. Seu cérebro está cheio de teias de aranha. Aqui, experimente um pouco. Isso é tudo o que pedimos. Se não gostar, não falaremos mais sobre isso.

Empurrando uma caneca cheia para o irmão, Sturm se aproximou e sussurrou no ouvido de Palin:

— Não deixe Tanin bravo, certo? Você sabe como ele é mal-humorado e teremos que suportá-lo daqui até a casa de Lorde Gunthar. O irmãozão está só pensando no seu bem-estar. Nós dois estamos. Só queremos que você se divirta um pouco, só isso. Experimente, sim?

Olhando para Tanin, Palin viu que o rosto de seu irmão estava sombrio e infeliz. *Talvez Sturm esteja certo,* pensou Palin. *Talvez eu devesse relaxar e me divertir um pouco. Tanin estava falando sério quando afirmou sobre me deixar em casa. Ele nunca falou assim antes. É só que eu queria que me levassem a sério, que parassem de me tratar como criança. Talvez eu tenha ido longe demais...*

Forçando uma risada, Palin ergueu a caneca.

— Aos meus irmãos — disse com a voz rouca e ficou satisfeito ao ver os olhos verdes de Tanin se iluminarem e o rosto de Sturm se abrir em um largo sorriso. Levando a caneca aos lábios, Palin tomou um gole da bebida infame conhecida como destilado anão.

O gosto não era ruim. Era agradável, de fato, uma espécie de sabor escuro e terroso que trazia aos seus olhos visões do lar subterrâneo dos anões, Thorbardin. Rolando na língua, Palin assentiu com surpresa e engoliu...

De repente, o jovem mago se perguntou se uma bola de fogo explodira em sua cabeça. Chamas dispararam por sua boca. O fogo saiu por suas orelhas e nariz, rugiu em sua garganta e queimou seu estômago. Não conseguia respirar, não conseguia ver. Ele ia morrer, sabia... A qualquer momento... aqui, nesta taverna imunda e abandonada pelos deuses...

Alguém (Palin teve a vaga impressão de que era Sturm) estava batendo em suas costas e, finalmente, ele conseguiu respirar.

— Gosto muito de ver um homem apreciar sua bebida — Dougan afirmou com seriedade. — Minha vez agora. Uma bebida para o jovem mago! — Levando a caneca aos lábios, o anão inclinou a cabeça para trás e deu em um longo gole. Quando ele reapareceu, seus olhos estavam lacrimejantes e seu nariz grande e bulboso estava vermelho brilhante. — Ahhh! — ele expirou, piscando para conter as lágrimas e enxugando a boca com a ponta da barba.

— Ouçam bem — gritaram Sturm e Tanin, levantando suas canecas. — Uma bebida para nosso irmão, o mago! — Eles também esvaziaram suas canecas, não tão rápido quanto o anão, mas sem parar para respirar.

— Obrigado — Palin falou, profundamente comovido. Cautelosamente, ele tomou outro gole. O efeito não foi tão terrível na segunda vez. Na verdade, foi prazeroso. Palin tomou outro gole, depois outro e finalmente esvaziou a caneca. Colocando-a sobre a mesa em meio aos aplausos de seus irmãos e de Dougan, o jovem sentiu-se aquecido e bem. Seu sangue formigava em suas veias. Tanin o vislumbrava com aprovação e orgulho; Sturm estava enchendo sua caneca novamente. Dougan bebeu mais duas canecas seguidas, Sturm e Tanin beberam as suas e, então, era novamente a vez de Palin. Ele levou a caneca aos lábios...

Palin estava sorrindo, não conseguia parar de sorrir. Ele amava Tanin e Sturm mais do que qualquer outra pessoa no mundo e disse isso a eles, até que desabou e chorou no ombro largo de Sturm. Mas não! Havia outra pessoa que ele amava... E era o anão. Ele cambaleou e deu a volta na mesa para apertar a mão do anão. Até fez um discurso. Amigos rápidos... Amigos firmes, como seu pai e o amigo de seu pai... O velho Flint, o anão... Ele voltou para sua cadeira, só que parecia haver quatro cadeiras agora, em vez de apenas uma. Escolhendo uma, Palin sentou-se, errou e teria acabado no chão se Tanin não o tivesse segurado. Ele bebeu mais uma caneca, observando seus irmãos e seu novo amigo com lágrimas de carinho escorrendo pelo rosto.

— Eu digo, rapazes — a voz de Dougan pareceu a Palin vir de uma longa distância —, eu os amo como meus próprios filhos. E devo dizer, acho que beberam um pouco mais do que podem aguentar.

— Nem! — Sturm gritou indignado, batendo com a mão na mesa.

— Podemos acompanhá-lo — Tanin murmurou, respirando pesadamente, seu rosto um vermelho robusto.

— Isssaí! — Palin disse, batendo na mesa... Ou teria batido, se a mesa não tivesse saltado repentina e inexplicavelmente para fora do caminho.

E, então, Palin estava deitado no chão, pensando que este era um lugar interessante para se estar, muito mais seguro do que lá em cima em quatro cadeiras, com mesas saltitantes... Olhando em volta turvamente, ele viu seu cajado no chão ao seu lado. Ele estendeu a mão, acariciou-o com amor.

— Shirak! — ele murmurou e o cristal no topo do cajado explodiu em luz. Ele ouviu alguma comoção com isso; vozes altas e estridentes tagarelando e falando em algum lugar ao fundo. Palin riu e não conseguiu parar de rir.

Do alto, a voz de Dougan veio flutuando até ele.

— Um brinde às nossas camas — disse o anão — e a uma boa noite de sono! — E, se havia uma nota sinistra na voz áspera ou mais do que um traço de riso triunfante, Palin desconsiderou. O anão era seu amigo, um irmão para ele. Ele o amava como um irmão, seus queridos irmãos...

Palin deitou a cabeça no chão, descansando o rosto na madeira fria do bastão. Fechando os olhos, ele escapuliu para outro mundo, um mundo de criaturas pequenas em mantos marrons, que o levantaram e fugiram com ele...

# 2

## Uma ressaca muito ruim

O mundo oscilou e estremeceu, o estômago de Palin revirou-se e sua pele tremeu, acompanhando de forma amorosa e miserável. Rolando de lado, ele ficou violentamente enjoado e se perguntou, enquanto estava deitado sobre o que quer que fosse — ele não conseguia abrir os olhos para ver; sentia que estavam colados —, quanto tempo ele levaria para morrer e acabar com esse sofrimento.

Quando não podia mais vomitar e parecia que suas entranhas poderiam realmente ficar dentro, Palin deitou-se de costas com um gemido. Sua cabeça estava começando a clarear um pouco e ele percebeu, de repente, quando tentou se mover, que suas mãos estavam amarradas nas costas. O medo disparou por seu cérebro confuso, sua onda de frio soprando para longe as névoas do destilado anão. Ele não conseguia sentir os pés e percebeu vagamente que cordas amarradas em seus tornozelos haviam cortado sua circulação. Cerrando os dentes, ele mudou ligeiramente de posição e mexeu os dedos dos pés dentro de suas botas de couro macio, estremecendo ao sentir o formigamento do sangue voltando.

Ele estava deitado em uma prancha de madeira, notou, sentindo-a embaixo de si com as mãos. E havia um movimento peculiar na prancha, ela balançava para frente e para trás de uma maneira muito perturbadora para a dor de cabeça e para o estômago revirado de Palin. Também havia ruídos e cheiros estranhos... Madeira rangendo, um estranho sibilar e gorgolejar e, de vez em quando, um rugido imenso, baques e batidas acima de sua cabeça que soavam como uma debandada de cavalos ou, Palin pensou com um nó na garganta, a descrição que seu pai fizera de dragões em ataque. Cautelosamente, o jovem mago abriu os olhos.

Quase instantaneamente, ele os fechou novamente. A luz do sol fluindo através de uma pequena janela redonda perfurou seu cérebro como uma flecha, enviando uma dor quente e branca que bateu na parte de trás de seus globos oculares. A prancha o balançou de um lado para o outro e Palin vomitou de novo.

Quando se recuperou o suficiente para pensar que poderia não morrer nos próximos dez segundos, uma questão de extremo pesar, Palin se preparou para abrir os olhos e mantê-los abertos.

Ele conseguiu, mas à custa de ficar enjoado novamente. Felizmente ou infelizmente, não havia mais nada dentro dele para perder e não demorou muito para que pudesse olhar ao redor. Ele estava em uma prancha, como presumira. A prancha fora construída em uma parede curva de madeira de um pequeno quarto e obviamente pretendia ser uma cama tosca. Várias outras tábuas revestiam as paredes da sala de formato estranho e Palin viu seus dois irmãos deitados inconscientes sobre elas, também com mãos e pés amarrados. Não havia outros móveis na sala, nada além de alguns baús que deslizavam pelo chão de madeira.

Palin só precisou olhar pela janela pequena e redonda na parede à sua frente para confirmar seus piores temores. A princípio, ele não viu nada além de céu azul, nuvens brancas e luz do sol brilhante. Então, a prancha em que ele estava deitado caía no que parecia ser um abismo. Os baús de madeira rasparam no chão, passando por ele. O céu azul e as nuvens desapareceram para serem substituídos por água verde.

Fechando os olhos mais uma vez, Palin rolou para aliviar os músculos apertados, pressionando a cabeça dolorida contra a madeira fria e úmida da cama tosca.

Ou talvez ele devesse dizer "leito". *Esse é o termo náutico, não é?* Ele pensou consigo mesmo amargamente. *Isso é o que você chama de cama em um navio. E como eles vão nos chamar no navio? Escravos da galera? Acorrentados aos remos, sujeitos ao mestre com seu chicote, esfolando a carne de nossas costas...*

O movimento do navio mudou, os baús deslizaram pelo chão na direção oposta, o céu e as nuvens saltaram de volta para a janela e Palin sabia que ia vomitar de novo.

— Palin... Palin, você está bem?

Havia um tom angustiado na voz que trouxe Palin à consciência. Dolorosamente, ele abriu os olhos mais uma vez. Ele deve ter dormido, percebeu, embora não tivesse ideia de como poderia ter feito isso com aquele latejar na cabeça e o estado embrulhado do seu estômago.

— Palin! — A voz era urgente.

— Sim — disse Palin com voz torta. Foi preciso esforço para falar; a sensação e o gosto na sua língua era como se anões tolos morassem em sua boca. O pensamento fez seu estômago embrulhar e ele o abandonou apressadamente. — Sim — ele disse novamente — eu estou... bem...

— Obrigado, Paladine! — gemeu a voz, que Palin reconheceu agora como a de Tanin. — Pelos deuses, você parecia tão pálido, deitado aí, pensei que estivesse morto!

— Bem que eu queria — Palin se expressou com emoção.

— Sabemos o que você quer dizer — Sturm disse... Um Sturm muito subjugado e miserável, a julgar pelo som.

Girando ao redor, Palin conseguiu ver seus irmãos. *Se eu estiver tão mal quanto eles,* pensou, *não é de admirar que Tanin acreditasse que eu estava morto.* Ambos os jovens estavam pálidos sob a pele bronzeada, sua palidez tinha um leve tom esverdeado e havia bastante evidência no convés abaixo de que ambos estavam extremamente mal. Seus cachos ruivos estavam embaraçados, molhados e emaranhados, suas roupas encharcadas. Ambos estavam deitados de costas, com as mãos e os pés amarrados com tiras de couro áspero. Tanin tinha um grande hematoma na testa e, além disso, seus pulsos estavam cortados e sangrando. Ele obviamente tentou se libertar e falhou.

— Isso é tudo culpa minha — Tanin resmungou melancolicamente, com outro gemido enquanto a náusea crescia dentro de si. — Como fui idiota por não prever isso!

— Não fique com todo o crédito, irmãozão — Sturm disse. — Eu caí nessa com você. Devíamos ter ouvido Palin...

— Não, não deviam — Palin murmurou, fechando os olhos contra a visão do mar e do céu constantemente mudando de lugar na portinhola. — Eu estava sendo um idiota superior e hipócrita, como vocês dois tentaram indicar. — Ele ficou em silêncio por um momento, tentando decidir se vomitaria ou não. Finalmente, pensou que não e acrescentou: — Estamos juntos nisso agora, de qualquer maneira. Algum de vocês sabe onde estamos e o que está acontecendo?

— Estamos no porão de um navio — Tanin falou. — E, pelo que parece, eles têm uma grande fera acorrentada lá.

— Um dragão? — Palin perguntou baixinho.

— Pode ser — respondeu Tanin. — Lembro de Tanis descrevendo o dragão negro que os atacou em Xak Tsaroth. Ele ouviu um barulho borbulhante e um sibilo, como água fervendo em uma chaleira...

— Mas por que alguém acorrentaria um dragão em um navio? — Sturm argumentou fracamente.

— Todos os tipos de motivos — Palin murmurou —, a maioria deles desagradável.

— Provavelmente mantém escravos como nós na linha. Palin — Tanin disse em voz baixa —, você pode fazer alguma coisa? Para nos libertar, quero dizer? Sabe, sua magia?

— Não — Palin respondeu com amargura. — Meus componentes de magia se foram... Não que eu pudesse pegá-los se os tivesse, já que minhas mãos estão atadas. Meu cajado... *Meu cajado!* — ele lembrou com uma pontada. Com medo, ele lutou para se sentar, olhou em volta e deu um suspiro de alívio. O Cajado de Magius estava em um canto, encostado no casco do navio. Por alguma razão, não se movia quando o navio inclinava, mas permanecia perfeitamente imóvel, aparentemente não afetado pelas leis da natureza. — Meu bastão pode ajudar, mas a única coisa que sei fazer — ele admitiu, envergonhado — é acender a luz. Além disso — acrescentou, deitando-se cansado de volta —, minha cabeça dói tanto que mal consigo lembrar meu nome, muito menos uma magia.

Os jovens ficaram em silêncio, cada um pensando. Tanin lutou contra suas amarras mais uma vez, então desistiu. O couro fora encharcado com água e apertado quando secou, de modo que era impossível para o grandão escapar.

— Então, parece que somos prisioneiros neste buraco miserável...

— Prisioneiros? — clamou uma voz estrondosa. — Perdedores, talvez. Mas prisioneiros, nunca!

Um alçapão no teto se abriu e uma figura baixa e atarracada em veludo vermelho brilhante, com cabelo preto cacheado e barba, enfiou a cabeça por ele.

— Vocês são meus convidados! — Dougan Martelorrubro exclamou vigorosamente, olhando para eles pela escotilha. — E mais afortunados do que todos os humanos, porque escolhi vocês para me acompanharem em minha grande missão! Uma missão que os tornarão famosos em todo o mundo! Uma missão que fará aquela pequena aventura em que seus pais estiveram envolvidos parecer uma caça ao tesouro kender! — Dougan se inclinou tanto pela escotilha que seu rosto ficou bastante vermelho com o esforço e ele quase caiu de cabeça para baixo.

— Não estamos indo em nenhuma missão sua, anão! — Tanin disse com um xingamento. E, pela primeira vez, Palin e Sturm estavam de pleno acordo.

Olhando de soslaio para eles através da escotilha, Dougan sorriu.

— Quer apostar? Vejam, rapazes, é uma questão de honra.

Jogando uma escada de corda, Dougan, um tanto perigosamente, desceu para o porão do navio, sua jornada sendo dificultada pelo fato de que ele não conseguia ver seus pés por causa de sua grande barriga. Chegando ao convés, ele descansou um momento de seu esforço, tirando um lenço rendado da manga do casaco e usando-o para enxugar o rosto suado.

— Eu digo, rapazes — ele disse solenemente —, estou me sentindo um pouco para baixo. Por Reorx, como vocês bebem! Exatamente como disseram. — Tropeçando ligeiramente quando o convés se inclinou abaixo dele, o anão apontou para Sturm. — Você, especialmente! Juro pela minha barba — ele a acariciou — que vi dois de você, rapaz, e estava chegando aos quatro antes que seus olhos revirassem e você caísse no chão. Abalou os alicerces da hospedaria, com certeza. Tive que pagar pelos danos.

— Você disse que ia nos soltar — Tanin rosnou.

— Disse sim — murmurou Dougan, tirando uma faca afiada do cinto. Contornando os baús, ele começou a serrar diligentemente as tiras de couro que prendiam os pulsos de Tanin.

— Se não somos prisioneiros — Palin perguntou —, por que estamos de pés e mãos amarrados?

— Ora, rapaz — o anão respondeu, olhando para Palin com ar ofendido —, foi para sua própria segurança! Estava pensando apenas no melhor! Vocês ficaram tão entusiasmados quando viram que os estávamos carregando a bordo deste belo navio, que tivemos que conter seu entusiasmo...

— Entusiasmo! — Tanin bufou. — Estávamos desmaiados!

— Bem, não, na verdade, você não estava — Dougan admitiu. — Ah, ele estava. — O anão virou a cabeça para Palin. — Dormindo como se estivesse nos braços da mãe. Mas vocês dois, como vi quando coloquei os olhos em vocês, rapazes, são grandes guerreiros. Talvez estejam se perguntando como conseguiram essa pancada na cabeça...

Tanin não disse nada, simplesmente olhou para o anão. Sentando-se, o jovem colocou cuidadosamente a mão na testa, onde havia um caroço do tamanho de um ovo.

— Entusiasmo — disse o anão solenemente, aproximando-se para soltar Sturm. — Essa é uma das razões pelas quais escolhi vocês para minha missão.

— A única missão que eu consideraria fazer com você é levá-lo ao Abismo! — Tanin retrucou teimosamente.

Deitado, Palin suspirou.

— Meu querido irmão — ele disse cansado —, já pensou que temos pouca escolha no assunto? Estamos em um navio, a quilômetros de distância da terra — ele olhou para Dougan, que assentiu com a cabeça — e completamente à mercê deste anão e sua tripulação de assassinos. Você acha que ele nos libertaria de nossas amarras se tivéssemos a menor chance de escapar?

— Rapaz inteligente. — O anão seguiu com aprovação, cortando as cordas de Palin enquanto Sturm sentava-se rígido, esfregando os pulsos. — Mas também, ele é um mago. E todos são inteligentes, pelo menos é o que ouvi. Tão inteligentes — continuou Dougan astuciosamente — que tenho certeza de que ele pensará duas vezes antes de lançar qualquer magia que possa vir à mente. Um feitiço de sono, por exemplo, pode ser muito eficaz e dar um descanso à minha tripulação cruel, mas vocês três podem navegar o navio? Além disso — ele continuou, vendo a expressão severa de Palin —, como eu disse antes... É uma questão de honra. Vocês perderam a aposta, de forma justa. Eu mantive minha parte, coloquei vocês na cama. Agora, vocês devem manter a sua. — O sorriso de Dougan fez as pontas de seu bigode se curvarem para cima. Ele acariciou a barba com satisfação. — Vocês devem pagar a conta.

— Que eu seja amaldiçoado se pagar! — Tanin desdenhou. — Vou arrancar sua barba preta da sua raiz!

A voz de Tanin literalmente tremeu de raiva e Palin se encolheu, observando impotente enquanto seu irmão temperamental avançava até o anão sorridente... E caía de cara no lodo e na imundície.

— Pronto, pronto, rapaz — Dougan falou, ajudando Tanin a se levantar, cambaleante. — Acostume-se com suas pernas do mar primeiro, então pode arrancar minha barba... Se você se recusar a honrar sua aposta. Mas pelo que ouvi sobre Caramon Majere, ele ficaria realmente desapontado ao ver seus filhos se tornassem devedores.

— Não devemos nada! — Tanin disse mal-humorado, apoiando-se fracamente contra o casco e agarrando-se a ele com as duas mãos enquanto o navio balançava debaixo. — Embora alguns possam dizer que a aposta foi manipulada, vamos pagar do mesmo jeito! O que quer de nós?

— Que me acompanhem em minha missão — disse o anão. — Para onde estamos indo é extremamente perigoso! Preciso de dois guerreiros fortes e habilidosos, e um mago sempre vem a calhar.

— E a sua tripulação? — perguntou Sturm. Com cuidado, ele saiu de seu leito e desceu no convés assim que o navio se inclinou, fazendo-o cair de costas contra o casco.

O rosto sorridente de Dougan ficou abruptamente sóbrio. Ele olhou para cima, onde o rugido estranho podia ser ouvido novamente, desta vez misturado, notou Palin, com gritos e berros.

— Ah, minha... hum... tripulação — o anão falou, balançando a cabeça tristemente. — Eles são... Bem, é melhor vocês verem por si mesmos, rapazes.

Girando no salto de seus sapatos elegantes, Dougan foi para a escada de corda, tropeçando desajeitadamente enquanto o navio se inclinava na outra direção.

— Ai! Isso me lembra — ele disse, xingando e esfregando a perna que batera em um dos baús errantes. — Guardamos seus equipamentos aqui. — Ele bateu na tampa. — Espadas, escudos, armaduras e coisas assim. Vocês vão precisar deles para onde estamos indo! — acrescentou alegremente.

Agarrando-se à escada de corda oscilante, o anão subiu por ela e passou pela escotilha.

— Não demorem! — eles o ouviram gritar.

— Bem, o que vamos fazer agora? — Sturm perguntou, levantando-se com cuidado, apenas para cair para a frente com o movimento do navio. O rosto do jovem estava decididamente verde, gotas de suor brotavam em sua testa.

— Vamos pegar nossas espadas — Tanin disse seriamente, tropeçando em direção aos baús.

— E vamos sair deste lugar imundo — Palin emendou. Ele cobriu o nariz e a boca com a bainha da manga. — Precisamos de ar fresco e eu, pelo menos, quero ver o que está acontecendo lá em cima.

— Quer apostar? — Tanin zombou.

Sorrindo tristemente, Palin conseguiu abrir caminho até o Cajado de Magius, que ainda estava de pé contra o casco. Quer fosse alguma propriedade mágica do cajado, ou apenas segurá-lo dava confiança, o jovem mago se sentiu melhor quando sua mão envolveu a madeira lisa.

— Pense no perigo que este cajado viu e conduziu seus mestres com segurança — Palin sussurrou para si mesmo. — Magius o segurou enquanto lutava ao lado de Huma. Meu tio o segurou ao entrar no Abismo para enfrentar a Rainha das Trevas. Esta situação provavelmente não o incomoda em nada.

Segurando o cajado na mão, Palin começou a subir a escada de corda.

— Espere aí, irmãozinho — Tanin falou, agarrando a manga de Palin. — Você não sabe o que há lá em cima. Você mesmo admitiu que não estava pronto para conjurar magias. Por que você não deixa Sturm e eu irmos na frente?

Palin parou, olhando para Tanin com surpresa e satisfação. Seu irmão mais velho não dera uma ordem, como teria feito antes. Ele quase podia ouvi-lo, "Palin, seu tolo! Você espera aqui embaixo. Sturm e eu vamos primeiro". Tanin falou com ele com respeito, apresentou seu argumento com lógica e, depois, deixou que Palin decidisse.

— Você está certo, Tanin — Palin concordou, afastando-se da escada... Só que foi um pouco mais longe do que pretendia, pois o balanço do navio o desequilibrou mais uma vez. Sturm o agarrou e os três ficaram parados, esperando que o navio se endireitasse. Então, um por um, eles subiram a escada de corda.

A mão forte de Sturm puxou Palin para o convés. Felizmente, o jovem mago respirou ar fresco, piscando sob a luz do sol e fazendo o possível para ignorar o latejar em sua cabeça. Seus olhos estavam se ajustando ao brilho quando ouviu o rugido atrás de si, um som assustador, uma combinação de uivos, gritos, rangidos e assobios. O convés sob seus pés vibrava e estremecia. Alarmado, ele começou a se virar para enfrentar qualquer fera horrível que estivesse atacando quando ouviu Tanin gritar:

— Palin, cuidado!

O peso do seu irmão atingiu Palin, derrubando-o e jogando-o no convés quando algo escuro e terrível trovejou sobre sua cabeça com um barulho selvagem de batidas de asas.

— Você está bem? — Tanin perguntou, ansioso. Levantando-se, ofereceu a mão a Palin. — Não queria bater em você com tanta força.

— Acho que você quebrou todos os ossos do meu corpo! — Palin ofegou, tentando recuperar o fôlego. Ele olhou para a proa do navio, onde a coisa desaparecia pela borda. — O que em nome do Abismo foi isso? — Ele olhou para Dougan. O anão também estava, um tanto envergonhado, levantando-se do convés.

Com o rosto tão vermelho quanto suas calças de veludo, Dougan estava limpando pedaços de madeira, fios de corda e espuma do mar quando, de repente, foi cercado por uma horda de pequenas criaturas tagarelantes tentando ajudá-lo.

— Calma lá! — Dougan rugiu irritado, agitando as mãos para as criaturas. — Afastem-se! Afastem-se, eu digo! Voltem para suas tarefas!

Obedientemente, as criaturas fugiram, embora algumas demorassem um ou dois segundos para observar os três irmãos. Um até se aproximou de Palin, uma mão ansiosa estendida para tocar o Cajado de Magius.

— Para trás! — Palin gritou, segurando o cajado contra si. Farejando, a criatura recuou, mas seus olhos brilhantes permaneceram famintos no cajado enquanto ela voltava para o que estivesse fazendo.

— Gnomos! — Sturm exclamou maravilhado, abaixando sua espada.

— Ah, sim — Dougan murmurou, envergonhado. — Minha... hã... tripulação de assassinos.

— Que os deuses nos ajudem! — Tanin orou fervorosamente. — Estamos em um navio gnomo.

— E aquela coisa que faz um barulho tão terrível? — Palin estava quase com medo de perguntar.

— Essa é a... hã... vela — Dougan murmurou, espremendo a água de sua barba. Ele fez um gesto vago com a mão. — Ela estará de volta em alguns minutos, então... bem... estejam preparados.

— O que no Abismo um anão está fazendo em um navio gnomo? — Tanin exigiu.

O embaraço de Dougan aumentou.

— Ah, bem, agora — ele murmurou, enrolando seu longo bigode em torno de seu dedo indicador. — Isso é uma bela história, sabe. Talvez eu tenha tempo de contar...

Equilibrando-se no convés agitado com a ajuda do cajado, Palin olhou para o mar. Uma ideia lhe ocorreu e seu coração estava começando a afundar mais ou menos na mesma velocidade que parecia que este navio estava afundando. O sol estava atrás deles, eles estavam indo para o oeste, em um navio gnomo com um capitão anão...

— A Gemagriz! — Palin murmurou.

— Sim, rapaz! — Dougan gritou, batendo nas costas do jovem mago. — Você pegou o lagarto na goela, como dizem os anões tolos. Essa é a razão pela qual estou neste... hm... navio um tanto único e essa — Dougan continuou, balançando-se para trás, com a barriga projetada à sua frente — é a minha missão!

— O que é? — Tanin perguntou, desconfiado.

— Meus irmãos — Palin explicou —, parece que estamos partindo em uma viagem em busca da lendária e perdida Gemagriz de Gargath.

— Não "em busca" — Dougan corrigiu. — Eu a encontrei! Estamos em uma missão para terminar todas as missões! Vamos recuperar a Gemagriz e... ei, rapazes, cuidado. — Lançando um olhar inquieto para trás, Dougan se jogou no convés. — Lá vem a vela — ele resmungou.

# 3

## O Milagre

O veleiro gnômico era uma verdadeira maravilha tecnológica. (A maravilha é, como disse Sturm, que ele conseguia se manter à tona, muito mais do que navegar de verdade!) Anos de projeto (mais anos no comitê) e séculos de habilidade artesanal depois, o navio gnomo era o terror do alto mar. (Isso era bem verdade. A maioria dos navios fugiu apavorada ao ver a bandeira gnomo, um parafuso dourado em um campo roxo, mas isso ocorreu porque as caldeiras geradoras de vapor tinham o hábito infeliz de explodir. Os gnomos afirmaram ter atacado e afundado um navio pirata minotauro. A verdade é que os minotauros, desamparados pelo riso, permitiram negligentemente que seu navio se aproximasse demais dos gnomos que, em pânico, liberaram o ar pressurizado armazenado em barris usados para pilotar a embarcação. A explosão resultante soprou os minotauros para fora da água e os gnomos para fora do curso por cerca de trinta quilômetros.)

Deixe outras raças zombarem, os gnomos sabiam que seu navio estava anos à frente de seu tempo em praticidade, economia e traçado. O fato de ser mais lento do que qualquer coisa na água, em média, cerca de meio nó em um dia bom com vento forte, não incomodava os gnomos.

(Um comitê está atualmente trabalhando neste problema e espera-se que encontre uma solução em algum momento do próximo milênio).

Os gnomos sabiam que todos os navios tinham velas. Isso era necessário, na opinião deles, para um navio ser um navio. Portanto, o navio dos gnomos tinha uma vela, mas os gnomos, ao estudar embarcações construídas por outras raças menos inteligentes, consideraram um desperdício de espaço encher o convés com mastros, cordas e lonas e um desperdício adicional de energia içar velas para cima e para baixo em um esforço para pegar o vento. Assim, o navio gnomo usava uma vela gigantesca que não apenas pegava o vento, mas, em essência, arrastava o vento consigo.

Foi essa vela que deu ao navio seu estilo revolucionário. Uma obra enorme de lona ondulante com uma viga do tamanho de dez carvalhos robustos, a vela repousava sobre três trilhos de madeira engraxados, um de cada lado do navio e um no meio. Cabos imensos, percorrendo toda a extensão do navio e impulsionados pelo vapor gerado por uma gigantesca caldeira abaixo, operavam esse milagre da tecnologia naval moderna, puxando a vela ao longo do trilho de madeira engraxado em alta velocidade. Movendo-se da frente para trás, a vela fabricava seu próprio vento enquanto rugia e, assim, impulsionava o navio em seu curso.

Quando a vela completava sua varredura impressionante pelo convés e alcançava a popa do navio...

(Houve um pequeno problema. Era impossível virar o navio. Portanto, a popa se parecia com a proa. Os gnomos resolveram esse pequeno problema no projeto fixando a vela para que ela pudesse ir para frente ou para trás, conforme necessário, e deram ao navio duas figuras de proa, donzelas gnomos rechonchudas, uma em cada ponta, cada uma segurando parafusos nas mãos e olhando para o mar com intensidade resoluta.)... Onde estávamos? Ah, sim. Quando a vela chegava à popa, ela se enrolava perfeitamente e viajava sob o navio pela água até chegar à proa. De lá, ela saltava para fora da água, se desenrolava e trovejava ao longo do convés mais uma vez.

Pelo menos foi isso que a vela fez na prancheta e em inúmeras banheiras gnômicas. Na realidade, as engrenagens que controlavam o mecanismo de corda enferrujavam quase imediatamente na água salgada e a vela batia frequentemente na água, total ou parcialmente aberta. Dessa maneira, ele varria o navio, criando um arrasto tremendo que ocasionalmente puxava o navio para trás mais do que tinha avançado. Este pequeno inconveniente foi considerado totalmente compensado, no entanto, por um bônus inesperado. Quando a vela aberta subia do mar, agia como uma rede, puxando cardumes de peixes. À medida que a vela se erguia sobre a proa, choviam peixes sobre o convés, proporcionando almoço, jantar e uma ocasional concussão se alguém tivesse a infelicidade de ser atingido por um atum cadente.

O navio não tinha leme, não havendo lugar para um leme, pois o barco tinha, em essência, duas proas e nenhuma popa. Nada desanimados, os gnomos projetaram sua embarcação para ser dirigida pelo uso dos já mencionados barris de ar pressurizado. Localizados em cada lado do casco, eles eram mantidos cheios de ar por foles gigantes movidos a vapor.

(Dissemos anteriormente que era impossível virar o navio. Isso foi um erro. Os gnomos descobriram que o navio podia ser girado liberando o ar em ambos os barris simultaneamente. Isso fazia com que o navio girasse, mas em um ritmo tão alarmante que a maior parte da tripulação foi lançada ao mar e os que permaneceram nunca mais conseguiram andar em linha reta. Esses infelizes foram prontamente contratados pela Guilda dos Projetistas de Ruas dos gnomos.)

O nome deste navio notável era O Grande Navio Gnomo de Exploração e Busca Feito de Tábuas de Madeira Mantidas Juntas pelo Milagre da Cola Gnomo (sobre a qual quanto menos se falar, melhor) Em Vez Daquela Invenção Humana Insignificante, o Prego, Que Projetamos Com Mais Eficiência de Qualquer Maneira e Impulsionado Pelo Vapor Criado ao Trazer Água para Uma Fervura Rápida e assim por diante, o nome completo ocupando vários volumes de texto na biblioteca dos gnomos. Este nome, ou melhor, uma versão abreviada, foi gravado no casco e, quando os gnomos ficaram sem espaço, no convés também.

Desnecessário dizer que viajar no Milagre (a versão humana mais curta do nome) não trazia paz de espírito, nem mantinha o jantar no estômago. O navio chafurdava na água como um elfo do mar bêbado quando a vela estava embaixo dele, avançava com um solavanco de partir o estômago quando a vela estava varrendo o convés e balançava doentiamente quando a vela atingia a água por trás. As bombas de porão funcionavam constantemente (devido às maravilhas da cola gnomo). Felizmente, os gnomos seguiam em linha reta, para oeste, de modo que não era necessário virar o navio, evitando assim a necessidade de abrir os barris de ar (uma emoção semelhante a ser pego por um ciclone), uma bênção perdida por Tanin, Sturm e Palin (embora Dougan garantisse solenemente que eles deveriam agradecer a seus respectivos deuses por isso!).

A noite estava caindo. O sol mergulhou no mar em uma chama vermelha, como se tentasse ofuscar o anão vestido de maneira berrante. Agachados miseravelmente no convés de proa, os irmãos ficaram contentes ao ver a noite chegar. Eles passaram um dia miserável, forçados a se abaixar toda vez que a vela avançava. Além disso, foram alvejados por peixes e encharcados com a água que escorria da vela. Enjoados e de ressaca, havia pouco para eles comerem, exceto peixe (bastante) e um tipo de biscoito gnomo que parecia muito com a cola milagrosa. Para distraí-los de seus problemas e prepará-los para a missão à frente, Dougan propôs contar a história da Gemagriz de Gargath.

— Eu conheço essa história — Tanin disse, mal-humorado. — Todo mundo em Krynn conhece essa história! Ouço isso desde criança.

— Ah, mas você conhece a história verdadeira? — Dougan perguntou, os observando atentamente com seus olhos escuros e brilhantes.

Ninguém respondeu, sendo incapaz de se ouvir pensar quando a vela, com muita batida de lona e ranger de guinchos, saltou para fora da água e arremessou-se ao longo do convés. Peixes balançavam sobre seus pés, os gnomos pulando aqui e ali atrás deles. A travessia da vela ao longo do convés era pontuada por guinchos e berros quando alguns gnomos infelizes se esqueciam de se abaixar e eram arrastados para o mar pela viga. Como isso acontecia quase toda vez que a vela passava, vários gnomos ficavam estacionados permanentemente ao longo das laterais do navio para gritar "Gnomo ao mar!" (o que faziam com grande entusiasmo) e erguiam os dispositivos salva-vidas para seus companheiros em dificuldades (que também funcionavam como âncoras quando no porto).

— Como vamos saber se é a história verdadeira ou não? — Tanin reclamou quando pôde ser ouvido novamente.

— Sei que existem relatos diferentes, dependendo se alguém ouve a história de um anão ou de qualquer outra raça — Palin acrescentou.

Dougan parecia extremamente desconfortável.

— Sim, rapaz — ele disse —, e aí você tocou em um ponto sensível. Mas, por enquanto, vá em frente e conte, jovem mago. Conte como você ouviu. Presumo que você a tenha estudado, já que envolve a introdução de magia no mundo.

— Muito bem — Palin falou, bastante satisfeito e lisonjeado por ser o centro das atenções. Ouvindo que o humano iria contar sua história favorita, muitos gnomos deixaram seus deveres (e a caça aos peixes) para se arrumarem em torno de Palin, observando o mago com expressões variadas, desde a certeza ansiosa de que ele erraria até a suspeita absoluta de que ele poderia acertar acidentalmente.

— Quando os deuses despertaram do caos e ganharam controle sobre o caos, o Equilíbrio do Universo foi estabelecido e o caos subjugado. O pêndulo do tempo oscilava entre o bem e o mal, com a neutralidade observando para ver se nenhum dos dois ficava mais forte. Foi nessa época que os espíritos das raças começaram a dançar entre as estrelas e os deuses decidiram criar um mundo para essas raças habitarem.

— O mundo foi forjado, mas, agora, os deuses lutavam pelos espíritos das raças. Os deuses do bem queriam dar poder às raças sobre o mundo físico, alimentando-as para o bem. Os deuses do mal queriam escravizar as raças, forçando-as a cumprir suas ordens malignas. Os deuses da neutralidade queriam dar às raças poder físico sobre o mundo, mas com a liberdade de escolher entre o bem e o mal. Eventualmente, o último curso foi decidido, os deuses do mal acreditando que teriam poucos problemas para ganhar vantagem.

— Então, três raças nasceram: os elfos, amados pelos deuses do bem; os ogros, escravos voluntários dos deuses do mal; e os humanos, os neutros, que, de todas as raças, tinham o menor tempo de vida e, portanto, eram facilmente atraídos para um lado ou para o outro. Quando essas raças foram criadas, o deus Reorx recebeu a tarefa de forjar o mundo. Ele escolheu alguns humanos para ajudá-lo nessa tarefa, pois eram os trabalhadores mais dispostos. Mas logo Reorx ficou com raiva dos humanos. Muitos eram gananciosos e trabalhavam apenas para ganhar riqueza, tendo pouco orgulho do que criavam. Alguns tentaram trapacear, outros roubaram. Furioso, Reorx amaldiçoou seus seguidores, transformando-os em gnomos... pequenas criaturas condenadas... não quero dizer realmente *condenadas.* — Palin interrompeu-se apressadamente, vendo os gnomos começarem a franzir a testa — Quero dizer... hã... abençoados a serem artífices — os gnomos sorriram — e passar a vida inteira consertando dispositivos mecânicos que nunca, quer dizer, raramente funcionariam...

A vela rugiu acima e Palin fez uma pausa, agradecido.

— Chegalogonaparteboa! — gritaram os gnomos, que sempre falam extremamente rápido e "juntamsuaspalavras". Decidindo que este era um conselho excelente (assim que ele entendeu), Palin continuou.

— Logo depois disso, Reorx foi enganado por um dos deuses do mal para pegar o vasto poder do caos e forjá-lo em uma joia. Geralmente, acredita-se que o deus por trás disso era Hiddukel, deus da riqueza corrupta...

— Não, rapaz. — Dougan suspirou. — Foi Morgion.

— Morgion? — Palin repetiu com espanto.

— Sim, o deus da decadência. Mas falarei disso depois. — O anão acenou com a mão. — Continue.

— De qualquer forma — continuou Palin, um tanto confuso,

— Reorx fez a Gemagriz e a colocou na lua, Lunitari, a Vermelha, a lua sagrada para os deuses da neutralidade.

Os gnomos estavam todos sorrindo; sua parte favorita estava chegando.

— Durante esse tempo, os gnomos construíram uma grande invenção, projetada para tirá-los do mundo e levá-los para as estrelas. Esta invenção carecia apenas de uma coisa para torná-la operacional, uma força para impulsioná-la. Olhando para o céu à noite, os gnomos viram a Gemagriz brilhando no coração de Lunitari e souberam instantaneamente que, se pudessem capturar o poder do caos que residia na Gemagriz, ele impulsionaria sua invenção.

Muitos acenos de cabeça e olhares sábios entre os gnomos. Sturm bocejou. Tanin levantou-se e inclinou-se sobre o corrimão, onde vomitou silenciosamente.

— Um gnomo extremamente talentoso construiu uma escada extensível que realmente funcionou. Ela o carregou até a lua e lá, com uma rede que trouxera para esse propósito, ele capturou a Gemagriz antes que os deuses o percebessem. Ele trouxe a joia para o mundo abaixo, mas lá ela escapou e navegou para o oeste, passando pelas terras e deixando o caos atrás de si. O caos entrou no mundo na forma de magia. Feras e criaturas foram transformadas pela gema em sua passagem, tornando-se maravilhosas ou hediondas conforme a gema escolheu.

— Um bando de gnomos seguiu a Gemagriz através do mar, esperando ainda pegá-la e reivindicá-la para si. Mas foi um humano, um homem chamado Gargath, que prendeu a pedra e a manteve em seu castelo por certos meios mágicos recém-adquiridos. Chegando ao castelo, os gnomos puderam ver a luz da Gemagriz iluminando o campo. Eles exigiram que Gargath entregasse a pedra. Ele recusou. Os gnomos ameaçaram guerra — gritos e aplausos entre os gnomos aqui —, mas Gargath deu as boas-vindas à batalha. Ele construiu uma muralha alta ao redor do castelo para protegê-lo e à gema. Não havia como os gnomos conseguirem pular o muro, então eles partiram, jurando voltar.

— Ouçam! Ouçam! — gritaram os gnomos.

— Um mês depois, um exército de gnomos chegou ao Castelo Gargath com uma máquina de cerco enorme movida a vapor. Ela alcançou a muralha do castelo, mas quebrou pouco antes de seu alvo. Os gnomos recuaram com perdas pesadas.

"Dois meses depois, os gnomos retornaram com uma máquina de cerco movida a vapor ainda maior. Esta máquina colidiu com a primeira, pegou fogo e queimou. Os gnomos recuaram com perdas ainda maiores. Três meses depois, os gnomos estavam de volta com uma máquina de cerco gigantesca movida a vapor. Ele se arrastava sobre as cinzas das duas primeiras máquinas de cerco e trovejava em direção à parede quando o mecanismo de acionamento quebrou. Com um poderoso gemido, a máquina tombou de lado, derrubando a muralha. Embora não fosse exatamente o que tinham em mente, os gnomos ficaram encantados."

Mais comemoração.

— Mas, quando correram pela brecha na parede, uma luz cinza aço brilhou da pedra, cegando a todos. Quando Lorde Gargath pôde enxergar novamente, ele viu, para seu espanto, que os gnomos estavam lutando entre si!

Franzidos de testa e gritos de "Mentiroso! Fomos citados incorretamente!".

— Uma facção de gnomos exigia que eles recebessem a Gemagriz para cortá-la e transformá-la em tesouro. A outra facção exigia que recebessem a Gemagriz para desmontá-la e ver como funcionava.

— Enquanto os dois lados lutavam, seu aspecto mudou... Assim nasceram as raças dos anões, que esculpem rochas e pensam constantemente em riqueza; e dos kender, movidos por sua curiosidade insaciável de vagar pelo mundo. A Gemagriz escapou durante a confusão e foi vista pela última vez indo para o oeste, um grupo de gnomos e Lorde Gargath atrás dela. E essa — Palin concluiu, um tanto ofegante — é a história da Gemagriz, a menos que você pergunte a um anão, quero dizer.

— Por quê? O que os anões dizem? — perguntou Tanin, olhando para Dougan com um sorriso meio enjoado.

Dougan soltou um suspiro que poderia ter vindo das pontas de seus sapatos pretos.

— Os anões sempre afirmaram que são os escolhidos de Reorx, que ele forjou sua raça por amor, e que gnomos e kender surgiram de tentativa e erro até que ele acertasse.

Vaias. Os gnomos pareciam altamente indignados, mas foram instantaneamente subjugados por Dougan, ao girar e fixar seu olhar penetrante neles.

— De acordo com os anões, Reorx criou a Gemagriz para dar de presente a eles e foi roubada pelos gnomos. — Mais vaias, mas estas silenciadas imediatamente.

— Bem, me parece — disse Sturm, com outro bocejo — que o único que conhece a história verdadeira é Reorx.

— Não exatamente, rapaz — Dougan interrompeu, parecendo desconfortável. — Pois, sabe, eu conheço a história verdadeira. E é por isso que estou nessa busca.

— Qual é a certa, então? — Tanin perguntou, piscando para Palin.

— Nenhuma das duas — Dougan respondeu, parecendo ainda mais desconfortável. A cabeça pendia para baixo, o queixo enterrado na barba, enquanto as mãos se atrapalhavam com os botões dourados do casaco de veludo ensopado. — Você... hã... sabe — ele murmurou, tornando extremamente difícil para qualquer um ouvi-lo sobre as pancadas do mar e o bater de peixes no convés — Reorx... hã... perdeuaGemagriznumjogodeossos.

— O que? — Palin perguntou, inclinando-se para a frente.

— Eleaperdeu — murmurou o anão.

— Eu ainda não ouvi...

— ELE PERDEU A MALDITA GEMA EM UM JOGO DE OSSOS! — Dougan rugiu com raiva, levantando o rosto e olhando ao seu redor. Aterrorizados, os gnomos imediatamente se espalharam em todas as direções, mais do que alguns sendo atingidos na cabeça pela vela enquanto ela passava zunindo. — Morgion, deus da decadência e da doença, enganou Reorx para fazer a gema, sabendo que, se o caos fosse espalhado pelo mundo, seu poder maligno aumentaria. Ele desafiou Reorx para um jogo, com a Gemagriz como aposta e... — O anão ficou em silêncio, olhando carrancudo para os sapatos.

— Ele a apostou em um *jogo de ossos*? — Sturm terminou, surpreso.

— Sim, rapaz — Dougan disse, suspirando pesadamente. — Sabe, Reorx tem uma pequena falha. Apenas uma pequena falha, veja bem, tirando isso, ele é um cavalheiro tão bom e honrado quanto alguém poderia encontrar. Mas — o anão soltou outro suspiro — ele ama sua garrafa, e ama uma boa aposta.

— Ah, então você conhece Reorx, não é? — Sturm falou com um bocejo que estalou sua mandíbula.

— Tenho orgulho de dizer que sim — Dougan respondeu sério, acariciando a barba e enrolando o bigode. — E, com a ajuda dele, consegui localizar a Gemagriz após todos esses anos. Com a ajuda desses rapazes aqui — ele deu um tapa no ombro de um gnomo que passava, derrubando completamente o pequenino — e com a ajuda de vocês, três belos rapazes, vamos recuperá-la e... e... — Dougan parou, parecendo confuso.

— E?

— E devolvê-la para Reorx, naturalmente — o anão disse, dando de ombros.

— Naturalmente — respondeu Tanin. Olhando para Sturm, que adormecera no convés, o grandão flagrou um gnomo fugindo com o elmo de seu irmão. — Ei! — Tanin gritou com raiva, pegando o ladrão pelo colarinho.

— Eusóqueriadarumaolhada! — o gnomo choramingou, encolhendo-se. — Euiadevolverdeverdade. Sabe — ele disse, falando mais devagar quando Tanin soltou seu aperto —, desenvolvemos um novo projeto revolucionário para elmos. Há apenas alguns problemas nele, como tirá-lo da cabeça, e eu...

— Obrigado, não estamos interessados — Tanin resmungou, arrancando o elmo das mãos do gnomo, que o admirava amorosamente. — Vamos, irmãozinho — disse, virando-se para Palin. — Ajude-me a levar Sturm para a cama.

— Onde é a cama? — Palin perguntou, cansado. — E, não, eu não vou voltar para aquele porão fedorento de novo.

— Nem eu — Tanin emendou. Ele olhou ao redor do convés e apontou. — Aquela coisa de aparência esguia ali parece ser o melhor lugar. Pelo menos estará seco.

Ele indicou várias tábuas de madeira que foram habilmente e engenhosamente encaixadas para formar um pequeno abrigo. Apoiadas no casco, as pranchas ficavam sob a vela enquanto ela passava, e protegiam os que estavam lá da água e dos peixes que caíam.

— Então — disse Dougan presunçosamente. — Aquela é a minha cama.

— Era a sua cama — retrucou Tanin. Inclinando-se, ele sacudiu Sturm. — Acorda! Não vamos carregar você! E se apresse, antes que aquela vela amaldiçoada arranque nossas cabeças.

— O quê? — Sturm sentou-se, piscando sonolento.

— Vocês não podem fazer isso! — rugiu o anão.

— Olha, Dougan Martelorrubro! — Tanin disse, curvando-se e fitando o anão nos olhos, sério. — Estou de ressaca, enjoado e não comi nada o dia todo. Já fui encharcado de água, atingido por peixes, atropelado por uma vela e entediado até a morte com as histórias de ninar crianças! Não acredito em você, não acredito na sua missão estúpida. — Tanin parou, furioso, e ergueu um dedo, sacudindo-o na direção do nariz do anão. — Vou dormir onde quero dormir e amanhã, quando estiver me sentindo melhor, juro pelos deuses que vou fazer esses desgraçados virarem este navio e nos levarem de volta para casa!

— E se eu o impedir? — Dougan ameaçou com um olhar malicioso, nem um pouco desconcertado pela raiva de Tanin.

— Então haverá uma nova figura de proa em qualquer ponta desse barco estúpido que seja a frente! — Tanin sibilou com os dentes cerrados. — E terá uma barba preta longa! — Com raiva, o grandão caminhou até o telheiro e se abaixou para dentro. Sonolento, Sturm o seguiu.

— Se eu fosse você, anão — Palin acrescentou, correndo atrás deles —, ficaria fora do caminho dele! Ele é perfeitamente capaz de fazer o que diz.

— É mesmo, rapaz? Terei isso em mente — o anão respondeu, puxando sua barba pensativamente.

O abrigo estava abarrotado com os pertences do anão, muitos dos quais pareciam ser roupas berrantes. Palin as empurrou sem cerimônia para o convés com o pé. Tanin se espreguiçou no convés, Sturm desabou ao lado dele e ambos adormeceram quase tão rapidamente como se o irmão mais novo os tivesse enfeitiçado. Palin deitou-se no pequeno espaço restante, esperando que o sono viesse com a mesma rapidez.

Mas ele não era o veterano que seus irmãos eram. Sturm podia dormir de armadura completa nas areias de um deserto enquanto Tanin era conhecido por roncar alegremente enquanto um raio derrubava uma árvore ao seu lado. Ensopado até os ossos, tremendo de frio, Palin deitou-se no convés e entregou-se à miséria. Estava com fome, mas toda vez que pensava em comida, seu estômago revirava. Seus músculos doíam por causa do enjoo; o gosto amargo da água salgada enchia sua boca. Ele pensou com saudade de sua cama em casa; dos lençóis limpos e perfumados; das horas de estudo pacífico, sentado sob os galhos protegidos das copadeiras, seu grimório no colo.

Fechando os olhos, Palin tentou conter as lágrimas de saudade, mas ela o engolfou como uma onda. Estendendo a mão, ele tocou o Cajado de Magius. E, de repente, veio a memória de seu tio. De onde? Palin não fazia ideia. Raistlin morrera muito antes de Palin nascer. Talvez fosse do cajado... Ou talvez ele estivesse se lembrando de alguma história de seu pai e se tornara real agora, em seu estado enfraquecido. Seja qual for o motivo, Palin viu Raistlin claramente, deitado no chão em uma floresta sombria e varrida pela chuva. Encolhido em seus mantos vermelhos, o mago estava tossindo, tossindo até parecer que nunca mais conseguiria respirar. Palin viu sangue nos lábios pálidos, viu o corpo frágil dilacerado pela dor. Porém não o ouviu falar nenhuma palavra de reclamação. Suavemente, Palin se aproximou de seu tio. A tosse cessou; o espasmo aliviou. Erguendo a cabeça, Raistlin olhou diretamente nos olhos de Palin...

Curvando a cabeça de vergonha, Palin puxou o bastão para mais perto de si, descansando o rosto na madeira fria e lisa e, relaxando, caiu no sono. Pensou ter ouvido a voz do anão, no último momento antes de escorregar para o limite da inconsciência, e pensou ter visto uma cabeça olhando para o telheiro.

— Tenho um baralho aqui, rapazes... o que vocês acham? A carta mais alta dorme aqui esta noite?

# 4

## A Ilha de Gargath

Tanin era perfeitamente capaz de cumprir sua ameaça de assumir o controle do navio, embora não tivesse ideia como forçaria os gnomos a navegarem. Durante a noite, os gnomos, igualmente determinados a continuar a viagem, começaram a organizar um suprimento de armas. Como a maioria dessas armas era de design gnômico, havia toda a possibilidade de que causassem tanto ou mais danos ao portador quanto à vítima pretendida e, portanto, o resultado da batalha, de dois guerreiros e um mago contra numerosos gnomos e um anão, estava aberto a questionamentos.

Felizmente, a pergunta nunca foi respondida. Na manhã seguinte, os irmãos foram acordados por um estrondo tremendo, o som de parar o coração de madeira estilhaçada e o grito um tanto tardio de "Terra à vista!".

Levantando-se cambaleantes, eles saíram do telheiro e atravessaram o convés, uma tarefa nada fácil, pois estava inclinando abruptamente para bombordo.

— O que foi? O que aconteceu? Onde estamos? — perguntou Tanin, esfregando os olhos.

— Chegamos! — anunciou Dougan, alisando a barba com satisfação. — Veja! Ele fez um gesto grandioso e abrangente em direção ao que era, neste momento, a proa. — A Ilha de Gargath.

Os irmãos olharam. A princípio, tudo o que puderam ver foi uma massa confusa de velas partidas, cordas penduradas, vigas quebradas e gnomos agitando as mãos, discutindo furiosamente e empurrando uns aos outros.

O movimento do navio na água cessara, sem dúvida devido à presença de um rochedo, que arrebentou a figura de proa, parte do casco, e partiu a vela em duas.

Com o rosto sombrio, Tanin abriu caminho entre os destroços, seguido por Sturm e Palin, vários gnomos briguentos e o anão. Chegando à proa, ele se agarrou à lateral e olhou além da face do penhasco em direção à ilha. O sol estava nascendo atrás deles, lançando sua luz brilhante sobre um trecho de praia arenosa que se curvava para o norte, desaparecendo em uma mancha de névoa cinzenta. Árvores de aparência estranha com troncos finos e lisos que irrompiam em um floreio de folhas frondosas no topo cercavam a praia. Além da larga faixa de areia, elevando-se acima das árvores e do penhasco sobre o qual o barco agora repousava, havia uma montanha gigantesca. Uma nuvem de fumaça cinza pairava sobre ela, lançando uma mortalha sobre a praia, a água e o navio.

— A Ilha de Gargath — Dougan repetiu, triunfante.

— Gargath? — Palin ficou boquiaberto. — Quer dizer...

— Sim, rapaz. O lorde em pessoa seguiu a Gemagriz, se você se lembra, quando ela escapou. Ele construiu um navio e navegou atrás dela enquanto desaparecia no horizonte oeste e essa foi a última vez que alguém em Ansalon ouviu falar dele. Sua família imaginou que ele havia caído da borda do mundo. Mas, alguns anos atrás, eu estava bebendo com um grupo de minotauros. Uma coisa levou à outra, houve um jogo, pelo que me lembro, e ganhei este mapa deles. — Enfiando a mão no bolso de seu casaco de veludo vermelho (agora muito pior pelo desgaste e pela água salgada), Dougan tirou um pedaço de pergaminho e o entregou a Tanin.

— É um mapa de minotauro, certo — Tanin disse, colocando-o no parapeito inclinado e alisando-o, tentando manter o equilíbrio ao mesmo tempo. Sturm se abaixou para ver e Palin se aproximou dele, apoiando-se no Cajado de Magius. Embora tenha sido escrito na linguagem grosseira dos homens-feras, o mapa foi desenhado com a precisão e habilidade pelas quais os minotauros são relutantemente conhecidos pelas raças civilizadas de Krynn. Não havia como confundir o continente de Ansalon ou, muito mais a oeste, uma pequena ilha com a palavra "Gargath" escrita ao lado.

— O que isso significa — Sturm perguntou, apontando para um símbolo sinistro ao lado da ilha —, aquela coisa que parece uma cabeça de touro com uma espada cravada?

— Isso? — Dougan repetiu, encolhendo os ombros com indiferença. Agarrando o mapa de Tanin, ele o enrolou apressadamente. — Algum rabisco minotauro, sem dúvida...

— O "rabisco" minotauro para o "perigo" — Palin advertiu, sério. — Não está certo?

Dougan corou, enfiando o mapa de volta no bolso.

— Bem, agora, rapaz, eu acredito que você possa estar no caminho certo, embora eu pessoalmente não dê muita importância ao que essas criaturas selvagens possam imaginar para desenhar...

— Essas "criaturas selvagens" marcaram esta ilha com seu aviso mais forte! — Palin interrompeu. — Nenhum navio minotauro vai atracar em qualquer lugar com essa marca — acrescentou, voltando-se para seus irmãos.

— E há poucas coisas neste mundo ou no próximo que os minotauros temem — Tanin disse, olhando para a ilha, seu rosto sombrio.

— Que outra prova vocês precisam? — perguntou Dougan em voz baixa, seguindo o olhar de Tanin; os olhos escuros e brilhantes do anão estavam cheios de fome. — A Gemagriz está aqui! É seu poder que os minotauros sentem e temem!

— O que você acha, Palin? — Tanin virou-se para o irmão mais novo. — Você é o mágico. Certamente pode senti-la.

Mais uma vez, Palin sentiu a emoção do prazer ao ver seus irmãos mais velhos, as duas pessoas que ele mais admirava neste mundo, com exceção de seu pai (ou talvez até mais do que seu pai), olhando para ele com respeito, aguardando seu julgamento. Segurando o Cajado de Magius, Palin fechou os olhos e tentou se concentrar e, ao fazê-lo, uma sensação de frio apertou seu coração com dedos de gelo, espalhando seu medo gélido por seu corpo. Ele estremeceu e abriu os olhos para encontrar Tanin e Sturm o encarando ansiosamente.

— Palin... seu rosto! Você está pálido como a morte. O que foi?

— Eu não sei... — Palin vacilou, com a boca seca. — Senti algo, mas não tenho certeza do quê. Não era tanto um perigo quanto um sentimento perdido e vazio, uma sensação de desamparo. Tudo ao meu redor estava girando fora de controle. Não havia nada que eu pudesse fazer para impedir...

— O poder da gema — disse Dougan. — Você o sentiu, jovem mago! E agora vocês sabem por que ela deve ser capturada e devolvida aos deuses para protegê-la. Ela escapou dos cuidados do homem antes e escapará novamente. Só os deuses sabem — o anão acrescentou tristemente — que mal ela causou aos habitantes desta ilha miserável.

Sacudindo a barba preta, Dougan estendeu a mão trêmula para Tanin.

— Vocês vão me ajudar, rapazes, não vão? — ele perguntou em tom sincero e suplicante, tão diferente de sua fanfarronice habitual que Tanin foi pego de surpresa, sua raiva perfurada. — Se disserem não — Dougan continuou, baixando a cabeça —, eu vou entender. Embora tenha ganhado a aposta, acho que foi um erro da minha parte embebedá-los e prendê-los quando estavam fracos e indefesos.

Tanin mordeu o lábio, obviamente não aceitando esse lembrete.

— E eu juro pela minha barba — disse o anão solenemente, acariciando-a — que, se você der a ordem, farei com que os gnomos os levem de volta para Ansalon. Assim que eles consertarem o navio, quero dizer.

— Se eles consertarem o navio! — Tanin finalmente resmungou.

(Isso parecia improvável. Os gnomos não prestavam atenção alguma ao navio, mas discutiam entre si sobre quem deveria estar de vigia, quem deveria estar lendo o mapa dos próprios gnomos e o comitê que esboçara o mapa em primeiro lugar. Mais tarde foi decidido que, como o penhasco não estava marcado no mapa, ele não estava lá. Tendo chegado a esta conclusão, os gnomos puderam começar a trabalhar.)

— Bem, o que vocês dois dizem? — Tanin virou-se para seus irmãos.

— Eu digo que, já que estamos aqui, devemos pelo menos dar uma olhada ao redor — Sturm falou em voz baixa. — Se o anão estiver certo e pudermos recuperar a Gemagriz, nossa admissão na cavalaria estará garantida! Como ele disse, seríamos heróis!

— Sem falar da riqueza que podemos obter — Tanin murmurou. — Palin?

O coração do jovem mago batia rápido. *Quem sabe que poderes mágicos a Gemagriz possui?* Ele pensou de repente. *Isso poderia aumentar meu poder e eu não precisaria de nenhum grande arquimago para me ensinar! Eu mesmo posso me tornar um grande arquimago, apenas tocando nela ou...* Palin balançou a cabeça. Erguendo os olhos, ele viu os rostos de seus irmãos. A de Tanin estava feia de ganância, a de Sturm retorcida de ambição. *Meu próprio rosto,* Palin pôs a mão sobre ele, *como deve parecer para eles?* Ele olhou para suas vestes e viu sua cor branca desbotada em um cinza sujo. P*ode ser apenas da água salgada, mas pode ser de outra coisa...*

— Meus irmãos — disse com urgência —, vamos nos ouvir! Pensem no que acabaram de dizer! Tanin, desde quando você sai em busca de riqueza e não de aventura!

Tanin piscou, como se acordasse de um sonho.

— Você está certo. Riqueza! Do que estou falando? Nunca me importei muito com dinheiro...

— O poder da Gemagriz está falando — Dougan gritou. — Está começando a corromper vocês, como corrompeu os outros. — Seu olhar foi para os gnomos. Os empurrões se transformaram em socos e logo estavam arremessando uns aos outros ao mar.

— Digo que devemos pelo menos investigar esta ilha — Palin falou em voz baixa para que o anão não ouvisse. Ele puxou seus irmãos para mais perto. — Pelo menos para descobrir se Dougan está dizendo a verdade. Se ele estiver, se a Gemagriz estiver aqui, se pudermos ser nós a trazê-la de volta...

— Ah, está aqui! — Dougan disse, enfiando ansiosamente seu rosto de barba negra no meio deles. — E quando vocês a trouxerem de volta, rapazes, ora, as histórias que contam sobre seu famoso pai não serão nada comparadas às lendas que cantarão sobre vocês! E vocês resgatarão as pobres pessoas desta ilha de seu triste destino — o anão continuou em tom solene.

— Pessoas? — Tanin disse, assustado. — Quer dizer que este lugar é habitado?

— Sim, há pessoas aqui — o anão afirmou com um suspiro ventoso, embora estivesse observando os irmãos astutamente.

— Ele está certo — Sturm disse, olhando fixamente para a praia. — Existem pessoas em Gargath. E não me parece, Dougan Martelorrubro, que eles queiram ser resgatados!

Tanin, Palin, Sturm e o anão foram transportados através da água do Milagre por um grupo de gnomos em um bote dobrável. Trazer o bote a bordo do Milagre fora ideia do anão e os gnomos ficaram encantados com algo tão prático e simples. Os próprios gnomos projetaram um bote usado para salvar vidas para ser fixado ao Milagre. Com aproximadamente o mesmo peso e dimensões do próprio navio, o bote "salva-vidas" fora deixado para trás, para ser estudado por um comitê.

À medida que o bote se aproximava da costa, avançando com as ondas e a maré alta, os irmãos puderam ver o grupo de boas-vindas. O sol nascente refletia lanças e escudos carregados por uma multidão de homens que esperavam sua chegada na praia. Altos e musculosos, os homens usavam pouca roupa no clima ameno da ilha. Sua pele era de um marrom rico e reluzente, seus corpos adornados com contas e penas brilhantes, seus rostos severos e resolutos. Os escudos que carregavam eram feitos de madeira e pintados com desenhos berrantes, as lanças também feitas à mão, de madeira com pontas de pedra.

— Muito bem afiadas, pode acreditar em mim — Sturm falou soturnamente. — Elas atravessam a carne como uma faca na manteiga.

— Estamos em desvantagem numérica de pelo menos vinte para um — Tanin indicou para Dougan, que estava sentado na proa do barco, manuseando um machado de batalha que era quase do tamanho do anão.

— Ora! Primitivos! — Dougan retrucou com desdém, embora Palin notasse que o rosto do anão estava um pouco pálido. — À primeira vista do aço, eles se curvarão e nos adorarão como deuses.

A chegada dos "deuses" à praia não foi nada majestosa. Tanin e Sturm pareciam magníficos em sua armadura de aço brilhante de fabricação e estilo élfico, um presente de Porthios e Alhana dos Reinos Élficos Unidos. As couraças reluziam ao sol da manhã; seus elmos cintilavam intensamente. Saindo do barco, eles afundaram até as canelas na areia e, em poucos minutos, ambos estavam firmemente atolados.

Vestido com seu traje de veludo vermelho, Dougan exigiu que os gnomos o levassem para a praia, para que ele não estragasse suas roupas. O anão acrescentara ao seu traje um chapéu de abas largas decorado com uma pluma branca que esvoaçava com a brisa do oceano. Ele era realmente uma visão maravilhosa, parado orgulhosamente na proa do barco com seu machado ao lado, olhando seriamente para os guerreiros dispostos em formação de batalha na praia. Os gnomos obedeceram à sua injunção ao pé da letra, encalhando o barco na praia com tanta força que Dougan caiu de cabeça, quase sendo partido em dois pelo seu enorme machado de guerra.

Palin sempre imaginou sua primeira batalha, lutando ao lado de seus irmãos, combinando aço e magia. Ele passara a viagem até a costa adicionando os poucos feitiços que conhecia à memória. Enquanto se aproximavam da terra, seu pulso disparou com o que ele dizia a si mesmo ser excitação, não medo. Estava preparado para quase todas as eventualidades... Com exceção de ajudar um anão irado, xingando e blasfemando, a se levantar; tentar desalojar seus irmãos da areia molhada; e enfrentar um exército de homens silenciosos, sombrios e seminus.

— Por que eles não nos atacam? — Sturm murmurou, debatendo-se na água, tentando manter o equilíbrio. — Eles poderiam nos cortar em pedaços!

— Talvez tenham uma lei que os proíba de machucar idiotas! — Tanin retrucou irritado.

Dougan conseguiu, com a ajuda de Palin, se levantar cambaleando. Balançando o punho, ele enviou os gnomos de volta ao navio com um palavrão como despedida, então se virou e, com toda a dignidade que podia portar, atravessou a praia em direção aos guerreiros. Tanin e Sturm seguiram mais devagar, com as mãos nos punhos das espadas. Palin veio atrás de seus irmãos ainda mais lentamente, seus mantos brancos molhados e sujos, a bainha coberta de areia.

Os guerreiros esperavam por eles em silêncio, imóveis, seus rostos inexpressivos enquanto observavam os estranhos se aproximarem. Mas Palin notou, ao se aproximar, que ocasionalmente um dos homens olhava inquieto para a selva próxima. Observando que isso aconteceu mais de uma vez, Palin voltou sua atenção para as árvores. Depois de observar e ouvir atentamente por um momento, ele se aproximou de Tanin.

— Tem alguma coisa naquelas árvores — ele disse em voz baixa.

— Não duvidaria — Tanin resmungou. — Provavelmente outros cinquenta ou mais guerreiros.

— Eu não sei — Palin disse pensativo, balançando a cabeça. — Os guerreiros parecem estar nervosos com isso, talvez até...

— Shhh! — Tanin ordenou bruscamente. — Não é hora de falar, Palin! Agora, fique atrás de Sturm e de mim, como deve fazer!

— Mas... — começou Palin.

Tanin lançou um olhar de raiva para lembrar ao jovem quem estava no comando. Com um suspiro, Palin assumiu sua posição atrás de seus irmãos. Mas seus olhos foram para a selva e ele percebeu novamente que mais de um dos guerreiros permitiu que seu olhar se desviasse naquela direção também.

— Saudações! — gritou Dougan, cambaleando pela areia para ficar na frente do guerreiro que, por se destacar um pouco na frente de seus companheiros, parecia ser o chefe. — Nós, deuses! — proclamou o anão, batendo no próprio peito. — Viemos da Terra do Sol Nascente para saudar nossos súditos na Ilha de Gargath.

— Você é um anão — disse o guerreiro taciturno, falando excelente em Comum. — Vocês vieram de Ansalon e provavelmente estão atrás da Gemagriz.

— Bem... há... então... — Dougan parecia confuso. — Isso é... ah... um bom palpite, rapaz. Estamos, por acaso, levemente interessados em... ah... a Gemagriz. Se nos fizer a gentileza de dizer onde podemos encontrá-la...

— Você não pode tê-la — disse o guerreiro, parecendo deprimido. Ele levantou sua lança. — Estamos aqui para impedi-los.

Os guerreiros atrás dele assentiram sem entusiasmo, atrapalhados com suas lanças e entrando desajeitadamente em algum tipo de formação de batalha irregular. Mais uma vez, Palin notou que muitos deles olhavam para a selva com aquela mesma expressão nervosa e preocupada.

— Bem, nós vamos levá-la! — Tanin gritou ferozmente, aparentemente tentando angariar algum entusiasmo para o conflito. — Vocês terão que lutar conosco para nos parar.

— Acho que sim — murmurou o chefe, erguendo sua lança de maneira indiferente.

Um tanto confusos, Tanin e Sturm desembainharam suas espadas mesmo assim, enquanto Dougan, seu rosto sombrio, levantava seu machado. As palavras de um canto mágico estavam nos lábios de Palin e o Cajado de Magius parecia tremer de ansiedade em sua mão. Mas Palin hesitou. De tudo o que ouvira, as batalhas não deveriam ser assim! Onde estava o sangue quente? O ódio feroz? A determinação amarga de morrer onde se estava em vez de ceder um centímetro de terreno?

Os guerreiros avançaram arrastando os pés, cutucando uns aos outros. Tanin se aproximou deles, sua espada brilhando ao sol, Sturm atrás dele. De repente, um grito veio da selva. Houve um movimento e um farfalhar, mais gritos e depois um berro de dor. Uma figura pequena saiu correndo das árvores, seguindo pela areia.

— Espere! — Palin gritou. — É uma criança!

Os guerreiros se viraram ao ouvir o som.

— Droga! — murmurou o chefe, jogando seu escudo e lança na areia com desgosto. A criança, uma garotinha de cerca de cinco anos, correu até o guerreiro e jogou os braços em volta de suas pernas. Nesse momento, outra criança, mais velha que a primeira, saiu correndo da floresta atrás dela.

— Pensei ter dito para mantê-la com você! — o chefe disse ao filho mais velho, um menino, que veio correndo.

— Ela me mordeu! — disse o menino em acusação, exibindo marcas de sangue em seu braço.

— Você não vai machucar meu pai, vai? — a garotinha perguntou a Tanin, o encarando com olhos escuros.

— N-não — Tanin gaguejou, surpreso. Ele baixou a espada. — Estamos apenas — ele deu de ombros, corando — conversando. Sabe, conversa de homem.

— Abençoada minha barba! — o anão exclamou, admirado. Mais crianças correram da selva, crianças de todas as idades, de bebês que mal conseguiam atravessar a areia até meninos e meninas mais velhos, de cerca de dez ou onze anos. O ar estava cheio de suas vozes estridentes.

— Aqui está chato. Podemos ir para casa?

— Me deixa segurar a lança!

— Não, é a minha vez! Papai disse...

— Apu disse um palavrão!

— Não falei!

— Falou sim!

— Olha, papai! Aquele baixinho gordo com cabelo no rosto! Ele não é feio?

Olhando para os estranhos com um constrangimento profundo, os guerreiros deixaram sua formação de batalha para discutir com seus filhos.

— Ouça, Flor, o papai só vai demorar um pouco mais. Volte e vá brincar...

— Apu, leve seus irmãos de volta e não me deixe ouvir você usando esse tipo de linguagem ou eu vou...

— Não, querida, papai precisa da lança agora. Você pode carregá-la a caminho de casa...

— Parem! — rugiu o anão. O grito estrondoso de Dougan cortou a confusão, silenciando tanto os guerreiros quanto as crianças.

— Olha — Tanin disse, embainhando sua espada, seu próprio rosto corado de vergonha —, não queremos lutar com vocês, especialmente na frente dos seus filhos.

— Eu sei — o chefe respondeu, desgostoso. — É sempre assim. Não tivemos uma boa batalha em dois anos! Você já — ele lançou a Tanin um olhar triste — tentou lutar com uma criança agarrada aos seus pés?

Profundamente perplexo, Tanin balançou a cabeça.

— Isso tira toda a diversão — acrescentou outro guerreiro enquanto uma criança subia em suas costas e outra batia em suas canelas com seu escudo.

— Deixe-os em casa com suas mães, então, onde devem ficar — Dougan falou rispidamente.

A expressão dos guerreiros ficou ainda mais sombria. Ao mencionar suas mães, várias das crianças começaram a chorar.

— Não podemos — afirmou um guerreiro.

— Por que não? — Dougan perguntou.

— Porque suas mães se foram!

— Tudo começou há dois anos — disse o chefe, caminhando com Dougan e os irmãos de volta à aldeia. — Lorde Gargath enviou um mensageiro até nós, exigindo o pagamento de dez donzelas para ele em tributo ou liberaria o poder da Gemagriz. — O olhar do guerreiro foi para o vulcão à distância, seu topo irregular quase invisível entre as nuvens cinzentas que o cercavam. Relâmpagos bifurcados riscavam as nuvens e trovões retumbavam. O chefe estremeceu e balançou a cabeça. — O que poderíamos fazer? Pagamos o seu tributo. Mas não parou por aí. No mês seguinte, veio o mensageiro novamente. Mais dez donzelas, e mais no mês seguinte. Logo, ficamos sem donzelas, e então o lorde exigiu nossas esposas. Então, mandou buscar nossas mães! Agora — suspirou o cacique — não há mais nenhuma mulher na aldeia!

— Todas elas! — Sturm ficou boquiaberto. — Ele levou todas!

O chefe assentiu em desespero e a criança em seus braços chorou de aflição.

— E não só as nossas. Aconteceu com todas as tribos da ilha. Costumávamos ser um povo valente e orgulhoso — acrescentou o chefe, com os olhos escuros brilhando. — Nossas tribos estavam constantemente em guerra. Ganhar honra e glória na batalha era pelo que vivíamos. Morrer lutando era a morte mais nobre que um homem poderia encontrar! Agora, levamos uma vida de trabalho penoso...

— Nossas mãos na água da louça em vez de sangue — disse outro —, consertando roupas em vez de quebrar crânios.

— Para não falar do que mais estamos perdendo, sem as mulheres — acrescentou um terceiro, com um olhar significativo.

— Bem, porque vocês não vão buscá-las! — Tanin exigiu.

Um a um, os guerreiros olharam para ele com horror indisfarçável, muitos observando por cima dos ombros para o vulcão fumegante, expressões de terror em seus rostos, como se temessem ser ouvidos.

— Atacar o poderoso Lorde Gargath? — perguntou o chefe no que era praticamente um sussurro. — Enfrentar a ira do mestre da Gemagriz? Não! — Ele estremeceu, segurando seu filho perto. — Pelo menos agora, nossos filhos têm um dos pais.

— Mas se todas as tribos lutassem juntas — Sturm argumentou — isso seria... Quantos homens? Centenas? Milhares?

— Mesmo se houvesse milhões, não enfrentaríamos o Mestre da Gemagriz disse o chefe.

— Bem, então — disse Dougan bruscamente —, por que vocês tentaram nos impedir lá na praia? Acho que vocês ficariam muito felizes em se livrar dessa coisa!

— Lorde Gargath ordenou que lutássemos contra qualquer um que tentasse tomá-la — o chefe respondeu simplesmente.

Chegando à sua aldeia, cabanas de palha dispersas que já viram dias melhores, os guerreiros se dispersaram, alguns levando crianças para a cama, outros correndo para olhar as panelas fumegantes, outros ainda indo para um riacho com cestos cheios de roupas.

— Dougan — disse Tanin, observando tudo com espanto quase grande demais para palavras —, isso não faz sentido! O que está acontecendo?

— O poder da Gemagriz, rapaz — o anão falou solenemente. — Eles estão profundamente enfeitiçados e não conseguem mais ver nada racionalmente. Aposto dez contra um que é a Gemagriz que os impede de atacar Lorde Gargath. Mas nós, agora — o anão olhou para os irmãos astuciosamente , não estamos sob seu feitiço.

— Ainda não — Palin mencionou.

— E, portanto, temos uma chance de derrotá-la! Afinal, quanto poder ele tem?

— Ah, ele poderia ter um exército de alguns milhares de homens ou algo assim — Sturm disse.

— Não, não — Dougan interrompeu apressadamente. — Se tivesse, teria apenas enviado o exército para atacar as aldeias, matar os homens e levar as mulheres. Lorde Gargath está usando o poder da Gemagriz porque é tudo que ele tem! Porém, devemos agir rapidamente, rapazes, porque seu poder sobre nós crescerá quanto mais ficarmos perto de sua influência.

Tanin franziu a testa, considerando.

— Então, como podemos obter a Gemagriz? — perguntou abruptamente. — E o que fazemos com ela depois que pegarmos? Para mim, parece que estaremos em um perigo maior do que nunca!

— Ah, deixa isso comigo! — Dougan afirmou, esfregando as mãos. — Apenas me ajudem a pegá-la, rapazes.

Tanin continuou franzindo a testa.

— E pense nas mulheres... coitadinhas — o anão continuou tristemente. — Mantidas como escravas por este lorde perverso, forçadas a se submeterem à sua vontade maligna. Elas, sem dúvida, ficarão gratas aos bravos que as resgatarem...

— Ele está certo — Sturm irrompeu com determinação repentina. — É nosso dever, Tanin, como futuros Cavaleiros de Solamnia, resgatar as mulheres.

— O que você diz, irmãozinho? — perguntou Tanin.

— É meu dever como mago dos Mantos Brancos ajudar essas pessoas — disse Palin, sentindo-se extremamente hipócrita. — *Todas* essas pessoas, — acrescentou.

— Além disso, é uma questão de honra, rapaz — Dougan disse solenemente. — Vocês *perderam* a aposta. E levará alguns dias até que os gnomos consertem o navio...

— E as mulheres provavelmente ficarão *muito* gratas! — Sturm lembrou.

— Tudo bem, nós vamos! — Tanin confirmou. — Embora eu prefira enfrentar um dragão a lutar contra o poder de algum tipo de rocha estranha.

— Ha, ha, dragão! — repetiu o anão, com um sorriso doentio que Tanin estava preocupado demais para notar.

Os irmãos e o anão aproximaram-se do chefe, que estendia roupa para secar e vigiava ansiosamente a panela do ensopado para que não transbordasse.

— Me escutem, homens! — Tanin gritou alto, fazendo sinal para os guerreiros da vila se reunirem ao seu redor. — Meus irmãos, o anão e eu iremos ao castelo deste Lorde Gargath para pegar a Gemagriz. Algum de vocês gostaria de vir conosco?

Olhando uns para os outros, os guerreiros balançaram a cabeça.

— Muito bem — Tanin continuou exasperado —, algum de vocês irá conosco como nosso guia? Pode voltar quando chegarmos ao castelo.

Mais uma vez, os guerreiros negaram com a cabeça.

— Então iremos sozinhos! — Tanin esbravejou ferozmente. — E vamos voltar com a Gemagriz ou deixar nossas vidas naquele castelo!

Girando sobre os calcanhares, o grandão saiu do acampamento, seus irmãos e o anão marchando atrás. Ao saírem, no entanto, encontraram olhares sombrios dos guerreiros e ouviram comentários murmurados. Mais do que alguns sacudiram os punhos para eles.

— Eles certamente não parecem satisfeitos — Tanin notou. — Especialmente porque somos nós que enfrentaremos todo o perigo. O que estão dizendo?

— Acho que acaba de ocorrer a eles que as mulheres provavelmente ficarão muito agradecidas — Dougan respondeu em voz baixa.

# 5

## Uma questão de honra

Posteriormente, Sturm afirmou que Tanin deveria ter percebido o que estava acontecendo e mantido o anão fora do jogo naquela noite. Tanin retrucou que Sturm deveria manter a boca fechada, já que dormiu durante a coisa toda. Mas Palin lembrou a ambos que todos estavam sob a influência da Gemagriz na época, então provavelmente não teria feito nenhuma diferença de qualquer forma.

Eles caminharam o dia todo, movendo-se facilmente pela selva densa, seguindo uma trilha que obviamente estava lá há anos. O grande problema era o calor, intenso. Sturm e Tanin logo tiraram suas armaduras e as guardaram e finalmente convenceram Palin a tirar seus mantos brancos, embora ele tenha protestado por muito tempo contra vagar pelo deserto vestido apenas com as roupas de baixo.

— Olha — disse Tanin, por fim, quando Palin estava à beira de um colapso, seus mantos pingando de suor —, não há nenhuma mulher para vê-lo, disso sabemos. Pendure suas bolsas de feitiços na cintura. Sempre podemos nos vestir de novo antes de chegarmos à próxima aldeia. — Palin concordou relutantemente e, além de receber algumas críticas de Sturm sobre suas pernas magras, ficou grato por isso. A selva ficou mais úmida à medida que o sol subia. Chuvas intermitentes esfriavam os irmãos e o anão ocasionalmente, mas no final serviam apenas para aumentar a umidade.

Dougan, no entanto, recusou-se firmemente a tirar seu chapéu de abas largas, afirmando que o calor não era nada para um anão e ridicularizando os humanos por sua fraqueza. Isso ele fez com a transpiração escorrendo pelo rosto até pingar pelas pontas do bigode. Ele marchava com um ar rebelde, como se desafiasse um deles a dizer alguma coisa e, muitas vezes, resmungava que eles o estavam atrasando. No entanto, Palin viu Dougan mais de uma vez, quando pensou que ninguém estava olhando, se apoiar em uma rocha, abanar-se com o chapéu e enxugar o rosto com a barba.

Quando chegaram à próxima aldeia, que ficava a cerca de um dia de caminhada pela selva, todos eles (até o anão) estavam tão moles e cansados que mal tinham forças para colocar suas roupas e armaduras de volta no lugar para ter uma aparência impressionante. A notícia de sua chegada deve ter viajado de alguma maneira misteriosa (Palin pensou, então, que sabia o motivo das batidas estranhas de tambor que estavam ouvindo), pois foram recebidos pelos homens e pelas crianças da aldeia. Os homens os olharam com frieza (embora alguns olhos brilhassem ao ver a armadura élfica), deram comida e bebida e indicaram uma cabana onde poderiam passar a noite. Tanin fez um discurso emocionante sobre a invasão do Castelo de Gargath e pediu voluntários.

As únicas respostas foram olhares sombrios, passos arrastados e um comentário murmurado:

— Não posso. Estou com frango no caldeirão...

Não sendo isso mais do que esperavam, os irmãos tiraram suas armaduras e roupas e foram para a cama. A noite de descanso deles foi ininterrupta, exceto para esbofetear algum tipo de inseto carnívoro alado que aparentemente tinha desejo por carne humana e outro incidente.

Por volta da meia-noite, Tanin foi acordado pelo anão, sacudindo seu ombro e chamando seu nome em voz alta.

— O quê — Tanin murmurou sonolento, procurando sua espada.

— Não, rapaz, deixe sua arma para lá — Dougan falou, apressadamente. — Só preciso saber de uma coisa, rapaz. Você, eu e seus irmãos somos camaradas, não somos?

Tanin se lembrava, tão bem quanto conseguia, de que o anão parecera particularmente ansioso com isso e repetira a pergunta várias vezes.

— Sim, camaradas — Tanin resmungou, rolando.

— O que é meu é seu, o seu é meu? — persistiu o anão, inclinando-se para olhar o jovem no rosto.

— Sim, sim. — Tanin acenou com a mão, afastando um inseto e a barba do anão ao mesmo tempo.

— Obrigado, rapaz! Obrigado — Dougan concluiu com gratidão. — Você não vai se arrepender.

Tanin disse mais tarde que as últimas palavras do anão, "Você não vai se arrepender", perduraram ameaçadoramente em seus sonhos, mas ele estava cansado demais para acordar e refletir sobre a situação.

Do jeito que estava, ele teve muito tempo para ponderar na manhã seguinte, quando acordou para encontrar uma ponta de lança em sua garganta e vários guerreiros altos parados sobre ele. Uma olhada rápida mostrou seus irmãos em circunstâncias semelhantes.

— Sturm! — Tanin chamou, sem ousar se mover e mantendo as mãos à vista. — Palin, acorde!

Seus irmãos acordaram rapidamente com o som de alarme em sua voz e olharam para seus captores com uma surpresa sonolenta.

— Tanin — Palin disse, mantendo a voz calma —, o que está acontecendo?

— Não sei, mas vou descobrir! — com raiva, Tanin empurrou a ponta da lança para o lado. — Que bobagem é essa? — perguntou, começando a se levantar. A ponta da lança estava em sua garganta novamente, unida, desta vez, por mais duas, uma em seu peito, a outra espetando-o nas costas.

— Diga a eles que não importa o quanto as mulheres sejam gratas, isso não importa para nós! — Sturm falou, engolindo em seco e tentando recuar em vão. A lança o seguiu. — Nós seremos cavaleiros! Fizemos votos de celibato...

— Não... hã... são as mulheres, rapaz — murmurou um Dougan envergonhado, entrando na cabana e enfiando a cabeça entre os guerreiros. — É... hã... uma questão de honra... por assim dizer. A verdade é que, rapazes — o anão continuou com um suspiro de partir o coração —, eu entrei em um joguinho ontem à noite.

— E? — Tanin grunhiu. — O que isso tem a ver conosco?

— Vou explicar — começou Dougan, lambendo os lábios, os olhos indo para os irmãos, um a um. — Eu joguei bem os ossos por uma ou duas horas. Ganhei o cocar de penas do chefe e duas vacas. Eu ia parar, juro, mas o velho estava chateado e, então, o que eu poderia fazer senão deixá-lo tentar recuperá-los? Minha sorte estava indo tão bem, apostei tudo em um lance, além de jogar meu machado e meu próprio chapéu também.

Tanin olhou para a cabeça vazia do anão.

— Você perdeu.

Os ombros de Dougan caíram.

— Eu não sentia tanta falta do outro, mas não podia ficar sem o meu chapéu, não é? Então apostei todo o meu dinheiro contra o chapéu e... — Ele olhou para Tanin melancolicamente.

— Você também perdeu — murmurou Tanin.

— Olhos de cobra — disse o anão tristemente.

— Então, agora você perdeu seu dinheiro, seu machado e seu chapéu.

— Não é bem assim — Dougan se esquivou. — Veja, eu simplesmente não poderia ficar sem meu chapéu... E eu não tinha mais nada que o velho queria, meu colete não servia. E você disse que éramos camaradas, compartilhamos tudo igualmente...

— Quando você disse isso? — Sturm exigiu, olhando para Tanin.

— Eu não me lembro! — Tanin resmungou.

— Então, apostei sua armadura — disse o anão.

— Você o quê? — Tanin rugiu de fúria.

— O chefe gostou quando viu em você ontem à noite — Dougan continuou rapidamente. Mesmo com cinco lanças apontadas diretamente para ele, Tanin parecia extremamente formidável e extremamente zangado. — Apostei sua armadura contra meu machado e meu chapéu e ganhei. O anão parecia orgulhoso.

— Graças a Paladine! — Tanin respirou, relaxando.

— Então — disse Dougan, parecendo desconfortável —, já que minha sorte estava obviamente mudando, decidi tentar recuperar meu dinheiro. Apostei a armadura, meu chapéu e — ele apontou — o cajado mágico contra meu dinheiro, as vacas e o machado.

Desta vez foi Palin quem, alheio às lanças, sentou-se para a frente, o rosto mortalmente pálido, os lábios cinza.

— Você apostou... meu cajado! — Ele mal conseguia falar. Estendendo a mão trêmula, ele agarrou o cajado, que estava ao seu lado mesmo enquanto dormia.

— Sim, rapaz — Dougan respondeu, olhando o com olhos arregalados de inocência. — Somos camaradas. Compartilhamos tudo...

— Este cajado — Palin disse em voz baixa e trêmula — pertenceu ao meu tio, Raistlin Majere! Foi um presente dele para mim.

— Mesmo? — Dougan pareceu impressionado. — Queria saber disso antes, rapaz — ele disse melancolicamente. — Eu teria apostado mais...

— O que aconteceu? — Palin exigiu febrilmente.

— Eu perdi. — Dougan soltou um suspiro. — Só vi um homem tirar os olhos de cobra duas vezes em um jogo apenas uma vez antes e foi quando eu... bem, não importa.

— Você perdeu meu cajado! — Palin parecia prestes a desmaiar.

— E nossa armadura? — Sturm gritou, as veias inchando em seu pescoço.

— Espere! — Dougan ergueu a mão apressadamente. Os guerreiros com as lanças, apesar de suas armas e de sua óbvia vantagem, estavam começando a parecer um pouco nervosos. — Eu sabia como vocês, rapazes, ficariam chateados, perdendo todas as suas posses assim, então fiz a única coisa que pude. Apostei suas espadas.

Desta vez, o choque foi tão grande que nem Tanin nem Sturm conseguiram falar, eles simplesmente olharam para Dougan em silêncio atordoado.

— Coloquei as espadas e meu machado de batalha contra o cajado mágico e meu chapéu. Eu realmente desejaria — Dougan olhou para o abalado Palin — ter o conhecimento que o cajado pertencia a Raistlin dos Mantos Negros. Mesmo aqui, ouviram falar dele, e eu provavelmente poderia ter feito o chefe apostar a armadura. Mesmo assim, ele não ficou tão impressionado com o que viu do cajado...

— Anda logo! — Palin gritou com a voz sufocada, segurando o cajado perto de si.

— Eu ganhei! — Dougan abriu as mãos e suspirou de novo, só que foi um suspiro de êxtase. — Ah, que jogada foi aquela...

— Então... eu fico com meu cajado? — Palin perguntou timidamente, animando-se.

— Ficamos com nossas espadas? — Tanin e Sturm começaram a respirar.

— Descobrindo que minha sorte havia mudado — o anão continuou, mergulhando os irmãos na melancolia mais uma vez — decidi tentar a armadura novamente. Imaginando para que serviam espadas sem armadura, apostei nas armas e... — Ele gesticulou, desolado, na direção dos guerreiros com as lanças.

— Você perdeu — Tanin disse tristemente.

— Mas eu ainda fico com meu cajado? — Palin perguntou nervosamente.

— Sim, rapaz. Tentei usá-lo para recuperar as espadas, meu machado e a armadura, mas o chefe não quis. — Dougan balançou a cabeça, então olhou para Palin atentamente, uma expressão repentina e astuta torcendo seu rosto. — Mas se você dissesse a ele que pertencia ao grande Raistlin Majere, talvez eu pudesse...

— Não! — Palin rosnou, segurando o cajado perto de si.

— Mas, rapaz — implorou o anão —, minha sorte está prestes a mudar. E nós somos camaradas, afinal. Compartilhamos tudo igualmente...

— Que ótimo! — disse Sturm melancolicamente, observando a última parte da sua armadura sendo carregada para fora da cabana. — Bem, acho que não há mais nada a fazer agora, a não ser voltar para o navio.

— O navio? — Dougan pareceu surpreso. — Quando estamos tão perto? Ora, o castelo de Lorde Gargath fica a apenas um dia de marcha daqui!

— E o que faremos quando chegarmos lá? — Tanin exigiu furiosamente. — Bater na porta só de cuecas e pedir que nos empreste armas para que possamos combatê-lo?

— Veja desta forma, irmãozão — Sturm indicou. — Ele pode cair morto de tanto rir.

— Como você pode fazer piada em um momento como este? — Tanin se enfureceu.

— E eu não tenho certeza se estou pronto para partir ainda.

— Calma, meus irmãos — Palin disse suavemente. — Se tudo o que perdermos nessa busca tola forem algumas armas e armaduras, estou começando a pensar que podemos nos considerar sortudos. Concordo com Sturm, Tanin. É melhor voltarmos para o navio antes que o dia fique muito mais quente.

— Isso é fácil para você dizer! — Tanin retrucou amargamente. — Você ainda tem seu cajado precioso! — Ele olhou para a cabana do chefe, onde o velho estava alegremente se enfeitando com a armadura brilhante, colocando a maior parte de cabeça para baixo. Então, ele lançou um olhar sombrio para o arrependido Dougan. — Suponho que Palin esteja certo — Tanin disse a contragosto, olhando para o anão. — Devemos nos considerar sortudos. Já tivemos o suficiente dessa missão tola, anão. Vamos sair daqui antes que percamos outra coisa, como nossas vidas!

Virando-se, Tanin se viu, mais uma vez, enfrentando um anel de lanças e desta vez sua própria espada, segurada por um guerreiro sorridente.

— Quer apostar, rapaz? — Dougan disse alegremente, torcendo o bigode.

— Foi o que pensei — Palin comentou.

— Você está sempre "pensando" quando é tarde demais para fazer algo a respeito! — Tanin retrucou.

— Já era tarde demais quando vimos o anão pela primeira vez — Palin falou em voz baixa.

Os três, mais Dougan, estavam sendo escoltados pela trilha da selva, lanças nas costas. O castelo de Lorde Gargath surgiu à frente deles. Eles podiam vê-lo claramente agora... Uma construção enorme e disforme, feita inteiramente de mármore cinza brilhante. Todos os três irmãos visitaram a Torre da Alta Magia na Floresta de Wayreth e ficaram impressionados e intimidados pela aura mágica que a cercava. Sentiram uma admiração semelhante ao se aproximar deste castelo estranho, só que era uma admiração misturada com o desejo selvagem de rir histericamente.

Nenhum deles conseguia descrever o Castelo Gargath depois, já que a aparência do castelo mudava constantemente. Primeiro, era uma enorme fortaleza com quatro torres altas e robustas, encimadas por ameias. Enquanto eles observavam com espanto, as torres cresciam e espiralavam para cima em minaretes graciosos. Então os minaretes se fundiram, formando uma cúpula gigantesca que se separou em quatro torres quadradas mais uma vez. Enquanto tudo isso acontecia, torres brotavam das paredes como fungos, janelas abriam e fechavam, uma ponte levadiça sobre um fosso tornou-se um caramanchão de rosas cinzentas sobre um lago cinza e parado.

— O poder da Gemagriz — Dougan comentou.

— "O poder da Gemagriz" — Tanin imitou sarcasticamente. Ele balançou o punho para o anão. — Estou ficando tão cansado de ouvir sobre aquela rocha maldita. Rocha que eu...

— Acho que descobri o que está acontecendo — interrompeu Palin.

— Bem, o que é? — Sturm perguntou miseravelmente. — Eles não querem que a gente vá, aparentemente. No entanto, eles ameaçam nos matar se tentarmos voltar! Levaram nossas roupas... — Além de perderem suas armaduras e armas, ele e Tanin foram despojados de suas roupas; o chefe descobriu que a armadura esfolava sem ter nada por baixo. Portanto, Sturm e Tanin estavam agora se aproximando do Castelo de Gargath vestidos apenas com tangas (tendo recusado friamente a oferta de couraças feitas de osso).

Palin e Dougan tiveram mais sorte, o mago manteve seus mantos e o anão sua jaqueta de veludo vermelho e calças (menos o chapéu). Palin suspeitava que o motivo dessa clemência por parte do chefe eram os comentários sussurrados de Dougan ao chefe sobre o cajado. Ao contrário do que o anão previra, o fato de o cajado ter pertencido a Raistlin Majere fez com que o chefe arregalasse os olhos de terror. Palin também suspeitava que Dougan continuou tentando arrumar um jogo (o anão queria muito seu chapéu de volta), mas o chefe obviamente não queria estar com um objeto de tamanho mal. Os membros da tribo mantiveram uma distância respeitosa de Palin depois disso, alguns acenando com pés de galinha em sua direção quando pensavam que ele não estava olhando.

No entanto, isso não impediu os guerreiros de marcharem com ele pela trilha na ponta da lança em direção ao castelo com seus irmãos e o desgostoso Dougan.

— Coloque-se no lugar de um desses guerreiros — Palin disse, suando em seus mantos quentes, mas sem ousar tirá-los por medo de que os guerreiros os pegassem também. — Você está sob a influência da Gemagriz, que é literalmente o caos encarnado. Você odeia a Gemagriz mais do que tudo, mas recebeu ordens de protegê-la com sua vida. Por causa da Gemagriz, você perdeu suas mulheres. Estranhos vêm para pegar a Gemagriz e resgatar suas mulheres, que sem dúvida serão gratas a seus salvadores. Você não quer que estranhos salvem suas mulheres, porém daria qualquer coisa para tê-las de volta. Você deve proteger a Gemagriz, mas faria qualquer coisa para se livrar dela. Estão me acompanhando?

— Mais ou menos — Tanin disse cautelosamente. — Continue.

— Então, você pega os estranhos — Palin terminou — e os envia até o castelo nus e desarmados, sabendo que eles estão fadados a perder, mas esperando em seu coração que ganhem.

— Isso faz sentido, de uma forma estranha — admitiu Sturm, olhando para Palin com uma admiração indisfarçável. — Então, o que fazemos agora?

— Sim, Palin — disse Tanin seriamente. — Posso lutar contra minotauros e draconianos... *Prefiro* lutar contra minotauros e draconianos — ele acrescentou, respirando pesadamente, o calor e a umidade cobrando seu preço do grandão — mas, aqui, estou perdido. Não posso lutar contra o caos. Eu não entendo o que está acontecendo. Se vamos sair dessa, depende de você e da sua magia, irmãozinho.

Os olhos de Palin arderam com lágrimas repentinas. Valeu a pena, ele pensou. Valeu a pena toda essa aventura insana para saber que ele finalmente conquistara o respeito, a admiração e a confiança dos seus irmãos. Era algo que um homem poderia morrer de bom grado para conseguir... Por um momento, ele não confiou em si mesmo para falar, mas caminhou em silêncio, apoiado no Cajado de Magius, que parecia estranhamente fresco e seco na selva quente e úmida.

— Eu não sei o que fazer — ele disse depois de um momento, quando sua voz voltou. — Mas, se vamos sair dessa, depende de todos nós. — Estendendo a mão para seus irmãos, Palin abraçou cada um deles sem vergonha. — Estamos juntos e isso conta muito. De alguma forma, vamos fazer isso dar certo!

Olhando para o anão, Palin ficou desconcertado ao encontrar Dougan olhando para ele com um olhar de sorriso arreganhado no rosto de barba negra. O anão nada disse em voz alta, mas, piscando para Palin, formou palavras com os lábios.

— Quer apostar?

# 6

## Castelo Gargath

Já estava quase anoitecendo quando eles chegaram às muralhas externas do Castelo Gargath. As muralhas mudaram de aspecto, assim como o castelo. Às vezes, pareciam ser construídas de tijolos. Quando o grupo olhou novamente, no entanto, eram cercas vivas, depois barras de ferro. A mudança era tão rápida que deixava qualquer um tonto de assistir.

Ao chegar à base das paredes móveis, os guerreiros os deixaram, apesar de outro discurso de recrutamento de Tanin. O discurso foi, na melhor das hipóteses, uma tentativa indiferente. O fato de que ele estava praticamente nu diminuiu seu entusiasmo; além disso, ele tinha quase certeza de que estava fadado ao fracasso. Mesmo assim, ele tentou.

— Venham conosco! Mostrem a este lorde maligno que vocês são homens! Que pretendem enfrentá-lo e lutar! Mostrem a ele que estão dispostos a arriscar suas vidas em defesa dos seus lares!

Com certeza, o discurso não funcionou. No momento em que a sombra das paredes do castelo em movimento caiu sobre eles, os guerreiros recuaram, o observando com terror. Balançando a cabeça e resmungando, eles fugiram de volta para a selva.

— Pelo menos deixem suas lanças? — Sturm implorou.

Isso também não funcionou.

— Eles precisam de suas lanças — Tanin disse — para ter certeza de que não fujamos de volta para o navio.

— Sim, você está certo, rapaz — falou Dougan, olhando para as árvores. — Eles estão lá, nos observando. E lá vão ficar até... — Ele parou.

— Até o quê? — Palin exigiu friamente. Ele ainda podia ver o olhar malicioso do anão e ouvir as palavras não ditas, e estremeceu no calor da selva.

— Até que tenham certeza de que não vamos voltar. Certo? — disse Sturm.

— Ora, rapaz, nós vamos voltar — Dougan disse suavemente, acariciando sua barba. — Afinal, eu estou aqui com vocês. E somos camaradas...

— Compartilhamos tudo igualmente — Tanin e Sturm disseram, mal-humorados.

— A primeira coisa que temos que fazer é fabricar algumas armas — continuou Tanin. A densa vegetação da selva crescia ao redor deles. Árvores de aparência estranha de vários tipos, enfeitadas com vinhas penduradas e flores de cores vivas, cresciam até cerca de trinta centímetros da muralha. E lá, a vegetação parava. — Nem mesmo as plantas chegam perto deste lugar — ele murmurou. — Palin, me entregue sua faca.

— Boa ideia — disse o jovem mago. — Eu tinha esquecido dela. Arregaçando a manga branca, Palin se atrapalhou com a adaga em sua tira de couro astuta, que a segurava em seu antebraço e deveria, com um movimento do pulso de seu dono, soltar a adaga e deixá-la cair na mão de Palin. Mas a correia astuta era aparentemente mais astuta que seu mestre, pois Palin não conseguia tirar a adaga.

— Aqui — disse ele, corando de vergonha e estendendo o braço para Tanin —, você consegue.

Mantendo seu sorriso cuidadosamente escondido, Tanin conseguiu soltar a adaga, que ele e Sturm usaram para cortar galhos de árvores. Estes, eles afiram em lanças improvisadas, trabalhando rapidamente. O dia estava morrendo lentamente, a luz desaparecendo do céu, deixando-o com uma cor cinza doentia.

— Você sabe alguma coisa sobre esse Lorde Gargath? — Tanin perguntou a Dougan enquanto trabalhava, afiando a ponta da vara verde.

— Não — disse o anão, olhando em desaprovação. Ele se recusou a fazer ou carregar uma lança de madeira. — Uma bela visão que eu teria se fosse morto, parado diante de Reorx com um graveto na mão! Não, não preciso de nenhuma arma além de minhas próprias mãos! — o anão rosnou. Agora, ele estava esfregando o queixo, andando de um lado para o outro sob as muralhas estranhas que agora eram feitas de mármore preto brilhante. — Não sei nada sobre o atual Lorde Gargath, exceto o que pude descobrir por meio daqueles covardes. — Dougan acenou com a mão desdenhosamente para os guerreiros há muito desaparecidos.

— O que eles disseram?

— Que ele é o que se pode esperar de alguém que está sob a influência da Gemagriz há anos! — Dougan afirmou, olhando para Tanin com irritação. — Ele é um homem selvagem! Capaz de grande bem ou grande mal, conforme o humor, ou a gema, o influenciar. Alguns dizem — o anão acrescentou em voz baixa, voltando seu olhar para Palin — que ele é um mago, um renegado, que não concede sua lealdade ao branco, ao negro ou ao vermelho. Vive apenas para si mesmo... E para a gema.

Tremendo, Palin agarrou seu cajado com mais força. Magos renegados se recusavam a seguir as leis e julgamentos do Conclave dos Magos, leis que foram transmitidas ao longo dos séculos para manter a magia viva em um mundo onde ela era desprezada e desacreditada. Todos os magos, aqueles que seguiram os caminhos do bem e do mal, seguiam essas leis. Os renegados eram uma ameaça para todos e, como tal, suas vidas estavam perdidas.

Seria dever de Palin, como um mago dos Mantos Brancos, tentar recuperar o renegado ou, se isso falhasse, prendê-lo e trazê-lo ao Conclave para justiça. Seria uma tarefa difícil para um mago poderoso dos Mantos Brancos, ainda mais para um aprendiz. Os dos Mantos Negros teriam mais facilidade.

— Você, meu tio, simplesmente o teria matado — Palin murmurou em voz baixa, encostando o rosto no bastão.

— O que você acha que ele fez com as mulheres? — Sturm perguntou, ansioso.

O anão deu de ombros.

— Deve ter as usado para seu prazer, jogado no vulcão, sacrificado em algum ritual mágico profano. Como vou saber?

— Bem, estamos tão prontos quanto será possível, acho — Tanin disse pesadamente, juntando um punhado de lanças. — Parecem brinquedos — ele murmurou. — Talvez o anão esteja certo. Se estamos enfrentando um bruxo maligno enlouquecido, podemos muito bem morrer lutando com dignidade em vez de como uma criança brincando de cavaleiros e goblins.

— Uma arma é uma arma, Tanin — Sturm disse com naturalidade, pegando uma lança em sua mão. — Pelo menos nos dá alguma vantagem...

Os três irmãos e o anão se aproximaram da muralha que ainda mudava de aspecto tantas vezes que ficaram tontos de olhar.

— Acho que não faz sentido tentar encontrar um caminho secreto para entrar — Tanin observou.

— No momento em que o encontrarmos, provavelmente se transformará na porta da frente — concordou Dougan. — Se esperarmos aqui tempo suficiente, certamente haverá uma abertura.

Com certeza, mas não exatamente a abertura que qualquer um deles esperava.

Em um momento eles estavam olhando para uma muralha de pedra sólida ("Fabricação anã" observou Dougan, com admiração), então ela se transformou em uma parede de água, troando ao redor deles do nada, encharcando-os com seus borrifos.

— Podemos atravessar isso, acho! — Sturm gritou acima do barulho da cachoeira. — Consigo ver através dela! O castelo fica do outro lado!

— Sim, e é provável que haja um abismo do outro lado também! — Tanin retrucou.

— Espere — disse Palin. — Shirak! — Ele falou a palavra mágica para o cajado e, instantaneamente, o globo de cristal facetado no topo explodiu em luz.

— Ah, queria que o chefe tivesse visto isso! — disse o anão melancolicamente.

Palin enfiou o bastão na água, simplesmente com a ideia de ser capaz de ver algo além dela. Para sua surpresa, no entanto, a água se abriu no instante em que o cajado a tocou. Fluindo ao redor do bastão, formava um arco pelo qual eles podiam passar, seguros e secos.

— Mas que diabos! — Tanin disse com admiração. — Você sabia que faria isso, irmãozinho?

— Não — Palin admitiu trêmulo, imaginando que outros poderes Raistlin investira no cajado.

— Bem, graças a Paladine isso aconteceu — Sturm falou, espiando pelo buraco na água. — Tudo seguro por aqui — relatou, passando. — Na verdade — ele acrescentou enquanto Palin, Tanin e Dougan, com olhos arregalados de desejo pelo cajado, seguiam — é grama! — maravilhado, Sturm olhou em volta, na penumbra cinzenta à luz do cajado. Atrás deles, a água mudou novamente, desta vez para uma parede de bambu. À frente deles, estendia-se uma relva longa e lisa que se erguia numa encosta suave, levando ao próprio castelo.

— Agora é grama, mas pode se transformar em um poço de lava a qualquer momento — Palin destacou.

— Você está certo, irmãozinho — Tanin rezingou. — É melhor corrermos.

Eles correram, Palin caminhando em seus mantos brancos, o anão corpulento bufando cerca de três passos atrás. Se eles realmente chegaram ao seu destino antes que o pasto tivesse tempo de se transformar em algo mais sinistro ou se o pasto sempre foi um pasto, eles nunca saberiam. De qualquer forma, eles chegaram à parede do castelo quando as sombras negras da noite se fecharam sobre eles e ainda estavam de pé sobre a grama lisa e macia.

— Agora tudo o que precisamos — Sturm disse — é uma forma de entrar...

A parede branca de mármore cinza brilhou à luz do cajado e uma pequena porta de madeira apareceu, completa com dobradiças e uma fechadura de ferro.

Correndo para frente, Tanin puxou a fechadura.

— Trancada — ele relatou.

— Exatamente quando um kender viria a calhar — Sturm disse com um suspiro.

— Kender! Morda sua língua! — Dougan murmurou com desgosto.

— Palin, tente o cajado — Tanin ordenou, ficando de lado.

Hesitante, Palin tocou o cristal brilhante do cajado na fechadura. A fechadura não apenas cedeu, mas também derreteu, formando uma poça de ferro aos pés de Palin.

— Rapaz — disse o anão, engolindo em seco. — Seu tio deve ter sido um homem notável. Isso é tudo o que posso dizer.

— Eu me pergunto o que mais ele pode fazer? — Palin olhou para o cajado com uma mistura de admiração, orgulho e frustração.

— Teremos que nos preocupar com isso mais tarde! Para dentro — disse Tanin, abrindo a porta. — Sturm, você vai primeiro. Palin, siga ele. Usaremos seu cajado para a luz. O anão e eu estaremos logo atrás de você.

Eles se viram amontoados em um lance de escadas estreitas e sinuosas que subiam em espiral. Paredes os cercavam por todos os lados, e eles não podiam ver nada além das escadas desaparecendo na escuridão.

— Você percebe — Palin falou de repente — que a porta vai... — Girando ao redor, ele iluminou uma parede vazia com a luz do bastão.

— Desaparecer — Tanin terminou seriamente.

— Lá vai a nossa saída! — Estremecendo, Sturm olhou em volta. — Essas escadas podem mudar! A qualquer momento, podemos ser envolvidos em rocha sólida!

— Continuem andando! — ordenou Tanin com urgência.

Subindo as escadas íngremes o mais rápido que podiam, esperando encontrar-se andando sobre qualquer coisa, de brasas até uma ponte suspensa, eles subiram cada vez mais até que, finalmente, o anão corpulento não conseguiu mais avançar.

— Tenho que descansar, rapazes — Dougan disse, ofegante, encostado a uma parede de pedra que, inexplicavelmente, continuava uma parede de pedra.

— Nada dentro parece estar mudando — Palin buscou o ar, cansado do exercício incomum. Ele olhou com inveja para seus irmãos. Seus corpos musculosos de pele bronzeada brilhavam à luz do cajado. Nenhum dos dois respirava com dificuldade.

— Palin, jogue a luz aqui! — Sturm ordenou, olhando adiante.

Com as pernas doendo tanto que pensou que nunca mais poderia movê-las, Palin se forçou a dar mais um passo, iluminando um canto da escada com a luz do cajado.

— Há uma porta! — Sturm disse suavemente, em triunfo. — Chegamos ao topo!

— Me pergunto o que há além disso — Tanin falou sombriamente.

Ele foi interrompido por, de todas as coisas, uma risadinha.

— Por que não abre e descobre? — chamou uma voz risonha do outro lado da porta. — Não está trancada.

Os irmãos se entreolharam. Dougan franziu a testa. Palin esqueceu seu corpo dolorido, forçando-se a se concentrar em sua conjuração. O rosto de Tanin se fechou e os músculos de sua mandíbula se contraíram. Segurando sua lança, ele abriu caminho passando por Dougan e Palin para ficar ao lado de Sturm.

Cautelosamente, os dois guerreiros colocaram as mãos na porta.

— Um, dois, três — Sturm contou em um sussurro.

No três, ele e Tanin jogaram seu peso combinado contra a porta, abrindo-a e saltando, com as lanças prontas. Palin correu atrás deles, com as mãos estendidas, uma magia de fogo nos lábios. Atrás dele, podia ouvir o rugido do anão.

Eles foram recebidos com gargalhadas alegres.

— Vocês já viram — disse a voz risonha — pernas tão fofas?

Com a névoa da fúria da batalha se esvaindo de seus olhos, Palin olhou ao redor sem expressão. Ele estava cercado, literalmente, pelo que deviam ser centenas de mulheres. Ao seu lado, ele ouviu a inspiração aguda de Sturm e viu, vagamente, Tanin abaixar sua lança em confusão. De algum lugar no chão a seus pés, ele ouviu Dougan xingando, o anão tendo tropeçado na escada durante sua investida e caído de cara no chão. Mas Palin estava muito atordoado, olhando para seus captores, para prestar atenção nele.

Uma mulher incrivelmente linda, de cabelos e olhos escuros, se aproximou de Tanin. Colocando a mão na lança dele, ela gentilmente a empurrou para o lado. Seus olhos demoraram-se de forma apreciativa no corpo forte do jovem, a maior parte do qual, devido à tanga, estava à mostra.

— Minha nossa — disse a jovem com uma voz sensual — você sabia que era meu aniversário?

Mais risadas soaram pelo salão vasto de pedra como o repicar de muitos sinos.

— Apenas... apenas fique longe — Tanin ordenou rispidamente, erguendo sua lança e mantendo a mulher à distância.

— Está bem, claro — ela disse, erguendo as mãos em falso terror. — Se é isso que você realmente quer.

Com os olhos ainda na bela de cabelos escuros, Tanin recuou um passo para ficar ao lado de Palin.

— Irmãozinho — ele sussurrou, com gotas de suor no lábio superior e escorrendo pela testa —, essas mulheres estão encantadas? Sob algum tipo de feitiço?

— N-não — gaguejou Palin, olhando ao redor. — Elas... elas não parecem estar. Não sinto nenhum tipo de magia, além da força da Gemagriz. É muito mais forte aqui, mas é porque estamos mais perto dela.

— Rapazes — o anão urgiu, levantando-se e se colocando entre eles —, estamos em apuros.

— Estamos? — Tanin perguntou em dúvida, ainda segurando a lança à sua frente e notando que Sturm estava fazendo o mesmo. — Explique-se, anão! — ele rosnou. — O que você sabe sobre essas mulheres? Elas certamente não parecem ser prisioneiras! — São banshees, vampiras? O quê?

— Pior — ofegou o anão, enxugando o rosto com a barba, seus olhos observando descontroladamente as mulheres risonhas que apontavam. — Rapazes, pensem! Somos os primeiros a entrar neste castelo! Essas mulheres provavelmente não veem um homem há dois anos!

# 7

## Nossos heróis

Cercados por centenas de mulheres admiradas estendendo a mão para tocá-los e acariciá-los, os "salvadores" confusos e envergonhados foram capturados pela bondade. Rindo e os provocando, as mulheres levaram os irmãos e o anão do salão vasto de entrada para uma sala menor no castelo, uma sala cheia de tapeçarias de seda e sofás grandes e confortáveis forrados de seda. Antes que percebessem o que estava acontecendo, os homens estavam sendo empurrados para baixo entre as almofadas por mãos macias, as mulheres oferecendo-lhes vinho, comida suntuosa e iguarias de todos os tipos... Todos os tipos.

— Acho fofo, vocês vieram até aqui para nos resgatar — ronronou uma das mulheres, inclinando-se contra Sturm e passando a mão pelo ombro dele. Cabelos longos e loiros caíam sobre seu braço nu. Ela o usava atrás de uma orelha, preso por uma flor. Seu vestido, feito de algo cinza e transparente, deixava muito pouco para a imaginação.

— Tudo em um dia de trabalho — Sturm falou, sorrindo. — Seremos nomeados Cavaleiros de Solamnia, sabe — ele acrescentou em tom de conversa. — Provavelmente por realizar este feito.

— É mesmo? Me conte mais.

Mas a loira não estava nem um pouco interessada nos cavaleiros. Ela nem estava ouvindo Sturm, percebeu Palin, observando o irmão com irritação crescente. O grande guerreiro estava divagando um tanto incoerentemente sobre o Juramento e a Providência, enquanto acariciava o cabelo loiro sedoso e fitava os olhos azuis.

Palin estava pouco à vontade. O jovem mago sentiu uma queimação no sangue; sua cabeça zumbia... Uma sensação nada incomum perto de mulheres tão adoráveis e sedutoras. No entanto, ele não sentia nenhum desejo por essas mulheres. Eram estranhamente repulsivas para ele. Era a magia que ele sentia queimando dentro de si. Ele queria se concentrar nisso, na sensação de poder crescente. Empurrando para o lado uma moça de olhos de corça que tentava alimentá-lo com uvas, Palin abriu caminho entre as almofadas para se aproximar de Sturm, que estava aproveitando ao máximo as atenções da loira atraente.

— Sturm, o que está fazendo? Isso pode ser uma armadilha, uma emboscada! — Palin disse em voz baixa.

— Relaxe pela primeira vez, irmãozinho — Sturm disse suavemente, colocando o braço em volta da loira e puxando-a para perto. — Aqui, vou te deixar à vontade. Diga-me — ele disse, beijando os lábios rosados da loira —, isso é uma emboscada?

— Sim! — Ela riu, contorcendo-se mais perto. — Você está sob ataque, agora.

— Pronto, Palin. Não há como evitar. Estamos cercados. — Sturm beijou o pescoço da garota. — Eu me rendo — continuou, suave — incondicionalmente.

— Tanin? — Alarmado, Palin olhou para seu irmão mais velho em busca de ajuda e ficou aliviado ao ver o jovem sério se levantar, apesar de todos os esforços da beldade de cabelos escuros para arrastá-lo de volta para seu lado. O anão também estava fazendo o possível para escapar.

— Afaste-se! Me deixe em paz, mulher! — Dougan rugiu, batendo nas mãos de uma garota ágil. Lutando para se levantar entre as almofadas, o anão de rosto vermelho virou-se para as mulheres.

— E quanto a Lorde Gargath? Onde ele está? — o anão exigiu. — Usando suas mulheres para nos seduzir e depois nos capturar, sem dúvida?

— Lorde Gargath? Dificilmente! — A beldade de cabelos escuros que estava elogiando Tanin riu, assim como as outras na sala. Encolhendo seus adoráveis ombros, ela olhou para o teto. — Ele está lá em cima... em algum lugar — disse sem interesse, acariciando o peito nu de Tanin. O grandão a empurrou, olhando nervosamente ao redor da sala.

— Pela primeira vez, você fez sentido, anão. É melhor encontrarmos esse Gargath antes que ele nos encontre. Vamos. — Tanin deu um passo em direção a uma porta no final da câmara perfumada e iluminada por velas, mas a bela de cabelos escuros segurou seu braço.

— Relaxe, guerreiro — ela sussurrou. — Você não precisa se preocupar com Lorde Gargath. Ele não vai incomodar nem você, nem ninguém. — Ela passou os dedos com admiração pelos grossos cachos ruivos de Tanin.

— Verei por conta própria — respondeu Tanin, mas parecendo menos entusiasmado.

— Muito bem, se você quer. — A mulher suspirou languidamente, aninhando seu corpo contra o de Tanin. — Mas é uma perda de tempo... Tempo que poderia ser gasto em atividades muito mais agradáveis. O velho mago ressequido é nosso prisioneiro há dois anos.

— Ele é seu prisioneiro? — Tanin ficou boquiaberto.

— Bem, sim — a loira disse, erguendo os olhos após mordiscar a orelha de Sturm. — Ele era um velho chato. Falando sobre pentagramas, querendo saber qual de nós era virgem e fazendo muitas outras perguntas pessoais. Então, o trancamos em sua velha torre com sua pedra estúpida. — Ela beijou o ombro musculoso de Sturm.

— Então, quem está levando as mulheres como reféns todos esses meses? — Palin exigiu.

— Bem, nós, claro — disse a beldade de cabelos escuros.

— Vocês? — Palin disse, atordoado. Ele colocou a mão na testa e notou que sua pele estava anormalmente quente. Estava tonto e sua cabeça doía. A sala e tudo dentro dela pareciam estar ligeiramente fora de foco.

— Esta é uma vida maravilhosa! — a loira falou, recostando-se e rejeitando provocativamente as tentativas de Sturm de puxá-la para baixo. — A Gemagriz fornece tudo o que precisamos. Vivemos no luxo. Não precisamos trabalhar, nem cozinhar e consertar...

— Sem crianças gritando...

— Sem maridos voltando da batalha, sangrando e sujos...

— Sem lavar roupas no riacho dia após dia...

— Sem conversas intermináveis sobre guerra e se gabar de grandes feitos...

— Nós lemos livros — disse a beldade de cabelos escuros. — O mago tem muitos em sua biblioteca. Nos tornamos instruídas e descobrimos que não precisávamos mais levar aquele tipo de vida. Queríamos que nossas irmãs e nossas mães compartilhassem esse ambiente confortável conosco, então mantivemos o estratagema, exigindo que as reféns fossem levadas ao castelo até que todas nós estivéssemos aqui.

— Abençoada seja minha barba! — o anão exclamou, admirado.

— Tudo o que nos falta são homens bons, para não ficarmos sozinhas à noite — disse a loira, sorrindo para Sturm. — E agora isso foi resolvido, graças à Gemagriz...

— Vou procurar Lorde Gargath — Palin disse, levantando-se abruptamente. Mas estava tão tonto que cambaleou, espalhando almofadas pelo chão. — O resto de vocês vem? — ele perguntou, lutando contra essa fraqueza estranha e se perguntando por que seus irmãos não pareciam aflitos.

— Sim — disse Tanin, desvencilhando-se com dificuldade do abraço da beldade de cabelos escuros.

— Conte comigo, rapaz — Dougan falou severamente.

— Sturm? — Palin inquiriu.

— Apenas me deixem aqui — disse Sturm. — Vou ficar na... retaguarda...

As mulheres caíram na gargalhada.

— Sturm! — Tanin repetiu com raiva.

Sturm acenou com a mão.

— Vão em frente, se estão tão interessados em conversar com algum velho bruxo mofado, quando poderiam estar aqui, curtindo...

Tanin abriu a boca novamente, suas sobrancelhas se unindo de raiva. Mas Palin o deteve.

— Deixe isso comigo — o jovem mago disse com um sorriso torcido. Colocando o bastão cuidadosamente entre as almofadas, Palin ergueu as duas mãos e as estendeu, apontando para Sturm. Então, ele começou a cantar.

— Ei! O que está fazendo? Pare! — Sturm arfou.

Mas Palin continuou cantando e começou a levantar as mãos. Ao fazê-lo, o corpo caído de Sturm ergueu-se no ar, até que logo o jovem estava flutuando a uns dois metros do chão.

— Truque maravilhoso! Mostre um pouco mais! — clamaram as mulheres, aplaudindo.

Palin falou novamente, estalou os dedos e cordas apareceram do nada, serpenteando do chão para se enrolar nos braços e pernas de Sturm. As mulheres gritaram de alegria, muitas delas transferindo seus olhares de admiração do musculoso Sturm, agora com pés e mãos amarrados, para o mago que conseguia realizar tais façanhas.

— B-belo truque, Palin. Agora, me coloque no chão! — Sturm disse, lambendo os lábios e olhando para baixo, nervosamente. Não havia nada entre ele e o chão além do ar.

Satisfeito consigo mesmo, Palin deixou Sturm no ar e virou-se para Tanin.

— Devo trazê-lo junto? — perguntou casualmente, esperando ver Tanin também o observando com admiração.

Em vez disso, Palin encontrou as sobrancelhas de seu irmão mais velho franzidas em preocupação.

— Palin — Tanin disse em voz baixa —, como você fez isso?

— Magia, meu querido irmão — Palin respondeu, pensando de repente em como Tanin era inexplicavelmente estúpido.

— Eu sei que foi magia — Tanin falou bruscamente. — E admito que não sei muito sobre magia. Mas sei que apenas um mago poderoso poderia realizar uma façanha como essa. Não alguém que recentemente passou no Teste!

Olhando para trás, para o Sturm levitado, pairando impotente no ar, Palin assentiu.

— Você está certo — ele disse com orgulho. — Eu realizei uma magia muito avançada, sem qualquer assistência ou ajuda! Nem mesmo o Cajado de Magius me ajudou! — Estendendo a mão, ele pegou o cajado. A madeira estava fria ao toque, gelada, quase dolorosa. Palin se engasgou, quase a deixando cair. Mas, então, notou que a tontura estava diminuindo. Sentiu sua pele esfriar, o zumbido em sua cabeça diminuiu. — Minha magia! — ele murmurou. — A Gemagriz deve estar aprimorando-a! Estou aqui há pouco tempo e veja o que posso fazer! Tenho o poder de um arquimago. Se eu tivesse a gema, seria tão forte quanto meu tio! Talvez mais forte! — Seus olhos brilhavam; seu corpo começou a tremer. — Eu usaria meu poder para o bem, claro. Tomaria a torre em Palanthas de Dalamar e a limparia de seu mal. Retiraria a maldição do Bosque Shoikan, entraria no laboratório do meu tio. — Pensamentos e visões do futuro vieram como um turbilhão de cores selvagens, tão reais e vívidas que ele literalmente cambaleou com a visão.

Mãos fortes o seguraram. Piscando, limpando a névoa de seus olhos, Palin olhou para baixo para ver a si mesmo refletido nos olhos brilhantes, escuros e astutos do anão.

— Fique firme, rapaz — Dougan disse. — Você está voando alto, alto demais para alguém cujas asas acabaram de brotar.

— Me deixem sozinho! — Palin gritou, afastando-se das mãos do anão. — Você quer a gema para si mesmo!

— Sim, rapaz — Dougan respondeu suavemente, acariciando sua barba preta. — E eu tenho direito a ela. Sou o único que tem direito a ela, na verdade!

— O poder dá o direito, anão — Palin retornou com um sorriso de escárnio. Pegando seu cajado, ele começou a caminhar em direção à porta. — Vem comigo? — perguntou friamente a Tanin. — Ou devo trazê-lo junto enquanto carrego aquele grande imbecil? — Gesticulando em direção a Sturm, ele puxou o jovem em sua direção com um movimento de sua mão. Torcendo a cabeça, Sturm encarou Tanin com medo e alarme enquanto flutuava no ar.

— Ah não! Não vá embora! Faça mais alguns truques! — gritaram as mulheres em desânimo.

— Pare, jovem mago! — Dougan gritou. — Você está ficando enfeitiçado!

— Palin! — A voz calma de Tanin cortou o zumbido na cabeça de Palin, as risadas das mulheres e os gritos do anão. — Não dê ouvidos a Dougan, a mim ou a qualquer um por um momento. Apenas ouça a si mesmo.

— E o que isso quer dizer, meu irmão? — Palin zombou. — Algo sábio que de repente veio à sua mente? Um cérebro finalmente apareceu através de todo aquele músculo?

Ele olhou de soslaio para Tanin, esperando... não, desejando que seu irmão ficasse com raiva e tentasse impedi-lo. *Então, eu realmente vou mostrar a ele um truque ou dois!* Palin pensou.

Mas Tanin apenas ficou lá, olhando para ele com seriedade.

E então estava seu tio, Raistlin, olhando para o jovem mago de forma grave... Triste, desapontado.

— E-eu... Em nome dos deuses! — Palin vacilou, levando a mão à cabeça. Suas palavras cruéis voltaram para ele. — Tanin, me desculpe! Não sei o que deu em mim. — Virando-se, ele viu Sturm pendurado, indefeso no ar. — Sturm! — Palin estendeu as mãos. — Me desculpe! Eu vou soltar você...

— Palin, não...! — Sturm começou descontroladamente, porém era tarde demais.

Com a magia desfeita, o jovem caiu no chão com um grito e um estrondo, para ser instantaneamente cercado pelas mulheres que arrulhavam e tagarelavam. Passaram-se alguns momentos antes que Sturm aparecesse novamente, seu cabelo ruivo desgrenhado, seu rosto corado. Levantando-se, ele empurrou as mulheres para o lado e mancou na direção de seus irmãos.

— Eu estava errado — Palin disse, tremendo. — Eu entendo agora. Essas mulheres *estão* sendo mantidas em um encanto...

— Sim, rapaz — Dougan disse. — Assim como você mesmo estava. É o poder da Gemagriz, tentando dominá-lo, explorando suas fraquezas como fez com as delas.

— Dando o que queremos — disse Palin, pensativo.

— É nisso que nos transformaremos, quanto mais tempo ficarmos aqui — Tanin acrescentou. — Escravos da Gemagriz. Não estão vendo, essas mulheres estão a protegendo tão eficazmente dentro deste castelo quanto seus homens lá fora. É por isso que nada muda aqui. A Gemagriz está mantendo tudo estável para elas!

As mulheres começaram a se aproximar, estendendo as mãos mais uma vez.

— Que chato... Não vão embora... não nos abandonem... pedra estúpida...

— Bem, vamos encontrar esse Lorde Gargath então — Sturm murmurou, envergonhado. Por mais que tentasse, seu olhar ainda se desviava para a loira, que jogava beijos.

— Peguem suas lanças — disse Tanin, empurrando para o lado as mãos macias que estavam agarradas a ele. — Essas mulheres podem ou não estar nos dizendo a verdade. Aquele velho mago pode estar rindo de nós agora.

— Disseram que ele estava "lá em cima". — Palin olhou para o teto. — Mas onde? Como chegamos lá?

— Há, acho que sei o caminho, rapaz — Dougan disse. — Só um palpite, veja bem — ele acrescentou apressadamente, vendo o olhar sombrio de Tanin. — Aquela porta, ali, leva para cima... eu acho...

— Unf. — Tanin rosnou, mas foi investigar a porta, seus irmãos e o anão seguindo atrás.

— O que você quis dizer, que é o *único* que tem direito à Gemagriz? — Palin perguntou a Dougan em voz baixa.

— Eu disse isso? — O anão olhou para ele astutamente. — Deve ter sido a gema falando...

— Ah, por favor, não vão embora! — gritaram as mulheres.

— Deixem pra lá... eles vão voltar em breve — previu a beldade de cabelos escuros.

— E, quando voltarem, talvez você possa nos mostrar mais alguns desses truques mágicos fofos — disse a loira a Palin, educadamente.

# 8

## Lorde Gargath

Dougan estava certo. A porta dava para outro lance de escadas estreitas, esculpidas nas paredes de pedra do castelo. Estava escuro como breu; a única luz era o cristal ardente no topo do Cajado de Magius. Depois de mais uma subida dolorida, eles chegaram a uma grande porta de madeira.

— Deem uma olhada nisso! — Sturm disse, atordoado.

— O que, em nome do Abismo, é isso? — Tanin se perguntou.

Era um mecanismo fantástico, parado na frente da porta. Quase invisível nas sombras, era feito de ferro e tinha todo tipo de braços e engrenagens de ferro, roldanas de corda e guinchos que se estendiam do chão de pedra até o teto.

— Segure a luz mais perto, Palin — disse Tanin, inclinando-se ao lado dela. — Há algo no centro, cercado por um monte de... espelhos.

Cautelosamente, Palin segurou a luz perto do dispositivo e a sala foi repentinamente iluminada como se fossem cem sóis. Tanin berrou e cobriu os olhos com as mãos.

— Não consigo ver nada! — gritou, cambaleando para trás contra a parede. — Mova o cajado! Mova o cajado!

— É um relógio de sol! — Palin relatou, segurando o bastão e olhando para o dispositivo com espanto. — Cercado de espelhos...

— Ah — disse Dougan triunfantemente — uma fechadura temporal gnoma.

— Uma fechadura temporal?

— Sim, rapaz. Você espera até que o mostrador projete a sombra do sol na hora certa e a fechadura se abrirá.

— Mas — Palin apontou, confuso — da forma como os espelhos estão fixados, nunca poderá haver uma sombra! Sempre será meio-dia.

— Sem mencionar — acrescentou Tanin, com amargura, esfregando os olhos — que este lugar está escuro como o breu. Não há janelas! Como o sol deveria bater nele?

— Pequenas falhas de projeto — disse o anão. — Tenho certeza de que está no comitê...

— Enquanto isso, como abrimos a porta? — Sturm perguntou, caindo para trás contra a parede, cansado.

— Pena que o Tas não está aqui — Palin disse, com um sorriso.

— Tas? — Dougan fez uma careta, girando ao redor. — Está falando de Tasslehoff Burrfoot? O kender?

— Sim, você o conhece?

— Não — o anão rosnou —, mas um amigo meu conhece. Este anão maluco fica sentado debaixo de uma árvore perto de... perto de onde eu trabalho, dia após dia, talhando sua madeira sem fim e murmurando "kender com cérebro de lesma manca" isso e "kender com cérebro de lesma manca" aquilo.

— Um amigo? — Palin perguntou, perplexo. — Por que isso soa como uma história que nosso pai contou sobre Flint...

— Não importa! — Dougan retrucou, irritado. — E pare de falar sobre kender! Já estamos com problemas suficientes. Brrrr. — Ele estremeceu. — Faz minha pele arrepiar...

O mais leve vislumbre de compreensão iluminou a escuridão confusa da mente de Palin. Vagamente, ele começou a ver a verdade. Mas, embora a luz brilhasse em seus pensamentos, eles estavam em uma confusão tão grande que ele não conseguia separá-los ou mesmo decidir se deveria se sentir aliviado ou mais apavorado.

— Talvez possamos quebrar os espelhos — Tanin sugeriu, piscando na escuridão, tentando ver além do mar de pontos azuis brilhantes que preenchiam sua visão.

— Eu não o faria — Dougan advertiu. — É provável que a coisa exploda.

— Você quer dizer que tem uma armadilha? — Sturm perguntou nervoso, recuando.

— Não! — Dougan retrucou, irritado. — Quero dizer que foi feito por gnomos. É provável que exploda.

— Se isso acontecesse — Tanin coçou o queixo, pensativo — provavelmente abriria um buraco na porta.

— E em nós também — Palin indicou.

— Só em você, irmãozinho — Sturm disse prestativamente. — Nós estaremos no final da escada.

Temos que tentar, Palin — Tanin decidiu. — Não temos ideia de quanto tempo falta para o poder da Gemagriz tomar conta de nós novamente. Provavelmente não será uma grande explosão... — acrescentou calmamente. — Afinal, não é um dispositivo muito grande.

— Não, só ocupa a porta inteira. Ah, muito bem — Palin resmungou. — Afastem-se.

O aviso foi desnecessário. Dougan já estava descendo as escadas, Sturm atrás dele. Tanin contornou a parede, porém parou onde pudesse ver Palin.

Aproximando-se cautelosamente do dispositivo, Palin ergueu a ponta do bastão sobre o primeiro espelho, desviando o rosto e fechando os olhos ao fazê-lo. Naquele momento, porém, uma voz veio do outro lado da porta.

— Acredito que tudo o que você precisa fazer é girar a maçaneta.

Palin interrompeu seu golpe para baixo.

— Quem disse isso? — ele gritou, recuando.

— Eu — disse a voz novamente, em tons mansos. — Basta girar a maçaneta.

— Quer dizer que a porta não está trancada? — Palin perguntou com espanto.

— Ninguém é perfeito — a voz falou defensivamente.

Cautelosamente, Palin estendeu a mão e, depois de remover vários braços de conexão e desamarrar uma ou duas cordas, girou a maçaneta da porta. Houve um clique e a porta se abriu com as dobradiças rangendo.

Entrando na câmara com alguma dificuldade, seus mantos se agarrando em uma engrenagem, Palin olhou em volta com admiração.

Ele estava em uma sala em forma de cone: redonda na parte inferior, terminava em uma ponta no teto. A câmara era iluminada por lamparinas a óleo, colocadas em intervalos ao redor do piso circular, suas chamas bruxuleantes iluminando a sala tão intensamente quanto o dia. Tanin estava prestes a passar pela porta, passando por Palin, quando seu irmão o deteve.

— Espere! — Palin advertiu, segurando o braço de Tanin. — Veja! No chão!

— Bem, o que foi? — Tanin perguntou. — Algum tipo de desen...

— É um pentagrama, um símbolo mágico — Palin indicou suavemente. — Não pise dentro do círculo das lâmpadas!

— Para que serve? — Sturm espiou por cima dos ombros largos de Tanin, enquanto Dougan pulava por trás, tentando ver.

— Eu acho... sim! — Palin olhou para o topo do teto. — Está segurando a Gemagriz! Veja! — Ele apontou.

Todos inclinaram a cabeça para trás, olhando para cima, exceto o anão, que xingava alto por não poder enxergar. Caindo de joelhos, Dougan finalmente conseguiu enfiar a cabeça entre as pernas de Tanin e Sturm e olhou para cima, sua barba se arrastando no chão de pedra polida.

— Sim, rapaz — ele disse com um suspiro de desejo. — Aí está! A Gemagriz de Gargath!

Pairando no ar, abaixo da ponta do cone, havia uma joia cinza. Era impossível distinguir sua forma, assim como seu tamanho, pois mudava conforme eles olhavam: primeiro era redonda, do tamanho do punho de um homem; então era um prisma tão grande quanto o próprio homem; então era um cubo, não maior que uma bugiganga de senhora; depois redonda novamente... A joia estava escura quando eles entraram na sala, nem mesmo refletindo a luz das lâmpadas abaixo. Mas, agora, uma luz cinza própria suave começou a irradiar dela.

Palin sentiu o formigamento mágico através de si. Palavras para magias de poder inacreditável inundaram sua mente. Seu tio seria um fracote comparado a ele! Ele governaria o mundo, os céus, o Abismo...

— Firme, irmãozinho — disse uma voz distante.

— Segure-se em mim, Tanin! — Palin ofegou, estendendo a mão para o irmão. — Ajude-me a lutar contra ela!

— Não adianta — disse a voz que ouviram através da porta, desta vez triste e resignada. — Vocês não podem resistir. Ela vai consumir vocês no final, como aconteceu comigo.

Desviando a visão da luz cinzenta que rapidamente o ofuscava com seu brilho, Palin olhou ao redor da sala cônica. Olhando para o outro lado, ele podia ver uma cadeira alta de espaldar elevado colocada contra uma parede adornada com tapeçaria. A parte de trás da cadeira estava esculpida com várias runas e inscrições mágicas, projetadas (aparentemente) para proteger o mago que ali estava sentado de quaisquer seres que ele convocasse para cumprir suas ordens. A voz parecia vir da cadeira, mas Palin não viu ninguém sentado ali.

Então:

— Paladine tenha misericórdia! — o jovem gritou de horror.

— Tarde demais, tarde demais — grunhiu a voz. — Sim, eu sou Lorde Gargath. O desprezível Lorde Gargath! Bem-vindos ao meu lar.

Sentado na almofada macia da cadeira, fazendo um gesto gracioso, embora desesperado, com a pata, havia um ouriço.

— Vocês podem se aproximar — disse Lorde Gargath, alisando seus bigodes com uma pata trêmula. — Só não pisem no círculo, como você disse, jovem mago.

Mantendo-se cuidadosamente fora dos limites das lanternas a óleo, os irmãos e Dougan abriram caminho ao longo da parede. Acima deles, a Gemagriz brilhava suavemente, sua luz ficando cada vez mais forte.

— Lorde Gargath — Palin começou hesitante, aproximando-se da cadeira do ouriço. De repente, ele gritou de alarme e tropeçou para trás, esbarrando em Tanin.

— Sturm, ao meu lado! — Tanin gritou, empurrando Palin para trás e levantando a lança.

A cadeira desaparecera completamente sob a massa de um dragão negro gigantesco! A criatura os encarou com olhos vermelhos e ardentes. Suas asas grandes cobriam toda a extensão da parede. Sua cauda açoitava o chão com um baque tremendo. Quando o dragão falou, porém, sua voz continha a mesma tristeza que a do ouriço.

— Vocês estão com medo — o dragão falou melancolicamente. — Obrigado pelo elogio, mas não precisam ter medo. Na hora que pudesse atacá-los, eu provavelmente seria um rato ou uma barata.

— Ah, pronto! Viram como acontece — continuou Lorde Gargath na forma de uma donzela jovem e adorável, que colocou a cabeça entre as mãos e chorou tristemente. — Estou constantemente mudando, constantemente alterando. Nunca sei, de um momento para o outro — rosnou um minotauro feroz, bufando de raiva — o que vou ser.

— A Gemagriz fez isso com você?

— Ssssssim — sibilou uma cobra, enrolando-se sobre si mesma na almofada em agonia. — Já fui um mago sssssssagaz como voccccccê, jovem. Já fui... poderoso e abasssssssssstado. Esta ilha e seu povo eram meus — continuou um jovem elegante, sentado na cadeira, com uma bebida gelada na mão.

"Querem um pouco? Ponche de frutas tropicais. Nada mal, garanto. Onde eu estava?"

— A Gemagriz — Palin arriscou. Seus irmãos só conseguiam olhar em silêncio.

— Ah, sim — balbuciou um sapo infeliz. — Meu tatara-tatara... bem, vocês entenderam... avô seguiu a coisa maldita, séculos atrás, na esperança de recuperá-la. Ele conseguiu, por um tempo. No entanto, seu poder falhou quando ele envelheceu e a Gemagriz escapou. Não sei para onde foi, espalhando o caos pelo mundo. Mas eu sempre soube que... algum dia... estaria ao meu alcance. E eu estaria pronto para ela! — Um coelho, sentado nas patas traseiras, cerrou a pata com um olhar severo de determinação.

— Estudei por muitos anos — disse um anão tolo, erguendo a mão suja. — Dois anos. Acho que dois anos. — O anão tolo franziu a testa. — Eu faz desenho bonito no chão. Eu espero. Dois anos. Não mais que dois. Pedra grande veio! Eu pegar...

— E eu prendi a Gemagriz! — gritou um velho enrugado com uma gargalhada selvagem. — Ela não poderia escapar de mim! Por fim, toda a magia do mundo seria minha, na ponta dos meus dedos! E assim foi, assim foi — guinchou um rato de olhos vermelhos, mastigando nervosamente o rabo. — Eu poderia ter qualquer coisa que quisesse. Eu exigi dez donzelas... Bem, eu estava sozinho — disse uma aranha, curvando suas pernas defensivamente. — Você não tem chance de conhecer garotas legais quando é um mago maligno, sabe.

— E a Gemagriz assumiu o controle das mulheres! — Palin disse, ficando tonto novamente, observando as transformações do mago. — E as usou contra você.

— Sim — relinchou um cavalo, andando de um lado para o outro, inquieto na frente da cadeira. — Educou-as e deu este palácio a elas. Meu palácio! Deu tudo! Elas nunca precisam trabalhar. A comida aparece quando elas estão com fome. Vinho, o que quiserem... Tudo o que elas fazem é passar o dia lendo poesia élfica e discutindo filosofia. Nossa, eu odeio poesia élfica! — gemeu um homem careca de meia-idade. — Tentei falar com elas, disse para fazer algo com suas vidas! E o que fizeram? Elas me trancaram aqui, com aquilo! — Ele gesticulou para a pedra, impotente.

— Mas as mulheres estão ficando inquietas — disse Palin, seus pensamentos entrando em ordem de repente.

— Há um limite para aguentar tanta poesia élfica — comentou uma morsa, balançando melancolicamente suas nadadeiras. — Elas querem diversão...

— Homens... e não seus maridos. Não, isso não serviria para a Gemagriz. Ela precisa que os guerreiros protejam a gema por fora enquanto as mulheres a protegem por dentro. Então, para deixar as mulheres felizes, ela trouxe...

— Nós! — Tanin disse, virando-se para o anão em fúria.

— Olha, não seja precipitado — Dougan disse com um sorriso astuto. Ele olhou para Palin com o canto do olho. — Você é muito esperto, rapaz. Puxou ao seu tio, sim, puxou sim. De quem ela estava se protegendo, já que é tão esperto? O que ela teria a temer?

— A única pessoa que a procurou por milhares e milhares de anos, — Palin respondeu suavemente. De repente, tudo ficou muito, muito claro. — Aquele que a fez e a perdeu no jogo. Ela se manteve longe de você, todos esses séculos, permanecendo em um lugar até você chegar muito perto, depois desaparecendo novamente. Mas, agora, está presa pelo mago. Não importa o que faça, ela não pode escapar. Então, ela colocou esses guardas ao seu redor. Mas você sabia que as mulheres eram infelizes. Sabia que a Gemagriz tinha que permitir que elas tivessem o que queriam...

— Homens bonitos. Elas não deixariam mais ninguém entrar no castelo — disse Dougan, torcendo o bigode. — E, se é que posso dizer, nos encaixamos perfeitamente nisso — acrescentou com orgulho.

— Mas quem é ele? — Sturm perguntou, olhando de Palin para o anão em confusão. — Não Dougan Martelorrubro, pelo que entendi...

— Eu sei! Eu sei! — gritou Lorde Gargath, agora um kender, que estava pulando na almofada da cadeira. — Deixa que eu conto! Deixa que eu conto! — Saltando para baixo, o kender correu para abraçar o anão.

— Grande Reorx! Fique longe de mim! — rugiu Dougan, segurando sua bolsa de dinheiro vazia.

— Você disse! — O kender fez um beicinho.

— Meu deus! — Tanin sussurrou.

— Isso resume tudo — comentou Palin.

# 9

## Quer apostar?

— Sim! — rugiu Dougan Martelorrubro com uma voz estrondosa. — Eu sou Reorx, o Forjador do Mundo, e voltei para reivindicar o que é meu!

Subitamente ciente da presença do deus, ciente, agora, do perigo que corria, a Gemagriz ardeu com uma luz cinza brilhante. Presa pela magia do símbolo do mago no chão, ela não conseguia se mover, mas começou a girar freneticamente, mudando de forma tão rápido que não passava de um borrão de movimento para os olhos.

O aspecto do mago também mudou. Mais uma vez, o dragão negro surgiu, seu corpo grande obliterando a cadeira, sua envergadura vasta preenchendo a sala em forma de cone.

Palin olhou para ele sem interesse, muito mais absorto em suas próprias lutas internas. A Gemagriz estava usando toda a sua energia, tentando se proteger. Estava oferecendo a Palin qualquer coisa, tudo o que ele quisesse. Imagens surgiram em sua cabeça. Ele se via como chefe da Ordem dos Mantos Brancos, se via governando o Conclave dos Magos. Estava levando os dragões malignos de volta ao Abismo! Estava lutando contra a Rainha das Trevas. Tudo o que ele tinha que fazer era matar o anão...

*Matar um deus?* ele perguntou, incrédulo.

*Eu concederei o poder!* a Gemagriz respondeu.

Olhando em volta, Palin viu o corpo de Sturm banhado em suor, seus olhos selvagens, seus punhos cerrados. Até mesmo Tanin, tão forte e inflexível, estava olhando para frente, sua pele pálida, seus lábios apertados, tendo uma visão de glória visível apenas para ele.

Dougan ficou no centro do pentagrama, observando-os, sem dizer uma palavra.

Palin agarrou-se ao cajado, quase soluçando em seu tormento. Pressionando o rosto contra a madeira fria, ele ouviu as palavras se formando em sua mente. *Toda a minha vida, eu era minha própria pessoa. As escolhas que fiz, fiz por vontade própria. Nunca fui escravizado por ninguém, nem por nada; nem mesmo pela própria Rainha das Trevas! Curve-se aos outros com reverência e respeito, mas nunca em escravidão, sobrinho!*

Palin piscou, olhando em volta como se acordasse de um torpor. Ele não tinha consciência de ter ouvido as palavras, mas elas estavam em seu coração e, agora, ele tinha forças para saber o valor delas. Não! Ele foi capaz de dizer à Gemagriz com firmeza, e foi então que percebeu que o dragão negro atrás dele estava passando por uma tortura semelhante.

— Mas eu não *quero* arrancar a pele dos ossos deles! — o dragão choramingou. — Bem, sim, eu não me importaria de ter minha ilha de volta do jeito que era. E dez donzelas que agissem como donzelas e não se transformassem em poetas.

Olhando alarmado para o dragão, Palin viu seus olhos vermelhos ardendo febrilmente. O ácido escorria de sua língua bifurcada, abrindo buracos no chão polido; suas garras brilhavam. Abrindo as asas, o dragão ergueu-se no ar.

— Tanin! Sturm! — Palin gritou, agarrando o irmão mais próximo e sacudindo-o. Era Tanin. Lentamente, o grandão voltou os olhos para o irmãozinho, mas não havia reconhecimento neles.

— Me ajude, mago! — Tanin sibilou para ele. — Me ajude a matar o anão! Serei o líder dos exércitos...

— Dougan! — Palin correu até o anão. — Faça alguma coisa! — o jovem mago gritou descontroladamente, acenando com os braços para o dragão.

— Estou fazendo, rapaz, estou fazendo — Dougan disse calmamente, seus olhos na Gemagriz.

Palin podia ver os olhos do dragão negro observando-o avidamente. As asas negras se contraíram.

*Vou lançar uma magia de sono*, Palin decidiu em desespero, procurando areia em suas bolsas. Mas, ao puxá-la, ele percebeu algo terrível. Seus dedos ficaram moles e a areia escorria deles, derramando-se no chão. Sua magia se foi!

— Não, por favor, não! — Palin gemeu, olhando para a Gemagriz, que parecia brilhar com uma malevolência caótica.

A porta de madeira da sala se abriu, batendo contra a parede.

— Viemos como você nos ordenou, Gemagriz! — gritou uma voz.

Era a voz da bela de cabelos escuros. Atrás dela estava a loira e, atrás delas, todas as outras mulheres, jovens e velhas. Mas os vestidos transparentes e os sorrisos sedutores se foram. As mulheres estavam vestidas com peles de tigre. Penas estavam amarradas em seus cabelos e elas carregavam lanças com pontas de pedra em suas mãos.

E, agora, a voz de Tanin soava alta como um toque de trombeta:

— Minhas tropas! Ao meu lado! Reúnam-se! — Erguendo o braço, ele proferiu um brado de guerra, no que as mulheres responderam com um grito selvagem.

— Me tragam vinho! — Sturm berrou, executando uma dança improvisada. — Que comece a festa!

Os olhos da loira estavam nele, queimando com luxúria. Infelizmente, era a luxúria do tipo errado. Ela levantou sua lança, seus olhos buscando seu líder, Tanin, para a ordem de ataque.

— Você me promete? — disse o dragão negro ansiosamente, sua língua bifurcada entrando e saindo de sua boca pingando. — Chega de anões tolos? Eu não me importei muito com o resto, mas não vou ser transformado em um anão tolo de novo!

— O mundo enlouqueceu! — Palin caiu para trás contra a parede. Ele sentiu sua força e sua sanidade se esvaindo enquanto a areia caía de seus dedos inertes. O caos ao seu redor e a perda de sua magia derrubaram sua mente. Ele olhou para o Cajado de Magius e não viu nada além de um pedaço de madeira, encimado por uma bugiganga brilhante. Ouviu seus irmãos, um dispersando suas tropas para a batalha, o outro chamando os flautistas para tocarem outra música. Ouviu o ranger das grandes asas do dragão e o sopro que seria liberado em uma torrente de ácido. Fechando os olhos, Palin jogou para longe o bastão inútil e virou o rosto para a parede.

— Pare! — trovejou uma voz. — Pare, eu ordeno!

O caos girou descontroladamente por mais um instante, então diminuiu e finalmente parou até que tudo fosse silêncio e quietude na sala onde antes houvera um borrão de barulhos e movimentos. Dougan estava no pentagrama no centro da sala, sua barba negra eriçada de raiva. Erguendo o braço, ele gritou:

— Reorx Drach Kalahzar! — E um martelo de guerra gigantesco materializou-se na mão do anão. O martelo enorme brilhou com uma luz vermelha forte que se refletiu nos olhos escuros e brilhantes de Dougan.

— Sim! — gritou o anão, olhando para a Gemagriz ardente. — Eu conheço o seu poder! Melhor do que todos! Afinal, você é minha criação! Você pode manter esse caos eternamente e sabe que não posso pará-la. Mas você mesma está presa eternamente! Nunca será livre!

A luz da Gemagriz piscou um instante, como se estivesse considerando as palavras de Dougan. Então, ela começou a pulsar, mais brilhante do que antes, e o coração de Palin afundou em desespero.

— Espere! — Dougan gritou, levantando uma mão, a outra segurando o cabo do martelo de guerra vermelho em chamas. — Digo que devemos deixar tudo ao acaso. Eu ofereço... uma aposta!

A Gemagriz pareceu considerar; sua luz pulsava mais devagar, pensativa.

— Uma aposta? — as mulheres murmuraram, baixando suas lanças.

— Uma aposta — disse o dragão em tom satisfeito, sentando-se no chão mais uma vez.

— Uma aposta! — Palin murmurou, enxugando a testa suada na manga. — Pelos deuses, isso foi o início de tudo!

— Nós concordamos — disse a beldade de cabelos escuros, avançando, a haste de sua lança batendo contra o chão enquanto ela caminhava. — Quais serão os prêmios?

Dougan coçou a barba.

— Estes jovens — ele disse finalmente, apontando para Tanin, Sturm e Palin — para vocês mesmas. Liberdade para a Gemagriz.

— O quê? — Tanto Tanin quanto Sturm voltaram à realidade, olhando ao redor da sala como se a vissem pela primeira vez.

— Você não pode fazer isso conosco, anão! — Tanin gritou, avançando, porém duas das mulheres maiores e mais fortes o pegaram e, com a força que lhes foi dada pela Gemagriz brilhante e ardente, amarraram para trás os braços do homem que se debatia. Outras duas cuidaram de Sturm. Ninguém se preocupou com Palin.

— Se eu perder a aposta — Dougan continuou imperturbável —, esses jovens ficarão com vocês como seus escravos. Vou quebrar o feitiço que mantém a gema presa aqui e ela estará livre mais uma vez para vagar pelo mundo. Se eu vencer, a Gemagriz é minha e esses homens serão libertados.

— Concordamos com os prêmios — disse a beldade de cabelos escuros, depois de dar uma olhada na Gemagriz. — E agora, qual é a aposta?

Dougan pareceu pensar, girando o bigode sem parar no dedo. Seu olhar pousou em Palin e ele sorriu.

— Que este jovem — apontou para o mago — jogará meu martelo para o alto e ele ficará suspenso, nunca caindo no chão.

Todos olharam para o anão em silêncio, considerando. Qual era a ideia?

Então:

— Não! Dougan! — Palin gritou freneticamente, afastando-se da parede. Uma das mulheres o empurrou para trás.

— Este jovem? — A beldade de cabelos escuros entendeu de repente. — Mas ele é um mágico...

— Apenas um muito jovem — Dougan disse apressadamente. — E ele não vai usar sua magia, vai, Palin? — o anão perguntou, piscando para o jovem mago quando as mulheres não estavam olhando.

— Dougan! — Palin se desvencilhou das mãos da mulher e cambaleou pelo chão, os joelhos tão fracos que mal conseguia andar. — Não posso! Minha magia...

— Nunca diga "não posso", rapaz — Dougan falou severamente. — Seu tio não te ensinou nada? — Mais uma vez, ele piscou para Palin.

Parecia que a beldade de cabelos escuros de repente percebeu a fraqueza de Palin, pois ela olhou para suas companheiras e sorriu de maneira satisfeita.

— Nós aceitamos sua aposta — ela disse.

— Dougan! — Palin gritou desesperadamente, agarrando o anão, que estava o observando com um sorriso malicioso. — Dougan! Eu não posso usar minha magia! Eu não tenho nada! A Gemagriz a drenou! — ele sussurrou com urgência no ouvido do anão.

O rosto de Dougan se contraiu.

— Não me diga, rapaz — ele murmurou, olhando para as mulheres e esfregando o queixo barbudo. — Bem, isso é uma pena — ele disse tristemente, balançando a cabeça. — Realmente uma pena. Tem certeza?

— Claro que tenho certeza! — Palin retrucou.

— Bem, dê o seu melhor, rapaz! — disse o anão, batendo no braço de Palin com a mão. — Aqui está! — Ele enfiou o cabo do martelo de guerra nas mãos de Palin. Sentindo o toque desconhecido, o brilho vermelho do martelo desapareceu, transformando-se em um cinza chumbo feio.

Palin olhou em volta, impotente, para seus irmãos. Tanin o olhou seriamente, sua expressão sombria. Sturm desviou a cabeça, seus ombros grandes levantando-se em um suspiro.

Engolindo em seco, lambendo os lábios, Palin envolveu o cabo do martelo com as mãos, incerto até mesmo sobre como segurar a arma. Ele tentou levantá-lo. Um gemido escapou de seus lábios... Um gemido ecoado por seus irmãos.

— Por Paladine! — Palin arfou. — Mal consigo mover essa coisa, Dougan! Como posso jogá-lo? — Inclinando-se para mais perto, olhando nos olhos do anão, o jovem murmurou — Você é um deus... eu não imagino que...

— Claro que não, rapaz! — O anão parecia chocado. — É uma questão de honra! Você entende...

— Claro — resmungou Palin amargamente.

— Olhe, rapaz — Dougan disse, posicionando as mãos de Palin. — Não é tão difícil. Você apenas segura o martelo assim... aí... agora, você o pega e começa a girar em um círculo. Seu ímpeto o ajudará a levantar o martelo e, quando estiver indo bem, apenas dê uma puxada, assim. A natureza fará o resto.

— Natureza? — Palin parecia duvidoso.

— Sim — respondeu o anão, sério, alisando a barba. — Chama-se Força de *Centrifug* ou algo assim. Os gnomos me explicaram.

— Ótimo! — Palin murmurou. — Gnomos!

Respirando fundo, o jovem ergueu o martelo. Um gemido de dor escapou de seus lábios, o suor escorria em sua testa pelo esforço e ele ouviu várias mulheres rindo. Cerrando os dentes, certo de que algo rompera dentro de si, Palin começou a girar em círculos, com o martelo nas mãos. Ele ficou surpreso ao perceber que Dougan estava certo. O ímpeto de seu movimento fez o martelo parecer mais leve. Ele conseguiu levantá-lo cada vez mais alto. Mas o cabo começou a escorregar em suas mãos suadas...

— Ele está perdendo! Para baixo! Todo mundo! — Tanin gritou, caindo de cara no chão. Houve um barulho de lanças quando as mulheres seguiram o exemplo. Até mesmo o dragão negro, vendo Palin girando no centro da sala, fora de controle, o martelo começando a brilhar em um vermelho ardente, agachou-se no chão com um gemido, tentando dobrar as asas sobre a cabeça. Apenas o anão permaneceu de pé, com o rosto dividido em um sorriso largo.

— Eu... não consigo... segurar... mais! — Palin gritou e, com um suspiro, ele soltou o martelo.

O jovem mago caiu de joelhos, com muita dor e exaustão para sequer se incomodar em olhar para ver o que aconteceu. Mas todos os outros na sala, deitados no chão, levantaram a cabeça para observar o martelo. Ele girava e girava, voando sobre as cabeças das mulheres, zumbindo sobre Tanin e Sturm, passando rapidamente pelo dragão acovardado. Girando e girando, ele voou e, enquanto voava, começou a subir no ar. Dougan observou placidamente, com as mãos entrelaçadas em sua grande barriga.

Brilhando agora em um vermelho ardente, o martelo circulou cada vez mais alto e, à medida que subia, a luz da Gemagriz começou a oscilar em um medo súbito. O martelo estava apontado direto para ela!

— Sim, minha beleza — murmurou Dougan, observando o martelo com satisfação. — Você a forjou. Agora, traga para casa.

Desesperadamente, a Gemagriz procurou diminuir sua luz, percebendo, talvez, que era seu próprio poder que estava atraindo o martelo para si. Mas era tarde demais. O martelo voou até a Gemagriz, que ajudou a criar, como uma moça voa para os braços do seu amante. Houve um som estilhaçante e um clarão ofuscante de luz vermelha e cinza, tão brilhante que até mesmo Dougan foi forçado a proteger os olhos, e ninguém mais conseguiu ver nada por causa do esplendor deslumbrante.

As duas energias pareciam lutar juntas, a luz vermelha e a cinza, e então a cinza começou a escurecer. Olhando para cima, com lágrimas escorrendo de seus olhos sob a luz brilhante, Palin pensou ter visto de relance uma joia cinza e brilhante caindo do ar e pousando na mão de Dougan. Mas não podia ter certeza porque, naquele momento, o martelo vermelho brilhante também caiu do ar, direto em cima deles!

Cruzando os braços doloridos sobre a cabeça, Palin abraçou o chão, visões de sua cabeça sendo aberta e seu cérebro espirrando por toda parte vindo com uma clareza vívida. Ele ouviu um estrondo retumbante. Erguendo a cabeça timidamente, viu o martelo, brilhando vermelho em triunfo, caído no chão aos pés de Dougan.

Lentamente, tremendo, Palin levantou-se, assim como todos os outros na sala. Ele estava dolorido e exausto; Tanin teve que vir ajudá-lo ou ele teria desmaiado. No entanto, Palin sorriu para ele quando seu irmão mais velho o apertou em seus braços.

— Minha magia voltou! — ele sussurrou. — Está de volta!

— Eu também voltei — disse uma voz. Olhando ao redor, Palin viu que o dragão havia sumido. Em seu lugar, agachado no chão, com as mãos sobre a cabeça, estava um mago magro de meia-idade vestido com um manto negro. O mago se sentou, olhando ao redor como se não pudesse acreditar.

— Voltei! — ele gritou alegremente, dando tapinhas na cabeça, no pescoço e nos ombros com as mãos. — Sem orelhas de coelho! Sem sopro de dragão! Sem músculos de minotauro! Eu sou eu de novo! — Ele começou a chorar.

— E você perdeu a aposta, anão! — a beldade de cabelos escuros gritou de repente, ficando de pé. — O martelo caiu!

— Sim! — gritaram as mulheres. — Você perdeu a aposta! Os homens são nossos!

— Dougan... — Tanin rosnou ameaçadoramente.

As mulheres estavam se aproximando deles, os olhos ardendo com o fogo do amor em vez do fogo da batalha.

Levantando o martelo sobre a cabeça, Dougan ergueu os braços. Seu rosto sério, seus olhos negros brilhando tão vermelhos quanto o martelo cintilante. A voz que falava não era mais a do anão com as roupas vistosas, mas uma tão antiga quanto as montanhas que esculpira, tão profunda quanto os oceanos que derramara.

— Mulheres! — o deus gritou em tom severo. — Me escutem! O poder da Gemagriz sobre vocês está quebrado. Lembrem-se agora dos seus filhos e dos seus maridos. Lembrem-se dos seus irmãos e dos seus pais! Lembrem-se dos seus lares e daqueles que os amam e precisam de vocês!

Uma a uma, as mulheres olharam em volta, atordoadas, algumas levando as mãos à cabeça, outras piscando confusas.

— Onde estamos? — perguntou uma.

— Por que estamos vestidas assim? — questionou outra, olhando para a pele do tigre.

— Como você ousa? — gritou a loira, dando um tapa no rosto de Sturm.

Apenas a beldade de cabelos escuros parecia triste. Balançando a cabeça, ela disse com um suspiro:

— Sinto falta da minha família. E me lembro do homem que amo e estou noiva. Mas vai começar tudo de novo. As guerras eternas. A luta, o sangue, a morte...

Ela se virou para o deus, apenas para encontrar ninguém além de um anão vestido de maneira chamativa, que sorriu para ela em compreensão.

— Pense um momento, moça — Dougan disse gentilmente, dando tapinhas em sua mão. — Você leu os livros, lembra? E elas também. — Ele apontou para as outras. — Vocês têm conhecimento agora. Ninguém pode tirar isso de vocês. Usem com sabedoria e poderão parar as guerras sem sentido. Você e as outras, com a ajuda dos seus homens e dos seus filhos, podem fazer desta ilha um paraíso.

— Eu não sei quem você é — disse a beldade de cabelos escuros, olhando maravilhada para o anão —, mas você é sábio. Faremos como você diz. E vamos honrá-lo sempre em nossos corações e nossas orações.

(E assim os ilhéus fizeram, tornando-se os únicos humanos, até onde se sabe, a adorar novamente Reorx, o Forjador do Mundo.)

Curvando-se, ela beijou Dougan na bochecha. O rosto do anão ficou tão vermelho quanto seu martelo.

— Eu concordo com você! — ele disse rispidamente.

De braços dados ao redor da cintura umas das outras, as mulheres correram, rindo alegremente, para fora da sala, e os irmãos logo ouviram suas vozes alegres fora dos muros do castelo.

— Quanto a você... — Dougan voltou-se para o mago de mantos negros.

— Não me repreenda! — implorou Lorde Gargath humildemente. — Eu aprendi minha lição. De verdade. Nunca mexerei com joias enquanto viver. Pode acreditar em mim! — disse, olhando para o teto vazio com um estremecimento.

— E esperamos vê-lo no Conclave — Palin falou seriamente, recuperando o Cajado de Magius. — Você deixará de ser um renegado?

— Estou ansioso pelo próximo encontro! — Lorde Gargath disse ansiosamente. — Existe alguma coisa que eu possa levar? Um bolo, talvez? Eu faço um bolo de veludo maravilhoso...

# Posfácio

## (de verdade dessa vez)

Dougan e os irmãos retornaram ao navio gnomo sem incidentes. Na verdade, os guerreiros ficaram tão felizes por ter suas mulheres de volta, suas famílias mais uma vez unidas, que devolveram as armaduras e as espadas. (O chefe decidiu que a armadura era muito quente de qualquer maneira e pensou que a espada era uma arma primitiva, comparada a uma lança.)

Os gnomos consertaram os danos ao navio. De fato, eles descobriram que ter uma extremidade esmagada melhorava imensamente o controle e ficaram bastante entusiasmados com a perspectiva de voltar para casa no Monte Esquece e esmagar as proas (ou popas) do restante da frota gnômica.

Um pequeno incidente prejudicou um cruzeiro quase idílico (sem contar o se abaixar constantemente por causa da vela, ser atingido por peixes que caíam, e imaginar se eles iriam ou não afundar antes de chegarem à terra, devido ao vazamento da popa... Ou proa esmagada...).

Dougan estava descansando no convés uma noite, contemplando os céus (o planeta Reorx estava faltando) quando, de repente, ele foi abordado pelos três irmãos.

— Sturm, pegue os braços dele! — Tanin ordenou, saltando sobre o anão por trás. — Palin, se a barba dele estremecer, faça-o dormir!

— Que afronta é essa! Como ousam? — Dougan rugiu, lutando contra o aperto forte de Sturm.

— Nós arriscamos nossas vidas por aquela rocha — Tanin disse seriamente, olhando para o anão de rosto vermelho. — E eu quero vê-la.

— Você está nos enrolando há dias — acrescentou Palin, de pé, ao lado de seu irmão. — Pelo menos queremos dar uma olhada antes de você levá-la de volta para sua forja ou onde quer que seja.

— Me soltem! — Dougan soltou um palavrão. — Ou vocês nunca mais verão nada!

A um aceno de Tanin, Sturm soltou os braços do anão. Dougan olhou para eles desconfortavelmente.

— A Gemagriz? — os irmãos disseram, reunindo-se ao redor.

— Muito bem, rapazes. — O anão parecia muito sem jeito. — Isso vai ser um pouco problemático.

— Como assim? — Palin perguntou nervosamente, não gostando da expressão no rosto do anão. — É tão poderosa que não podemos nem olhar para ela?

— Nãooo... — Dougan falou lentamente, seu rosto corando sob a luz vermelha de Lunatari. — Não é isso, na verdade...

— Bem, então vamos vê-la! — Tanin exigiu.

— O... hã... o fato é, rapazes — gaguejou Dougan, enrolando sua barba preta em torno de seu dedo —, que eu... não sei onde a coloquei...

— Não sabe! — Sturm disse surpreso.

— A Gemagriz? — Palin olhou ao redor do barco com alarme, temendo ver sua luz cinza irradiando para eles.

— Talvez "colocar" não seja bem a palavra — o anão murmurou. — Sabem, eu entrei nesse jogo de ossos, na noite antes da nossa saída da ilha e... — Sua voz falhou miseravelmente.

— Você a perdeu! — Tanin gemeu.

Palin e Sturm encararam o anão, atordoados demais para falar.

— Sim, rapaz. — Dougan suspirou pesadamente. — Era uma coisa certa, também...

— Então, a Gemagriz está solta no mundo novamente — Palin murmurou.

— Temo que sim. Afinal, eu perdi a aposta original, se vocês se lembram. Mas não se preocupe, rapaz — disse o anão, pondo a mão no braço de Palin. — Nós vamos recuperá-la! Algum dia, vamos recuperá-la!

— O que você quer dizer com nós? — Tanin resmungou.

— Eu juro por Paladine, por Gilean e pela Rainha das Trevas e por todos os deuses nos céus que, se eu alguma vez na minha vida vir você olhando em minha direção, anão, eu vou virar e andar... Não, correr... na direção oposta! — Sturm jurou devotamente.

— O mesmo vale para mim — disse Palin.

— E para mim! — disse Tanin.

Dougan olhou para eles, abatido por um momento. Então, um sorriso apareceu no rosto do anão. Seus olhos redondos brilharam.

— Quer apostar?

# IV

O primeiro sinal da mudança
não é o olho dourado
nem a estatura perigosa,
o semblante da colina e do deserto,

em vez disso, é a respiração da criança,
o frio da água subterrânea,
o choro da noite, uma lembrança de facas,

e você se assusta,
senta na cama e diz
que isso é algo que eu fiz
de alguma forma eu fiz esta coisa.

Então você a teme,
deixa a noite cobrir seu sonho
e a lua vermelha avança
através de uma centena de jornadas,
empurrada como sangue
na veia codificada,
e então as chegadas
rasgando a borda da crença,
uma vaga na peça,

o sorriso abstrato
que nada tem a ver
com o que você fez,
e você sabe que seus desejos
nunca podem esconder
a lembrança longa de outro lugar.

A história do cuco, o ninho suplantado,
o ovo deixado aos cuidados de outros incautos.
Certamente seu filho é alienígena, afligido,
roubado por ciganos, para sempre outro,
e ainda, no acidente
de sangue e da adoção,
como era no seu tempo
e o tempo de suas mães,
eternamente e para sempre seu.

Então cante para o estranho esta canção de ninar
Cante as invenções da família
*a ficção dos irmãos*
*o ardil bárdico do pai*
Cante a mãe inventada de razões e luzes
Cante para mim, filha de olhos dourados.

# A Filha de Raistlin

Margaret Weis e Dezra Despain

*Ouvi pela primeira vez a lenda da filha de Raistlin cerca de cinco anos após a morte de meu gêmeo. Como você pode imaginar, fiquei extremamente intrigado e perturbado com os rumores e fiz o que pude para investigar. Nisso, fui auxiliado por meus amigos, os antigos Companheiros, que nessa época já haviam se espalhado pela maior parte de Ansalon. Encontramos versões da lenda em quase todas as partes do continente. Está sendo contada entre os elfos de Silvanesti, as pessoas de Solamnia e o Povo da Planície que retornou a Que-shu. Mas não pudemos encontrar nenhuma verificação. Nem mesmo o kender Tasslehoff Burrfoot, que vai a todos os lugares e a tudo ouve (como os kender fazem), não conseguiu descobrir nenhuma informação em primeira mão a respeito. A história é sempre contada por uma pessoa que ouviu da tia, que tinha uma prima ,que foi parteira da menina... E assim por diante.*

*Cheguei ao ponto de entrar em contato com Astinus, o Historiador, que registra a história conforme ela passa diante dos seus olhos que tudo veem. Nisso, minha esperança de ouvir algo útil era pequena, pois o historiador é notoriamente calado, especialmente quando algo que viu no passado possa afetar o futuro. Sabendo disso, pedi apenas que ele me dissesse se a lenda era verdadeira ou não. Meu gêmeo foi pai de uma criança? Ele ou ela ainda vive neste mundo?*

*Sua resposta foi típica daquele homem enigmático, que alguns sussurram ser o próprio deus Gilean:*

*"Se for verdade, será conhecido. Se não for, não será."*

*Concordei em permitir a inclusão da lenda neste volume como uma curiosidade e porque ela pode, em um futuro distante, ter alguma relação com a história de Krynn. Contudo, o leitor deve ficar avisado que meus amigos e eu consideramos isso uma verdadeira fofoca.*

— Caramon Majere

O crepúsculo tocou a Hospedaria Rebelde com sua mão gentil, fazendo até mesmo aquele lugar miserável e de má reputação parecer um refúgio tranquilo para aqueles que caminhavam ou percorriam o caminho que levava à sua porta. Sua madeira desgastada pelo tempo, apodrecida e cheia de vermes, quando vista em plena luz do dia, parecia rústica no anoitecer tingido de ouro. Suas vidraças rachadas e quebradas realmente brilhavam ao captar os últimos raios da luz moribunda e as sombras batiam no telhado na medida certa, de modo que ninguém podia ver os remendos. Talvez esta fosse um dos motivos pelos quais a hospedaria estava tão movimentada esta noite, ou isso ou as massas de nuvens cinzas baixas se reunindo no céu do leste, como um exército silencioso e fantasmagórico.

A Hospedaria Rebelde estava localizada nos arredores, se as árvores mágicas assim o considerassem, da Floresta de Wayreth. Se as árvores mágicas escolhessem o contrário, como frequentemente faziam, a hospedaria estaria localizada nos arredores de um campo estéril onde nada plantado crescia. Não que algum fazendeiro se importasse em tentar a sorte. Quem desejaria alguma coisa da terra controlada, assim acreditavam, pelos arquimagos da Torre da Alta Magia, pela floresta estranha e misteriosa?

Alguns achavam peculiar que a Hospedaria Rebelde fosse construída tão perto da Floresta de Wayreth (quando a floresta ainda existia), mas o proprietário, Slegart Havenswood, era um homem peculiar. Sua única preocupação no mundo, aparentemente, era o lucro... Como diria a qualquer um que perguntasse. E sempre havia lucro a ser obtido daqueles que se encontravam nas margens das terras dos magos quando a noite se aproximava.

Havia muitos esta noite que se encontravam naqueles apuros, aparentemente, pois quase todos os quartos da hospedaria estavam ocupados. Na maioria, os viajantes eram humanos, já que era assim nos dias anteriores à Guerra da Lança, quando elfos e anões se mantinham isolados e raramente andavam neste mundo. Mas havia alguns anões tolos por perto (Slegart os contratou para cozinhar e limpar) e ele não era avesso a permitir que goblins ficassem em seu lugar, desde que se comportassem bem. No entanto, não havia goblins esta noite, embora houvesse alguns humanos que poderiam passar por goblins, de tão retorcidos e astutos eram seus rostos. Foi esse grande grupo que ocupou vários quartos de Slegart (e não havia muitos no lugar pequeno e miserável), deixando apenas dois vazios.

Mais ou menos quando a primeira estrela da noite apareceu no céu, para ser quase imediatamente invadida pela coluna de nuvens que avançava, a porta da estalagem se abriu, deixando entrar uma rajada de ar frio, um guerreiro em armadura de couro e um mago em mantos vermelhos. Do seu lugar atrás da bancada suja, Slegart franziu a testa. Não que não gostasse de mágicos (dizia-se que sua estalagem existia pela graça dos magos da torre), mas ele não gostava especificamente que eles ficassem em sua hospedaria.

Quando o grande guerreiro (e ele era um jovem extraordinariamente grande, como notaram Slegart e os outros no salão comunal) jogou uma moeda e disse:

— Jantar — a carranca de Slegart se transformou imediatamente em um sorriso. Contudo, quando o grandalhão acrescentou — e um quarto para a noite — o sorriso sumiu.

— Estamos cheios — resmungou Slegart, com um olhar significativo ao redor do salão comunal lotado. — Lua de caçada esta noite...

— Ora! — o grande guerreiro bufou. — Não haverá lua esta noite, com caça ou não. Essa tempestade vai começar a qualquer momento e, a menos que você goste de caçar flocos de neve, não vai atirar em nada esta noite. — Com isso, o grandalhão olhou ao redor do salão comunal para ver se alguém se importava em contestar sua observação. Vendo o tamanho de seus ombros, a bainha gasta que ele usava e a maneira indiferente como sua mão foi para o punho de sua espada, mesmo os humanos de aparência rude começaram a acenar com a cabeça em sua sabedoria, concordando que definitivamente não haveria caça esta noite.

— De qualquer forma — disse o grandalhão, voltando seu olhar sério para Slegart —, vamos passar a noite aqui, nem que seja para fazer nossas camas perto da lareira. Como você pode ver — a voz do guerreiro se suavizou e seu olhar foi para o mago, que se sentara em uma mesa o mais perto possível do fogo —, meu irmão não está em condições de viajar mais neste dia, especialmente nesse tempo.

O olhar de Slegart foi para o mago e, de fato, o homem parecia estar à beira da exaustão. Vestido com mantos vermelhos, com um capuz que cobria sua cabeça e deixava seu rosto na sombra, o mago se apoiava em um cajado de madeira decorado no topo com uma garra de dragão dourada segurando um cristal facetado. Ele mantinha esse cajado sempre com ele, sua mão o tocando com carinho, tanto para acariciá-lo quanto para se assegurar de sua presença.

— Traga a sua melhor cerveja e uma jarra de água quente para o meu irmão gêmeo — disse o guerreiro, jogando outra moeda de aço no balcão.

Ao ver o dinheiro, os sentidos de Slegart ficaram alertas.

— Acabei de me lembrar — ele começou, sua mão se fechando sobre a moeda e seus olhos indo para a bolsa de couro do guerreiro onde seus ouvidos podiam detectar o tilintar do metal. Até o nariz dele se enrugou, como se ele também pudesse sentir o cheiro —, um quarto está disponível no segundo andar.

— Foi o que imaginei — o guerreiro falou seriamente, batendo outra peça de aço no balcão.

— Um dos meus melhores — comentou Slegart, observando o guerreiro.

O grandalhão grunhiu, carrancudo.

— Não vai ser uma noite boa para homem ou animal — acrescentou o estalajadeiro e, nesse momento, uma rajada de vento atingiu a estalagem, assobiando pelas janelas rachadas e soprando flocos de neve para dentro do salão. Também naquele momento, o mago de mantos vermelhos começou a tossir, uma tosse devastadora e sufocante que dobrou o homem sobre a mesa. Era difícil dizer muito sobre o mago... Ele usava uma capa e um capuz para se proteger do clima. Mas Slegart sabia que devia ser jovem, caso ele e esse gigante fossem, de fato, gêmeos. O estalajadeiro ficou consideravelmente surpreso, portanto, ao vislumbrar um cabelo branco esfarrapado saindo de baixo do capuz e ao notar que a mão que segurava o cajado era magra e arruinada.

— Vamos ficar com ele — o guerreiro murmurou, seu olhar preocupado indo para seu irmão enquanto colocava a moeda na mesa.

— Qual é o problema dele? — Slegart disse, olhando para o mago, seus dedos se contorcendo perto da moeda, mas sem tocá-la. — Não é de pegar, é? — Ele recuou. — Não é a praga?

— Nem! — O guerreiro fez uma careta. Inclinando-se para mais perto do estalajadeiro, o grandalhão disse em voz baixa: — Acabamos de chegar da Torre da Alta Magia. Ele acabou de fazer o Teste...

— Ah — o estalajadeiro disse intencionalmente, seu olhar no jovem mago não era antipático. — Já vi muitos deles quando era moço. E vi muitos como você — ele olhou para o grande guerreiro — que vieram aqui sozinhos, com apenas um pacote de roupas e um grimório surrado ou dois como tudo o que restava. Tiveram sorte, vocês dois, de terem sobrevivido.

O guerreiro assentiu, embora não parecesse, pela expressão assombrada em seu rosto pálido e olhos escuros cheios de dor, que ele considerava sua sorte fenomenal. Voltando à mesa, o guerreiro pôs a mão no ombro do irmão, apenas para ser repelido com um grunhido amargo.

— Deixe-me em paz, Caramon! — Slegart ouviu o mago engasgar quando o estalajadeiro se aproximou da mesa, trazendo a cerveja e uma jarra de água quente em uma bandeja. — Sua preocupação vai me colocar no túmulo antes dessa tosse!

O guerreiro Caramon não respondeu, mas sentou-se na cadeira em frente a seu irmão, seus olhos ainda sombreados com infelicidade e preocupação.

Slegart fez o possível para ver o rosto coberto pelo capuz, mas o mago estava encolhido perto do fogo, o topo vermelho puxado para baixo sobre os olhos. O mago nem ergueu os olhos quando o estalajadeiro colocou a mesa com uma quantidade incomum de barulho de pratos, facas e canecas. O jovem simplesmente enfiou a mão em uma bolsa que trazia amarrada ao cinto e, pegando um punhado de folhas, entregou-as cuidadosamente ao irmão.

— Prepare minha bebida — o mago ordenou com uma voz áspera.

Observando tudo isso atentamente, Slegart ficou consideravelmente surpreso ao notar que a pele que cobria a mão esguia do mago brilhava com um ouro metálico que reluzia à luz do fogo!

O estalajadeiro tentou dar outra olhada no rosto do mago, mas o jovem recuou ainda mais nas sombras, abaixando a cabeça e puxando o capuz ainda mais para baixo sobre os olhos.

*Se a pele do seu rosto for igual à da sua mão, não é de admirar que ele se esconda*, refletiu Slegart, e desejou ter mandado esse mago estranho e doente embora... Com ou sem dinheiro.

O guerreiro pegou as folhas do mago e as jogou em um copo. Então, o encheu com água quente.

Curioso, apesar de tudo, o estalajadeiro se inclinou para dar uma olhada na mistura, esperando que pudesse ser algum tipo de poção mágica. Para sua decepção, parecia ser nada mais do que chá com algumas folhas flutuando na superfície. Um cheiro amargo subiu às suas narinas. Fungando, ele começou a fazer algum comentário quando a porta se abriu, deixando entrar mais neve, mais vento e outra visita. Fazendo sinal a uma das garçonetes desleixadas para terminar de servir o mago e seu irmão, Slegart se virou para cumprimentar a pessoa recém-chegada.

Parecia, por seu andar gracioso e sua constituição alta e esbelta, ser uma humana ou uma elfa jovem. Mas a figura estava tão cercada e envolta em roupas que era impossível dizer sexo ou raça.

— Estamos cheios — Slegart começou a anunciar, mas antes que pudesse abrir a boca, a pessoa fluiu até dele (era impossível descrever sua caminhada de outra maneira) e, estendendo uma mão notável por sua beleza delicada, colocou duas moedas de aço na mão do estalajadeiro (notáveis apenas pela sujeira).

— Um lugar perto da lareira esta noite — disse a pessoa em voz baixa.

— Acho que um quarto vagou — anunciou Slegart para o deleite dos humanos goblinescos, que saudaram seu comentário com risos e gargalhadas grosseiras. Até o guerreiro sorriu tristemente e balançou a cabeça, estendendo a mão sobre a mesa para cutucar seu irmão. O mago não disse nada, apenas fez um gesto irritado pedindo sua bebida.

— Vou ficar com o quarto — disse a pessoa, enfiando a mão na bolsa e entregando mais duas moedas ao estalajadeiro sorridente.

— Muito bom... — Notando as roupas finas da pessoa, feitas de um material rico, Slegart achou prudente fazer uma reverência. — Hã, que nome...?

— Eu e o quarto precisamos ser apresentados? — a pessoa perguntou bruscamente.

O guerreiro riu disso com vontade e parecia que até mesmo o mago respondeu, pois a cabeça encapuzada moveu-se ligeiramente enquanto ele tomava um gole de sua bebida fumegante e malcheirosa.

Um tanto sem palavras, Slegart estava se atrapalhando em sua mente, tentando pensar em outra maneira de determinar a identidade daquela pessoa misteriosa, quando ela se afastou e se dirigiu para uma mesa localizada em um canto escuro, tão longe do fogo quanto possível.

— Carne e bebida. — Ela jogou as palavras por cima do ombro em um tom imperioso.

— E do que Vossa... Vossa Senhoria gostaria? — Slegart perguntou, correndo atrás dela, uma orelha erguida atentamente. Embora tal pessoa falasse Comum, o sotaque era estranho, e o estalajadeiro ainda não sabia dizer se o hóspede era homem ou mulher.

— Qualquer coisa — ela respondeu, cansada, virando as costas para Slegart enquanto caminhava para a mesa sombria. No caminho, lançou um olhar para a mesa onde o guerreiro Caramon e seu irmão estavam sentados. — Aquilo. O que quer que eles estejam comendo. — A pessoa apontou para onde a garçonete estava empilhando uma tigela de madeira cheia de uma massa cinzenta coagulada e esfregando seu corpo contra o de Caramon ao mesmo tempo.

Agora, talvez fosse a maneira como essa pessoa misteriosa caminhava, ou talvez fosse a maneira como gesticulava ou até mesmo o sorriso sutil de escárnio na sua voz quando notou a mão de Caramon estendendo-se para acariciar a garçonete em uma parte arredondada de sua anatomia, mas Slegart adivinhou instantaneamente que a encapuzada era uma mulher.

Era perigoso viajar por Ansalon naqueles dias, cerca de cinco anos antes da guerra. Havia poucos que viajavam sozinhos e era incomum que as mulheres viajassem de qualquer forma. As que o fizeram eram mercenárias, habilidosas com espada e escudo, ou ricas com uma horda de escoltas, armada até os dentes. Esta mulher, se fosse isso o que era, não carregava nenhuma arma que Slegart pudesse ver e, se tivesse escolta, eles deveriam gostar de dormir ao ar livre no que parecia ser uma das piores nevascas que já atingiram esta parte do país.

Slegart não era particularmente inteligente ou observador, e chegou à conclusão de que sua convidada era uma mulher solitária e desprotegida cerca de dois minutos depois de todos os outros no local. Isso ficou aparente no rosto ligeiramente escurecido do guerreiro e no olhar questionador que ele lançou a seu irmão, que balançou a cabeça. Isso também ficou aparente pelo silêncio repentino que caiu sobre o grupo de "caça" reunido perto do bar e pelos sussurros rápidos e risadinhas abafadas que se seguiram.

Ao ouvir isso, Caramon franziu a testa e olhou para trás. Mas um toque na mão e uma palavra suave do mago fizeram o grande guerreiro suspirar e continuar comendo impassivelmente a comida em sua tigela, embora mantivesse os olhos na pessoa, para a decepção da garçonete.

Slegart voltou do bar novamente e começou a limpar as canecas com um pano imundo, meio virado de costas, mas seus olhos afiados observando tudo. Um dos rufiões levantou-se lentamente, espreguiçou-se e pediu mais uma caneca de cerveja. Pegando da garçonete, ele caminhou até a mesa da hóspede.

— Se importa se eu me sentar? — ele disse, combinando sua ação com suas palavras.

— Sim — disse a hóspede bruscamente.

— Ah, qual é. — Sorrindo, o rufião acomodou-se confortavelmente na mesa em frente à convidada, que estava sentada comendo a gosma cinza em sua tigela. — É um costume nesta parte do país que os companheiros de hospedaria comemorem em uma noite como esta. Venha participar da nossa festinha...

A hóspede o ignorou, comendo sua comida com firmeza. Caramon moveu-se ligeiramente em seu assento, mas, depois de um olhar suplicante para seu irmão, que foi respondido com um movimento abrupto da cabeça encapuzada, o guerreiro continuou seu jantar com um suspiro.

O rufião se inclinou para a frente, estendendo a mão para tocar o lenço que a convidada enrolara no rosto.

— Você deve estar com muito calor... — começou o homem.

Ele não completou a frase, achando difícil falar com uma tigela de ensopado quente escorrendo pelo seu rosto.

— Perdi o apetite — disse a hóspede. Levantando-se calmamente, ela limpou o ensopado das mãos em um guardanapo gorduroso e se dirigiu para a escada. — Vou para o meu quarto agora, estalajadeiro. Qual o número?

— Número dezesseis. Você pode trancá-lo por dentro para impedir a entrada dessa ralé — Slegart respondeu, polindo a caneca mais devagar. Problemas eram ruins para os negócios, cortavam os lucros. — A criada vai junto para arrumar a cama.

A "ralé", com o ensopado escorrendo do seu nariz, poderia ter se contentado em deixar a pessoa misteriosa seguir seu caminho. Havia uma frieza na voz e nos movimentos rápidos e controlados, indicando que a convidada tinha alguma experiência em cuidar de si mesma. Mas o grande guerreiro riu apreciativamente da observação do estalajadeiro, assim como o grupo de "caça" perto do fogo. O riso deles era de escárnio, no entanto.

Lançando a seus camaradas um olhar zangado, o homem limpou o ensopado dos olhos e se levantou em um salto. Virando a mesa, ele seguiu a mulher, que estava no meio da escada.

— Eu vou te mostrar seu quarto! — Ele olhou de soslaio, agarrou-a e puxou-a para trás.

Desequilibrada, a convidada caiu nos braços do rufião com um grito que provou, sem sombra de dúvida, que ela era realmente uma mulher.

— Raistlin? — implorou Caramon, com a mão no punho da espada.

— Muito bem, meu irmão — o mago disse com um suspiro. Estendendo a mão para o cajado que encostara na parede, ele o usou para se levantar.

Caramon estava começando a se levantar quando viu os olhos de seu irmão mudarem para um ponto logo atrás dele. Percebendo o olhar, Caramon assentiu levemente quando uma mão pesada se fechava sobre seu ombro.

— Ensopado bom, não é? — disse alguém do grupo de "caça". — Uma pena interromper seu jantar por algo que não é da sua conta. A menos, claro, que você queira compartilhar um pouco da diversão. Se assim for, vamos te avisar quando for sua...

O punho de Caramon bateu na mandíbula do homem.

— Obrigado — o guerreiro disse friamente, desembainhando sua espada e se virando para enfrentar os outros bandidos atrás dele. — Acho que agora é a minha vez.

Uma cadeira arremessada por trás da multidão pegou Caramon no ombro do seu braço da espada. Dois homens na frente pularam sobre ele, um agarrando seu pulso e tentando soltar a espada, o outro jogando socos sem parar. Vendo o guerreiro aparentemente caindo, o grupo avançou.

— Pegue a garota, Raist! Eu cuidarei deles! — Caramon gritou em tons abafados debaixo de um mar de corpos. — Tudo está... sob... contr...

— Como sempre, meu irmão — o mago concordou ironicamente. Ignorando os grunhidos e gritos, o estalar de móveis e ossos, Raistlin apoiou-se em seu cajado e começou a subir as escadas.

Embora a garota estivesse lutando contra seu agressor com os punhos, ela aparentemente não tinha outra arma e era fácil ver que logo perderia. A atenção do homem estava concentrada em arrastar sua vítima lutando escada acima, então ele não notou o mago vestido de vermelho movendo-se rapidamente atrás dele. Houve um brilho prateado, um movimento rápido da mão do mago, e o rufião, soltando a garota, agarrou suas costelas. Sangue brotou entre seus dedos. Por um instante, ele encarou Raistlin com espanto, então passou por ele, caindo de cabeça escada abaixo, a adaga do mago projetando-se da sua lateral.

— Raist! Socorro! — Caramon gritou lá de baixo. Embora tivesse derrubado três, ele estava travando uma batalha feroz com um quarto oponente, seus movimentos decididamente prejudicados por um anão tolo que rastejou por suas costas e batia em sua cabeça com uma panela.

Mas Raistlin não conseguiu resgatar seu irmão. A garota, fraca e tonta por causa de sua luta, errou o degrau na escada.

Soltando seu cajado, que permaneceu perfeitamente ereto, parado ao lado dele como se o estivesse segurando, Raistlin pegou a garota antes que ela caísse.

— Obrigada — ela murmurou, mantendo a cabeça baixa. Seu lenço havia se desfeito em sua luta e ela tentou enrolá-lo em volta do rosto novamente. Porém Raistlin, com um sorriso sardônico e um movimento hábil de suas mãos habilidosas, arrancou o lenço da cabeça da garota.

— Você deixou isso cair — ele disse friamente, segurando o lenço para ela, enquanto seus olhos penetrantes tentavam ver por que esta jovem escondia o rosto do sol. Ele se engasgou.

A garota manteve a cabeça baixa, mesmo depois de perder o lenço, mas, ao ouvir a respiração rápida do homem, ela sabia que era tarde demais. Ele a tinha visto. Ela verificou o movimento, portanto, olhando para o mago com um pequeno suspiro. O que ela viu em seu rosto a chocou quase tanto quanto o que ele viu no dela.

— Quem... que tipo de humano é você? — ela gritou, encolhendo-se para longe.

— Que tipo você é? — o mago exigiu, segurando a garota com suas mãos esguias que, no entanto, eram incrivelmente fortes.

— E-eu sou... comum — a garota vacilou, olhando para Raistlin com os olhos arregalados.

— Comum! — Raistlin a agarrou com mais força enquanto ela fazia uma tentativa tímida de se libertar. Seus olhos fitaram incrédulos o rosto delicado e de ossos finos; a massa de cabelo que tinha o brilho e a cor da luz prateada das estrelas; os olhos que eram tão escuros, suaves e aveludados... Negros como o céu noturno. — Comum! Em minhas mãos, seguro a mulher mais linda que já vi em todos os meus vinte e um anos. Além disso, tenho em minhas mãos uma mulher que não envelhece! — Ele riu sem graça. — E ela se autodenomina "comum"!

— E você? — Tremendo, a mão da garota se ergueu para tocar o rosto de pele dourada de Raistlin. — E o que quer dizer com... "eu não envelheço"?

O mago viu medo nos olhos da garota quando ela fez essa pergunta e seus próprios olhos se estreitaram, estudando-a atentamente.

— Minha pele dourada é meu sacrifício por minha magia, assim como meu corpo despedaçado. Quanto a você não envelhecer, quero dizer que você não envelhece aos meus olhos. Veja, meus olhos são diferentes dos de outros homens... — Ele fez uma pausa, encarando a garota, que começou a tremer sob o escrutínio inabalável. — Meus olhos veem o tempo passar, eles veem a morte de todas as coisas vivas. Na minha visão, a carne humana se desgasta e murcha, as árvores da primavera perdem suas folhas, as rochas se transformam em pó. Apenas os jovens entre os elfos longevos pareceriam normais para mim e, mesmo assim, eu os veria como flores prestes a perder sua floração. Mas você...

— Raist! — Caramon ressoou de baixo. Houve uma batida. Esforçando-se para se livrar do anão tolo, que mantinha as mãos firmemente sobre os olhos do homenzarrão, cegando-o, Caramon caiu de cabeça sobre uma mesa, despedaçando-a em lascas.

O mago não se moveu, nem a garota.

— Você não envelhece! Você não é elfa — Raistlin disse.

— Não — a garota murmurou. Com os olhos ainda fixos no mago, ela tentou, sem sucesso, se livrar de seu aperto. — Você... você está me machucando...

— O que é você? — ele exigiu.

Ela deu de ombros, contorcendo-se e empurrando as mãos dele.

— Humana, como você — ela protestou, fitando os olhos estranhos. — E eu agradeço por me salvar, mas...

De repente ela congelou, seus esforços para se libertar cessaram. Seu olhar estava fixo no de Raistlin, o olhar do mago fixo no dela.

— Não! — ela gemeu impotente. — Não! — Seu gemido tornou-se um grito, ecoando acima do uivo dos ventos da tempestade fora da hospedaria.

Raistlin cambaleou para trás, batendo na parede como se ela tivesse enfiado uma espada em seu corpo. No entanto, ela não o machucou, não fez nada além de encará-lo. Com um grito selvagem, a garota se levantou e subiu correndo as escadas, deixando o mago caído contra a parede, observando com olhos atordoados e cegos para onde ela se agachara diante dele na escada.

— Bem, eu cuidei da escória, não graças a você — Caramon anunciou, chegando ao lado do seu irmão. Limpando o sangue de um corte na boca, o grande guerreiro olhou por cima do corrimão com satisfação. Quatro homens jaziam no chão, sem contar aquele que seu irmão esfaqueara, cujo corpo inerte se encolhia ao pé da escada. O anão tolo estava enfiado em barril, de cabeça para baixo, seus pés balançando pateticamente no ar, seus gritos ensurdecedores provavelmente causando danos graves ao vidro.

— E os danos? — Slegart exigiu, vindo para inspecionar a ruína.

— Cobre deles — Caramon rosnou, gesticulando para os membros que gemiam do grupo de "caça". — Aqui está sua adaga, Raist — o guerreiro disse, estendendo uma pequena faca de prata. — Eu a limpei o melhor que pude. Acho que você não queria desperdiçar sua magia com aqueles miseráveis, né? Enfim... ei, Raist... você está bem?

— Eu... não estou ferido... — Raistlin disse suavemente, estendendo a mão para segurar seu irmão.

— Então, qual é o problema? — Caramon perguntou, intrigado. — Parece que você viu um espírito. Diga, onde está a garota? — Ele olhou em volta. — Ela não ficou nem para nos agradecer?

— E-eu a mandei para o quarto dela — disse Raistlin, piscando confuso e olhando para Caramon como se estivesse se perguntando quem ele era. Depois de um momento, ele parecia mais consigo mesmo. Pegando a adaga da mão de seu irmão, o mago a recolocou na correia habilmente feita que ele amarrara em seu pulso. — E deveríamos ir para nossos quartos, meu irmão, — ele falou com firmeza, vendo o olhar de Caramon vagar ansiosamente para a jarra de cerveja ainda na mesa. — Empreste-me seu braço — o mago acrescentou, pegando seu cajado. — Meus esforços me esgotaram.

— Oh, ah, claro, Raist — Caramon concordou, sua sede esquecida em sua preocupação por seu irmão.

— Número treze — resmungou Slegart, ajudando os rufiões a arrastarem seu camarada ferido para um canto.

— Assim parece — murmurou Caramon, ajudando o irmão a subir as escadas. — Ei, você deu uma boa olhada naquela garota? Ela era bonita?

— Por que me pergunta, meu irmão? — Raistlin respondeu suavemente. Puxando o capuz para baixo sobre o rosto novamente, ele evitou a pergunta de seu irmão. — Você sabe o que esses meus olhos veem!

— Sim, desculpa, Raist. — Caramon ficou vermelho. — Eu continuo esquecendo. Droga! Aquele bastardo quebrou uma cadeira nas minhas costas quando eu estava curvado. Sei que estou com farpas...

— Sim, meu irmão — Raistlin murmurou, sem ouvir. Seu olhar foi para a porta no final do corredor, uma porta marcada com o número dezesseis.

Atrás daquela porta, Amberyl andava inquieta, abrindo e fechando as mãos e, ocasionalmente, soltando um gemido baixo.

— Como isso pôde acontecer? — ela perguntou febrilmente, andando para frente e para trás, para frente e para trás, na câmara pequena. A sala estava fria e escura. Em sua preocupação, Amberyl permitiu que o fogo se apagasse. — Por que isso aconteceu? Como isso pôde acontecer? Por que nenhum dos sábios previu isso? — De novo e outra vez, ela repetiu essas palavras, seus pés traçando o caminho circular de seus pensamentos sobre o chão de madeira incrustado de sujeira.

— Preciso vê-lo — ela disse de repente para si mesma. — Ele é magi, afinal. Ele pode saber alguma forma... alguma forma de... ajudar... sim! Eu o verei.

Agarrando o lenço, ela enrolou-o novamente no rosto e abriu a porta com cuidado. O corredor estava vazio e ela começou a seguir lentamente quando percebeu que não tinha ideia de qual quarto era o dele.

— Talvez ele nem esteja passando a noite — disse, caindo contra o batente da porta em desespero. — O que eu diria a ele de qualquer maneira? — Virando-se, ela começou a voltar para seu quarto quando parou. — Não, eu preciso vê-lo! — repetiu e fechou a porta com firmeza para não ser tentada a voltar para dentro. — Se ele ainda não estiver aqui em cima, irei atrás dele.

Descendo o corredor, Amberyl se esgueirou perto de cada porta, ouvindo. Atrás de algumas, ela ouviu gemidos e xingamentos murmurados e rapidamente se esquivou delas, percebendo que seus agressores estavam lá dentro, se recuperando de sua briga com o mago e seu irmão. Em outra porta, ouviu-se o riso estridente de uma mulher e o riso profundo de um homem. Amberyl continuou até o número treze.

— Mas, Raist! O que devo dizer para a garota? "Venha para o nosso quarto. Meu irmão quer você."?

Reconhecendo a voz, Amberyl se aproximou mais da porta, ouvindo com atenção.

— Se isso for tudo que conseguir pensar em dizer, então diga isso.

A voz sussurrante e zombeteira, mal ouvida acima do uivo do vento da tempestade, enviou pequenos formigamentos de dor pelo corpo de Amberyl. Tremendo, ela se aproximou ainda mais.

— Não me importo com o que você faça, apenas traga-a para mim!

Amberyl ouviu um som de arrasto e uma tosse depreciativa.

— Hã, Raist, não sei o quanto você acha que ela vai ficar grata, mas pelo que eu vi dela...

— Caramon — sussurrou a voz —, estou cansado e doente e não tenho mais paciência para lidar com sua estupidez. Eu mandei você trazer a garota para mim. Faça isso agora... — A voz sumiu na tosse.

Veio o som de passos pesados se aproximando da porta. Com medo de ser pega ouvindo, mas incapaz de sair, Amberyl se perguntou freneticamente o que fazer. Ela acabara de decidir correr de volta para seu quarto e se esconder quando a porta se abriu.

— Em nome dos deuses! — Caramon disse surpreso, estendendo a mão e segurando Amberyl enquanto ela se encolhia para trás. — Ela está aqui, Raist! Parada do lado de fora no corredor. Escutando!

— É ela? — O mago de olhos e pele dourados olhou para cima com curiosidade de onde estava sentado, encolhido perto do fogo, enquanto seu irmão meio arrastava, meio conduzia Amberyl para dentro do quarto. — O que estava fazendo lá fora? — ele perguntou, seus olhos se estreitando.

Por um momento, Amberyl não conseguiu dizer nada. Ficou apenas olhando para o mago, torcendo o fundo de seu lenço em suas mãos.

— Espere, Raist — Caramon disse gentilmente. — Não grite com ela. A pobrezinha está congelando. Suas mãos são como as de um carniçal. Aqui, minha senhora — o grandalhão disse desajeitadamente, levando-a para mais perto do fogo e puxando uma cadeira para ela. — Senta. Vai acabar morrendo. — Ele pôs a mão no lenço dela. — Isto está molhado da neve. Deixe-me levar...

— Não! — Amberyl gritou com a voz embargada, suas mãos indo para o lenço. — Não — repetiu mais suavemente, ruborizando ao ver Raistlin olhar para ela com um sorriso sombrio. — E-eu estou bem. Eu... nunca... fico resfriada. Por favor...

— Deixe-nos, Caramon — Raistlin ordenou.

— O quê? — O grandalhão pareceu assustado.

— Eu disse para nos deixar. Volte para o seu jarro de cerveja e a garçonete. Ela não parecia insensível às suas atrações.

— Uh, claro, Raist. Se é o que você quer... — Caramon hesitou, olhando para o irmão com uma expressão tão perplexa no rosto que Amberyl começou a rir, o que acabou saindo como um soluço. Escondendo o rosto no lenço, ela tentou conter as lágrimas.

— Deixe-nos! — ordenou Raistlin.

— Claro! — Amberyl ouviu Caramon saindo pela porta. — Apenas... apenas se lembre, você não é forte, Raistlin...

A porta se fechou suavemente.

— Eu... sinto muito — Amberyl vacilou, levantando o rosto do lenço e usando a ponta para enxugar os olhos. — Eu não queria chorar. Perdi o controle. Isso... isso não vai acontecer de novo.

Raistlin não a respondeu. Confortavelmente acomodado em uma velha cadeira surrada, o mago estava sentado calmamente olhando para Amberyl, suas mãos frágeis segurando uma caneca de chá que havia esfriado há muito tempo. Atrás dele, bem próximo, seu cajado estava encostado na parede.

— Retire o lenço — ele disse finalmente, depois de um longo silêncio.

Engolindo as lágrimas, Amberyl lentamente estendeu a mão e desenrolou o lenço de seu rosto. A expressão dos olhos dourados não mudou; era fria e lisa como o vidro. Amberyl descobriu, fitando aqueles olhos, que podia se ver refletida ali. Ela não poderia entrar de novo, não como o fizera na escada. O mago colocara barreiras em torno de sua alma.

*Tarde demais!*, ela pensou em desespero. *Tarde demais...*

— O que você fez comigo? — Raistlin perguntou, ainda sem se mexer. — Que magia lançou sobre mim? Diga o nome, para que eu saiba como quebrá-la.

Amberyl olhou para baixo, incapaz de suportar o contemplar daqueles olhos estranhos por mais um momento.

— Ne-nenhuma magia — ela murmurou, girando o lenço sem parar. — E-eu não sou... não sou magi... com certeza você pode dizer...

— Maldita! — Raistlin deslizou para fora da cadeira com a velocidade de uma cobra atacando. Jogando a caneca no chão, ele agarrou os pulsos de Amberyl e a colocou de pé. — Você está mentindo! Você fez algo comigo! Você invadiu meu ser! Você vive dentro de mim! Só consigo pensar em você. Tudo o que vejo em minha mente é seu rosto. Não consigo me concentrar! Minha magia me escapa! O que você fez, mulher?

— Vo-você está me machucando! — Amberyl chorou baixinho, torcendo os braços em seu aperto. Seu toque queimava. Ela podia sentir um calor antinatural irradiando de seu corpo, como se ele estivesse sendo consumido vivo por algum fogo interior.

— Vou te machucar muito mais do que isso — Raistlin sibilou, puxando-a para mais perto — se você não me responder o que pergunto!

— E-eu não posso explicar! — Amberyl sussurrou entrecortada, ofegante quando Raistlin aumentou seu aperto. — Por favor! Você precisa acreditar em mim. Não fiz isso com você de propósito! Não queria que isso acontecesse...

— Então, por que você veio aqui... ao meu quarto?

— Vo-você é magi... Eu esperava que pudesse haver alguma maneira... Você deve saber...

— ... Como quebrar o encantamento — Raistlin terminou suavemente, afrouxando seu aperto e olhando para Amberyl. — Então... você está dizendo a verdade. Está acontecendo com você. Entendo agora. Este é o verdadeiro motivo pelo qual veio aqui, não é? De alguma forma, eu também invadi seu ser.

Amberyl baixou a cabeça.

— Não. Quero dizer, sim. Bem, em parte. — Erguendo o rosto, ela encarou o mago. — Eu realmente vim aqui para ver se não havia alguma forma...

Rindo amargamente, Raistlin baixou as mãos.

— Como posso remover uma magia quando você não me conta o que lançou?

— Não é uma magia! — Amberyl chorou desesperadamente. Ela podia ver as marcas que seus dedos deixaram em sua carne.

— Então, o que é? — Raistlin gritou. Sua voz falhou e, tossindo, ele caiu para trás, segurando o peito.

— Aqui — Amberyl disse, estendendo as mãos. — Deixe-me ajudar...

— Saia! — Raistlin ofegou pelos lábios salpicados de sangue e espuma. Com suas últimas forças, ele empurrou Amberyl para longe dele, então afundou em sua cadeira. — Saia! — disse novamente. Embora as palavras fossem inaudíveis, seus olhos as falavam claramente, as pupilas de ampulheta dilatadas de raiva.

Assustada, Amberyl se virou e fugiu. Abrindo a porta, ela mergulhou no corredor, colidindo de cabeça com Caramon e a garçonete que se dirigiam para outro quarto.

— Ei! — Caramon gritou, pegando Amberyl em seus braços. — O que foi? Qual o problema?

— Seu... seu irmão — Amberyl disse em confusão, escondendo o rosto em seu cabelo comprido. — Ele... ele está doente.

— Eu avisei... — Caramon disse baixinho, seu rosto se contorcendo de preocupação ao ouvir a tosse áspera de seu irmão. Esquecendo-se da garçonete, que soltava um grito de decepção, o grande guerreiro voltou para o quarto.

Amberyl correu às cegas pelo corredor, escancarou a porta e cambaleou para dentro do quarto para ficar de pé, tremendo, contra a parede na escuridão.

Ela poderia ter dormido. Não tinha certeza. Seus sonhos estavam muito próximos de seus pensamentos acordados. Mas ela ouviu um som. Sim, lá estava de novo. Uma porta batendo. Embora pudesse ser qualquer um dos quartos da pousada, Amberyl sabia instintivamente de quem era a porta.

Levantando-se da cama em que estava deitada, completamente vestida, a garota abriu uma fresta da porta quando uma voz ecoou pelo corredor.

— Raist! Está uma nevasca lá fora! Nós vamos morrer! Você não tem como aguentar!

— Estou deixando esta hospedaria! Agora! — veio a voz do mago. Não mais sussurrando, estava rouca de raiva e medo. — Estou saindo e vou com ou sem você. A decisão é sua!

O mago começou a caminhar pelo corredor, apoiado em seu cajado. Parando, ele lançou um olhar penetrante para o quarto de Amberyl. Em pânico, ela voltou para as sombras. Ele se dirigiu para as escadas, seu irmão de pé atrás dele, as mãos estendidas impotentes.

— Isso tem a ver com aquela garota, não é? — Caramon gritou. — Em nome do Abismo, me responda! Eu... ele foi embora. — Deixado sozinho no corredor, o grande guerreiro coçou a cabeça. — Bem, ele não vai longe sem mim. Eu vou atrás dele. Mulheres! — ele murmurou, correndo de volta para o quarto e reaparecendo, lutando para colocar uma mochila nas costas. — Justo depois que saímos daquela maldita floresta mágica. Agora, acho que vamos acabar voltando para ela.

Amberyl viu Caramon olhar para o corredor em direção a seu quarto e, mais uma vez, recuou.

— Gostaria de saber o que está acontecendo, minha senhora — o grandalhão disse em sua direção. Então, balançando a cabeça, Caramon colocou a mochila no ombro e desceu apressadamente as escadas.

Amberyl ficou parada por um momento na escuridão do seu quarto, esperando até que sua respiração se acalmasse e ela pudesse pensar com clareza. Então, pegando seu lenço, ela o enrolou firmemente em volta do rosto. Puxando uma capa de pele de sua própria mochila, ela se esgueirou cautelosamente pelo corredor atrás de Caramon.

Amberyl não se lembrava de nenhuma tempestade pior em sua vida e ela viveu muitos anos no mundo, embora fosse jovem ainda para os padrões de sua espécie. A neve era ofuscante. Soprada por um vento forte, ela apagava todos os vestígios de qualquer objeto da sua visão... Até mesmo suas próprias mãos estendidas diante dela foram engolidas pela escuridão branca e ofuscante. Não havia nenhuma forma possível de ela ter rastreado Raistlin e seu irmão, nenhuma forma... Exceto a que ela usou, pelo vínculo que fora acidentalmente criado entre ela e o mago.

Acidental. Sim, deve ter sido acidental, ela pensou enquanto se arrastava pelos montes de neve. Embora a neve estivesse caindo apenas há algumas horas, já estava na altura dos joelhos. Forte como era, ela estava tendo alguma dificuldade em abrir caminho através dos montes íngremes e ela podia imaginar o usuário de magia... em seus mantos longos...

Balançando a cabeça, Amberyl suspirou. Bem, os dois humanos parariam logo. Isso era certo. Envolvendo o rosto com mais força com o cachecol, protegendo a pele da neve cortante, ela se perguntou o que pretendia fazer quando parassem. Ela contaria ao mago?

*Que escolha eu tenho?*, ela discutiu consigo mesma amargamente e, mesmo enquanto fazia a pergunta, escorregou e tropeçou. *Pronto!*, ela pensou, uma onda doentia de medo convulsionando-a. Já estava começando, a fraqueza que vinha do vínculo. E se estava acontecendo com ela, devia estar acontecendo com ele também! *Seria pior em um humano?* Ela se perguntou em alarme súbito. *E se ele morrer!*

Não, ela diria a ele esta noite, decidiu com firmeza. Então, parando para se apoiar em uma árvore e recuperar o fôlego, ela fechou os olhos.

E depois que dizer... o quê, então?

— Eu não sei... — ela murmurou para si mesma, partida. — Que os deuses me ajudem! Eu não sei!

Amberyl estava tão perdida em seu medo e turbulência interior que, por um momento, não percebeu que a neve parara de cair de repente, o vento cortante havia diminuído. Quando se deu conta do fato, ela olhou em volta. Havia estrelas, ela viu, e até o luar! Solinari brilhava intensamente, tornando a neve prateada e os bosques cobertos de branco em um reino maravilhoso da mais fantástica beleza.

A floresta... Ela cruzara a fronteira. Amberyl pousou a mão gentilmente sobre o tronco da árvore contra a qual ela se apoiava. Podia sentir a vida pulsando na casca, a magia pulsando dentro daquela vida.

Ela estava na mágica Floresta de Wayreth. Embora a nevasca pudesse rugir inabalável a menos de um palmo dela, aqui, sob o abrigo dessas árvores, poderia ser verão se os magos o ordenassem. Mas não era. Embora tivesse cessado seu uivo inumano, o vento ainda mordia a carne com dentes de gelo. A neve estava na altura da coxa em alguns lugares. No entanto, pelo menos, a tempestade não teve permissão de descarregar toda a sua fúria dentro da floresta. Agora, Amberyl podia ver com bastante clareza. A luz de Solinari contra a neve era brilhante como o sol. Ela não estava mais tropeçando no escuro, guiada apenas pela lembrança ardente dos olhos dourados do mago, seu toque...

Suspirando, Amberyl caminhou até encontrar rastros na neve. Foram os humanos. Sim, seus instintos a guiaram infalivelmente. Não que ela alguma vez tivesse duvidado de seus poderes. Mas eles se manteriam nesta floresta? Desde que veio para esta terra, ela ouviu histórias sobre a floresta estranha e mágica.

Fazendo uma pausa, Amberyl examinou os rastros e seu medo aumentou. Havia dois pares... um de pegadas que percorriam os montes mais profundos sem parar. O outro, no entanto, era uma faixa larga cortada na neve, a faixa deixada por um homem se debatendo em mantos pesados e molhados. Em mais de um lugar, ela podia ver claramente as marcas das mãos, como se o mago tivesse caído. Seu coração começou a bater dolorosamente quando viu que um conjunto de rastros, o do mago, terminara. Seu irmão deve estar o carregando! Talvez ele... talvez ele estivesse...

*Não!* Amberyl prendeu a respiração, balançando a cabeça. O mago podia ter uma aparência frágil, mas havia uma força nele maior do que a melhor lâmina de aço já forjada. Tudo isso significava que os dois deveriam parar e encontrar abrigo, o que funcionaria a seu favor.

Não demorou muito para que ela ouvisse vozes.

Esquivando-se atrás de uma árvore, mantendo-se dentro de sua sombra projetada pela lua, Amberyl viu um pouquinho de luz fluindo para fora do que deveria ser uma caverna na encosta de um penhasco, um penhasco que aparentemente apareceu do nada, pois poderia jurar que não o vira diante dela.

— Claro — ela sussurrou para si mesma em agradecimento. — Os magos cuidarão de um dos seus. Eles sabem que estou aqui? — ela se perguntou de repente. — Eles me reconheceriam? Talvez não. Afinal, faz tanto tempo... — Bem, não importava. Havia pouco que pudessem fazer. Felizmente, eles não iriam interferir.

— Preciso de ajuda, Raist! — ouviu o grande guerreiro dizer enquanto ela se aproximava. A voz de Caramon soava tensa e angustiada. — Você nunca esteve tão mal! Nunca!

Houve um silêncio, então a voz de Caramon se elevou novamente em resposta às palavras que Amberyl não conseguiu ouvir.

— Eu não sei! Voltar para a hospedaria se for preciso! Tudo o que sei é que esta lenha não vai durar até de manhã. Você mesmo me diz para não cortar as árvores nesta floresta, e elas estão úmidas de qualquer forma. Parou de nevar. Vou ficar fora por algumas horas, no máximo. Você vai ficar seguro aqui. Provavelmente, muito mais seguro nesta floresta amaldiçoada do que eu. — Uma pausa, então. — Não, Raist. Desta vez estou fazendo o que acho melhor!

Em sua mente, Amberyl quase podia ouvir a praga amarga do mago, e sorriu para si mesma. A luz da caverna foi obliterada por um instante por uma sombra escura, a de Caramon saindo. Ele hesitou. O homem poderia estar tendo dúvidas? A sombra deu meia-volta, voltando para a caverna.

Murmurando rapidamente palavras para si mesma em uma língua que ninguém no continente de Ansalon ouvira por incontáveis séculos, Amberyl gesticulou. Quase invisível de onde ela estava, um brilho de fogo explodiu em outra parte da floresta.

Tendo um vislumbre disso com o canto do olho, Caramon gritou.

— Raist! Há... uma fogueira! Alguém está por perto! Fique coberto e... e quentinho... eu volto em breve!

A sombra se fundiu com a escuridão, então Amberyl viu o brilho da armadura ao luar e ouviu os passos pesados e a respiração difícil do grandalhão caminhando pela neve.

Amberyl sorriu.

— Não, você não vai voltar muito em breve, meu amigo. — Ela disse silenciosamente enquanto ele passava perto da árvore onde ela estava escondida. — Nada em breve.

Esperando até ter certeza de que Caramon estava bem em sua busca pela chama indescritível que, ela sabia, se manteria sempre fora de seu alcance, Amberyl respirou fundo, fez uma oração silenciosa a seu deus e se esgueirou rapidamente através da neve prateada brilhante em direção à caverna.

Empurrando para o lado o cobertor que Caramon pendurou em uma tentativa patética de bloquear os elementos, Amberyl entrou. A caverna era fria, úmida e escura, iluminada apenas por uma fogueira que crepitava fracamente perto da porta para permitir a ventilação. Olhando para ela, Amberyl balançou a cabeça. A lenha que Caramon conseguiu encontrar estava molhada de neve e gelo. Era um tributo à habilidade do grandalhão no conhecimento da madeira o fato dele ter conseguido acender uma chama dela. Mas não duraria muito e não havia lenha para substituí-la quando acabasse.

Analisando as sombras, Amberyl não conseguiu encontrar o mago a princípio, embora pudesse ouvir sua respiração ruidosa e sentir o cheiro da fragrância picante de seus componentes mágicos. Então, ele tossiu. Uma trouxa de roupas e cobertores perto do fogo se moveu, e Amberyl viu uma mão fina serpentear para agarrar uma caneca fumegante que estava perto do fogo. Os dedos tremeram, quase deixando cair a caneca. Ajoelhando-se apressadamente ao seu lado, Amberyl a agarrou.

— Deixe-me ajudá-lo — disse ela. Sem esperar por uma resposta, ela ergueu a caneca em sua mão, então ajudou Raistlin a se sentar. — Apoie-se em mim — ela ofereceu, vendo o mago se esforçando fracamente para se sustentar. — Você não está surpreso em me ver, está? — ela perguntou.

Raistlin a observou por alguns momentos com seus olhos dourados e inexpressivos, então, com um sorriso amargo, descansou seu corpo frágil contra o de Amberyl enquanto ela se acomodava ao lado dele. Gelado como estava, Amberyl podia sentir aquele calor estranho emanar do corpo magro. Ele estava tenso e rígido, sua respiração difícil. Raistlin levou a caneca aos lábios, mas começou a tossir de novo, uma tosse que Amberyl podia sentir arrebatá-lo.

Pegando a caneca dele, ela a colocou no chão e o segurou enquanto o mago se engasgava e ofegava. Envolvendo os braços ao redor dele como se fosse manter seu corpo unido, seu próprio coração estava dilacerado, tanto de pena dele e de seu sofrimento quanto de medo por si mesma. *Ele era tão fraco! E se ele morresse?*

Mas, finalmente, o espasmo aliviou. Raistlin foi capaz de respirar estremecendo e fez sinal para sua bebida. Amberyl levou-a aos lábios, franzindo o nariz com o mau cheiro.

Lentamente, Raistlin tomou um gole.

— Eu me perguntei se você nos encontraria aqui — ele sussurrou. — Me perguntei se os magos permitiriam que você entrasse na floresta.

— Eu me perguntei o mesmo — Amberyl falou suavemente. — Quanto a te encontrar — ela suspirou —, se eu não tivesse, você teria me encontrado. Você teria voltado para mim. Não conseguiria evitar.

— Então é assim — Raistlin disse, sua respiração ficando mais fácil.

— É assim... — Amberyl murmurou.

— Ajude-me a deitar — Raistlin ordenou, afundando de volta entre seus cobertores. Amberyl o deixou o mais confortável possível, seu olhar indo para a fogueira moribunda. Uma rajada repentina de vento jogou o cobertor para o lado. Um sopro de neve sibilou e dançou nas brasas brilhantes.

— Sinto-me ficando estranhamente fraco, como se minha vida estivesse sendo drenada — disse o mago, encolhendo-se nos cobertores molhados. — Isso é resultado da magia?

— Sim... eu também sinto. E não é uma magia — disse Amberyl, fazendo o possível para atiçar as chamas. Indo sentar-se na frente do mago, ela cruzou os braços em volta das pernas, olhando para ele tão intensamente quanto ele a encarava.

— Tire o lenço — ele sussurrou.

Lentamente, Amberyl desenrolou o lenço do rosto, deixando-o cair sobre os ombros. Ela sacudiu a neve... Cabelos molhados, sentindo gotas de água respingar em suas mãos.

— Como você é linda... — Ele interrompeu. — O que vai acontecer comigo? — Raistlin perguntou abruptamente. — Será que vou morrer?

— E-eu não sei — respondeu Amberyl com relutância, seu olhar indo para o fogo. Ela não suportava encará-lo. Os olhos do mago queimavam através dela, tocando algo profundo em seu ser, enchendo-a com uma dor doce. — Eu... nunca ouvi falar disso... acontecendo c-com um... humano antes.

— Então, você não é humana — comentou Raistlin.

— Não, não sou — respondeu Amberyl, ainda incapaz de encará-lo.

— Você não é uma elfa, nem de nenhuma das outras raças que conheço que vivem em Krynn... E eu te digo... qual é o seu nome?

— Amberyl.

— Amberyl — disse ele demoradamente, como se estivesse provando. Ela estremeceu novamente.

— Eu te digo, Amberyl — ele repetiu. — Estou familiarizado com todas as raças de Krynn.

— Você pode ser sábio, mago — Amberyl murmurou. — Porém, os mistérios deste mundo que ainda não foram descobertos são tão incontáveis quanto os flocos de neve.

— Você não vai revelar seu segredo para mim?

Amberyl sacudiu o cabelo brilhante.

— Não é um segredo só meu.

Raistlin ficou em silêncio. Amberyl também não falou. Ambos ficaram sentados ouvindo o sibilo e estalo da madeira e o assobio do vento entre as árvores.

— Então... Eu devo morrer — Raistlin disse, quebrando o silêncio finalmente. Ele não parecia zangado, apenas cansado e resignado.

— Não, não, não! — Amberyl gritou. Estendendo a mão impulsivamente, ela pegou sua mão magra e gasta, embalando sua bochecha contra ela. — Não — ela repetiu. — Porque, então, eu morreria.

Raistlin arrancou sua mão da dela. Apoiando-se fracamente em seu cotovelo, seus olhos dourados brilhando, ele sussurrou com voz rouca:

— Existe uma cura? Você pode quebrar esse... esse encantamento?

— Sim — Amberyl respondeu sem voz, sentindo o sangue quente inundar seu rosto.

— Como? — Raistlin exigiu, sua mão apertando.

— Primeiro — disse Amberyl, engolindo em seco —, e-eu devo contar uma coisa sobre... sobre o Valin.

— O quê? — Raistlin perguntou rapidamente. Amberyl podia ver seus olhos cintilarem. Mesmo enfrentando a morte, sua mente estava trabalhando, agarrando-se avidamente a essa nova informação, armazenando-a.

— O Valin. É assim que se chama no nosso idioma. Significa... — Ela fez uma pausa, franzindo a testa, tentando pensar. — Suponho que o significado mais próximo no seu idioma seja companheiro por toda vida.

A expressão assustada no rosto do mago era tão engraçada que Amberyl riu nervosa.

— Espere, deixe-me explicar — disse ela, sentindo seu próprio rosto ficando cada vez mais corado. — Por motivos próprios, em eras tão distantes que não podem ser contadas, meu povo fugiu desta terra e se retirou para uma onde poderíamos viver sem ser perturbados. Nossa raça é, como você pôde detectar, de vida longa. No entanto não somos imortais. Como todas as outras, para que nossa raça sobreviva, devemos produzir filhos. Mas éramos poucos e menos ainda com o passar do tempo. A terra que escolhemos para viver é dura. Tendemos a ser solitários, vivendo sozinhos com pouca interação, mesmo entre nossa própria espécie. O que vocês conhecem como famílias é desconhecido entre nós. Vimos nossa raça começar a diminuir e os anciãos sabiam que logo ela deveria desaparecer completamente. Eles conseguiram estabelecer o Valin para garantir que nossos jovens... que eles...

O rosto de Raistlin não havia mudado de expressão; seus olhos continuaram a fitá-la. Mas Amberyl não podia continuar falando sob aquele olhar estranho e sem piscar.

— Você escolheu deixar sua terra? — perguntou Raistlin. — Ou você foi mandada embora?

— Fui enviada a esta terra... pelos anciãos. Existem outros aqui também...

— Por quê? Para quê?

Amberyl balançou a cabeça. Pegando um pedaço de pau, ela cutucou o fogo, dando a si mesma uma desculpa para evitar os olhos dele.

— Mas certamente seus anciãos sabiam que algo assim deve acontecer se você for para outras terras — Raistlin disse amargamente. — Ou estiveram fora por tanto tempo?

— Você não tem ideia de quanto tempo estivemos fora — Amberyl disse suavemente, olhando para a fogueira que estava se apagando apesar de seus melhores esforços para mantê-la acesa. — E, não, não deveria ter acontecido. Não com alguém que não é da nossa raça. — Seu olhar voltou para Raistlin. — E agora é minha vez de fazer perguntas. O que há em você que é diferente dos outros humanos? Pois há algo, algo além de sua pele dourada e olhos que veem a morte nos vivos. Olhando para você, percebo a sombra do outro. Você é jovem, mas há uma eternidade em você. Quem é você, Raistlin, para que isso tenha acontecido entre nós?

Para seu espanto, Raistlin empalideceu, seus olhos se arregalando de medo, então se estreitando em suspeita.

— Parece que nós dois temos nossos segredos. — Ele deu de ombros. — E agora, Amberyl, parece que nunca saberemos o que causou isso. Tudo o que realmente deveria nos preocupar é o que deve ser feito para nos livrarmos deste... deste Valin.

Fechando os olhos, Amberyl lambeu os lábios. Sua boca estava seca e, de repente, a caverna estava insuportavelmente fria. Tremendo, ela tentou falar mais de uma vez.

— O quê? — A voz de Raistlin rangeu.

— Eu... devo carregar... seu filho — disse Amberyl com voz fraca, a garganta apertando.

Por longos momentos, houve silêncio. Amberyl não ousava abrir os olhos, não ousava olhar para o mago. Envergonhada e com medo, ela enterrou o rosto nos braços. Entretanto um som estranho a fez erguer o olhar.

Raistlin estava deitado em seus cobertores, rindo. Era uma risada quase inaudível, mais um chiado e um engasgo, mas mesmo assim uma risada, uma risada sarcástica, cortante. E Amberyl viu, com pena em seu coração, que seu fio estava direcionado contra ele mesmo.

— Não, por favor, não — disse Amberyl, rastejando para mais perto.

— Olhe para mim, senhora! — Raistlin se engasgou, o riso preso na garganta, fazendo-o tossir. Sorrindo para ela sem alegria, ele gesticulou para fora. — É melhor esperar pelo meu irmão. Caramon voltará em breve...

— Não, ele não vai — Amberyl disse suavemente, rastejando mais perto de Raistlin. — Seu irmão não estará de volta antes do amanhecer.

Os lábios de Raistlin se separaram. Seus olhos, cheios de uma fome repentina, devoraram o rosto de Amberyl.

— Amanhecer — ele repetiu.

— Amanhecer — ela disse.

Alcançando uma mão trêmula, Raistlin afastou o cabelo lindo de seu rosto delicado.

— A fogueira estará apagada muito antes do amanhecer.

— Sim — Amberyl falou suavemente, corando, descansando sua bochecha contra a mão do mago. — J-já está esfriando aqui. Teremos que fazer algo para nos aquecer... ou morreremos...

Raistlin passou a mão sobre sua pele macia, seu dedo tocando seus lábios macios. Com os olhos fechados, ela se inclinou até ele. Ele moveu sua mão para tocar os cílios dela, longos e finos como rendas élficas. Seu corpo pressionou contra o dele. Ele podia senti-la estremecer. Colocando o braço em volta, ele a puxou para perto. Ao fazê-lo, a última pequena chama da fogueira cintilou e morreu. A escuridão mais quente e suave do que os cobertores os envolveu. Do lado de fora, podiam ouvir o vento rindo, as árvores sussurrando para si mesmas.

— Ou morreremos... — Raistlin murmurou.

Amberyl acordou de um sono agitado, imaginando, por um momento, onde estava. Mexendo-se levemente, ela sentiu o braço do mago envolvendo-a protetoramente, o calor do seu corpo deitado ao lado dela. Suspirando, ela descansou a cabeça no ombro dele, ouvindo a respiração superficial e muito rápida. Ela se deixou ficar ali, cercada pelo calor dele, adiando o inevitável pelo maior tempo possível.

Do lado de fora, ela não ouvia mais o vento e sabia que a tempestade devia ter acabado. A escuridão que os cobria dava lugar ao amanhecer. Ela mal conseguia distinguir os restos enegrecidos da lenha na penumbra cinzenta. Virando-se ligeiramente, conseguiu ver o rosto de Raistlin.

Ele tinha o sono leve. Ele se mexeu e murmurou com o movimento dela, tossindo, começando a acordar. Amberyl tocou suas pálpebras levemente com as pontas dos dedos e ele suspirou profundamente e voltou a dormir, as linhas de dor se suavizando em seu rosto.

Como ele parece jovem, ela pensou consigo mesma. Jovem e vulnerável. Ele foi ferido profundamente. É por isso que ele usa a armadura de arrogância e insensibilidade. Agora, ela o irrita. Ele não está acostumado. Mas algo me diz que ele se acostumará demais com essa armadura antes que sua vida breve termine.

Movendo-se com cuidado e silêncio para não o perturbar, mais por instinto do que por temor por tirá-lo de seu sono encantado, Amberyl deslizou para fora do seu abraço inconsciente. Juntando suas coisas, ela enrolou o lenço mais uma vez na cabeça. Então, ajoelhando-se ao lado do mago adormecido, ela olhou para o rosto de Raistlin uma última vez.

— Eu poderia ficar — disse a ele suavemente. — Eu poderia ficar com você um pouco. Mas, então, minha natureza solitária levaria a melhor, eu o deixaria e você ficaria magoado. — Um pensamento repentino a fez estremecer. Fechando os olhos, ela balançou a cabeça. — Ou você pode descobrir a verdade sobre nossa raça. Se descobrisse, então você me odiaria, me desprezaria! Pior ainda. — Seus olhos se encheram de lágrimas. — Você desprezaria sua progênie.

Gentilmente, Amberyl acariciou o cabelo prematuramente branco do mago e sua mão acariciou a pele dourada.

— Há algo em você que me assusta — ela disse, com a voz trêmula. — Eu não entendo. Talvez os sábios saibam... — Uma lágrima desceu pelo seu rosto. — Adeus, mago. O que eu fizer agora evitará a dor de nós dois — curvando-se, ela beijou o rosto adormecido — e de alguém que deveria vir a este mundo livre de todos os seus fardos.

Amberyl colocou a mão nas têmporas do mago e, fechando os olhos, começou a recitar palavras no idioma antigo. Então, traçando o nome Caramon no chão de terra, ela proferiu as mesmas palavras. Levantando-se apressadamente, ela começou a sair da caverna. Na entrada, ela parou. A caverna estava úmida e fria; ela ouviu o mago tossir. Apontando para o fogo, ela falou novamente. Uma chama ardente saltou da pedra fria, enchendo a caverna com calor e luz. Com um olhar derradeiro para trás, um último e pequeno suspiro, Amberyl saiu da caverna e se afastou sob as árvores vigilantes e perplexas da mágica Floresta de Wayreth.

O amanhecer brilhava intensamente na neve recém-caída quando Caramon finalmente voltou para a caverna.

— Raist! — ele gritou com uma voz assustada enquanto se aproximava. — Raist! Me desculpe! Esta floresta amaldiçoada! — Ele xingou, olhando nervosamente para as árvores enquanto o fazia. — Este... lugar maldito. Passei metade da noite perseguindo alguma luz de fogueira miserável que desapareceu quando o sol nasceu. Você... você está bem? — Assustado, molhado e exausto, Caramon tropeçou na neve, tentando ouvir a resposta de seu irmão, tosse... qualquer coisa.

Não ouvindo nada de dentro da caverna além de um silêncio ameaçador, Caramon apressou-se, rasgando o cobertor da entrada em sua pressa desesperada para entrar.

Uma vez lá, ele parou, olhando em volta com espanto.

Um fogo confortável e animador queimava brilhantemente. A caverna estava tão quente, mais quente que um quarto na melhor estalagem. Seu gêmeo dormia profundamente, seu rosto tranquilo como se estivesse perdido em algum sonho doce. O ar estava impregnado de uma fragrância primaveril, como lilás e lavanda.

— Que eu seja um anão tolo — Caramon respirou maravilhado, notando de repente que o fogo estava queimando a rocha sólida. Tremendo, o grandalhão olhou ao redor. — Magos! — ele murmurou, mantendo uma distância segura do fogo estranho. — Quanto antes sairmos desta floresta estranha, melhor, na minha opinião. Não que eu não seja grato — ele acrescentou apressadamente. — Parece que vocês, magos, salvaram a vida de Raist. Eu só me pergunto por que foi necessário me enviar para aquela busca inútil. — Ajoelhando-se, ele sacudiu o irmão pelo ombro.

— Raist — Caramon sussurrou suavemente. — Raist! Acorde!

Os olhos de Raistlin se arregalaram. Levantando-se, ele olhou em volta.

— Onde está... — ele começou.

— Onde está quem? O quê? — Caramon gritou, alarmado. Recuando, com a mão no punho da espada, ele olhou freneticamente ao redor da pequena caverna. — Eu sabia...

— É... é... — Raistlin parou, franzindo a testa. — Ninguém, eu acho — o mago disse suavemente, sua mão indo para sua cabeça. Ele se sentia tonto. — Relaxe, meu irmão — retrucou irritado, olhando para Caramon. — Não há ninguém aqui além de nós.

— Mas... esta fogueira... — Caramon falou, olhando para o fogo com desconfiança. — Quem...

— Obra minha — Raistlin respondeu. — Depois que você fugiu e me deixou, o que mais eu poderia fazer? Ajude-me a ficar de pé. — Estendendo sua mão frágil, o mago agarrou a mão forte de seu irmão e se levantou lentamente da pilha de cobertores no chão de pedra.

— E-eu não sabia que você conseguia fazer algo assim! — Caramon disse, olhando para a fogueira cujo combustível era a rocha.

— Há muito sobre mim que você não sabe, meu irmão — Raistlin retornou. Envolvendo-se confortavelmente em seu manto, ele observou enquanto Caramon reembalava apressadamente os cobertores.

— Eles ainda estão um pouco úmidos — o grandalhão murmurou. — Acho que devemos ficar e secá-los...

— Não — Raistlin disse, tremendo. Ele pegou o Cajado de Magius, que estava encostado na parede da caverna. — Não tenho vontade de passar mais tempo na Floresta de Wayreth.

— Nisso a gente concorda — Caramon disse fervorosamente. — Eu me pergunto se há alguma boa hospedaria por aqui. Ouvi dizer que havia uma, construída perto da floresta. Chama-se Hospedaria Rebelde ou algo parecido. — Os olhos do grandalhão brilharam. — Talvez esta noite comamos algo quente e bebamos uma boa cerveja para variar. E dormimos em uma cama!

— Talvez. — Raistlin deu de ombros, como se não importasse muito.

Ainda falando sobre o que ouvira sobre a suposta hospedaria, Caramon pegou o cobertor que pendia sobre a entrada da caverna, dobrou-o e juntou-o aos de sua mochila.

— Vou um pouco na frente — disse ao irmão. — Fazer uma trilha na neve para você.

Raistlin assentiu, mas nada disse. Caminhando para a entrada da caverna, ele ficou na porta, observando seu gêmeo forte atravessar os montes de neve, fazendo um caminho que o gêmeo frágil poderia seguir. Os lábios de Raistlin se curvaram em amargura, mas o sorriso de escárnio desapareceu quando, virando-se, ele olhou para dentro da caverna. O fogo se apagara quase instantaneamente após a partida de Caramon. O frio já estava tomando conta de volta.

Mas ainda pairava no ar uma leve fragrância de lilás, de primavera...

Dando de ombros, Raistlin se virou e saiu para a floresta coberta de neve.

A Hospedaria Rebelde parecia melhor no verão, uma estação que tem essa influência feliz em quase tudo e todos. Grandes quantidades de hera foram persuadidas a embalar a estalagem em seu abraço verdejante, escondendo assim algumas das piores deficiências da construção. O telhado ainda precisava de remendos; Slegart se lembrava disso toda vez que chovia, quando era impossível sair e consertar. Durante o tempo seco, é claro, não vazava e, portanto, não precisava ser consertado. As janelas ainda estavam rachadas, mas, no calor do verão, a brisa fresca que soprava pelas vidraças era bem-vinda.

Havia mais viajantes na hospedaria durante esses meses de viagem. Anões ferreiros, ocasionalmente um elfo, muitos humanos e mais kender do que qualquer um poderia imaginar. Geralmente mantinham Slegart e suas garçonetes ocupadas de manhã até tarde da noite.

Mas esta noite estava tranquila. Era uma noite de verão suave e perfumada. O crepúsculo persistia em tons de roxo e dourado. Os pássaros cantaram suas canções noturnas e, agora, murmuravam sonolentos para seus filhotes. Mesmo as árvores velhas de Wayreth pareciam ter sido levadas a esquecer seus deveres de guardiãs e dormiam sonolentas em seus postos. Naquela noite, a própria hospedaria também estava silenciosa.

Estava quieta demais, pensaram dois estranhos ao se aproximarem da hospedaria. Vestidos com roupas ricas, seus rostos estavam cobertos com lenços de seda, uma coisa incomum em um clima tão quente. Apenas seus olhos negros eram visíveis e, trocando olhares sérios, eles aceleraram seus passos, abrindo a porta de tábuas de madeira e entrando.

Slegart estava sentado atrás do balcão, limpando uma caneca com um pano sujo. Estava limpando a mesma caneca por uma hora e, provavelmente, teria continuado a limpá-la pela próxima hora se dois incidentes ocorrendo simultaneamente não o tivessem interrompido: a entrada dos dois estranhos abafados pela porta da frente e a chegada da serviçal, correndo ofegante escada abaixo.

— Com licença, senhores — disse Slegart, levantando-se lentamente e erguendo a mão para impedir que um dos estranhos falasse. Virando-se para a serviçal, ele disse rispidamente:

— Então?

A menina balançou a cabeça.

Os ombros de Slegart caíram.

— É — ele murmurou. — Bem, talvez seja melhor assim.

Os dois estranhos se entreolharam.

— E a bebê? — Slegart perguntou.

Com isso, a serviçal começou a chorar.

— O quê? — Slegart perguntou, surpreso. — A bebê também?

— Não! — a criada conseguiu ofegar entre soluços. — A bebê está bem. Ouça... — Um grito fraco vinha de cima. — Você pode a ouvir agora. Mas... mas... ah! — A garota cobriu o rosto com as mãos. — É terrível! Nunca vi nada igual...

Com isso, um dos estranhos acenou com a cabeça e o outro deu um passo à frente.

— Desculpe-me, estalajadeiro — disse o estranho em uma voz culta com um sotaque incomum. — Mas alguma tragédia terrível parece ter acontecido aqui. Talvez fosse melhor se continuássemos...

— Não, não — Slegart falou apressadamente, o pensamento de perder dinheiro trazendo-o para si. — Pronto, Lizzie, enxugue suas lágrimas e ajude, ou vá chorar na cozinha.

Enterrando o rosto no avental, Lizzie correu para a cozinha, fechando a porta atrás de si.

Slegart levou os dois estranhos a uma mesa.

— Uma coisa triste — disse o estalajadeiro, balançando a cabeça.

— Podemos perguntar — arriscou o estranho casualmente, embora um observador astuto tivesse notado que ele estava extraordinariamente tenso e nervoso, assim como seu companheiro.

— Nada com que vocês, cavalheiros, devam se preocupar — disse Slegart. — Apenas uma das criadas morreu no parto.

Um dos estranhos estendeu a mão involuntariamente, agarrando o braço de seu companheiro com força. O companheiro lançou um olhar de advertência.

— Esta é realmente uma triste notícia. Lamentamos muito ouvir isso — disse o estranho em uma voz que obviamente estava mantendo sob controle. — Ela era... ela era sua parente? Perdoe-me por perguntar, mas você parece chateado...

— Estou mesmo, senhores — disse Slegart sem rodeios. — E não, ela não é da minha família. Ela veio a mim no auge do inverno, meio faminta e implorando por trabalho. Havia algo de familiar nela, mas assim que comecei a pensar nisso — ele colocou a mão na cabeça — me deu uma sensação esquisita... Por causa disso, pensei em mandá-la embora, mas — ele olhou para cima — vocês sabem o que são as mulheres. A cozinheira se simpatizou com ela, mexendo com ela e coisas do tipo. Tenho que admitir — Slegart acrescentou solenemente — não sou de me apegar às pessoas. No entanto ela era a criatura mais bonita que eu já vi em todos os meus dias de vida. E esforçada também. Nunca reclamava. Ela era a favorita de todos nós.

Com isso, um dos estranhos abaixou a cabeça. O outro pôs a mão sobre a do companheiro.

— Bem — disse Slegart mais energicamente —, posso oferecer aos senhores carne fria e cerveja, mas não terão comida quente esta noite. A cozinheira está bem chateada. E agora — o estalajadeiro olhou para a porta ainda balançando da cozinha com um suspiro —, pelo que Lizzie disse, parece que há algo estranho sobre a bebê...

O estranho fez um movimento súbito e rápido com a mão e o velho Slegart congelou no lugar, a boca aberta no ato de falar, o corpo meio virado, uma mão levantada. A porta da cozinha parou no meio do movimento. O choro abafado da serviçal na cozinha cessaram. Uma gota de cerveja, caindo da torneira, ficou suspensa no ar entre a torneira e o chão.

Levantando-se, os dois estranhos subiram rapidamente as escadas em meio ao silêncio encantado. Rapidamente, eles abriram todas as portas da estalagem, espiaram dentro de cada quarto, procurando. Finalmente, chegando a uma pequena sala no final do corredor, um dos estranhos abriu a porta, olhou para dentro e acenou para seu companheiro.

Uma mulher grande e matrona, presumivelmente a cozinheira, foi interrompida no ato de escovar o belo cabelo de uma figura pálida e fria deitada na cama. Lágrimas brilharam no rosto gentil da cozinheira. Obviamente, foram suas mãos gastas pelo trabalho que prepararam o corpo para seu descanso final. Os olhos da garota estavam fechados, os dedos frios e mortos cruzados sobre o peito, um pequeno buquê de rosas em seu aperto insensível. Uma vela derramava sua luz suave sobre o rosto jovem, cuja beleza incrível era realçada por um sorriso doce e melancólico nos lábios pálidos.

— Amberyl! — exclamou um dos estranhos, entrecortado, afundando-se na cama e pegando nas suas mãos frias. Aproximando-se por trás dele, o outro estranho pousou a mão no ombro do companheiro.

— Eu realmente sinto muito, Keryl.

— Devíamos ter vindo antes! — Keryl acariciou a mão da garota.

— Viemos o mais rápido que pudemos — seu companheiro disse gentilmente. — Tão rápido quanto ela nos queria.

— Ela nos enviou a mensagem...

— ... Só quando soube que estava morrendo — disse o companheiro.

— Por quê? — Keryl gritou, seu olhar indo para o rosto pacífico de Amberyl. — Por que ela escolheu morrer entre... entre os humanos? — Ele gesticulou para a cozinheira.

— Acho que nunca saberemos — disse seu companheiro com suavidade. — Embora eu possa imaginar — acrescentou, mas em voz baixa, falando apenas para si mesmo e não para seu amigo perturbado. Afastando-se, ele caminhou até um berço que fora construído às pressas com uma caixa de madeira. Ele sussurrou uma palavra e tirou o encantamento da bebê, que respirou fundo e começou a choramingar.

— A criança? — o estranho disse, levantando-se da cama. — A bebê dela está bem? O que a serviçal disse...

Havia medo em sua voz.

— Não, não está mor... — Ele não conseguiu continuar.

— Não — disse seu amigo em tom perplexo. — Não é o que você teme. A serviçal disse que nunca tinha visto nada "igual". Mas a bebê parece bem... ah! — O estranho se engasgou com admiração. Segurando a bebê nos braços, ele se virou para o amigo. — Veja, Keryl! Veja os olhos da criança!

O jovem curvou-se sobre o bebê que chorava, acariciando delicadamente a pequena bochecha com o dedo. A bebê virou a cabeça, abrindo os olhos grandes enquanto buscava instintivamente por alimento, amor e calor.

— Os olhos são... dourados! — Keryl sussurrou. — Ouro ardente como o sol! Nada disso jamais ocorreu em nosso povo... eu imagino...

— Um presente do seu pai humano, sem dúvida. Embora eu não conheça nenhum humano com olhos assim. Mas esse segredo, Amberyl também levou consigo. — Ele suspirou, balançando a cabeça. Então, olhou de volta para a bebê choramingando. — A filha dela é tão adorável quanto a mãe — disse o homem, envolvendo a bebê firmemente em seus cobertores. — E agora, meu amigo, devemos ir. Já estivemos nesta terra estranha e terrível por tempo suficiente.

— Sim — disse Keryl, sem fazer nenhum movimento para sair. — E quanto a Amberyl? — Seu olhar se voltou para a figura pálida e imóvel sobre a cama.

— Vamos deixá-la entre aqueles com quem ela escolheu ficar no final — seu companheiro disse seriamente. — Talvez um dos deuses a aceite agora e guie seu espírito errante para casa.

— Adeus, minha irmã — Keryl murmurou. Abaixando-se, ele pegou as rosas das mãos mortas e, beijando-as, colocou as flores cuidadosamente no bolso da túnica. Seu companheiro falou palavras em um idioma antigo, tirando o encantamento da estalagem. Então, os dois estranhos, segurando a bebê, desapareceram da sala como uma chuva prateada e cintilante.

*E a bebê era linda, tão linda quanto a mãe. Pois é dito que, nos tempos antigos, antes de se tornarem egocêntricos e seduzidos pelo mal, a mais bela de todas as raças já criadas pelos deuses eram os ogros...*

# V

Uma criança profundamente desejada,
um filho da meia-idade,
a filha única
com os olhos do pai,
para vocês, queridos filhos,
construímos esses castelos
que as muralhas podem cercar
suas vidas emprestadas.

Rodeado de pedra,
por torre e vieira,
não há coragem
que não seja pedra,
e ponte levadiça e ameias,
merlão e parapeito
reunidos para mantê-lo
redimido e sozinho.

Ó filho bem-amado;
Ó filho da meia-idade,
quem mediu o tendão
na palma da sua mão?
E filha brilhante,
imagem da memória,
o coração do seu florescer
está repartido e planejado?

Onde está o seu país
e onde está o seu povo?
Onde estão os não abençoados
descontentes com as muralhas?
Onde está o cerco
do coração e da autonomia,
circundando o castelo
quando a ameia cai?

# O Sacrifício

# 1

Os últimos ecos dos sinos, pendurados na torre do relógio do Templo de Paladine, foram pontuados pelos sons de persianas se fechando, portas batendo, chaves girando em fechaduras e os protestos estridentes dos kender desapontados, que foram descobertos futucando entre as prateleiras e agora estavam sendo jogados nas ruas. Seis batidas do sino encerraram o dia de trabalho. Os lojistas começaram a fechar à noite; os compradores de última hora olhavam com impaciência e saíam às pressas das lojas assim que seu dinheiro estava em mãos.

— Aproxime-se, Markus — Jenna disse ao seu jovem assistente.

Ele prontamente deixou seu assento na entrada e começou a fechar as persianas pesadas de madeira sobre as vidraças. A loja escureceu. Jenna sorriu. Ela gostava do seu trabalho, mas gostava mais dessa hora do dia. Todos os clientes se foram, o barulho de suas vozes se acalmou e ela estava sozinha. Fez uma pausa para contemplar o silêncio, para respirar os cheiros que teriam dito a Jenna, se ela fosse cega e surda, que estava em uma loja de artigos mágicos: o perfume de pétalas de rosa; os cheiros picantes de canela e cravo; o leve e repugnante odor de decomposição, de asas de morcego e crânios de tartaruga. O cheiro era sempre mais forte a essa hora do dia. A luz do sol trazia as várias fragrâncias e a escuridão as realçava.

Markus apareceu na porta.

— Algo mais que eu possa fazer, Senhora Jenna? — ele perguntou ansiosamente.

Ele era recém-contratado e já estava apaixonado por ela. Perdidamente apaixonado, como apenas um jovem de dezenove anos pode se apaixonar por uma mulher cinco anos mais velha. Todos os assistentes de Jenna se apaixonavam por ela. Ela esperava por isso, teria ficado desapontada, e provavelmente irritada, não se apaixonassem. No entanto, ela nada fazia para encorajar os rapazes, além de simplesmente ser ela mesma, o que, por ser bonita, poderosa e misteriosa, era o suficiente. Jenna amava outro homem e todos em Palanthas sabiam disso.

— Não, Markus, você pode ir para a Cabeça do Javali para sua farra noturna com seus amigos. — Jenna pegou uma vassoura e começou a varrer o chão rapidamente.

— Eles são apenas moleques — Mark disse com desdém, seus olhos seguindo cada movimento dela. — Prefiro ficar e ajudar você a limpar.

Jenna espanou lama seca e algumas folhas de hortelã espalhadas para fora da porta e empurrou Markus alegremente junto com elas.

— Não há nada que você possa fazer por mim na loja, como já disse. Será melhor para nós dois se você ficar fora dela. Não quero seu sangue em minhas mãos.

— Senhora Jenna, não estou com medo... — ele começou.

— Então você não tem juízo — ela interrompeu, com um sorriso para tirar o ferrão de suas palavras. — Nesse estojo está trancado um broche que roubará sua alma e o levará diretamente ao Abismo. Ao lado do broche, está um anel que pode virar você do avesso. Está vendo aqueles grimórios na prateleira mais distante? Se olhasse para as inscrições nas capas, você se veria mergulhado na loucura.

Markus ficou um pouco assustado, mas não pretendia demonstrar.

— De onde veio isso tudo? — perguntou, olhando para dentro da loja escurecida.

— Vários lugares. Aquela Manto Branco que acabou de sair me trouxe o broche de roubar almas. O broche é maligno, sabe, e ela nunca pensaria em usá-lo. Mas ela trocou o broche comigo por vários grimórios que queria há muito tempo, mas não podia pagar. Você se lembra do anão que veio esta manhã? Ele trouxe essas facas. — Jenna apontou para uma vitrine na qual inúmeras facas e adagas pequenas estavam dispostas em um desenho de folha de leque.

— Elas são mágicas? Não pensei que os magos tivessem permissão para portar armas.

— Não podemos carregar espadas, mas facas e adagas são permitidas. E, não, não são mágicas, mas os anões fazem muitos itens que podem ser imbuídos de magia posteriormente. Um mago pode lançar uma magia em uma dessas facas, se quiser.

O jovem disse com firmeza:

— Você não está com medo, Senhora Jenna. Por que eu deveria estar?

— Porque eu sei como lidar com esses objetos misteriosos. Eu uso os Mantos Vermelhos. Eu fiz e passei no Teste da Torre da Alta Magia. Quando você fizer o mesmo, poderá entrar em minha loja. Até lá — acrescentou ela, com um sorriso encantador que subiu à cabeça do rapaz como vinho aromático —, você ficará de guarda à minha porta.

— Ficarei, Senhora Jenna — ele prometeu arrebatadamente. — E... e talvez eu estude magia...

Ela deu de ombros e assentiu. Todos os seus assistentes disseram a mesma coisa quando vieram trabalhar para ela; nenhum deles jamais seguiu adiante. Jenna se certificava disso. Ela nunca contratou ninguém que tivesse a menor inclinação para a magia. Seus produtos seriam uma tentação muito forte para um jovem mago resistir. Além disso, ela precisava de músculos, não de cérebro, para proteger sua porta.

Apenas aqueles que usavam os mantos e os poucos comerciantes que lidavam com mercadorias misteriosas tinham permissão para entrar na loja de Jenna, sua entrada marcada por uma placa com três luas pintadas: a lua prateada, a vermelha e a preta. Os usuários de magia extraíam seus poderes dessas luas e as poucas lojas em Ansalon que lidavam com itens para magos sempre marcavam suas lojas com esses símbolos.

A maioria dos cidadãos de Palanthas evitava a loja de Jenna; muitos, aliás, atravessaram a rua para passar do outro lado. Mas sempre havia alguns, curiosos, bêbados ou agindo como um desafio, que tentavam entrar. E, claro, os kender. Não se passava um dia sem que o assistente de Jenna tivesse que intimidar, estrangular ou remover um kender de dedos leves do local. Todo mago em Ansalon conhecia a história da loja de itens para magos em Naufrágio. Ela desaparecera em circunstâncias misteriosas, para nunca mais reaparecer. Testemunhas oculares horrorizadas relataram ter visto um kender entrar apenas alguns segundos antes de todo o edifício desaparecer.

Markus saiu arrastando os pés, desconsolado, pela rua, para afogar seu amor não correspondido em cerveja. O comerciante de tecidos ao lado de Jenna trancou a porta, então se curvou para ela em respeito enquanto passava a caminho de casa. Ele não ficou satisfeito quando ela se mudara para a casa ao lado, mas, quando suas vendas (principalmente de tecido branco, preto e vermelho) aumentaram, seus protestos diminuíram proporcionalmente.

Jenna desejou uma boa noite. Entrando em sua loja, ela fechou a porta, trancou-a e colocou uma magia de proteção. Morava em cima da loja, mantendo sua própria proteção em suas mercadorias durante a noite. Lançando um olhar final ao redor, ela subiu as escadas que levavam a seus aposentos. Uma batida na porta a deteve.

— Vá para casa, Markus! — ela gritou irritada.

Três noites atrás, ele voltou para cantar canções de amor sob sua janela. O incidente fora muito embaraçoso.

A batida se repetiu, desta vez com mais urgência. Jenna suspirou. Estava cansada e com fome; era hora de uma xícara de chá. Ela se virou, no entanto, e desceu as escadas. Esperava-se que os proprietários das Lojas das Três Luas abrissem suas lojas para qualquer mago que precisasse, não importava a hora, dia ou noite.

Jenna abriu uma pequena janela na porta e olhou para fora, esperando ver um Manto Vermelho, desculpando-se humildemente por incomodá-la, mas será que ela teria alguma teia de aranha? Ou um Manto Negro, exigindo imperiosamente guano de morcego. Jenna ficou assustada e descontente ao encontrar dois homens altos, com capas pesadas e capuzes parados em sua varanda. Os raios do sol poente brilhavam nas espadas, que ambos usavam nos quadris.

— Vocês estão na loja errada, cavalheiros — Jenna disse em um élfico excelente. Por suas pernas delgadas, botas de couro caras e bem trabalhadas, e armaduras de couro de estilo extravagante, ela imaginou que fossem elfos, embora seus rostos estivessem escondidos nos capuzes de suas capas.

Ela estava prestes a fechar a janela quando um dos homens disse, falando em Comum, hesitante:

— Se você for Jenna, filha de Justarius, líder do Conclave dos Magos, não estamos na loja errada.

— Suponha que eu seja Jenna — ela respondeu com altivez, embora agora estivesse extremamente curiosa. — O que vocês querem de mim? Se têm um item mágico para vender — ela acrescentou, como uma reflexão tardia —, por favor, voltem pela manhã.

Os dois homens se entreolharam. Ela podia ver o brilho de olhos amendoados nas sombras de seus capuzes.

— Queremos falar com você — disse um.

— Pode falar — Jenna retrucou.

— Em particular — disse o outro.

Jenna deu de ombros.

— A rua está deserta a esta hora. Não quero ser rude, mas vocês devem saber que os donos das Lojas das Três Luas são cuidadosos com quem deixam entrar em suas lojas. É mais para sua segurança do que para a minha.

— Nosso assunto é sério, não para se discutir na rua. Acredite em mim, senhora — o elfo acrescentou, em voz baixa. — Gostamos disso tanto quanto você. Você tem nossa palavra de que não tocaremos em nada!

— Meu pai mandou vocês? — Jenna perguntou, ganhando tempo.

Se Justarius os tivesse enviado, ele teria contado primeiro e ela não tinha notícias dele há meses, desde a última briga. Ele desaprovava veementemente o amante dela.

— Não, senhora — falou o elfo. — Viemos por conta própria.

*Estranho,* Jenna pensou. Um dos elfos é qualinesti, o outro silvanesti. Ela poderia dizer a diferença por seus sotaques, embora provavelmente nenhum outro humano em Solamnia pudesse fazê-lo. Mas Jenna passou muito tempo com elfos, um elfo em particular.

Há muito, muito tempo, os elfos eram uma nação. Guerras amargas, as Guerras Fratricidas, a dividiram em duas, Qualinesti e Silvanesti. Nenhuma nação tinha amor pela outra. Mesmo agora, depois que a Guerra da Lança uniu todas as outras raças em Ansalon, os dois estados élficos, embora ostensivamente como um, estavam, na realidade, mais distantes do que nunca.

Sua curiosidade desperta, Jenna abriu a porta e deu um passo para trás para permitir que os elfos entrassem. Ela não estava nem um pouco com medo. Eram elfos e isso significava que eles eram honestos, cumpridores da lei e bondosos ao ponto do tédio. Além disso, ela tinha uma magia nos lábios que os lançaria de volta à rua caso tentassem alguma coisa.

Os dois elfos estavam juntos no centro da loja. Eles mantiveram os cotovelos presos ao lado do corpo, com medo de tocar em um mostruário. Ficaram próximos um do outro, na defensiva, mas foram extremamente cuidadosos para evitar tocarem um no outro. Aliados, mas relutantes, Jenna imaginou. Sua curiosidade agora quase a dominava.

— Acredito que os dois cavalheiros se sentirão muito mais em casa em meus aposentos lá em cima — disse, com um sorriso travesso. — Eu estava prestes a fazer chá. Não querem se juntar a mim?

O elfo silvanesti cobriu a boca e o nariz com um lenço. O elfo qualinesti deu meia-volta e ficou literalmente olho no olho com um frasco cheio de globos oculares, flutuando em seu fluido protetor. Ele empalideceu e recuou um passo.

Jenna gesticulou escada acima.

— Vocês verão que meus aposentos são bastante confortáveis. E comuns. Meu laboratório fica lá embaixo, no porão — ela acrescentou, para tranquilizá-los.

Os elfos novamente trocaram olhares, então ambos assentiram rigidamente e começaram a subir as escadas atrás de sua anfitriã. Os elfos pareceram muito aliviados ao ver que a pequena sala de estar de Jenna se parecia com a de qualquer outro humano, com mesa, cadeiras e sofás macios. Jenna atiçou o fogo e preparou o chá, usando uma mistura de folhas importada de Qualinesti.

Os elfos beberam o chá e mordiscaram um biscoito, por educação, nada mais. Jenna conversou um pouco; elfos nunca discutiam negócios enquanto comiam e bebiam.

Os elfos fizeram comentários adequados, mas não ofereceram nada próprio e a conversa se esvaiu completamente. Assim que puderam, sem insultar a anfitriã, os dois elfos pousaram as xícaras, indicando que estavam preparados para discutir assuntos sérios. Mas, agora que estavam aqui, pareciam não saber por onde começar.

Jenna poderia deixá-los em banho-maria ou oferecer ajuda. Como ela esperava uma companhia muito mais agradável esta noite, ela queria que esses elfos fossem embora, então ela os incitou.

— Bem, senhores, vocês vieram até mim... uma maga dos Mantos Vermelhos. O que precisam de mim? Devo avisar, de antemão, que não viajo para fora da cidade. Se quiserem que eu faça mágica, deve ser uma que possa ser feita aqui, dentro dos limites do meu próprio laboratório. E não faço poções do amor, se é isso que estão procurando...

Jenna sabia muito bem que o amor não era o que eles procuravam, não dois inimigos ferrenhos, vindo à sua loja em segredo, no crepúsculo. Mas nunca é demais fingir ignorância.

— Não seja ridícula — disse o elfo qualinesti abruptamente. — Eu... eu... — Ele fechou a boca, organizou seus pensamentos e recomeçou. — Isso é muito difícil para mim. Para nós. Precisamos falar com... alguém. Alguém especial. E fomos informados de que você é a única pessoa que pode nos ajudar.

*Ah*, pensou Jenna. *Ora, ora, ora. Mas isso não é interessante?* Ela deu um sorriso doce e límpido.

— É mesmo? Alguém que eu conheça? Não consigo imaginar quem pode ser. Os senhores parecem ser de origem nobre. Com certeza, todas as portas de Ansalon estariam abertas para vocês.

— Não esta porta em particular — disse o silvanesti, de forma áspera. — Não a porta para... — Sua voz caiu. — A Torre da Alta Magia.

— A torre negra — acrescentou o qualinesti. — A torre localizada aqui, em Palanthas. Queremos falar... com o mestre.

Jenna os estudou. Dois elfos nobres; isso estava proclamado em suas roupas caras, suas espadas ornamentadas, as joias finas adornando seus dedos e penduradas em volta de seus pescoços. Ambos anciãos também, pois, embora às vezes fosse difícil dizer a idade dos elfos, esses dois obviamente estavam na meia-idade.

Inimigos de longa data, de alto escalão e de origem nobre, aliados de curto prazo.

E queriam falar com o pior inimigo que cada um poderia ter neste mundo... o Mestre da Torre da Alta Magia em Palanthas.

— Vocês querem falar com Dalamar — Jenna disse calmamente.

— Sim, senhora. — A voz do qualinesti falhou. Ele tossiu, com raiva de si mesmo.

O silvanesti, ao que parecia, não tinha voz alguma. Seu rosto estava rígido e imóvel, seus lábios franzidos, sua mão firmemente fechada sobre o punho de sua espada. Ambos estavam obviamente odiando tudo isso.

Jenna mordeu o lábio para não rir. Não é de admirar que esses elfos tenham se preocupado tanto com a privacidade. Dalamar era um deles, um elfo de Silvanesti, mas ele fora exilado, banido da sociedade élfica em desgraça. Era o que chamavam de "elfo negro": alguém que foi expulso da luz. Seu crime foi o estudo da magia maligna, o uso dos Mantos Negros. Tal ato hediondo nunca poderia ser tolerado na sociedade élfica. Para esses dois, simplesmente olhar para Dalamar seria considerado um ato chocante. Para realmente falar com ele...

Jenna mal podia esperar para ouvir a reação de Dalamar. Contudo, ela decidiu fazer esses dois sofrerem um pouco primeiro.

— O que os fazem pensar que posso conseguir uma entrevista dessas? — ela perguntou, com toda a inocência.

O qualinesti corou.

— Fomos informados de que você e... é... o Mestre da Torre — (ele não quis dizer o nome) — são amigos...

— Ele foi meu shalafi[1]. E é meu amante — Jenna respondeu, e gostou de ver os elfos se contorcerem.

Eles novamente trocaram olhares, como se dissessem: "O que pode se esperar de uma humana?".

O silvanesti aparentemente já estava farto. Ele se levantou.

— Vamos acabar com isso o mais rápido possível. Você pode... Você vai... nos colocar em contato com o Mestre da Torre Negra?

— Talvez. — Jenna estava evasiva. — Quando?

— O mais breve possível. O tempo urge.

Jenna arqueou uma sobrancelha bem torneada.

— Um aviso. Se estão pensando em preparar uma armadilha para Dalamar...

O qualinesti a encarou.

— Eu garanto, senhora — disse ele severamente —, que nenhum mal acontecerá a ele.

— Nenhum mal acontecerá a ele! — Jenna riu. — Ora, que perigo possível vocês podem representar para Dalamar? Ele é o mais poderoso de todos os magos de Mantos Negros. É o chefe da Ordem dos Mantos Negros e, quando meu pai se aposentar, assumirá a liderança de todo o Conclave dos Magos. — Por favor, me desculpem. Me perdoem — acrescentou ela, tentando abafar o riso. Os dois ficaram profundamente ofendidos, óbvio. — Eu estava pensando em sua segurança, cavalheiros. Um aviso amigável. Não tentem nenhum truque com Dalamar. Vocês não gostarão das consequências.

— Quanta insolência! — O silvanesti estava lívido de raiva. — Não precisamos...

— Sim, precisamos — disse seu companheiro em voz baixa.

O silvanesti se engasgou, mas ficou calado.

— Quando poderemos nos encontrar com o Mestre da Torre? — o qualinesti perguntou friamente.

---

[1]Élfico para "mestre". Magos de manto vermelho, sendo neutros em todas as coisas, podem se tornar aprendizes de um mestre de qualquer alinhamento, bondoso, neutro ou maligno.

— Se Dalamar concordar em se encontrar com vocês, será aqui, amanhã à noite, em meus aposentos. Espero que este lugar seja satisfatório para vocês. Ou talvez vocês prefiram se encontrar na própria Torre da Alta Magia? Eu poderia vender um amuleto...

— Não, senhora. — Os elfos sabiam que ela estava zombando deles. — Este quarto será bastante adequado.

— Muito bem. — Jenna levantou-se. — Vejo vocês amanhã à noite, mais ou menos a esta hora. Bons sonhos, cavalheiros.

O rosto do silvanesti ficou vermelho. Ele parecia preparado para golpeá-la, mas o qualinesti o deteve.

— Bons sonhos... que comentário sem tato — Jenna murmurou, baixando os olhos para esconder sua diversão —, considerando a tragédia terrível que se abateu sobre Silvanesti. Perdão.

Ela os acompanhou escada abaixo e porta afora, vigiando até que desaparecessem na rua. Quando se foram, ela recolocou a magia de proteção e, rindo alto, subiu para se preparar para a chegada do seu amante.

## 2

Os dois elfos foram rápidos. Jenna os admitiu em sua loja. Séria, recatada, ela os conduziu até a escada. Ao pé, porém, os elfos pararam. Ambos usavam máscaras de seda verde que cobriam a metade superior de seus rostos.

*Pareciam*, pensou Jenna, *decididamente tolos, como crianças vestidas com fantasias para o Festival do Olho.*

— Ele está aqui? — perguntou o qualinesti, com uma solenidade pavorosa.

Seu olhar foi escada acima. As sombras da noite se reuniam no topo. Sem dúvida, o elfo viu uma forma diferente de escuridão, mais sólida, mais substancial.

— Ele está — Jenna respondeu.

Ambos os elfos hesitaram, vítimas de um tumulto interno. Ao falar com um elfo negro, eles estavam cometendo um crime que poderia causar a eles o mesmo destino: desgraça, banimento e exílio.

— Não temos escolha — disse o silvanesti. — Já discutimos isso.

O qualinesti assentiu. A seda verde grudava em seu rosto. Gotas de suor se acumulavam em seu lábio superior.

Os dois subiram as escadas. Jenna começou a seguir.

O silvanesti se virou.

— Esta conversa é privada, senhora — ele disse duramente.

— Você está na minha casa — Jenna o lembrou.

O qualinesti se apressou em fazer as pazes.

— Perdoe-nos, senhora, mas certamente você pode entender...

Jenna deu de ombros.

— Muito bem. Se precisarem de alguma coisa, vocês me encontrarão em meu laboratório.

Dalamar ouviu as vozes élficas, ouviu o passo leve de botas subindo a escada. Ele sorriu.

— Este é o meu momento de triunfo — ele disse suavemente para a escuridão. — Sempre soube que isso aconteceria. Mais cedo ou mais tarde, vocês, virtuosos hipócritas, que me expulsaram com vergonha e desgraça, seriam forçados a voltar rastejando para mim, implorando minha ajuda. Eu a concederei, mas farei vocês pagarem. — O punho esguio de Dalamar se fechou. — Ah, como farei vocês pagarem!

Os dois elfos apareceram na porta. Ambos usavam máscaras (uma precaução sensata, para evitar que ele os reconhecesse) o que significava, é claro, que ele os conhecia, ou pelo menos conhecia o silvanesti.

— Quanto tempo se passou desde que fui expulso de minha terra natal? — Dalamar murmurou. — Vinte anos, pelo menos. Muito tempo para os humanos, pouco tempo para os elfos.

E a memória estava gravada em sua mente. Duzentos anos poderiam se passar e ele não esqueceria.

— Por favor, senhores — disse Dalamar, falando em silvanesti, seu idioma nativo —, entrem e sentem-se.

— Obrigado, não — respondeu o qualinesti. — Esta não é uma visita social, mestre. São apenas negócios. Vamos deixar isso entendido desde o início.

— Eu tenho um nome — Dalamar disse calmamente, seus olhos fixos nos elfos, para grande frustração deles.

Eles achavam difícil olhar para ele... olhar para os mantos negros, decorads com símbolos arcanos de poder e proteção; para as bolsas de componentes mágicos penduradas em seu cinto; para seu rosto... Jovem, bonito, orgulhoso, cruel. Ele era poderoso, estava no controle. Ambos os homens sabiam disso, mas nenhum deles gostava.

— Você tinha um nome — disse o silvanesti. — Ele não é mais dito entre nós.

— Que pena. — Dalamar cruzou as mãos nas mangas do manto. Ele se curvou antes de partir. — Senhores, vocês parecem ter perdido seu tempo...

— Espere! — O qualinesti engoliu em seco. — Espere, D-Dalamar. — Ele enxugou o suor do lábio. — Isso não é fácil para nós!

— Nem para mim — Dalamar respondeu friamente. — Como você acha que me sinto ouvindo, pela primeira vez em todos esses anos, o idioma da minha terra natal? — Sua garganta apertou. Ele foi forçado a se virar, olhar para o fogo, deixar o calor queimar suas lágrimas repentinas e inesperadas.

Nenhum dos dois respondeu. Ele os ouviu se mexerem desconfortavelmente.

Com suas emoções indesejadas contidas, Dalamar se virou para encará-los.

— E então, General, e você, Senador, o que desejam de Dalamar, o Sombrio? — ele exigiu bruscamente.

Os dois o encararam com espanto, consternados com seu reconhecimento.

— Eu... não sei a quem está se referindo... — O general silvanesti tentou abrir caminho para escapar.

Dalamar deu aos dois um sorriso sardônico.

— Da próxima vez que quiserem viajar incógnitos, sugiro que você, General, remova sua espada cerimonial, e que você, Senador, tire seu anel de ofício.

— Eu acho... que vou me sentar — disse o senador, o qualinesti. Ele se jogou em uma cadeira.

O general, o silvanesti, permaneceu de pé, com a mão no punho da espada que o traíra.

— Comece você — disse o senador ao companheiro.

O general cruzou os braços sobre o peito, ficou com os pés afastados.

— Devo contar primeiro o que acho que serão boas notícias, até mesmo para você, Dalamar. — Ele falou o nome com a ponta da língua contra os dentes, como se temesse que pronunciar o nome pudesse envenená-lo. — Silvanesti foi finalmente recuperada. O sonho maligno de Lorac, que escravizava nossa terra, foi derrotado. Os poucos bolsões de draconianos e goblins que controlavam partes de nossas terras foram derrotados. Levamos vinte anos, mas agora Silvanesti é nossa novamente. Sua beleza voltou.

— Parabéns — Dalamar disse, seu lábio se curvando em um sorriso de escárnio. — Então, Porthios levou vocês à vitória. Sim, sabe, eu acompanho a política da minha terra natal. Porthios, um qualinesti, casou-se com Alhana, filha de Lorac, rainha silvanesti. Um reino élfico unido... Acredito que era o que os dois tinham em mente. E nos últimos vinte anos, o Orador do Sol qualinesti, Porthios, arriscou sua vida para salvar a pátria Silvanesti. E ele conseguiu. Como você o retribuiu por seus serviços?

— Ele foi preso — disse o general, em tom grave.

Dalamar começou a rir.

— Muito élfico! Prender o homem que salva suas vidas miseráveis. Qual foi o crime dele? Não, deixe-me adivinhar. Eu conheço Porthios, sabe. Ele nunca deixou vocês, elfos silvanesti, esquecerem que foram os qualinesti que vieram em seu socorro. Falou frequentemente sobre como os qualinesti e os silvanesti se uniriam, mas deu a entender que seriam os qualinesti que governariam seus irmãos mais fracos. Estou certo?

— Perto o suficiente.

O general não gostou. Ele podia ouvir claramente o sarcasmo na voz do elfo negro.

Dalamar voltou-se para o senador.

— E como você, qualinesti, se sente sobre isso? Seu Orador do Sol preso?

O senador se engasgou e puxou a máscara.

— Essa coisa está me sufocando. — Ele respirou fundo e falou com cuidado. — Não temos nenhuma briga com os silvanesti. A rainha deles, a esposa de Porthios, Alhana Brisestelar, é minha convidada em Qualinost.

Dalamar respirou fundo e soltou o ar lentamente.

— As coisas que perdi, trancado em minha torre monótona. Uma "convidada", você diz. Uma hóspede que, sem dúvida, está cansada de sua hospitalidade, mas acha difícil ir embora. Qual é o crime dela?

— Isso não é de conhecimento geral, mas Alhana Brisestelar está grávida. — O senador girava nervosamente o anel de seu ofício no dedo.

Dalamar ficou intrigado.

— Então, depois de vinte anos, o casamento de conveniência esquentou, não é? Estou surpreso que Porthios tenha encontrado tempo. Ou a vontade.

— Se a criança nascer em terras élficas — o senador continuou, fingindo que não tinha ouvido — enquanto os pais governarem, a criança será herdeira dos tronos de ambos os reinos. A unificação será completa.

— Isso não pode acontecer. — A mão do general apertou o punho da espada.

— E o que vocês pretendem fazer para impedir? — erguntou Dalamar. — Presumindo que assassinato não esteja em consideração.

O senador enrijeceu com dignidade ultrajada. Sua máscara de seda estava molhada em volta da testa e grudada em seu rosto.

— Exílio. Para ambos.

— Entendo — disse Dalamar. — Como eu. — Sua voz era suave, amarga. — A morte seria mais gentil.

O senador franziu a testa.

— Você está insinuando...

— Não insinuo nada. — Dalamar deu de ombros. — Só estou fazendo um comentário. Mas não vejo bem como me encaixo nessa sua pequena trama traiçoeira. A menos que estejam me oferecendo o governo dos elfos?

Os dois olharam para ele com horror, olhos arregalados e fixos.

— Por favor, senhores, vocês se levam muito a sério! — Dalamar riu, tranquilizador. — Falei em tom de brincadeira, nada mais.

Ambos pareciam aliviados, mas ainda um tanto desconfiados.

— A Casa Protetora governará Silvanesti até que um membro da Casa Real seja considerado preparado para assumir — disse o general. — A Casa Protetora governou Silvanesti nos últimos vinte anos, enquanto lutávamos com o sonho. Meu povo está acostumado com a lei marcial. E não gostam de Porthios.

— Quanto aos qualinesti... — O senador hesitou. Ele olhou inquieto escada abaixo.

— Não se preocupe — Dalamar disse. — Jenna não é do tipo que escuta atrás da porta. E, acredite, ela tem pouco interesse na política dos reinos élficos.

— Este é um assunto delicado demais para correr o risco de vazamentos — o senador explicou, acenando para Dalamar se aproximar.

O elfo negro, parecendo entretido, deu de ombros e se aproximou.

Aproximando-se de Dalamar o máximo possível sem realmente tocá-lo, o elfo qualinesti falou em voz baixa e urgente.

Dalamar ouviu, sorriu e balançou a cabeça.

— Você sabe, é claro, que haverá um problema com os pais.

— É aí que você pode ser de uma ajuda inestimável para nós — disse o senador.

— Sendo amigo do pai dele — acrescentou o general.

Dalamar considerou o assunto. Seu olhar passou de um elfo para o outro, medindo sua determinação, sua resolução. Ambos suportaram seu olhar impassivelmente.

— Muito bem. — Dalamar concordou. — Vou lidar com meu amigo, fazer com que nem ele nem sua esposa interfiram. Mas minha ajuda vai custar caro.

O senador acenou com a mão em menosprezo.

— Nossos cofres estão bem cheios. Diga seu preço...

Dalamar zombou.

— O que eu preciso com mais riqueza do que já possuo? Eu provavelmente poderia comprar e vender a própria Qualinesti! Não, este é o meu preço.

Ele fez uma pausa, deixou-os suar e disse suavemente:

— Um mês em minha terra natal.

O senador ficou surpreso a princípio; então, pensando bem, ficou aliviado. Afinal, Dalamar era silvanesti. Ele passaria um mês em Silvanost.

O general teve o mesmo pensamento. Sua mandíbula tremeu. Ele estava quase balbuciando de fúria.

— Fora de questão! — ele conseguiu rosnar. — Impossível! Você está louco para pedir uma coisa dessas!

Dalamar se virou.

— Então, senhores, nosso negócio está encerrado.

O senador levantou-se rapidamente e segurou o ombro do outro elfo. Os dois começaram uma discussão acalorada.

Dalamar, sorrindo, voltou para o fogo. Ele estava vendo, em sua memória, as belas árvores de sua terra natal. Ouvia o canto dos pássaros, caminhava entre as flores maravilhosas. Deitava-se na grama perfumada, sentia o calor do sol em seu rosto. Respirava o ar fresco, corria por prados verdejantes. Era jovem, inocente, sem mancha nem sombra...

— Apenas um mês — disse o senador. — Não mais.

— Juro por Nuitari — Dalamar prometeu, gostando de ver os dois estremecerem ao pronunciar o deus da magia sombria.

— Você vai entrar e sair em segredo — continuou o senador. — Ninguém deve saber. Ninguém deve vê-lo. Você não falará com ninguém.

— Eu concordo.

O senador olhou para o general.

— Acho que não tem outro jeito — o general murmurou, descortês.

— Excelente — Dalamar falou rapidamente. — Nosso negócio está concluído de forma satisfatória. Vamos selá-lo, como exige o costume.

Aproximando-se, ele pegou cada elfo e beijou cada um deles na bochecha. O general mal se conteve. Ele ficou rígido ao toque dos lábios frios e secos. O senador se encolheu como se uma cobra o tivesse mordido. Mas nenhum dos dois recuou. Eles pediram essa aliança. Não ousaram ofendê-lo.

— Agora, meus irmãos — disse Dalamar agradavelmente —, contem-me o plano.

# 3

Tanis Meio-Elfo estava procurando por sua esposa na casa toda. Ele finalmente a encontrou na biblioteca do segundo andar. Estava sentada perto da janela, para apanhar os últimos raios do sol da tarde. Ele ouviu o arranhar da pena dela no pergaminho antes de vê-la e sorriu para si mesmo.

Ele a pegara desta vez.

Com os pés macios, ele caminhou até a porta e espiou lá dentro. Ela estava sentada em uma poça de luz solar, com a cabeça baixa, trabalhando com tanta concentração que ele sabia que poderia ter subido as escadas sem que ela o ouvisse. Ele parou por um momento para admirá-la, para perceber, impressionado e maravilhado, que ela o amava como ele a amava, um amor que os anos de casamento fortaleceram, não diminuíram.

Seu cabelo longo e dourado estava solto, caído sobre os ombros, descendo pelas costas. Normalmente, hoje em dia, ela usava o cabelo puxado para trás, os fios brilhantes presos em um coque na base do pescoço. O estilo severo combinava com ela, dava um ar de dignidade e estatura bastante útil nas negociações com os humanos, que (aqueles que não a conheciam) às vezes tendiam a tratar a elfa de aparência jovem como uma criança; bem-intencionada, mas se interferindo nos assuntos dos adultos.

Isso geralmente durava apenas cerca de quinze minutos, quando Laurana os fazia sentar e prestar atenção. Como poderiam ter esquecido que ela fora uma general durante a Guerra da Lança? Que ela liderara homens para a guerra? Bem, vinte e poucos anos se passaram e os humanos tinham memória curta. Quando deixavam a presença dela, eles se lembravam.

Ela era a diplomata da família; seu marido era o planejador. Eles trabalharam bem juntos como uma equipe, pois Laurana foi rápida em deslizar com suavidade onde Tanis teria pisoteado de forma rude. E ele poderia oferecer a ela uma visão da mente e do coração humano... Duas áreas que ela achava desconcertantes às vezes.

Laurana era linda, tão linda que o coração de Tanis doía ao admirá-la. E eles estavam juntos. Não por muito tempo. O sangue humano em suas veias queimava o elfo. Ele já vivera muito mais anos do que qualquer humano, mas não aproveitaria a vida longa dos elfos. Alguns já confundiram Laurana como sua filha. Chegaria o dia em que a confundiriam como sua neta. Ele envelheceria e morreria enquanto ela permaneceria uma mulher relativamente jovem. Tal sombra poderia ter obscurecido seu relacionamento. Para eles, aprofundou.

E, então, havia Gil. O filho deles... uma vida nova, criada a partir do amor.

— Te peguei! — Tanis gritou triunfante e entrou na sala.

Laurana se engasgou e pulou. Um rubor culpado se espalhou por seu rosto. Apressadamente, em confusão considerável, ela tentou esconder a escrita, cobrindo o papel com outra folha em branco.

— O que é isso? — Tanis perguntou, olhando para ela com severidade fingida.

— Só uma lista — arriscou Laurana, remexendo mais papéis na mesa. — Uma lista... de coisas que tenho que fazer enquanto estamos em casa... Não! Tanis, pare com isso!

Ele fez uma investida hábil e arrancou o papel debaixo de sua mão. Rindo, ela tentou recuperá-lo ao segurá-lo, mas ele recuou, fora de seu alcance.

— "Prezado Sir Thomas" — ele leu. — "Eu mais uma vez o exorto a reconsiderar sua posição contra o tratado das Nações Unificadas das Três Raças..." — Tanis balançou o papel acusadoramente para sua esposa. — Você estava trabalhando!

— Apenas uma carta para Sir Thomas — protestou Laurana, ruborizando-se cada vez mais. — Ele está vacilando. Está quase pronto para vir para o nosso lado. Achei que, talvez, um empurrão...

— Sem empurrões — Tanis entoou. Ele escondeu a carta nas costas. — Você prometeu. Você me fez prometer! Sem trabalho. Finalmente estamos em casa, depois de um mês na estrada. Este é o nosso tempo... o seu, o meu e o de Gil.

— Eu sei. — Enquanto Laurana abaixava a cabeça, seu cabelo flutuava sobre ela em uma nuvem radiante. — Me desculpe. — Ela se aproximou dele, colocou as mãos em seu peito e alisou o colarinho de sua camisa de brincadeira. — Eu prometo. Não farei isso de novo. — Ela beijou sua bochecha barbada.

Tanis começou a beijá-la, mas, naquele momento, Laurana o contornou, agarrou a carta e arrancou-a de suas mãos. Claro, ele não poderia recusar tal desafio. Ele a agarrou e a carta.

A carta acabou caindo no chão, esquecida. Os dois ficaram perto da janela, aquecidos e confortáveis nos braços um do outro.

— Droga, que tudo vá pelos ares! — Tanis praguejou, esfregando o queixo nos cabelos dourados de sua esposa. — Veja... há um estranho subindo a estrada.

— Oh, não, um convidado! — Laurana suspirou.

— Um cavaleiro, pelos paramentos do cavalo. Teremos que entretê-lo. Eu deveria descer...

— Não, não! — Laurana apertou o marido com mais força. — Se você for, terá a obrigação de convidá-lo a entrar e este cavaleiro se considerará obrigado a ficar. Lá vai o Gil encontrá-lo. Gil pode lidar com ele.

— Tem certeza? — Tanis estava em dúvida. — Ele saberá como agir, o que dizer? O garoto tem apenas dezesseis anos...

— Dê uma chance a ele — Laurana falou, sorrindo.

— Não podemos nos dar ao luxo de insultar os cavaleiros agora, mais do que nunca... — Tanis afastou gentilmente os braços de sua esposa. — Acho melhor eu ir...

— Tarde demais. Ele está indo embora — relatou Laurana.

— Olha, o que eu foi que disse? — Tanis estava sério.

— Ele não parece insultado. Gil está entrando em casa. Ah, Tanis, não podemos deixá-lo pensar que o estamos espionando. Você sabe como ele está sensível hoje em dia. Rápido! Faça alguma coisa!

Laurana sentou-se apressadamente em sua cadeira. Agarrando uma folha de papel, ela começou a escrever furiosamente. Sentindo-se tolo, Tanis atravessou a sala e olhou para um mapa de Ansalon, aberto sobre a mesa.

Ele ficou surpreso e desconcertado ao ver a palavra Qualinesti se destacar.

Apenas lógico, ele supôs. Sempre que olhava para o filho naqueles dias, Tanis era atraído para sua própria infância. E isso trouxe lembranças de Qualinesti, a terra de seu nascimento... seu nascimento humilhante.

Todos esses anos, centenas de anos, e as memórias ainda tinham o poder de machucá-lo. Novamente, ele tinha dezesseis anos e morava na casa do irmão de sua mãe, um órfão, um órfão bastardo.

"Sensível", foi como Laurana descrevera seu filho.

O próprio Tanis era "sensível" naquela idade. Ou melhor, ele era mais como um dispositivo mecânico gnômico infernal, o sangue humano fervendo nele, acumulando vapor que precisava encontrar uma saída ou explodir.

Tanis não se via fisicamente em seu filho. Tanis não era frágil, como seu filho. Tanis era forte, robusto, *muito* forte e robusto para se adequar aos gostos e estilos élficos. Os ombros largos e os braços fortes de Tanis eram um insulto para a maioria dos elfos, uma lembrança constante da linhagem humana. Ele ostentava seu lado humano; podia admitir isso agora. Ele os incitou a afastá-lo, então ficou magoado quando o fizeram.

Era de formas mais sutis que Tanis se via em seu filho. Turbulência interior, sem saber quem ele era ou qual era seu lugar. Embora Gil não tivesse dito nada, os dois raramente conversavam, Tanis imaginou que era assim que Gil estava se sentindo ultimamente. Tanis havia orado para que seu filho fosse poupado de tais dúvidas e questionamentos. Aparentemente, suas orações não foram atendidas.

Gilthas da Casa de Solostaran[2] era filho de Tanis, mas era filho de Laurana... um filho dos elfos. Gilthas recebeu o nome de Gilthanas, irmão de Laurana (cujo destino estranho e trágico nunca foi mencionado em voz alta). Gil era alto, esguio, com estrutura óssea delicada, cabelos louros finos e olhos amendoados. Era apenas um quarto humano, seu pai sendo meio-humano, e mesmo tal sangue forasteiro fora diluído ainda mais, ao que parecia, pela linhagem ininterrupta de ancestrais élficos reais legados a ele de ambos os lados.

Tanis esperava, para a paz de espírito do próprio filho, que o menino crescesse como um elfo, que o sangue humano nele fosse fraco demais para incomodá-lo. Ele viu essa esperança diminuir. Aos dezesseis anos, Gil não era a criança élfica típica, dócil e respeitosa. Era mal-humorado, irritável, rebelde.

[2] Habitualmente, entre os elfos, um filho assume o nome da casa de seu pai. Mas já que Tanis Meio-Elfo veio de um nascimento ilegítimo e uma linhagem questionável, seu filho Gilthas recebeu o nome da casa do pai da sua mãe, que é Solostaran.

E Tanis, lembrando-se de como ele próprio fugira, mantinha um aperto extra nas rédeas que mantinham seu filho sob controle.

Olhando fixamente para o mapa, Tanis fingiu não notar quando Gil entrou na sala. Ele não olhou para cima, porque sabia o que veria. Ele se veria parado ali. E porque se conhecia, sabia o que tinha sido, temia ver essa semelhança em seu filho.

E porque o temia, não podia falar disso, não podia admitir.

Assim, continuou em silêncio. Ele manteve a cabeça baixa, olhou para o mapa, em um lugar marcado Qualinesti.

Gilthas soube quando entrou na sala que seus pais o estavam observando da janela. Soube disso pelo leve rubor de timidez no rosto de sua mãe, pelo fato de seu pai estar interessado intensamente em um mapa que o próprio Tanis classificara como antiquado... Pelo fato de nenhum dos dois erguer os olhos para ele.

Gil nada disse, esperou que seus pais se entregassem. Por fim, sua mãe ergueu os olhos e sorriu para ele.

— Com quem você estava falando lá fora, *mapete*? — Laurana perguntou.

O nó doloroso e familiar de irritação apertou o estômago de Gil. *Mapete*! Um termo élfico de carinho, usado para uma criança!

Ao não receber uma resposta, Laurana pareceu ainda mais constrangida e percebeu que cometera um erro.

— Hum... Você estava falando com alguém lá fora? Eu ouvi os cachorros latindo...

— Foi um cavaleiro, Sir Alguma-coisa — respondeu Gil. — Não consigo lembrar o nome dele. Ele disse...

Laurana largou a pena. Seus modos eram calmos, assim como sua voz.

— Você o convidou para entrar?

— Claro que sim — Tanis disse rapidamente. — Gil sabe que não deve tratar um Cavaleiro de Solamnia com descortesia. Onde ele está, filho?

*Admita. Você observou o cavaleiro partir,* Gil disse a eles silenciosamente. *Você me considera um completo idiota?*

— Pai, por favor! — Gil estava perdendo o controle. — Deixe-me terminar o que eu estava dizendo. Claro, convidei o cavaleiro a entrar. Não sou um pateta. Conheço as formas adequadas de etiqueta. Ele disse que não podia ficar. Estava a caminho da sua casa. Ele passou para entregar isso a você e a mamãe.

Gil estendeu um estojo de pergaminho.

— É de Caramon Majere. O cavaleiro foi um hóspede na Hospedaria do Lar Derradeiro. Quando Caramon descobriu que Sir William vinha nesta direção, pediu para que trouxesse esta mensagem.

Friamente, Gil entregou o pergaminho ao pai.

Tanis lançou um olhar preocupado ao filho, depois olhou para Laurana, que deu de ombros e sorriu pacientemente, como se dissesse: "nós o magoamos. De novo".

Gil estava sendo "sensível", como diria sua mãe. Bem, ele tinha o direito de ser "sensível".

Uma criança frágil e doente, cujo nascimento foi muito desejado e demorado, Gil teve problemas de saúde a maior parte de sua vida. Quando ele tinha seis anos, quase morreu. Depois disso, seus pais ansiosos e amorosos o mantiveram "envolto em seda", como dizia o ditado. Em um casulo.

Ele superara suas doenças, mas agora sofria de dores de cabeça fortes e debilitantes. Estas começavam com clarões de luz diante de seus olhos e terminavam em uma agonia terrível, muitas vezes levando-o a um estado de quase inconsciência. Nada poderia ser feito para a doença; os clérigos de Mishakal tentaram e falharam.

Tanis e Laurana ficavam longe de casa a maior parte do tempo, ambos trabalhando duro para preservar os fios tênues das alianças que mantinham as várias raças e nações unidas após a Guerra da Lança.

Muito fraco para viajar, Gil foi deixado aos cuidados de uma governanta amorosa, que o adorava apenas um pouco mais do que seus pais. Para todos eles, Gil ainda era aquele garotinho frágil que quase ardera de febre até o fim.

Devido à sua doença, Gil não tinha permissão para brincar com outras crianças, supondo que houvesse outras crianças morando perto, o que não havia. Tanis Meio-Elfo gostava de sua privacidade, tinha deliberadamente construído sua casa longe de seus vizinhos. Muitas vezes sozinho, entregue a seus próprios pensamentos, Gil desenvolveu muitas fantasias estranhas. Uma delas era que suas dores de cabeça eram causadas pelo sangue humano em suas veias. Ele teve a impressão apavorante, provocada pela dor horrível, que, se pudesse abrir suas veias e drenar esse sangue estranho, a dor acabaria. Nunca falou dessas fantasias com ninguém.

Laurana não tinha vergonha de ter se casado com um meio-humano. Ela frequentemente provocava Tanis sobre a barba que usava, uma barba que nenhum elfo poderia deixar crescer. Tanis não tinha vergonha de ser meio-humano.

Seu filho tinha.

Gil sonhava com a pátria dos elfos que nunca tinha visto, que provavelmente nunca veria. As árvores de Qualinesti eram mais reais para ele do que as árvores do jardim de seu pai. Gil não conseguia entender por que seus pais raramente visitavam Qualinesti, por que nunca o levavam quando o faziam. Mas ele sabia (ou acreditava saber) que essa alienação era culpa de seu pai. E, assim, o jovem passou a se ressentir de Tanis com uma paixão que às vezes o assustava.

— Não há nada de meu pai em mim! — Gil dizia a si mesmo de forma tranquilizadora todos os dias, enquanto se olhava ansiosamente no espelho, com medo de que pelos humanos inestéticos pudessem começar a brotar em seu queixo.

— Nada! — repetia com satisfação, examinando sua pele clara e macia.

Nada, exceto o sangue. Sangue humano.

E porque Gil o temia, não podia falar disso, não podia admitir.

E assim, continuou em silêncio.

O silêncio entre pai e filho foi construído tijolo por tijolo ao longo dos anos. Agora, era uma parede difícil de escalar.

— Bem, você não vai ler a carta, pai? — Gil demandou.

Tanis franziu a testa, não gostando do tom insolente do filho.

Gil esperou que o pai o repreendesse. O jovem não sabia ao certo por quê, mas queria incitar o pai a perder a paciência. Coisas seriam ditas... coisas que precisavam ser ditas...

Mas Tanis exibiu o sorriso paciente que aprendera a usar perto do filho e tirou o pergaminho do estojo.

Gil virou as costas. Caminhando até a janela, ele olhou sem ver o jardim exuberante e elaborado abaixo. Ele estava meio decidido a sair da sala, mas queria ouvir o que Caramon Majere tinha a dizer.

Gil não queria nada com a maioria dos humanos que conheceu, aqueles que vinham visitar seus pais. Ele os considerava barulhentos, desajeitados e idiotas. Mas Gil gostava do grande e jovial Caramon, gostava do seu sorriso largo e generoso, da sua risada barulhenta. Gil gostava de ouvir sobre os filhos de Caramon, particularmente as façanhas dos dois mais velhos, Sturm e Tanin, que viajaram por grande parte de Ansalon em busca de aventura. Agora, eles estavam tentando se tornar os primeiros homens nascidos fora de Solamnia a ingressar na cavalaria.

Gil nunca conhecera os filhos de Caramon. Alguns anos atrás, depois de voltar de uma missão secreta com Tanis, Caramon se ofereceu para levar Gil para visitar a hospedaria. Tanis e Laurana se recusaram a sequer considerar isso. Gil ficara tão furioso que passara uma semana resmungando pelo quarto.

Tanis desenrolou o pergaminho e o examinou rapidamente.

— Espero que esteja tudo bem com Caramon — disse Laurana. Ela parecia ansiosa. Ela não voltara a escrever, mas estava observando o rosto de Tanis enquanto ele lia a mensagem.

Gil se virou. Tanis parecia preocupado, mas quando terminou, sorriu. Então, ele balançou a cabeça e suspirou.

— O filho mais novo de Caramon, Palin, acaba de fazer e passar no Teste da Torre da Alta Magia. Ele é um mago dos Mantos Brancos agora.

— Paladine nos proteja! — Laurana exclamou espantada. — Eu sabia que o jovem estava estudando magia, mas nunca pensei que estivesse falando sério. Caramon sempre disse que era uma fantasia passageira.

— Ele sempre esperou que fosse uma fantasia passageira — Tanis emendou.

— Estou surpreso que Caramon tenha permitido.

— Não permitiu. — Tanis entregou a ela o pergaminho. — Como você vai ler, Dalamar tirou o assunto das mãos de Caramon.

— Por que ele não deixou Palin fazer o Teste? — Gil perguntou.

— Porque, para começar, o Teste pode ser fatal — Tanis disse secamente.

— Mas Caramon planeja deixar seus outros filhos fazerem o teste da cavalaria — Gil argumentou. — Isso também pode ser bastante fatal.

— A cavalaria é diferente, filho. Caramon entende a batalha com espada e escudo. Ele não entende a batalha com pétalas de rosa e teias de aranha.

— E então, é claro, havia Raistlin — acrescentou Laurana, como se isso concluísse o assunto.

— O que o tio dele tem a ver com isso? — Gil exigiu, embora soubesse perfeitamente o que sua mãe queria dizer. Ele estava com vontade de discutir atualmente.

— É natural para Caramon temer que Palin trilhasse o mesmo caminho sombrio que Raistlin tomou. Embora isso pareça pouco provável agora.

*E que caminho vocês temem que eu tome, mãe, pai?* Gil queria gritar com eles. *Algum caminho? Escuro ou claro? Algum caminho que me leve para longe deste lugar? Um dia, mãe... Um dia, pai...*

— Posso ler? — Gil perguntou de forma petulante.

Sem dizer nada, sua mãe entregou o pergaminho. Gil leu devagar. Ele podia ler a escrita humana tão facilmente quanto a dos elfos, mas teve alguns problemas para decifrar os rabiscos gigantescos, redondos e animados de Caramon.

— Caramon diz aqui que cometeu um erro. Diz que deveria ter respeitado a decisão de Palin de estudar magia em vez de tentar forçá-lo a ser algo que não é. Caramon diz que está orgulhoso de Palin por ter passado no Teste.

— Caramon diz isso agora — Tanis respondeu. — Ele teria dito algo muito diferente se seu filho tivesse morrido na torre.

— Pelo menos ele deu uma chance, o que é mais do que você me dará — Gil retrucou. — Você me mantém trancado como uma espécie de pássaro premiado...

O rosto de Tanis ficou sombrio.

Laurana interveio apressadamente.

— Vamos, Gil, por favor, não comece. É quase hora do jantar. Se você e seu pai se lavarem, direi à cozinheira que estamos...

— Não, mãe, não mude de assunto! Não vai funcionar desta vez! — Gil segurou o pergaminho com força, tirando segurança dele. — Palin não é muito mais velho do que eu. E, agora, ele está viajando com seus irmãos. Está vendo coisas, fazendo coisas! Nunca estive mais longe de casa do que na cerca!

— Não é a mesma coisa, Gil, e você sabe disso — Tanis disse baixinho. — Palin é humano...

— Sou *parte* humano — Gil respondeu com uma acusação amarga.

Laurana empalideceu, baixou os olhos. Tanis ficou em silêncio por um momento, seus lábios, sob a barba, comprimidos. Quando falou, foi no tom irritantemente calmo que levou Gil à distração.

— Sim, você e Palin têm quase a mesma idade, mas as crianças humanas amadurecem mais rápido do que as crianças élficas...

— Eu não sou uma criança! — O nó dentro de Gil se retorceu até que ele temesse que o viraria do avesso.

— E você sabe, *mapete*, que com suas dores de cabeça viajar seria... — começou Laurana.

O nó se rompeu.

— Pare de me chamar assim! — Gil gritou com ela.

Os olhos de Laurana se arregalaram de dor e surpresa. Gil estava arrependido. Ele não tinha a intenção de magoá-la, mas também sentiu uma certa satisfação.

— Você me chama desse nome desde que eu era um bebê — ele continuou em voz baixa.

— Sim, ela chama. — O rosto de Tanis, sob a barba, estava sombrio de raiva. — Porque ela te ama. Peça desculpas à sua mãe!

— Não, Tanis — Laurana interveio. — Eu que devo desculpas a Gil. Ele está certo. — Ela sorriu levemente. — É um nome bobo para um jovem mais alto do que eu. Sinto muito, meu filho. Não farei isso de novo.

Gil não esperava essa vitória. Não sabia muito bem como lidar com isso. Ele decidiu seguir em frente, aproveitar a vantagem contra um adversário enfraquecido.

— E não tenho dor de cabeça há meses. Talvez eu tenha me livrado delas.

— Mas você não sabe disso, filho. — Tanis estava se esforçando para se controlar. — O que aconteceria se você adoecesse enquanto estivesse na estrada, longe de casa?

— Então, eu teria que lidar com isso — Gil retorquiu. — Ouvi você contar sobre as vezes em que Raistlin Majere estava tão doente que seu irmão teve que carregá-lo. Mas isso nunca impediu Raistlin. Ele foi um grande herói!

Tanis começou a dizer algo. Laurana lançou um olhar de advertência e ele ficou calado.

— E aonde você quer ir, filho? — ela perguntou.

Gil hesitou. O momento chegara. Ele não esperava que o assunto viesse à tona dessa maneira, mas aconteceu e ele sabia que deveria tirar proveito.

— Minha terra natal. Qualinesti.

— Fora de questão.

— Por quê, pai? Me dê um bom motivo!

— Eu poderia te dar uma dúzia, mas duvido que você os entenderia. Para começar, Qualinesti não é sua terra...

— Tanis, por favor! — Laurana voltou-se para Gil. — O que colocou essa ideia na sua cabeça, *mapet*... filho?

— Recebi um convite, um convite muito bonito, muito apropriado e adequado à minha posição como um *príncipe élfico*. — Gil enfatizou as palavras.

Sua mãe e seu pai trocaram olhares alarmados.

Gil os ignorou e continuou.

— O convite é de um dos senadores do Thalas-Enthia. O povo está fazendo algum tipo de festa para dar as boas-vindas ao tio Porthios de Silvanesti e esse senador acha que eu deveria estar presente. Ele diz que minha ausência em ocasiões formais como esta foi notada. As pessoas estão começando a dizer que tenho vergonha de minha herança élfica.

— Como ousam fazer isso? — Tanis falou com fúria mal disfarçada. — Como ousam interferir? Quem é esse senador? Esse intrometido. Eu vou...

— Tanthalas, me escute. — Laurana o chamava pelo nome élfico completo apenas quando o assunto era sério. — Há mais do que isso, eu temo. — Ela se aproximou dele; eles falaram juntos em voz baixa.

Sussurrando. Sempre os sussurros. Gil tentou dar a impressão de não ter o menor interesse no que diziam, embora ouvisse com atenção. Ele captou as palavras "político" e "agir com cautela", mas nada mais.

— Isso tem a ver comigo, você sabe, pai — Gil declarou abruptamente. *Você* não foi convidado.

— Não fale comigo nesse tom, rapaz!

— Gil, querido, isso é um assunto muito sério — Laurana falou, usando um tom tranquilizador para o filho, pousando a mão reconfortante no braço do marido. — Quando você recebeu este convite?

— Um ou dois dias atrás, quando vocês dois estavam em Palanthas. Se estivessem em casa, saberiam disso.

Mais uma vez, os dois se olharam.

— Queria que você tivesse nos contado antes. Que resposta você enviou? Sua mãe estava claramente nervosa, com as mãos entrelaçadas. Seu pai estava furioso, mas Tanis se manteve em silêncio. Estava sendo forçado a ficar calado.

Pela primeira vez na vida, Gil se viu no controle, de repente. Foi uma sensação boa que aliviou o nó apertado em seu estômago.

— Não enviei minha resposta — ele disse friamente. — Sei que isso é político. Sei que isso é sério. Esperei para conversar sobre o assunto com vocês dois.

Ele teve a satisfação de ver os pais envergonhados. Mais uma vez, eles o subestimaram.

— Você fez bem, filho. Sinto muito por termos o julgado mal. — Tanis suspirou e coçou o queixo barbudo em frustração. — Mais do que isso, sinto muito por você ter sido arrastado para isso. Mas acho que deveria ter esperado.

— Nós dois deveríamos — acrescentou Laurana. — Devíamos ter preparado você, Gil.

Sua voz caiu. Ela estava falando com Tanis novamente.

— É que eu nunca pensei... afinal, ele é parte humano. Não imaginei que eles iriam...

— Claro que iriam. Para mim, é óbvio para o que estão procurando...

— O que? — Gil exigiu em voz alta. — O que estão procurando?

Tanis não pareceu ouvi-lo, pois continuou a falar com Laurana.

— Eu esperava que ele fosse poupado disso, que não tivesse que passar pelo que você e eu passamos. E se eu puder fazer algo, ele não vai.

Ele se virou para Gil.

— Traga-nos o convite, filho. Sua mãe vai preparar a recusa adequada.

— E é isso — Gil disse, olhando de um para o outro. — Vocês não vão me deixar ir.

— Filho, você não entende... — Tanis começou, seu temperamento começando a esquentar.

— Você está certo, eu não entendo! Eu... — Gil fez uma pausa.

Claro. Era tudo tão simples, na verdade. Mas ele tinha que ser cuidadoso. Não deveria se entregar.

Ele parou de falar no meio da frase... um movimento estúpido. Eles podem suspeitar. Como disfarçar?

Diplomacia, aprendida com a mãe.

— Desculpe-me por ter gritado, pai — Gil falou, arrependido. — Eu sei que você apenas está pensando no melhor para mim. Foi uma tolice minha querer ir... visitar a terra natal de minha mãe.

— Algum dia, filho — disse Tanis, coçando a barba. — Quando você for mais velho...

— Com certeza, pai. Agora, se me derem licença, tenho meus estudos. — Virando-se, Gil saiu da sala com dignidade. Ele fechou a porta atrás de si.

Parando do lado de fora da porta, ele escutou.

— Sabíamos que isso ia acontecer — sua mãe estava dizendo. — É justo que ele queira ir.

— Sim, e como ele se sentirá quando vir os olhares cheios de ódio, os lábios curvados, os insultos sutis...

— Talvez isso não aconteça, Tanis. Os elfos mudaram.

— Mudaram, querida? — Tanis perguntou tristemente. — Mudaram mesmo?

Laurana não respondeu, pelo menos não de forma que Gil pudesse ouvir.

Ele vacilou em sua decisão. Afinal, estavam apenas tentando protegê-lo.

Protegê-lo! Sim, assim como Caramon tentou proteger Palin. Ele fez o Teste e passou. Ele provou seu valor... Tanto para seu pai quanto para si mesmo.

Com a determinação reforçada, Gil correu pelo corredor, subiu as escadas para seu quarto de dois degraus de cada vez. Uma vez lá dentro, fechou e trancou a porta. Ele manteve o convite escondido em uma caixa de filigrana dourada. Lendo novamente o convite, Gil vasculhou as linhas até encontrar o que procurava.

*Ficarei no Cisne Negro, uma hospedaria que fica a cerca de um dia de viagem da casa de seus pais. Se quiser me encontrar lá, podemos viajar juntos para Qualinesti. Permita-me assegurar, príncipe Gilthas, que ficaria honrado com sua companhia e muito satisfeito em apresentá-lo aos mais altos níveis da sociedade élfica.*

*Seu servo, Rashas da Casa de Aronthulas.*

O nome do homem não significava nada para Gil, não era importante de qualquer forma. Ele soltou o convite e olhou pela janela, para a estrada que levava ao sul.

Para o Cisne Negro.

# 4

Envolto em sua capa, Tanis Meio-Elfo estava deitado no chão duro e frio. Ele estava dormindo profunda e pacificamente. Mas a mão de Caramon estava em seu ombro, sacudindo-o. *Tanis, precisamos de você! Tanis, acorde!*

*Vá embora*, Tanis disse a ele, rolando, curvando-se em uma bola. *Não quero acordar. Estou cansado disso tudo, muito cansado. Por que não pode me deixar em paz? Deixe-me dormir...*

— Tanis!

Ele acordou sobressaltado. Dormiu mais do que o normal, mais do que pretendia. Mas seu sono não foi reparador, deixando-o com os membros pesados e o cérebro confuso. Ele piscou. Olhando para cima, ele meio que esperava ver Caramon.

Viu Laurana.

— Gil se foi — disse ela.

Tanis lutou para se livrar do sonho, do peso.

— Se foi? — ele repetiu estupidamente. — Para onde?

— Não tenho certeza, mas acho... — A voz dela falhou. Sem dizer nada, ela estendeu a Tanis um papel folheado a ouro.

Esfregando os olhos, Tanis impulsionou-se para uma posição sentada. Laurana deslizou para a cama ao lado dele e colocou o braço em volta de seu ombro. Ele leu o convite.

— Onde você achou isso?

— No... No quarto dele. Eu não queria bisbilhotar. Foi só que... Ele não desceu para o café da manhã. Achei que poderia estar doente. Fui verificar. — Sua cabeça caiu e as lágrimas escorreram por suas bochechas. — A cama dele não estava desarrumada. Suas roupas sumiram. E isso... isso... estava no chão... perto da janela...

Ela desabou. Depois de um momento de luta silenciosa, recuperou o controle de si mesma.

— Fui ao estábulo. Seu cavalo também sumiu. O cavalariço não ouviu, nem viu nada...

— O velho Hastings é surdo como um poste. Ele não teria ouvido o Cataclismo. Caramon tentou me avisar que isso aconteceria. Eu não ouvi. — Tanis suspirou. Subconscientemente, ele escutara. Era isso que o sonho significava.

Deixe-me dormir...

— Tudo vai ficar bem, querida — Tanis disse alegremente. Beijando sua esposa, ele a abraçou. — Gil deixou isso para trás, sabendo que iríamos encontrá-lo. Ele quer que vamos atrás dele. Quer ser impedido. Este é o seu grito da independência, só isso. Vou encontrá-lo no Cisne Negro... Exausto, mas orgulhoso demais para admitir, fingindo que vai continuar cavalgando, esperando secretamente que eu o convença.

— Você não vai repreendê-lo... — Laurana perguntou ansiosa.

— Não, claro que não. Teremos uma conversa de homem para homem. Já era hora. Talvez ele e eu passemos a noite fora de casa e voltemos juntos pela manhã.

Tanis gostou da ideia. Agora que pensou nisso, ele nunca passara o dia sozinho com seu filho. Eles conversariam, de verdade. Tanis deixaria Gil saber que seu pai entendia.

— Isso pode realmente ser bom para o garoto, minha querida. — Tanis estava acordado, fora da cama e se vestindo para viajar.

— Talvez eu devesse ir também...

— Não, Laurana — Tanis falou com firmeza. — Isso é entre Gil e eu. — Ele fez uma pausa em seus preparativos. — Você realmente não entende por que ele fez isso, não é?

— Nenhum jovem élfico faria uma coisa dessas — disse Laurana suavemente, as lágrimas brilhando em seus olhos.

Tanis se abaixou e beijou seu cabelo lustroso. Ele se lembrou de um jovem meio-elfo que fugira do seu povo, de sua casa, um jovem meio-elfo que fugira dela. Imaginou que ela devia estar se lembrando do mesmo.

O desejo pela mudança... a maldição humana.

Ou a bênção.

— Não se preocupe — disse. — Vou trazê-lo de volta em segurança.

— Se ao menos ele entendesse! Nós sacrificaríamos qualquer coisa por ele...

Laurana continuou falando, mas Tanis não estava ouvindo, não ela. Estava ouvindo a voz de outra mulher, outra mãe.

*O que você sacrificaria por seu próprio filho... Sua riqueza? Sua honra? Sua própria vida?* Estas foram as palavras de Sara... Sara, a mãe de criação de Aço Brightblade.

Gelado, com medo, Tanis lembrou-se da visão. Fazia anos que não pensava nisso, tinha tirado isso da cabeça. Mais uma vez ele estava na fortaleza maligna de Lorde Ariakan, Cavaleiro de Takhisis. Nuvens escuras se separaram; a luz prateada de Solinari brilhou, dando a Tanis um vislumbre rápido da ameaça e do perigo, girando em torno de seu filho frágil como a chuva torrencial. E, então, Solinari foi engolida por nuvens escuras. A visão se foi. E ele a esquecera.

Até agora.

— O que aconteceu? — Laurana o encarava assustada.

Como ela o conhecia bem! Bem demais...

— Nada — ele respondeu, forçando um sorriso tranquilizador. — Tive um pesadelo ontem à noite, só isso. Acho que ainda está me afetando. Sobre a guerra. Sabe.

Laurana sabia. Ela também tinha esses sonhos. E sabia que ele não estava dizendo a verdade, não porque não a amasse, não confiasse nela ou a respeitasse, mas simplesmente porque não podia. Ele aprendera desde cedo a manter seus tormentos, mágoas e medos bem escondidos. Entregar qualquer fraqueza daria a alguém vantagem sobre ele. Ela não podia culpá-lo. Ela viu como ele foi criado. Um meio-humano na sociedade élfica, ele foi autorizado a viver em Qualinesti por caridade e piedade. Mas nunca foi aceito. Os elfos sempre o deixaram saber que ele era, e sempre seria, um forasteiro.

— E esse Rashas? — ela perguntou, mudando de assunto com muito tato.

— Vou lidar com Rashas — Tanis falou seriamente. — Eu deveria imaginar que ele estaria por trás disso. Sempre tramando. Eu me pergunto por que Porthios o tolera.

“Porthios tem outras preocupações, minha querida. Mas, agora que Silvanesti está livre do sonho de Lorac, Porthios pode finalmente voltar para casa e lidar com os problemas em sua própria terra.”

O sonho de Lorac. Lorac fora um rei élfico, governante de Silvanesti antes da Guerra da Lança. Com medo de que sua terra estivesse prestes a ser vítima dos exércitos invasores da Rainha das Trevas, Lorac tentou usar um dos poderosos orbes mágicos do dragão para salvar seu povo, sua terra. Em vez disso, tragicamente, Lorac foi vítima do orbe. O dragão maligno Ciano Ruína Sangrenta assumiu Silvanesti, sussurrou sonhos sombrios nos ouvidos de Lorac.

Os sonhos se tornaram realidade. Silvanesti era uma terra assombrada e devastada, repleta de criaturas malignas que eram reais e, ao mesmo tempo, produto da visão distorcida do medo de Lorac.

Mesmo após a morte de Lorac e a derrota da Rainha das Trevas, Silvanesti não havia se libertado completamente da escuridão. Por muitos anos, os elfos lutaram contra os remanescentes do sonho, contra as criaturas sombrias e malignas que ainda vagavam pela terra. Só agora, eles finalmente os derrotaram.

Tanis pensou na história de Lorac, pensou sombriamente que ela tinha relevância nos dias de hoje. Mais uma vez, alguns dos elfos estavam agindo irracionalmente, por medo. Alguns dos elfos velhos obstinados como o senador Rashas...

— Pelo menos agora, Porthios tem algo para distraí-lo dos seus problemas... agora que Alhana está grávida — disse Tanis, tentando apresentar uma fachada alegre, mesmo enquanto começava a amarrar sua armadura de couro.

Laurana olhou para a armadura, que ele nunca usava a menos que esperasse problemas. Ela mordeu o lábio, mas não disse nada. Apenas continuou a conversa, seguiu seu exemplo.

— Sei que Alhana está satisfeita. Ela queria um filho há tanto tempo. E acho que Porthios também está satisfeito, embora tente agir como se a paternidade não fosse nada especial. Apenas cumprindo seu dever para com o povo. Eu vejo um calor entre eles que faltava todos esses anos. Realmente acredito que eles estão começando a se importar um com o outro.

— Já era hora — Tanis murmurou. Ele nunca gostou muito do cunhado. Amarrando sua capa de viagem nos ombros, ele pegou uma mochila e se inclinou para beijar a bochecha de sua esposa. — Adeus, amor. Não se preocupe se não voltarmos imediatamente.

— Ah, Tanis! — Laurana olhou para ele com curiosidade.

— Não tenha medo. O menino e eu precisamos conversar. Entendo agora. Deveria ter feito isso há muito tempo, mas eu esperava... — Ele parou e disse: — Vou mandar uma mensagem.

Afivelando a espada, ele a beijou novamente e partiu.

Foi fácil encontrar a trilha do seu filho. As chuvas da primavera inundaram Solanthus por um mês; o chão estava enlameado, as pegadas do cavalo profundas e claras. A única outra pessoa que percorrera esta estrada recentemente foi Sir William, entregando a mensagem de Caramon, e o cavaleiro cavalgara na direção oposta, em direção a Solamnia, enquanto o Cisne Negro estava localizado na estrada que levava ao sul, para Qualinesti.

Tanis cavalgou em um ritmo relaxado. O sol da manhã era uma fenda de fogo no céu e o orvalho reluzia na grama. A noite fora clara, fria o suficiente para fazer uma capa parecer boa, mas não fria.

— Gil deve ter gostado da cavalgada — Tanis disse para si mesmo. Lembrou-se, com um prazer culpado, de outro jovem e de outra viagem à meia-noite. — Eu não tinha cavalo quando parti. Caminhei de Qualinesti a Consolação em busca de Flint. Eu não tinha dinheiro, nem cuidado, nem juízo. É um milagre que eu tenha sobrevivido.

Tanis riu tristemente e balançou a cabeça.

— Mas eu era pobre o suficiente para que nenhum ladrão olhasse duas vezes para mim. Não tinha dinheiro para dormir em uma hospedaria, então fiquei longe das brigas. Passei as noites caminhando sob as estrelas, sentindo que finalmente podia respirar profundamente.

— Ah, Gil. — Tanis suspirou. — Fiz exatamente o que prometi a mim mesmo centenas de vezes que jamais faria. Eu te amarrei e te prendi. As correntes eram de seda, forjadas pelo amor, mas ainda eram correntes. No entanto, como eu poderia fazer o contrário? Você é tão precioso para mim, meu filho! Eu te amo tanto. Se alguma coisa acontecesse...

— Pare com isso, Tanis! — ele se repreendeu severamente. — Você está apenas tomando problemas emprestados e sabe quanto os juros dessa dívida podem custar. Está um lindo dia. Gil terá uma boa cavalgada. E vamos conversar hoje à noite, conversar de verdade. Ou seja, você vai falar, filho. Eu vou escutar. Eu prometo.

Tanis continuou a seguir as pegadas do cavalo. Ele viu onde Gil permitira que o animal avançasse, viu sinais de um galope desembestado, tanto o cavalo quanto o cavaleiro tontos com a liberdade. Mas, então, o jovem acalmou o cavalo, avançou em um passo sensato, para não cansar o animal.

— Bom para você, garoto — Tanis observou com orgulho.

Para distrair sua mente da preocupação, ele começou a pensar no que diria a Rashas do Thalas-Enthia. Tanis conhecia bem o elfo. Com quase a mesma idade de Porthios, Rashas era apaixonado pelo poder, não gostava de nada além de intrigas políticas. Ele fora o elfo mais jovem a se sentar no senado. Dizia-se que ele perseguiu seu pai até que o elfo mais velho finalmente desabasse sob a pressão e cedesse seu lugar para seu filho. Durante a Guerra da Lança, Rashas tinha sido uma pedra no sapato de Solostaran, Orador do Sol. O sucessor de Solostaran, Porthios, agora estava tendo que lidar com esse ser irritante.

Rashas defendia persistentemente o isolamento dos elfos do resto do mundo. Ele não escondia o fato de que, em sua opinião, o Rei-Sacerdote de Istar estava certo ao oferecer recompensas por anões e kender. Rashas teria feito uma mudança, no entanto: teria acrescentado humanos à lista.

O que tornava tudo isso completamente inexplicável. Por que essa velha aranha cautelosa estava tentando atrair Gilthas, de todas as pessoas, um quarto-humano, para sua teia?

— De qualquer forma — Tanis murmurou em sua barba — isso vai me dar uma chance de acertar minhas contas com você, Rashas, velho amigo de infância. Lembro-me de cada um de seus comentários sarcásticos, os insultos sussurrados, as pequenas pegadinhas cruéis. As surras que levei de você e sua gangue de valentões. Eu não tinha permissão para bater em você, mas, por Paladine, ninguém vai me impedir agora!

A deliciosa expectativa de acertar o punho no queixo pontudo de Rashas manteve Tanis entretido durante a maior parte da manhã. Ele não tinha ideia do que Rashas queria com seu filho, mas imaginou que não poderia ser nada bom.

— É uma pena que eu não tenha contado a Gil sobre Rashas — Tanis refletiu. — Pena que nunca contei muita coisa para ele sobre minha infância no Qualinesti. Talvez tenha sido um erro mantê-lo longe de lá. Se não tivéssemos, ele conheceria Rashas e seu tipo de gente. Não teria caído em nenhum esquema inteligente do senador. Mas eu queria te proteger, Gil. Não queria que você sofresse o que eu sofri. Eu...

Tanis parou o cavalo e virou o animal.

— Malditos do Abismo. — Ele olhou para a estrada de terra, o pavor frio apertando seu coração.

Desceu do cavalo para ver melhor. A lama, agora lentamente endurecendo sob o sol brilhante, contava a história com muita clareza. Havia apenas uma criatura em toda a Krynn que deixava rastros como este: três garras dianteiras que cavaram fundo no chão, uma garra traseira e a sinuosa marca retorcida de uma cauda reptiliana.

— Draconianos... quatro deles.

Tanis examinou as pegadas. Seu cavalo, farejando, recuou com desgosto.

Pegando o animal, Tanis segurou sua cabeça perto dos trilhos até que ele se acostumasse com o cheiro. Montando novamente, ele seguiu a trilha. Pode ser coincidência, disse a si mesmo. Os draconianos poderiam simplesmente estar viajando na mesma direção que Gil.

Mas Tanis se convenceu, depois de mais um quilômetro, de que as criaturas estavam perseguindo seu filho.

A certa altura, Gil desviou seu cavalo da trilha e conduziu o animal por um barranco até um pequeno riacho. Nesse momento, os draconianos também deixaram a trilha. Rastreando tenazmente as pegadas do cavalo até o riacho, os draconianos seguiram o cavalo ao longo da margem da água, seguindo as marcas dos cascos até a estrada.

Além disso, Tanis viu sinais de que os draconianos estavam tomando cuidado para se manter fora de vista. Em vários pontos, as pegadas de garras saíam da trilha e buscavam a segurança do mato.

Essa estrada não era particularmente bem percorrida, mas os fazendeiros a usavam, assim como o ocasional cavaleiro aventureiro. Se tais draconianos fossem invasores comuns, vivendo da terra, eles não hesitariam em atacar um fazendeiro solitário, roubar sua carroça e cavalos. Esses draconianos estavam se escondendo daqueles que passavam pela estrada; eles obviamente estavam em uma missão.

Mas qual conexão os draconianos podem ter com Rashas? O elfo tinha seus defeitos, certamente, mas conspirar com criaturas das trevas não era um deles.

Temeroso, alarmado, Tanis esporeou seu cavalo. Os rastros tinham horas, mas ele não estava longe do Cisne Negro. A hospedaria estava localizada na cidade razoavelmente importante de Campo Belo. Quatro draconianos nunca ousariam se aventurar em uma área populosa. Qualquer que fosse sua intenção, teriam que atacar antes que Gil chegasse à hospedaria.

O que significava que Tanis poderia muito bem ter chegado tarde demais.

Ele cavalgou ao longo da trilha, viajando em um ritmo moderado, mantendo os olhos nas pegadas, tanto as das garras quanto as feitas pelo cavalo de Gil. O jovem obviamente não fazia ideia de que estava sendo seguido. Ele estava cavalgando em um passeio tranquilo, apreciando a paisagem, deleitando-se com sua liberdade recém-descoberta. Os draconianos nunca se desviaram de seu curso.

E, então, Tanis sabia onde eles iriam atacar.

A alguns quilômetros de Campo Belo, a estrada entrava em uma área densamente arborizada. Os carvalhos e nogueiras cresciam densos, seus galhos emaranhados ramificando-se ao longo da trilha, bloqueando a luz do sol, mantendo a estrada na sombra profunda. Nos dias após o Cataclismo, a floresta tinha a reputação de ser um refúgio para bandidos e, até hoje, era conhecida não oficialmente como Acres dos Ladrões. Cavernas se espalhavam pelas encostas, fornecendo esconderijos onde os homens podiam se esconder e se gabar de seus saques. Era o local perfeito para uma emboscada.

Enjoado de medo, Tanis parou de rastrear e incitou seu cavalo a galopar. Ele quase atropelou um fazendeiro assustado, que gritou com ele, imaginando qual era o problema. Tanis não perdeu tempo se preocupando em responder. A floresta estava à vista, uma longa faixa verde-escura contornando a estrada à sua frente.

As sombras das árvores se fecharam sobre ele; o dia se transformou em crepúsculo em um piscar de olhos. A temperatura caiu visivelmente. Aqui e ali, manchas de luz do sol filtradas pelos galhos das árvores. Comparada com a escuridão ao seu redor, a luz era quase ofuscante em sua intensidade. Mas logo esses poucos vislumbres do sol foram perdidos. As árvores se fecharam.

Tanis diminuiu a velocidade de seu cavalo. Embora lamentasse o tempo perdido, não ousava perder qualquer história que o solo tivesse a lhe contar.

Cedo demais, ele leu o final da história.

Ele não poderia ter perdido, não importa o quão rápido ele estivesse cavalgando. A estrada de terra foi agitada e cortada de tal forma que Tanis achou impossível decifrar o que exatamente havia acontecido. Os cascos do cavalo foram obliterados por garras draconianas; aqui e ali ele pensou ter visto a impressão de um pé elfo esbelto. Adicione a isso um conjunto estranho de pegadas de garras. Estes pareciam vagamente familiares, mas ele não conseguiu identificá-los imediatamente.

Desmontou, vasculhou a área e obrigou-se a ser paciente, a não perder o menor detalhe. O que descobriu não trouxe conforto, apenas aumentou o medo. Do ponto além da lama revolvida, nenhum rastro seguia adiante na estrada.

Gil chegara até aqui, e não além.

*Mas, em nome de tudo que é sagrado, o que aconteceu com ele?*

Tanis voltou ao solo, expandiu sua busca nas árvores. Sua paciência foi recompensada.

Os cascos do cavalo foram levados para fora da estrada principal e para a floresta. Os cascos eram flanqueados pelas marcas de garras draconianas.

Tanis xingou amargamente. Voltando ao seu próprio cavalo, ele amarrou o animal na beira da estrada, então tirou o arco longo e a aljava de flechas da sela. Ele deslizou o arco por cima do ombro e pendurou a aljava nas costas. Soltando sua espada em sua bainha, ele entrou na floresta.

Todas as suas antigas habilidades de caça e espreita voltaram. Ele abençoou a previsão (ou foi aquela visão no Forte da Tempestade?) que o levaram a calçar suas botas de couro macio, trazer consigo o arco e a flecha que raramente carregava nesses tempos de paz. Seu olhar varreu o chão. Ele se moveu por entre as árvores e arbustos sem fazer barulho, pisando levemente, tomando cuidado para não quebrar um graveto, fazer um galho farfalhar com sua passagem.

A floresta ficou mais profunda, mais densa. Ele estava muito longe da estrada, rastreando quatro draconianos, e estava sozinho. Não é um movimento particularmente sábio.

Ele continuou. Eles estavam com seu filho.

O som de vozes guturais, falando um idioma que fazia a carne arrepiar e trazia de volta memórias desagradáveis, fez Tanis diminuir o ritmo. Prendendo a respiração, ele se arrastou para frente, movendo-se de tronco em tronco de árvore, aproximando-se de sua presa.

E lá estavam eles, ou a maioria deles, pelo menos. Três draconianos estavam parados na frente de uma caverna, conversando em seu idioma hediondo. E lá estava o cavalo, o cavalo de Gil, com seus arreios de couro fino e fitas de seda amarradas na crina. O animal tremia de medo, tinha marcas de espancamento. Não era um cavalo de guerra treinado, mas aparentemente lutou contra seus captores. Um dos draconianos estava xingando o animal e apontando para um corte sangrento em um braço escamado.

Mas não havia sinal de Gil. Ele provavelmente estava na caverna com o quarto draconiano. *Mas por quê? Que coisas terríveis eles estavam fazendo com ele?*

*O que eles fizeram?*

Pelo menos Tanis podia se consolar com o fato de que o único sangue visível no chão era verde.

Ele escolheu seu alvo, o draconiano mais próximo. Movendo-se mais silenciosamente que o vento, Tanis ergueu seu arco, encaixou uma flecha nele, ergueu o arco até o rosto e puxou. A flecha atingiu o draconiano nas costas, entre as asas. A criatura deu um gorgolejo de dor e espanto e, então, caiu morta. O corpo virou pedra, segurando a flecha com força. Nunca ataque um Baaz com uma espada, se puder evitar.

Rapidamente, Tanis preparou outra flecha. Com a espada desembainhada, o segundo draconiano estava virando em sua direção. Tanis disparou. A flecha atingiu o draconiano no peito. Ele largou a espada, agarrou a flecha com suas garras e então também caiu no chão.

— Não se mexa! — Tanis ordenou asperamente, falando o idioma Comum que sabia que as criaturas compreendiam.

O terceiro draconiano congelou, sua espada meio desembainhada, seus olhos redondos correndo para um lado e para o outro.

— Tenho uma flecha com seu nome imundo nela — continuou Tanis. — Está apontada diretamente para o que você chama de coração. Onde está o garoto que você pegou lá atrás? O que fez com ele? Você tem dez segundos para me dizer ou terá o mesmo destino de seus camaradas.

O draconiano disse algo em seu próprio idioma.

— Não me venha com essa — Tanis rosnou. — Você fala Comum melhor do que eu, provavelmente. Onde está o garoto? Os dez segundos estão quase acabando. Se você...

— Tanis, meu amigo! Que bom vê-lo de novo — disse uma voz. — Faz muito tempo.

Um elfo, alto, bonito, de cabelos castanhos, olhos castanhos, vestindo mantos negros, emergiu da caverna.

Tanis lutou para manter o arco erguido e apontado, embora suas mãos tremessem, seus dedos estivessem molhados de suor e o medo o rasgasse por dentro.

— Onde está meu filho, Dalamar? — Tanis gritou com voz rouca. — O que você fez com ele?

— Abaixe o arco, meu amigo — Dalamar disse gentilmente. — Não os obrigue a matá-lo. Não me obrigue.

Cego pelas lágrimas de raiva, medo e frustração impotente, Tanis manteve o arco erguido, pronto para disparar a flecha, sem se importar com o que acertaria.

Dedos com garras cavaram em suas costas, arrastando-o para o chão. Um objeto pesado o atingiu. A dor explodiu na cabeça de Tanis e, embora lutasse contra ela, a escuridão o envolveu.

# 5

Gil estava cavalgando por uma parte particularmente escura e sombria da floresta, pensando, desconfortavelmente, que este seria um lugar perfeito para uma emboscada, quando um grifo desceu por uma abertura nas árvores e pousou na estrada bem em frente ao jovem.

Gil nunca vira antes uma das feras maravilhosas, que eram amigas dos elfos e de nenhuma outra raça em Krynn. Ele ficou alarmado e assustado com a visão. A fera tinha cabeça e asas de águia, mas sua parte traseira era de leão. Seus olhos eram ferozes; seu bico perversamente afiado poderia, de acordo com a lenda, rasgar as escamas de um dragão.

Seu cavalo estava apavorado; carne de cavalo é uma das refeições favoritas de um grifo. O animal relinchou e empinou em pânico, quase derrubando seu ginete. Gil era um cavaleiro habilidoso; tal exercício foi defendido como bom para sua saúde e ele imediatamente freou o cavalo e o acalmou com tapinhas suaves no pescoço, palavras gentis de segurança.

O ginete do grifo, um elfo ancião vestido com roupas ricas, observava com aprovação. Quando o cavalo de Gil estava novamente sob controle, o elfo desmontou e se aproximou. Outro elfo, um com a aparência mais estranha que Gilthas já vira, esperava atrás. Este estranho elfo estava vestido com praticamente nada, deixando nu um corpo bem musculoso decorado com desenhos fantásticos e coloridos.

O elfo mais velho se apresentou.

— Eu sou Rashas do Thalas-Enthia. E você, acredito, deve ser o príncipe Gilthas. Prazer em conhecê-lo, neto de Solostaran. Prazer em conhecê-lo.

Gil desmontou, disse as palavras educadas que havia aprendido. Os dois trocaram o beijo formal de saudação e continuaram o ritual de apresentação. Durante esse procedimento, o grifo olhou ao redor, seu olhar feroz penetrando nas sombras da floresta. A certa altura, ele rangeu o bico, suas garras agitaram o chão e sua cauda de leão chicoteou com desgosto.

O elfo que acompanhava Rashas falou algumas palavras para o grifo, que torceu a cabeça e flexionou as asas e pareceu, um tanto mal-humorado, se acalmar.

Gil observava o grifo, tentando manter o cavalo calmo, lançando olhares oblíquos ao elfo servo pintado e tentando, ao mesmo tempo, dar as respostas corretas e educadas ao senador. Não é de admirar que ele tenha ficado confuso.

Rashas percebeu a dificuldade do jovem.

— Permita-me pedir desculpas por assustar seu cavalo. Foi imprudente da minha parte. Eu deveria ter percebido que seu animal não estaria acostumado com nossos grifos. Os cavalos de Qualinesti são treinados para ficar perto deles, entende? Nunca me ocorreu que os cavalos de Tanthalas Meio-Elfo não fossem.

Gil ficou envergonhado. Os grifos eram amigos dos elfos há muito tempo. Desconhecer essas feras magníficas parecia equivalente a não conhecer sua própria espécie. Ele pretendia gaguejar um pedido de desculpas pelo pai, mas, para seu espanto, viu-se dizendo algo bem diferente.

— Grifos vêm nos visitar — Gil falou com orgulho. — Meus pais trocam presentes com eles anualmente. O cavalo do meu pai é bem treinado. Meu próprio cavalo é jovem...

Rashas o interrompeu educadamente.

— Acredite em mim, Príncipe Gilthas, eu entendo — ele disse seriamente, com um olhar de pena fria que trouxe sangue quente ao rosto do jovem.

— Acredite em mim, senhor — Gil começou. — Eu acho que você se enganou...

Rashas continuou, como se não tivesse ouvido

— Pensei que poderia ser agradável, assim como esclarecedor, para você ter seu primeiro vislumbre de Qualinesti do ar, Príncipe Gilthas. Portanto, por impulso, voei ao seu encontro. Ficaria muito honrado se voltasse comigo. Não se preocupe, o grifo pode facilmente carregar nós dois.

Gil esqueceu sua raiva pelo insulto. Ele olhou para a fera maravilhosa com admiração e desejo. Voar! Parecia que todos os seus sonhos estavam se tornando realidade ao mesmo tempo! Mas sua euforia evaporou rapidamente. Sua primeira preocupação deveria ser com o cavalo.

— Agradeço sua gentil oferta, Senador...

— Me chame de Rashas, meu príncipe — o elfo interrompeu.

Gil fez uma reverência, reconhecendo o elogio.

— Eu não podia deixar meu cavalo sozinho, sem vigilância. — Ele deu um tapinha no pescoço de seu cavalo. — Espero que não fique ofendido.

Pelo contrário, Rashas parecia satisfeito.

— Longe disso, meu príncipe. Fico feliz em ver que você leva tais responsabilidades a sério. Muitos jovens não o fazem, hoje em dia. Mas você não precisará perder a viagem. Meu servo keganesti aqui — Rashas acenou com a mão na direção do elfo de aparência estranha — devolverá o cavalo aos estábulos de seu pai.

Keganesti! Agora Gil compreendia. Este era um dos famosos elfos selvagens, conhecidos nas lendas e canções. Ele nunca vira um antes.

O keganesti curvou-se, indicando silenciosamente que nada o daria maior prazer. Gil assentiu sem jeito, o tempo todo se perguntando o que deveria fazer.

— Vejo que você hesita. Não está se sentindo bem? Já ouvi dizer que sua saúde é precária. Talvez você devesse voltar para casa — Rashas disse, solícito. — Os rigores do voo podem não ser bons para você.

Essa observação, de fato, decidiu a questão.

Com o rosto queimando, Gil disse que teria prazer em acompanhar o Senador Rashas e o grifo.

Gil entregou o cuidado de seu cavalo ao servo keganesti sem pensar duas vezes. Só quando estava montado com segurança no grifo ocorreu ao jovem se perguntar como o senador sabia que Gil decidira viajar para Qualinesti. E como Rashas sabia onde encontrá-lo?

Gil estava na ponta da língua para perguntar, mas estava maravilhado com o elfo mais velho, maravilhado com o ar elegante e digno de Rashas. Laurana treinou bem o filho, ensinou-o a ser diplomático. Tal pergunta seria indelicada, implicaria que Gil não confiava no elfo. Sem dúvida, havia uma explicação lógica.

Gil recostou-se para aproveitar o passeio.

# 6

Enquanto vivesse, Gil nunca esqueceria seu primeiro vislumbre da lendária cidade élfica de Qualinost. Um primeiro vislumbre, ainda assim, uma visão familiar para o jovem elfo.

Rashas virou-se para testemunhar a reação do jovem. Ele viu as lágrimas escorrendo pelo rosto de Gil. O senador assentiu em aprovação. Até impediu Gil de enxugar as lágrimas.

— A beleza enche o coração a ponto de explodir. A emoção deve encontrar uma saída. Deixe cair de seus olhos. Suas lágrimas não o envergonham, meu príncipe, e sim concedem um grande crédito. É natural que você chore à primeira vista de sua *verdadeira* pátria.

Gil não perdeu a ênfase do senador na palavra verdadeira, e só pôde concordar com ele. *Sim, é aqui o meu lugar! Sei disso agora. Soube disso a minha vida toda. Pois esta não é minha primeira visão do Qualinost. Já a vi muitas vezes em meus sonhos.*

Quatro pináculos esguios feitos de pedra branca, marmorizados com prata brilhante, erguiam-se acima das copas dos álamos, que cresciam densamente dentro da cidade. Uma torre mais alta, feita de ouro que cintilava à luz do sol, ficava no centro da cidade, cercada por outros edifícios feitos de quartzo rosa brilhante. Ruas tranquilas serpenteavam como fitas de seda entre os bosques de álamos e jardins de flores silvestres. Uma sensação de paz tomou conta da alma de Gilthas... Paz e pertencimento.

Ele realmente voltara para casa.

O grifo pousou no pátio central de uma casa feita de quartzo rosa, decorada com jade verde. A casa em si parecia delicada, frágil, mas resistira, como Rashas se vangloriava orgulhosamente aos tremores e ventos ardentes do Cataclismo. Gil contemplou os pináculos, as treliças, as colunas caneladas, os arcos esguios e comparou-os mentalmente com a mansão de seus pais. Aquela casa, que Laurana batizara de "Fim da Jornada", era retangular, com ângulos agudos, janelas triangulares e telhado alto. Comparada com os lares graciosos e belos dos elfos, Gil lembrava-se de sua casa como volumosa, sólida e feia. Parecia... humana.

Rashas agradeceu educadamente ao grifo por seus serviços, deu vários presentes finos e se despediu. Então, ele conduziu Gilthas para dentro da casa. Era mais lindo por dentro do que por fora, se fosse possível. Elfos adoram ar fresco; suas casas têm mais janelas do que paredes, como diz o ditado. A luz do sol, fluindo através da treliça, dançava entre as sombras para formar padrões no chão, padrões que pareciam vivos, pois mudavam constantemente com o movimento do sol e das nuvens. Flores cresciam dentro da casa e árvores vivas brotavam do chão. Os pássaros voavam para dentro e para fora livremente, enchendo a casa com música. Canções de ninar sussurradas por salpicos suaves de água de fontes internas formavam um contraponto suave ao canto dos pássaros.

Vários elfos keganesti, altos e bem musculosos, com marcas estranhas em sua pele, cumprimentaram Rashas com mesuras e toda aparência de deferência.

— Estes são meus elfos selvagens — Rashas disse a Gil em explicação. — Já foram escravos. Agora, de acordo com os decretos modernos, sou obrigado a pagá-los por seus serviços.

Gil não tinha certeza, mas pensou, inquieto, que Rashas parecia um tanto desconcertado. O elfo mais velho olhou para ele e sorriu, e Gil concluiu que o senador estava brincando. Ninguém hoje em dia poderia aprovar a escravidão.

— Somente eu e meus servos moramos aqui agora — continuou Rashas. — Sou viúvo. Minha esposa morreu durante a guerra. Meu filho foi morto lutando com os exércitos da Pedra Branca, exércitos liderados por sua mãe, Gilthas. — Rashas lançou um olhar estranho ao jovem. — Minha filha é casada e tem casa e família próprias. Na maioria das vezes, estou sozinho. Mas hoje tenho companhia, um convidado de honra que está comigo. Espero que você também, meu príncipe, considere minha casa como sua. Acredito que você agraciará minha morada com sua presença?

O senador parecia ávido e ansioso para que Gilthas dissesse sim.

— Sou eu quem ficaria honrado, Senador — disse Gil, corando de prazer. — Você é muito gentil.

— Vou mostrar seu quarto em um momento. Os servos estão o preparando agora. A senhora que é minha convidada está ansiosa para conhecê-lo. Seria indelicado da nossa parte deixá-la esperando. Ouviu muito sobre você. Ela é, acredito, uma amiga íntima de sua mãe.

Gil ficou perplexo. Após seu casamento, sua mãe manteve poucos amigos entre os elfos. Talvez essa pessoa tenha sido uma das companheiras de infância de sua mãe.

Rashas liderou o caminho até três lances de escadas graciosamente sinuosas. Uma porta no topo dava para um corredor espaçoso. Três portas se abriam no corredor, uma no final e duas de cada lado. Dois dos servos keganesti estavam do lado de fora da porta distante. Eles se curvaram para Rashas. A um sinal dele, um dos elfos selvagens bateu respeitosamente na porta.

— Entre — disse uma voz de mulher, baixa e musical, calma e imperiosa.

Gil recuou para permitir que Rashas entrasse, mas o senador fez uma reverência e depois um gesto.

— Meu príncipe.

Envergonhado, mas satisfeito, Gilthas entrou na sala. Rashas o seguiu. Os criados fecharam a porta.

A mulher estava de costas para eles; estava parada perto de uma janela. A sala tinha formato octogonal, um pequeno arboreto. Árvores cresciam no centro, seus galhos cuidadosamente alinhados e treinados para formar um teto vivo de verde. Janelas altas e estreitas foram colocadas nas paredes. Essas janelas não estavam abertas, notou Gil; todas fechadas e cobertas de seda. Ele supôs que a ocupante do quarto não gostava de ar fresco.

Duas portas, uma de cada lado da sala, levavam a aposentos privados deste principal. A mobília, sofá, mesa e várias cadeiras, eram confortáveis e elegantes.

— Minha senhora — disse Rashas respeitosamente —, você tem um visitante.

A mulher permaneceu de pé, de costas para eles, por mais um momento. Seus ombros pareceram enrijecer, como se estivesse se preparando. Então, ela se virou lentamente.

Gil soltou um suspiro suave. Nunca em sua vida, ele vira ou imaginara que tal beleza existisse, pudesse ser incorporada em um ser vivo. O cabelo da mulher era da cor negra do céu à meia-noite, seus olhos eram do roxo profundo da ametista. Era graciosa, adorável, etérea, efêmera e havia uma tristeza nela que era como a tristeza dos deuses.

Se Rashas tivesse apresentado a mulher como Mishakal, gentil deusa da cura, Gil não teria ficado nem um pouco surpreso. Ele se sentiu fortemente compelido a cair de joelhos em adoração e reverência.

Mas esta mulher não era uma deusa.

— Meu príncipe, permita-me apresentar Alhana Brisestelar — Rashas começou.

— Rainha Alhana Brisestelar — ela corrigiu, suavemente, com altivez. Ela era alta e, estranhamente, desafiadora.

— Rainha Alhana Brisestelar — Rashas emendou com um sorriso, como se estivesse cedendo ao capricho de uma criança. — Por favor, permita-me apresentar Gilthas, filho de Lauralanthalasa da Casa de Solostaran... e seu marido, Tanthalas Meio-Elfo. — Rashas adicionou o último quase como uma reflexão tardia.

Gil ouviu a pausa clara nas palavras de Rashas, uma pausa que efetivamente separava seu pai de sua mãe. Sentiu sua pele arder de constrangimento e vergonha. Ele não conseguia olhar para aquela mulher orgulhosa e altiva que devia estar com pena dele e desprezá-lo. Ela estava falando, não com ele, mas com Rashas. Tal era a confusão de Gil que ele não conseguiu entender o que ela estava dizendo a princípio. Quando o fez, levantou a cabeça e olhou para ela com surpresa e satisfação.

— ... Tanis Meio-Elfo é um dos grandes homens do nosso tempo. Ele é conhecido e reverenciado em Ansalon. Recebeu as maiores honras que cada nação tem a oferecer, incluindo as nações élficas, Senador. Os orgulhosos Cavaleiros de Solamnia se curvam diante dele com respeito. A Filha Reverenciada Crysania do Templo de Paladine em Palanthas o considera um amigo. O rei anão de Thorbardin chama Tanis Meio-Elfo de irmão...

Rashas tossiu.

— Sim, Vossa Majestade — ele disse secamente. — Entendo que o meio-elfo também tem amigos entre os kender.

— Sim, ele tem — Alhana respondeu friamente. — E se considera afortunado por ter conquistado a consideração inocente deles.

— Sem levar em conta o gosto — disse Rashas, seu lábio se curvando.

Alhana não respondeu. Estava olhando para Gil e, agora, ela estava franzindo a testa, como se um pensamento novo e desagradável de repente a ocorresse.

Gil não fazia ideia do que estava acontecendo. Estava muito atordoado, muito abalado. Ouvir elogios tão brilhantes a seu pai, elogios feitos pela rainha de Qualinesti e Silvanesti. Seu pai, um dos grandes homens de nosso tempo... Cavaleiros orgulhosos se curvam a ele... o rei anão o chama de irmão... as maiores honras de cada nação...

Gil nunca soube disso. Nunca soube nada disso.

Ele percebeu, de repente, que um silêncio ensurdecedor desceu sobre a sala. Estava extremamente desconfortável, desejando que alguém dissesse alguma coisa. E, então, ele ficou alarmado.

*Talvez seja eu!* Ele disse para si mesmo, em pânico, tentando relembrar as lições de sua mãe sobre como receber a realeza. *Talvez eu devesse ser o único a puxar conversa.*

Alhana o estudava atentamente. Seus lindos olhos, voltados para ele, efetivamente roubaram a coerência da sua fala. Gil tentou dizer algo, mas descobriu que não tinha voz. Ele olhou do senador para a rainha e, então, soube que algo estava errado.

A luz do sol não tinha permissão para entrar nesta sala. Cortinas foram colocadas nas janelas. A princípio, as sombras pareciam frescas e tranquilas. Agora, pareciam sinistras, enervantes, como a mortalha que cai sobre o mundo antes do desencadeamento de uma tempestade violenta. O próprio ar estava perigoso, carregado de relâmpagos.

Alhana quebrou o silêncio. Seus olhos roxos escureceram, chegando quase ao preto.

— Então este é o seu plano — ela disse para Rashas, falando Qualinesti com um leve sotaque que Gilthas reconheceu como pertencente ao seu povo, os Silvanesti.

— Muito bom, você não acha? — Rashas respondeu. Ele estava calmo, indiferente à raiva dela.

— Ele é apenas um menino! — Alhana exclamou em voz baixa.

— Ele terá orientação, um conselheiro sábio ao seu lado — respondeu Rashas.

— Você, claro — ela falou sarcasticamente.

— O Thalas-Enthia elege o regente. Ficarei, é claro, feliz em oferecer meus serviços.

— O Thalas-Enthia! Você tem aquele bando de velhos e velhas no seu bolso!

Gil sentiu o nó apertar seu estômago, o sangue começar a latejar dolorosamente em sua cabeça. Mais uma vez, os adultos conversavam sobre, ao redor, abaixo e acima dele. Ele bem que poderia ser uma daquelas árvores brotando do chão.

— Ele não sabe, não é? — Alhana disse. Seu olhar para Gil agora era de pena.

— Acho que talvez ele saiba mais do que deixa transparecer — disse Rashas com um sorriso malicioso. — Ele veio por vontade própria. Não estaria aqui se não quisesse. E agora, Vossa Majestade — ele disse o título com bom sarcasmo —, se você e o Príncipe Gilthas me derem licença, tenho negócios urgentes em outro lugar. Há muito o que fazer em preparação para a cerimônia de amanhã.

O senador fez uma reverência, deu meia-volta e saiu da sala. Os criados fecharam a porta imediatamente quando ele saiu.

— Querer o quê? — Gil também estava perplexo e zangado. — Do que ele está falando? Eu não entendo...

— Não mesmo? — ela disse.

Antes que ele pudesse responder, Alhana se virou. Seu corpo estava rígido, ambos os punhos cerrados, as unhas cravadas na carne.

Sentindo-se como uma criança trancada no berçário enquanto os adultos estão dando uma festa na sala de estar lá embaixo, Gil caminhou até a porta e a escancarou.

Dois dos elfos keganesti altos e fortes plantaram seus corpos diante da porta. Cada um segurava uma lança na mão.

Gil começou a empurrar entre eles.

Os elfos não se mexeram.

— Desculpem-me, talvez vocês não entendam. Estou saindo agora — Gil disse educadamente, mas em um tom severo para mostrar que estava falando sério.

Ele deu um passo à frente. Os dois não disseram nada. Suas lanças se cruzaram na frente da porta, na frente dele.

Rashas estava desaparecendo escada abaixo.

— Senador! — Gilthas chamou, tentando manter a calma. A chama de sua raiva estava começando a oscilar no vento frio do medo. — Há algum tipo de mal-entendido. Esses seus servos não me deixam sair!

Rashas fez uma pausa e olhou para trás.

— Essas são as ordens deles, meu príncipe. Você achará a suíte de quartos que compartilhará com Sua Majestade bastante confortável, a melhor em minha casa, na verdade. Os elfos selvagens fornecerão o que você quiser. Só precisa pedir.

— Eu quero ir embora — Gilthas disse calmamente.

— Tão cedo? — Rashas era agradável, sorridente. — Eu não posso permitir isso. Você acabou de chegar. Descanse, relaxe. Olhe pelas janelas, aprecie a vista.

— E por falar nisso — acrescentou o senador, descendo as escadas, suas palavras flutuando para cima —, estou realmente feliz por você achar Qualinesti tão bonita, Príncipe Gilthas. Você vai morar aqui por muito, muito tempo.

# 7

— Dalamar! — Tanis bateu na porta trancada. — Dalamar, droga, eu sei que você está aí fora! Sei que pode me ouvir! Quero falar com você! Eu...

— Ah, meu amigo — veio uma voz, praticamente em seu ouvido. — Estou feliz que você finalmente recuperou a consciência.

Com o som inesperado, Tanis quase pulou contra uma parede de pedra. Assim que seu coração parou de acelerar, ele se virou para encarar o elfo negro, que estava parado no centro da sala, com um leve sorriso nos lábios finos.

— Pare com essa gritaria. Você está atrapalhando minha aula. Meus alunos não conseguem se concentrar em suas magias.

— Malditos sejam seus alunos! Onde está meu filho? — Tanis gritou.

— Ele está seguro — respondeu Dalamar. — Primeiro...

Tanis perdeu o controle. Sem se importar com as consequências, ele saltou sobre Dalamar, as mãos indo para a garganta do elfo negro.

Relâmpagos azuis brilharam, crepitaram. Tanis foi jogado para trás. Ele se chocou dolorosamente contra a porta de madeira. O choque da magia foi paralisante. Seus membros se contraíram; sua cabeça zumbia. Ele levou um momento para se recuperar, então, frustrado com seu próprio desamparo, partiu em direção a Dalamar novamente.

— Pare com isso, Tanis — o elfo negro disse severamente. — Você está agindo como um tolo. Encare os fatos. Você é um prisioneiro na Torre da Alta Magia... Minha torre. Você está desarmado e, mesmo que tivesse uma arma, não poderia fazer nada para me prejudicar.

— Entregue-me minha espada — disse Tanis, respirando pesadamente. — E veremos.

Dalamar quase riu, quase.

— Vamos lá, meu amigo. Eu disse, seu filho está seguro. Quanto tempo ele permanecerá assim depende de você.

— Isso é uma ameaça? — Tanis exigiu severamente.

— Ameaças são para os temerosos. Eu apenas afirmo fatos. Venha, venha, meu amigo! O que aconteceu com sua lógica renomada, seu bom senso lendário? Tudo voou pela janela quando a cegonha entrou[3]?

— Ele é meu filho. Aqueles draconianos... eu temia... — Tanis desistiu. — Como pode entender? Você nunca foi pai.

— Se degenerar em um idiota estúpido é o que significa ser pai, certamente tomarei cuidado para nunca alcançar uma distinção tão duvidosa. Por favor, sente-se. Vamos discutir isso como homens racionais.

Carrancudo, Tanis caminhou até uma poltrona confortável, colocada perto de uma lareira bem-vinda. Mesmo em um dia quente de primavera, a Torre da Alta Magia estava escura e fria. A sala em que ele estava preso era mobiliada com todo luxo; ele recebera comida e bebida. Seus poucos ferimentos leves, arranhões, principalmente, das garras do draconiano e um galo na cabeça, foram tratados cuidadosamente.

Dalamar sentou-se em uma cadeira em frente.

— Se ouvir com paciência, eu direi o que está acontecendo.

— Eu vou escutar. Você fala. — A voz de Tanis suavizou, quase quebrada. — Como está meu filho? Ele está bem?

— Claro. Gilthas seria de pouca utilidade para seus captores se não estivesse. Você pode se consolar com esse fato, meu amigo. E eu sou seu amigo — acrescentou o elfo negro, vendo o brilho de raiva nos olhos de Tanis. — Embora eu admita que as aparências estão contra mim. — Quanto ao seu filho — continuou Dalamar — ele está onde sempre quis estar... Sua terra natal, Qualinesti. É a terra dele, Tanis, embora você não goste de ouvir isso, não é? O menino está alojado com bastante conforto, provavelmente recebendo todas as cortesias. É natural que os elfos o tratem com deferência e respeito, já que ele será o rei deles.

---

[3] É uma crença kender que a cegonha entrega bebês a famílias afortunadas, jogando-os na chaminé. Certamente, isso quase pode ser verdade, pois as mulheres kender passam momentos maravilhosamente tranquilos durante a gravidez e o parto. Os bebês realmente parecem aparecer por mágica. Assim, as famílias kender tendem a ser bem grandes, uma coisa boa, já que a taxa de perda entre os kender é alta. Relativamente, poucos kender vivem até uma idade avançada.

Tanis não conseguia acreditar que ouvira direito. Ele estava de pé novamente.

— Isso é algum tipo de piada de mau gosto. O que você quer, Dalamar? O que realmente quer?

O elfo negro se levantou. Deslizando para a frente, ele colocou a mão gentilmente no braço de Tanis.

— Não é piada, meu amigo. Ou, se for, ninguém está rindo. Gilthas não está em perigo agora. Mas poderá ficar.

Mais uma vez, Tanis teve a visão que tivera no Forte da Tempestade... Nuvens escuras girando em torno de seu filho. Tanis abaixou a cabeça para esconder as lágrimas ardentes. O aperto de Dalamar sobre ele aumentou.

— Controle-se, meu amigo. Não temos muito tempo. Cada minuto é crítico. Há muito a explicar. E — Dalamar adicionou suavemente — planos a fazer.

# 8

— Rei? — Gil repetiu espantado. Ele observou Alhana em descrença. — Orador do Sol e das Estrelas! Eu? Não, você não pode estar falando sério. Eu... eu não quero ser rei!

A mulher sorriu, um sorriso que era como o sol de inverno no gelo espesso. O sorriso iluminava seu rosto, mas não trazia calor a ela. Ou a ele.

— Temo que o que você queria, Príncipe Gilthas, não importe.

— Mas você é a rainha.

— Rainha! — Sua voz era amarga.

— Meu tio Porthios é o Orador. — Gil prosseguiu, perplexo e, embora não admitisse, amedrontado. — Eu... isso não faz sentido!

Alhana deu a ele um olhar frio, então se virou, caminhou de volta para a janela. Abrindo a cortina, ela olhou para fora e, na luz, ele pôde ver seu rosto. Ela parecia fria e imperiosa nas sombras. Na realidade, à luz do sol, ela estava preocupada, ansiosa e receosa. Ela também estava com medo, embora ele tivesse a impressão de que seu medo não era por ela mesma.

*Não quero ser rei*, Gil ouviu-se choramingar, como uma criança reclamando de ter sido mandada para a cama. Ele corou profundamente.

— Sinto muito, Senhora Alhana. Tanta coisa aconteceu... e eu não entendo nada disso. Você está dizendo que Rashas me trouxe aqui para me coroar Orador do Sol e das Estrelas, para me fazer rei de Qualinesti. Não vejo como isso é possível...

— Não vê? — ela perguntou, desviando o olhar. Os olhos púrpuros estavam firmes e escuros com suspeita.

Gilthas ficou chocado.

— Minha senhora, eu juro! Eu não sei... por favor, acredite em mim...

— Onde estão seus pais? — Alhana perguntou abruptamente. Ela estava olhando para fora agora.

— Em casa, suponho — disse Gil, com uma sensação de asfixia na garganta. — A menos que meu pai tenha cavalgado atrás de mim.

A esperança cresceu no coração de Gil. Certamente seu pai viria atrás dele. Tanis encontraria o convite exatamente onde Gil o deixara (sua declaração do seu direito de fazer o que quisesse). Tanis cavalgaria até o Cisne Negro e... e descobriria que Gil nunca esteve lá.

— Deixei o servo de Rashas ficar com meu cavalo! Ele... ele poderia ter contado qualquer coisa aos meus pais! — Gil afundou desanimado em uma cadeira. — Como fui idiota!

Alhana deixou a cortina cair. Ela estudou o jovem atentamente por um momento. Então, aproximando-se, colocou as pontas dos dedos de sua mão em seu ombro. Seu toque era frio, mesmo através do tecido de sua camisa.

— Você diz que seus pais não sabiam nada sobre isso?

— Não sabiam, minha senhora — Gil admitiu envergonhado. — Disseram-me para não vir. Eu... não ouvi. E fugi. Saí... à noite.

— Acho melhor você me contar toda a história. — Alhana sentou-se, ereta e majestosa, em uma cadeira em frente a ele.

Gilthas assim o fez. Ficou surpreso, no final de seu relato, ao ver o rosto dela relaxar. Ela passou a mão pelos cílios.

— Você estava com medo de que meus pais estivessem por trás disso! — Gil disse, em uma percepção repentina.

— Não por trás disso, talvez — Alhana disse, suspirando —, mas que aprovassem isso. Perdoe-me, Príncipe. Se seu pai e sua mãe estivessem aqui, eu também pediria perdão a eles.

Estendendo a mão, ela apertou a dele.

— Estou sozinha há tanto tempo. Comecei a pensar que todos em quem eu confiava me traíram. Mas estamos nisso juntos, ao que parece. — Ela apertou a mão dele gentilmente, depois a soltou. Sentando-se de volta em sua cadeira, ela olhou a janela com cortinas sem ver, então suspirou novamente.

— Meu pai e minha mãe sabem que eu planejava vir para Qualinesti. Devem saber que estou aqui, não importa o que o servo disse. Eles virão atrás de mim, minha senhora — Gil disse firmemente, esperando confortá-la. — Vão resgatar nós dois.

Mas Alhana apenas balançou a cabeça.

— Não, Rashas é esperto demais para permitir que isso aconteça. Ele inventou alguns meios para impedir que seus pais cheguem até você.

— Você faz parecer que podemos estar em perigo! Do Senador Rashas? Do nosso próprio povo?

Ela ergueu o olhar para encontrar o dele.

— Não seu, Gilthas. Você é diferente. É por isso que escolheram você.

*Você é parte humano.* As palavras não ditas pairaram no ar. Gil a encarou. Sabia que ela não tinha a intenção de insultá-lo, especialmente depois do elogio que dera a Tanis. Era um hábito de pensamento, criado nela por milhares de anos de isolamento autoimposto e a crença, ainda que equivocada, de que os elfos são os escolhidos, os amados dos deuses.

Gil sabia disso, mas sentiu palavras quentes subindo em sua garganta. Sabia que, se as dissesse, só pioraria as coisas. Mesmo assim...

*Graça sob pressão, meu querido!*

Gil ouviu a voz de sua mãe e a viu pousar a mão no braço de Tanis. Gil lembrou-se das reuniões realizadas na casa deles, lembrou-se de observar sua mãe se mover com dignidade e calma em meio às tempestades da intriga política. Lembrou-se das palavras dela para seu pai, lembrando-o de permanecer calmo, sob controle. Gil lembrou-se de ter visto seu pai ficar com o rosto vermelho, engolir em seco.

Gil engoliu em seco.

— Acho que você deveria me dizer o que está acontecendo, minha senhora — disse em voz baixa.

— É realmente muito simples — respondeu Alhana. — Meu marido, Porthios, está preso em Silvanesti. Foi traído pelo meu povo. Estou sendo mantida prisioneira aqui, traída pelo povo dele...

— Mas por quê? — Gil estava perplexo.

— Nós, elfos, não gostamos de mudanças. Nós as tememos, desconfiamos delas. Mas o mundo está mudando muito rapidamente. Devemos mudar com ele... ou vamos murchar e perecer. A Guerra da Lança nos ensinou isso. Pelo menos, pensei que sim. Os elfos mais jovens concordam conosco; os mais velhos, não. E são os anciões, como o Senador Rashas, que detêm o poder. Nunca imaginei que ele ousaria ir tão longe, contudo.

— O que vai acontecer com você e o tio Porthios?

— Seremos exilados — ela disse suavemente. — Nenhum reino nos aceitará.

Gil conhecia seu povo o suficiente para perceber que o exílio para um elfo é uma punição muito pior do que a execução. Alhana e Porthios seriam conhecidos como "elfos negros", elfos que foram "expulsos da luz". Seriam exilados de suas terras natais, proibidos de qualquer comunicação com seu povo. Não teriam direitos em nenhum lugar em Ansalon e, dessa forma, estariam em perigo constante. Com ou sem razão, os elfos negros são considerados malignos. São caçados, perseguidos, expulsos de todas as cidades e vilas. São alvos justos para caçadores de recompensas, ladrões e outras escórias. Não é de surpreender que, para sobreviver, a maioria dos elfos negros buscasse refúgio na sombra de Takhisis.

Gil não conseguia pensar em nada para dizer que pudesse ajudar ou confortar. Ele olhou para Alhana.

— Por que eu, minha senhora? Por que agora?

— Estou grávida — ela disse simplesmente. — Se nosso bebê nascer, ele ou ela herdará o trono. Do jeito que está, se algo acontecer com Porthios, sua mãe é a herdeira legítima. Mas o casamento de sua mãe com um bastardo meio-humano...

Gil prendeu a respiração.

Alhana olhou para ele, solidária, mas não apologética.

— É assim que a maioria dos qualinesti pensa no seu pai, Gilthas. É uma das razões pelas quais Tanis Meio-Elfo nunca quis voltar para sua terra natal. A vida aqui não era muito agradável para ele quando era jovem. Seria pior agora. Qual o problema? Você nunca parou para pensar nisso?

Gil balançou a cabeça lentamente. Não, ele nunca considerou os sentimentos de seu pai, nunca pensou em Tanis.

*Eu só pensava em mim.*

Alhana continuou:

— O casamento de sua mãe a impede de governar...

— Mas, eu sou parte humano — Gil a lembrou.

— Sim, você é — Alhana respondeu friamente. — Rashas e o Thalas-Enthia não veem isso como um problema. Na verdade, eles provavelmente veem sua linhagem como um trunfo... para eles. Rashas considera todos os humanos fracos, tratáveis. Ele acha que, porque você é parte humano, ele pode conduzi-lo pelo cabresto.

Gilthas corou de raiva. Ele perdeu o controle. Com os punhos cerrados, pulou da cadeira.

— Por todos os deuses! Vou mostrar a Rashas — Gil proclamou em voz alta. — Vou mostrar a todos eles. Vou... vou...

A porta se abriu. Um dos guardas keganesti, com sua lança na mão, olhou desconfiado para a sala.

— Calma, jovem — aconselhou Alhana em voz baixa, falando Silvanesti. — Não comece problemas que você não pode terminar.

A raiva de Gil queimou, estalou, então se apagou como uma vela estripada.

O keganesti olhou para ele, então começou a rir. Disse algo a seu companheiro de guarda em keganesti e fechou a porta. Gil não falava a língua dos elfos selvagens, mas as palavras keganesti estavam misturadas com qualinesti suficiente para trazer um rubor de vergonha ao rosto de Gil. Algo sobre o filhote tentando latir como um cachorro velho.

— Então, você está dizendo, que mesmo que eu seja rei, serei realmente prisioneiro deles. Você está sugerindo que eu também me acostume com isso, minha senhora? — ele falou amargamente.

Alhana ficou em silêncio por um momento, depois balançou a cabeça.

— Não, Gilthas. Nunca se acostume a ser seu peão. Lute contra eles! Você é o filho de Tanthalas e Lauralanthalasa. Você é forte... mais forte do que Rashas pensa. Com sangue tão nobre em suas veias, como poderia ser diferente?

*Mesmo que seja sangue misturado*, ele pensou, mas não disse. Ficou satisfeito com a confiança dela. Ele resolveu ser digno disso, não importa o que acontecesse.

Alhana sorriu para ele de forma tranquilizadora, depois caminhou novamente até a janela. Abrindo a cortina, ela olhou para fora.

Ocorreu a ele, neste momento, que ela devia estar fazendo algo diferente de admirar a vista.

— O que foi, minha senhora? Quem está aí?

— Silêncio! Fale baixo.

Ela fechou a cortina, depois abriu, depois fechou.

— Um amigo. Dei a ele o sinal. Ele viu quando o trouxeram. Acabei de dizer que podemos confiar em você.

— Quem? Porthios? — Gil ficou esperançoso de forma repentina, alegre. Nada parecia impossível.

Alhana sacudiu a cabeça.

— Um dos meus, um jovem guarda chamado Samar. Ele lutou com meu marido contra o sonho em Silvanesti. Quando Porthios foi capturado, Samar permaneceu leal ao seu comandante. Porthios enviou Samar para me avisar. Chegou tarde demais; eu já era prisioneira de Rashas. Mas, agora, Samar completou seus preparativos. O Thalas-Enthia se reúne esta noite para planejar a coroação de amanhã.

— Amanhã! — Gil repetiu a palavra em descrença.

— Não tenha medo, Gilthas — Alhana tranquilizou. — Se Paladine quiser, tudo ficará bem. Hoje à noite, enquanto Rashas estiver participando da reunião, você e eu fugiremos.

# 9

— Rashas planejou tudo isso com muito cuidado. Claro, Tanis, você deveria pensar que os draconianos haviam sequestrado o menino — Dalamar contou. — Você caiu na armadilha perfeitamente. O elfo selvagem levou o cavalo para a floresta, deixando-o como uma isca tentadora na frente da caverna. O resto, você sabe.

Tanis mal ouvia. *Laurana*, pensou. *Ela vai se preocupar quando não tiver notícias minhas. Vai perceber que algo está errado. Vai para Qualinesti. Vai acabar com isso...*

— Ah, você está imaginando sobre sua esposa — disse Dalamar.

Desconfortado por ter seus pensamentos expostos, Tanis deu de ombros e mentiu.

— Eu só estava pensando em mandar uma mensagem para ela, dizendo que estava tudo bem. Assim ela não vai se preocupar...

— Sim, claro — Dalamar disse, seu meio sorriso indicando que não estava enganado. — O marido atencioso. Então, você ficará satisfeito em saber que já tratei do assunto. Enviei um dos criados do Cisne Negro com um bilhete para sua esposa dizendo que estava tudo bem, que você e seu filho precisavam de um tempo a sós. Você deveria me agradecer...

Tanis respondeu com algumas palavras em humano que não eram, de modo ou jeito algum, uma expressão de gratidão.

O sorriso de Dalamar escureceu.

— Repito, você deveria me agradecer. Posso ter salvado a vida de Laurana. Se ela fosse a Qualinost e tentado interferir... — Ele fez uma pausa, então encolheu os ombros esguios.

Tanis estava andando pela sala. Ele parou na frente de Dalamar.

— Você está insinuando que ela pode estar em perigo? Por causa de Rashas e do Thalas-Enthia? Não acredito em você. Pelos deuses, estamos falando de elfos...

— Eu sou um elfo, Tanis — Dalamar disse calmamente. — E sou o homem mais perigoso que você conhece.

Tanis começou a dizer algo, mas sua língua congelou no céu da boca. Sua garganta se contraiu, interrompendo sua respiração. Ele engoliu em seco, então conseguiu sussurrar roucamente.

— O que você está dizendo? E como sei que posso confiar em você?

Dalamar não respondeu imediatamente. Ele falou uma palavra e uma garrafa de vinho apareceu em sua mão. Levantando-se, caminhou até uma mesa sobre a qual havia uma bandeja de prata e duas taças de cristal de haste fina.

— Quer um pouco? O vinho é élfico, muito bom, muito antigo, parte do estoque do meu falecido shalafi.

Tanis estava prestes a recusar. Geralmente, é uma ideia sábia nunca comer ou beber nada enquanto estiver encarcerado em uma Torre da Alta Magia com um mago elfo negro.

Mas a "lógica renomada" de Tanis o lembrava de que ele não chegaria a lugar algum caso se comportasse como um idiota cabeça-dura. Se Dalamar quisesse se livrar dele, o mago já o teria feito. E, também, Dalamar fez uma inferência sutil a Raistlin, seu shalafi. Uma vez, Raistlin e Tanis lutaram do mesmo lado. Uma vez, Dalamar e Tanis também lutaram do mesmo lado. Antes, o elfo negro dissera algo sobre fazer planos.

Silenciosamente, Tanis aceitou a taça.

— Às antigas alianças — Dalamar proferiu, repetindo os pensamentos de Tanis. Ele inclinou o vinho aos lábios e tomou um gole.

Tanis fez o mesmo, depois pousou a taça. Ele não precisava de uma cabeça confusa, um cérebro febril. Silenciosamente, ele esperou.

Dalamar segurou sua taça à luz do fogo, estudou a cor carmesim do vinho.

— Como sangue, não é?

Seu olhar passou para Tanis.

— Você quer saber o que está acontecendo? Eu vou dizer. A Rainha das Trevas está de volta ao jogo. Está organizando suas peças no tabuleiro, colocando-as em posição. Ela estendeu o braço, enviou seu chamado sedutor. Muitos sentem seu toque, muitos ouvem sua voz. Muitos são levados a cumprir suas ordens... sem nunca perceber que estão agindo por ela.

— Mas então — acrescentou Dalamar, com ironia —, não estou contando nada que você já não saiba, estou, meu amigo?

Tanis teve o cuidado de parecer inexpressivo.

— Forte da Tempestade? — o elfo negro prosseguiu. — Certamente, você não esqueceu sua visita à fortaleza de Ariakan.

— Por que está me contando essas coisas? — Tanis exigiu. — Não está pensando em trocar de mantos, está?

Dalamar riu.

— Branco não é minha cor. Não se preocupe, meu amigo. Não estou revelando nenhum dos segredos da minha rainha. Takhisis entende os erros que cometeu no passado. Ela aprendeu com eles. Não vai repeti-los. Ela está se movendo lentamente, sutilmente, de formas completamente inesperadas.

Tanis bufou.

— Você está alegando que esse negócio com meu filho é tudo uma trama da Sua Majestade das Trevas?

— Pense nisso, meu amigo — avisou Dalamar. — Como talvez você saiba, tenho pouco amor por Porthios. Expulsou-me, com vergonha e humilhação, de minha terra natal. Por ordem dele, fui vendado, tive as mãos e os pés amarrados e fui puxado em uma carroça, como um de seus animais de abate humano, até as fronteiras de Silvanesti. Lá, com as próprias mãos, ele me jogou na lama. Eu não choraria ao ver o mesmo acontecer com ele. Mas até eu admito que Porthios é um líder eficaz. É corajoso, rápido para a ação. Também é rígido, inflexível e orgulhoso. Mas essas falhas foram, ao longo dos anos, temperadas pelas virtudes de sua esposa.

A voz de Dalamar suavizou.

— Alhana Brisestelar. Eu a vi muitas vezes em Silvanesti. Eu era de casta inferior, ela... uma princesa. Só podia vê-la à distância, mas isso não importava. Eu estava um pouco apaixonado por ela.

— Que homem não estava? — Tanis rosnou. Ele fez um gesto impaciente. — Continue logo com esse seu argumento.

— Meu argumento é este... o tratado das Nações Unificadas das Três Raças.

Tanis balançou a cabeça, aparentemente perplexo.

— Não sei do que você está falando.

— Então deixe-me esclarecê-lo. Uma aliança dos reinos élficos de Qualinesti e Silvanesti com os reinos humanos de Solamnia, Ergoth do Sul e do Norte e o reino anão de Thorbardin. Por quase cinco anos, você e Laurana trabalharam para que isso acontecesse, desde sua visita clandestina ao Forte da Tempestade. Instado por Alhana, Porthios finalmente concordou em assinar. Teria sido uma aliança poderosa.

Dalamar ergueu a mão delicada, estalou os dedos. Uma centelha de chama azul brilhou ao redor da pele branca; uma nuvem de fumaça flutuou no ar, oscilou por um momento e depois se dissipou.

— Se foi.

Tanis o olhou seriamente.

— Como você descobriu?

— Em vez disso, pergunte, meu amigo, como o Senador Rashas descobriu?

Tanis ficou em silêncio, depois começou a praguejar baixinho.

— Rashas disse a você que sabia? Traiu seu próprio povo? Não posso acreditar nisso, nem mesmo de Rashas.

— Não, o senador ainda tem um pouco de honra sobrando em si. Não é um traidor... ainda não. Ele me deu uma desculpa esfarrapada, mas acho que a verdade é bastante óbvia. Quando os documentos finais deveriam ser assinados?

— Semana que vem — disse Tanis amargamente, olhando para as chamas bruxuleantes.

— Ah, pronto. — Dalamar deu de ombros novamente. — Viu?

Tanis viu. Viu a Rainha das Trevas, sussurrando suas palavras de sedução em ouvidos élficos. O Senador Rashas ficaria profundamente chocado com a sugestão de que estava sendo seduzido pelo mal. Em sua mente, ele estava agindo apenas para o bem... o bem dos elfos, mantendo-os seguros, isolados, protegidos.

Todo o trabalho árduo, todas as horas intermináveis de viagem de ida e volta, todas as negociações difíceis: convencer os cavaleiros a confiarem nos elfos, convencer os anões a confiarem nos ergothianos, convencer os elfos a confiar em qualquer um. Tudo se foi em uma nuvem de fumaça.

E Lorde Ariakan e seus terríveis Cavaleiros de Takhisis estão ficando mais fortes a cada hora.

Este foi um golpe terrível em suas esperanças de paz, mas, no momento, tudo em que Tanis conseguia pensar era em seu filho. Gilthas está seguro? Ele está bem? Ele sabe o que Rashas trama? O que fará se descobrir?

Espero que nada. Nada precipitado, nada tolo. Nada para colocar a si mesmo, ou outros, em perigo. Gil nunca esteve em nenhum tipo de perigo ou dificuldade até agora. Seu pai e sua mãe cuidaram disso. Ele não saberia como reagir.

— Nós sempre o protegemos — disse Tanis, sem perceber que estava falando em voz alta. — Talvez estivéssemos errados. Mas estava tão doente, tão frágil... Como poderíamos fazer de outra forma?

— Nós criamos nossos filhos para nos deixar, Tanis — Dalamar disse calmamente.

Assustado, Tanis olhou para o elfo negro.

— Caramon disse isso.

— Sim, disse isso para mim, depois que Palin fez o Teste. "Recebemos nossos filhos apenas por um curto período de tempo. Durante esse tempo, devemos ensiná-los a viver sozinhos, porque nem sempre estaremos por perto".

— Palavras sábias. — Lembrando-se de seu amigo, Tanis sorriu de forma afetuosa e triste. — Mas Caramon não foi capaz de seguir seu ditado, não quando se tratava de seu próprio filho.

Ele ficou em silêncio por um momento, então disse baixinho:

— Por que está me contando tudo isso, Dalamar? O que está ganhando nisso?

— Sua Majestade Sombria tem grande consideração por você, Tanis Meio-Elfo. Nem ela, nem eu consideramos favorável à nossa causa ter seu filho no trono élfico. Acho que faríamos muito melhor com Porthios — Dalamar acrescentou secamente.

— E o tratado?

— Essa vitória já é nossa, meu amigo. Não importa o que aconteça entre os elfos, o tratado é um pedaço de papel. Porthios nunca perdoará os Silvanesti por traí-lo. Ele não vai assinar agora. Você sabe. E, se as duas nações élficas se recusarem a assinar, os anões de Thorbardin se recusarão a assinar. E se os anões...

— Que se enforquem os anões! — Tanis disse impacientemente. — Isso significa que você vai me ajudar a trazer Gilthas para casa?

— A coroação de seu filho está planejada para amanhã — disse Dalamar, erguendo sua taça de vinho para Tanis em uma saudação zombeteira. — É uma ocasião solene, uma que nenhum pai deveria perder.

# 10

O crepúsculo realçava a beleza da terra élfica. As cores suaves e cintilantes do sol poente brilhavam através das cortinas de seda, polindo todos os objetos da sala com ouro. Sua beleza estava desperdiçada em Gil. Nervosamente, ele andava pelas horas.

A casa estava silenciosa. Os guardas keganesti quase nunca falavam e, quando o faziam, era apenas brevemente e em seu próprio idioma, um idioma que soava como o canto de pássaros selvagens. Os guardas trouxeram o jantar: tigelas de frutas e pão, vinho e água. Então, depois de uma rápida olhada ao redor da sala, eles saíram, fechando a porta atrás deles. Alhana não conseguia comer nada.

— Esta comida tem gosto de cinzas — disse ela.

Apesar do seu problema, Gilthas estava com fome. Ele comeu não só sua refeição, mas, quando viu que ela não comeria, a dela também.

Alhana sorriu levemente.

— A resiliência da juventude. É bom de ver. Você é o futuro da nossa raça. — Ela pressionou a mão contra o abdômen. — Você me dá esperança.

A noite era proibida de realmente se estabelecer sobre Qualinesti. A escuridão era iluminada por milhares de pequenas luzes cintilantes, brilhando nas árvores. Alhana deitou-se, fechou os olhos e tentou descansar um pouco antes da longa, e possivelmente perigosa, jornada noturna.

Gil continuou andando na escuridão, tentando resolver o emaranhado de confusões em seus pensamentos.

Lar! Como ele ansiava por deixá-lo. Agora, perversamente, ele ansiava por estar de volta.

— Meu pai veio atrás de mim. Sei que veio. E talvez eu o tenha colocado em perigo. — Gil suspirou. — Acabei fazendo uma confusão. O que acontecer ao meu pai, será minha culpa. Ele me avisou para não ir. Por que não ouvi? O que há de errado comigo? Por que tenho esses sentimentos horríveis dentro de mim? Eu...

Ele parou. Vozes, vozes altas falando qualinesti vieram flutuando lá de baixo. Alarmado, pensando talvez que a trama de Alhana havia sido descoberta, Gil se perguntou se deveria acordá-la.

Ela já estava acordada, sentada, com os olhos bem abertos. Escutou por alguns momentos, então suspirou de alívio.

— São apenas alguns membros do Thalas-Enthia... Os coortes de Rashas. Estão planejando entrar juntos nas câmaras do Senado para apresentar uma fachada sólida.

— Então, nem todos os senadores apoiam Rashas?

— Os membros mais jovens se opõem a ele, embora sejam muito poucos para importar. Mas muitos dos mais velhos estão vacilando. Se Porthios estivesse aqui, não haveria competição, e Rashas sabe disso.

— O que vai acontecer amanhã, quando você for embora e eu não estiver aqui para ser coroado?

Alhana foi desdenhosa.

— O povo vai acordar e descobrir que não tem governante. Rashas será forçado a buscar Porthios. O Thalas-Enthia será castigado e poderemos continuar com nossas vidas como estão.

Gil tinha ouvido seus pais falarem sobre o casamento de Alhana e Porthios. Não era feliz. Marido e mulher raramente se viam. Porthios lutava contra o sonho de Lorac em Silvanesti. Alhana passava seu tempo viajando entre os dois reinos, tentando desesperadamente mantê-los juntos. Mas ela falava do marido com respeito e orgulho, senão com afeição.

Gil a observou com olhos de adoração. *Eu poderia viver apenas da sua beleza. Se ela fosse minha, eu não precisaria de mais nada. Poderia ficar sem água, comida. Como algum homem poderia não a amar? Porthios deve ser um grande tolo.*

Uma explosão breve de aplausos irrompeu lá de baixo. O som das vozes começou a diminuir.

— Estão indo embora — Alhana falou. — Agora, os guardas vão relaxar.

A casa estava silenciosa. Então, assim que tiveram certeza de que Rashas foi embora, os guardas keganesti do lado de fora de sua porta começaram a conversar e rir. Lanças caíram no chão. Mais risadas e sons estranhos de cliques.

Intrigado, Gil olhou para Alhana.

— O que você escuta são gravetos sendo jogados no chão. Os keganesti estão fazendo um jogo de seu povo. Eles fazem isso sempre que o Rashas sai, mas não imagine que estão baixando a guarda — alertou. — Eles trocariam seus gravetos de apostas por lanças quando você tentasse abrir aquela porta.

— Então, como vamos escapar?

Era uma longa queda até o jardim abaixo; Gil já tinha olhado.

— Samar tem tudo planejado — Alhana falou, sem dizer mais nada.

O tempo passou. Gil estava tenso, nervoso.

— Quanto tempo vai durar o encontro do Thalas-Enthia?

— Noite adentro — Alhana respondeu calmamente. — Afinal, estão tramando uma sedição.

O jogo dos elfos selvagens estava se tornando cada vez mais divertido, a julgar pelas gargalhadas e pelas ocasionais discussões animadas e amigáveis. Gil caminhou até a porta e encostou o ouvido para ouvir melhor. Ele gostaria de participar de tal jogo algum dia e se perguntou como era jogado. Os gravetos faziam barulho; havia momentos de silêncio para prender a respiração, seguidos por um suspiro de alívio ou uivos de consternação. No final, gritos de sucesso vieram dos vencedores, xingamentos de boa índole dos perdedores.

Então, de repente, ouviu-se o som de uma voz estranha.

— Boa noite, senhores. Quem está vencendo?

Mortalmente pálida, Alhana levantou-se.

— É Samar — ela sussurrou. — Afaste-se da porta! Rápido!

Gil saltou para trás. Ele ouviu gritos confusos do lado de fora da porta, homens tentando pegar suas lanças. Palavras rápidas, estranhas, ditas num idioma que ele não entendia, pararam aqueles sons, os transformaram em gemidos abafados seguidos de vários baques surdos, como de corpos pesados caindo no chão. E, então, não havia mais sons pelo espaço de dez batimentos cardíacos... Batimentos cardíacos rápidos e assustados.

A porta se abriu. Um jovem guerreiro élfico entrou na sala.

— Samar! Meu amigo de confiança. — Alhana sorriu para ele. Graciosa e calma como se estivesse em sua própria sala de audiência, ela estendeu a mão.

— Minha rainha! — Samar caiu de joelhos diante dela. Sua cabeça se curvou em homenagem.

Gil olhou curiosamente para fora da porta. Os elfos selvagens estavam estendidos, comatosos, no chão. Alguns ainda tinham as lanças nas mãos. O que parecia ser um pedaço de pergaminho enrolado estava em chamas no centro da sala. Enquanto Gil observava, o pergaminho desapareceu, consumido pelo fogo. Gavinhas finas de fumaça verde flutuavam no ar parado.

Gil estava prestes a sair para dar uma olhada mais de perto.

— Cuidado, jovem — alertou Samar. Levantando-se rapidamente, ele puxou Gil de volta. — Não chegue perto dessa fumaça ou você dormirá tão pacificamente quanto eles.

— Príncipe Gilthas, filho de Laurana Solostaran e Tanis Meio-Elfo — Alhana fez as apresentações. — Este é Samar da Casa Protetora.

Frio e avaliador, o olhar de Samar passou por Gil que, de repente, se sentiu fraco e frágil na presença desse guerreiro experiente. Samar fez um aceno frio com a cabeça para o jovem e voltou-se imediatamente para sua rainha.

— Tudo está preparado, Majestade. Os grifos estão esperando para nos encontrar no deserto. Ficaram furiosos quando souberam que Rashas a fizera de prisioneira — Samar sorriu sombriamente. — Não acredito que ele voltará a voar nas costas de um grifo. Se estiver pronta, devemos partir imediatamente. Onde estão seus pertences? Vou carregá-los para você.

— Eu viajo leve, meu amigo — disse Alhana. Ela abriu as mãos, mostrou-as vazias.

— Mas suas joias, minha rainha...

— Eu tenho o que é importante para mim. — Ela colocou a mão sobre um anel que usava no dedo. — O sinal da fé e da confiança do meu marido. O resto nada significa.

Samar franziu a testa.

— Eles tomaram suas joias, não é, minha rainha? Como ousam?

A voz de Alhana era gentil, mas severa.

— As joias são do povo Qualinesti. O assunto é trivial, Samar. Você está certo. Devemos partir imediatamente.

O guerreiro curvou-se em silenciosa aquiescência.

— Os guardas do andar de baixo também foram silenciados. Vamos por lá. Cubra o nariz e a boca, minha rainha. Você também, Príncipe — ele ordenou a Gil secamente. — Não inale a fumaça mágica.

Alhana pressionou um lenço de seda bordado sobre o rosto. Gil segurou a bainha de sua capa sobre a boca. Samar liderava o caminho, com a mão no punho da espada. Eles passaram por cima dos corpos adormecidos dos elfos selvagens e desviaram-se cautelosamente das cinzas fumegantes do pergaminho mágico. Quando chegaram ao topo da escada, Samar os fez parar.

— Fiquem aqui — ele sussurrou.

Descendo os degraus, ele olhou em volta, então, satisfeito que tudo estava seguro, ele fez sinal para que Alhana e Gil o seguissem.

Na metade do último lance de escada, Samar agarrou Alhana de repente e arrastou-a para as sombras. Um olhar feroz do guerreiro e um "Volte!" urgente alertou Gil para fazer o mesmo.

Sem ousar respirar, ele se encostou na parede.

Uma elfa selvagem emergiu de uma porta diretamente abaixo deles. Estava carregando uma tigela de prata cheia de frutas. Cantarolando uma canção para si mesma, ela atravessou a entrada, dirigindo-se para um pátio brilhante com as pequenas luzes cintilantes. Outro servo keganesti encontrou a mulher na porta. Eles conversaram alguns momentos. Gil captou a palavra Qualinesti para "festa". Os dois desapareceram no pátio.

Gil ficou impressionado. Como, em nome de Paladine, Samar ouviu a mulher chegando? Ela se movia tão silenciosamente quanto o vento com os pés descalços, exceto por aquela música suave. Gil olhou para o guerreiro com uma admiração indisfarçável. Samar estava se desculpando em voz baixa com sua rainha.

— Perdoe-me, Sua Majestade, por minha brutalidade.

— Não há nada a perdoar, Samar. Vamos nos apressar, antes que ela volte.

Rápida e silenciosamente, os três desceram as escadas.

Samar pôs a mão na maçaneta da porta.

A porta se abriu, mas não foi o guerreiro quem a abriu.

O senador Rashas estava parado na porta.

— O que é isso? — ele exigiu em um tom surpreso, olhando do guerreiro para Alhana. O rosto do senador ficou lívido de raiva. — Guardas! Prendam-nos!

Elfos qualinesti usando as espadas e uniformes da guarda da cidade passaram por Rashas. Samar desembainhou sua espada e se jogou na frente de sua rainha. Os guardas desembainharam suas espadas.

Gil não tinha arma, e não saberia o que fazer com uma de qualquer maneira. O sangue latejava em seus ouvidos. Estava quase paralisado de medo quando Rashas apareceu pela primeira vez. Esse medo havia evaporado. O sangue de Gil ardeu. Ele se sentia leve e calmo, pronto para lutar. Tensionado, estava prestes a pular...

— Parem com essa loucura!

Alhana se jogou no meio dos combatentes. Suas mãos, macias e brancas, agarraram a lâmina da espada de Samar e empurraram para o lado a lâmina do guarda que o ameaçava.

— Samar, guarde sua arma — ela ordenou, falando silvanesti, com a voz trêmula de emoção e raiva.

— Mas, minha rainha! — ele começou, implorando.

— Samar! Essa é a minha ordem! — ela retrucou.

Lentamente, com relutância, Samar baixou a espada. Mas não a embainhou.

Alhana virou-se para enfrentar Rashas.

— Então é isso que acabou acontecendo — disse ela. — Elfo matando elfo. É o que você quer, Rashas?

Alhana estendeu as mãos. Sua carne estava cortada, sangrando.

Rashas estava impassível, seu rosto duro e frio. Os guardas qualinesti, porém, pareciam desconfortáveis, baixaram as armas e recuaram um pouco. Gil olhou para o sangue nas mãos da rainha e ficou profundamente envergonhado de sua própria sede de sangue.

— Não fui eu quem nos colocou aqui, minha senhora — Rashas disse friamente —, e sim você. Ao tentar esta fuga, você violou o decreto legal do Thalas-Enthia.

— Legal! — Alhana olhou para ele com desdém. — Eu sou sua rainha. Você não tem o direito de me segurar contra a minha vontade!

— Nem mesmo uma rainha está acima da lei élfica. Sabemos do tratado secreto, Majestade. Sabemos que você e o traidor Porthios planejaram nos vender para nossos inimigos.

Alhana olhou para ele, sem entender.

— Tratado...

— O tratado conhecido como Nações Unificadas. — Rashas zombou. — Um tratado que nos tornaria escravos!

— Não, Senador. Você não entende! Compreendeu tudo errado!

— Você nega que tenha conduzido conversas em segredo com os humanos e os anões?

— Não nego — respondeu Alhana com dignidade. — As negociações tiveram que ser mantidas em segredo. O assunto é muito delicado, muito perigoso. Há coisas acontecendo no mundo que você não conhece. Você não pode entender...

— Você está certa, minha senhora — Rashas interrompeu. — Eu não entendo. Não entendo como você pode nos vender como escravos, entregar nossas terras.

Alhana era imperiosa, calma.

Você é um tolo cego, mas isso não vem ao caso. Nossas negociações foram legítimas. Não infringimos nenhuma lei.

— Pelo contrário, minha senhora! — Rashas estava perdendo a paciência. — A lei élfica exige que todos os tratados sejam votados pelo Thalas-Enthia!

— Nós íamos apresentá-lo ao Senado. Eu juro que...

— Um juramento silvanesti? — Rashas riu com desdém.

— Perdoe-me, minha rainha, por minha desobediência — disse Samar em voz baixa. Segurando Alhana, o guerreiro empurrou sua rainha protetoramente nos braços de Gil.

Espada erguida, o guerreiro silvanesti saltou sobre Rashas.

Os guardas qualinesti se aproximaram. O aço retiniu quando as espadas se chocaram. Rashas tropeçou para trás para um canto seguro. Gil colocou seu próprio corpo na frente de Alhana. Ela assistiu com horror, impotente para intervir.

Os guardas qualinesti superavam Samar em quatro para um. Ele lutou bravamente, mas conseguiram dominá-lo e desarmá-lo. Mesmo assim, ele lutou. Os guardas o golpearam com os punhos e com a parte plana das lâminas até ele cair inconsciente no chão.

Foi a primeira vez que Gil viu sangue derramado em violência. Ficou enojado com a visão e com sua própria raiva impotente.

Alhana ajoelhou-se ao lado de Samar caído.

— Este homem está ferido gravemente. — Ela olhou para o qualinesti. — Leve-o para os curandeiros.

O guarda virou-se para Rashas.

— É essa a sua vontade, Senador?

Alhana empalideceu e mordeu o lábio.

Rashas estava mais uma vez no controle da situação.

— Leve-o para os curandeiros. Quando terminarem com ele, joguem-no na prisão. Ele pode muito bem pagar por este ato de traição com sua vida. Um de vocês, guardas, volte comigo ao senado. Devo informá-los sobre o que aconteceu. O resto de vocês, escolte Alhana Brisestelar de volta aos aposentos dela. Não, você não, Príncipe Gilthas. Eu quero ter uma conversa com você.

Desafiador, Gil balançou a cabeça.

Alhana levantou-se, aproximou-se dele e pousou a mão em seu braço.

— Você é um príncipe qualinesti — ela disse, de forma séria e atenta. — E filho de Tanis Meio-Elfo. Você tem coragem suficiente para isso.

Gil não entendeu muito bem, mas ocorreu a ele que poderia trazer mais problemas para ela se ele se recusasse a ouvir Rashas.

— Você vai ficar bem, *Rainha* Alhana? — ele perguntou, enfatizando a palavra.

Ela sorriu para ele. Então, caminhando com dignidade, acompanhada de seus guardas, Alhana saiu da sala.

Quando ela se foi, o senador voltou-se para Gil.

— Sinto muito por este infeliz incidente, meu príncipe. Assumo totalmente a responsabilidade. Eu nunca deveria ter dividido você com aquela mulher astuta. Deveria ter previsto que ela iria coagi-lo a seguir seu plano traiçoeiro. Mas você está seguro agora, meu príncipe. — Rashas era calmo, reconfortante. — Vou encontrar outra acomodação para você esta noite.

Gil sabia o que seu pai faria nessa situação. Tanis teria engolido em seco e, então, teria socado Rashas.

Graça sob pressão.

No entanto, bater em Rashas não resolveria nada, só pioraria as coisas. Gil sabia o que sua mãe faria.

Suspirando com pesar, Gil assumiu uma expressão calma e plácida que não revelava nada de seus pensamentos, uma expressão que ele vira mais de uma vez no rosto de sua mãe.

— Agradeço sua preocupação, Senador.

Rashas assentiu com a cabeça e continuou suavemente.

— Os membros do Thalas-Enthia querem muito conhecê-lo, Príncipe Gilthas. Eles me pediram para levá-lo à reunião desta noite. Por isso voltei mais cedo. Fui enviado para levá-lo à câmara do senado. Sorte, você não acha? Isso mostra que os deuses estão comigo.

*Um deus, pelo menos*, Gil pensou seriamente. *Ou devia dizer deusa?*

— Mas você não parece bem. — Rashas mostrava toda uma preocupação solidária. — Não é de surpreender. Você estava em perigo grave por causa daquela conspiradora. — Ele baixou a voz. — Há quem diga que ela é uma bruxa. Não, não. Não tente falar, meu príncipe. Vou transmitir suas desculpas ao senado.

— Por favor, faça isso, Senador — disse Gil. Ele também podia fazer este jogo. Apenas desejava ter uma compreensão mais clara das regras.

Rashas fez uma reverência.

— Durma bem esta noite, Príncipe Gilthas. Você tem uma agenda lotada pela frente amanhã. Não é todo dia que um homem é coroado rei.

Com um gesto, o senador convocou um de seus servos keganesti.

— Leve Sua Alteza para novos aposentos... Longe da bruxa. E cuide para que ele não seja perturbado.

# 11

Durante toda aquela noite, Gil ficou deitado em sua cama e fez planos para a manhã seguinte. Ocorreu, pouco depois de ser escoltado até seu quarto, que ele e Alhana não estavam preocupados com nada. Ele sabia o que fazer, como lidar com a situação. Era tudo muito simples. Só lamentava não poder dizer a Alhana que ela não tinha nada a temer.

Gil ensaiou várias vezes em sua mente o que diria a Rashas. A ansiedade diminuiu, o jovem adormeceu.

O som de batidas o acordou. Ele se sentou e olhou pela janela. Ainda estava escuro.

Um guarda keganesti abriu a porta, permitindo que três criadas entrassem no quarto de Gil. Uma das mulheres carregava uma grande bacia com água de rosas perfumada; flores de laranjeira flutuavam na superfície. Outra trouxe uma lâmpada e comida em uma bandeja. A terceira segurava, com cuidado, mantos amarelos macios, pendurados em seus braços.

A keganesti que carregava seu café da manhã era muito jovem, não mais do que a idade de Gil. Também era muito adorável. Seu corpo não estava pintado, como o dos elfos mais velhos, por uma questão de gosto ou talvez o costume estivesse morrendo entre os jovens.[4] Entretanto, ela tinha

[4] Os qualinesti consideram bárbaro o costume de pintar o corpo e trabalharam para acabar com a prática entre os elfos selvagens, especialmente aqueles que vieram morar e trabalhar

a pele bronzeada de seu povo e seu cabelo era dourado polido. Seus olhos, à luz suave da lâmpada, eram grandes e castanhos. Ela sorriu timidamente para ele enquanto colocava a bandeja de comida na mesa ao lado da cama.

Gil sorriu de volta, sem pensar no que estava fazendo. Então, ficou profundamente envergonhado quando as duas mulheres mais velhas riram, disseram algo em seu idioma cadenciado. A jovem corou e afastou-se apressadamente da cama de Gil.

— Coma. Lave. Vista — disse uma das mulheres mais velhas, enfeitando seu tosco discurso qualinesti com movimentos rápidos de suas mãos. — O mestre vai estar com você em breve. Antes que sol nasça.

— Quero ver a Rainha Alhana — Gil falou com firmeza, tentando soar o mais digno possível, considerando que estava mais ou menos preso em sua cama por aquelas mulheres.

A keganesti passou os olhos para o guarda, que estava parado vigilante na porta. Ele franziu a testa, latiu um comando brusco e as mulheres saíram apressadas.

— Eu quero... — Gil recomeçou em voz alta, mas o guarda apenas grunhiu e fechou a porta com força.

Gil respirou fundo. Logo, aparentemente, deveria enfrentar Rashas. Ele repassou as palavras várias vezes enquanto fazia suas abluções matinais. Com apenas um olhar para os mantos amarelos, os mantos cerimoniais do Orador do Sol e das Estrelas, Gil vestiu suas roupas de viagem, as roupas que usara em Qualinesti, as roupas que pretendia usar no seu lar.

Lar! A lembrança trouxe lágrimas aos seus olhos. Ele ficaria muito feliz em voltar; duvidava que algum dia fosse partir novamente. Seu olhar foi para a bandeja de comida. Lembrou-se da garota adorável que a carregava, lembrou-se de seus olhos, de seu sorriso.

Bem, talvez ele não saísse de casa por um tempo. Ele voltaria aqui, quando tudo isso acabasse, quando Alhana e Porthios fossem novamente os governantes legítimos. E, da próxima vez, voltaria com seus pais.

Ele tentou tomar café da manhã, mas desistiu. Sentou-se na cama, na escuridão iluminada pela lâmpada, esperando Rashas com impaciência.

Um tom da luz cor de rosa reluzia na vidraça. Era quase madrugada. Gil ouviu passos e, então, o senador Rashas entrou na sala. Ele entrou de

---

em Qualinesti. Os keganesti mais velhos seguem rigidamente os velhos costumes, mas os elfos mais jovens, particularmente aqueles que queriam permanecer em Qualinesti, desistiram do costume. Isso não agradou a muitos dos keganesti, que acusaram seus primos de tentar atrair seus filhotes para longe deles, talvez até mesmo erradicar a raça keganesti.

forma abrupta, apressada, sem bater. O olhar do senador foi primeiro para os mantos do Orador, intocados na cama, depois para o próprio Gil.

Ele se levantara, estava parado de modo respeitoso, mas certamente não humilde, diante do senador.

— O que foi? — Rashas exigiu surpreso. — As mulheres não contaram...? Malditos sejam seus ouvidos! Esses bárbaros nunca acertam em nada. Você deve se vestir com os mantos do Orador, Príncipe Gilthas. Obviamente, você entendeu mal...

— Não entendi mal, Senador — disse Gil, usando o apelido formal.

Suas mãos estavam frias. Sua boca estava tão seca que ele temeu que sua voz falhasse, o que arruinaria a eficácia de seu discurso cuidadosamente preparado. Mas não havia saída agora. Tinha que continuar da melhor forma que podia. Tinha que fazer o que era certo, o que pudesse para compensar todos os problemas que causara.

— Eu não serei seu Orador, Senador. Eu me recuso a fazer o voto.

Gil fez uma pausa, esperando que Rashas discutisse, ridicularizasse ou até mesmo protestasse e implorasse.

Rashas não disse nada. Seu rosto era ilegível. Ele cruzou os braços sobre o peito, esperou que Gil continuasse.

Gil lambeu os lábios secos.

— Talvez, Senador, você tenha presumido que, porque meus pais não escolheram me criar em Qualinesti, fui mantido na ignorância de minha herança. Isso não é verdade. Sei tudo sobre a cerimônia de coroação do Orador do Sol e das Estrelas. Minha mãe me explicou. Sei que uma coisa é necessária. O Orador deve fazer o voto por sua *própria vontade*.

Gil enfatizou as palavras. O discurso estava saindo mais fácil. Ele estava muito absorto nisso para perceber que a reação de Rashas, ou não reação, poderia ser um presságio de problemas.

— Não vou fazer o voto — Gil concluiu, puxando outra respiração profunda. — Não posso ser seu Orador. Não mereço tal honra.

— Com certeza que não merece — Rashas disse de repente, suavemente, com fúria reprimida. — Seu pequeno mestiço arrogante. Seu pai era um bastardo. Ele nunca soube o nome do homem que transou com a prostituta que era a mãe dele. Ela deveria ter sido expulsa em sua vergonha. Eu disse isso, mas Solostaran era um velho idiota de coração mole e trêmulo. Quanto à sua própria mãe! Que mulher élfica decente veste armadura e cavalga para a batalha como um homem? Não tenho dúvidas de que ela achou muito divertido... Cercada dia e noite por tantos soldados! Sua mãe nada mais era do que uma vivandeira glorificada. O meio-elfo foi o único homem a tê-la depois que os outros terminaram com ela! Com tal herança, até mesmo deixá-lo cheirar o ar de Qualinesti é uma honra maior do que você merece, Príncipe Gilthas!

Rashas zombou quando falou o nome.

— E agora, pelos deuses, você tem a ousadia de recusar... recusar... ser o Orador! Com certeza, você deveria estar de joelhos diante de mim, chorando em sua gratidão, por eu tirá-lo da lama e transformá-lo em algo!

Chocado até o âmago de seu ser, Gil olhou para o senador com horror. Ele começou a tremer. Seu estômago revirou. Ele estava fisicamente enojado com o que ouvira. Como esse homem pode ser tão pervertido? Como poderia pensar tais coisas, quanto mais dizê-las? Gil lutou para responder, mas a raiva, sufocante e quente, o pegou pela garganta.

Rashas olhou para ele seriamente.

— Você é mais cabeça-dura do que eu imaginei que poderia ser, embora pudesse esperar isso. Você é definitivamente o filho de seu pai!

Gil parou de tremer. Ele ficou rígido, com as mãos apertadas atrás das costas. Mas ele conseguiu dar um sorriso.

— Agradeço o elogio, senhor.

Rashas fez uma pausa, franzindo a testa, considerando.

— Vejo que terei que recorrer a medidas extremas. Lembre-se, jovem. Aconteça o que acontecer, você causou isso a si mesmo. Guarda!

Agarrando os mantos do Orador com uma mão, Rashas enfiou seus dedos ossudos no braço de Gil e o empurrou, cambaleando, em direção à porta. O guarda keganesti segurou Gil com firmeza.

Ele lutou para se libertar. Rashas disse algo em keganesti. O guarda apertou ainda mais.

— Ele vai quebrar seu braço, se eu mandar — Rashas disse friamente. — Venha, venha, príncipe. — Mais uma vez, o escárnio. — Pare de desperdiçar meu tempo.

Rashas liderou o caminho para fora do quarto de Gil, subindo as escadas, de volta à parte da casa onde Alhana Brisestelar estava sendo mantida prisioneira. Antes, Gil estava furioso demais para pensar com clareza. Sua raiva estava começando a ser substituída pelo medo.

O senador Rashas era obviamente louco.

*Não, não é*, Gil percebeu com uma sensação de pavor. *Se ele fosse louco, ninguém o ouviria, ninguém o seguiria. Mas ele realmente acredita naquelas coisas terríveis que disse sobre meus pais. Realmente acredita que Alhana é uma bruxa. Acredita no que disse ontem à noite sobre o tratado, sobre os elfos se tornarem escravos dos humanos. Ele tem tudo distorcido de modo que, em sua mente, o que é bom é mau e o que é mau é bom! Como isso é possível? Eu não entendo... E o que posso fazer para impedi-lo?*

Eles chegaram aos aposentos de Alhana. Os guardas keganesti abriram a porta ao comando rosnado de Rashas. Ele entrou na sala. O guarda keganesti arrastou Gil depois.

Afastando-se do elfo selvagem, Gil fez uma tentativa de recuperar sua dignidade. Ele olhou desafiadoramente para Rashas.

Alhana estava de pé, olhou para ele com desdém calmo.

— Bem, por que você veio aqui, Senador? Você não deveria estar prosseguindo com a coroação?

— O jovem provou ser obstinado, Senhora Alhana. — Rashas era suave, contido. — Ele se recusa a fazer o voto. Achei que talvez você pudesse convencê-lo de que o que ele está fazendo não é do interesse dele... nem do seu.

Alhana recompensou Gil com um sorriso caloroso e aprovador; um sorriso que aliviou seu medo e o encheu de força renovada, esperança renovada.

— Pelo contrário. Acho que o jovem demonstrou notável sabedoria e coragem para alguém de seus anos. Obviamente, você o julgou mal, Rashas. Eu nem sonharia em tentar dissuadi-lo dessa decisão.

— Acredito que você mudará de ideia, Senhora Alhana — Rashas disse vagarosamente. — Assim como o jovem.

Rashas disse algumas palavras em keganesti. Um dos guardas elfos selvagens largou sua lança e removeu um arco que trazia pendurado no ombro. Rashas gesticulou para Alhana. O elfo selvagem assentiu. Ele tirou uma flecha de sua aljava e começou a encaixá-la no arco.

Alhana estava extremamente pálida, mas não, aparentemente, de medo. Ela olhou para o senador com um olhar que quase poderia ser de pena.

— Você está sendo seduzido pela escuridão, Rashas. Pare com esse curso de ação antes que ele o destrua!

Rashas se divertiu.

— Não sou aliado da Rainha das Trevas... como você, sua serva, deve saber. Faço tudo ao meu alcance para manter as sombras da sua maldade longe do meu povo. A luz sagrada de Paladine brilha sobre mim!

— Não, Rashas — Alhana disse suavemente. — A luz de Paladine ilumina. Não cega.

Com seu rosto duro, de expressão desdenhosa, Rashas se virou de Alhana. O senador encarou Gil, que só agora começava a compreender o que estava acontecendo.

— Você não pode fazer... uma coisa dessas! — Gil se engasgou. Ele olhou para Rashas em descrença. — Você não pode...

O senador jogou nele os mantos amarelos de Orador.

— É hora de se vestir para a cerimônia, Príncipe.

# 12

A última vez que Tanis esteve na Torre do Sol foi durante os dias sombrios que antecederam a Guerra da Lança. Os dragões malignos retornaram à Krynn. Um inimigo novo e terrível, os draconianos, estavam se juntando a outros servos da Rainha das Trevas para formar exércitos imensos sob a capitania dos poderosos Senhores dos Dragões. A vitória contra forças tão poderosas parecia impossível. Nesta torre, os elfos de Qualinesti se reuniram, possivelmente pela última vez, para planejar o êxodo de seu povo da sua amada terra natal.

Pequenas chamas bruxuleantes de esperança queimaram continuamente naquela noite escura: esperança na forma de um cajado de cristal azul e uma mulher sábia e forte o suficiente para empunhá-lo; esperança na forma improvável de um kender alegre que decidiu ajudar de "formas pequenas"; esperança na forma de um cavaleiro cuja coragem era um farol ardente para aqueles que se encolheram de medo sob as asas terríveis da Rainha das Trevas.

Lua Dourada, Tasslehoff, Sturm... eles e o resto dos companheiros estiveram com Tanis nesta sala, nesta torre. Ele sentia a presença deles agora. Olhando ao redor da câmara do Orador do Sol, ele ficou animado. Tudo ficaria bem. Ele olhou para a cúpula, para o mosaico de ladrilhos brilhantes, que retratava o céu azul e o sol em uma metade; a lua prateada, a lua vermelha e as estrelas na outra.

— Louvados sejam os deuses — Tanis rezou baixinho. — Eu o levarei para casa, meu filho, e começaremos de novo. E, desta vez, as coisas serão melhores. Eu prometo.

Dalamar, parado ao lado de Tanis, também olhava para cima. O elfo negro deu uma risada divertida.

— Eu me pergunto se eles sabem que a lua negra agora está visível em seu teto?

Chocado, Tanis o encarou. Então, balançou a sua cabeça.

— É só um buraco. Alguns ladrilhos caíram. Só isso.

Dalamar lançou um olhar de soslaio. O elfo negro sorriu.

Desconfortável, Tanis parou de olhar para o mosaico.

As paredes de mármore branco da torre reluziam vermelhas ao amanhecer. A sala redonda enorme estava vazia, exceto por uma tribuna, colocada diretamente abaixo do teto abobadado. As pessoas ainda não haviam se reunido; elas esperariam até que o sol estivesse completamente no horizonte. Tanis e Dalamar chegaram cedo, viajando pelos corredores da magia, uma jornada breve, mas estressante, que deixou Tanis confuso e desorientado.

Antes de deixarem a Torre da Alta Magia, Dalamar deu a Tanis um anel esculpido em quartzo cristalino.

— Use isso, meu amigo, e ninguém poderá vê-lo.

— Quer dizer que ficarei invisível? —Tanis perguntou, olhando para o anel em dúvida, sem tocá-lo.

Dalamar deslizou o anel no dedo indicador de Tanis.

— Quero dizer que ninguém poderá vê-lo — respondeu o elfo negro. — Exceto eu.

Tanis não entendeu, então decidiu que não estava particularmente interessado em entender aquilo. Segurando sua mão desajeitadamente, sem ousar tocar o anel por medo de interromper a magia, ele desejou impacientemente que a cerimônia começasse. Quanto mais cedo começasse, mais cedo terminaria e ele e Gil estariam em casa em segurança.

A luz do sol brilhava através de janelas pequenas cortadas na torre, refletidas em espelhos colocados nas paredes de mármore brilhante. Os Líderes das Famílias começaram a entrar na câmara. Vários caminharam para ficar bem na frente de Tanis. Ele endureceu, esperando ser localizado. Elfos andavam muito perto dele, mas nenhum o percebia. Relaxando, Tanis olhou para Dalamar. Ele podia ver o elfo negro e o elfo negro podia vê-lo, mas ninguém mais podia. A magia estava funcionando.

Tanis vasculhou a multidão.

Dalamar se aproximou, falou baixinho:

— Seu filho está aqui?

Tanis balançou a cabeça. Ele tentou dizer a si mesmo que estava tudo bem. Era cedo. Gil provavelmente entraria com o Thalas-Enthia.

— Lembre-se do plano — acrescentou Dalamar desnecessariamente. Tanis não pensava em nada além do plano durante toda uma noite longa e sem dormir. — Preciso fazer contato físico com ele para transportá-lo magicamente. O que significa que devemos nos revelar. Ele ficará alarmado, pode tentar fugir. Caberá a você acalmá-lo. Devemos agir rapidamente. Se algum elfo de Mantos Brancos nos vir...

— Pare de se preocupar — Tanis disse impaciente. — Eu sei o que fazer.

A câmara encheu-se rapidamente. Os elfos estavam agitados, tensos. Rumores brotaram mais rápido que ervas daninhas. Tanis ouviu o nome Porthios ser pronunciado várias vezes, mais com tristeza do que com raiva. Sempre que o nome de Alhana era falado, no entanto, geralmente vinha acompanhado de um xingamento. Porthios obviamente foi vítima da silvanesti sedutora. A palavra "bruxa" foi usada por vários elfos anciões que estavam perto de Tanis.

Ele se mexeu inquieto, achou difícil se conter. Teria dado toda a sua riqueza para ser capaz de bater suas cabeças umas na outras, colocar um pouco de juízo naqueles velhos tolos obstinados.

— Calma, meu amigo — Dalamar alertou suavemente, descansando a mão no braço de Tanis. — Não nos entregue.

Tanis cerrou os dentes, tentou se acalmar. Uma discussão irrompeu no lado oposto da câmara. Vários jovens elfos, que se tornaram Líderes das Famílias com a morte prematura de um dos pais, estavam em desacordo com os mais velhos.

— Os ventos da mudança estão soprando no mundo, trazendo novas ideias, novos pensamentos. Nós, elfos, devemos abrir nossas janelas, arejar nossas casas, nos livrar de hábitos obsoletos e estagnados — proclamava uma jovem.

Tanis aplaudiu silenciosamente esses rapazes e moças, mas lamentou notar que seus números eram poucos, suas vozes juvenis facilmente abafadas.

Um sino de prata tocou uma vez. O silêncio caiu sobre a assembleia. Os membros do Thalas-Enthia estavam chegando. Os outros elfos abriram caminho respeitosamente para os senadores. Vestidos com seus mantos de gala, eles formaram um círculo ao redor da tribuna.

Tanis procurou Gil no grupo, mas não conseguiu encontrá-lo.

Uma maga vestida de branco, membro do Thalas-Enthia, levantou a cabeça. Ela olhou rapidamente e com as sobrancelhas abaixadas ao redor da câmara.

— Maldita do Abismo — murmurou Dalamar, puxando a manga de Tanis. — Cuidado com aquela maga, meu amigo. Ela sente que algo está errado.

Tanis parecia alarmado.

— Ela consegue te ver? Nos ver?

— Não, ainda não. Sou como um cheiro ruim para ela — Dalamar explicou. — Assim como ela é para mim.

A Manto Branco continuou a procurar na multidão, então o sino de prata tocou quatro vezes. Todos os elfos começaram a esticar o pescoço, os mais baixos ficando na ponta dos pés para ver por cima das cabeças e ombros dos mais altos. Seus olhos focaram em uma pequena alcova adjacente à câmara central, uma alcova que Tanis de repente lembrou. Naquela sala, ele e seus amigos esperaram até serem chamados à presença do velho Solostaran, Orador do Sol e das Estrelas, pai de Laurana, um homem que fora pai adotivo de Tanis.

Naquela alcova, Tanis sabia, com um doloroso aperto no coração, que estava seu filho.

Gilthas entrou na câmara.

Tanis esqueceu o perigo, esqueceu tudo em sua preocupação, seu espanto e, deve-se admitir, seu orgulho.

O garotinho que havia fugido de casa desaparecera. Em seu lugar, caminhava um jovem com semblante grave e solene, um jovem que se mantinha ereto, alto e digno nos mantos amarelos e brilhantes do Orador.

Os elfos murmuraram entre si. Ficaram obviamente impressionados.

Tanis ficou impressionado. A essa distância, seu filho parecia um rei em cada centímetro.

E, então, Gilthas entrou em um raio de sol brilhante. O olhar amoroso do pai percebeu o tremor na mandíbula cerrada do jovem, a palidez do rosto, sua expressão, que era cuidadosa e deliberadamente vazia. Rashas e a maga élfica de branco moveram-se para ficar ao lado dele.

— Aquele é o Gilthas. Vamos lá.

Com a mão na espada, Tanis avançou. Dalamar o agarrou e o arrastou de volta.

— O que foi agora? — Tanis exigiu com raiva e, então, viu a expressão no rosto do elfo negro. — O que aconteceu?

— Ele está usando o medalhão do sol — disse Dalamar.

— O quê? Onde? Não estou vendo.

— Está escondido sob os mantos.

— Então? — Tanis não entendeu o problema.

— O medalhão é um artefato sagrado, abençoado por Paladine. O poder do medalhão o protege de gente como eu. Não ouso tocá-lo.

O elfo negro se aproximou e sussurrou no ouvido de Tanis.

— Não gosto disso, meu amigo. O que Gilthas está fazendo com o medalhão do sol? Somente o Orador do Sol e das Estrelas pode usá-lo. Porthios nunca o entregaria voluntariamente e, por causa de suas propriedades sagradas, o medalhão não pode ser tirado dele à força. Algo sinistro está acontecendo aqui.

— Mais uma razão para tirar Gil daqui! O que fazemos agora?

— Seu filho tem que tirar o medalhão, Tanis. E deve fazê-lo por sua própria vontade.

— Vou cuidar disso! — Tanis disse e, novamente, começou a avançar.

— Não, espere! — Dalamar advertiu. — Paciência, meu amigo. Agora não é a hora... Não com a maldita Manto Branco parada perto dele. Vejamos o que acontece. O momento adequado chegará. Quando acontecer, você deve estar pronto.

O meio-elfo soltou lentamente o punho da espada. Seu instinto era agir, fazer, não esperar. Mas Dalamar estava certo. Agora não era a hora. Inquieto, Tanis passou de um pé para o outro, forçando-se a ser paciente.

Gilthas veio para ficar perto do lado da tribuna. Era mais baixo que os elfos ao seu redor. Ele nunca teria a altura normal de um elfo, resultado de sua linhagem humana. Por um momento, ele pareceu pequeno, não muito majestoso.

Rashas o cutucou para frente, colocou a mão no ombro de Gil.

Gil virou-se e olhou para Rashas friamente.

Sorrindo, lábios apertados, Rashas removeu sua mão.

Virando as costas para Rashas, Gilthas caminhou lentamente até a tribuna. Uma vez lá, ele ergueu a cabeça e lançou um olhar rápido, perscrutador e esperançoso ao redor da sala.

— Ele está procurando por mim — Tanis falou. Ele estava com a mão no anel. — Ele sabe que virei buscá-lo. Se ele pudesse me ver...

Dalamar balançou a cabeça.

— Ele poderia nos delatar acidentalmente.

Tanis assistiu impotente e viu a esperança de seu filho morrer.

A cabeça de Gil baixou. Seus ombros caíram. Então, respirando fundo, ergueu a cabeça e olhou sem ver, com calma estoica, a multidão.

Rashas estava cuidando dos negócios, movendo-se apressadamente, dispensando todos os rituais e armadilhas cerimoniais que os elfos adoram.

— A situação é grave. Ontem à noite, os guardas qualinesti pegaram um intruso, um espião silvanesti!

Os elfos mais velhos pareciam adequadamente chocados e irados. Os mais novos trocaram olhares, balançaram a cabeça.

— O espião foi capturado e será julgado. Mas quem sabe se ele é o único? Quem sabe se ele não pode ser o precursor de um exército de invasão! Portanto — Rashas estava falando alto, praticamente gritando —, no interesse da segurança desta nação, o senado decidiu seguir o único curso de ação que nos resta.

— É a decisão do Thalas-Enthia que, por crimes contra seu povo, o atual Orador do Sol e das Estrelas, Porthios da Casa de Solostaran, seja destituído de seu título. Que, além disso, ele seja exilado, expulso desta terra e de todas as terras onde os homens de bem andam.

— Nós contestamos essa decisão! — chamou uma voz alta.

Os elfos mais velhos ficaram horrorizados, exigiram saber quem se atreveu a fazer tal coisa. O grupo de jovens elfos permaneceu unido, o desafio endurecendo seus rostos.

— Os Líderes das Famílias não tiveram voz nisso — continuou o jovem elfo, sua voz se elevando sobre os pedidos ultrajados de silêncio. — E, portanto, contestamos a decisão.

— Isso não é assunto para os Líderes das Famílias — disse Rashas em tom gelado. — Por lei, o Orador determina se um elfo deve ser expulso. No caso em que o próprio Orador seja quem cometeu um crime grave, o Thalas-Enthia recebe o poder para julgar.

— E quem decidiu que Porthios cometeu um crime? — o jovem continuou.

— O Thalas-Enthia — Rashas respondeu.

— Que conveniente! — O jovem zombou.

Seus companheiros o apoiaram.

— Coloque em votação para os Líderes das Famílias — vários gritaram.

— Queremos ouvir Porthios — gritou uma jovem. — Ele deveria ter o direito de se defender.

— Foi-lhe oferecido esse direito — Rashas disse suavemente. — Mandamos uma mensagem para Silvanesti. Nosso mensageiro disse ao Orador que ele fora acusado de traição e que deveria retornar imediatamente para respondê-la. Como podem ver, Porthios não está presente. Ele permanece em Silvanesti. Desdenha não apenas desses procedimentos, mas do seu próprio povo.

— Inteligente, muito inteligente — Dalamar murmurou. — Claro, Rashas não menciona o fato de que Porthios está trancado em uma cela de prisão em Silvanesti.

Tanis ficou observando os procedimentos em um silêncio sombrio. Seu medo pelo filho estava crescendo. Ao que parecia, Rashas não pararia por nada. Dalamar tinha razão. Agora, o senador estava nas garras da Rainha das Trevas.

Rashas estava avançando.

— E aqui está a marca suprema do desdém de Porthios por seu povo. Mostre a eles, Príncipe Gilthas.

Gilthas ergueu a cabeça. Ele pareceu hesitar. Rashas disse algo para ele. Gilthas olhou para o homem, com repugnância e ódio naquele olhar. Então, lentamente, ele enfiou a mão em seus mantos amarelos e tirou o medalhão dourado brilhante formado na imagem do sol.

A raiva, como uma rajada de vento, varreu a câmara.

O medalhão do sol era um artefato antigo e sagrado, transmitido através dos séculos de um Orador para seu sucessor. Tanis não tinha uma ideia muito clara de quais eram seus poderes. Era um segredo bem guardado há muito tempo entre os descendentes de Silvanos.

*O quanto Dalamar sabia sobre ele?* Tanis se perguntou, inquieto. *E como ele descobriu?* Não que importasse. O elfo negro estava certo. Porthios nunca teria entregado voluntariamente o medalhão sagrado.

A Manto Branco estava sussurrando no ouvido de Rashas. Dalamar ficou tenso, mas a Manto Branco aparentemente estava oferecendo um conselho, não emitindo um aviso.

— Tudo foi feito de acordo com a lei — disse Rashas. — Mas, se alguns de nossos membros mais jovens e inexperientes solicitarem uma votação, nós permitiremos.

A votação ocorreu. Porthios perdeu por uma maioria considerável. O medalhão do sol resolvera o problema. Aos olhos dos elfos, Porthios renunciara a seu próprio povo. Os jovens elfos foram os únicos a apoiar lealmente o Orador ausente.

Rashas prosseguiu implacavelmente.

— Sem um líder, nos voltamos para outro membro da ilustre linhagem de Silvanos. É um prazer e uma honra apresentar Gilthas, filho de Lauralanthalasa, filha de Solostaran, e o próximo Orador do Sol e das Estrelas.

Com uma cutucada de Rashas, Gilthas curvou-se educadamente para a multidão. Ele estava extremamente pálido.

— O Thalas-Enthia examinou cuidadosamente a linhagem do Príncipe Gilthas. Achamos totalmente satisfatório.

— E quanto ao fato do que seu pai ser meio-humano? — Um dos elfos mais jovens estava fazendo uma última tentativa.

Rashas sorriu benignamente.

— Certamente, nestes tempos iluminados, tal fator não deveria contar contra o príncipe. Você não concorda?

O jovem fez uma careta, incapaz de responder. Ele e seus companheiros foram pegos em sua própria armadilha. Se protestassem ainda mais contra Gilthas, pareceriam tão fanáticos e rígidos quanto os mais velhos. Os jovens Líderes das Famílias trocaram olhares. Então, de comum acordo, eles se viraram e saíram do processo.

Um murmúrio perturbado, como o estrondo de um trovão, retumbou pela câmara. Os elfos não gostaram disso. Alguns pareciam estar tendo dúvidas. Rashas deu instruções à Manto Branco e fez um gesto. Aparentemente, ela estava recebendo ordens para ir atrás dos membros rebeldes. Ela parecia protestar, mas Rashas franziu a testa. Seu gesto se repetiu, desta vez com mais força.

Com um aceno de cabeça, a Manto Branco deixou a tribuna e saiu correndo da câmara.

— Obrigado, Takhisis! — Dalamar sussurrou.

Tanis ofereceu uma oração semelhante a Paladine.

Os dois se esgueiraram para a frente e começaram a se mover cautelosamente no meio da multidão.

— Não esbarre em ninguém! — Dalamar avisou. — Podemos ser invisíveis, mas não somos aparições!

Os elfos na câmara estavam inquietos, murmurando entre si.

Rashas viu a situação se deteriorando rapidamente. Obviamente, ele precisava encerrar tudo rapidamente. Ele pediu silêncio. Os elfos gradualmente se acomodaram, dando toda a atenção.

— Vamos prosseguir com a Realização do Voto — disse ele, lançando um olhar amplo ao redor da câmara.

Ninguém disse uma palavra em desafio agora. Tanis e Dalamar quase alcançaram a tribuna. Gilthas estava segurando a tribuna com os nós dos dedos brancos, como se precisasse do seu apoio para se manter de pé. Parecia alheio ao que estava acontecendo ao seu redor. Tanis se aproximou. Ele segurou firme o anel mágico.

Rashas se virou para encarar Gilthas.

— Você, Gilthas da Casa de Solostaran, concorda, por sua própria vontade, em fazer o Voto do Sol e das Estrelas? Servir ao seu povo pelo resto de seus dias como seu Orador?

O rosto de Gil estava sem expressão, seus olhos sem vida. Umedecendo os lábios ressecados, ele abriu a boca.

— Não, filho! Pare! — Tanis arrancou o anel.

Gil olhou espantado para seu pai, que aparentemente saltara direto do nada.

Tanis agarrou o braço do filho.

— Tire o medalhão do sol! — ele ordenou. — Rápido!

Dalamar apareceu à esquerda de Gil. O jovem olhou atordoado de seu pai para o elfo negro. De um murmúrio de som confuso, irromperam berros e gritos. A mão de Gil fechou-se espasmodicamente sobre o medalhão.

Parado ao lado do jovem, Rashas disse algo a ele em voz baixa.

Tanis ignorou o senador. Ele lidaria com ele mais tarde.

— Gil, tire o medalhão — Tanis repetiu de forma calma e paciente. — Não se preocupe! Você estará seguro. Eu vim levá-lo para seu lar.

As palavras de Tanis levaram o jovem à ação, embora não fosse a ação que Tanis queria.

Gil se livrou das mãos de seu pai. O jovem estava mortalmente pálido, mas sua voz era forte.

— Você está errado, pai. — Gil olhou para Rashas. — Já estou no meu lar.

Rashas começou a chamar os guardas em voz alta. Ao som da comoção, a maga do Manto Branco correu para dentro da sala.

— Rápido, meu amigo! — Dalamar insistiu em voz baixa. — A menos que queira ver uma batalha mágica que derrubará esta torre ao nosso redor!

— Gil, me escuta — Tanis começou com raiva.

— Não, pai. Você me escuta. — Gilthas estava calmo. — Eu sei o que estou fazendo.

— Você é uma criança! — Tanis se enfureceu. — Não tem ideia do que está fazendo...

Uma faixa carmesim manchou o rosto de Gil, como se Tanis o tivesse golpeado. Sem palavras, ele olhou para o pai, pedindo silenciosamente por sua confiança, por sua compreensão. O medalhão, artefato sagrado dos elfos, brilhava em seu peito, sua luz brilhante refletida nos olhos azuis.

Quantas vezes, quando Tanis era criança, ele olhou para cima e viu aquele medalhão brilhando acima dele, como o próprio sol, longe de seu alcance?

— Tire essa coisa maldita! — Ele estendeu a mão.

A luz branca brilhou como o próprio sol explodindo. A dor queimou o braço de Tanis, uma dor terrível o suficiente para estourar seu coração. Ele estava caindo. Mãos fortes o pegaram, o apoiaram, e uma voz forte entoava palavras estranhas.

Ele ouviu, à distância, Gilthas dizer:

— Eu farei o voto. Serei o Orador do Sol e das Estrelas.

Tanis lutou para se libertar, mas a sala ficou mais escura, a escuridão começou a girar em torno dele, e ele percebeu, em desespero frustrado, que estava preso dentro da magia de Dalamar.

# 13

No instante seguinte, Tanis estava de joelhos sobre um gramado, piscando sob a luz forte do sol. Estava tonto e meio enjoado, seu braço doía e sua mão parecia inútil e dormente. Sentando-se sobre os calcanhares, ele olhou ao redor. Dalamar estava sobre ele.

— Onde estamos, em nome do Abismo? — Tanis exigiu.

— Silêncio! Fique quieto! — Dalamar ordenou em voz baixa. — Estamos do lado de fora da casa de Rashas. Coloque o anel! Rápido! Antes que alguém nos veja.

— A casa dele? — Tanis encontrou o anel em um bolso. Com a mão esquerda, lutou para recolocar o anel em um dedo que não sentia nada. Seu braço direito podia se mover, mas não parecia ser seu braço. — Por que você nos trouxe aqui?

— Minhas razões logo se tornarão aparentes. Fique em silêncio e venha comigo.

Dalamar atravessou rapidamente o gramado. Tanis correu para alcançá-lo.

— Mande-me de volta para aquela câmara. Eu irei sozinho!

Dalamar balançou a cabeça.

— Como eu disse, meu amigo, há algo sinistro acontecendo aqui.

Quando avistaram a casa, Dalamar parou.

Um elfo selvagem estava de guarda, bloqueando a porta.

Colocando a mão ao lado da boca, Dalamar chamou, falando o idioma keganesti:

— Venha rápido! Eu preciso de você!

O guarda saltou, virou-se e olhou para um bosque de álamos que crescia atrás da casa grande.

Envolto em magia, Dalamar estava parado praticamente na frente da varanda, mas sua voz vinha do bosque.

— Depressa, sua lesma! — Dalamar chamou novamente, acrescentando um insulto favorito em keganesti.

O guarda deixou seu posto e correu em direção ao bosque de álamos.

— Um dos velhos truques de ilusionismo de Raistlin. Aprendi muito com meu shalafi — Dalamar falou, esgueirando-se silenciosamente para dentro de casa.

Perplexo, incapaz de imaginar o que o elfo negro estava procurando, Tanis o seguiu.

Na entrada, uma keganesti estava ocupada esfregando uma grande mancha em um dos tapetes elegantes. Dalamar apontou para a mancha, chamando a atenção de Tanis para ela.

A mancha era recente; a água no balde da criada, o trapo em sua mão, estavam carmesins.

Sangue. Os lábios de Tanis formaram a palavra, mas ele não a pronunciou em voz alta.

Dalamar não respondeu. Estava parado ao pé de um lance de escadas, olhando para cima. Ele começou a subir e fez sinal para Tanis acompanhá-lo. Inconsciente de sua presença, a criada continuou em sua tarefa.

Tanis manteve a mão na espada. Ele não era particularmente bom em lutar com a mão esquerda, mas pelo menos teria a vantagem da surpresa. Nenhum inimigo o veria chegando.

Eles subiram as escadas, caminhando cautelosamente, testando cada tábua antes de pisar nela. A casa estava mortalmente silenciosa; uma única tábua rangendo os denunciaria. No entanto, os degraus mostraram-se resistentes e sólidos.

— Só o melhor para o Senador Rashas — Tanis murmurou e começou a subir mais rapidamente. Agora, ele estava começando a ter uma ideia do porquê terem vindo.

Chegando ao topo da escada, Dalamar ergueu uma mão protetora. Tanis parou. Uma porta estava aberta, revelando um corredor espaçoso. Três portas se abriam no corredor, uma no final e duas de cada lado. Apenas uma única porta, a do outro lado, estava guardada. Dois keganesti estavam na frente dela, segurando lanças. Tanis olhou para Dalamar.

— Você pega o da esquerda — disse o elfo negro. — Vou pegar o da direita. Faça seu ataque rápido e silencioso. Provavelmente há mais guardas dentro da sala.

Tanis pensou em usar sua espada, mas desistiu. Posicionando-se diretamente na frente do keganesti desatento, Tanis cerrou o punho, mirando um golpe rápido e certeiro no queixo. O elfo selvagem nunca soube o que o atingiu. Tanis pegou o guarda atordoado quando ele caiu e baixou-o silenciosamente até o chão. Olhando para cima, ele viu o outro keganesti dormindo no chão, um punhado de areia sobre seu corpo inerte.

Tanis pôs a mão na maçaneta da porta. Os dedos finos de Dalamar se fecharam sobre o pulso do meio-elfo.

— Se o que eu penso for verdade — Dalamar sussurrou no ouvido de Tanis —, qualquer movimento para abrir essa porta pode ser fatal. Não para nós — acrescentou, notando o olhar de espanto de Tanis. — Para a pessoa lá dentro. Voltaremos aos corredores da magia.

Tanis fez uma careta e balançou a cabeça. Andar por aqueles "corredores" o deixou desorientado e levemente enjoado. Dalamar sorriu em compreensão.

— Feche os olhos — aconselhou o elfo negro. — Isso ajuda.

Segurando o pulso de Tanis, Dalamar falou palavras rápidas. Quase antes de Tanis fechar os olhos, ele sentiu aqueles mesmos dedos cravados em seu braço, avisando-o para olhar em volta. Abrindo os olhos, ele piscou na luz brilhante.

Estava em um grande arboreto iluminado pelo sol. Sentada em um sofá, perto de uma janela, estava uma mulher. Seus pulsos e tornozelos estavam amarrados com uma corda de seda. Ela estava sentada, rigidamente ereta, majestosa e imperiosa, suas bochechas coradas... Não de medo, mas de raiva. Tanis reconheceu, chocado, Alhana Brisestelar.

Diretamente em frente a Alhana, havia um guarda keganesti armado com arco e flecha. O arco estava levantado, uma flecha armada e pronta para disparar. A flecha apontava para o peito de Alhana.

— E eles me exilaram! — Dalamar disse calmamente.

Tanis não conseguiu falar nada. Ele mal conseguia pensar com coerência, muito menos falar. Adivinhou agora que a ameaça fora usada para induzir Porthios a entregar do medalhão do sol, a mesma ameaça que forçou Gilthas a aceitá-lo. Horror e indignação, choque e fúria, e a memória apavorante das coisas terríveis que ele disse a seu filho se combinaram para dominar Tanis. Ele estava tão entorpecido e inútil quanto seu braço. Não podia fazer nada, exceto ficar olhando em descrença doentia e relutante.

Dalamar puxou a manga de Tanis e gesticulou para o guarda keganesti, que estava de costas para eles. O elfo negro fez um movimento com o punho cerrado.

Tanis assentiu para mostrar que entendia, embora se perguntasse o que Dalamar tinha em mente. Ao primeiro som que fizessem, o keganesti dispararia. Mesmo que conseguissem matá-lo, seus dedos poderiam lançar a flecha espasmodicamente.

Alhana estava sentada imóvel no sofá, encarando a morte com um desdém que parecia convidá-la.

Invisível para todos na sala, exceto Tanis, Dalamar aproximou-se e parou bem na frente do keganesti. A flecha agora estava apontada para o peito do elfo negro. Com um movimento brusco, Dalamar agarrou o arco, puxou-o para longe do guarda. Tanis, com os dois punhos cerrados, golpeou a nuca do guarda. O keganesti caiu sem um som.

Alhana não se mexeu, não falou. Ela olhou para o guarda caído, perplexa. Incapaz de ver Tanis ou Dalamar, deve ter parecido para ela como se o guarda tivesse acabado de lutar consigo mesmo e perdido.

Tanis tirou o anel. Dalamar tirou seu manto mágico.

Alhana passou seu olhar incrédulo para os dois.

— Vossa Majestade — disse Tanis, correndo para o lado dela. — Você está bem?

— Tanis Meio-Elfo? — Alhana o encarou atordoada.

— Sim, Vossa Majestade. — Ele tocou a mão dela, deixando-a saber que era de carne e osso, e começou a soltar suas amarras. — Eles a machucaram?

— Não, estou bem — disse Alhana. Ela se levantou apressadamente. — Venha comigo. Não temos tempo a perder. Devemos parar Rashas...

Sua voz falhou. Ela vira a expressão no rosto de Tanis.

— Tarde demais, Vossa Majestade — ele disse calmamente. — Quando eu saí, Gilthas estava fazendo o voto. Antes disso, o Thalas-Enthia decretou que você e Porthios deveriam ser exilados.

— Exilados — Alhana repetiu.

O sangue sumiu de suas bochechas, deixando-a tão pálida como se tivesse levado sua vida com ele. Seu olhar foi involuntariamente para Dalamar, um elfo negro... a personificação de seu destino. Estremecendo, ela desviou o olhar e pôs a mão sobre os olhos.

Os lábios de Dalamar se curvaram.

— Você não tem o direito de virar o rosto para mim, minha senhora. Não agora.

Alhana estremeceu. Tremendo, ela pressionou a mão sobre a boca e se apoiou no espaldar de uma cadeira.

— Dalamar... — Tanis começou asperamente.

— Não, Meio-Elfo — Alhana falou suavemente. — Ele está certo.

Erguendo a cabeça, a massa de cabelo escuro caindo desgrenhado em torno de seu belo rosto, ela estendeu a mão para ele.

— Por favor, perdoe-me, Dalamar. Você fala a verdade. Agora, eu sou o que você é. Você salvou minha vida. Aceite minhas desculpas e minha gratidão.

As mãos de Dalamar permaneceram cruzadas nas mangas dos seus mantos negros. Seu rosto estava gelado de desdém, congelado por uma lembrança amarga.

Alhana nada disse. Lentamente, sua mão baixou.

Dalamar deu um suspiro que era como o vento nas folhas dos álamos. Seus mantos negros farfalharam. Ele tocou as pontas dos dedos de Alhana, mal as roçando, como se temesse que pudesse inadvertidamente causar algum mal.

— Você está errada, Alhana Brisestelar — ele falou calmamente. — Eles podem expulsá-la de sua terra natal, chamá-la de "elfa negra", mas você nunca será o que eu sou. Eu infringi a lei. Fiz isso conscientemente. Eu faria isso de novo. Eles tinham todo o direito de me expulsar.

Fazendo uma pausa, segurando a mão dela, ele a observou atentamente, falando com seriedade.

— Prevejo dias sombrios para você, minha senhora. Se você ou seu filho precisarem de ajuda ou consolo e não tiverem medo de recorrer a mim, farei o que estiver ao meu alcance para ajudá-los.

Alhana olhou para ele sem palavras. Então ela sorriu, pálida, abatida.

— Obrigada por sua oferta. Eu sou grata. E não acredito que teria medo.

— Davat! Onde você está? — Uma voz raivosa soou lá de baixo. — Por que não está no seu posto? Homens, aqui!

— É Rashas — Tanis disse, ouvindo. — Provavelmente com mais de seus escravos keganesti.

Dalamar assentiu.

— Eu estava esperando por ele. Deve ter adivinhado que viríamos aqui. Poderíamos nos posicionar. — O elfo negro olhou para Tanis seriamente, com expectativa. — Lutar contra eles...

— Não! Não haverá luta! — Alhana segurou o braço da espada de Tanis, segurou como se ele fosse sacar sua lâmina. — Se sangue for derramado aqui, toda chance de paz será perdida!

Tanis ficou indeciso, com a espada metade dentro e metade fora da bainha. Nos quartos abaixo, Rashas podia ser ouvido, dispersando seus guardas, enviando-os por toda a casa.

O aperto de Alhana aumentou.

— Não sou mais rainha. Não tenho direito de comandar. Portanto, eu imploro...

Tanis estava com raiva, frustrado. Ele queria lutar, nada mais teria o agradado.

— Depois do que fizeram com você, Alhana? Você vai deixá-los colocá-la no exílio, de forma obediente?

— Se a alternativa for matar meu próprio povo, sim! — Alhana disse calmamente.

— Tome sua decisão, Tanis! — Dalamar avisou. Os passos estavam muito próximos.

— É tarde demais — disse Tanis, enfiando a espada de volta na bainha. — Você sabe disso, Alhana. Tarde demais.

Ela tentou falar, mas suas palavras saíram como um suspiro. A mão dela escorregou nervosamente do braço de Tanis.

— Nesse caso — disse Dalamar —, eu me despeço. Você viaja comigo, Meio-Elfo?

Tanis balançou a cabeça.

O elfo negro cruzou as mãos nas mangas.

— Adeus, Rainha Alhana. Caminhe com os deuses. E não se esqueça da minha oferta.

Ele se curvou para ela respeitosamente, falou palavras mágicas e se foi.

Alhana olhou para onde ele estava.

— O que está acontecendo neste mundo? — ela murmurou. — Fui traída por meus amigos... fiz amizade com meus inimigos...

— Tempos ruins — Tanis respondeu, a voz amarga. — A noite voltando.

Em sua visão, a lua prateada brilhou através das nuvens de tempestade, sua luz durando o suficiente para iluminar o caminho, e então se foi, varrida pela escuridão.

A porta se abriu. Os guardas keganesti correram para dentro. Dois agarraram Tanis pelos braços. Um guarda o despojou de sua espada; outro colocou uma faca na garganta de Tanis. Mais dois começaram a tomar conta de Alhana.

— Traidores! Vocês se atrevem a colocar mãos rudes em mim? — ela exigiu. — Até eu cruzar essa fronteira, eu sou sua rainha.

Os keganesti pareciam assustados e se entreolharam, incertos.

— Deixem-na em paz. Ela não causará problemas — ordenou Rashas. O senador estava parado na porta. — Escolte a bruxa até a fronteira de Abanassínia. Por ordem do Thalas-Enthia, exilem-na.

Alhana passou desdenhosamente por Rashas. Não olhou para ele, como se ele estivesse abaixo de sua atenção. Os keganesti a acompanharam.

— Você não pode mandá-la para Abanassínia sozinha, indefesa — Tanis protestou com raiva.

— Não pretendo — respondeu Rashas, com um sorriso. — Você, meio-humano, vai acompanhá-la. — Ele olhou ao redor da sala, sua facc escurecendo. — Este homem estava sozinho?

— Sim, Senador — respondeu o keganesti. — O mago maligno deve ter escapado.

Rashas voltou seu olhar para Tanis.

— Você conspirou com o mago fora da lei conhecido como Dalamar, o Sombrio, em uma tentativa de interromper a cerimônia de coroação do legítimo Orador do Sol e das Estrelas. Portanto, você, conhecido como Tanis Meio-Elfo, está banido de Qualinesti para sempre. Esta é a lei. Você a contesta?

— Eu poderia contestá-la — disse Tanis, falando em comum, uma língua que os guardas não entenderiam. — Poderia mencionar o fato de que não sou a única pessoa nesta sala que conspirou com Dalamar, o Sombrio. Poderia dizer ao Thalas-Enthia que Gilthas não fez aquele voto por vontade própria. Poderia dizer a eles que você mantém Porthios como prisioneiro, sua esposa como refém. Poderia dizer a eles tudo isso. Mas não vou, não é, Senador?

— Não, meio-humano, não vai — respondeu Rashas, também na língua humana, mas cuspindo as palavras, como se deixassem um gosto ruim na boca. — Você vai ficar quieto porque eu estou com seu filho. E seria uma pena que o novo Orador tivesse um fim prematuro e trágico.

— Eu quero ver Gilthas — Tanis exigiu em élfico. — Droga, ele é meu filho!

— Se com esse nome você quer dizer nosso novo Orador do Sol e das Estrelas, devo lembrá-lo, meio-humano, que, sob a lei élfica, o Orador não tem pai, mãe ou laços familiares de qualquer tipo. Todos os elfos são considerados sua família. Todos os elfos verdadeiros.

Tanis deu um passo na direção de Rashas. Um elfo selvagem alto deu um passo protetor na frente do senador.

— Neste momento, nosso novo Orador está recebendo os elogios do seu povo — Rashas continuou friamente. — É um grande dia na vida dele. Certamente, você não gostaria de arruiná-lo, embaraçando-o com sua presença?

Tanis lutou interiormente. A ideia de ir embora sem ver Gil, sem ter a chance de dizer que o compreendia, que tinha orgulho dele, era intolerável, partia o coração. No entanto, Tanis sabia muito bem que Rashas estava certo. O aparecimento de seu pai bastardo mestiço só causaria problemas, tornaria as coisas muito mais difíceis para Gil do que já eram.

E seriam difíceis o suficiente.

Tanis deixou os ombros caírem. Ele encolheu os ombros amargamente, parecia derrotado, espancado.

— Leve-o para a fronteira — disse Rashas.

Tanis começou a passar humildemente pelo senador. Parando na frente de Rashas, Tanis girou, balançou para a frente e lançou seu punho. Ele se encaixou de forma bem satisfatória ao osso atingido.

O senador tombou para trás, colidindo com uma árvore ornamental.

O keganesti levantou sua espada.

— Deixe-o em paz — Rashas murmurou, esfregando o queixo. Um filete de sangue escorria do canto de sua boca. — É assim que os servos do mal lutam contra a justiça. Eu não daria a ele a satisfação de contra-atacar.

O senador cuspiu um dente.

Cuidando dos nós dos dedos machucados, Tanis saiu pela porta.

Estava querendo fazer isso há mais de duzentos anos.

# 14

Os grifos se recusaram a responder a qualquer tipo de convocação dos elfos qualinesti, outro fato que deu uma satisfação sombria a Tanis, embora o tenha forçado a fazer a jornada até a fronteira a pé. Contudo, a distância não era grande e Tanis tinha uma legião de reflexões amargas e infelizes como companhia.

Os pensamentos que o rodearam eram tão densos e profundos que ele não percebeu onde estava. Percebeu que haviam chegado à fronteira apenas quando o capitão qualinesti fez seus homens pararem.

— Sua espada, senhor. — O capitão entregou a arma de maneira cortês. — O caminho leva para Refúgio de um lado, para Consolação de outro. Se você pegar a bifurcação à esquerda...

— Eu conheço o maldito caminho — Tanis respondeu a ele. Há muito tempo, durante a guerra, ele e seus companheiros seguiram esse caminho até Qualinesti.

Ele enfiou a espada em sua bainha.

— Eu estava prestes a aconselhá-lo, senhor, a evitar a Floresta Escura — o capitão acrescentou educadamente.

Impressionado com os modos do elfo, Tanis olhou atentamente para o capitão. *Ele estava de acordo com tudo isso? Ou era um dos descontentes? Ele era jovem, mas a maioria dos membros do exército élfico era jovem. O que eles pensaram sobre isso? Eles apoiariam o Thalas-Enthia...?* Sem parar, as perguntas teciam suas teias de aranha no cérebro de Tanis.

Ele gostaria de perguntar, mas não conseguiu pensar em nenhuma maneira de formular a questão. Além disso, outros soldados estavam ouvindo. Ele poderia muito bem deixar o capitão em apuros. Tanis murmurou um agradecimento grosseiro.

O capitão fez uma saudação séria e ficou esperando para ver Tanis cruzar a linha invisível que separava os elfos do resto do mundo.

Tanis deu seis passos no caminho, seis passos que foram os mais longos e difíceis que ele já deu na sua vida. Seis passos e ele estava fora de Qualinesti. Embora o sol brilhasse forte, seus olhos estavam cegos pelas lágrimas e uma escuridão cada vez maior. Ele ouviu o capitão dar uma ordem e ouviu os soldados marcharem.

Tanis limpou os olhos e o nariz, olhou em volta e, de repente, lembrou que deveria encontrar Alhana Brisestelar neste local.

Ela não estava à vista.

— Ei! — Tanis gritou com raiva, dando dois passos longos e rápidos de volta para a fronteira. — Onde está a Senhora Alhana...

Uma flecha passou zunindo pelas árvores, caindo aos pés de Tanis. Um fio de cabelo para a direita e teria atravessado a ponta de sua bota. Ele olhou para as árvores, mas não conseguiu ver os arqueiros élficos. A próxima flecha, ele sabia, estava apontada para seu peito.

— Capitão! — ele berrou. — É assim que os elfos cumprem sua palavra? Me prometeram...

— Meu amigo — veio uma voz gentil em seu ombro.

O coração de Tanis deu um salto. Ele se virou e encontrou Dalamar de pé ao seu lado.

— Eu suponho... que já deveria estar acostumado com suas aparições dramáticas — disse Tanis.

O elfo negro sorriu.

Na verdade, não usei magia. Estou esperando por você ao lado do caminho há uma hora. Você estava tão concentrado em gritar que não me ouviu. Ele olhou para os galhos folhosos dos álamos. — Vamos nos retirar deste local. Eu represento um alvo bastante tentador. Não que suas armas insignificantes pudessem me machucar, claro, porém odeio desperdiçar minha energia.

— Vou responder às suas perguntas — ele acrescentou, vendo a carranca de Tanis. — Temos muito a discutir.

Tanis lançou aos elfos um último olhar sinistro, então acompanhou Dalamar entre os carvalhos gigantes que ficavam nas margens da Floresta Escura, agora mais assombrada por lendas do que de fato. As sombras estavam esfriando. Em uma clareira, Dalamar estendeu um pano branco. Havia vinho, pão e queijo. Tanis sentou-se, bebeu um pouco de vinho, mas não conseguiu engolir a comida. Ele manteve vigilância constante no caminho.

— Ofereci a Senhora Alhana um refresco antes de sua viagem — disse Dalamar, com seu hábito irritante de responder aos pensamentos de Tanis. O elfo negro acomodou-se confortavelmente em uma almofada na grama.

— Então, ela foi embora? — Tanis estava de pé novamente. — Sozinha?

— Não, meu amigo. Por favor, sente-se. Eu tenho que esticar meu pescoço para olhar para você. A senhora tem um campeão, que a acompanhará até seu destino. Samar está um tanto maltratado e ensanguentado, mas robusto e forte apesar de tudo.

Tanis olhou, perplexo.

— O sangue que encontramos no chão pertencia a um mago-guerreiro silvanesti — explicou Dalamar. — Samar tentou ajudar Alhana e seu filho a escapar. O guerreiro estava detido em uma prisão qualinesti como espião, enfrentando a execução. Eu o tirei bem debaixo do nariz daquela Manto Branco, que foi enviada para protegê-lo. — Dalamar tomou um gole do seu vinho. — Uma experiência muito agradável.

— Aonde eles estão indo? — Tanis perguntou, olhando para as árvores na direção do caminho que poderia, para Alhana, levar apenas à escuridão.

— Silvanesti — Dalamar respondeu.

Tanis protestou.

— Isso é loucura! Ela não percebe...

— Ela percebe, meu amigo. E acredito que devemos acompanhá-la. É por isso que eu esperei por você. Pense um momento, antes de recusar. Rashas olhou para a face da rebelião. Ele sabe agora que alguns de seu próprio povo podem se levantar contra ele. Ele está com medo. Minha rainha terrível ama aqueles que têm medo, Tanis. Suas unhas estão profundamente cravadas nele e ela continuará a arrastá-lo para baixo.

— O que quer dizer? — Tanis exigiu.

— Só isso... está prestes a ocorrer a Rashas que Porthios é uma ameaça, que o exílio não o deterá.

— Que Porthios não deve viver.

— Precisamente. Já pode ser tarde demais — Dalamar acrescentou despreocupadamente, com um encolher de ombros.

— Você continua dizendo "nós". Você não pode entrar em Silvanesti. Mesmo com seus poderes, seria difícil lutar contra todos os magos elfos. Eles o matariam sem hesitar.

— Meu povo não vai me receber de braços abertos — Dalamar respondeu, sorrindo maliciosamente. — Mas não podem me impedir de entrar. Veja, meu amigo, recebi permissão para visitar Silvanesti. Por serviços prestados.

— Você não dá a mínima para Porthios. — Tanis ficou subitamente irritado com a frieza do elfo negro. — Qual é o seu interesse nisso?

Dalamar respondeu com um olhar de soslaio.

— Algo importante, pode ter certeza. Mas não espere que eu revele minha mão para você. Por enquanto, somos parceiros neste jogo. — Ele deu de ombros novamente. — O que vai fazer, Tanis Meio-Elfo? Em um estalar de dedos, podemos estar em sua casa. Você, claro, desejará falar com sua esposa. Contar a Laurana o que aconteceu. Ela precisará nos acompanhar. Ela será muito valiosa em falar com aquele irmão obstinado dela.

Lar. Tanis suspirou. Queria muito ir para o lar, fechar-se na sua bela casa e... fazer o quê? Qual era o sentido agora? Para que serviria?

— Quando Alhana chegar à Silvanesti — Tanis falou lentamente, pensando nisso até sua amarga conclusão —, os elfos silvanesti ouvirão sobre o insulto que os qualinesti causaram à sua rainha. Isso significa derramamento de sangue. Alhana não conseguirá detê-los desta vez. Uma vez, muito tempo atrás, nós elfos lutamos entre nós. Você está falando em começar outra Guerra Fratricida.

Dalamar deu de ombros, despreocupado.

— Você está atrasado, Tanis. A guerra já começou.

Tanis viu a verdade disso, viu com a mesma clareza vívida com que teve a visão de Gilthas. Só que agora, em vez de Solinari iluminar o futuro do jovem, Tanis o via iluminado por chamas e relâmpagos, o via manchado de sangue.

A guerra viria... e ele enfrentaria seu próprio filho.

Tanis fechou os olhos. Podia ver o rosto de Gil, tão jovem, tentando desesperadamente ser corajoso, sábio...

— Pai? É você?

Por um momento, Tanis pensou que a voz estava em sua mente, que a imagem de seu filho a havia criado. Mas a palavra se repetiu, mais forte, com um tom irregular de alegria e saudade.

— Pai!

Gilthas estava no caminho, logo dentro da fronteira de Qualinesti. A maga de mantos brancos espreitava perto dele, ciumenta. Não parecia satisfeita em ver Tanis. Obviamente não esperava encontrá-lo aqui. Ela colocou uma mão firme no braço de Gilthas, parecendo pronta para levá-lo embora.

Um farfalhar nas copas das árvores era um aviso, todo o aviso que Tanis provavelmente receberia.

— Tanis! — Dalamar gritou. — Tome cuidado!

Tanis o ignorou, ignorou a Manto Branco, ignorou os elfos nas árvores com seus arcos e flechas. Ele caminhou em direção ao filho.

Gilthas se livrou do aperto da feiticeira. Ela o agarrou novamente, desta vez com mais firmeza.

Um rubor de raiva manchou o rosto de Gilthas, mas ele engoliu em seco. Tanis podia ver seu filho sufocar sua raiva, podia ver, em Gilthas, a si mesmo. Gilthas disse algo em uma voz baixa e conciliatória.

A Manto Branco, ainda parecendo descontente, removeu a mão e recuou. Tanis atravessou a fronteira. Estendendo a mão, ele pegou seu filho em seus braços.

— Pai! — Gilthas disse entrecortado. — Pensei que você tinha ido. Eu queria falar com você. Eles não me deixaram...

— Eu sei, filho. Eu sei — Tanis disse, abraçando seu filho. — Eu entendo. Acredite em mim, eu entendo tudo agora. — Com as mãos nos ombros de Gil, Tanis olhou atentamente para o rosto de seu filho. — Eu entendo.

O rosto de Gil escureceu.

— A Rainha Alhana está segura? Rashas me garantiu que ela estava, mas eu os fiz me trazerem aqui para ver por mim mesmo...

— Ela está segura — Tanis disse calmamente. Seu olhar passou para a Manto Branco, que estava de lado, seu olhar maligno dividido entre seu encarregado e o mago de mantos negros pairando nas sombras. — Samar está com a rainha. Ele a protegerá bem, como você tem motivos para saber, acredito.

— Samar! — O rosto de Gil se iluminou. — Você o resgatou? Estou tão feliz! Iam me obrigar a assinar a ordem da sua execução. Eu não o faria, pai. Eu não sei como... — O rosto jovem endureceu. — Mas eu não faria.

Tanis olhou para a Manto Branco. Dalamar poderia impedi-la de tomar qualquer atitude. Mas poderia, ao mesmo tempo, impedir os arqueiros de atirar? No entanto, eles relutariam em colocar em risco a vida de seu novo Orador...

— Gil — Tanis falou em Comum —, você não fez esse voto por vontade própria. Foi coagido a fazê-lo. Você pode ir embora, agora. Dalamar vai nos ajudar...

Gilthas baixou a cabeça. Não havia dúvida de qual resposta ele queria dar. Ele olhou para cima com um sorriso melancólico.

— Eu dei minha palavra à maga, pai. Quando o encontrei aqui, prometi a ela que voltaria, se ela me desse permissão para... para... dizer adeus.

Sua voz falhou. Ele parou por um momento, lutando, então continuou calmamente.

— Pai, eu ouvi uma vez você dizer a Lorde Gunthar que, se fosse por decisão sua, você nunca teria lutado na Guerra da Lança por vontade própria. Você foi atraído pela força das circunstâncias. E era por isso que sentia incômodo ao ouvir as pessoas o chamarem de herói. Você fez o que tinha que fazer... o que qualquer pessoa de bom senso faria.

Tanis suspirou. Memórias, principalmente sombrias, voltaram para ele. Seu aperto em Gilthas aumentou. Tanis sabia que, em um momento, ele teria que deixar seu filho ir.

— Pai — Gil disse seriamente —, eu não estou me enganando. Sei que não poderei fazer muito para mudar as coisas. Sei que Rashas pretende me usar para seus próprios fins malignos e, no momento, não vejo como detê-lo. Mas, você se lembra do que o tio Tas disse quando contou a história sobre salvar o anão tolo do dragão vermelho? "São as coisas pequenas que fazem a diferença". Se eu conseguir, de pequenas maneiras, trabalhar contra Rashas, pai...

*Nós criamos nossos filhos para nos deixar.*

Mesmo sem saber, Tanis tinha feito isso. Ele podia ver isso agora, podia ver no rosto do menino... não, do homem... parado na frente dele. Ele imaginou que deveria se sentir orgulhoso... e ele se sentiu. No entanto o orgulho era um fogo muito pequeno para aquecer o frio da perda que entorpecia o coração.

A Manto Branco estava claramente ficando impaciente. Ela tirou de seu cinto uma varinha de prata com joias.

Vendo isso, Dalamar avisou baixinho:

— Tanis, meu amigo, estou aqui, se precisar dos meus serviços.

Tanis abraçou o filho uma última vez. Ele aproveitou a proximidade deles para sussurrar.

— Você é o Orador agora, Gilthas. Não se esqueça disso. Não deixe que Rashas e sua laia se esqueçam disso. Continue lutando contra ele. Você não lutará sozinho. Viu os jovens elfos que saíram da reunião hoje? Conquiste-os para o seu lado. Eles não confiarão em você no começo. Vão pensar que é o peão do Rashas. Você terá que convencê-los do contrário. Não será fácil. Mas eu sei que você pode ter sucesso. Estou orgulhoso de você, meu filho. Orgulhoso do que você fez neste dia.

— Obrigado, pai.

Um último abraço, um último olhar, um último sorriso corajoso.

— Diga a mãe... que eu a amo — Gil disse suavemente.

Ele engoliu em seco. Então, virando-se, ele deixou seu pai e voltou para ficar ao lado da Manto Branco. Ela falou uma palavra.

Os dois sumiram.

Sem olhar para trás (Tanis não conseguiria ter visto nada de qualquer maneira, piscando para afastar as lágrimas que o cegavam), ele caminhou de volta pela fronteira. Manteve a cabeça erguida, como faria qualquer pai orgulhoso cujo filho acabara de se tornar governante de uma nação.

Ele manteria a cabeça erguida até a noite, até a escuridão. Até que estivesse em casa. Até que tivesse que contar à Laurana que ela nunca mais veria seu amado filho...

— Então — disse Dalamar, mantendo-se nas sombras sob os carvalhos, —, não conseguiu convencer Gilthas a voltar com você.

— Eu não tentei — Tanis respondeu, sua voz áspera e rouca. — Ele deu a eles sua palavra de honra que voltaria.

Dalamar observou seu amigo atentamente por um momento.

— Ele deu a eles a sua palavra...

O elfo negro balançou a cabeça e suspirou.

— Como eu disse antes, o filho de Tanis Meio-Elfo é a última pessoa que Takhisis queria ver sentada no trono élfico. Se serve de consolo, meu amigo, Sua Majestade Sombria não queria que as coisas acabassem exatamente como aconteceram. Ela lamenta muito por termos falhado.

Tanis supôs que a notícia deveria trazer algum consolo.

Dalamar retirou o pano, a almofada, o vinho, o pão e o queijo com um aceno e uma palavra. Ele deslizou as mãos nas mangas de seus mantos negros.

— Bem, meu amigo, já tomou sua decisão? O que vai fazer?

— O que devo fazer, suponho — Tanis disse com amargura. — Não posso deixar Rashas matar Porthios. E, quando Porthios estiver livre, tenho que impedi-lo de assassinar Rashas e o resto dos qualinesti... Nada que me pareça muito promissor.

Debaixo dos carvalhos, ele saiu e parou no caminho que levava de volta à Qualinesti. Olhou para as folhas trêmulas iluminadas pelo sol dos álamos do seu lar da infância.

— Há tantas coisas que eu queria te ensinar, Gilthas — Tanis disse baixinho —, tanto que eu queria te dizer. Tantas coisas que eu queria dizer...

Dalamar pousou a mão no ombro de Tanis.

— Você pode não ter dito as palavras em voz alta, meu amigo. Mas acho que seu filho o ouviu.

Tanis se afastou de Qualinesti, virou-se para o caminho que levava à escuridão. Ele voltou para uma casa que, não importa quantas pessoas abrigasse, sempre estaria vazia.

— Vamos — ele disse.

# Epílogo

Um prospecto de pássaros
no inverno anulador,
primeiras fábulas dos profetas
e rosas e espadas,
Margaret acreditou em todos nós,
acreditou em nossas histórias:
um astrônomo paciente
atraído por uma lacuna no céu,
quem sabe de cálculo de mil anos
que a próxima estrela está chegando
que tudo o que resta
é a espera e a oração
e o longo e cansativo negócio
do caderno e do telescópio,
até o brilho
consumir a escuridão,
um brilho concebido
e embalado por séculos,
ela pode dizer que *isso é algo*
*que eu sempre esperei*
*esta é a colheita de anos.*

E então, quando ela fala
os céus lembram

que ela era a única
carregando dinheiro e flores
e viagens à cidade,
incandescência de fogos de artifício
quando nos reunimos em dezenas
nas noites de verão
pelo lago que desaparece,
e todas as palavras que
ela nos trouxe
dispostas como galáxias
nas formas de crença.
Em casa, à beira do lago,
ela começou a história
construindo palavra após palavra difícil
até que na narração o mundo apareceu,
até que, nas águas, as estrelas desceram,
e todos os planetas
os céus cercaram...
Chislev e Zivilyn,
Raistlin e Caramon,
Palin e Tanin,
Raoul e o pequeno,
as luas em trígono
que anunciam as marés de sua magia,
tudo no coro da sua memória,
onde a voz do amor
se moveu na água
e cantou na presença
enquanto a história surgia
do lago e da meia-noite,
a essência das rosas
na margem mais distante,
e o inverno reverteu
para a primavera incrível
como sempre reverte,
e a neve e os espíritos
foram onde desejam
nas terras da crença
como a história começa de novo.

# Apêndice

Os contos de Huma, o antigo, quase mítico e heroico Cavaleiro de Solamnia, inspiraram muitas peças de apresentação ao longo dos séculos. Não há duas peças que concordem sobre os detalhes de sua história e muitas foram escritas em apoio a várias causas pessoais.

Esta canção é uma das mais antigas conhecidas em Krynn e foi escrita apenas alguns anos após o desaparecimento de Huma, na conclusão da Guerra dos Dragões. Apesar do fato de que, sem dúvida, ela foi criada por aqueles que conheciam Huma, o texto da música, mais apropriadamente chamado de hino, carece completamente de detalhes úteis sobre a vida de Huma.

A grafia do nome com um "h" anexado destina-se a honrar o som de seu nome quando cantado.

# Canção de Huma

♩= 95

*Maestoso Deciso*

Letra & música
por Tracy Hickman

Dra — co Hum — mah co ni par ai fam Sa at mas So — lam — nis
13
molt. rit.
ff
a tempo
veg — ri nogh Co - ni Est Lor Tar - i — kan!
Hu — mah Su — lar — us Hum —
ff
p
16
Kar ram Hu mah!
Sol - am nis hu ma dur vey!
mah!
So lam nis Hu mah dur — vey!
mp
19
mf
f
Kar — am nes Hu ma dur — vey!
Karam nes Hu ma dur — vey!
Mi thas!
mf
f
23

poco accel.
ff
Hu- mah dix kar- ai Ex dix! O - par - ru est dix!
27
Hu — mah — kar — am Su — lar — us! —
So — lam — nis Lor A — lan Pa — la — dine!
30
Allegro
ff
mp
Hu ma mi thas Hu- mah mi- thas Est mi - thas — ah!
33
molto rit.
fff
Dra — co Hu — mah dur — vey!
37

Para acompanhar as novidades da Jambô e acessar conteúdos gratuitos de RPG, quadrinhos e literatura, visite nosso site e siga nossas redes sociais.

www.jamboeditora.com.br

facebook.com/jamboeditora

twitter.com/jamboeditora

instagram.com/jamboeditora

youtube.com/jamboeditora

twitch.com/jamboeditora

Para ainda mais conteúdo, incluindo colunas, resenhas, quadrinhos, contos, podcasts e material de jogo, faça parte da *Dragão Brasil*, a maior revista de cultura nerd do país.

www.dragaobrasil.com.br

Rua Coronel Genuíno, 209 • Centro Histórico
Porto Alegre, RS • 90010-350
(51) 3391-0289 • contato@jamboeditora.com.br